Henry James

DIE GESANDTEN

Roman

Übersetzt von Michael Walter
Herausgegeben von Daniel Göske

Carl Hanser Verlag

Der Verlag dankt der
Brougier-Seisser-Cleve-Werhahn-Stiftung
für die großzügige Förderung
der Arbeit
an Edition und Übersetzung
www.bscw-stiftung.de

Die Übersetzung wurde gefördert vom
Deutschen Literaturfonds e.V.

1 2 3 4 5   19 18 17 16 15

ISBN 978-3-446-24917-2
Alle Rechte der deutschen Ausgabe
© 2015 Carl Hanser Verlag München
Satz: Satz für Satz. Barbara Reischmann, Wangen im Allgäu
Druck und Bindung: CPI books GmbH, Leck
Printed in Germany

DIE GESANDTEN

ERSTES BUCH

I

Strethers erste Erkundigung bei seiner Ankunft im Hotel galt seinem Freunde; als er erfuhr, dass Waymarsh wohl nicht vor dem Abend eintreffen werde, war er dennoch nur leicht befremdet. Am Empfang präsentierte man dem Fragesteller ein Telegramm, Rückantwort bezahlt, mit einer Zimmerreservierung, »Bedingung: ruhig«, so dass das Einverständnis, sich besser in Chester als in Liverpool zu treffen, insoweit eine Bestätigung fand. Der gleiche geheime Beweggrund jedoch, der Strether bestimmt hatte, Waymarshs Anwesenheit am Pier nicht unbedingt zu wünschen und das Vergnügen seiner Gegenwart auf diese Weise für ein paar Stunden hinauszuschieben, bescherte ihm nun das Gefühl, er könne weiterhin warten, ohne Enttäuschung zu empfinden. Im ungünstigsten Falle würde man sich eben erst zum Abendessen treffen, und bei allem Respekt vor dem guten alten Waymarsh – und eigentlich auch vor sich selbst – stand kaum zu befürchten, dass sie einander in nächster Zeit nicht noch oft genug zu sehen bekämen. Der von mir eben erwähnte Beweggrund war, bei dem gerade erst von Bord Gegangenen, rein intuitiv – das Ergebnis des deutlichen Gespürs, dass, wie wunderbar es auch wäre, dem Gefährten nach so langer Trennung wieder ins Gesicht zu blicken, sein Vorhaben doch ein wenig verpatzt würde, wenn er es schlicht so eingerichtet finden musste, dass sich diese Miene dem näher kommenden Dampfer als erste Ahnung von Europas ›Note‹ präsentierte. Hier spielte, von Seiten Strethers, bereits die Sorge hinein, günstigenfalls werde sie, diese Miene, Europas Note durchweg zur Genüge dartun.

Diese Note hatte sich ihm zwischenzeitlich – seit dem vorherigen Nachmittag, dank dieses glücklichen Einfalls – als ein derart starkes Bewusstsein persönlicher Freiheit kundgetan, wie er es seit Jahren nicht gekannt hatte; als eine derart mächtige Vorahnung der Veränderung, die sich vor allem mit dem Gefühl verband, vorerst auf niemand und nichts Rücksicht nehmen zu müssen, dass sie bereits die Aussicht verhieß, falls solch hitzige Hoffnung nicht allzu töricht war, sein Abenteuer mit kühlem Erfolg zu krönen. Auf dem Schiff hatte er sich entspannt zu einigen Leuten gesellt – insofern bei ihm von Entspannung überhaupt die Rede sein konnte –, die sich zumeist gleich in den Strom stürzten, welcher sich vom Landungssteg Richtung London ergoss; andere hatten ihn zu einem Stelldichein ins Gasthaus geladen und sogar seinen Beistand für eine Besichtigung der Schönheiten Liverpools erbeten; doch er hatte sich von allen gleichermaßen davongestohlen, keine Verabredung eingehalten und keine Bekanntschaft aufgefrischt, war gleichgültig der Menge jener Reisenden gewahr geworden, die sich, anders als er, glücklich schätzten, ›abgeholt‹ zu werden, und hatte darüber hinaus – eigenständig, ungesellig, allein, ohne Rencontre oder Rückfall und durch bloßes stilles Ausweichen – den Nachmittag und Abend dem hingegeben, was naheliegend und vernünftig war: ein nur knapp bemessener Schluck Europa, ein Nachmittag und ein Abend an den Ufern des Mersey, aber so nahm er seinen Trank immerhin unverdünnt zu sich. Er zuckte, zugegeben, etwas zusammen bei dem Gedanken, Waymarsh wäre womöglich bereits in Chester; er überlegte, dass es, sollte er dort bekennen müssen, schon so zeitig eingelaufen zu sein, schwerfallen würde, so zu tun, als habe er in der Zwischenzeit das Wiedersehen vor Ungeduld kaum erwarten können; doch er glich einem Manne, der in seiner Tasche hocherfreut mehr Geld findet als sonst, eine Weile damit spielt

KAPITEL I

und es genüsslich und vergnügt klimpern lässt, bevor er sich der Frage des Ausgebens widmet. Dass er willens war, Waymarsh über die Anlegezeit des Schiffes im ungefähren zu belassen, dass er sowohl höchlich wünschte, ihn zu sehen, als auch die Dauer des Aufschubs höchlich genoss – diese Umstände lieferten ihm, wie sich leicht denken lässt, frühe Anzeichen dafür, dass sich seine Einstellung zu seinem eigentlichen Auftrag als nicht eben unkompliziert erweisen könnte. Er spürte die Bürde, der arme Strether – man gesteht es besser gleich zu Beginn –, einer eigentümlichen Zwiespältigkeit. Es lag Zurückhaltung in seinem Eifer und Neugier in seinem Gleichmut.

Als die junge Frau in der Glaskabine ihm über den Schalter hinweg das blassrosa Blatt mit dem Namen seines Freundes, den sie akkurat aussprach, gereicht hatte, wandte er sich ab und stand, in der Halle, einer Dame gegenüber, die seinen Blick, wie rasch entschlossen, auffing und deren Züge – weder jugendlich frisch noch ausgesprochen fein, doch auf glücklichem Fuße miteinander – ihm vorkamen, als habe er sie vor kurzem schon einmal gesehen. Einen Augenblick standen sie sich gegenüber; dieser Augenblick genügte, um sie einzusortieren: Er hatte sie schon tags zuvor bemerkt, in seinem vorigen Gasthof, wo sie – ebenfalls in der Halle – mit einigen seiner Mitpassagiere kurz zusammengestanden hatte. Es war eigentlich nichts zwischen ihnen geschehen, und er hätte ebenso wenig sagen können, welche Eigenheit ihres Gesichts ihm beim ersten Mal aufgefallen war, wie er den Grund anzugeben vermochte, warum er sie jetzt wiedererkannte. Jedenfalls schien auch sie ihn wiederzuerkennen – und das machte die Sache nur noch mysteriöser. Trotzdem meinte sie nur, als sie ihn nun ansprach, sie habe zufällig gehört, wie er seine Erkundigung einholte, und fühle sich, mit Verlaub, zu der Frage veranlasst, ob es sich hier eventuell um Mr. Waymarsh aus Milrose in Connecticut handele – um Mr. Waymarsh, den amerikanischen Anwalt?

»O ja«, antwortete er, »mein allseits bekannter Freund. Wir sind hier verabredet, er reist von Malvern an, und ich hatte vermutet, er sei bereits eingetroffen. Aber er kommt erst später, und ich bin erleichtert, dass ich ihn nicht habe warten lassen.« Strether stockte. »Sie kennen ihn?«

Erst nachdem er zu Ende gesprochen hatte, wurde ihm bewusst, wie persönlich seine Antwort ausgefallen war; als nämlich der Ton ihrer Entgegnung sowie ein zusätzliches Mienenspiel – zusätzlich zu dessen scheinbar gemeinhin ruhelosem Aspekt – ihm dies zu signalisieren schienen. »Ich bin ihm in Milrose begegnet – wo ich mich, vor geraumer Zeit, manchmal aufgehalten habe; ich hatte dort Freunde, die zugleich seine Freunde waren, und ich kenne sein Haus. Ich möchte nicht dafür einstehen, ob er sich meiner entsinnen wird«, fuhr Strethers neue Bekannte fort; »aber ich wäre hocherfreut, ihn wiederzusehen. Vielleicht«, setzte sie hinzu, »ergibt es sich ja – denn ich bleibe über Nacht.« Sie hielt inne, während unser Freund all dies in sich aufnahm, und es schien, als hätten sie sich bereits eine ganze Weile unterhalten. Sie mussten sogar etwas lächeln, und Strether meinte sogleich, ein Wiedersehen mit Mr. Waymarsh könnte sich zweifellos leicht ergeben. Dies allerdings schien der Dame das Gefühl zu vermitteln, sie habe sich vielleicht zu weit vorgewagt. Sie schien keinerlei Zurückhaltung zu kennen. »Oh«, sagte sie, »darauf wird er keinen Wert legen!« – und bemerkte gleich anschließend, sie glaube, Strether kenne doch die Munsters; die Munsters seien jene Leute, mit denen er sie in Liverpool gesehen habe.

Aber wie sich herausstellte, kannte er die Munsters nicht gut genug, um die Sache ein wenig in Schwung zu bringen; so blieben sie gewissermaßen unter sich an der gedeckten, doch leeren Tafel der Konversation. Mit der von ihr erwähnten und vorausgesetzten Bekanntschaft war ein Gericht eher abgetragen als aufgetischt worden, und sonst schien zum Servieren nichts vorhanden. Trotzdem wirkten sie weiterhin gesonnen, die Tafel nicht aufzuheben; und dies wiederum erweckte den Eindruck, als hätten sie einander praktisch ohne viel Federlesens akzeptiert. Sie durchquerten gemeinsam die Halle, und Strethers Begleiterin ließ die Bemerkung fallen, das Hotel biete den Vorzug eines Gartens. Er war sich mittlerweile seiner sonderbaren Inkonsequenz bewusst: Auf dem Dampfer war er jeder Vertraulichkeit ausgewichen, und er hatte die Kollision mit Waymarsh abgemildert, um nun in dieser unerwarteten Situation alle Reserve und Vorsicht außer Acht zu lassen. Er begab sich, unter diesem nicht erbetenen Geleit und ohne sein Zimmer oben auch nur kurz aufgesucht zu haben, in den Hotelgarten und hatte nach zehn Minuten eingewilligt, die Spenderin solch guter Gewissheiten, sobald er Toilette gemacht hätte, dort wieder zu treffen. Er wollte sich in der Stadt umschauen, und dies würden sie unverzüglich gemeinsam tun. Es wirkte fast, als wäre sie die Eigentümerin und empfange ihn als Gast. Dass sie sich hier gut auskannte, ließ sie gewissermaßen zur Gastgeberin avancieren, und Strether bedachte die Dame in der Glaskabine mit einem reuigen Blick. Es kam ihm vor, als müsse sich diese Person im Handumdrehen ihres Amtes enthoben fühlen.

Was seine Gastgeberin sah, als er nach einer Viertelstunde herunterkam, was sie mit wohlwollend justiertem Blick wahrgenommen haben mochte, war die magere, ein wenig schlaffe Gestalt eines Mannes von mittlerer Größe und vielleicht etwas mehr als mittlerem Alter – ein Fünfundfünfzigjähriger, zu dessen markanten Merkmalen eine auffällig blutleere Gesichtsbräune zählte, ein kräftiger, dunkler Schnurrbart nach typisch amerikanischer Façon, buschig und weit herabreichend, ein noch voller, aber unregelmäßig graugesträhnter Haarschopf und eine mit kühner Freiheit vorspringende Nase, deren ebenmäßige Linie, deren hoher Schliff, wie man es hätte nennen können, eine gewisse mildernde Wirkung ausübten. Der ständig auf diesen feinen Nasenrücken geklemmte Zwicker sowie eine ungewöhnlich tief eingeschnittene Falte, der dauerhafte Federstrich der Zeit, eine Furche, die dem Schwung des Schnurrbarts vom Nasenflügel bis zum Kinn sekundierte, vervollständigten das Meublement dieser Miene, das ein aufmerksamer Beobachter sofort im prüfenden Blick von Strethers Gegenüber katalogisiert gesehen hätte. Sie erwartete ihn im Garten, streifte gerade ein Paar außerordentlich frischer, ebenso weicher wie schmiegsam leichter Handschuhe über und präsentierte sich mit einer äußerlichen Gewandtheit, die er, indem er mit seiner saloppen Zurüstung über das kleine weiche Rasenstück und im wässrigen englischen Sonnenschein auf sie zu schritt, als mustergültig für einen solchen Anlass hätte bewerten können. Sie strahlte eine vollendete, schlichte Schicklichkeit aus, diese Dame, eine dezent exquisite Eleganz, die zu analysieren ihrem Gefährten zwar nicht zukam, die ihn aber so beeindruckte, dass sein Bewusstsein sie sofort scharf auffasste als eine ihm absolut neue Qualität. Bevor er sie erreichte, blieb er auf dem Gras stehen und tastete pro forma, wie nach etwas eventuell Vergessenem, den leichten Überzieher ab, den er auf dem Arm trug; aber diese Handlung gründete lediglich in dem Impuls, Zeit zu gewinnen. Nichts konnte seltsamer sein als das bedeutsame Gefühl Strethers, in diesem Moment in etwas hineingeraten zu sein, dessen Bedeutung von der Bedeutung seiner Vergangenheit völlig abgetrennt sein würde und das buchstäblich hier und jetzt begann. In Wirklichkeit hatte es schon oben begonnen, vor dem Ankleidespiegel, der, wie er fand, das trübe Fenster seines tristen Schlafzimmers auf ganz merkwürdige Art noch mehr verschattete; es hatte begonnen mit einer viel kritischeren Inspektion aller Elemente seiner Erscheinung, als sie ihm sonst seit langem zur Gewohnheit geworden war. In diesen Momenten hatte er gemerkt, dass ihm jene Elemente nicht so verfügbar waren, wie er dies gewünscht hätte, und dann Rückhalt gefunden bei dem Gedanken, ebendies sei etwas, dem seine nächste Unternehmung Abhilfe zu schaffen versprach. Er stand im Begriff, nach London zu fahren, also mochten Hut und Krawatte noch warten. Was vorhin so direkt wie ein gut gespielter Ball auf ihn zugeflogen kam – und was er überdies nicht minder geschickt aufgefangen hatte –, war schlicht die Ausstrahlung seiner Bekannten, sich erfolgreich jene – von ihr wahrgenommenen und erwählten –, unbestimmbaren Qualitäten und Quantitäten angeeignet zu haben, in deren Gesamtheit er jenen Vorteil erblickte, der günstigen Umständen abgeluchst wird. Wirklich, so schnörkellos und unumwunden, wie sie ihn ursprünglich angesprochen hatte und wie ja auch seine Antwort ausgefallen war, hätte er jetzt im stillen seinen Eindruck von ihr so skizziert: »Ja, sie ist wesentlich kultivierter –!« Hatte er dieser Bemerkung kein »wesentlich kultivierter als *wer*?« folgen lassen, dann nur, weil ihm die Tragweite dieses Vergleichs zutiefst bewusst war.

Das Vergnügen einer größeren Kultiviertheit jedenfalls war es, was sie – die vertraute Landsmännin mit dem unverkennbaren Akzent seiner Landsleute und der verstörenden Verbindung nicht zum Mysteriösen, sondern nur zum guten, galligen, alten Waymarsh – deutlich zu verheißen schien. Die Pause, während er seinen Überzieher abtastete, war eindeutig eine zuversichtliche Pause und erlaubte ihm, sein Gegenüber so gut in Augenschein zu nehmen wie sein Gegenüber ihn. Sie erschien ihm beinahe unverschämt jung; auch eine guterhaltene Fünfunddreißigjährige konnte ohne weiteres so wirken. Sie war jedoch, wie er selbst, gezeichnet und bleich; nur konnte er natürlich nicht wissen, wie viele Gemeinsamkeiten ein zwischen ihnen hin und her blickender Beobachter bemerkt hätte. Es wäre einem solchen Beobachter nicht völlig unvorstellbar erschienen, sie könnten – beide so blassbräunlich und markant mager, beide mit Schrammen und Sehhilfen, einer unproportionierten Nase und einem zart oder kräftig graumelierten Haarschopf – Bruder und Schwester sein. Auf dieser Grundlage wäre allerdings ein Rest an Unterschied geblieben; denn eine solche Schwester hätte gegenüber einem solchen Bruder gewiss äußerste Distanz verspürt, und ein solcher Bruder würde gegenüber einer solchen Schwester jetzt äußerste Überraschung empfinden. Überraschung allerdings war es nicht, was der Blick seiner Bekannten Strether vor allem verriet, als sie ihm, während sie ihre Handschuhe glatt strich, die dankbar genutzte Zeitspanne gewährte. Ihr Blick hatte ihn gleich erfasst und routiniert begutachtet, als wäre er menschliches Material, mit dem sie sich bereits auf diese oder andere Weise beschäftigt hatte. Sie war, offen gesprochen, so viel dürfen wir verraten, die Gebieterin über Hunderte von Kästchen oder Kategorien, von gedanklichen Schubladen und praktischen Unterteilungen, in die sie, aus reicher Erfahrung, ihre Mitmenschen so fingerfertig einsortierte wie ein Setzer seine Lettern. Sie verfügte über diese Fähigkeit in gleichem Maße, in dem es Strether daran gebrach, und das schuf einen Kontrast, dem sich auszusetzen er wohl erschrocken abgelehnt haben würde, hätte er sein ganzes Ausmaß geahnt. Soweit er ihn überhaupt ahnte, hielt er jedoch, nachdem sich sein Bewusstsein kurz geschüttelt hatte, freundlich still, so gut es ging. Er ahnte tatsächlich, was sie in etwa wusste. Er hatte das absolut sichere Gefühl, sie wisse Dinge, die ihm verborgen waren, und obwohl ihm dieses Zugeständnis Frauen gegenüber sonst nicht leichtfiel, machte er es jetzt gut gelaunt, als würde damit eine Bürde von ihm genommen. Seine Augen hinter dem ewigen Zwicker blickten so unbewegt, dass ihr Fehlen sein Gesicht kaum verändert hätte, dessen Ausdruck und nicht zuletzt dessen sensible Prägung ihm hauptsächlich aus anderen Quellen zukamen – durch Oberfläche, Struktur und Form. Im nächsten Augenblick gesellte er sich zu seiner Führerin und merkte dann, wie sie noch mehr als er davon profitiert hatte, dass er in den eben erwähnten Momenten so ihrem Scharfblick ausgeliefert gewesen war. Sie wusste sogar intime Details über ihn, die er ihr nicht erzählt hatte und vielleicht auch nie erzählen würde. Es war ihm durchaus klar, dass er ihr in der kurzen Zeit bemerkenswert viel erzählt hatte, aber nichts Wesentliches. Doch ausgerechnet über einige der wesentlichen Dinge wusste sie genau Bescheid.

Um auf die Straße zu gelangen, mussten sie erneut die Hotelhalle durchqueren, und hier zügelte sie ihn gleich mit einer Frage. »Haben Sie sich nach meinem Namen erkundigt?«

Er blieb unwillkürlich stehen und lachte. »Haben Sie sich denn nach meinem erkundigt?«

»Du liebe Güte, natürlich – gleich, als Sie gegangen waren. Ich habe mich dort beim Empfang erkundigt. Sollten *Sie* das nicht auch tun?«

Er überlegte. »Herausfinden, wer Sie sind? – nachdem dieses untadelige Fräulein dort mitbekommen hat, wie ungeniert wir Bekanntschaft geschlossen haben!«

Nun lachte sie ihrerseits über seinen leicht besorgten Unterton. »Ist das nicht ein Grund mehr? Befürchten Sie etwa, es könnte mich kompromittieren – wenn man mich mit einem Herrn weggehen sieht, der sich erst erkundigen muss, wer ich bin? – dann versichere ich Ihnen, es macht mir nicht das mindeste aus. Hier jedenfalls«, fuhr sie fort, »ist meine Visitenkarte, und da mir eben einfällt, dass ich am Empfang noch etwas erledigen muss, können Sie sie ja in meiner Abwesenheit studieren.«

Sie verließ ihn, nachdem er von ihr den kleinen Streifen Karton erhalten hatte, den sie aus ihrem Portemonnaie zog, und bevor sie zurückkehrte, hatte er im Austausch seine eigene Karte gezückt. Er las also die schlichte Angabe »Maria Gostrey« und in einer Ecke der Karte eine Nummer sowie den Namen einer Straße, vermutlich in Paris, der bis auf seine Fremdartigkeit nichtssagend blieb. Er steckte ihre Karte in die Westentasche und behielt die eigene gut sichtbar in der Hand; während er am Türpfosten lehnte, erfasste er mit abwesendem Lächeln, was die weite Fläche vor dem Hotel seinem Blick bot. Er fand es durchaus drollig, Maria Gostrey, wer immer sie sein mochte – und er hatte wirklich nicht die geringste Ahnung – sozusagen bereits sicher in der Tasche zu haben. Irgendetwas schenkte ihm die Gewissheit, er werde dies eben eingesteckte kleine Andenken sorgfältig aufbewahren. Sein leerer Blick schweifte, als er die Konsequenzen seiner Reaktion erwog und überlegte, ob er sich wirklich genötigt fühlte, sie als treulos zu bewerten. Prompt war sie, möglicherweise sogar vorschnell, und es erschien kaum zweifelhaft, mit welcher Miene eine gewisse Person sein Betragen quittiert hätte. Doch wenn es ›unrecht‹ war – nun, dann wäre er besser überhaupt nicht hergekommen. So viel war dem Bedauernswerten – sogar noch vor der Begegnung mit Waymarsh – bereits klar. Er hatte geglaubt, es gäbe eine Grenze für ihn, doch diese Grenze war binnen sechsunddreißig Stunden überschritten. Wie weit die Schranken der Wohlanständigkeit oder gar der Moral zudem überschritten waren, dies empfand er noch deutlicher, nachdem Maria Gostrey zu ihm zurückgekehrt war und ihn mit einem fröhlich forschen »Also dann –!« in die Welt hinausführte. Dies zählte, so überkam es ihn, wie er neben ihr herging, den Überzieher auf einem Arm, den Regenschirm unterm anderen, seine eigene Karte etwas verkrampft zwischen Daumen und Zeigefinger geklemmt, dies erkannte er als seine wahre Initiation. Liverpool, das war nicht ›Europa‹ gewesen, nein – nicht einmal seine auf scheußlich-schöne Weise imponierenden Straßen am Abend zuvor – nicht in dem Ausmaß, wie seine jetzige Begleiterin es erst zu Europa machte. Sie hatte damit kaum richtig begonnen, da brachte sie ihn, nachdem sie einige Minuten gegangen waren und er Zeit gefunden hatte, sich zu fragen, ob ihre gelegentlichen Seitenblicke wohl bedeuteten, er hätte besser Handschuhe anziehen sollen, mit einem amüsierten Protest beinahe aus dem Konzept. »Warum – denn die Vermutung, Sie wollten sich gar nicht mehr davon trennen, wäre allzu kühn – stecken Sie sie nicht einfach ein? Sollte es Ihnen freilich lästig sein, sie mit sich herumzutragen – man freut sich meist, wenn man seine Karte zurückbekommt. Sie kosten schließlich ein Vermögen!«

Da begriff er, dass die Art, wie er seinen parat gehaltenen Obolus spazieren trug, auf sie wie ein Ausweichen gewirkt hatte in eine Richtung, die er noch nicht ermessen konnte, und dass sie vermutete, dies Symbol sei noch immer jenes, das er von ihr erhalten hatte. Er überreichte ihr folglich die Karte, so als retourniere er sie, aber sobald sie sie in die Hand nahm, bemerkte sie den Unterschied und blieb, den Blick darauf geheftet, abrupt stehen, um sich gleichsam zu entschuldigen. »Ihr Name«, meinte sie, »gefällt mir.«

»Oh«, erwiderte er, »er dürfte Ihnen kaum etwas sagen!« Er hatte freilich Gründe, dessen gar nicht so sicher zu sein.

Ach, es war zu offensichtlich! Sie las ihn erneut, wie jemand, der ihn vorher noch nie gesehen hatte. »Mr. Lewis Lambert Strether« – sie verkündete es so unbefangen, als wäre von einem Fremden die Rede. Sie wiederholte jedoch, er gefalle ihr – »besonders Lewis Lambert. So heißt ein Roman von Balzac.«

»Ja, ich weiß!« sagte Strether.

»Leider ein entsetzlich schlechter Roman!«

»Auch das weiß ich.« Strether lächelte. Und dann fügte er mit nur gespielter Beiläufigkeit hinzu: »Ich komme aus Woollett, Massachusetts.« Sie musste aus irgendeinem Grund – wegen der Beiläufigkeit oder worüber auch immer – lachen. Balzac hatte viele Städte beschrieben, aber nicht Woollett, Massachusetts. »Sie sagen das«, erwiderte sie, »als wollten Sie einen sofort mit dem Schlimmsten konfrontieren.«

»Ach, kommen Sie«, meinte er, »das muss Ihnen doch längst aufgefallen sein. Es steckt so tief in mir drin, dass ich ganz bestimmt auch genau so wirke, rede und mich, wie man dort sagt, anstelle. Das merkt doch ein Blinder, und Ihnen ist es sicher gleich ins Auge gesprungen.«

»Das Schlimmste, meinen Sie?«

»Die Tatsache, wo ich her bin. So, jetzt ist es heraus; und wenn es dann passiert, werden Sie kaum behaupten können, ich sei Ihnen gegenüber nicht ehrlich gewesen.«

»Ich verstehe« – und Miss Gostrey schien sein angeführtes Argument wirklich zu interessieren. »Aber was meinen Sie mit ›passieren‹?«

Obwohl er keine Hemmungen verspürte – was ziemlich ungewöhnlich war –, mied Strether, während er sich umschaute, ihren Blick; eine Angewohnheit, die er im Gespräch häufig offenbarte, der seine Worte jedoch oft gar nicht zu korrespondieren schienen. »Nun, dass Sie zu der Ansicht gelangen, ich sei ein absolut hoffnungsloser Fall.« Damit gingen sie gemeinsam weiter, während sie unterwegs erwiderte, gerade die absolut hoffnungslosen Fälle unter ihren Landsleuten seien ihr in der Regel die sympathischsten. Noch mancherlei angenehme Kleinigkeiten – Kleinigkeiten, die ihm doch groß schienen – erblühten in der Atmosphäre dieser Situation; doch die Bedeutung der eigentlichen Situation für noch ferne Ereignisse ist uns zu belangvoll, als dass sie uns erlaubte, unsere Schilderungen zu vermehren. Um zwei oder drei täte es uns aber vielleicht denn doch leid. Der gewundene Wall – längst gesprengter Gürtel der kleinen, angeschwollenen Stadt, durch sorgliche Bürgerhände leidlich instandgehalten – mäandert schmal zwischen von friedlichen Generationen glattgeschliffenen Brustwehren, pausiert hier und dort wegen eines niedergerissenen Stadttors oder einer überbrückten Bresche, mit Steigungen und Gefällen, Treppenauf- und -niedergängen, wunderlichen Biegungen, wunderlichen Anschlüssen, mit Einblicken in schlichte Sträßchen und unter Giebelvorsprünge, mit Aussichten auf Kathedralturm und Felder am Fluss, kunterbunte englische Stadt und wohlgeordnetes englisches Land. Strethers Entzücken an diesen Dingen war beinahe zu innig, als dass er es in Worte hätte kleiden können; doch ebenso innig verquickt damit waren gewisse Bilder seiner inneren Vorstellung. Er hatte in weit entfernter Zeit diesen Spaziergang gemacht, mit fünfundzwanzig; aber das schmälerte sein Vergnügen nicht etwa, sondern bereicherte vielmehr seine gegenwärtige Empfindung und machte deren Erneuerung zu etwas, das substantiell genug war, um es mit jemandem zu teilen. Er hätte sie mit Waymarsh teilen sollen, folglich nahm er ihm jetzt etwas, das ihm zustand. Er blickte wiederholt auf seine Taschenuhr, und beim fünften Mal stellte Miss Gostrey ihn zur Rede.

»Sie tun etwas, das Sie nicht für richtig halten.«

Das traf so genau den Punkt, dass er sich geradezu verfärbte und beinahe verlegen lachte. »Genieße ich es *so sehr?*«

»Sie genießen es, glaube ich, nicht so, wie Sie sollten.«

»Ich verstehe« – er schien ihr nachdenklich zuzustimmen. »Ich kenne mein großes Privileg!«

»Oh, es ist nicht Ihr Privileg! Es geht nicht um *mich*. Es geht um Sie. Um Ihr allgemeines Unvermögen.«

»Da haben Sie's!« lachte er. »Es ist Wooletts Unvermögen. *Dies* ist allgemeiner Art.«

»Was ich meine«, erklärte Miss Gostrey, »ist das Unvermögen, etwas zu genießen.«

»Genau. Woollett ist eben nicht sicher, ob es genießen darf. Sonst würde es genießen. Wäre es sicher, würde es genießen. Aber das arme Ding«, fuhr Strether fort, »hat niemanden, der ihm zeigt, wie. Im Gegensatz zu mir. Ich habe jemanden.«

Sie waren im Nachmittagssonnenschein stehen geblieben – unterbrachen fortwährend ihren Spaziergang, um das, was sie sahen, intensiver aufzunehmen – und Strether lehnte sich in der Steinrinne des Wehrgangs an eine Wand. Er stützte sich mit dem Rücken dagegen, das Gesicht dem Turm der Kathedrale zugewandt, die sich jetzt von ihrer Warte großartig dem Blick präsentierte, der hohe, rotbraune Block, eckig und verziert mit Nebentürmchen und gotischem Laubwerk, zwar renoviert und restauriert, doch für seine lange blind gewesenen Augen ganz bezaubernd mit den überall umhersegelnden ersten Schwalben des Jahres. Miss Gostrey blieb in seiner Nähe, und ihr ganzes Auftreten, das signalisierte, sie kenne die Wirkung der Dinge, erschien immer berechtigter. Sie pflichtete ihm ausdrücklich bei. »Sie haben tatsächlich jemanden.« Und sie fügte hinzu: »Wenn ich Ihnen doch nur zeigen dürfte, wie!«

»Oh, Sie machen mir richtig Angst!« wehrte er heiter ab.

Sie fixierte ihn für einen Lidschlag freundlich durch ihre und seine Brillengläser. »Nein, das tue ich nicht! Nicht im mindesten, Gott sei Dank. Sonst stünden wir nach so kurzer Zeit jetzt nicht zusammen hier. Ich glaube«, schloss sie beschwichtigend, »Sie vertrauen mir.«

»Das glaube ich schon! – ebendas macht mir Angst.

Würde ich Ihnen nicht vertrauen, dann wäre mir das egal. Aber dass ich Ihnen binnen zwanzig Minuten so restlos in die Hände gefallen bin, das beunruhigt mich. Ich vermute«, fuhr Strether fort, »Ihnen sind solche Situationen einigermaßen vertraut; aber mir ist so etwas Ungewöhnliches noch nie passiert.«

Sie musterte ihn voll Freundlichkeit. »Das heißt doch lediglich, dass Sie mich erkannt haben – und das ist nun *wirklich* ganz wunderbar und etwas Seltenes. Sie sehen, was ich bin.« Weil er darauf jedoch jeden diesbezüglichen Anspruch mit einem gutgelaunten Kopfschütteln von sich wies, schickte sie sich an zu einer Erklärung. »Sie müssen nur noch ein bisschen so weitermachen, dann erkennen Sie mich auf jeden Fall. Ich komme aus zu vielen Städten, das ist mein Schicksal, und davor habe ich kapituliert. Ich bin so etwas wie eine allgemeine Fremdenführerin – für *Europa*, verstehen Sie? Ich empfange die Leute – ich schleuse sie durch. Ich sammle sie ein – ich setze sie ab. Ich bin eine Art bessere Reiseleiterin. Eine ungebundene Gesellschafterin. Wie gesagt, ich führe Leute herum. Ich habe es mir nicht ausgesucht – es hat sich so ergeben. Es war mein Schicksal, und man akzeptiert sein Schicksal. Es ist schrecklich, in einer so schlechten Welt etwas Derartiges bekennen zu müssen, aber ich glaube tatsächlich, dass es, so wie Sie mich hier vor sich sehen, nichts gibt, was ich nicht kenne. Ich kenne alle Läden und alle Preise – aber ich kenne auch Schlimmeres. Ich trage die gewaltige Last unseres Nationalbewusstseins auf meinem Buckel oder anders gesagt – denn darauf läuft es hinaus – unserer Nation überhaupt. Woraus besteht denn unsere Nation, wenn nicht aus den individuellen Männern und Frauen, die ich einzeln auf den Schultern trage? Wissen Sie, ich tue das nicht, weil ich einen besonderen Vorteil daraus ziehe. Ich tue es beispielsweise nicht – so wie manche Leute – für Geld.«

Strether konnte nur staunend zuhören und seine Chancen abwägen. »Aber bei aller Sympathie für so viele Ihrer Kunden tun Sie es doch wohl kaum aus Liebe.« Er wartete einen Moment. »Wie honorieren wir es Ihnen?«

Jetzt zögerte sie, erwiderte aber schließlich »Überhaupt nicht!« und gab ihm das Zeichen zum Aufbruch. Sie gingen weiter, doch wenige Minuten später, während er noch ihre Worte überdachte, zückte er erneut die Uhr, mechanisch, unbewusst, als hätte ihn die bloße Heiterkeit ihres, wie er fand, sonderbaren und zynischen Humors nervös gemacht. Er schaute auf das Zifferblatt, ohne die Uhrzeit wahrzunehmen, und hielt dann, nach einer weiteren Bemerkung seiner Begleiterin, erneut inne. »Er ist ja ein echter Albtraum für Sie.«

Er lächelte und spürte dabei doch, wie matt sein Lächeln geriet. »Da sehen Sie, weshalb Sie mir Angst machen.«

»Wegen meiner Intuition? Die dient doch nur zu Ihrem Besten! Genau das«, setzte sie hinzu, »habe ich Ihnen ja vorhin gesagt. Sie haben das Gefühl, jetzt etwas Unrechtes zu tun.«

Er blieb wieder zurück und lehnte sich an die Brustwehr, als wolle er mehr darüber hören. »Dann erlösen Sie mich!«

Ihr Gesicht strahlte geradezu vor Freude über diese Bitte, aber sie dachte augenscheinlich nach, so als wäre nun unmittelbares Handeln gefragt. »Davon, dass Sie auf ihn warten? – ihn überhaupt treffen?«

»Aber nein – das nicht«, sagte der arme Strether mit ernstem Gesicht. »Ich muss auf ihn warten – und ich möchte ihn unbedingt treffen. Aber befreien Sie mich von diesem Albtraum. Sie haben es vor ein paar Minuten doch klar erkannt. Es ist ein allgemeiner Albtraum, aber er macht sich gewisse Gelegenheiten zunutze. So wie in diesem Moment. Ich bin in Gedanken immer woanders; ich meine, woanders als bei der augenblicklichen Situation. Dies Besessensein von diesem Anderen, das ist der Albtraum. Im Augenblick, zum Beispiel, bin ich mit meinen Gedanken woanders als bei *Ihnen*.«

Sie lauschte ihm mit entzückendem Ernst. »Oh, das gehört sich aber nicht.«

»Da haben Sie allerdings recht. Lassen Sie es also nicht zu.«

Sie überlegte erneut. »Befehlen Sie mir das wirklich? – dass ich die Sache in die Hand nehme? Werden Sie sich hingeben?«

Der arme Strether seufzte. »Wenn ich es bloß könnte! Das ist ja das Fatale – dass ich es nie kann. Nein – ich kann's nicht.«

Sie ließ sich jedoch nicht entmutigen. »Aber Sie möchten es zumindest?«

»Ach, schrecklich gern!«

»Also dann, wenn Sie es versuchen wollen!« – und sie nahm die Sache, wie sie es nannte, auf der Stelle in die Hand. »Vertrauen Sie mir!« rief sie; und die unmittelbare Wirkung davon war, er hakte sich auf dem Rückweg bald bei ihr ein wie eine gütige, unselbständige, väterliche, ältere Person, die zu einer jüngeren Person ›nett‹ sein möchte. Dass er die Hand doch wieder zurückzog, als sie sich dem Hotel näherten, mag darin begründet gewesen sein, dass ihm im Verlauf ihrer weiteren Unterhaltung der Altersunterschied oder zumindest die unterschiedliche Lebenserfahrung – worauf in der Tat bereits recht ungezwungen angespielt worden war – eine Korrektur erforderlich zu machen schien. Immerhin traf es sich am Ende günstig, dass sie in geziemendem Abstand bei der Hoteltür anlangten. Die junge Dame, die sie im Glaskasten zurückgelassen hatten, schien ihr Eintreffen mit Ungeduld erwartet zu haben. Neben ihr stand eine Person, deren Haltung ein ähnliches Interesse an ihrer Rückkehr bekundete und deren Anblick bei Strether augenblicklich jenes Stocken auslöste, das wir nun schon wiederholt beobachten mussten. Er überließ es Miss Gostrey, mit ihrem großartigen, um nicht zu sagen bravourösen, wie ihm beinahe schien, *Mr. Waymarsh!* das drohende Schicksal zu benennen, das ihn ohne sie – wie er deutlicher denn je spürte, als sein knapper, zögernd willkommen heißender Blick die Szene in sich aufnahm – ereilt hätte. Bereits auf diese Entfernung überfiel es ihn – Mr. Waymarsh *seinerseits* war freudlos.

II

Dennoch musste er diesem Freund am Abend gestehen, dass er so gut wie nichts über sie wusste, und dies war ein Manko, das Waymarsh, trotz seiner aufgefrischten Erinnerung durch den Kontakt, durch Miss Gostreys prompte und eindeutige Anspielungen und Erkundigungen, durch das in ihrer Gesellschaft im Speisesaal eingenommene Abendessen und durch einen weiteren Spaziergang, von dem sie nicht ausgeschlossen blieb, hinaus in die Stadt, um die Kathedrale im Mondschein zu betrachten – es war dies eine Lücke, die auszufüllen der Einwohner von Milrose, wenngleich er die Bekanntschaft mit den Munsters einräumte, sich außerstande erklärte. Er erinnerte sich nicht an Miss Gostrey, und zwei oder drei Fragen, die sie ihm über diese Mitglieder seines Zirkels stellte, zeitigten, wie Strether beobachtete, die gleiche Wirkung, die er bereits selbst, nur noch direkter, erlebt hatte – nämlich alles Wissen fürs erste auf Seiten dieser selbständigen Frau zu vermuten. Es interessierte ihn allerdings, die Grenzen eines eventuellen Umgangs zwischen ihr und seinem Freund auszumachen, und er bemerkte insbesondere, dass sie ganz und gar auf Waymarshs Seite gezogen waren. Dies bestärkte sein eigenes Empfinden, weit bei ihr gekommen zu sein – stellte ihm frühzeitig eine deutlich kürzere Distanz vor Augen. Er gewann sogleich die Gewissheit, die Überzeugung, dass es Waymarsh, unabhängig vom Grad ihrer Bekanntschaft, gleichsam gänzlich misslingen würde, von ihr zu profitieren.

Der erste Austausch zwischen den dreien hatte zu einem etwa fünfminütigen Gespräch in der Halle geführt, und danach waren die beiden Männer in den Garten übersiedelt, während Miss Gostrey vorläufig verschwand. Strether begleitete seinen Freund zur gegebenen Zeit in das Zimmer, das dieser reserviert und vor dem Ausgehen skrupulös inspiziert hatte; dort ließ er ihn nach Ablauf einer halben Stunde nicht minder diskret allein. Anschließend suchte er direkt sein eigenes Zimmer auf, mit der prompten Wirkung allerdings, dass ihm in seinem Zustand die Größe dieses Zimmers widerstrebte. Hier bescherte ihm ihr Wiedersehen gleich die erste Konsequenz. Ein Zimmer, das zuvor geräumig gewirkt hatte, war ihm nun zu eng. Es hätte ihn betrübt, ja fast beschämt, hätte er ihr Treffen nicht mit einer deutlichen Gemütsbewegung herbeigesehnt, allerdings in der gleichzeitigen, stillschweigenden Annahme, dieser Affekt werde sich im Ereignis selbst lösen. Merkwürdigerweise war er noch aufgeregter; und seine Unruhe – die sogleich zu benennen ihm wahrhaftig schwergefallen wäre – trieb ihn erneut nach unten und ließ ihn einige Minuten ziellos umherlaufen. Er besuchte noch einmal den Garten; er warf einen Blick in den Salon, fand Miss Gostrey beim Briefeschreiben und zog sich eilig zurück; er streunte und vergeudete Zeit; aber das intimere Beisammensein mit seinem Freund würde noch zustande kommen, ehe der Abend ausklang.

Es war spät – erst nachdem Strether mit ihm eine Stunde oben verbracht hatte –, als der Betreffende einwilligte, sich zu einer ungewissen Nachtruhe zu begeben. Das Abendessen und der anschließende Spaziergang im Mondschein – für Strether ein Traum romantischer Eindrücke, der ziemlich prosaisch zerging im schlichten Versäumnis, dickere Mäntel mitzunehmen – hatten sich merklich dazwischengeschoben, und diese mitternächtliche Zusammenkunft rührte daher, dass Waymarsh (nachdem sie, wie er es ausdrückte, ihrer modernen Bekannten ledig waren) der Rauchsalon nicht rundum zusagte, das Bett aber noch weniger. Seine Lieblingswendung lautete, er kenne sich gut, und in diesem Falle meinte er seine Gewissheit, keinen Schlaf zu finden. Er kenne sich selbst gut genug, um zu wissen, dass er die ganze Nacht herumschleichen würde, gelänge es ihm nicht, sich vorbereitend ganz enorm müde zu machen. Wenn seine darauf abzielenden Bemühungen die Anwesenheit Strethers bis zu später Stunde implizierten – nämlich dessen Inhaftierung zum Zweck eines ausführlichen Gesprächs –, dann implizierte Waymarshs Anblick, wie er da so in Hemd und Hose auf dem Rand seines Lagers saß, für unseren Freund gleichwohl das Gefühl einer milden Strafe. Die langen Beine ausgestreckt und den breiten Rücken stark gekrümmt, rieb er sich fast unvorstellbar lange Zeit abwechselnd Ellbogen und Bart. Er erweckte bei seinem Besucher den Eindruck, er fühle sich äußerst, ja beinahe vorsätzlich unwohl. Doch war dies für Strether nicht vom ersten Augenblick an, als er ihn irritiert im Hotelportal hatte stehen sehen, der vorherrschende Eindruck gewesen? Das Unbehagen schien auf eine gewisse Art ansteckend, zugleich auf eine gewisse Art inkonsequent und unbegründet; der Besucher spürte, falls er sich nicht daran gewöhne – oder falls Waymarsh es nicht täte –, so würde dies sein eigenes parat gehaltenes, sein bereits bestätigtes Wohlgefühl gefährden. Bei ihrem ersten gemeinsamen Gang nach oben in das von Strether für ihn ausgesuchte Zimmer hatte Waymarsh es stumm überblickt und mit einem Seufzer, der für seinen Gefährten wenn nicht notorische Missbilligung verkörperte, so zumindest das Verzagen, je einen Glücksgriff zu tun; und dieser Blick war Strether zum Schlüssel für vieles geworden, das er seither beobachtet hatte. ›Europa‹, so hatte er allmählich aus diesen Dingen geschlossen, war mit seiner Botschaft an Waymarsh bisher mehr oder minder gescheitert; die Einstimmung war ihm nicht gelungen, und nach

Ablauf von drei Monaten hatte er jeder derartigen Erwartung nahezu entsagt.

Er schien momentan förmlich darauf zu insistieren, wie er da thronte, das Gaslicht in den Augen. Allein dies verdeutlichte irgendwie die Sinnlosigkeit einzelner Verbesserungen im Rahmen eines vielförmigen Misslingens. Er hatte einen mächtigen, stattlichen Schädel und ein flächiges fahlgelbes, zerfurchtes Gesicht: eine eindrucksvolle, vielsagende Physiognomie, deren obere Partie – die hohe, staatskluge Stirn, das volle, ungebändigte Haar, die dunklen rußschwarzen Augen – sogar die heutige Generation mit ihrem scheußlich verschobenen Maßstab an das imposante, von Stichen und Büsten her vertraute Bild eines bedeutenden nationalen Würdenträgers der ersten Jahrhunderthälfte erinnert hätte. Er personifizierte den Typus – und dies war Teil der Stärke und Verheißung, die Strether zu Beginn ihrer Bekanntschaft an ihm bemerkt hatte – des amerikanischen Staatsmannes, des in ›Kongresssälen‹ gestählten Staatsmannes einer früheren Zeit. Später hatte sich die Legende gebildet, seine untere Gesichtshälfte sei schwach ausgeprägt und leicht asymmetrisch, was die Ähnlichkeit verderbe, und hier liege der wahre Grund für das Tragen eines Barts, der diese Ähnlichkeit für Nichteingeweihte verderben mochte. Er schüttelte die Mähne; seine prächtigen Augen fixierten den Zuhörer oder Betrachter; er trug keine Brille und hatte eine Art – teils einschüchternd, teils aber auch ermutigend wie ein Volksvertreter gegenüber einem Wähler –, die Personen, die an ihn herantraten, scharf anzublicken. Man wurde von ihm empfangen, als hätte man geklopft und er habe einen geheißen einzutreten. Strether, der ihn schon so lange nicht mehr gesehen hatte, erlebte ihn jetzt mit frischen Sinnen und war ihm vielleicht noch nie auf so ideale Weise gerecht geworden. Der Kopf war größer, die Augen waren schöner, als es die Karriere erfordert hätte; aber das bedeutete schließlich nur, dass die Karriere an sich ausdrucksstark war. Was sie um Mitternacht im vom Gaslicht grell erhellten Schlafzimmer in Chester zum Ausdruck brachte, war, dass ihr Absolvent am Ende vieler Jahre nur knapp, durch rechtzeitige Flucht, einem totalen Nervenzusammenbruch entronnen war. Aber ebendieser Beweis eines erfüllten Lebens, in dem Sinn, was man in Milrose darunter verstand, hätte in Strethers Vorstellung sehr wohl ein Element geformt, in dem Waymarsh hätte entspannt schweben können, würde er dies nur gewollt haben. Leider glich nichts einem Schwebezustand weniger als die Rigorosität, mit der er, am Bettrand sitzend, die Pose einer ausdauernden Sprunghaftigkeit pflegte. Es erinnerte seinen Gefährten an einen Anblick, der ihn – bei längerer Dauer – stets quälte – an eine Person, die vornübergeneigt in einem Eisenbahnwaggon sitzt. Es versinnbildlichte die Haltung, in dem der arme Waymarsh die Tortur ›Europa‹ über sich ergehen lassen würde.

Aufgrund ihrer anstrengenden Tätigkeiten und strapaziösen Berufe, sowie gänzlicher Beanspruchung und großer Hemmnisse auf beiden Seiten hatten sie, vor dieser plötzlichen, kurzen und beinahe verwirrenden Phase relativer Entspannung, daheim seit Jahren nicht einmal einen Tag gefunden für ein Treffen; dieser Umstand erklärte in gewisser Weise, warum Strether die meisten Züge seines Freundes so deutlich ins Auge stachen. Jene, die ihm seit der Anfangszeit nicht mehr aufgefallen waren, nahm er wieder wahr; andere, die man unmöglich vergessen konnte, erschienen ihm jetzt, als hockten sie, zusammengedrängt und erwartungsvoll wie ein renitenter Familienkreis, auf der Schwelle ihres Domizils. Das Zimmer war im Verhältnis zur Länge schmal, und der auf dem Bett Sitzende streckte die in Pantoffeln steckenden Füße so weit aus, dass der Besucher fast darüber hinwegsteigen musste, wenn er immer wieder einmal vom Stuhl hochschnellte und unruhig auf und ab ging. Die Freunde unterstrichen die Dinge, die zu besprechen waren, ebenso, wie sie die Themen markierten, die ausgespart bleiben sollten, und besonders bei einem der letzteren hörte man deutlich die Kreide auf die Tafel pochen. Waymarsh, der mit dreißig geheiratet hatte, lebte seit fünfzehn Jahren nicht mehr mit seiner Frau zusammen, und im grellen Gaslicht schälte sich scharf heraus, dass Strether sich nicht nach ihr erkundigen sollte. Er wusste, die beiden lebten noch immer getrennt, sie wohnte in Hotels, bereiste Europa, schminkte sich und schrieb ihrem Gatten beleidigende Briefe, deren eingehende Lektüre sich der Dulder mit Sicherheit in keinem einzigen Fall ersparte; doch er respektierte ohne Schwierigkeiten das kalte Zwielicht, das diesen Lebensaspekt seines Gefährten umgab. Dies war eine Sphäre, wo das Geheimnis regierte und über die Waymarsh nie ein klärendes Wort verloren hatte. Strether, der ihm, wo immer er *konnte*, höchste Gerechtigkeit widerfahren lassen wollte, bewunderte ihn außerordentlich ob dieser noblen Zurückhaltung und wertete sie sogar als einen der Gründe – Gründe, die sämtlich von ihm sortiert und nummeriert worden waren –, weswegen er ihn im Rahmen ihrer Beziehung als Erfolg einstufte. Waymarsh *war* ein Erfolg, trotz Überarbeitung, Erschöpfung, deutlichem Verschleiß, trotz der Briefe seiner Frau und trotz seiner Aversion gegen Europa. Strether hätte die eigene Karriere als weniger unbedeutend bewertet, wäre er fähig gewesen, sie durch etwas so Nobles wie dieses vornehme Schweigen zu bereichern. Man selbst hätte Mrs. Waymarsh ohne weiteres verlassen können; und man hätte ganz gewiss dem Ideal gebührend Tribut gezollt, indem man durch diese Haltung den Spott überdeckte, von ihr verlassen worden zu sein. Ihr Gatte hatte den Mund gehalten und ein Vermögen verdient; und dies vor allem waren die Leistungen, um die Strether ihn beneidete. Unser Freund hatte allerdings seinerseits, wie er wohl wusste, ebenfalls Schweigen über einen Gegenstand gewahrt; aber dabei ging es um etwas anderes, und die Höhe des von ihm erzielten Einkommens war nie stattlich genug gewesen, um jemandem ins Gesicht sehen zu können.

»Ich begreife eigentlich nicht, wozu Sie es nötig haben. Direkt krank wirken Sie nicht.« Waymarsh kam endlich auf Europa zu sprechen.

»Na«, sagte Strether, den Faden aufgreifend, »seit ich unterwegs bin, *fühle* ich mich auch nicht krank. Aber vor meiner Abreise, da war ich ziemlich am Ende.«

Waymarsh hob den melancholischen Blick. »Aber Sie sind doch auf dem Damm wie sonst?«

Es klang nicht ostentativ skeptisch, doch es wirkte wie ein Appell zur striktesten Wahrhaftigkeit und traf unseren Freund deshalb wie die leibhafte Stimme von Milrose. Er unterschied schon lange in Gedanken – was er freilich nie zu offenbaren wagte – zwischen der Stimme von Milrose und der Stimme von Woollett. Die erstere, so schien ihm, verkörperte am meisten die echte Tradition. Es hatte in seiner Vergangenheit Anlässe gegeben, da hatte ihn ihr Klang vorübergehend in Verwirrung gestürzt, und dies wiederholte sich jetzt plötzlich in der Gegenwart. Dennoch war es keine Lappalie, dass ihn diese Verwirrung unmittelbar zu neuerlichen Ausflüchten trieb. »Diese Beschreibung wird einem Manne kaum gerecht, dem allein schon *Ihr* Anblick so unendlich wohlgetan hat.«

Waymarsh fixierte seinen Waschtisch mit dem stummen, gleichgültigen Blick, mit dem auch Milrose *in persona* ein unerwartetes Kompliment von Woollett quittiert hätte; und Strether seinerseits fühlte sich wieder einmal wie Woollett *in persona*. »Damit will ich sagen«, fuhr sein Freund alsbald fort, »Sie haben schon eine schlechtere Erscheinung geboten; Sie wirken besser beieinander als bei unserer letzten

Begegnung.« Waymarsh fasste besagte Erscheinung immer noch nicht ins Auge; es schien fast, als gehorche sein Blick instinktiv dem Anstand, und dieser Eindruck verstärkte sich noch, als Waymarsh, Krug und Becken unablässig im Visier, ergänzte: »Sie haben etwas zugenommen.«

»Ja, leider«, lachte Strether, »man nimmt durchaus nicht ab bei dem, was man so alles zu sich nimmt, und ich habe allerdings mehr zu mir genommen, als mein natürliches Maß erlaubt. Ich war bei der Abreise hundemüde.« Es klang sonderbar fröhlich.

»*Ich* war bei der Ankunft hundemüde«, erwiderte sein Gefährte. »Und diese wilde Jagd nach Ruhe raubt mir die letzte Energie. Tatsache bleibt, Strether – und es ist mir ein Trost, Sie endlich hier zu haben und es Ihnen sagen können; dabei weiß ich nicht einmal, ob ich wirklich damit gewartet habe, ich habe es unterwegs Leuten im Zug schon erzählt – Tatsache bleibt, ein Land wie das hier ist jedenfalls kein Land nach meinem Geschmack. Ich habe hier drüben noch überhaupt kein Land nach meinem Geschmack gesehen. Oh, ich behaupte keinesfalls, dass es hier nicht jede Menge hübscher Orte gibt und erstaunlich altes Zeug; das Problem ist nur, ich scheine nirgendwo richtig hinzupassen. Das ist vermutlich einer der Gründe, warum ich so wenig davon profitiert habe. Keinen Hauch des inneren Auftriebs, den ich mir doch erhofft hatte.« Dann stieß er noch dringender hervor: »Hören Sie – ich will wieder zurück.«

Sein Blick vereinnahmte jetzt Strethers Blick völlig, denn er gehörte zu den Menschen, die einen direkt ansehen, wenn sie über sich sprechen. Dies ermöglichte es seinem Freund, ihn scharf zu fixieren und dadurch sogleich höchst vorteilhaft in dessen Augen dazustehen. »Wie ungemein liebenswürdig von Ihnen, dies jemandem zu sagen, der in der Absicht herübergekommen ist, Sie zu treffen!«

Nichts hätte diese Worte schöner quittieren können, als

Waymarshs anschließend düster leuchtende Miene. »Sie sind also herübergekommen mit einer Absicht?«

»Nun ja – weitestgehend.«

»Ich glaube, Ihrem Brief entnehmen zu können, dass irgendetwas dahintersteckt.«

Strether zögerte. »Hinter meinem Wunsch, bei Ihnen zu sein?«

»Hinter Ihrer Erschöpfung.«

Strether schüttelte den Kopf, ein bestimmtes Wissen trübte sein Lächeln. »Es gibt eine Menge Gründe!«

»Und keinen, der Sie besonders antreibt?«

Unser Freund konnte endlich gewissenhaft antworten. »Doch. Einen. Es gibt *tatsächlich* etwas, dass viel mit meinem Kommen zu tun hat.«

Waymarsh wartete eine Weile. »Zu privat, um darüber zu sprechen?«

»Nein, nicht zu privat – nicht für *Sie*. Bloß reichlich kompliziert.«

»Na«, sagte Waymarsh, der wieder ein wenig gewartet hatte, »kann durchaus sein, ich verliere hier drüben den Verstand, aber noch ist es nicht so weit.«

»Sie werden schon noch alles erfahren. Aber nicht heute Nacht.«

Waymarsh schien sich noch mehr zu versteifen und seine Ellbogen fester zu umklammern. »Warum nicht? Ich kann sowieso nicht schlafen.«

»Aber *ich*, mein Lieber!«

»Und Ihre Erschöpfung?«

»Äußert sich darin – dass ich meine acht Stunden brauche.« Und Strether hob hervor, wenn Waymarsh nichts ›profitiere‹, dann nur, weil er nicht ins Bett finde; was wiederum zu dem Ergebnis führte, dass letzterer, um ihm Gerechtigkeit widerfahren zu lassen, seinem Freund gestattete, darauf zu bestehen, dass er, Waymarsh, sich wirklich zur

Ruhe begab. Strether assistierte ihm freundlich-energisch zu diesem Zweck und empfand, durch kleine Handreichungen wie etwa das Kleinerdrehen der Lampe und sorgfältiges Zudecken, seine eigene Rolle in ihrer Beziehung wieder einmal beglückend erweitert. Es beförderte seine Nachsicht, Waymarsh, der im Bett unnatürlich groß und schwarz wirkte, fest eingepackt zu sehen wie einen Patienten im Krankenhaus und durch die bis ans Kinn hochgezogene Zudecke auch darauf reduziert. Es erfüllte ihn vages Mitleid, kurz gesagt, während ihn sein Gefährte aus den Kissen zur Rede stellte. »Hat sie's wirklich auf Sie abgesehen? Steckt das dahinter?«

Strether empfand Unbehagen angesichts der Richtung, in welche der Scharfsinn seines Gefährten zielte, gab sich aber erst einmal unsicher. »Hinter meiner Reise?«

»Hinter Ihrer Erschöpfung oder was auch immer. Es herrscht nämlich der allgemeine Eindruck, dass sie Ihnen unerbittlich hinterher ist.«

Strether blieb der Ehrlichkeit nie sehr fern. »Ach, Sie denken wohl, ich könnte buchstäblich auf der Flucht vor Mrs. Newsome sein?«

»Ich *weiß* nur eines. Sie sind ein äußerst attraktiver Mann, Strether. Sie haben ja selbst erlebt«, sagte Waymarsh, »wie diese Dame da unten auf Sie fliegt. Es sei denn«, schwadronierte Waymarsh in halb ironischer, halb besorgter Manier weiter, »Sie sind hinter *ihr* her. Ist Mrs. Newsome hier?« Es klang, als verspüre er eine drollige Angst.

Sein Freund musste lächeln – wenn auch nur matt. »Lieber Himmel, nein; sie sitzt, Gott sei Dank – wie mir immer mehr scheint – gut aufgehoben zu Hause. Sie wollte mitkommen, hat es sich aber anders überlegt. Ich bin sozusagen an ihrer Stelle hier; und insofern – denn Ihre Folgerung trifft zu – in ihren Angelegenheiten. Sie sehen, die Umstände sind vielfältig.«

Waymarsh sah zumindest weiterhin, was auf der Hand lag. »Und dazu zählt auch der von mir vorhin erwähnte ganz spezielle?«

Strether durchmaß noch einmal das Zimmer, zupfte die Bettdecke seines Gefährten zurecht und gewann schließlich die Tür. Er fühlte sich wie eine Krankenschwester, die sich, nach gewissenhaft getaner Arbeit, ihre Ruhe verdient hat. »Es zählt mehr dazu, als ich Ihnen jetzt noch eröffnen kann. Aber unbesorgt – Sie werden alles von mir erfahren; am Ende wird es Ihnen wahrscheinlich noch über den Kopf wachsen. Ich werde – falls wir zusammenbleiben – in einigen Dingen sehr auf Ihre Einschätzung angewiesen sein.«

Waymarsh würdigte diese Anerkennung auf charakteristisch indirekte Art. »Sie glauben also nicht, *dass* wir zusammenbleiben?«

»Ich halte mir lediglich die Gefahr vor Augen«, sagte Strether väterlich, »denn wenn ich Sie so jammern höre, dass Sie wieder zurückwollen, dann scheint mir, Sie könnten eine solche Torheit in Betracht ziehen.«

Waymarsh schluckte es – mit kurzem Schweigen – wie ein großes, gerüffeltes Kind. »Was haben Sie mit mir vor?«

Dieselbe Frage hatte Strether Miss Gostrey gestellt, und er überlegte, ob er ebenso geklungen hatte. Immerhin konnte *er* sich konkreter äußern. »Ich werde Sie direkt nach London schleppen.«

»In London war ich schon!« stöhnte Waymarsh etwas leiser. »Ich kann mit dieser Stadt absolut nichts anfangen.«

»Na«, sagte Strether gut gelaunt, »aber doch hoffentlich mit *mir*.«

»Ich muss also mit?«

»Oh, Sie müssen noch viel mehr.«

»Na«, seufzte Waymarsh, »dann strengen Sie sich mal an! Aber bevor Sie mich den ganzen Weg mitschleifen, müssen Sie mir schon noch verraten –«

Unser Freund war erneut, halb belustigt, halb zerknirscht, weit in Spekulationen abgeglitten, ob er bei seiner eigenen Bewährungsprobe am Nachmittag wohl eine ähnliche Figur geboten hatte, so dass er für einen Augenblick völlig den Faden verlor. »Was soll ich Ihnen verraten –?«

»Na, was Sie planen.«

Strether zögerte. »Also, selbst wenn ich es unbedingt wollte, könnte ich diese Angelegenheit nicht vor Ihnen verheimlichen.«

Waymarsh blickte düster. »Sie machen die Reise also nur ihr zuliebe?«

»Mrs. Newsome? Oh gewiss, ich sagte es bereits. Durchaus.«

»Warum behaupten Sie dann, es sei auch mir zuliebe?«

Strether malträtierte voll Ungeduld die Klinke. »Ganz einfach. Ich tue es Ihnen beiden zuliebe.«

Waymarsh drehte sich endlich ächzend weg. »Also, *ich* werde Sie nicht heiraten und im übrigen –!«

Doch der Besucher war schon lachend geflüchtet.

III

Er hatte Miss Gostrey erzählt, er werde für die gemeinsame Abreise mit Waymarsh voraussichtlich einen Nachmittagszug wählen, und darauf zeigte sich am Morgen, dass die Dame für sich einen früheren disponiert hatte. Als Strether den Speisesaal betrat, hatte sie bereits gefrühstückt; aber da von Waymarsh noch jede Spur fehlte, blieb ihm Zeit, sie an die Bedingungen ihrer Übereinkunft zu erinnern und ihre Diskretion für übertrieben zu erklären. Sie werde sich doch gewiss nicht genau in dem Augenblick aus dem Staub machen, in dem sie Bedürfnisse geweckt habe. Er war zu ihr getreten, als sie eben von ihrem Tischchen in einer Fensternische aufstand, wo sie ihn, inmitten der Morgenzeitungen, wie er ihr sagte, an den Major Pendennis beim Frühstück in seinem Club erinnerte – ein schätzenswertes Kompliment, wie sie beteuerte; und er drängte sie so inständig zum Bleiben, als habe er bereits – und besonders unter dem Druck der nächtlichen Einsichten – erkannt, dass er ohne sie nicht zurechtkam. Unbedingt müsse sie ihm vor ihrer Abreise noch beibringen, wie man in Europa ein Frühstück bestellte, und vor allem müsse sie ihm bei einer schwierigen Bestellung für Waymarsh zur Seite stehen. Letzterer hatte seinem Freund mittels verzweifelter Laute durch die Zimmertür die mit Bangigkeit erahnte Verantwortung betreffs Beefsteak und Orangen aufgebürdet – eine Verantwortung, die dann Miss Gostrey mit einem Elan übernahm, der ihrer wachen Intelligenz entsprach. Sie habe Expatriierten schon früher Gewohnheiten abgewöhnt, im Vergleich zu denen das morgendliche Beefsteak eine Lappalie darstelle, und lange zu fackeln sei, eingedenk so mancher Erinnerungen, ihre Sache nicht; obgleich sie nach einigem Überlegen recht freimütig bekannte, in solchen Fällen bestünde stets die Wahl zwischen gegensätzlichen Strategien. »Manchmal muss man ihnen nämlich ihren Kopf lassen –!«

Sie waren in den Garten gegangen, um gemeinsam das Anrichten der Speisen abzuwarten, und Strether fand Miss Gostrey anregender denn je. »Und weiter?«

»Dadurch verkomplizieren sich die Umstände für sie so sehr – man könnte allerdings auch sagen, sie vereinfachen sich so sehr –, dass sich die Situation von selbst auflösen *muss*. Sie wollen nach Hause.«

»Und genau das möchten Sie!« schloss Strether heiter.

»Ich möchte immer, dass sie nach Hause fahren, und ich bringe sie möglichst schnell auf den Weg.«

»O ja, ich weiß – Sie verfrachten sie nach Liverpool.«

»Bei Sturm taugt jeder Hafen. Ich bin – neben meinen anderen Funktionen – eine Repatriierungsagentin. Ich möchte unser leidgeprüftes Land wieder bevölkern. Was soll sonst aus ihm werden? Ich möchte andere entmutigen.«

Der gepflegte englische Garten in der Morgenfrische entzückte Strether, der das Knirschen des kompakten, feinkörnigen, mit chronischer Feuchte vollgesogenen Kieses unter seinen Füßen liebte und müßigen Blickes die gründliche Glätte des Rasens und die klaren Wegkrümmungen genoss. »Andere Leute?«

»Andere Länder. Andere Leute – ja. Ich möchte unsere eigenen ermutigen.«

Strether staunte. »Ermutigen, nicht zu kommen? Warum nehmen Sie sie dann ›in Empfang‹? – um sie aufzuhalten ganz offenbar nicht?«

»Oh, dass sie überhaupt nicht kommen, ist noch zu viel verlangt. Ich sorge dafür, dass sie schnell kommen und noch schneller zurückkehren. Ich nehme sie in Empfang, um mit-

KAPITEL III

zuhelfen, dass es so bald wie möglich vorbei ist; und wenn ich sie schon nicht aufhalte, habe ich doch meine Methode, sie durchzuschleusen. Das ist mein kleines System; und, falls es Sie interessiert«, sagte Maria Gostrey, »das ist mein wahres Geheimnis, meine verborgenste Mission, mein innerster Daseinszweck. Ich becirce und billige nämlich nur scheinbar; ich habe aber alles durchdacht und agiere die ganze Zeit verdeckt. Das genaue Rezept kann ich Ihnen vielleicht nicht geben, aber ich denke, in der Praxis habe ich damit Erfolg. Ich schicke euch ausgelaugt nach Hause. Dann bleibt ihr zu Hause. Nachdem ihr durch meine Hände gegangen seid –«

»Wir lassen uns nie wieder blicken?« Je weiter sie es trieb, desto weiter sah er sich stets in der Lage, ihr zu folgen. »Ich brauche Ihr Rezept nicht – ich ahne ohnehin zur Genüge, wie ich gestern andeutete, Ihre Abgründe. Ausgelaugt!« wiederholte er. »Sollten Ihre raffinierten Pläne bezwecken, mich in diesem Zustand nach Hause zu schicken, dann verbindlichen Dank für die Warnung.«

Inmitten der Annehmlichkeiten – Poesie zu berechneten Preisen, doch gerade deshalb, für bereits bekehrte Gäste, umso mehr eine Aufforderung zum Konsum – lächelten sie einander zu in bekräftigter Kameradschaft. »Das nennen Sie raffiniert? Das ist doch platt und plump. Außerdem sind Sie ein Sonderfall.«

»Oh, Sonderfälle – wie schwach!« Sie war fernerhin so schwach, ihre Reise zu verschieben und einzuwilligen, die Herren auf deren Fahrt zu begleiten, vorausgesetzt, ein separater Waggon signalisiere ihre Unabhängigkeit; dessen ungeachtet kam es nach dem Mittagessen dahin, dass sie allein abreiste und die beiden Herren, nachdem man die Verabredung getroffen hatte, in London einen Tag in ihrer Gesellschaft zu verbringen, eine weitere Nacht blieben. Sie hatte, im Laufe des Vormittags – der in einer Weise verstrich, an die er sich später erinnern sollte als des wahren Höhepunkts seines von intensiven Ahnungen erfüllten Vorgefühls von dem, was er Zusammenbrüche genannt hätte – mit Strether ganz offen über alles Mögliche gesprochen; unter anderem über die Tatsache, dass, obgleich in ihrem Leben kein einziger Moment existierte, in dem sie nicht irgendwo ›erscheinen‹ musste, sie seinetwegen trotzdem so gut wie jede Treulosigkeit gegen andere begehen würde. Sie erklärte zudem, wo immer sie sich gerade aufhalte, erwarte sie ein fallen gelassener Faden, den es aufzunehmen, harre ein ausgefranster Saum, den es zu reparieren gelte, lauere im Hinterhalt ein vertrautes Gelüst, das bei ihrem Nahen hervorbreche, sich aber vorläufig mit einem Biskuit besänftigen lasse. Sie empfinde es, nach dem Wagnis, Waymarsh durch ihr heimtückisches Arrangement eine Abänderung seines Morgenimbisses zu verordnen, als Ehrensache, bei ihm nun auch noch größere Erfolge zu verbuchen; und später rühmte sie sich vor Strether, sie habe ihren gemeinsamen Freund speisen lassen – und zwar ohne dass dieser wusste, wie ihm geschah – wie Major Pendennis im Megatherium gespeist hätte. Sie habe ihn frühstücken lassen wie einen Gentleman, und das sei noch gar nichts verglichen damit, behauptete sie energisch, wozu sie ihn noch bringen werde. Sie hatte ihn dazu gebracht, am wiederholten gemächlichen Streifzug teilzunehmen, der den neuen Tag, für Strether, reichlich ausfüllte; und ihrem Geschick war es zu verdanken, dass er dort auf den Wällen und in den Rows irgendwie den Eindruck erweckte, er folge ganz dem eigenen Antrieb.

Die drei bummelten, bewunderten und plauderten, zumindest taten es die zwei; ihrem Gefährten bot die Situation, analysierte man sie, eigentlich nur das Element bedrückten Schweigens. Dies Element schien Strether allerdings ein vernehmliches Rumoren zu bergen, doch war er sich des eigenen Bestrebens bewusst, dies ausdrücklich als Zeichen wohltuender Eintracht zu werten. Er mochte sich nicht wortreich bemühen, denn dies provozierte nur Steifheit; ohne weiteres einsilbig wollte er sich freilich auch nicht geben, denn das ließ an Kapitulation denken. Waymarsh indes wahrte ein zweideutiges Schweigen, welches sowohl das Heranreifen einer Empfindung als auch Resignation bedeuten konnte; und manchmal und mancherorts – wo die geduckten Arkaden am dunkelsten waren, die einander gegenüberstehenden Giebel am wunderlichsten, die Kundenwerbung aller Art am konzentriertesten – da ertappten ihn die anderen dabei, wie er etwas weniger Interessantes scharf fixierte, gelegentlich sogar überhaupt nichts Erkennbares anvisierte, als gönne er diesem eine Waffenruhe. Traf ihn hierbei Strethers Blick, wirkte er schuldbewusst und heimlichtuerisch, und im nächsten Augenblick schien sein ganzes Gebaren ein einziges Dementi. Aus Angst, völlige Ablehnung zu ernten, konnte ihn unser Freund nicht auf die richtigen Dinge hinweisen und schwebte sogar in Versuchung, ihm die falschen zu zeigen, um ihm triumphalen Widerspruch zu ermöglichen. In manchen Augenblicken verspürte er selber Hemmungen, sich zur vollen Süße des Müßiggangs zu bekennen, und in anderen Momenten überraschte er sich bei dem Gefühl, sein Gedankenaustausch mit der Dame an seiner Seite könnte auf den Dritten im Bunde genauso wirken wie der hohe Gedankenflug der Besucherinnen aus London auf Mr. Burchell an Dr. Primroses Kamin. Kleinigkeiten fesselten und ergötzten ihn derart, dass er sich mehrmals beinahe entschuldigte – als Erklärung erneut den Vorwand der vorherigen Fron ins Feld führend. Gleichzeitig wusste er, dass seine Fron, verglichen mit der Waymarshs, ein Nichts war, und er gestand wiederholt, dass er, um seine Frivolität wettzumachen, nach Kräften nach seiner früheren Tugendhaftigkeit trachte. Wie er's auch anfing, seine bisherige Tugendhaftigkeit lebte fort, und sie schien ihn direkt anzustarren aus den Schaufenstern der Geschäfte, die nicht den Geschäften in Woollett glichen, schien in ihm direkt das Verlangen zu schüren nach Dingen, mit denen er gar nichts anzufangen gewusst hätte. Durch eine höchst sonderbare, kaum statthafte Regel demoralisierte sie ihn jetzt, indem sie dreist sein Verlangen ganz allgemein steigerte. Diese ersten Spaziergänge in Europa waren in der Tat so etwas wie eine zarte, unheimliche Andeutung, womit am Ende dieser Entwicklung zu rechnen sein könnte. War er nach langen Jahren, beinahe schon im Lebensabend, bloß zurückgekehrt, um dem preisgegeben zu sein? Vor den Schaufenstern jedenfalls benahm er sich Waymarsh gegenüber äußerst ungezwungen; obgleich ihm das noch leichter gefallen wäre, hätte dieser nicht höchst vernünftig der Anziehungskraft der rein zweckmäßig orientierten Geschäfte nachgegeben. In seiner düsteren Absonderung durchbohrte er mit Blicken das Spiegelglas von Eisenwarenhändlern und Sattlern, während Strether ganz offen seine Affinität zu Läden mit geprägtem Briefpapier und modischen Krawatten zur Schau trug. Strether verhielt sich vor Schneidereien tatsächlich wiederholt schamlos, obgleich sein Landsmann gerade diese mit besonderer Verachtung strafte. Das bot Miss Gostrey die auch prompt genutzte Gelegenheit, auf seine Kosten Waymarsh zu sekundieren. Der leidgeprüfte Anwalt besäße – das sei schließlich unverkennbar – eigene Vorstellungen von der Façon seiner Garderobe; doch berge ebendies, in Anbetracht der von ihr erzielten Wirkung, die Gefahr, darauf wiederholt hinzuweisen. Strether überlegte, ob Waymarsh Miss Gostrey inzwischen wohl weniger modern vorkam, Lambert Strether dafür aber um so mehr; und es mochte durchaus sein, dass die meisten der zwischen beiden gewechselten Bemerkungen über Passanten, Gestalten, Physiognomien und

Menschentypen den Hang illustrierten, so zu plaudern wie die ›feine Welt‹.

Widerfuhr ihm also wirklich, *war* ihm bereits widerfahren, dass eine moderne Dame von Welt ihn für die Gesellschaft flottmachte, während ein alter, am Ufer zurückgelassener Freund die Gewalt der Strömung beobachtete? Als die Dame von Welt Strether die Erlaubnis zum Kauf von Handschuhen erteilte – es war das Äußerste, was sie ihm erlaubte –, da klangen die daran geknüpften Bedingungen, nämlich das Verbot, Krawatten und andere Artikel zu erwerben, bevor sie ihn in London durch die Burlington Arcade habe führen können, für hellhörige Ohren wie die Einladung zu berechtigten Unterstellungen. Miss Gostrey war eine solche Dame von Welt, dass sie ohne ein auch nur angedeutetes ordinäres Augenzwinkern ein Rendezvous für die Burlington Arcade vereinbaren konnte. Bloße Spekulationen über Handschuhe mochten jedenfalls – immer in so hellhörigen Ohren wie den fraglichen – gewisse Eventualitäten bergen, die Strether nur als die dräuende Gefahr offensichtlicher Ausschweifungen ausmachen konnte. Ihm war durchaus bewusst, dass seine neue Bekannte für ihren gemeinsamen Gefährten so etwas wie einen Jesuiten in Frauenröcken verkörperte, einen Repräsentanten der Rekrutierungsinteressen der katholischen Kirche. Für Waymarsh war die katholische Kirche – also der Feind, das Monstrum mit den Glotzaugen und den weit ausgreifenden, zuckend tastenden Tentakeln – letztendlich die gute Gesellschaft, letztendlich die Multiplikation der Schibboleths, letztendlich die Unterscheidung von Typ und Ton, letztendlich die verderbten alten Rows von Chester, verpestet vom Feudalismus; kurz gesagt, letztendlich Europa.

Erhellend wirkte allerdings ein Vorfall, kurz bevor sie den Rückweg zum Mittagessen antraten. Waymarsh hatte sich eine Viertelstunde lang auffällig wortkarg und reserviert gezeigt, und irgendetwas – was genau, sollte Strether nie erfahren – überforderte ihn gleichsam, nachdem seine Begleiter, auf eine alte Balustrade gelehnt, welche die Row abschloss, drei Minuten lang eine besonders verwinkelte und dicht aneinandergeschmiegte Straßenansicht eingehend betrachtet hatten. »Er hält uns für blasiert, er hält uns für sinnenfroh, er hält uns für verrucht und findet uns überhaupt unmöglich«, überlegte Strether; denn die unbestimmten Quantitäten, die bequem und schlüssig zu bündeln unser Freund sich binnen weniger kurzer Tage angewöhnt hatte, waren erstaunlich. Außerdem schien ein direkter Zusammenhang zu bestehen zwischen dieser Folgerung und einem jähen, grimmigen Vorstoß, den Waymarsh auf die andere Straßenseite unternahm. Dieser Ausfall geschah überraschend plötzlich, und Waymarshs Begleiter glaubten zuerst, er habe flüchtig einen Bekannten erspäht, dem er jetzt nacheile. Dann stellten sie jedoch fest, dass er gleich in einer offenen Tür verschwunden und von einem Juweliergeschäft verschluckt worden war, dessen glitzernde Auslage ihn dem Blick entzog. Dem Vorgang haftete etwas Demonstratives an, und auf den Mienen der beiden spiegelte sich fast so etwas wie Besorgnis. Doch dann lachte Miss Gostrey auf. »Was hat er denn?«

»Ja«, sagte Strether, »er erträgt es nicht.«

»Was erträgt er nicht?«

»Alles. Europa.«

»Was will er dann beim Juwelier?«

Strether schien es von seinem Standort durch die Lücken zwischen den gedrängt aufgereihten Uhren und dem baumelnden Schnickschnack zu erkennen. »Sie werden sehen.«

»Genau davor – sollte er etwas kaufen – graut mir: dass ich etwas ziemlich Scheußliches zu sehen bekomme.«

Strether begutachtete die geschmackvolleren Gebilde. »Er könnte alles kaufen.«

»Sollten wir ihm dann nicht nachgehen?«

»Auf gar keinen Fall. Außerdem ist uns das unmöglich. Wir sind wie gelähmt. Wir tauschen einen langen entsetzten Blick, wir erzittern in aller Öffentlichkeit. Weil uns nämlich ›ein Licht aufgeht‹. Er beansprucht seine Freiheit.«

Sie war erstaunt, lachte aber. »Zu welchem Preis! Das hätte er bei mir billiger haben können.«

»Aber nein«, fuhr Strether jetzt mit unverhohlener Belustigung fort; »billig dürfen Sie nicht sagen; die Art Freiheit, mit der *Sie* Handel treiben, ist kostspielig.« Dann, wie zur Rechtfertigung: »Bemühe ich mich etwa nicht auf meine Weise? Eben jetzt.«

»Sie meinen, indem Sie hier bei mir bleiben?«

»Ja, und indem ich so mit Ihnen spreche. Ich kenne Sie erst ein paar Stunden, und *ihn* kenne ich schon mein ganzes Leben; wenn es also nicht großartig ist, wie ungeniert ich mit Ihnen über ihn spreche« – und der Gedanke ließ ihn kurz stocken – »nun, dann ist es ziemlich schäbig.«

»Es ist großartig!« befand Miss Gostrey, um der Sache ein Ende zu bereiten. »Sie sollten einmal hören«, setzte sie hinzu, »wie ungeniert *ich* mit Mr. Waymarsh umgehe – und vor allem erst noch umzugehen gedenke.«

Strether überlegte. »In Bezug auf *mich*? Ach, das ist doch nicht das Gleiche. Das Gleiche wäre es, wenn Waymarsh persönlich mit mir ins Gericht ginge – seine schonungslose Analyse meiner Person. Und das wird er nie tun« – war er sich betrübt gewiss. »Er wird mich nie schonungslos analysieren.« Seine Entschiedenheit hemmte sie. »Und er wird auch Ihnen gegenüber nie ein Wort über mich verlieren.«

Sie ließ es auf sich wirken; sie würdigte es; aber einen Augenblick später schoben es ihr Verstand, ihre nimmermüde Ironie beiseite. »Natürlich nicht. Wieso glauben Sie eigentlich, die Leute seien in der Lage, für alles Worte zu finden, fähig zu einer schonungslosen Analyse? Es gibt nicht viele wie Sie und mich. Er tut es nur deshalb nicht, weil er zu dumm ist.«

Dies rief in ihrem Bekannten ein skeptisches Echo hervor, das zugleich die Beteuerung einer jahrelangen Überzeugung barg: »Waymarsh dumm?«

»Im Vergleich zu Ihnen.«

Strethers Blick haftete weiter auf der Vitrine des Juweliergeschäfts, und er zögerte einen Augenblick mit seiner Antwort. »Er ist in einer Weise erfolgreich, wie es mir nicht im entferntesten gelungen ist.«

»Sie meinen, er hat das große Geld verdient?«

»Er tut es noch – nach meinem Dafürhalten. Und ich«, sagte Strether, »obwohl mein Buckel genauso krumm ist, habe es nie zu etwas gebracht. Ich bin ein mustergültiger Versager.«

Einen Augenblick lang befürchtete er, sie werde ihn fragen, ob er damit sagen wolle, er sei arm; und er war froh, dass sie es unterließ, denn er wusste wirklich nicht, welche Konsequenzen sie eventuell aus der Wahrheit über diesen unerfreulichen Punkt ziehen könnte. Sie bestätigte jedoch lediglich seine Erklärung. »Gott sei Dank sind Sie ein Versager – darum zeichne ich Sie ja so aus! Alles andere ist heute einfach abscheulich. Schauen Sie sich doch um – sehen Sie sich die Erfolgreichen mal an. Hand aufs Herz, möchten Sie einer von denen *sein*? Und dann«, sagte sie, »sehen Sie mich an.«

Darauf begegneten sich ihre Blicke für kurze Zeit. »Verstehe«, erwiderte Strether. »Sie gehören auch nicht dazu.«

»Die Überlegenheit, die Sie an mir wahrnehmen«, pflichtete sie ihm bei, »kündet von meiner Bedeutungslosigkeit. Ach«, seufzte sie, »Würden Sie die Träume meiner Jugend kennen! Aber gerade unsere realen Verhältnisse haben uns zusammengebracht. Wir sind besiegte Waffengefährten.«

KAPITEL III

Er lächelte sie freundlich an, schüttelte jedoch den Kopf. »Es ändert nichts an der Tatsache, dass Sie einen teuer zu stehen kommen. Sie haben mich bereits einiges gekostet –!«

Aber er hatte gezögert. »Was habe ich Sie gekostet?«

»Meine Vergangenheit – auf einen Schlag. Macht aber nichts«, er lachte. »Ich bezahle mit meinem letzten Penny.«

Leider wurde Sie eben jetzt abgelenkt durch die Rückkehr ihres Gefährten, der beim Verlassen des Ladens in ihr Blickfeld trat. »Hoffentlich hat er nicht«, sagte sie, »mit *seinem* letzten Penny bezahlt; obwohl er bestimmt spendabel gewesen ist, und zwar für Sie.«

»Oh nein – das nicht!«

»Dann für mich?«

»Ebenso wenig.« Waymarsh war inzwischen so nahe, dass sein Freund gewisse Zeichen in seinen Zügen erkannte, obwohl er beinahe betont darauf bedacht schien, nichts Besonderes in den Blick zu nehmen.

»Dann für sich selbst?«

»Für niemand. Für nichts. Für die Freiheit.«

»Was hat denn die Freiheit damit zu tun?«

Strethers Antwort fiel indirekt aus. »Um so gut zu sein wie Sie und ich. Aber anders.«

Sie hatte Zeit gehabt, in Waymarshs Miene zu lesen; und las damit, weil ihr solche Dinge leichtfielen, alles. »Anders – ja. Aber besser!«

Waymarsh wirkte zwar finster, zugleich aber auch fast fulminant. Er verriet ihnen nichts, blieb die Erklärung für seine Abwesenheit schuldig, und obgleich sie überzeugt waren, dass er etwas Außergewöhnliches erstanden hatte, sollten sie doch nie erfahren, worum es sich handelte. Er starrte bloß in düsterer Erhabenheit auf die Spitzen der alten Giebel. »Es ist der heilige Zorn«, hatte Strether noch bemerken können; und dieser heilige Zorn wurde von da an zur praktischen Sigle zwischen ihnen, zur Definition eines seiner periodisch auftretenden Bedürfnisse. Strether war es, der schließlich die Behauptung aufstellte, dies mache ihn besser als sie beide. Doch da war Miss Gostrey bereits überzeugt, dass sie nicht besser sein wollte als Strether.

ZWEITES BUCH

I

Jene Anlässe, wo Strether den heiligen Zorn beim Verbannten aus Milrose erneut durchschimmern sehen sollte, würden sich zweifellos zur gebührenden Zeit noch ergeben; doch inzwischen musste unser Freund für vieles andere Bezeichnungen finden. Vielleicht an keinem Abend in seinem Leben, überlegte er, hatte daran so großer Bedarf bestanden wie an diesem dritten Abend seines kurzen Aufenthalts in London; ein Abend, den er an Miss Gostreys Seite im Theater verbrachte, wo er sich wiederfand, ohne selbst einen Finger gerührt zu haben, lediglich, weil er gewissenhaft seine Neugier bekundet hatte. Sie kannte das Theater, sie kannte das Stück, so wie sie sich nun schon drei aufeinanderfolgende Tage mit allem großartig ausgekannt hatte, und der Moment füllte bis zum Rand die Vorahnung ihres Gefährten, etwas Interessantes zu erleben, ob durch seine Führerin gefiltert oder nicht, eine Vorahnung, die seine kurze Stunde bis zum äußersten dehnte. Waymarsh war nicht mitgekommen; er habe, bevor Strether zu ihm gestoßen sei, schon genug Stücke gesehen, gab er zu verstehen – eine Behauptung, die ihr volles Gewicht erhielt, als sein Freund durch Nachfragen erfuhr, dass er zweimal das Theater besucht hatte und einmal den Zirkus. Erkundigungen darüber, was er denn gesehen habe, beschied er noch ungnädiger als Erkundigungen, was nicht. Erstere hätte er gerne präzisiert; doch wie ließ sich das anstellen, fragte Strether seine ständige Ratgeberin, ohne Präzisierung der letzteren?

Miss Gostrey hatte mit ihm in seinem Hotel diniert, vis-à-vis an einem kleinen Tisch, auf dem die Kerzen hinter rosenfarbigen Schirmchen brannten; und die rosenfarbigen Schirmchen und der kleine Tisch und der zarte Duft der Dame – waren seine bloßen Sinne schon jemals von etwas so sanft berührt worden? – glichen Pinselstrichen in einem für ihn schier unfassbar aufregenden Gemälde. Er hatte auch früher schon das Theater besucht, ja sogar die Oper, in Boston, mit Mrs. Newsome, und mehr als einmal in der Rolle ihres einzigen Begleiters; dort hatte es kein kleines Diner tête-à-tête gegeben, keine rosa Beleuchtung, keinen Dufthauch zur Einstimmung: woraus unter anderem folgte, dass er sich gegenwärtig ein wenig reumütig, doch auch scharf prononciert, fragte, *weshalb* nicht. Fast derselbe Unterschied offenbarte sich in seiner Wahrnehmung der bemerkenswerten Aufmachung seiner Begleiterin, deren Kleid an Schultern und Busen auf gänzlich andere Weise ›dekolletiert‹ war, lautete seiner Ansicht nach der einschlägige Ausdruck, als Mrs. Newsomes Kleid, und deren Hals ein breites rotes Samtband mit einem antiken Edelstein – sein antikes Alter erachtete er nicht ohne Wohlgefallen für gewiss – als Anhänger zierte. Mrs. Newsomes Kleid war nie auf irgendeine Weise ›dekolletiert‹, und sie trug nie ein breites rotes Samtband um den Hals: Überdies, hätte sie es getan, wäre seine Phantasie dadurch je so beflügelt und, wie ihm nun beinahe schien, kompliziert worden?

Es wäre lächerlich von ihm gewesen, der Wirkung des Bandes, an dem Miss Gostreys Schmuckstück hing, in allen Verästelungen nachzuspüren, hätte er sich nicht überhaupt, einstweilen allenfalls, so unkontrollierten Wahrnehmungen überlassen. War es etwa keine ungezügelte Wahrnehmung, wenn ihm das Samtband seiner Bekannten die Qualität jedes anderen Details ihrer Erscheinung erhöhte – die Qualität ihres Lächelns und ihrer Kopfhaltung, ihres Teints, ihrer Lippen, ihrer Augen, ihres Haars? Was gingen einen Mann,

KAPITEL I

der wusste was ein Mann in der Welt tun muss, denn rote Samtbänder an? Um keinen Preis hätte er sich die Blöße gegeben, Miss Gostrey zu gestehen, wie sehr ihm ihr Band gefiel, dennoch *hatte* er sich nicht nur ertappt bei dem Gedanken – leichtfertig zweifellos, idiotisch und vor allem unvermutet –, dass es ihm gefiel: mehr noch, er hatte ihm als Ausgangspunkt gedient für neue, sowohl rückwärts wie vorwärts als auch seitwärts ausgreifende Ideenflüge. Die Façon, wie sich Mrs. Newsomes Hals umschlossen zeigte, verkörperte für ihn plötzlich, in befremdender Weise, fast ebenso viele Dinge, wie die Façon, in der Miss Gostreys Hals umschlossen wurde. Mrs. Newsome trug anlässlich eines Opernbesuchs eine schwarze Seidenrobe – sehr kleidsam, er wusste, sie war ›kleidsam‹ – und eine Verzierung, die er in der Erinnerung überdies als Rüsche zu identifizieren vermochte. Er verband durchaus etwas mit der Rüsche, aber diese Verbindung war kaum romantischer Natur. Er hatte der Trägerin einmal anvertraut – und es war dies die ›freimütigste‹ Äußerung, die er sich ihr gegenüber je erlaubt hatte –, mit ihrer Halskrause und allem Drumherum sehe sie aus wie Königin Elisabeth; und anschließend hatte er sich wahrhaftig eingebildet, aufgrund dieser Zartheit und der Billigung des Einfalls habe diese besondere Huldigung an die ›Krause‹ etwas ausgeprägtere Formen angenommen. Die Gedankenverbindung wirkte, wie er da saß und seine Phantasie schweifen ließ, irgendwie unglücklich; aber sie war nun einmal nicht von der Hand zu weisen, und angesichts der Umstände dünkte ihn ›unglücklich‹ fraglos noch die gnädigste Auslegung. Jedenfalls hatte diese Assoziation zweifelsfrei bestanden; denn jetzt schien ihm klar zu werden, dass in Woollett kein Herr seines Alters gegenüber einer Dame in Mrs. Newsomes Alter, das kaum unter seinem lag, je auf einen solchen Vergleich verfallen wäre.

Ihm schien jetzt alles Mögliche klar zu werden, und für

nur verhältnismäßig wenige dieser Dinge darf sein Chronist hoffen, Raum zur Erwähnung zu finden. Ihm wurde zum Beispiel klar, dass Miss Gostrey vielleicht so aussah wie Mary Stuart: Lambert Strether besaß eine biedere Phantasie, die sich für einen Moment an einer solchen Antithese delektieren konnte. Ihm wurde klar, dass bisher noch nie – nein, buchstäblich nie – eine Dame mit ihm vor dem gemeinsamen Theaterbesuch in einem öffentlichen Lokal diniert hatte. Gerade die Öffentlichkeit der Lokalität machte für Strether hierbei das Außerordentliche, Ungewöhnliche aus; sie wirkte auf ihn beinahe in derselben Weise, wie eine glücklich herbeigeführte intime Atmosphäre auf einen Mann mit anderen Erfahrungen gewirkt hätte. Er hatte, in weit zurückliegenden Jahren, so jung geheiratet, dass ihm jene Zeit entgangen war, als man in Boston die Mädchen üblicherweise ins Museum ausführte; und es traf schlechterdings auf ihn zu, dass er nie – auch nicht nach der Zeitspanne bewusster Absonderung in seiner Lebensmitte, der grauen Zentralwüste der beiden Todesfälle, dem seiner Frau und, zehn Jahre später, dem seines Jungen – irgendjemanden irgendwohin ausgeführt hatte. Ihm wurde vor allem klar – obwohl die Mahnung ja bereits in anderer Form ertönt, sporadisch aufgeblitzt war –, dass ihm die Angelegenheit, die ihn hierhergeführt hatte, bisher noch nie so deutlich vor Augen gestellt worden war wie durch den Anblick der ihn umgebenden Menschen. Sie, seine Bekannte, vermittelte ihm diesen Eindruck zuerst und unmittelbarer, als er ihn selbst gewonnen hatte – schlicht, indem sie einer spontanen Eingebung folgend sagte: »O ja, das sind Typen!« – aber nachdem er ihn aufgefasst hatte, zog er selber daraus weidlich Nutzen; sowohl während er die vier Akte lang Schweigen wahrte, als auch in den Pausen, wenn er sprach: Es war ein Abend, es war eine Welt der Typen, und vor allem war es eine Situation, in der die Gestalten und

KAPITEL I

Gesichter im Parkett mit denen auf der Bühne austauschbar wirkten.

Ihm war, als durchbohre ihn das Stück direkt mit dem nackten Ellbogen seiner Nachbarin, einer vornehmen, attraktiven, rothaarigen Dame, die mit dem Herrn an ihrer Seite in versprengten zweisilbigen Wörtern konversierte, welche in seinen Ohren, höchst eigenartigerweise, eine solche Klangfülle besaßen, dass ihn ihre relative Sinnlosigkeit verblüffte; und entsprechend gewahrte er jenseits des Rampenlichts das, worin er gern die Fülle englischen Lebens erblickte. Er erfuhr kurze Momente der Zerstreutheit, da er nicht hätte sagen können, ob nun die Schauspieler realer waren oder die Zuschauer, und am Ende stand für ihn jedes Mal das Bewusstsein neuer Kontakte. Einerlei, wie er seine Mission betrachtete, er würde sich mit ›Typen‹ auseinandersetzen müssen. Die da vor ihm und um ihn herum glichen nicht den Typen in Woollett, wo es, wie ihm mittlerweile schien, eigentlich nur den männlichen und den weiblichen Typ gegeben hatte. Das machte genau zwei, selbst unter Berücksichtigung der individuellen Spielarten. Hier hingegen hatte, abgesehen von der Palette des Geschlechts und der Persönlichkeit, die größer oder kleiner ausfallen mochte, eine ganze Reihe starker Prägungen, gleichsam von außen, eingewirkt; Prägungen, die seine Aufmerksamkeit beschäftigten, als wandere sie vor einer Glasvitrine auf einem Tisch von Münze zu Münze und von Kupfer zu Gold. Zufällig figurierte in dem Schauspiel ausgerechnet eine lasterhafte Frau im gelben Kleid, die einen sympathischen, charakterschwachen, gutaussehenden, ständig befrackten jungen Mann zu ganz entsetzlichen Dingen zwang. Das gelbe Kleid ängstigte Strether eigentlich nicht, er sorgte sich jedoch vage wegen des gewissen Wohlwollens, das ihn für seine Opfer allmählich anwandelte. Er war nicht herübergekommen, so rief er sich in Erinnerung, um Chadwick Newsome mit übertriebenem Wohlwollen zu begegnen oder überhaupt wohlwollend. Würde Chad auch ständig einen Frack tragen? Irgendwie hoffte er darauf – es schien der allgemeinen Gefügigkeit *dieses* jungen Mannes höchst förderlich; wiewohl er sich auch fragte, ob, um Chad mit seinen eigenen Waffen zu bekämpfen, er selber (ein fast bestürzender Gedanke) gleichfalls einen tragen müsste. Überdies würde man – zumindest *er* – mit diesem jungen Mann auf der Bühne wesentlich leichter fertig als wahrscheinlich mit Chad.

Hinsichtlich Miss Gostreys beschlich ihn der Gedanke, gewisse Dinge könnten ihr vielleicht doch zu Ohren gekommen sein; und nach einigem Drängen gestand sie, sich nie völlig sicher zu sein, ob sie etwas tatsächlich gehört habe oder, in Situationen wie dieser, lediglich mit grenzenloser Phantasie erahnte. »Mit dieser Freiheit habe ich Mr. Chad wohl erahnt. Er ist ein junger Mann, auf dem in Woollett große Hoffnungen ruhen; ein junger Mann, der in die Fänge einer verruchten Frau geraten ist und zu dessen Rettung seine Familie Sie ausgesandt hat. Sie haben die Mission übernommen, ihn von der verruchten Person zu trennen. Sind Sie ganz sicher, dass sie ihm so sehr schadet?«

Sein Verhalten ließ merken, wie ihn dies aufstachelte. »Natürlich sind wir das. Wären *Sie* es etwa nicht?«

»Oh, ich weiß nicht. Sicher ist man doch nie – nicht wahr? – Im voraus. Urteilen kann man nur anhand der Tatsachen. Ihre sind für mich ganz neu; ich besitze, wie Sie ja sehen, davon wirklich nicht die geringste Kenntnis: drum wird es außerordentlich interessant, sie von Ihnen zu erfahren. Wenn Sie überzeugt sind, genügt das völlig. Damit will ich sagen, wenn Sie sicher sind, dass Sie wirklich sicher sind; sicher, dass es schlicht unmöglich ist.«

»Dass er ein solches Leben führt? Allerdings!«

»Oh, aber ich weiß ja gar nichts über sein Leben; Sie

haben mir nichts erzählt. Eventuell ist sie bezaubernd – sein Leben!«

»Bezaubernd?« – Strether starrte vor sich hin. »Sie ist verkommen, käuflich – von der Straße.«

»Ich verstehe. Und *er* –?«

»Chad, der bejammernswerte Junge?«

»Zu welchem Typ gehört er, wie ist sein Temperament?« fuhr sie fort, da Strether verstummte.

»Nun ja – er ist eigensinnig.« Einen Moment lang schien es, als habe er noch mehr sagen wollen, sich dann aber beherrscht.

Das kam ihr nicht zupass. »Mögen Sie ihn?«

Diesmal antwortete er prompt. »Nein. Wie könnte ich?«

»Sie meinen, weil er Ihnen eine solche Last bedeutet?«

»Ich denke mehr an seine Mutter«, sagte Strether nach einem Augenblick. »Er hat ihr bewundernswertes Leben verdüstert.« Er sprach mit Strenge. »Seinetwegen sorgt sie sich halb zu Tode.«

»Oh, das ist allerdings abscheulich.« Sie machte eine Pause, als wolle sie dieser Wahrheit erneut Nachdruck verleihen, doch sie schwenkte um. »Ist ihr Leben sehr zu bewundern?«

»Überaus.«

In seinem Ton schwang so vieles mit, dass Miss Gostrey zur Einschätzung wieder eine Pause einlegen musste. »Und hat er nur *sie*? Die schreckliche Person in Paris meine ich nicht«, ergänzte sie rasch – »denn seien Sie versichert, ich wäre keineswegs geneigt, ihm mehr als bestenfalls eine zu gestatten. Aber hat er nur seine Mutter?«

»Er hat noch eine ältere, verheiratete Schwester; beide ganz fabelhafte Frauen.«

»Sehr hübsch, meinen Sie?«

Diese Promptheit – beinahe Hast, wie ihm scheinen wollte, versetzte ihm einen kurzen Dämpfer; doch er fing sich wieder. »Ich glaube, Mrs. Newsome ist hübsch, obwohl mit einem achtundzwanzigjährigen Sohn und einer dreißigjährigen Tochter natürlich nicht mehr ganz die Jüngste. Allerdings hat sie sehr früh geheiratet.«

»Und ist wundervoll«, fragte Miss Gostrey, »für ihr Alter?«

Strether schien mit gewisser Besorgnis das drängende dieser Worte zu spüren. »Ich sage nicht, sie ist wundervoll. Oder eigentlich«, fuhr er im nächsten Moment fort, »tue ich es doch. Genau das *ist* sie – wundervoll. Aber ich hatte dabei nicht ihr Äußeres im Sinn«, erläuterte er, »eindrucksvoll, wie es zweifellos ist. Ich dachte – nun, an viele andere Dinge.« Er schien sie Revue passieren zu lassen, als beabsichtige er, einige zu erwähnen; dann zügelte er sich und lenkte das Gespräch in eine andere Bahn. »Über Mrs. Pocock mögen die Meinungen auseinandergehen.«

»So heißt die Tochter – ›Pocock‹?«

»So heißt die Tochter«, bekannte Strether standhaft.

»Und hinsichtlich *ihrer* Schönheit, meinen Sie, mögen die Meinungen auseinandergehen?«

»In jeder Hinsicht.«

»Aber *Sie* bewundern sie?«

Er signalisierte seiner Bekannten mit einem Blick, wie stoisch er diese Unterstellung ertrug. »Ich fürchte mich vor ihr vielleicht ein klein wenig.«

»Oh«, sagte Miss Gostrey, »ich sehe sie von hier aus geradezu vor mir! Sie mögen einwenden, ich würde sehr rasch und sehr weit blicken, aber ich habe Ihnen ja bereits gezeigt, dass ich es vermag. Der junge Mann und die beiden Damen«, fuhr sie fort, »bilden also die ganze Familie?«

»Genau. Sein Vater ist seit zehn Jahren tot, und ein Bruder oder eine weitere Schwester existiert nicht; sie wären bereit«, sagte Strether, »alles für ihn zu tun.«

»Und Sie wären bereit, alles für *sie* zu tun?«

Er wich wieder aus; sie hatte es für seine Nerven vielleicht eine Spur zu kategorisch gesagt. »Oh, ich weiß nicht!«

»Zumindest *Sie* sind hierzu bereit, und besagtes ›alles‹, wozu jene bereit wären, besteht darin, Sie *dahin zu bringen*, es zu tun.«

»Ach, sie hätten nicht kommen können – keine von beiden. Sie sind sehr beschäftigt, und vor allem Mrs. Newsome führt ein vielseitiges, ausgefülltes Leben. Außerdem ist sie hochgradig nervös – und keineswegs belastbar.«

»Soll das heißen, sie ist eine amerikanische Invalide?«

Er unterschied sorgfältig. »Nichts verabscheut sie mehr als diese Bezeichnung, aber sie wäre wohl einverstanden, eines von beiden zu sein«, sagte er lachend, »wäre es die einzige Möglichkeit, das andere zu sein.«

»Einverstanden, Amerikanerin zu sein, um Invalide zu sein?«

»Nein«, sagte Strether, »umgekehrt. Jedenfalls ist sie feinfühlig, empfindlich, überspannt. Sie tut alles mit so großer persönlicher Hingabe –«

Ach, Maria kannte sich damit aus! »Dass ihr nichts übrig bleibt für etwas anderes? Natürlich nicht. Wem erzählen Sie das? Überspannt? Ich verbringe schließlich mein Leben damit, für solche Leute aufs Pedal zu treten. Außerdem merke ich doch, wie es auf Sie abgefärbt hat.«

Strether nahm es weniger tragisch. »Oh, ich trete auch aufs Pedal!«

»Na«, entgegnete sie einleuchtend, »ab jetzt müssen wir es eben mit vereinten Kräften tun.« Und sie ließ nicht locker. »Haben sie Geld?«

Aber obwohl ihn ihre energische Erscheinung noch immer fesselte, schien sie mit ihrer Frage nicht zu ihm durchzudringen. »Mrs. Newsome«, fühlte er sich bemüßigt, weiter auszuführen, »besitzt außerdem auch nicht Ihre Courage, wenn es darum geht, Kontakt aufzunehmen. Sie wäre nur gekommen, um die Person selbst zu treffen.«

»Diese Frau? Na, wenn das keine Courage ist.«

»Nein – es ist Exaltiertheit, und das ist etwas völlig anderes. ›Courage‹«, äußerte er jedoch zuvorkommend, »ist das, was *Sie* besitzen.«

Sie schüttelte den Kopf. »Das sagen Sie bloß zur Beschönigung – um meinen Mangel an Exaltiertheit zu bemänteln. Ich besitze weder das eine noch das andere. Ich besitze lediglich ein ramponiertes Desinteresse. Ich verstehe, was Sie meinen«, fuhr Miss Gostrey fort, »nämlich, wäre Ihre Freundin gekommen, dann mit großen Plänen im Gepäck, und die würden ihr dann, schlicht gesagt, über den Kopf wachsen.«

Strether schien dieser Begriff von Schlichtheit zu amüsieren, doch er akzeptierte ihre Formulierung. »Ihr wächst alles über den Kopf.«

»Ach, dann erweisen Sie diesen Dienst also –«

»In erster Linie ihr? Ja – in allererster Linie. Aber solange es *mir* nicht zu viel wird –«

»Spielen ihre Konditionen keine Rolle. Gewiss nicht; wir lassen ihre Konditionen außer Acht, das heißt, wir nehmen sie als gegeben hin. Ich betrachte ihre Konditionen als etwas, das Sie selbst hinter und unter sich haben; doch gleichzeitig betrachte ich sie als etwas, das Sie beflügelt.«

»Oh, sie beflügeln mich tatsächlich!« lachte Strether.

»Gut, da Ihre *mich* beflügeln, ist ja alles in schönster Ordnung.« Damit stellte sie ihre Frage erneut. »Hat Mrs. Newsome Geld?«

Diesmal hörte er hin. »Oh, reichlich. Da liegt die Wurzel des Übels. Das Geschäft wirft Unmengen ab. Chad konnte über große Summen frei verfügen. Aber wenn er sich zusammenreißt und nach Hause zurückkehrt, wird er trotzdem auf seine Rechnung kommen.«

Sie hatte ihm sehr aufmerksam zugehört. »Und Sie hoffentlich auch!«

»Er erhält eine konkrete materielle Gegenleistung«, sagte Strether, ohne darauf einzugehen. »Er steht an einer Weggabelung. Jetzt kann er in das Unternehmen eintreten – später nicht mehr.«

»Es existiert also eine Firma?«

»Lieber Gott, ja – eine feine, florierende, finanzkräftige Firma. Ein Bombengeschäft.«

»Ein großer Betrieb?«

»Ja – ein Herstellungsbetrieb; eine große Produktion, ein richtiger Industriezweig. Das Unternehmen ist eine Fabrik – und eine, die, bei entsprechend guter Leitung, durchaus eine Monopolstellung einnehmen könnte. Sie stellen eine kleine Sache her – offenbar besser, als es die Konkurrenz kann, oder jedenfalls besser, als sie es tut. Mr. Newsome, ein, zumindest auf diesem speziellen Gebiet, einfallsreicher Mann«, erklärte Strether, »hat sie mit großem Erfolg auf die Idee gebracht und seinerzeit dem ganzen Ort einen ungeheueren Aufschwung beschert.«

»Sie sprechen von einem ganzen Ort?«

»Von einer stattlichen Anzahl von Gebäuden; fast schon eine kleine Industriesiedlung. Aber entscheidend ist die Sache. Der produzierte Artikel.«

»Und *welcher* Artikel ist das?«

Strether schaute sich um, als widerstrebe ihm die Antwort ein wenig; dann kam ihm der sich eben öffnende Vorhang zu Hilfe. »Ich erzähle es Ihnen in der nächsten Pause.« Doch während der nächsten Pause sagte er nur, er werde es ihr später erzählen – nach Verlassen des Theaters; denn sie hatte dieses Thema sofort wieder aufgegriffen, und sogar für ihn überdeckte jetzt ein anderes Bild die Szene auf der Bühne. Seine Vertröstungen ließen sie jedoch stutzen – stutzen, ob der betreffende Artikel irgendwie anrüchig sei. Und sie erläuterte, damit meine sie unschicklich, lächerlich oder verwerflich. Insofern konnte Strether sie jedoch beruhigen. »Unaussprechlich? Aber nein, wir reden dauernd davon, ganz ungeniert und unverfroren. Aber dieser kleine, banale, fast lächerliche Artikel des alltäglichen Hausgebrauchs entbehrt schlicht – wie soll ich sagen? – nun ja, jeglicher Würde und jeden Schimmers des Besonderen. Und gerade hier, bei aller Pracht um uns herum –!« Kurz, er scheue sich.

»Es wäre deplaziert?«

»Leider. Er ist ordinär.«

»Aber bestimmt nicht ordinärer als das hier.« Dann, als er ebenso stutzte wie sie es getan hatte: »Als alles um uns herum.« Sie wirkte eine Spur gereizt. »Was halten Sie davon?«

»Ich halte es für – relativ – himmlisch!«

»Dieses schreckliche Londoner Theater? Es ist unerträglich, wenn Sie es wirklich wissen wollen.«

»Oh«, lachte Strether, »dann will ich es lieber *nicht* wissen!«

Es wuchs eine Pause zwischen ihnen, die sie jedoch, immer noch fasziniert vom geheimnisvollen Woolletter Artikel, bald beendete. »›Fast lächerlich‹? Wäscheklammern? Doppeltkohlensaures Natron? Schuhcreme?«

Das stimmte ihn um. »Nein – noch nicht einmal ›lauwarm‹. Sie werden es schwerlich erraten.«

»Wie soll ich dann beurteilen, wie gewöhnlich er ist?«

»Sie werden es können, wenn ich es ihnen erzähle« – und er predigte ihr Geduld. Doch schon jetzt sei unumwunden gesagt, dass er es ihr in der Folge nie erzählen würde. Er tat es wahrhaftig nie, und zudem ergab sich merkwürdigerweise der Umstand, dass, aufgrund des ihr innewohnenden Prinzips der Unberechenbarkeit, ihr Bedürfnis nach der Information versiegte und ihre Einstellung zu der Frage dahin umschlug, dass sie ihre Unkenntnis regelrecht kultivierte. In Unkenntnis konnte sie ihrer Phantasie die Zügel schießen lassen, und das erwies sich als nützliche Freiheit. Sie konnte den kleinen, namenlosen Artikel als in der Tat unsäglich behandeln – sie konnte ihrer beider Verzicht endgültig besiegeln. Dafür hätte ihre nächste Äußerung für Strether tatsächlich ein Omen sein können.

»Möchte Mr. Chad vielleicht deshalb nicht zurückkehren, weil die Sache so übel ist – weil ihr Industriezweig, wie Sie es nennen, *tatsächlich* so ordinär ist? Empfindet er einen Makel? Hält er Abstand, weil er die Berührung scheut?«

»Oh«, lachte Strether, »man gewinnt nicht gerade den Eindruck – oder? – als empfände er irgendeinen ›Makel‹! Er freut sich durchaus über das Geld, das für ihn herausspringt, und dieses Geld bildet sein ganzes Fundament. Er weiß sie durchaus zu schätzen – ich spreche von den Zuwendungen, die ihm seine Mutter bislang bewilligt hat. Ihr bleibt natürlich die Möglichkeit, diese Zuwendungen zu streichen; aber selbst dann besitzt er leider, und zwar in nicht geringem Umfang, unabhängige Einkünfte – Geld, das ihm sein Großvater, ihr Vater, vererbt hat.«

»Müsste ihm der von Ihnen erwähnte Umstand«, fragte Miss Gostrey, »seine Delikatesse dann nicht zusätzlich erleichtern? Könnte er die Quelle – die offenkundige und allgemein bekannte Quelle – seines Einkommens nicht ebenfalls als heikel empfinden?«

Strether vermochte die These gut gelaunt zu erwägen. »Das großväterliche Vermögen – und folglich sein eigener Anteil daran – entstammte keiner besonders edlen Quelle.«

»Und was für eine Quelle war das?«

Strether suchte nach Worten. »Gewisse Praktiken.«

»Beim Geschäft? Ehrlosigkeiten? Er war ein alter Gauner?«

»Oh«, sagte er mit mehr Nachdruck als Elan, »ich gedenke weder *ihn* zu beschreiben noch seine Heldentaten zu schildern.«

»Gütiger Himmel, welche Abgründe! Und der verblichene Mr. Newsome?«

»Was soll mit ihm sein?«

»Glich er dem Großvater?«

»Nein – er verkörperte den anderen Familienzweig. Und er war grundverschieden.«

Miss Gostrey ließ nicht locker. »Besser?«

Ihr Bekannter zögerte einen Augenblick. »Nein.«

Ihr Kommentar zu seinem Zaudern geriet stumm, deswegen aber nicht minder deutlich. »Danke. Verstehen Sie vielleicht *jetzt*«, fuhr sie fort, »warum der Junge nicht nach Hause zurückkehrt? Er ertränkt seine Schande.«

»Seine Schande? Welche Schande?«

»Welche Schande? *Comment donc? Die* Schande.«

»Aber wo und wann«, fragte Strether, »gibt es heutzutage ›die Schande‹ – wo gibt es überhaupt Schande –? Die Männer, von denen ich spreche – sie haben getan, was alle tun; und abgesehen davon, dass es uralte Geschichten sind, war es eine Frage der Ansprüche.«

Sie bewies, wie genau sie ihn verstanden hatte. »Mrs. Newsome teilte diese Ansprüche?«

»Ach, für *sie* kann ich nicht sprechen!« sagte Strether.

»Inmitten dieser Machenschaften – vom denen sie ja auch profitierte, wie ich Sie verstehe – ist zumindest sie untadelig geblieben?«

»Oh, über sie kann ich nicht sprechen!« sagte Strether.

»Ich dachte, gerade über sie *könnten* Sie sprechen. Sie vertrauen mir eben nicht«, erklärte Miss Gostrey nach einem Moment.

Dies tat seine Wirkung. »Sie verwendet ihr Geld und gestaltet ihr Leben im Sinne großer Wohltätigkeit –«

»Eine Art Buße für geschehenes Unrecht? Lieber Himmel«, fügte sie hinzu, bevor er etwas einwerfen konnte, »ich sehe sie in aller Deutlichkeit vor mir!«

»Wenn Sie sie vor sich sehen«, warf Strether hin, »dann braucht es nichts weiter.«

Sie schien sie wirklich zu erfassen. »Ich spüre es. Sie ist trotz alledem schön.«

Das pulverte ihn zumindest auf. »Was meinen Sie mit ›trotz alledem‹?«

»Nun, ich meine trotz *Ihnen*.« Damit wechselte sie rasch das Terrain. »Sie sagen, jemand muss sich um das Unternehmen kümmern; aber tut Mrs. Newsome das denn nicht?«

»Soweit wie möglich. Sie ist ungemein tüchtig, aber es ist nicht ihre Sache, und sie ist ohnehin überlastet. Es hängt sehr, sehr viel an ihr.«

»Und an Ihnen auch?«

»O ja – an mir auch, wenn ich so sagen darf.«

»Ich verstehe. Aber eigentlich meinte ich«, korrigierte sich Miss Gostrey, »kümmern Sie sich ebenfalls um die Firma?«

»O nein, mit der Firma habe ich nichts zu schaffen.«

»Aber mit allem anderen schon?«

»Ja – mit so einigem.«

»Zum Beispiel –?«

Strether machte sich Gedanken. »Also, mit der Zeitschrift.«

»Der Zeitschrift? – Sie haben eine Zeitschrift?«

»Sicher. Woollett hat eine Zeitschrift, die Mrs. Newsome ebenso weitgehend wie splendid finanziert und die ich, weniger splendid, herausgebe. Mein Name steht auf dem Titelblatt«, fuhr Strether fort, »und es enttäuscht und kränkt mich wirklich zutiefst, dass Sie anscheinend noch nie davon gehört haben.«

Sie ignorierte seinen Verdruss vorläufig. »Was für eine Zeitschrift ist es denn?«

Er hatte zu seiner heiteren Gelassenheit zurückgefunden. »Sie ist grün.«

»Meinen Sie damit die politische Couleur, wie man hierzulande sagt – die geistig-weltanschauliche Ausrichtung?«

»Nein; ich meine, der Umschlag ist grün – eine besonders aparte Nuance.«

»Und Mrs. Newsomes Name findet sich auch dort?«

Er wartete ein wenig. »Oh, ob sie dahinter hervorlugt, müssen Sie selbst beurteilen. Sie steht hinter der ganzen Sache; aber sie verfügt über so viel Feingefühl und Takt –!«

Miss Gostrey glaubte ihm aufs Wort. »Davon bin ich überzeugt. Sie muss ja wohl. Ich unterschätze sie keinesfalls. Sie ist bestimmt eine wahre Wucht.«

»O ja, das kann man so sagen!«

»Eine Wucht aus Woollett – *bon*! Die Vorstellung einer Woolletter Wucht gefällt mir. Dann sind Sie bestimmt auch eine, bei Ihrer engen Verbindung zu ihr.«

»Ah nein«, sagte Strether, »so funktioniert das nicht.«

Aber sie hatte ihm das Wort schon aus dem Mund genommen. »Es funktioniert – das brauchen Sie mir nicht zu sagen! – natürlich so, dass Sie sich bescheiden im Hintergrund halten.«

»Mit meinem Namen auf dem Titelblatt?« protestierte er scharfsinnig.

»Ach, den setzen Sie doch nicht um Ihrer selbst willen hin.«

»Pardon – aber genau deswegen tue ich es. Das ist das einzige, was ich überhaupt noch für mich zu tun vermag. Es scheint mir aus den Trümmern der Hoffnungen und Ambitionen, aus dem Müllhaufen der Enttäuschungen und Fehlschläge nämlich doch noch ein einziges präsentables Restchen an Individualität zu retten.«

Da blickte sie ihn an, als wolle sie vieles erwidern, doch schließlich sagte sie lediglich: »Sie möchte ihn dort sehen. Sie sind *wirklich* eine Wucht, viel mehr als sie«, fuhr sie unverzüglich fort, »weil Sie sich nicht dafür halten. *Sie* hält sich für eine. Immerhin«, fügte Miss Gostrey hinzu, »hält sie Sie auch für eine. Sie sind jedenfalls die größte, derer sie habhaft werden kann.« Sie wollte es weiter ausschmücken. »Ich will mich keinesfalls einmischen, aber an dem Tag, wo sie eine größere zu fassen bekommt –!« Strether hatte den Kopf zurückgeworfen, als erheitere ihn insgeheim irgendetwas an ihrer beeindruckenden Kühnheit und Eloquenz, und inzwischen hatte sie sich noch weiter aufgeschwungen. »Darum: Kommen Sie mit ihr zu einer Einigung –!«

»Zu einer Einigung?« fragte er, da sie den Satz in der Schwebe zu belassen schien.

»Bevor Sie Ihre Chance verpassen.«

Ihre Blicke trafen sich. »Was meinen Sie mit Einigung?«

»Und was meine ich mit Ihrer Chance? Ich verrate es Ihnen, wenn *Sie* mir alles erzählen, was *Sie* mir vorenthalten. Ist es ihre *größte* Passion?« hakte sie forsch nach.

»Die Zeitschrift?« Er schien nach der besten Definition zu suchen. Es blieb jedoch bei einer groben Skizze. »Es ist ihr Tribut an das Ideal.«

»Ich verstehe. Sie befassen sich mit ganz kolossalen Dingen.«

»Wir befassen uns mit dem Unpopulären – das heißt, soweit wir uns trauen.«

»Und *wie* viel trauen Sie sich?«

»Sie traut sich sehr viel. Ich traue mich bedeutend weniger. Ich besitze nicht im entferntesten ihre Zuversicht. Drei Viertel davon«, sagte Strether, »steuert sie bei. Und wie ich Ihnen offenbart habe, das *gesamte* Kapital.«

Vor Miss Gostreys geistigem Auge entstand die Vision von purem Gold, und sie schien förmlich zu hören, wie die blanken Dollarstücke gescheffelt wurden. »Dann hoffe ich, es kommt etwas Gutes dabei heraus –«

»Ich habe *nie* etwas Gutes zuwege gebracht!« erwiderte er prompt.

Sie wartete einfach ab. »Finden Sie es nicht gut, geliebt zu werden?«

»Oh, man liebt uns nicht. Man hasst uns nicht einmal. Man ignoriert uns wohlwollend.«

Sie machte erneut eine Pause. »Sie vertrauen mir nicht!« wiederholte sie noch einmal.

»Auch nicht, wenn ich den letzten Schleier lüfte? – und Ihnen das Innere des Kerkers enthülle?«

Wieder begegnete sie seinem Blick, mit der einzigen Folge, dass sie ihren nach einem Moment ungeduldig abwandte. »Sie verkaufen nicht genug? Also, *das* freut mich!« Bevor er protestieren konnte, sprach sie weiter. »Sie ist bloß eine *moralische* Wucht.«

Er ließ die Definition unbekümmert gelten. »Ja – ich glaube, das beschreibt sie genau.«

Bei seiner Bekannten bewirkte es jedoch eine merkwürdige Assoziation. »Wie macht sie ihr Haar zurecht?«

Er lachte auf. »Wunderschön!«

»Ach, darunter kann ich mir nichts vorstellen. Tut aber nichts – ich weiß es sowieso. Es ist ungeheuer ordentlich frisiert – ein einziger Vorwurf; außergewöhnlich dicht und weist, bis jetzt, keine weiße Strähne auf. *Voilà!*«

Er errötete ob ihres Realismus, staunte jedoch über ihre Treffsicherheit. »Sie sind ja geradezu diabolisch.«

»Was denn *sonst*? Immerhin habe ich mich wie der Leibhaftige auf Sie gestürzt. Aber machen Sie sich deswegen keine Sorgen, denn alles außer dem leibhaftigen Teufel ist in unserem Alter pure Langeweile und Illusion; und sogar er bleibt doch nur ein halbes Vergnügen.« Sie war mit einem Flügelschlag wieder beim Thema. »Sie assistieren ihr dabei, Buße zu tun – was ziemlich hart ist, wenn man selbst nicht gesündigt hat.«

»Sie hat nicht gesündigt«, erwiderte Strether. »Ich bin der Hauptsünder.«

»Ah«, Miss Gostrey lachte zynisch, »welch Bild von *ihr*! Haben Sie die Witwe und die Waise beraubt?«

»Ich habe genug gesündigt«, sagte Strether.

»Genug für wen? Genug wofür?«

»Nun, um da zu sein, wo ich bin.«

»Besten Dank!« In diesem Augenblick wurden sie von einem Herrn gestört, der einen Teil der Vorstellung versäumt hatte und nun für den Schluss durch den Engpass zwischen ihren Knien und den Rückenlehnen der Vorderreihe auf seinen Platz zurückdrängte; doch diese Unterbrechung gab Miss Gostrey Zeit, vor der anschließenden Stille knapp und endgültig das Resümee ihres Gesprächs zu ziehen. »Ich wusste, Sie haben noch etwas in petto!« Diese Endgültigkeit ließ sie am Ende der Vorstellung jedoch wiederum zögern, als hätten sie einander noch viel zu sagen; so dass sie leicht übereinkamen, beim Hinausgehen allen anderen den Vortritt zu lassen – sie wussten das Warten zu nutzen. Vom Foyer aus sahen sie die regnerische Nacht; trotzdem ließ Miss Gostrey ihren Bekannten wissen, dass er sie nicht nach Hause begleiten dürfe. Er solle sie einfach nur in eine Droschke setzen; sie liebe es, in nassen Londoner Nächten nach unbändigen Vergnügungen auf der Heimfahrt in einer einsamen Droschke die Dinge Revue passieren zu lassen. Dies, so ließ sie durchblicken, sei für sie die beste Zeit, zu sich selbst zu kommen. Die vom Wetter bedingten Verzögerungen, das Gerangel um die Wagen am Ausgang schufen ihnen Gelegenheit, auf einen Diwan im Hintergrund des Vestibüls zu sinken, gerade außer Reichweite der frischen, feuchten Böen von der Straße. Hier griff Strethers Gefährtin unbefangen das Thema wieder auf, das seine eigene Phantasie bereits so beschäftigt hatte. »Mag Sie Ihr junger Freund in Paris?«

Er wäre, nach der Unterbrechung, beinahe zusammengezuckt. »Oh, hoffentlich nicht! Warum *sollte* er?«

»Warum nicht?« fragte Miss Gostrey. »Dass Sie ihm die Leviten lesen wollen, muss dabei doch keine Rolle spielen.«

»Sie sehen mehr darin«, entgegnete er prompt, »als ich.«

»Ich sehe darin natürlich *Sie*.«

»Dann sehen Sie eben mehr in ›mir‹!«

»Mehr als Sie selbst in sich sehen? Höchst wahrscheinlich. Das Recht hat man immer. Mir ging eben durch den Kopf«, erklärte sie, »welch besonderen Einfluss sein Milieu möglicherweise auf ihn hat.«

»Oh, sein *Milieu* –!« Strether glaubte wirklich, jetzt eine bessere Vorstellung davon zu besitzen als vor drei Stunden.

»Sie meinen, es könnte ihn nur nach unten gezogen haben?«

»Genau das ist mein Ausgangspunkt.«

»Schon, aber Sie setzen so weit hinten an. Was steht in seinen Briefen?«

»Nichts. Er ignoriert uns praktisch – oder er schont uns. Er schreibt nicht.«

»Aha. Dennoch können mit ihm«, sagte sie, »in Anbetracht seines herrlichen Aufenthaltsorts zwei völlig verschiedene Dinge passiert sein. Einerseits könnte er verroht sein. Andererseits könnte er sich verfeinert haben.«

Strether machte große Augen – dies war wirklich ein Novum. »Verfeinert?«

»Oh«, sagte sie ruhig, »es gibt durchaus Verfeinerungen.«

Wie sie es sagte, ließ ihn, nach einem Blick zu ihr, auflachen. »*Sie* verfügen darüber!«

»Als ein Anzeichen«, fuhr sie im gleichen Tonfall fort, »bedeuten sie vielleicht das Schlimmste.«

Er überlegte und wurde wieder ernst. »Ist es eine Verfeinerung, die Briefe seiner Mutter nicht zu beantworten?«

Trotz anscheinender Bedenken sprach sie es aus. »Oh, ich würde sagen, die größte von allen.«

»Also«, sagte Strether, »*mir* genügt als Indiz vollauf, dass ich weiß, er glaubt, nach Belieben mit mir umspringen zu können.«

Sie schien verblüfft. »Woher wissen Sie das?«

»Oh, da bin ich mir absolut sicher. Ich spüre es in den Knochen.«

»Dass er es *kann*?«

»Dass er glaubt, es zu können. Ob so oder so macht vielleicht keinen großen Unterschied!« Strether lachte.

Das wollte sie jedoch nicht akzeptieren. »Ob so oder so, macht allerdings einen großen Unterschied.« Und sie schien zur Genüge zu wissen, wovon sie sprach, um unmittelbar fortzufahren. »Sie sagen, wenn er sich trennt, dann bekommt er zu Hause einiges geboten!«

»Absolut. Nämlich eine ganz besondere Chance – eine Chance, die jeder vernünftige junge Mann beim Schopf packen würde. Die Firma hat sich so entwickelt, dass eine vor drei Jahren kaum absehbare freie Position, die im Testament seines Vaters allerdings als unter gewissen Umständen möglich Berücksichtigung fand und die Chad erhebliche Gewinnanteile beschert, vorausgesetzt, er übernimmt die Stelle – diese Position erwartet ihn jetzt, nun, da besagte Umstände eingetreten sind. Seine Mutter hat sie, gegen erhebliche Widerstände, bis zum letzten Augenblick für ihn verteidigt. Wegen des damit verbundenen stattlichen Anteils, eine hübsche Dividende, muss er natürlich an Ort und Stelle sein und sich mächtig ins Zeug legen, um ordentlich Profit zu machen. Das meine ich mit seiner Chance. Versäumt er sie, bekommt er, mit Ihren Worten gesagt, gar nichts geboten. Und um dafür zu sorgen, dass er sie nicht versäumt, deshalb bin ich, kurz gesagt, hier herausgekommen.«

Sie ließ es auf sich wirken. »Dann sind Sie also nur herausgekommen, um ihm einen großen Dienst zu erweisen.«

Der arme Strether war gewillt, es so stehenzulassen. »Wenn Sie meinen.«

»Falls Sie erfolgreich sind, dann winken ihm, wie man so sagt —«

»Oh, eine Menge Vorteile.« Strether hatte sie offensichtlich parat.

»Sie meinen natürlich einen Haufen Geld.«

»Nicht nur. Ich habe noch andere Dinge für ihn im Blick. Ansehen und Wohlergehen und Sorglosigkeit – die allgemeine Sicherheit, an einer starken Kette fest verankert zu sein. Man muss ihn, wie ich es sehe, beschützen. Ich meine, vor dem Leben.«

»Ah *voilà!*« – Sie klinkte sich ein. »Vor dem Leben. In *Wahrheit* wollen Sie ihn nur zurück nach Hause lotsen, um ihn zu verheiraten.«

»So ungefähr sieht's aus.«

»Natürlich«, sagte sie, »das ist klar. Aber mit irgendjemand Bestimmten?«

Er lächelte etwas betreten. »Sie kriegen alles heraus.«

Für einen Lidschlag trafen sich ihre Blicke. »Sie setzen alles ein!«

Er würdigte das Kompliment, indem er erwiderte: »Mit Mamie Pocock.«

Sie staunte. Dann ernst, ja sogar betont, wie um die Absonderlichkeit herauszustreichen: »Seiner eigenen Nichte?«

»Oh, den Verwandtschaftsgrad müssen Sie selber bestimmen. Der Schwester seines Schwagers. Mrs. Jims Schwägerin.«

Das schien in Miss Gostrey eine gewisse Verhärtung auszulösen. »Und wer in aller Welt ist Mrs. Jim?«

»Chads Schwester – geborene Sarah Newsome. Sie ist – hatte ich das nicht erwähnt? – verheiratet mit Jim Pocock.«

»Ach ja«, erwiderte sie verhalten; er hatte ja doch einiges

erzählt! Dann aber mit großer Vehemenz: »Wer in aller Welt ist Jim Pocock?«

»Nun, Sallys Mann. In Woollett unterscheiden wir die Leute nun mal so«, erklärte er gut gelaunt.

»Und macht es einen großen Unterschied – Sallys Ehemann zu sein?«

Er überlegte. »Es gibt wohl kaum einen größeren – außer, es könnte zukünftig einen Unterschied machen, Chads Ehefrau zu sein.«

»Und was macht bei *Ihnen* den Unterschied?«

»Überhaupt nichts – ausgenommen, wie schon gesagt, der grüne Umschlag.«

Erneut trafen sich ihre Blicke, und sie hielt seinen für einen Augenblick fest. »Der grüne Umschlag – übrigens auch kein anderer – wird Ihnen bei *mir* etwas nützen. Sie sind ein Ausbund an Doppelzüngigkeit!« Gleichwohl konnte sie es wegen ihres großen Realitätssinnes stillschweigend dulden. »Ist Mamie eine gute *parti*?«

»Oh, die beste, die wir haben – unser schönstes, klügstes Mädchen.«

Miss Gostreys Blick schien das arme Kind zu fixieren. »Ich weiß genau, wie die sein können. Und sie hat Geld?«

»Vielleicht nicht besonders viel – dafür so viel von allem anderen, dass wir es nicht vermissen. Geld vermissen wir generell nicht großartig«, fügte Strether hinzu, »im allgemeinen, in Amerika, im Hinblick auf hübsche Mädchen.«

»Nein«, räumte sie ein; »aber ich weiß auch, was Sie manchmal vermissen. Und Sie selbst«, fragte sie, »Sie beten sie an?«

Es war eine Frage, so gab er zu verstehen, die verschiedene Auslegungen duldete; nach einem Augenblick entschied er sich für die humorvolle. »Habe ich Ihnen denn nicht zur Genüge bewiesen, dass ich *jedes* hübsche Mädchen anbete?«

Ihr Interesse an seinem Problem war inzwischen so gewachsen, dass ihr kaum Spielraum blieb, und sie hielt sich eng an die Tatsachen. »Ich war der Ansicht, in Woollett hätte man sie gern – wie soll ich sagen? – untadelig. Ich meine die jungen Männer für Ihre hübschen Mädchen.«

»Dieser Ansicht war ich gleichfalls!« gestand Strether. »Aber Sie berühren da einen merkwürdigen Umstand – den Umstand nämlich, dass auch Woollett sich dem Zeitgeist und der zunehmenden Lockerung der Sitten anpasst. Alles ist im Wandel, und ich bin der Auffassung, dass gerade unsere Situation eine Epoche markiert. Wir *hätten* sie gern untadelig, aber wir müssen sie eben nehmen, wie sie sind. Weil der Zeitgeist und die wachsende Lockerung sie nun mal immer öfter nach Paris führen ...«

»... muss man sie nehmen, wie sie kommen. *Wenn* sie kommen. *Bon!*« Erneut erfasste sie das Gesamtbild, überlegte jedoch einen Augenblick. »Armer Chad!«

»Ach«, sagte Strether unbekümmert, »Mamie wird ihn retten!«

Sie wandte den Blick ab, noch immer in ihrer Vision gefangen, und sie sprach ungeduldig und fast als hätte er sie nicht verstanden. »*Sie* werden ihn retten. Sie und niemand anders.«

»Oh, aber mit Mamies Hilfe. Es sei denn, Sie sind der Ansicht«, setzte er hinzu, »dass ich mit Ihrer Hilfe weit mehr bewirke!«

Schließlich blickte sie ihn wieder an. »Sie werden mehr bewirken – weil Sie so viel besser sind – als wir alle zusammen.«

»Ich glaube, ich bin erst besser, seit ich *Sie* kenne!« entgegnete Strether tapfer.

Mittlerweile hatte sich der Raum geleert, die Menschenmenge war geschrumpft, die Letzten entfernten sich soeben verhältnismäßig geräuschlos, was die beiden bereits näher

KAPITEL I

zum Ausgang brachte und den Kontakt mit einem Bediensteten ermöglichte, bei dem er Miss Gostreys Droschke bestellte. So blieben ihnen noch ein paar Minuten, die sie sichtlich nicht ungenutzt verstreichen lassen wollte. »Sie haben mir erzählt, was Mr. Chad – sofern Sie Erfolg haben – zu erwarten hat. Aber Sie haben mir nicht erzählt, was Sie dabei gewinnen.«

»Oh, ich habe nichts weiter zu erwarten«, sagte Strether schlicht.

Das erschien ihr dann doch gar zu schlicht. »Heißt das, es ist schon alles ›geregelt‹? Man hat Sie im voraus bezahlt?«

»Ach, reden Sie nicht von Bezahlung!« stöhnte er unwillig.

Etwas in seinem Ton ließ sie stocken, aber da der Bedienstete noch säumte, blieb ihr eine weitere Chance, und sie formulierte es anders. »Was – im Falle eines Scheiterns – haben Sie zu verlieren?«

Er sträubte sich jedoch weiterhin. »Nichts!« rief er, und da in diesem Augenblick der Bedienstete zurückkam, dem sie dann entgegengingen, konnte er das Thema fallenlassen. Als er sie, nach einigen Schritten die Straße entlang, unter einer Laterne in ihre vierrädrige Droschke gesetzt hatte und sie sich erkundigte, ob der Bedienstete denn kein zweites Fahrzeug für ihn bestellt habe, erwiderte er, bevor der Schlag geschlossen wurde: »Sie nehmen mich nicht mit?«

»Auf gar keinen Fall.«

»Dann gehe ich eben zu Fuß.«

»Im Regen?«

»Ich mag Regen«, sagte Strether. »Gute Nacht!«

Seine Hand berührte noch den Wagenschlag, und sie hielt ihn einen Augenblick auf, indem sie nicht antwortete; dann wiederholte sie ihre Frage. »Was haben Sie zu verlieren?«

Weshalb ihn die Frage jetzt anders berührte, hätte er nicht zu sagen vermocht; er konnte ihr diesmal nur anders begegnen. »Alles.«

»Das dachte ich mir. Dann werden Sie Erfolg haben. Und zu diesem Zweck bin ich die Ihre –«

»Ach, meine Liebe!« seufzte er freundlich.

»Bis in den Tod!« sagte Maria Gostrey. »Gute Nacht.«

II

Strether erschien an seinem zweiten Morgen in Paris bei den Bankiers in der Rue Scribe, an die sein Wechsel adressiert war, und er absolvierte diesen Besuch begleitet von Waymarsh, in dessen Gesellschaft er zwei Tage zuvor die Überfahrt von London unternommen hatte. Noch am Vormittag ihrer Ankunft waren sie zur Rue Scribe geeilt, doch da hatte Strether die erhofften Briefe, die ihn zu diesem Gang bestimmten, nicht vorgefunden. Bisher hatte er gar keine erhalten, in London zwar keine erwartet, in Paris jedoch mit mehreren gerechnet und war jetzt befremdet sogleich zurück zum Boulevard geschlendert mit einem Gefühl der Kränkung, das ihm als Auftakt so gut wie jedes andere dünkte. Dieser Stachel für seine Stimmung taugte, so überlegte er, als er am Ende der Straße stehen blieb und die prächtige, fremde Avenue entlangblickte, dieser Stachel, er taugte, um die Sache anzupacken. Strether gedachte, die Sache sofort anzupacken, und es kam ihm für den Rest des Tages überaus zupass, dass die Sache nur darauf wartete, von ihm in Angriff genommen zu werden. Bis zum Abend tat er kaum etwas anderes als sich zu fragen, was er wohl täte, hätte er glücklicherweise nicht so viel zu tun gehabt; aber er stellte sich die Frage in den unterschiedlichsten Situationen und Zusammenhängen. Was ihn hierhin und dorthin trieb, war die treffliche Theorie, keine seiner möglichen Unternehmungen entbehre des Zusammenhangs mit seinem wesentlichen Vorhaben oder – sollte er doch Bedenken tragen – sei dafür nutzlos. Er trug allerdings ein Bedenken – das Bedenken, konkrete Schritte erst nach dem Erhalt von Briefen zu unternehmen; doch dieser Gedankengang zerstreute es. Ein einziger Tag, um sich ausgiebig die Beine zu vertreten – er hatte dies bisher bloß in Chester und London getan –, war, so durfte er annehmen, keiner zu viel; und da er, wie er es insgeheim oft genannt hatte, mit Paris rechnen musste, setzte er diese Stunden an der frischen Luft bewusst mit auf die Rechnung. Sie wuchs dadurch ständig, aber das war nur gut so, sollte sie überhaupt etwas wert sein, und bis zum späten Abend, im Theater und auf dem Rückweg nach dem Theater durch das Gewühl des glänzenden Boulevards, überließ er sich diesem Gefühl des Anwachsens. Waymarsh hatte ihn diesmal in die Vorstellung begleitet, und die beiden Männer waren gemeinsam als erste Etappe vom Gymnase zum Café Riche gegangen, auf dessen ›Terrasse‹ sie sich gedrängt hatten – denn die Nacht oder vielmehr der Morgen, Mitternacht war längst vorüber, zeigte sich mild und belebt –, um eine Erfrischung einzunehmen. Waymarsh hatte es, infolge einiger Diskussionen mit seinem Freund, als Tugend herausgestrichen, sich jetzt gehengelassen zu haben; und die halbe Stunde vor ihren Gläsern mit wässrigem Bier hatte diverse Impressionen geliefert, die ihm zu signalisieren erlaubten, für ihn sei dieser Kompromiss mit seinem steiferen Selbst an die äußerste Grenze gestoßen. Er signalisierte dies – denn schließlich war es immer noch sein steiferes Selbst, das auf der lichterfüllten Terrasse finster brütete – durch solennes Schweigen; allzumal herrschte bezüglich des Wesens ihrer nächtlichen Promenade viel kritisches Schweigen zwischen den Gefährten, sogar noch, als sie die Place de l'Opéra erreichten.

An diesem Morgen gab es tatsächlich Briefe – Briefe, die an Strethers Abreisetag offenbar alle gleichzeitig in London eingetroffen waren und sich Zeit gelassen hatten, ihm hinterherzukommen; er widerstand dem Impuls, sie gleich im Empfangsraum der Bank durchzusehen, der ihn an das Postamt in Woollett gemahnte und wie der Stützpfeiler einer transatlantischen Brücke anmutete, und schob sie in die Tasche seines weiten, grauen Überziehers mit dem Glücksgefühl, sie mitzunehmen. Waymarsh hatte schon gestern Post erhalten und auch heute welche bekommen, und Waymarsh ließ in diesem besonderen Punkt keine beherrschten Impulse erkennen. Der allerletzte, gegen den man ihn jedenfalls wohl ankämpfen sehen würde, war zweifellos der, einen Besuch in der Rue Scribe übereilt zu beenden. Strether hatte Waymarsh gestern dort zurückgelassen; er wollte einen Blick in die Zeitungen werfen, und er hatte, soweit sein Freund dies in Erfahrung bringen konnte, eine ganze Reihe von Stunden darauf verwandt. Er bezeichnete diese Einrichtung mit Nachdruck als vorzüglichen Beobachtungsposten; ebenso wie er sein derzeitiges grässliches Geschick generell als Instrument bezeichnete, das ihm verschleiern sollte, was wirklich geschah. Europa lasse sich, seines Erachtens, am treffendsten beschreiben als ausgeklügelte Maschinerie zum Zweck, die abgekapselten Amerikaner von diesem unverzichtbaren Wissen abzuschneiden, und sei demzufolge nur erträglich durch diese vereinzelten Stationen des Beistands, Auffangstellen zum Einfangen schweifender westlicher Strömungen. Strether seinerseits machte sich wieder auf den Weg – er trug seinen Beistand in der Tasche; und wirklich, heißersehnt, wie ihm sein Bündel Briefe war, hätte man ihm die wachsende Unruhe von dem Augenblick anmerken können, da er sich über die Absender der meisten Schreiben vergewissert hatte. Diese Unruhe wurde ihm darum einstweilen zur Regel; er wusste, er würde auf Anhieb den besten Platz erkennen, um sich mit seiner wichtigsten Korrespondentin niederzulassen. Während der nächsten Stunde vermittelte er den Anschein, als suche er ihn von ungefähr in den Schaufenstern der Geschäfte; er folgte der sonnigen Rue de la Paix, ging durch die Tuilerien, überquerte den Fluss und gönnte sich mehr als einmal – wie unter Zwang – einen plötzlichen Halt vor den Bücherständen am gegenüberliegenden Ufer. In den Tuilerien hatte er sich an zwei oder drei Stellen verweilt und umgeschaut; es war, als habe der wundervolle Pariser Frühling seinem Schlendern Einhalt geboten. Der putzmuntere Pariser Morgen schlug heitere Akkorde an – mit milder Brise und feuchtem Duft, im Gehusch barhäuptiger Mädchen, die mit ovalen, von Schnallenriemen umschnürten Schachteln über die Parkfläche flatterten, in Gestalt betagter Personen, die sich beizeiten sorglich sonnten, wo warme Terrassenmauern warteten, im blauberockten, messingbeschilderten Beamtentum demütig harkender und scharrender Bediensteter, in der dunklen Anmutung eines schnurgrad schreitenden Priesters oder der schneidigen eines Soldaten mit weißen Gamaschen und roten Hosen. Er sah zielstrebige, kleine Gestalten, Gestalten, deren Gang dem Ticken des großen Pariser Uhrwerks glich, auf glatter Bahn von Punkt zu Punkt ihre Diagonalen ziehen; die Luft schmeckte wie ein kunstvolles Gemisch, wie etwas, worin sich die Natur als weißbemützter Meisterkoch präsentierte. Das Schloss gab es nicht mehr, Strether entsann sich des Schlosses; und als er in die unabänderliche Leere dessen einstiger Stätte starrte, mochte der geschichtliche Sinn in ihm wohl in freies Spiel getreten sein – in das Spiel, bei dem jener Sinn in Paris freilich zuckt wie ein berührter Nerv. Er füllte ganze Räume mit schemenhaften symbolischen Szenen; er erhaschte den Abglanz weißer Statuen, an deren Sockel er sich auf einem nach hinten gekippten Stuhl mit Strohsitz lehnen konnte, die Briefe in der Hand. Doch sein Streben ging, aus gewissen Gründen, zur anderen Seite, und es trug den Unentwegten die Rue de Seine entlang und bis zum Luxembourg.

Im Jardin de Luxembourg machte er halt; hier fand er

endlich sein lauschiges Plätzchen, und hier, auf einem Mietstuhl, vor dem Terrassen, Alleen, Durchblicke, Fontänen, kleine Bäume in grünen Kübeln, kleine Frauen in hellen Hauben und schrille kleine Mädchen beim Spielen alle zusammen ein sonniges Tableau ›komponierten‹, hier verbrachte er eine Stunde, in welcher der Becher seiner Impressionen wahrhaft überzufließen schien. Erst vor einer Woche war er von Bord gegangen, und es steckten ihm mehr Dinge im Kopf, als es diese wenigen Tage erklären konnten. Er hatte sich währenddessen mehr als einmal mit gewissen Vorhaltungen konfrontiert gefühlt; doch die Vorhaltung an diesem Morgen geriet besonders heftig. Sie gerann jetzt, was noch nie geschehen war, zu einer Frage: der Frage, wie er eigentlich zu diesem seltsamen Gefühl des Entronnenseins komme. Dieses Gefühl war nach Lektüre der Briefe am heftigsten, aber ebendarum drängte auch die Frage. Vier der Briefe stammten von Mrs. Newsome, und keiner davon war kurz; sie hatte keine Zeit verloren, hatte sich ihm auf seiner Fahrt an die Fersen geheftet, und sich so erklärt, dass er jetzt ermessen konnte, wie häufig er wohl von ihr hören werde. Ihre Mitteilungen, so wollte es scheinen, würden mehrmals pro Woche eintreffen; er durfte, so könnte sich herausstellen, mit jeder Post auf mehr als eine rechnen. Hatte er den gestrigen Tag mit einem kleinen Kümmernis begonnen, so erhielt er Gelegenheit, ihn heute mit dem Gegenteil zu beginnen. Er las die Briefe der Reihe nach und langsam durch, schob andere wieder zurück in die Tasche, ließ diese vier aber noch lange auf dem Schoß liegen. Gedankenverloren behielt er sie dort, wie um die Ausstrahlung dessen, was sie ihm vermittelten, zu verlängern; oder um ihnen zumindest ihren Anteil beim Gewinnen einer gewissen Klarheit zu sichern. Seine Freundin schrieb wundervoll, und ihr Ton tat sich mehr noch in ihrem Stil kund als in ihrer Stimme – fast schien es, als habe es vorderhand zu diesem Abstand kommen müssen, um deren ganze Reichweite zu erfahren; doch das deutliche Bewusstsein der Differenz harmonierte vollkommen mit der vertieften Intensität der Verbindung. *Wo* er war und *wie* er sich hier befand, das bildete den Unterschied, das Gefühl des Entronnenseins – dieser Unterschied war so viel größer, als er sich hatte träumen lassen; und letzten Endes saß er dort und sinnierte über die seltsame Logik, sich derart frei zu fühlen. Er verspürte gleichsam die Verpflichtung, seinen Zustand zu ergründen, den Hergang zu billigen, und als er dann tatsächlich die Schritte nachvollzog und die Teilbeträge addierte, gingen sie durchaus mit der Summe auf. Er hatte nie erwartet – darin lag die ganze Wahrheit –, sich wieder jung zu fühlen – und all die Jahre und die übrigen Dinge, die dazu geführt hatten, bildeten eben die Positionen seiner augenblicklichen Arithmetik. Er musste sich ihrer vergewissern, um seine Bedenken zu beruhigen.

Alles entsprang im Grunde Mrs. Newsomes schönem Wunsch, ihn mit nichts belastet zu sehen, was nicht wesentlich zu seiner Aufgabe gehörte; durch ihr Beharren, er solle einmal gründlich ausspannen und pausieren, hatte sie ihm eine derartige Freiheit verschafft, dass sie es gleichsam nur sich selbst würde zuzuschreiben haben. Strether hätte an diesem Punkt seine Überlegungen allerdings nicht mit dem Bild krönen können, *was* sie sich eigentlich selbst zuzuschreiben haben würde: das Bild bestenfalls seiner eigenen Gestalt – der arme Lambert Strether, von den Wellen eines einzigen Tages an den sonnigen Strand gespült, der arme Lambert Strether, der sich, dankbar für eine Atempause, japsend aufraffte. Da war er nun, und weder sein Anblick noch seine Haltung konnten Anstoß erregen: es stimmte freilich, er wäre instinktiv aufgesprungen, um sich ein Stück zu entfernen, hätte er Mrs. Newsome jetzt nahen sehen: Er hätte sich dann eines Besseren besonnen und wäre tapfer zu ihr zurückgekehrt, aber erst hätte er sich wieder fassen müssen. Sie sprudelte über vor Neuigkeiten hinsichtlich der Situation zu Hause, bewies ihm, wie perfekt sie während seiner Abwesenheit alles organisiert hatte, unterrichtete ihn, wer dies und wer das präzise da fortführen würde, wo er es liegen gelassen hatte, belegte ihm hieb- und stichfest, dass nichts darunter leiden würde. Ihr Ton erfüllte für ihn die ganze Luft; und dennoch empfand er ihn zugleich als hohles Brausen eitler Nichtigkeiten. Diesen letzten Eindruck versuchte er zu rechtfertigen – mit dem Erfolg, dass er, trotz des ernsten Anscheins, schließlich eine glückliche Formel dafür fand. Er gelangte dazu durch die zwangsläufige Erkenntnis, dass er vor vierzehn Tagen noch ein völlig erschöpfter Mann gewesen war. Wenn es je einen ausgelaugten Mensch gegeben hatte, dann war Lambert Strether dieser Mensch; und hatte nicht unbestreitbar diese Ermattung seiner wunderbaren Freundin zu Hause Veranlassung gegeben, so mitfühlend zu sein und entsprechende Pläne zu schmieden? In diesen Momenten wollte es ihm scheinen, als könnte ihm diese Wahrheit, wenn er sie nur fest genug hielt, in gewisser Weise Kompass und Steuer sein. Am nötigsten brauchte er eine Idee, die alles vereinfachte, und nichts leistete dies besser als die Tatsache, völlig erledigt und restlos am Ende zu sein. Wenn er unter diesem Lichte in seinem Becher soeben den Bodensatz der Jugend entdeckt hatte, dann war das bloß ein kleiner Schönheitsfehler an der Oberfläche seines Plans. Er war unbestreitbar so ausgepumpt, dass ihm genau dies zum Vorteil gereichen musste, und wenn es ihm durchweg gelang, auch nur in bescheidenem Rahmen nützlich zu sein, würde er alles tun können, was er wollte.

Alles, was ihm mangelte, war überdies einer einzigen Segnung immanent – der alltäglichen, unerreichbaren Kunst nämlich, die Dinge so zu nehmen wie sie kamen. Es schien ihm, als habe er seine besten Jahre damit verbracht, sich energisch bewusst zu machen, wie die Dinge nicht gekommen waren; aber vielleicht – da es sich hier wohl um gänzlich andere Dinge handeln mochte – würde dieses lange Leiden endlich ein Ende finden. Er war sich ohne weiteres im Klaren, dass es ihm ab dem Moment, da er seinen vorherbestimmten Zusammenbruch akzeptierte, an Gründen und Erinnerungen zuallerletzt mangeln werde. Oh, wenn er *tatsächlich* die Rechnung aufmachte, die Zahlen fänden auf keiner Schiefertafel Platz! Die Tatsache, dass er seiner Ansicht nach in allem gescheitert war, in jeder Verbindung und in einem halben Dutzend Gewerben, wie er es gern genüsslich formulierte, mochte zu einer leeren Gegenwart beigetragen haben und vielleicht noch weiter dazu beitragen; doch sie stand uneingeschränkt für eine übervolle Vergangenheit. Es hatte, so viel Unerreichtes, weder ein leichtes Joch bedeutet noch einen kurzen Weg. Gegenwärtig schien es, als hinge dort der rückwärtsgewandte Prospekt, der lange, gewundene Weg, im grauen Schatten seiner Einsamkeit. Es war eine schreckliche heitere gesellige Einsamkeit gewesen, eine vom Leben diktierte oder selbst gewählte Einsamkeit, in der Gemeinschaft; aber obwohl genug Menschen sie umgaben, hatten *darin* nur drei oder vier Personen Platz gefunden. Waymarsh war eine davon, und dieser Aspekt erschien ihm jetzt bezeichnend für die Liste. Mrs. Newsome war eine weitere, und Miss Gostrey hatte unversehens Anzeichen merken lassen, eine dritte zu werden. Jenseits, hinter ihnen, stand die blasse Gestalt seiner wahren Jugend, und sie drückte an ihre Brust zwei noch blassere Schemen – seine junge Frau, die er früh verloren, und seinen jungen Sohn, den er töricht geopfert hatte. Immer wieder hatte er sich vor Augen geführt, dass er seinen kleinen Jungen, seinen kleinen, begriffsstutzigen Jungen, der im Internat einer akuten Diphtherie erlegen war, vielleicht hätte behalten können, hätte er sich in jenen Jahren nicht ausschließlich dem Gefühl überlassen, der Mutter maßlos nachzutrauern. Seine Reue schmerzte besonders, weil das Kind sehr wahrscheinlich gar nicht begriffsstutzig gewesen war – in erster Linie begriffsstutzig gewesen sowie verbannt und vernachlässigt worden war, weil sich der Vater ungewollt selbstsüchtig verhalten hatte. Es handelte sich fraglos nur um den geheimen Habitus der Trauer, der mit der Zeit verblasste; dennoch blieb ein scharfer Schmerz, der dem Bewusstsein einen Stich versetzte beim zufälligen Anblick eines hübschen, eben heranwachsenden jungen Mannes, beim Gedanken an eine vertane Chance. Hatte je ein Mensch, diese Frage war ihm schließlich zur Gewohnheit geworden, so viel verloren, ja so viel getan für so wenig? Nicht ohne besonderen Grund hatte ihm am ganzen gestrigen Tag, mehr als an anderen Tagen, diese frostige Frage im Ohr geklungen. Sein Name auf dem grünen Umschlag, wohin er ihn für Mrs. Newsome gesetzt hatte, legitimierte ihn zweifellos gerade ausreichend, um die Welt – im Unterschied, sowohl im größeren wie im kleineren, zu Woollett – zu der Frage zu veranlassen, wer er sei. Er hatte sich der Lächerlichkeit preisgegeben, seine Erklärung erklärt zu bekommen. Er war Lambert Strether, weil er auf dem Umschlag stand, wo es doch, um nur etwas Ehre einzulegen, hätte so sein müssen, dass er auf dem Umschlag stand, weil er Lambert Strether war. Er hätte für Mrs. Newsome alles getan, hätte sich noch größerer Lächerlichkeit ausgesetzt – wozu er durchaus noch Gelegenheit bekommen mochte; was letztendlich auf das Eingeständnis hinauslief, dass diese Schicksalsergebenheit alles war, was er mit fünfundfünfzig vorweisen konnte.

Er beurteilte die Summe als gering, weil sie es nämlich war, und fand sie noch unerhörter, weil sie, seiner Einschätzung nach, kaum vorstellbar hätte größer sein können. Es war ihm nicht gegeben gewesen, seinen Bemühungen das Beste abzugewinnen, und wenn er es immer aufs neue versucht hatte – er allein wusste, wie oft –, so anscheinend nur, um zu demonstrieren, was sich denn, in Ermangelung dieser Gabe, sonst gewinnen ließ. Alte Gespenster einstiger Experimente kehrten ihm wieder, frühere Fron, Verblendung und Abscheu, Rekonvaleszenz und Rückfälle, vergangene Fieberschauer mit ihren Schüttelfrösten, zersplitterte Augenblicke gründlicher Zuversicht und solche noch gründlicherer Zweifel; überwiegend Abenteuer der Art, die man als Lektion bezeichnet. Die besondere Triebkraft, die tags zuvor ständig in ihm am Werk gewesen war, bestand in seiner Erkenntnis – deren Häufigkeit ihn allerdings überraschte –, die nach seinem früheren Besuch sich selbst gegebenen Versprechungen nie eingelöst zu haben. Am lebendigsten wirkte in ihm heute die Erinnerung an das Gelübde, welches er auf jener Wallfahrt geleistet hatte, die er frisch vermählt, gleich nach dem Krieg und dessen ungeachtet hoffnungslos jung, gemeinsam mit jenem noch viel jüngeren Ding unbesonnen unternommen hatte. Es war eine kühne Unternehmung, und sie hatten dazu das für Notfälle beiseitegelegte Geld verwendet, das sie aber auch in diesem Augenblick in hunderterlei Weise heilig hielten, und durch nichts mehr als durch sein heimliches Gelübde, dieses Ereignis als eine zur Hochkultur geknüpfte Beziehung zu betrachten und dafür zu sorgen, dass sie, wie man in Woollett sagte, reiche Ernte trüge. Auf der Heimreise hatte er geglaubt, etwas Großes gewonnen zu haben, und die Idee genährt – mit dem sorgfältig durchdachten, naiven Plan: zu lesen, zu verarbeiten und sogar alle paar Jahre einmal zurückzukehren –, diese Beziehung zu bewahren, zu pflegen und auszubauen. Da sich diesbezügliche Pläne in puncto noch kostbarerer Erwerbungen jedoch in nichts aufgelöst hatten, mochte es zweifellos kaum verwundern, dass ihm

KAPITEL II

diese Handvoll Samenkörner aus dem Blick geraten waren. Lange Jahre in dunklen Winkeln vergraben, hatten diese wenigen Sämlinge durch achtundvierzig Stunden Paris wieder ausgekeimt. Das gestrige Geschehen war tatsächlich die Empfindung neuen Lebens gewesen, das sich in längst abgebrochenen Verbindungen regte. Strether hatte aufgrund dessen sogar kurze spekulative Anwandlungen erfahren – plötzliche poetische Höhenflüge in den Sälen des Louvre, hungrige Blicke durch blanke Scheiben, hinter denen zitronenfarbene Bände so frisch leuchteten wie Früchte am Baum.

In manchen Augenblicken konnte er sich fragen, ob es nicht letzten Endes sein ihm bestimmtes Schicksal sei – da es grundsätzlich so wenig in Betracht gekommen war, dass er irgendetwas behalten durfte –, selbst aufbehalten zu werden. Aufbehalten, in diesem Falle, für etwas, das zu ahnen er nicht vorgab, bis jetzt noch nicht einmal zu ahnen wagte; etwas, das ihn schwanken und staunen machte und lachen und seufzen, etwas, das ihn vorwärtsdrängen und zurückweichen ließ, halb verlegen über seinen Impuls, sich hineinzuwerfen und mehr als nur halb erschrocken ob seiner Regung abzuwarten. Er erinnerte sich zum Beispiel, wie er in den sechziger Jahren zurückgekehrt war, im Kopf die zitronengelben Bände, außerdem ein Dutzend – ausgesucht auch für seine Frau – im Koffer; und nichts hatte in diesem Moment mehr Zuversicht bewiesen als diese Beschwörung des feinen Geschmacks. Sie lagen noch immer irgendwo zu Hause herum, diese zwölf Bände – stockig und angeschmutzt und nie zum Buchbinder gelangt; was aber war aus dem kraftvollen Auftakt geworden, den sie repräsentierten? Jetzt repräsentierten sie bloß den verblassten Anstrich der Tür zum Tempel des Geschmacks, von dessen Errichtung er geträumt hatte – ein Gebäude, das von ihm praktisch nie weiter ausgestaltet worden war. Strethers derzeit höchste Gedankenflüge waren womöglich jene, in denen ihm gerade dieses spezielle Versäumnis zum Symbol wurde, ein Symbol seiner langjährigen Fron und seines Mangels an müßigen Augenblicken, überdies seines Mangels an Geld, an Gelegenheit, an echtem Ansehen. Dass die Erinnerung an das Gelübde seiner Jugend um wieder aufleben zu können, hatte warten müssen auf dieses, wie er meinte, letzte Glied in der Kette seiner Fatalitäten – das bewies doch bestimmt zur Genüge die schwere Belastung seines Gewissens. Bedurfte es noch eines weiteren Beweises, wäre er in der Tatsache zu finden gewesen, dass er, wie ihm jetzt klar wurde, sogar aufgehört hatte, die eigene Dürftigkeit zu bemessen, eine Dürftigkeit, die in der Rückschau nebelhaft und breitgefächert ausgriff und sich in die Tiefe erstreckte wie das nicht kartographierte Hinterland einer behelfsmäßigen Küstensiedlung. Sein Gewissen hatte sich während der achtundzwanzig Stunden damit vergnügt, ihm den Kauf eines Buches zu verbieten; er verzichtete darauf, verzichtete auf alles; ehe er Chad nicht aufgesucht hatte, würde er um nichts in der Welt andere Schritte unternehmen. Doch angesichts des Beweises, *wie* die zitronengelben Umschläge ihn tatsächlich berührten, fixierte er sie mit dem Eingeständnis, dass sie ihm in der großen Wüste der Jahre dennoch im Unterbewusstsein geblieben sein mussten. Die grünen Umschläge zu Hause umhüllten, ihrer bestimmten Absicht gemäß, keine Huldigung an die Literatur; es war einzig ein gehaltvoller Kern aus Ökonomie, Politik und Moral, dessen satinierte und, wie Mrs. Newsome eher entgegen *seiner* Ansicht behauptete, überaus angenehm anzufühlende, bestechende ›Schale‹ sie bildeten. Ohne das nötige instinktive Wissen, was da in Paris auf der glänzenden Straße genau zutage trat, beherrschte ihn jetzt der Eindruck, mehr als einmal von Verdächten beunruhigt worden zu sein: sonst würde er jetzt nicht so viele Ängste bestätigt finden. Da gab es ›Entwicklungen‹, für die er zu spät kam: hatten sie sich, samt dem damit verbundenen Vergnügen, nicht längst überlebt? Da gab es Szenen, die er verpasst hatte, und große Lücken in der Prozession: ihm war, als sähe er alles in einer goldenen Staubwolke entschwinden. Wenn das Schauspielhaus auch nicht geschlossen hatte, war sein Platz doch jemand anders zugefallen. Am Abend zuvor hatte ihn das Unbehagen beschlichen, wenn er schon im Theater saß – er rechtfertigte dabei allerdings den Theaterbesuch im besonderen und mit einer Absurdität, die seiner Phantasie zur Ehre gereichte, als etwas, das er dem armen Waymarsh schuldete –, hätte er dort mit und, wie man hätte sagen können, *wegen* Chad sitzen sollen.

Dies warf die Frage auf, ob er ihn eigentlich mit gutem Anstand in ein solches Stück hätte mitnehmen können und welche Auswirkungen – dieser Aspekt tauchte plötzlich auf – seine besondere Verantwortung ganz allgemein haben sollte hinsichtlich der Wahl des Zeitvertreibs. Im Gymnase – wo man sich überdies verhältnismäßig sicher wähnen durfte – war ihm buchstäblich präsent gewesen, dass es sich als befremdliches Detail des Rettungswerks ausgenommen hätte, seinen jungen Freund neben sich zu haben; und dies völlig unerachtet des Umstands, dass das dargebotene Tableau, verglichen mit Chads privater Bühne, durchaus als Muster der Wohlanständigkeit hingehen mochte. Er war zweifellos nicht im Namen der Wohlanständigkeit hergereist, um ohne Begleitung fragwürdigen Darbietungen beizuwohnen; und noch viel weniger, um seine Autorität zu untergraben, indem er solche Vorführungen mit dem lasterhaften jungen Mann teilte. Musste er um seiner hehren Autorität willen jeder Vergnügung entsagen? Und *würde* ein solcher Verzicht ihm in Chads Augen wirklich moralischen Glanz verleihen? Das kleine Problem zeigte sich umso widerborstiger, als der arme Strether ein recht ausgeprägtes

Gespür für Ironie besaß. Gab es einen Blickwinkel, unter dem ihm sein Dilemma selbst ziemlich komisch vorkommen musste? Sollte er so tun – entweder vor sich selbst oder gegenüber dem erbärmlichen Jungen –, als glaube er, es gäbe etwas, das letzteren noch mehr verderben könnte? Implizierte diese Vorspiegelung andererseits nicht die Annahme eventueller Vorgehensweisen, die zu seiner Besserung führten? Das größte Unbehagen erwuchs ihm aus dem drohenden Eindruck, seine Autorität aufs Spiel zu setzen, sollte er Paris in irgendeiner Weise akzeptieren. An diesem Morgen präsentierte es sich ihm, das gewaltige, gleißende Babylon, wie ein riesiges irisierendes Etwas, ein Kleinod, glitzernd und hart, an dem sich weder Einzelheiten ausmachen ließen noch Unterschiede bequem aufzeigen. Es flimmerte und vibrierte und verschmolz, und was in einem Moment schiere Oberfläche schien, schien schon im nächsten schiere Tiefe. Es war eine Stadt, die Chad unverkennbar mochte; falls sie also ihm, Strether, allzu sehr gefiele, was in aller Welt würde dann, bei diesem Bindeglied, aus ihnen beiden werden? Alles hing natürlich davon ab – und das war ein Lichtblick –, woran man dieses ›zu sehr‹ bemaß; wobei unser Freund allerdings, während er die von mir geschilderten Betrachtungen ausdehnte, recht deutlich spürte, dass für ihn selbst schon jetzt ein gewisses Maß erreicht war. Es dürfte hinlänglich klar geworden sein, dass er kein Mann war, der eine günstige Gelegenheit, gründlich nachzudenken, versäumte. War es zum Beispiel überhaupt vorstellbar, Paris zu mögen, ohne es allzu sehr zu mögen? Glücklicherweise hatte er Mrs. Newsome jedoch nicht versprochen, es überhaupt nicht zu mögen. Zu diesem Zeitpunkt war in ihm bereits die Einsicht gereift, dass ihm eine solche Verpflichtung wirklich die Hände gebunden hätte. Der Jardin de Luxembourg schien unbestreitbar zu dieser Stunde deshalb so bezaubernd – zusätzlich zu seinem ureigenen Charme –, weil er diese Verpflichtung nicht eingegangen war. Die einzige Verpflichtung, die er übernommen hatte, wenn er der Sache ins Gesicht sah, war, sein Möglichstes zu tun.

Es beunruhigte ihn nach einer Weile dennoch ein wenig, als er sich schließlich besann, welcher Strom von Assoziationen ihn so weit geführt hatte. Alte Vorstellungen vom Quartier Latin waren im Spiel gewesen, und er hatte sich gebührend erinnert, dass auf diesem Schauplatz eher fragwürdiger Legenden Chad, wie so viele junge Männer in Romanen und in der Realität, die ersten Schritte getan hatte. Diese Stätte lag endgültig hinter ihm, und sein ›Zuhause‹, wie Strether es nannte, befand sich auf dem Boulevard Malesherbes; weswegen unser Freund, als er, auch um Gerechtigkeit walten zu lassen, das uralte Viertel aufsuchte, vielleicht geglaubt hatte, sich dem Element des Gewohnten, des Unvordenklichen ruhig aussetzen zu dürfen, ohne Turbulenzen heraufzubeschwören. Er musste nicht befürchten, hier den jungen Mann und eine gewisse Person vorbeipromenieren zu sehen; und trotzdem atmete er eben die Atmosphäre, von der er sich – einfach um jene frühe natürliche Impression nachzuempfinden – vor allem einen Eindruck zu verschaffen wünschte. Ihm kam sogleich lebhaft zum Bewusstsein, dass er ursprünglich ein paar Tage lang eine fast neidische Vision des romantischen Privilegs des Jungen genährt hatte. Der melancholische Roman von Murger mit Francine und Musette und Rodolphe zu Hause in der Gesellschaft der Zerlumpten war ein Exemplar – wenn er in seiner Gesamtheit nicht sogar zwei oder drei Teile umfasste – aus dem broschierten, dem kartonierten Dutzend im Regal; und als Chad vor fünf Jahren nach einem bereits damals auf sechs Monate ausgedehnten Aufenthalt geschrieben hatte, er habe beschlossen, sich auf Sparsamkeit und das Eigentliche zu verlegen, da hatte ihn Strethers Phantasie recht liebevoll auf diesem Umzug begleitet, der ihn, wie man in Woollett einigermaßen konsterniert zur Kenntnis nahm, über die Brücken und auf die Montagne Sainte-Geneviève hinaufführte. Dies sei die Gegend – in diesem Punkt war Chad ganz entschieden gewesen –, wo man das beste Französisch neben vielem anderen am erschwinglichsten lernen könne, und wo lauter helle Burschen, Landsleute, die sich dort ganz gezielt aufhielten, eine ganz famose Gesellschaft bildeten. Die hellen Burschen, die freundlichen Landsleute seien überwiegend junge Maler, Bildhauer, Architekten und Medizinstudenten; wären jedoch, so ließ Chad verständig verlauten, ein viel lohnenderer Umgang – sogar eingerechnet den Umstand, selbst nicht so ganz dazuzugehören – als diese ›furchtbaren Flegel‹ (Strether entsann sich der erbaulichen Unterscheidung) in den amerikanischen Bars und Banken rund um die Opéra. In den darauffolgenden Mitteilungen – denn damals teilte er sich noch hin und wieder mit – hatte Chad die Bemerkung hingeworfen, mehrere Mitglieder aus einem Kreis ernsthaft arbeitender Schüler eines der großen Künstler hätten ihn sofort aufgenommen, würden ihn jeden Abend, so gut wie gratis, bei sich bewirten und sogar drängen, doch bloß nicht die Annahme zu vernachlässigen, dass in ihm genauso viel ›stecke‹ wie in jedem von ihnen. Es hatte einen Augenblick gegeben, als es buchstäblich schien, es könnte etwas in ihm stecken; es hatte jedenfalls einen Augenblick gegeben, in dem er schrieb, er wisse nicht, doch könne es durchaus sein, dass er in ein, zwei Monaten eingeschriebenes Mitglied eines Ateliers wäre. Damals verspürte Mrs. Newsome schon für kleine Wohltaten große Dankbarkeit; sie alle hatten es als Segen empfunden, dass dem in der Fremde Weilenden vielleicht *doch* ein Gewissen schlug – dass er zu guter letzt das Nichtstun satthatte, begierig war nach Abwechslung. Die Verlautbarung war fraglos noch nicht glänzend, aber Strether, bereits damals stark eingebunden und engagiert, hatte beiden Damen moderaten Beifall, ja sogar, wie er sich jetzt entsann, eine gewisse mäßige Begeisterung abgespürt.

Als nächstes fiel dann jedoch ein finsterer Vorhang. Der Sohn und Bruder hatte auf der Montagne Sainte-Geneviève nicht lange geweidet – die wirkungsvoll sparsame Verwendung dieses Namens, ebenso wie der Hinweis auf das beste Französisch schienen nur weitere Züge seiner groben Gerissenheit. Die leichte Erquickung durch diesen leeren Anschein hatte auch keinem von ihnen viel gebracht. Andererseits hatte Chad sich dadurch Zeit verschafft und die Möglichkeit eröffnet, ungehindert Wurzeln zu schlagen, sowie den Weg gebahnt für direktere und drastischere Initiationen. Strether vertrat die Überzeugung, er sei vor diesem ersten Umzug vergleichsweise unschuldig gewesen und sogar die ersten Folgen des Umzugs, ohne einen besonders bösen Zufall, seien schwerlich zu beklagen. Drei Monate lang – er hatte es genugsam ausgerechnet – hatte sich Chad Mühe gegeben. Er hatte es *wirklich* versucht, wenn auch nicht mit letzter Konsequenz – er hatte eine kurze Stunde guten Willens gezeigt. Die Schwäche dieses Entschlusses lag darin, dass nahezu jeder Zufall, als hinreichend widrig bezeugt, sich als stärker erwies. Dies war zum allermindesten deutlich erkennbar gewesen bei einer besonderen Reihe sich überstürzender ›Eindrücke‹. Alle diese Eindrücke – der Sorte Musette und Francine, infolge der allgemeinen Evolution dieses Typus, jedoch eine Musette und eine Francine der vulgäreren Ausprägung – hatten sich der Reihe nach als unwiderstehlich intensiv erwiesen: Er hatte sich ›eingelassen‹ – wie man damals bloß schaudernd schließen konnte, da es nur dürftig Erwähnung fand –, mit einer heftig ›interessierten‹ kleinen Person nach der anderen. Strether hatte irgendwo einmal etwas über ein lateinisches Motto gelesen, das ein Reisender in Spanien auf einer Uhr entdeckt hatte und das sich auf den Kreis der Stunden bezog; und er war dahin gekommen, es in Gedanken auf Chads Nummer eins, Nummer zwei, Nummer drei anzuwenden. *Omnes vulnerant, ultima necat* – sie alle hatten moralisch verwundet, die letzte hatte moralisch getötet. Die letzte hatte am längsten Besitz ergriffen – das heißt, Besitz ergriffen von dem, was von des armen Jungen schöner Sterblichkeit übriggeblieben sein mochte. Und nicht sie war es gewesen, sondern eine ihrer Vorgängerinnen, die hinter dem zweiten Umzug stand, hinter der kostspieligen Rückkehr samt Rückfall und dem erneuten Tausch, wie man getrost vermuten durfte, des gepriesenen besten Französisch gegen eine spezielle Variante des übelsten.

Er raffte sich dann schließlich auf, den Rückweg anzutreten; ohne das Gefühl, seinen Spaziergang vergeblich unternommen zu haben. Er erweiterte ihn noch etwas auf die nächste Umgebung, nachdem er seinen Stuhl verlassen hatte; und sein Fazit des Vormittags insgesamt lautete, dass sein Feldzug in Gang gekommen war. Er hatte Fühlung aufnehmen wollen, und der Henker sollte ihn holen, wenn ihm das nicht gelungen war. In keinem Moment empfand er dies mehr als unter den alten Arkaden des Odéon, wo er vor dem im Freien ausgelegten verlockenden Aufgebot klassischer und sonstiger Literatur verweilte. Er fand die Wirkung der Formen und Farben auf den langen, vollgepackten Tischen deliziös und appetitlich; es war ein ähnlicher Eindruck – wenn man eine Art preiswerter *consommation* durch eine andere ersetzte –, wie ihn eines der netten Cafés vermittelte, die unter einer Markise aufs Trottoir ausgriffen; doch er drängte dicht an den Tischen vorbei, die Hände beharrlich auf dem Rücken. Er war nicht hier, um einzutauchen, um zu konsumieren – er war hier, um zu rekonstruieren. Er war nicht zu seinem eigenen Nutz und Frommen hier – das heißt, zumindest nicht unmittelbar; er war hier auf den Verdacht hin, womöglich den Flügelschlag des schweifenden

Geistes der Jugend zu fühlen. Er spürte ihn wirklich, spürte ihn dicht neben sich; aus den alten Arkaden drang tatsächlich, während er in sich hinein lauschte, leise, wie aus weiter Ferne, furioser Flügelschlag. Diese Flügel ruhten jetzt zusammengefaltet über den Leibern begrabener Geschlechter; manchmal aber, wenn einer der Bummelanten mit Strubbelhaar und Schlapphut eine Seite umblätterte, lebte ein leises Flattern wieder auf, wobei die jugendliche Intensität jenes Typus des bleichen Scharfsinns die Sicht unseres Freundes, ja sogar seine Würdigung rassischer Unterschiede vertiefte; ihr Umgang mit nicht aufgeschnittenen Bänden glich jedoch nur allzu oft dem Horchen an verschlossener Tür. Er konstruierte einen Chad, der drei oder vier Jahre zuvor möglicherweise unsicher die Fühler ausgestreckt hatte, einen Chad, der im Grunde schlicht und ergreifend – denn nur so konnte man es betrachten – zu gewöhnlich gewesen war für sein Privileg. Denn ein Privileg bedeutete es gewiss, gerade hier jung und glücklich gewesen zu sein. Nun, das Beste, was Strether über ihn sagen konnte, war, dass er einmal davon geträumt hatte.

Doch seine eigene Aufgabe eine halbe Stunde später betraf eine dritte Etage auf dem Boulevard Malesherbes – so viel stand fest; und vielleicht hatte die ihm bekannte Tatsache, dass die Fenster der dritten Etage den Vorteil eines durchgehenden Balkons besaßen, etwas damit zu tun, dass er fünf Minuten lang auf der anderen Straßenseite zauderte. Über manche Punkte hatte er durchaus Klarheit gewonnen, und einer betraf eben die Umsicht, hier unvermutet aufzutauchen, wozu die Ereignisse ihn schließlich genötigt hatten, ein Kurs, den er befriedigt in keiner Weise ins Wanken gebracht fand, als er jetzt auf die Uhr blickte und überlegte. Wohl hatte er sich angekündigt – freilich sechs Monate zuvor –, hatte zumindest Chad geschrieben, er möge nicht aus allen Wolken fallen, sollte er eines Tages bei ihm auftauchen. Chad hatte ihm darauf mit dürren, absichtlich nichtssagenden Sätzen geantwortet, er sei ihm jederzeit willkommen; und Strether, der reuig reflektierte, Chad könnte die Ankündigung als versteckten Appell an seine Gastfreundschaft aufgefasst haben, als Bitte um eine Einladung, Strether hatte Zuflucht genommen zum Schweigen, sein bevorzugtes Korrektiv. Überdies hatte er Mrs. Newsome gebeten, ihn nicht erneut zu annoncieren; er besaß diese ganz eigene, dezidierte Vorstellung, wie er seine Aufgabe anzupacken gedachte, sollte er sie überhaupt anpacken. Es war in seinen Augen nicht der geringste der hohen Vorzüge dieser Dame, dass er sich voll auf ihr Wort verlassen durfte. Sie war die einzige ihm bekannte Frau, sogar in Woollett, von der er sicher glaubte, sie beherrsche die Kunst des Lügens nicht. Sarah Pocock zum Beispiel, ihre Tochter, die freilich, wie es hieß, in mancherlei Hinsicht etwas abweichenden gesellschaftlichen Idealen huldigte – Sarah, auf ihre Art wirklich eine Ästhetin, hatte, um in zwischenmenschlichem Umgang Härten abzumildern, dieses Mittel nie verweigert; er hatte es sie in etlichen Situationen gebrauchen sehen. Da er von Mrs. Newsome also unterrichtet worden war, dass sie, auf Kosten ihrer energischeren Ansicht, seinem Vorbehalt, Chad nicht einzuweihen, uneingeschränkt entsprochen hatte, blickte er jetzt hinauf zu dem schönen durchgehenden Balkon mit dem sicheren Gefühl, wenn etwas an der Sache verpatzt worden sein sollte, träfe die Schuld zumindest ihn ganz allein. Regte sich diesbezüglich eventuell ein leiser Verdacht, als er gerade am Rand des Boulevards und ganz im angenehmen Licht verharrte?

Vieles stürmte auf ihn ein, unter anderem die Überlegung, er werde zweifellos sehr bald wissen, ob er dumm oder durchdacht gehandelt hatte. Eine andere lautete, dass der fragliche Balkon sich nicht eben als Annehmlichkeit präsentierte, auf die man leichthin verzichtete. Der arme

Strether musste in genau diesem Moment die Wahrheit erkennen, dass die Phantasie, egal wo in Paris man gerade Pause macht, prompt reagiert, noch bevor man sie zügeln konnte. Dieses permanente Reagieren bürdete den Pausen gewissermaßen einen Preis auf; doch es häufte auch so viele Konsequenzen an, bis man kaum noch Platz fand, sich vorsichtig zwischen ihnen durchzuschlängeln. Wie kam er beispielsweise dazu, in diesem kritischen Augenblick, ausgerechnet an Chads Haus Gefallen zu finden? Das hohe, breite, klar gegliederte Gebäude – er war Fachmann genug, um die vortreffliche Bauweise gleich zu erkennen – brachte unseren Freund in ziemliche Verlegenheit durch die Qualität, mit der es ihn, wie er gesagt hätte, ›frappierte‹. Er hatte mit der Idee gespielt, es könnte ihm vorbereitend nützlich sein, er selbst könne durch einen glücklichen Zufall gesehen werden von den Fenstern des dritten Stocks aus, in denen sich die volle Märzsonne spiegelte. Was aber nützte es ihm, nach einem Augenblick festzustellen, dass die ›frappierende‹ Qualität, die durch Maß und Ausgewogenheit erzielte Qualität, die feine Harmonie zwischen den einzelnen Elementen und den einzelnen Zwischenräumen – unterstützt durch ein deutliches, doch diskretes Dekor sowie durch die Färbung des Steines, ein kaltes Hellgrau, etwas erwärmt und geglättet vom Leben – vermutlich nicht mehr oder weniger als einen Fall von Distinguiertheit darstellte, einen Fall, den er unversehens nur als ausgesprochenen Affront begreifen konnte. Mittlerweile jedoch war die von ihm eingeplante Möglichkeit – die Möglichkeit, vom Balkon aus gesehen zu werden – Tatsache geworden. Zwei oder drei Fenster standen offen in der veilchenblauen Luft; und ehe Strether, durch Überqueren der Straße, den Knoten zertrennt hatte, war ein junger Mann herausgetreten, hatte umhergeblickt, eine Zigarette angezündet, das Streichholz heruntergeschnippt, sich dann auf die Brüstung gelehnt und rauchend das Treiben unten studiert. Sein Erscheinen trug indessen dazu bei, Strether an Ort und Stelle zu bannen; was wiederum zur Folge hatte, dass Strether seinerseits sich bald in Augenschein genommen fühlte. Der junge Mann musterte ihn wie zur Bestätigung, dass er sich selbst unter Beobachtung fand.

Das schien grundsätzlich ganz interessant, jedoch wurde das Interesse gemindert, weil der junge Mann nicht Chad war. Strether überlegte zuerst, ob es eventuell ein verwandelter Chad sei, und erkannte dann, dies hieße einer Verwandlung zu viel abverlangen. Der junge Mann war blond, fröhlich und lebhaft – von einer gewinnenden Art, die sich nicht durch Auffrischung erzielen ließ. Strether hatte sich einen aufgebesserten Chad vorgestellt, aber keinen bis zur Unkenntlichkeit aufgefrischten. Es gab für ihn, das spürte er, ohnehin genug günstige Wendungen; es bedeutete durchaus eine günstige Wendung, dass der Herr dort oben Chads Freund sein könnte. Er war ebenfalls jung, der Herr dort oben – er war sehr jung; jung genug offenbar, um sich über einen ältlichen Beobachter zu amüsieren, ja sogar Neugier zu empfinden, was der ältliche Beobachter wohl tun werde, wenn er sich selbst beobachtet fand. Darin lag Jugend, Jugend lag auch in der Begeisterung für den Balkon, Jugend lag für Strether in diesem Augenblick in allem, nur nicht in seiner eigenen Angelegenheit; und Chads sichtliche Verbindung zur Jugend hatte der Sache im nächsten Moment einen außerordentlich geschwinden Auftrieb verliehen. Der Balkon, die vornehme Fassade bestätigten für Strethers Phantasie plötzlich etwas in höchster Höhe; sie hoben den ganzen Fall wesentlich und wie in einer großartigen Metapher auf ein Niveau, das er, nach einem weiteren Moment, erfreut glaubte selbst erreichen zu können. Der junge Mann musterte ihn noch immer, und er musterte den jungen Mann; und die Sache war, dass ihm dieses Wissen um eine hoch oben plazierte Privatsphäre der äußerste Luxus dünkte. Auch ihm stand eine solche hoch oben plazierte Privatsphäre offen, und er sah sie jetzt nur noch in dem einen Licht – als das einzige Domizil, das einzige häusliche Heim in der großen ironischen Stadt, auf das er wenigstens die Spur eines Anspruchs besaß. Miss Gostrey hatte ein Zuhause; sie hatte ihm davon erzählt, und dies war etwas, was ihn zweifellos erwartete; doch Miss Gostrey war noch nicht eingetroffen – es mochten Tage vergehen bis zu ihrem Eintreffen; und das einzige, was den Zustand seines Ausgeschlossenseins linderte, war die Vorstellung von dem kleinen, zugegebenermaßen zweitklassigen Hotel in einer Seitenstraße der Rue de la Paix, wo sie ihn, um seine Börse zu schonen, untergebracht hatte und das ihm jetzt irgendwie so erschien, als bestünde es nur aus frostigen Räumlichkeiten, glasüberdachtem Innenhof sowie glatter Treppe, und das, aus nämlichen Grund, Waymarshs Anwesenheit selbst dann bekundete, wenn man Waymarsh mit Sicherheit bei einem Gang zur Bank wusste. Bevor er sich in Bewegung setzte, erkannte er Waymarsh und einzig Waymarsh, Waymarsh nicht nur unverdünnt, sondern in definitiv hochprozentiger Form, als derzeitige Alternative zu dem jungen Mann auf dem Balkon. Als er sich dann in Bewegung setzte, geschah es geradezu, um dieser Alternative zu entgehen. Endlich die Straße zu überqueren und die *porte-cochère* des Hauses zu durchschreiten, das hieß, Waymarsh bewusst auszuschließen. Er würde ihm jedoch alles erzählen.

DRITTES BUCH

I

Strether erzählte Waymarsh alles noch am selben Abend, während sie gemeinsam im Hotel speisten; was nicht hätte sein müssen, wie ihm die ganze Zeit bewusst war, hätte er nicht vorgezogen, diesem Anlass eine kostbarere Gelegenheit zu opfern. Die Erwähnung ebendieses Opfers seinem Gefährten gegenüber eröffnete auch seinen Bericht – oder, wie er es bei mehr Vertrauen in seinen Gesprächspartner genannt hätte, sein Geständnis. Sein Geständnis lautete, er sei überrumpelt worden und habe sich, als eine der Weiterungen der Affäre, um ein Haar auf der Stelle zum Abendessen verabredet. Hätte er sich diese Freiheit genommen, dann hätte Waymarsh ihn entbehren müssen – daher habe er auf seinen Skrupel gehört; und er habe insgleichen auf einen weiteren Skrupel gehört – was nämlich die Frage betraf, ob er selbst einen Gast mitbringen könne.

Waymarsh blickte mit glühendem Ernst über dem geleerten Suppenteller auf diese aufgereihten Skrupel; noch immer trafen Strether die Konsequenzen des von ihm selbst erzeugten Eindrucks unvorbereitet. Er tat sich indes verhältnismäßig leicht mit der Erklärung, er sei nicht sicher gewesen, ob sein Gast willkommen sein würde. Es handle sich bei der Person um einen jungen Mann, dessen Bekanntschaft er erst diesen Nachmittag im Verfolg erschwerter Nachforschungen über eine andere Person gemacht habe – Nachforschungen, deren Scheitern sein neuer Freund tatsächlich eben noch zu verhindern gewusst hatte. »Oh«, sagte Strether, »ich habe Ihnen allerhand zu erzählen!« – und die Weise, wie er es äußerte, erteilte Waymarsh gleichsam den Wink, seine Freude am Erzählen zu beflügeln. Er wartete auf den Fisch, er trank einen Schluck Wein, er wischte sich den buschigen Schnurrbart, er lehnte sich in seinem Stuhl zurück, er musterte die beiden englischen Damen, die soeben an ihnen vorübergeknarrt waren und die er sogar vernehmlich gegrüßt haben würde, hätten sie den Impuls dazu nicht schon im Keim erstickt; so konnte er – um überhaupt etwas zu tun – nur sehr vernehmlich sagen »Merci, François!«, als ihm der Fisch serviert wurde. Alles, was er sich wünschte, war vorhanden, alles, um aus dem Augenblick einen Anlass zu machen, alles passte prächtig – alles, bis auf das, was Waymarsh beisteuern sollte. Die kleine, gebohnerte *salle-à-manger* war blassgelb und gemütlich; François, der breit lächelnd umhertänzelte, war eine Seele von Mensch und wie ein Bruder; die hochschultrige *patronne* mit den hocherhobenen Händen, welche sie häufig rieb, schien unablässig etwas Ungesagtem überschwänglich beizupflichten; kurzum, der Pariser Abend lag für Strether sogar im Geschmack der Suppe, in, wie er arglos zufrieden vermeinte, der Qualität des Weines, im angenehm groben Gewebe seiner Serviette und in der kräftigen, krossen Kruste des Brotes. Dies alles harmonierte mit seinem Geständnis, und sein Geständnis lautete, dass er sich wahrhaftig – es würde schon jetzt richtig rauskommen, wenn Waymarsh es nur richtig aufnähme – verabredet hatte zu einem Frühstück auswärts, Schlag zwölf Uhr am nächsten Tag. Wo genau, wusste er nicht; das Heikle an diesem Fall ging ihm sofort auf, als er sich der Äußerung seines neuen Freundes entsann: »Sehen wir mal; ich führe Sie irgendwohin aus!« – denn mehr hatte es kaum bedurft, um ihn dafür zu gewinnen. Nach einer Minute Aug in Auge mit seinem jetzigen Gegenüber, überfiel ihn der Drang zur Übertreibung. Es waren bereits Dinge vorgefallen, hinsichtlich derer er sich zu diesem lasterhaften Eigensinn verlockt fühlte. Falls Waymarsh sie schlimm fand, sollte er zumindest Grund für sein Unbehagen haben; darum stellte Strether sie noch schlimmer dar. Trotzdem war er nun, auf seine Weise, ehrlich ratlos.

Chad war am Boulevard Malesherbes nicht anzutreffen gewesen – weilte überhaupt nicht in Paris; das hatte er von der *concierge* erfahren, war aber trotzdem hinaufgegangen, hinaufgegangen – daran gab es nichts zu deuteln – aus einer unbändigen, einer wahrlich, wenn man so wollte, lasterhaften Neugier. Die *concierge* hatte erwähnt, ein Freund des Mieters auf dem *troisième* sei dort einstweilen eingezogen; und dies hatte Strether den Vorwand geliefert für eine weitere Nachforschung, ein unter Chads Dach ohne sein Wissen angestelltes Experiment. »Ich traf dort tatsächlich seinen Freund an, der ihm, wie er es nannte, die Wohnung warm hält, während Chad offenbar im Süden ist. Er ist vor einem Monat nach Cannes gereist, und obwohl man allmählich mit seiner Rückkehr rechnet, dürfte es noch einige Tage dauern. Ich hätte also durchaus eine Woche warten können, hätte, als ich diese wesentliche Information erhalten hatte, den Rückzug antreten können. Aber ich habe den Rückzug nicht angetreten; ich habe das Gegenteil getan; ich bin geblieben, habe die Zeit verbummelt, getrödelt; vor allem habe ich mich umgeschaut. Kurz, ich habe etwas gesehen; und – ich weiß nicht, wie ich es nennen soll – ich habe etwas erschnuppert. Es ist bloß ein Detail, aber mir war, als gebe es dort etwas – etwas sehr Gutes – zu schnuppern.«

Waymarshs Miene hatte seinem Freund eine anscheinend so geringe Aufmerksamkeit verraten, dass es letzteren etwas überraschte, sie an diesem Punkt der seinen gleichrangig zu finden. »Sie meinen einen Geruch? Wonach?«

»Ein bezaubernder Duft. Mehr weiß ich nicht.«

Waymarsh folgerte mit einem Grunzen: »Lebt er da etwa mit einer Frau zusammen?«

»Ich weiß es nicht.«

Waymarsh wartete einen Moment auf einen Nachtrag, dann setzte er wieder an. »Hat er sie mitgenommen?«

»Und bringt er sie mit zurück?« – trieb Strether die Untersuchung voran. Aber er schloss wie zuvor: »Ich weiß es nicht.«

Die Art, wie er es tat, nämlich indem er sich ein weiteres Mal zurücklehnte, ein weiteres Mal den Léoville verkostete, sich ein weiteres Mal den Bart strich, ein weiteres Mal ein freundliches Wort für François fand, schien in seinem Gefährten eine leichte Gereiztheit auszulösen. »Was zum Teufel wissen Sie überhaupt?«

»Nun«, meinte Strether beinahe fröhlich, »wahrscheinlich weiß ich gar nichts!« Seine Fröhlichkeit mochte dem Umstand geschuldet sein, dass die missliche Lage, in der er sich nun sah, erneut die nämliche Wirkung auf ihn ausübte wie sein Gespräch über dieses Thema mit Miss Gostrey in dem Londoner Theater. Es erweiterte irgendwie den Horizont; und der Hauch dieser Weite lag nun zweifellos mehr oder weniger – und für Waymarsh deutlich fühlbar – in seiner Entgegnung. »Das jedenfalls habe ich von dem jungen Mann in Erfahrung gebracht.«

»Ich dachte, Sie hätten gesagt, Sie haben nichts in Erfahrung gebracht.«

»Nichts außer – dass ich gar nichts weiß.«

»Und was nützt es Ihnen?«

»Ebendas«, sagte Strether, »möchte ich mit Ihrer Hilfe herausfinden. Ich meine, einfach alles über das Ganze hier drüben. Das habe ich *gespürt* da oben. Es hat sich mir gleichsam mit aller Macht aufgedrängt. Außerdem hat es mir der junge Mann – Chads Freund – praktisch zu verstehen gegeben.«

»Er hat Ihnen zu verstehen gegeben, Sie hätten praktisch keinen blassen Schimmer?« Waymarsh zog ein Gesicht, als hätte jemand *ihm* das zu verstehen gegeben. »Wie alt ist er?«

»Noch keine dreißig, schätze ich.«

»Trotzdem mussten Sie sich das von ihm bieten lassen und haben es akzeptiert?«

»Oh, ich habe noch viel mehr akzeptiert – denn ich habe – wie ich Ihnen jetzt sage, eine Einladung zum *déjeuner* akzeptiert.«

»Und Sie gedenken, zu diesem ruchlosen Mahl zu erscheinen?«

»Wenn Sie mich begleiten. Er möchte Sie nämlich auch dabeihaben. Ich habe ihm von Ihnen erzählt. Er hat mir seine Karte gegeben«, fuhr Strether fort, »und sein Name ist ziemlich ulkig. Er heißt John Little Bilham, und er sagt, weil er so klein ist, würden seine beiden Nachnamen zwangsläufig zusammenfallen.«

»Und«, fragte Waymarsh mit der gebotenen Distanz zu diesen Details, »was treibt er da oben?«

»Er sagt von sich selbst, er sei ›bloß eine kleine Künstlernatur‹. Das schien mir die perfekte Beschreibung. Aber er befindet sich noch in der Ausbildung; das hier ist nämlich die große Schule der Kunst – und er ist herübergekommen, um eine gewisse Anzahl von Jahren darin zu verbringen. Und er ist mit Chad eng befreundet und bewohnt jetzt seine Räume, weil sie so reizend sind. Er selbst ist übrigens auch ganz reizend und neugierig«, ergänzte Strether noch – »obwohl er nicht aus Boston stammt.«

Waymarsh schien seiner bereits überdrüssig. »Sondern?«

Strether überlegte. »Auch das weiß ich nicht. Aber er stammt ›notorisch‹, wie er es selbst ausdrückte, nicht aus Boston.«

»Nun«, moralisierte Waymarsh trocken und tiefsinnig, »es kann ja schließlich nicht jeder notorisch aus Boston stammen. Wieso«, fuhr er fort, »ist er neugierig?«

»Vielleicht genau *deshalb* – erst einmal! Aber eigentlich«, fügte Strether hinzu, »ganz prinzipiell. Wenn Sie ihn kennenlernen, werden Sie es verstehen.«

»Ach, der kann mir gestohlen bleiben«, knurrte Waymarsh unwirsch. »Wieso fährt er nicht wieder nach Hause?«

Strether zögerte. »Nun, weil es ihm hier drüben gefällt.«

Speziell dies war nun wohl mehr, als Waymarsh ertragen konnte. »Dann sollte er sich schämen, und da Sie zugeben, ebenso zu empfinden, warum sich mit ihm belasten?«

Strethers Antwort ließ erneut auf sich warten. »Vielleicht empfinde ich auch so – obwohl ich es mir noch nicht ganz eingestehe. Ich bin mir da kein bisschen sicher – das gehört mit zu den Dingen, die ich herausfinden möchte. Er hat mir gefallen, und können einem denn Leute gefallen –? Aber egal.« Er raffte sich auf. »Ich lege es fraglos darauf an, dass Sie über mich kommen und mich zermalmen.«

Waymarsh langte beim nächsten Gang richtig zu, wodurch jedoch, da es sich nicht um das gleiche Gericht handelte, das vor seinen Augen soeben den beiden englischen Damen aufgetischt worden war, seine Phantasie vorübergehend abgelenkt wurde. Alsbald aber entzündete sie sich an einer heikleren Stelle. »Haben sie sich's hübsch eingerichtet, da oben?«

»Oh, sie haben eine bezaubernde Wohnung; voll schöner und wertvoller Dinge. Ich habe so etwas noch nie gesehen« – und Strethers Gedanken kehrten dorthin zurück. »Einer kleinen Künstlernatur –!« Er konnte es kaum in Worte fassen.

Doch sein Gefährte, der nun offenbar eine Meinung hatte, insistierte. »Nun?«

»– na ja, kann das Leben gar nichts Besseres bieten. Außerdem gibt es da ein paar Dinge, auf die er aufpassen soll.«

»Also spielt er den Türhüter für Ihr famoses Pärchen? Kann einem das Leben«, erkundigte sich Waymarsh, »nichts Besseres bieten als *das*?« Dann, da Strether stumm immer noch zu überlegen schien: »Weiß er denn nicht, *was* sie für eine ist?« fuhr er fort.

»Woher soll ich das wissen. Ich habe ihn nicht gefragt. Ich konnte nicht. Es war unmöglich. Sie hätten's auch nicht getan. Zudem wollte ich's gar nicht. Und Sie hätten's auch nicht gewollt.« Strether brachte es auf den Punkt. »Hier drüben kommt man einfach nicht dahinter, was die Leute wirklich wissen.«

»Wozu sind Sie dann rübergekommen?«

»Vermutlich, um mir selber ein genaues Bild zu verschaffen – ohne deren Hilfe.«

»Wozu brauchen Sie dann meine?«

»Oh«, lachte Strether, »Sie sind doch keiner von *denen*! Ich weiß, was Sie wissen.«

Da jedoch diese letzte Behauptung Waymarsh veranlasste, ihn erneut scharf anzublicken – so stark waren seine Zweifel hinsichtlich ihrer Implikationen –, fand er seine eigene Rechtfertigung lahm. Und dies umso mehr, als Waymarsh bald darauf sagte: »Hören Sie, Strether, lassen Sie's bleiben.«

Unser Freund hatte seinen eigenen Zweifel und lächelte. »Meinen Ton?«

»Nein – zum Teufel mit Ihrem Ton. Ich meine Ihr Rumschnüffeln. Lassen Sie die ganze Sache bleiben. Die sollen in ihrem eigenen Saft schmoren. Man benutzt Sie für etwas, wozu Sie nicht taugen. Man striegelt kein Pferd mit einem feinzahnigen Kamm.«

»Ein feinzahniger Kamm?« lachte Strether. »So habe ich mich noch nie gesehen!«

»Trotzdem sind Sie es. Sie sind nicht mehr so jung, wie Sie mal waren, aber Sie haben noch alle Ihre Zähne.«

Er honorierte den Humor seines Freundes. »Passen Sie auf, dass ich damit nicht *Sie* beiße! Meine Freunde daheim würden Ihnen gefallen, Waymarsh«, erklärte er; »sie würden Ihnen sogar ausgesprochen gut gefallen. Und ich weiß« – es spielte eigentlich keine große Rolle, doch er betonte mit plötzlichem, starkem Nachdruck– »ich weiß, Sie würden *ihnen* gefallen!«

»Oh, bleiben Sie mir bloß mit *denen* vom Hals!« stöhnte Waymarsh.

Trotzdem harrte Strether aus, die Hände in den Taschen. »Es ist, wie gesagt, wirklich ganz unerlässlich, dass man Chad zurückschafft.«

»Unerlässlich für wen? Für Sie?«

»Ja«, sagte Strether sogleich.

»Weil Sie, wenn Sie ihn so weit kriegen, auch Mrs. Newsome kriegen?«

Strether blickte den Tatsachen ins Auge. »Ja.«

»Und wenn Sie ihn nicht so weit kriegen, kriegen Sie sie nicht?«

Es mochte unbarmherzig sein, aber er zuckte immer noch mit keiner Wimper. »Ich glaube, es könnte gewisse Auswirkungen auf unser persönliches Einvernehmen haben. Chad ist von erheblicher Bedeutung – oder kann sie zumindest erlangen, wenn er will – für das Unternehmen.«

»Und das Unternehmen ist von erheblicher Bedeutung für den Ehegatten seiner Mutter?«

»Nun, ich möchte natürlich das, was meine zukünftige Ehegattin möchte. Und die Sache läuft erheblich besser, wenn unser eigener Mann mit an Bord ist.«

»Anders gesagt, wenn *Sie* Ihren eigenen Mann dabeihaben«, sagte Waymarsh, »heiraten Sie – Sie persönlich – mehr Geld. Ihre Zukünftige ist schon reich, wenn ich Sie recht verstehe, aber sie wird noch reicher sein, wenn es gelingt, den Aufschwung des Unternehmens durch gewisse, von Ihnen festgelegte Richtlinien zu befördern.«

»*Ich* habe sie nicht festgelegt«, erwiderte Strether prompt. »Mr. Newsome – der außerordentlich gut wusste, was er tat – hat sie vor zehn Jahren festgelegt.«

Also das, schien Waymarsh mit einem Schütteln seiner

Mähne anzudeuten, das spielt wirklich keine Rolle! »Sie sind jedenfalls scharf auf den Aufschwung.«

Sein Freund erwog einen Moment schweigend, inwieweit der Vorwurf zutraf. »Scharf kann man es wohl kaum nennen, wenn ich so offen die Möglichkeit, die Gefahr riskiere, in einem Sinne beeinflusst zu werden, der Mrs. Newsomes eigenen Gesinnungen zuwiderläuft.«

Waymarsh bedachte diese Behauptung mit einem langen durchdringenden Blick. »Ich verstehe. Sie befürchten, selbst eingewickelt zu werden. Aber ein Schwindler«, setzte er hinzu, »sind Sie trotzdem.«

»Oho!«, protestierte Strether schnell.

»Doch, Sie bitten um meinen Schutz – was Sie sehr interessant macht; und dann akzeptieren Sie ihn nicht. Sie sagen, Sie möchten zermalmt werden –«

»Ach, aber doch nicht auf so leichte Weise. Sehen Sie denn nicht«, verlangte Strether zu wissen, »wo mein Ihnen bereits geschildertes Interesse liegt? Es liegt darin, mich nicht einwickeln zu lassen. Wenn ich mich einwickeln lasse, was wird dann aus meiner Heirat? Scheitere ich an meinem Auftrag, dann ist auch diese gescheitert; und scheitert diese, dann bin ich in allem gescheitert – ich bin geliefert.«

Waymarsh erfasste – freilich erbarmungslos – die Lage. »Was kümmert es mich, was aus Ihnen wird, wenn Sie moralisch verdorben sind?«

Da trafen sich ihre Blicke einen Moment. »Verbindlichsten Dank«, sagte Strether schließlich. »Aber meinen Sie nicht, dass *ihr* Urteil darüber –?«

»Mir genügen müsste? Nein.«

Der erneute Blickkontakt endete wieder mit einem Lachen Strethers. »Sie tun ihr unrecht. Sie müssen sie wirklich einmal kennenlernen. Gute Nacht.«

Er frühstückte am folgenden Tag mit Mr. Bilham und, wie sich inkonsequenterweise ergab, unter Waymarshs massiver Mitwirkung. Letzterer verkündete um die elfte Stunde und sehr zur Verblüffung seines Freundes, er könne sich, verflixt nochmal, ihm ebenso gut anschließen wie etwas anderes unternehmen; darauf machten sie sich gemeinsam auf und schlenderten in einer für sie gleichsam schwelgerischen Gelöstheit zum Boulevard Malesherbes, ein Paar, das an diesem Tag vom durchdringenden Zauber von Paris zugegebenermaßen in gleicher Weise eingenommen wurde, was man hätte sehen können, wie irgendeines der Abertausend Paare, die ihm tagtäglich erlagen. Sie streiften und streunten umher, staunten und verliefen sich; Strether hatte seit Jahren kein so intensives Bewusstsein der Zeit verspürt – ein Beutel voll Gold, aus dem er beständig eine Handvoll schöpfte. Er gewahrte, dass ihm nach der kleinen Angelegenheit mit Mr. Bilham immer noch etliche glänzende Stunden blieben, nach Belieben zu nutzen. Noch hetzte kein hektischer Puls den Plan zu Chads Rettung; auch eine halbe Stunde später war davon nichts spürbar, als er dasaß, die Beine unter Chads Mahagonitisch, Mr. Bilham zur einen Seite, eine Freundin Mr. Bilhams zur anderen, Waymarsh überwältigend vis-à-vis, während das gewaltige Brausen von Paris gedämpft und diffus – für Strether bereits definitiv wonnevoll – heraufdrang durch die sonnenhellen Fenster, zu denen tags zuvor seine Neugier aufgeflogen war. Das jenen Moment prägende Gefühl hatte fast schneller Früchte getragen, als er sie kosten konnte, und Strether empfand zur gegenwärtigen Stunde buchstäblich die Beschleunigung seines Schicksals. Er hatte nichts und niemanden gekannt, als er auf der Straße stand; doch hatte sich jetzt sein Blickfeld nicht sprunghaft erweitert in Richtung auf alle und alles?

»Was führt er im Schilde, was führt er im Schilde?« – so ähnlich ging es ihm in Bezug auf den kleinen Bilham ständig durch den Kopf; doch bis er dahinterkam, fand er alle und alles verkörpert im Bündnis seines Gastgebers und der

Dame zu seiner Linken. Die Dame zu seiner Linken, die Dame, die so prompt und pfiffig eingeladen worden war, um Mr. Strether und Mr. Waymarsh ›kennenzulernen‹ – wie sie selbst es deklarierte –, war eine sehr markante Person, eine Person, die entscheidend dazu beitrug, dass unser Freund sich fragte, ob dieser Anlass im Kern eine opulent mit Ködern gespickte, reich vergoldete Falle sei. Von opulenten Ködern durfte man zu Recht sprechen bei einer Mahlzeit so raffinierter Würze, und vergoldet mussten die sie umgebenden Dinge zwangsläufig sein, wenn Miss Barrace – so der Name der Dame – wenn Miss Barrace sie mit ihren hervortretenden Pariser Augen und durch eine Lorgnette mit beachtlich langem Schildpattstiel betrachtete. Weshalb Miss Barrace, reif, knochig, kerzengerade und ungemein heiter, reich geschmückt, komplett ungezwungen, offen zum Widerspruch geneigt und ihn an irgendein aus dem letzten Jahrhundert stammendes Porträt eines ungepuderten klugen Kopfes erinnernd – weshalb besonders Miss Barrace die Vorstellung einer ›Falle‹ auslöste, hätte Strether nicht auf Anhieb erklären können. Er kniff die Augen im Lichte der Überzeugung, es später wissen zu werden, und zwar bis ins letzte, weil ihm nämlich mit aller Macht aufging, dass er dieses Wissen benötigen werde. Er überlegte, was er von seinen neuen Freunden eigentlich denken solle; da der junge Mann, Chads Intimus und Stellvertreter, das Arrangement der Situation viel subtiler manipuliert hatte als erwartet und da im Besonderen Miss Barrace, die sichtlich große Wertschätzung genoss, ohne jedwedes Bedenken als vertraute Figur in Erscheinung getreten war. Er fand es interessant, dass er neuen Maßstäben, abweichenden Normen und einer anderen Skala von Beziehungen begegnete und dass hier augenscheinlich ein glückliches Paar saß, das die Dinge keineswegs so betrachtete wie er und Waymarsh. Nichts war bei der Sache weniger vorherzusehen gewesen, als der Umstand, dass es ihm jetzt so scheinen wollte, als seien er und Waymarsh sich relativ einig.

Letzterer war grandios – zumindest versicherte ihm dies Miss Barrace im Vertrauen. »Oh, Ihr Freund ist schon ein Typ, der große, alte Amerikaner, wie soll ich sagen? Der hebräische Prophet, Hesekiel, Jeremia, der, als ich noch ein kleines Mädchen war, meinen Vater immer besuchen kam in der Rue Montaigne und der als amerikanischer Gesandter an den Tuilerien oder an einem anderen Hof amtierte. Ich habe seinesgleichen seit vielen, vielen Jahren nicht gesehen; der Anblick wärmt mir das arme, erstarrte alte Herz; dieses Exemplar ist fabelhaft; wissen Sie, im richtigen Viertel wird er ein *succès fou*.« Strether hatte die Frage nicht verabsäumt, welches denn das richtige Viertel sei, auch wenn es seine ganze Geistesgegenwart brauchte, einem solchen Umschwung zu begegnen. »Oh, das Künstlerviertel und Ähnliches; zum Beispiel schon *hier*, wie Sie ja sehen.« Er wollte gerade wiederholen: »»Hier‹? – ist dies das Künstlerviertel?«, da hatte sie die Frage mit einem Schwenk ihres langen Schildpattstiels und einem legeren »Holen Sie ihn mir her!« bereits beiseitegewischt. Er wusste sogleich, wie wenig er imstande war, ihn zu holen, denn mittlerweile erschien ihm sogar die Luft drückend und schwül vom Urteil des armen Waymarsh. Er saß noch viel tiefer in der Falle als sein Gefährte und machte, anders als sein Gefährte, nicht das Beste daraus; und ebendas verlieh ihm zweifellos diesen bewunderungswürdig düsteren Blick. Miss Barrace ahnte nicht, dass seine strenge Beurteilung ihrer eigenen Laxheit dahintersteckte. Unsere beiden Freunde waren in der ungefähren Annahme erschienen, Mr. Bilham werde sich bereitfinden, sie zum einen oder anderen Treffpunkt der seriösen, der ästhetischen Bruderschaft zu führen, welche unter die Sehenswürdigkeiten von Paris zählten. Dieser Rahmen hätte sie berechtigt, in angemessener Weise darauf zu bestehen, ihre Zeche selbst zu zahlen. Waymarsh hatte zuletzt nur die eine Bedingung gestellt, es dürfe ihn niemand freihalten; so wie sich die Dinge indes entwickelten, fand er sich in einem Maße freigehalten, für das er, wie Strether insgeheim beobachtete, bereits auf Revanche sann. Strether registrierte über den Tisch hinweg, was in ihm arbeitete, registrierte es, als sie zurückgingen in den kleinen Salon, von dem er selbst am Vorabend so viel Aufhebens gemacht hatte; registrierte es am deutlichsten, als sie hinaustraten auf den Balkon, in dem nur ein Unhold nicht den idealen Ort für einen entspannten Ausklang nach Tisch erblickt hätte. Miss Barrace steigerte dies für sich durch eine Reihe exquisiter Zigaretten – gewürdigt, gepriesen als Teil des von Chad hinterlassenen wunderbaren Fundus –, die Strether, wie er merkte, nahezu im gleichen Ausmaß blindlings, beinahe stürmisch konsumierte. Er konnte ebenso gut durchs Schwert umkommen wie den Hungertod erleiden, und er wusste, der Aspekt, der Dame durch einen für ihn raren Exzess Beihilfe geleistet zu haben, würde in der Summe ihrer Zügellosigkeiten – die Waymarsh ganz mühelos ziehen konnte – kaum zu Buche schlagen. Waymarsh hatte früher dem Rauchen gefrönt, ganz kolossal; aber Waymarsh frönte jetzt nichts mehr, und das begünstigte ihn gegenüber Leuten, die leichthin etwas aufnahmen, wenn andere es mühsam abgelegt hatten. Strether hatte nie geraucht, und ihn beschlich das Gefühl, als führe er seinem Freund demonstrativ vor Augen, dies habe durchaus einen Grund gehabt. Den Grund, wie ihm jetzt allmählich selber scheinen wollte, dass da nie eine Dame gewesen war, mit der er hätte rauchen können.

Eigentlich jedoch war es das schlichte Zugegensein dieser Dame, worin das ungewohnte Element von Freiheit bestand; vielleicht bedeutete, da sie überhaupt zugegen *war*, das Rauchen noch die geringste ihrer Freiheiten. Wäre

Strether zu jedem Zeitpunkt sicher gewesen, worüber sie sprach – vor allem mit Bilham –, er würde vielleicht noch weitere aufgespürt haben, wäre davor zurückgeschreckt, hätte gespürt, wie Waymarsh zurückschrak; aber er tappte tatsächlich so oft im Finstern, dass er nur eine vage Vorstellung von der Palette der Anspielungen gewann und mehrmals mutmaßen und interpretieren musste und letztlich doch im Zweifel blieb. Er fragte sich, was sie wohl meinten, doch gab es Dinge, die sie nach seinem Dafürhalten kaum gemeint haben konnten, und am Ende seiner Spekulationen stand meist »O nein, *das* nicht!«. Dies bezeichnete für ihn den Beginn eines Zustands, dem Einhalt zu gebieten, wie man noch sehen wird, er später Veranlassung fand; und er sollte sich dieses Moments gebührend erinnern als des ersten Schrittes einer Entwicklung. Der zentrale Punkt hier war nicht mehr und nicht weniger, wenn man es analysierte – und da genügte nur ein leichter, flüchtiger Druck –, als Chads fundamental unschickliche Situation, um die sie sich so zynisch zusammengeschart zu haben schienen. Da ihnen diese als ausgemacht galt, galt ihnen entsprechend alles als ausgemacht, was in diesem Zusammenhang in Woollett schon als ausgemacht galt – Dinge, bezüglich derer er Mrs. Newsome gegenüber allergrößtes Stillschweigen hatte wahren müssen. Dies war die Konsequenz davon, dass sie zu verdorben waren, um Erwähnung finden zu können, und überdies, aus dem gleichen Grunde, die Begleiterscheinung eines profunden Begriffs von ihrer Verdorbenheit. Als der arme Strether sich vor Augen führte, dass es diese Verdorbenheit war, worauf eine Szene, wie sie sich ihm jetzt darbot, letztlich, vielleicht sogar frech fußte, konnte er kaum mehr dem Dilemma entgehen, ein indirektes Echo davon in alles hineinzulegen, was überhaupt zur Sprache kam. Dies war, er wusste es wohl, eine schreckliche Notwendigkeit; doch solcherart war nun einmal, so konnte er nur konstatieren, die strenge Logik einer Verbindung zu einem zügellosen Leben.

Das tückische, das heikle Phänomen war die Art und Weise, wie sich das zügellose Leben bei Bilham und Miss Barrace bekundete. Er konzedierte ihnen gern eine nur indirekte Verbindung dazu, denn alles andere hätte seinerseits die Grobheit schlechter Manieren offenbart; indes stand diese Indirektheit dennoch im Einklang – und *das* frappierte – mit einer dankbaren Freude an allem, was Chad betraf. Sie sprachen wiederholt von ihm, beschworen sein Renommee und seine Gutmütigkeit, und am meisten stürzte Strether in Verwirrung, dass ihm alles, was sie über ihn sagten, zur Ehre gereichte. Sie lobten seine Generosität und billigten seinen Geschmack und ließen sich dabei, so dünkte es Strether, genau auf dem Boden nieder, aus dem diese Dinge erblühten. Es setzte unseren Freund endgültig in Verlegenheit, dass er sich vorübergehend selbst mit ihnen niederließ, und in einem kritischen Moment überkam ihn Waymarshs Geradheit als wahrlich erhaben, verglichen mit dem eigenen Kollaps. Eines stand fest – er erkannte, dass er sich durchringen musste. Er musste sich mit Chad ins Benehmen setzen, musste auf ihn warten, ihn sich vorknöpfen, seiner Herr werden, aber er durfte sich nicht der Fähigkeit berauben, die Dinge so zu sehen, wie sie waren. Er musste ihn zu *sich* holen – durfte ihm nicht so ein großes Stück entgegenkommen. Auf jeden Fall musste er sich klar sein darüber, was er – sollte er dies der Bequemlichkeit willen weiterhin tun – noch tolerierte. Gerade hinsichtlich der Grenzen dieser Toleranz – und verdiente diese Tatsache anders als rätselhaft genannt zu werden? – brachten Bilham und Miss Barrace so wenig Licht. Das war die Lage. Da hatte er's nun.

II

Als Miss Gostrey nach Ablauf einer Woche eintraf, meldete sie sich bei ihm; er suchte sie unverzüglich auf, und erst dann wurde der Gedanke an eine Remedur für ihn wieder greifbar. Glücklicherweise stand ihm dieser Gedanke jedoch erneut deutlich vor Augen, sobald er die Schwelle des kleinen *entresol* im Quartier Marbeuf überschritt, wo sie, nach ihren Worten, das nötige Material für ein endgültiges Nest zusammengetragen hatte, aufgepickt auf tausend Flügen und bei kleinen, komischen, unbeherrschten Beutezügen. Er erkannte im Nu, dass ihm hier, nur hier, wirklich die Segnung zuteil werden würde, die ihm vorschwebte, als er zum ersten Mal Chads Treppe emporstiegen war. Die Vorstellung, wie viel mehr er sich hier ›eingebettet‹ wüsste, hätte ihn vielleicht ein wenig geängstigt, wäre nicht seine Freundin zur Stelle gewesen, das Maß nach seinem Verlangen zu richten. Ihre beengten und gedrängt vollen, kleinen Räume, die ihm anfangs, aufgrund dieser Anhäufung, beinahe schummrig erschienen, illustrierten durchwegs eine vollendete Anpassung an wechselnde Anlässe und Umstände. Wohin er auch blickte, er sah ein Stück altes Elfenbein oder alten Brokat, und aus Angst, eine Ungeschicklichkeit zu begehen, wusste er kaum, wo Platz nehmen. Das Dasein der Bewohnerin schien ihm auf einen Schlag sogar mehr mit Besitz befrachtet als das von Chad oder Miss Barrace; ausgedehnt wie seine Einsicht ins Reich der ›Dinge‹ neuerdings geworden war, was er jetzt vor sich sah, erweiterte sie noch; Augenlust und Pracht des Lebens hatten hier wahrhaftig ihren Tempel. Es war das Innerste des Schreins –

braun wie eine Piratenhöhle. In der Bräune glitzerte Gold; Purpurflecke prunkten im Dämmer; alles Objekte, deren Seltenheit das Licht der niedrigen Fenster durch den Musselin hindurch anlockte. Deutlich zu erkennen war nur ihre Kostbarkeit, und sie streifte an seine Ignoranz mit einer Geringschätzung, als würde man ihm mit einer Blume frech unter der Nase wedeln. Ein intensiver Blick auf seine Gastgeberin belehrte ihn dennoch, was ihn am meisten betraf. Der Kreis, in dem sie gemeinsam standen, pulsierte vor Leben, und jede Frage zwischen ihnen würde hier so lebendig sein wie nirgendwo sonst. Kaum war ihr Gespräch in Gang gekommen, da tauchte bereits eine Frage auf, denn seine lachende Antwort kam prompt: »Na, glatt in die Tasche gesteckt haben die mich!« Seine weitere Erläuterung dieses Sachverhalts beanspruchte bei dieser ersten Gelegenheit in ihrer Unterhaltung großen Raum. Er war überglücklich, sie zu sehen, und offenbarte ihr freimütig, was sie ihm aufs gründlichste demonstriere, dass man nämlich durchaus jahrelang ohne eine Segnung leben könne, von deren Existenz man nichts ahne; habe man sie aber schließlich auch nur drei Tage erfahren, benötige – oder vermisse – man sie für immer. Sie sei die Segnung, deren er jetzt bedürfe, und was vermöchte dies besser zu beweisen als der Umstand, ohne sie irregegangen zu sein?

»Was meinen Sie?« fragte sie ohne jede Beunruhigung, als berichtige sie seinen Irrtum hinsichtlich der ›Epoche‹ eines ihrer Stücke, und verdeutlichte ihm so erneut, wie gewandt sie sich in diesem Labyrinth zu bewegen wusste, das er eben erst betreten hatte. »Was im Namen aller Pococks haben Sie gemacht?«

»Genau das Falsche. Ich und der kleine Bilham sind die besten Freunde geworden.«

»Ach, so etwas gehörte doch durchaus zu Ihrem Problem und war von Anfang an einzukalkulieren.« Und erst danach, als handele es sich um eine reine Nebensache, erkundigte sie sich, wer in aller Welt der kleine Bilham sei. Als sie erfuhr, es handele sich um einen Freund von Chad, der während Chads Abwesenheit vorübergehend Chads Räume bewohne, ganz so, als walte er in Chads Sinn und vertrete Chads Sache, bekundete sie allerdings mehr Interesse. »Hätten Sie etwas dagegen, dass ich ihn mir einmal ansehe? Nur einmal, wissen Sie«, fügte sie hinzu.

»Oh, je öfter, desto besser: Er ist amüsant – er ist originell.«

»Schockiert er Sie nicht?«

»Keine Spur! Das verstehen wir meisterhaft zu vermeiden –! Im wesentlichen liegt es zweifellos daran, dass ich ihn nicht einmal zur Hälfte verstehe; aber selbst das trübt unseren *modus vivendi* nicht. Sie müssen mit mir dinieren, um ihn kennenzulernen«, fuhr Strether fort. »Dann werden Sie ja sehen.«

»Geben Sie etwa Diners?«

»Ja – soweit bin ich schon. Genau das habe ich vorhin gemeint.«

Sie staunte in aller Liebenswürdigkeit. »Dass Sie zu viel Geld ausgeben?«

»Liebe Güte, nein – Diners scheinen mich nicht viel zu kosten. Aber dass ich sie *denen* gebe. Ich sollte mich zurückhalten.«

Sie überlegte erneut – sie lachte. »Sie müssen mit Geld ja nur so um sich werfen, dass Ihnen Diners billig vorkommen! Aber ich darf nicht mit von der Partie sein – jedenfalls nicht gleich erkennbar.«

Einen Augenblick lang wirkte er so, als ließe sie ihn tatsächlich im Stich. »Sie wollen sie also nicht kennenlernen?« Es schien beinahe, als meldete sich bei ihr eine unvermutete Vorsicht.

Sie zögerte. »Zuallererst – wer sind sie?«

»Also, zunächst einmal der kleine Bilham.« Miss Barrace verschwieg er vorläufig. »Und Chad – wenn er denn einmal da ist – müssen Sie unbedingt treffen.«

»Wann kommt er?«

»Sobald Bilham Zeit findet, ihm brieflich über mich zu berichten und Chads Antwort mich betreffend erhalten hat. Bilham«, fuhr er fort, »wird allerdings günstig berichten – günstig aus Chads Sicht. Er wird daher keine Angst haben, hier zu erscheinen. Ich brauche Sie darum also umso dringender für meinen Bluff.«

»Oh, das schaffen Sie schon allein.« Sie war völlig entspannt. »Bei dem Tempo, das Sie bisher vorgelegt haben, ist mir da überhaupt nicht bang.«

»Ach«, sagte Strether, »aber ich habe kein einziges Mal protestiert.«

Sie erwog es. »Haben Sie nichts gesehen, was Ihren Protest erfordert hätte?«

Er vertraute ihr nun, wenn auch kläglich, die ganze Wahrheit an. »Ich habe bis jetzt gar nichts herausgefunden.«

»Er ist also mit niemand zusammen?«

»Von der Sorte, deretwegen ich hier herübergekommen bin?« Strether ließ sich einen Moment Zeit. »Woher soll ich das wissen? Und was kümmert es mich?«

»Oh, oh!« – und sie lachte schallend. Es überraschte ihn tatsächlich, wie sein Scherz auf sie wirkte. Er merkte jetzt, dass er es scherzhaft gemeint hatte. *Sie* merkte jedoch noch ganz andere Dinge, obschon sie dies augenblicklich verbarg. »Sie haben keinerlei Fakten in die Hand bekommen?«

Er bemühte sich, sie zusammenzutragen. »Nun, er hat eine entzückende Wohnung.«

»Ach«, versetzte sie rasch, »das beweist in Paris noch gar nichts. Vielmehr, widerlegt es nichts. Besagte Personen, um die sich Ihre Mission dreht, könnten das durchaus *für* ihn arrangiert haben.«

»Eben. Und auf der Stätte ihrer Machenschaften haben Waymarsh und ich gesessen und herzhaft zugelangt.«

»Oh, falls Sie es sich hier versagen wollten, an den Stätten solcher Machenschaften herzhaft zuzulangen«, erwiderte sie, »könnten Sie leicht verhungern.« Dabei lächelte sie ihn an. »Ihnen steht Schlimmeres bevor.«

»Ach, mir steht noch *alles* bevor. Aber gemäß unserer Hypothese müssten diese Personen eigentlich wundervoll sein.«

»Das sind sie auch!« sagte Miss Gostrey. »Na bitte«, ergänzte sie, »Sie stehen also doch nicht mit leeren Händen da. Diese Personen waren tatsächlich wundervoll.«

Etwas relativ Greifbares in Händen zu halten, erschien schließlich als kleiner Fortschritt – eine Welle, die im nächsten Augenblick zudem eine Erinnerung hochspülte. »Mein junger Mann gibt außerdem zu, dass unser Freund großen Anteil an ihnen nimmt.«

»So drückt er sich aus?«

Strether bemühte seine Erinnerung genauer. »Nein – nicht ganz.«

»Etwas farbiger? Oder blasser?«

Er hatte sich vorgebeugt und seine Augengläser etlichen Gegenständen auf einem kleinen Piedestal genähert, jetzt richtete er sich gerade. »Es war nur eine Andeutung, aber ich lag ja auf der Lauer, deshalb habe ich es bemerkt. ›Chad ist eben unmöglich, müssen Sie wissen‹ – das waren Bilhams Worte.«

»›Unmöglich, müssen Sie wissen‹ –? Oh!« – und Miss Gostrey ließ sie sich durch den Kopf gehen. Sie schien jedoch zufrieden. »Na also, was wollen Sie mehr?«

Er betrachtete wieder flüchtig einige Bibelots, doch alles führte ihn nur zurück zum Thema. »Man könnte trotzdem meinen, sie wollen es mir regelrecht eintrichtern.«

Sie staunte. »*Quoi donc?*«

»Das, wovon ich spreche. Die Liebenswürdigkeit. Damit kann man jemand nämlich auch erschlagen.«

»Oh«, antwortete sie, »Sie werden es überleben! Ich muss sie selbst sehen«, fuhr sie fort, »jeden einzeln. Ich meine Mr. Bilham und Mr. Newsome – Mr. Bilham natürlich zuerst. Einmal nur – jeden einmal; das dürfte genügen. Allerdings von Angesicht zu Angesicht – eine halbe Stunde. Was macht Mr. Chad«, fuhr sie sogleich fort, »in Cannes? Anständige Männer fahren nicht nach Cannes – nun gut, mit der Sorte von Damen, die Sie meinen.«

»Nicht?« fragte Strether, und sein Interesse am Verhalten anständiger Männer amüsierte sie.

»Nein, sonstwohin, aber nicht nach Cannes. Cannes ist anders. Cannes ist besser. Cannes ist das Beste vom Besten. Ich meine, da trifft man nur Leute, die man kennt – wenn man sie kennt. Und falls *er* das tut, dann ist das wieder etwas anderes. Er muss allein gefahren sein. Sie kann ihn unmöglich begleitet haben.«

»Ich habe nicht die leiseste Ahnung«, gestand Strether in seiner Schwäche. Was sie sagte, schien viel für sich zu haben. Doch schon bald konnte er ihr zu einem näheren Eindruck verhelfen. Die leicht zu arrangierende Begegnung mit dem kleinen Bilham fand in der Grande Galerie des Louvre statt; und als er mit seiner Begleitung vor einem herrlichen Tizian stand – dem überwältigenden Porträt des jungen Mannes mit dem sonderbar geformten Handschuh und den blaugrauen Augen – und im Umdrehen den Dritten im Bunde vom Ende des blankgebohnerten und vergoldeten Gangs näher kommen sah, glaubte er, die Sache schließlich im Griff zu haben. Er hatte mit Miss Gostrey – dies datierte sogar bis Chester zurück – einen gemeinsamen Vormittag im Louvre verabredet, und als der kleine Bilham, den er bereits in das Musée du Luxembourg begleitet hatte, ihm seinerseits denselben Vorschlag unterbreitete, stimmte er freudig zu. Die Verquickung dieser Vorhaben bot keine Schwierigkeit, und es sollte ihm abermals aufgehen, wie sich in Gesellschaft des kleinen Bilham im allgemeinen die Gegensätzlichkeiten auflösten.

»Oh, er ist in Ordnung – er ist einer von *uns*!« konnte Miss Gostrey bald nach dem ersten Austausch ihrem Gefährten zuflüstern; und Strether, indes sie weitergingen und wieder stehen blieben und sich zwischen den beiden durch ein Halbdutzend Bemerkungen rasche Einmütigkeit formuliert zu haben schien – Strether wusste fast auf Anhieb, was sie meinte, und wertete es als weiteres Zeichen, dass er die Sache angepackt hatte. Dies war ihm umso willkommener, als er in dem jetzt erlangten Verständnis eindeutig einen Zugewinn sehen durfte. Tags zuvor noch hätte er nicht gewusst, was sie meinte – das heißt, falls sie damit meinte, wie er annahm, allesamt seien sie waschechte Amerikaner. Er hatte sich eben – mit einer kräftigeren Drehung der Schraube – zu der Vorstellung eines waschechten Amerikaners durchgerungen, wie es der kleine Bilham war. Der junge Mann verkörperte Strethers erstes Exemplar dieser Art; dieses Exemplar hatte ihn kolossal konsterniert; im Augenblick allerdings kam Licht in die Sache. Was ihn zuerst frappiert hatte, das war die verblüffende Gelassenheit des kleinen Bilham, doch in seiner Vorsicht hatte er sie unweigerlich gedeutet als Spur der Schlange, der Verdorbenheit Europas, wie er es bequemerweise hätte ausdrücken können; wogegen die Promptheit, mit der Miss Gostrey in dieser Gelassenheit nichts weiter erkannte als eine spezielle kleine Variante des ihnen Altbekannten, sogleich auch seinen eigenen Eindruck gerechtfertigt hatte. Er wollte sein Exemplar guten Gewissens gernhaben können, und dies gestattete es ihm ganz und gar. Verwirrt hatte ihn gerade die perfekte Art der kleinen Künstlernatur, amerikanischer zu sein als irgendjemand sonst. Aber vorderhand entspannte es Strether ungemein, über diese Sicht auf eine neue Verhaltensweise zu verfügen.

Der liebenswerte junge Mann blickte also, wie Strether gleich bemerkt hatte, auf eine Welt, der er keinerlei Voreingenommenheit entgegenbrachte. Was unser Freund augenblicklich vermisste, war das gängige Vorurteil, man müsse einer Beschäftigung nachgehen. Der kleine Bilham besaß zwar eine Beschäftigung, allerdings nur eine ihm verwehrte; und gerade indem er sich in dieser Hinsicht frei zeigte von aller Angst, Unruhe oder Reue, vermittelte er den Eindruck unbeschwerter Gelassenheit. Er war nach Paris gekommen, um zu malen – das heißt, um tief in dieses Geheimnis einzutauchen; doch das Studium hatte für ihn fatale Folgen gezeitigt, sofern ihm überhaupt etwas fatal sein *konnte*, und seine kreativen Kräfte schwanden in dem Maße, wie sein Wissen wuchs. Strether hatte ihn so verstanden, dass er zum Zeitpunkt ihres Zusammentreffens in Chads Wohnung aus dem erlittenen Schiffbruch nicht das Geringste gerettet hatte, außer seinem fabelhaften Verstand und seiner eingefleischten Pariser Lebensart. Er sprach mit gleichmütiger, liebevoller Vertrautheit von diesen Dingen, die ihm, wie ganz deutlich wurde, noch immer zur Staffage dienten. Strether ließ sich während der im Louvre verbrachten Stunde davon berücken, wo er sie tatsächlich als untrennbaren Bestandteil der aufgeladenen, schillernden Atmosphäre empfand, des glamourösen Namens, der prunkvollen Räumlichkeiten und der Farben der Meister. Aber diese Dinge waren auch sonst präsent, egal wohin der junge Mann sie führte, und am Tag nach dem Besuch des Louvre umgaukelten sie bei einem anderen Ausflug die Schritte unserer kleinen Gesellschaft. Er hatte seine Gefährten eingeladen, mit ihm die Seine zu überqueren, und angeboten, ihnen sein eigenes kümmerliches Quartier zu zeigen; und in Strethers Augen verlieh sein wirklich sehr kümmerliches Quartier seinen Idiosynkrasien – den kleinen und krassen Zügen von Ungerührtheit und Unabhängigkeit, die Strether keck erschienen waren – eine eigentümliche und gewinnende Würde. Er wohnte am Ende einer Gasse, die von einer kurzen, kopfsteingepflasterten alten Straße abzweigte, die wiederum von einer langen, glatten neuen Avenue abzweigte – wobei Straße, Avenue und Gasse jedoch gleichermaßen sozial heruntergekommen wirkten; und er führte sie in das recht kalte und karge kleine Atelier, das er für die Dauer seiner Abwesenheit, während er eleganter wohnte, einem Kameraden überlassen hatte. Dieser Kamerad war ebenfalls ein treuherziger Landsmann, dem er telegraphiert hatte, er solle ›keine Kosten scheuen‹ und sie zum Tee erwarten, und diese unbekümmerte Verköstigung und der zweite treuherzige Landsmann und das entrückte und behelfsmäßige Leben mit seinen Späßen und Brüchen, den köstlichen Klecksereien und den drei oder vier Stühlen, dem Überschuss an Geschmack und Überzeugung und dem Mangel an fast allem anderen – all dies wirkte um das Geschehen einen Zauber, dem unser Held sich rückhaltlos ergab.

Ihm gefielen die treuherzigen Landsleute – bald fanden sich noch zwei oder drei mehr ein; ihm gefielen die köstlichen Klecksereien und die unverblümten Beurteilungen – die freilich Bezüge einschlossen, Schwärmereien und Schmähungen, die ihn, wie man so sagt, aufhorchen ließen; ihm gefiel besonders die Legende gut gelaunt erduldeter Armut und geradezu romantisch übersteigerten gegenseitigen Beistands, die er der Szene bald unterlegte. Die treuherzigen Landsleute zeigten eine Offenheit, die, wie er fand, selbst Woolletts Offenheit noch übertraf; sie hatten rote Haare und lange Beine, waren kauzig und kurios, lustig und lieb; der Raum hallte wider von ihrer Muttersprache, die er nie so markant empfunden hatte wie hier, wo sie, wie er vermuten musste, das erwählte Idiom der zeitgenössischen Kunst verkörperte. Sie schlugen gewaltig die ästhetische Leier – sie entlockten ihr wundersame Weisen. Dieser Aspekt ihres Lebens besaß eine herrliche Unschuld; und er blickte gelegentlich zu Maria Gostrey, um zu sehen, inwieweit auch sie empfänglich war für dieses Element. Sie gab ihm jedoch, abweichend vom Vortag, fürs erste kein anderes Zeichen als eine Demonstration, wie sie junge Burschen behandelte, nämlich mit der geübten Pariser Praxis, die sie reihum für jeden und alles parat hielt. Großartig in puncto der köstlichen Kleckswereien, gebieterisch in puncto der Zubereitung des Tees, optimistisch in puncto der Stuhlbeine und erinnerungsvoll in puncto jener, die genannt, aufgezählt oder karikiert wurden und die in einer anderen Zeit reüssiert oder versagt hatten, verschollen waren oder ans Ziel gelangt; auf diese Weise hatte sie sich den kleinen Bilham bereitwillig ein zweites Mal servieren lassen, nachdem sie am vorherigen Nachmittag, als Bilham gegangen war, Strether erklärt hatte, da sie ohnehin weitere Eindrücke sammeln würde, wolle sie ihre Urteilsverkündung aussetzen bis nach der Vorlage neuer Beweise.

Die neuen Beweise sollten, wie sich herausstellte, in einigen Tagen geliefert werden. Er erhielt von Maria bald eine Nachricht des Inhalts, man habe ihr für den folgenden Abend eine exzellente Loge im ›Français‹ überlassen; Adressatin dererlei Angebote zu sein, erwies sich in solchen Fällen nicht als geringster ihrer Vorzüge. Das Gefühl, dass sie stets im voraus für etwas bezahlte, wurde für Strether nur durch das Gefühl egalisiert, dass auch sie stets honoriert wurde; was ihm insgesamt, im erweiterten Sinne, den Eindruck eines florierenden Handels vermittelte, eines Austauschs solcher Werte, die er nicht zu handhaben verstand. Er wusste, ihr war im französischen Theater alles zuwider außer einer Loge – genauso wie im englischen Theater alles außer einem Sperrsitz; und bereits in diesem Stadium rüstete er sich, ihr eine Loge aufzudrängen. Doch in dieser Hinsicht teilte sie mit dem kleinen Bilham eine Gemeinsamkeit: Auch sie zeigte sich in wichtigen Dingen stets rechtzeitig informiert. Dadurch kam sie ihm regelmäßig zuvor und ließ ihm im wesentlichen nur die Überlegung, wie am Tage ihrer Abrechnung der Kontostand wohl aussehen würde. Er war schon jetzt um einen kleinen Ausgleich bemüht, indem er mit ihr verabredete, ihre Einladung nur zu akzeptieren, wenn sie vorher mit ihm diniere; diese Einschränkung ergab jedoch nur, dass er sie am folgenden Tag um acht Uhr abends mit Waymarsh unter dem Säulenportikus erwartete. Sie hatte nicht mit ihm diniert, und es charakterisierte ihre Beziehung, dass er ihre Weigerung bereitwillig akzeptierte, ohne sie noch im Geringsten zu verstehen. Sie schaffte es immer, dass er ihre Änderungen seiner Pläne als Ausdruck sehr großen Feingefühls empfand. Diesem Grundsatz hatte sie zum Beispiel entsprochen, indem sie ihm Gelegenheit gab, dem kleinen Bilham erneut einen Gefallen zu erweisen: Er solle dem jungen Mann doch einen Platz in ihrer Loge anbieten. Strether hatte zu diesem Behufe eine kleine blaue Briefkarte zum Boulevard Malesherbes gesandt, aber bis zum Augenblick, da sie das Theater betraten, auf seine Botschaft noch keine Antwort erhalten. Er meinte indes – sogar noch als sie längst in aller Bequemlichkeit Platz genommen hatten –, ihr Freund, der sich ja gut auskenne, werde sicher beizeiten eintreffen. Seine vorläufige Abwesenheit schien überdies, wie bisher noch nie, Miss Gostrey den richtigen Moment zu bieten. Strether hatte bis zu diesem Abend darauf gewartet, ihre Eindrücke und Schlussfolgerungen in irgendeiner Weise widergespiegelt zu bekommen. Sie hatte, wie gesagt, beschlossen, den kleinen Bilham einmal zu treffen; doch nun hatte sie ihn bereits zweimal getroffen und dennoch nicht mehr als ein Wort darüber verloren.

Waymarsh saß Strether unterdessen gegenüber und ihre Gastgeberin zwischen ihnen; und Miss Gostrey sprach von sich als einer Unterweiserin der Jugend, die ihre kleinen Schützlinge mit einem Werk bekannt machen wolle, einem Juwel der Literatur. Das Juwel sei erfreulicherweise untadelig und die kleinen Schützlinge zeigten sich aufgeschlossen; sie selbst kenne es und warte lediglich deren Unwissenheit auf. Aber sie kam beizeiten auf ihren abwesenden Freund zurück, den sie zweifellos abschreiben mussten. »Entweder er hat er Ihre Nachricht nicht erhalten«, sagte sie, »oder Sie die seine nicht; er wird irgendwie verhindert gewesen sein, und überhaupt bestätigt ein Mann die Einladung in eine Loge natürlich niemals schriftlich.« Ihrem Blick nach zu urteilen, als sie dies sagte, hätte dem jungen Mann auch Waymarsh geschrieben haben können, und in der Miene des letzteren mischten sich Ablehnung und Abwehr. Als wolle sie dem begegnen, fuhr sie jedoch fort: »Wissen Sie, er ist bei weitem der Beste von ihnen.«

»Der Beste von wem, Ma'am?«

»Von der ganzen, langen Prozession natürlich – den Jungen, den Mädchen oder den alten Männern und alten Frauen, die sie manchmal in Wahrheit sind; die Hoffnung unseres Landes, könnte man sagen. Sie alle sind hier durchgekommen, Jahr für Jahr; aber es gab keinen, den ich gerne aufgehalten hätte. Aber den kleinen Bilham – geht es *Ihnen* nicht so? –, den möchte ich aufhalten; er ist genau richtig, so wie er ist.« Sie wandte sich weiterhin an Waymarsh. »Er ist einfach entzückend. Hoffentlich verdirbt er sich nicht alles! Aber das werden sie immer tun; das machen sie immer; das haben sie immer gemacht.«

»Waymarsh wird kaum wissen«, sagte Strether nach einem Augenblick, »was genau Bilham sich zu verderben hätte.«

»Den Ruf eines guten Amerikaners jedenfalls nicht«, erwiderte Waymarsh deutlich, »denn der junge Mann machte mir nicht den Eindruck, als hätte er sich in *dieser* Richtung weit entwickelt.«

»Ach«, seufzte Miss Gostrey, »den Titel ›guter Amerikaner‹ bekommt man ebenso leicht verliehen wie entzogen! Zuerst einmal, was bedeutet es überhaupt, einer zu sein, und weshalb reißt man sich derartig darum? Nie wurde etwas so Dringliches so unzureichend definiert. Für diese Bestellung brauchen wir zumindest Ihr Rezept, bevor wir Ihnen das Gericht tatsächlich zubereiten können. Außerdem, die armen Küken haben doch Zeit! Was ich so oft verdorben gesehen habe«, fuhr sie fort, »das ist die glückliche Einstellung an sich, der Zustand des Zutrauens und – wie soll ich es nennen – der Sinn für Schönheit. Sie haben durchaus recht, was ihn betrifft« – sie bezog jetzt Strether mit ein; »der kleine Bilham besitzt all dies auf zauberhafte Weise; der kleine Bilham muss uns so erhalten bleiben.« Dann widmete sie sich wieder ganz Waymarsh. »Die anderen waren immer so entsetzlich versessen darauf, etwas zu tun, und in allzu vielen Fällen haben sie es auch prompt getan. Hinterher sind sie nie mehr dieselben; der Zauber ist stets irgendwie zerstört. Aber *er*, wissen Sie, er wird es, glaube ich, wirklich nicht tun. Er wird nicht die allerkleinste Entsetzlichkeit begehen. Wir können uns weiterhin an ihm erfreuen, so wie er ist. Nein – er ist ganz wunderbar. Er sieht alles. Er schämt sich kein bisschen. Seine Courage lässt nichts zu wünschen übrig. Überlegen Sie doch mal, was er alles tun *könnte*. Man möchte wirklich ein Auge auf ihn haben – damit ihm nichts zustößt. Was könnte er gerade jetzt in diesem Augenblick nicht alles anstellen? Ich habe oft genug Enttäuschungen erlebt – die armen Kleinen sind ja nie wirklich ungefährdet; oder zumindest nur, solange man sie im Auge behält. Man kann ihnen nie restlos vertrauen. Man ist beunruhigt, und ich glaube, deshalb vermisse ich ihn jetzt besonders.«

Mit erkennbarem Vergnügen an den eigenen Ausschmückungen ihres Einfalls hatte sie mit einem Lachen geschlossen – einem Vergnügen, das ihre Miene Strether mitteilte, der in diesem Augenblick fast schon wünschte, sie ließe den armen Waymarsh in Frieden. *Er* wusste halbwegs, was sie meinte; aber dies war für sie kein Grund, Waymarsh gegenüber nicht so zu tun, als wisse er es nicht. Vielleicht war es feige von ihm, aber der völligen Eintracht dieses schönen Beisammenseins zuliebe hätte er sich fast gewünscht, Waymarsh wäre sich seiner Findigkeit nicht gar so sicher gewesen. Dass sie dies erkannte, stellte ihn bloß und würde ihm, bevor sie mit ihm und diesem Thema fertig war, noch Schlimmeres zumuten. Indessen, was sollte er tun? Er schaute zu seinem Freund auf der anderen Logenseite; ihre Blicke begegneten sich; etwas seltsam Gezwungenes, etwas, das die Situation betraf, aber besser unberührt blieb, ging schweigend zwischen ihnen vor. Dies nun führte bei Strether zu einer impulsiven Reaktion, zum endgültigen Unmut über die eigene Neigung zu lavieren. Letztlich, wohin führte ihn das? Es war einer jener stillen Momente, die manchmal mehr Dinge entscheiden als die Ausbrüche, welche der Muse der Geschichte so lieb und wert sind. Die einzige Einschränkung erfuhr die Stille durch das gekünstelte ›Zum Henker!‹, worin Strethers Beitrag zum Schweigen geräuschlos gipfelte. Er bedeutete, dieser stumme Ausruf, den endgültigen Drang, die Schiffe hinter sich zu verbrennen. Die Muse der Geschichte mochte diese Schiffe freilich für bloße Nussschalen halten, doch als er sich dann an Miss Gostrey wandte, geschah es in dem Gefühl, zumindest die Fackel anzulegen. »Es ist also eine Verschwörung im Gang?«

»Zwischen den beiden jungen Männern? Ohne behaupten zu wollen, eine Seherin oder Prophetin zu sein«, erwiderte sie sogleich, »sagt mir doch mein gesunder Menschenverstand als Frau, er arbeitet heute abend für Sie. Ich weiß zwar nicht, wie – aber ich habe es im Gefühl.« Und sie sah ihn schließlich so an, als würde er, trotz der nur spärlichen Anhaltspunkte, die sie ihm bis jetzt lieferte, wirklich verstehen, was sie meinte. »Wenn Sie Wert auf meine Meinung legen, *das* ist sie. Er durchschaut Sie zu gut, um es nicht zu tun.«

»Um heute abend nicht für mich zu arbeiten?« wunderte sich Strether. »Dann hoffe ich nur, er treibt nichts wirklich Schlimmes.«

»Die haben Sie eingewickelt«, erwiderte sie ominös.

»Meinen Sie, er wird *tatsächlich* –?«

»Die haben Sie eingewickelt«, wiederholte sie nur. Obwohl sie keinerlei Anspruch auf die Gabe der Prophetie erhob, war er einer Priesterin des Orakels noch nie so nahe gewesen wie in diesem Moment. Das Wissen leuchtete aus ihrem Blick. »Sie müssen sich jetzt den Fakten stellen.«

Er tat es sogleich. »Das war alles von ihnen abgesprochen –?«

»Jeder einzelne Spielzug. Von Anfang an bis jetzt. Er hat täglich sein kleines Telegramm aus Cannes bekommen.«

Strether sperrte die Augen auf. »*Wissen* Sie das?«

»Noch besser. Ich sehe es. Genau das habe ich mich nämlich gefragt vor der Begegnung mit ihm, ob ich es sehen würde. Aber gleich nachdem ich ihm begegnet war, stellte sich mir die Frage nicht mehr, und bei unserer zweiten Begegnung war ich mir sicher. Ich habe ihn restlos durchschaut. Er handelte – er tut es noch – nach seinen täglichen Anweisungen.«

»Also hat Chad die ganze Sache arrangiert?«

»O nein – nicht komplett. Wir haben auch mitgewirkt. Sie und ich und ›Europa‹.«

»Europa – ja«, sagte Strether eine Spur versonnen.

»Das gute alte Paris«, schien sie zu erläutern, aber das war noch nicht alles, und in einer ihrer Wendungen wagte sie es. »Und der gute alte Waymarsh. Sie«, erklärte sie, »Sie haben auch einen gut Teil dazu beigetragen.«

Er hockte klotzig da. »Einen gut Teil wozu, Ma'am?«

»Nun, zu dem wunderbaren Bewusstsein unseres Freundes hier. Sie haben auf Ihre Weise auch mitgeholfen, ihn dahin zu bringen, wo er sich befindet.«

»Und wo, zum Teufel, befindet er sich?«

Sie gab die Frage mit einem Lachen weiter. »Wo, zum Teufel, Strether, befinden Sie sich?«

Er antwortete, als hätte er gerade darüber nachgedacht. »Bereits völlig in Chads Händen, wie es scheint.« Und dabei kam ihm ein weiterer Gedanke. »Wird er auf diese Weise – ausschließlich durch Bilham – die ganze Zeit operieren? Dann hätte er wirklich eine Idee gehabt. Und Chad mit einer Idee –!«

»Ja?« fragte sie, während ihn diese Vorstellung faszinierte.

»Das wäre für Chad – wie soll ich sagen? – ungeheuerlich?«

»Oh, so ungeheuerlich, wie Sie nur wollen. Aber die Idee, von der Sie sprechen«, sagte sie, »sie wird nicht seine beste gewesen sein. Er wird mit einer besseren aufwarten. Er wird nicht nur durch den kleinen Bilham operieren.«

Das klang fast schon wie eine zunichtegewordene Hoffnung. »Durch wen dann?«

»Das eben werden wir sehen!« Aber noch mitten im Satz drehte sie sich um, und auch Strether drehte sich um; denn mit einem Klicken hatte die *ouvreuse*, vom Foyer her, die Logentür geöffnet, und ein Herr, ein ihnen Fremder, war raschen Schrittes eingetreten. Die Tür schloss sich hinter ihm, und obwohl ihm ihre Mienen sein Versehen anzeigten, lag in seinem Auftreten, das eindrucksvoll geriet, großes Selbstvertrauen. Der Vorhang hatte sich gerade wieder gehoben, und in der gespannten allgemeinen Stille blieb Strethers Protest stumm, genau wie der Gruß, ein eilig-entschuldigendes Handzeichen und ein Lächeln des unangemeldeten Besuchers. Er bedeutete diskret, er werde warten, wolle stehen bleiben, und diese Umstände sowie sein Gesicht, vom dem sie einen Blick aufgefangen hatte, brachten Miss Gostrey plötzlich Klarheit. Sie kombinierte alles zu einer Antwort auf Strethers letzte Frage. Der unleugbar Unbekannte war schlicht die Antwort – wie sie ihrem Freunde jetzt im Umdrehen zu verstehen gab. Sie sprach es unumwunden aus für ihn – und machte den Eindringling bekannt. »Nun, durch diesen Herrn!« Gleichzeitig allerdings trug der Herr seinerseits, obgleich er Strether nur einen sehr kurzen Namen hören ließ, praktisch eben soviel zur Aufklärung bei. Strether wiederholte den Namen entgeistert – dann erst begriff er. Miss Gostrey hatte mehr gesagt, als sie wusste. Vor ihnen stand Chad in höchsteigener Person.

Unser Freund sollte es später immer wieder Revue passieren lassen – er ließ es einen Großteil der Zeit ihres Zusammenseins Revue passieren, und drei oder vier Tage waren sie ständig beisammen: während jener ersten halben Stunde war die Note so kräftig angeschlagen worden, dass seither alles Nachfolgende eine vergleichsweise marginale Entwicklung darstellte. Die Tatsache, dass er den jungen Mann eine Minute lang nicht erkannt hatte, zählte unbedingt unter die Erkenntnisse, auf die es im Leben ankommt; er hatte gewiss nie einen Eindruck erfahren, der ihm, wie er es vielleicht ausgedrückt hätte, mehr zugesetzt hätte. Und dieser Ansturm, obwohl ebenso unbestimmt wie vielgestaltig, hatte lange angedauert, gleichsam abgeschirmt, doch zugleich verschärft durch den Umstand, dass er in eins fiel mit einer Zeitspanne schicklichen Schweigens. Sie konnten nicht sprechen, ohne die Zuschauer auf dem Balkon direkt unter sich zu stören; und in diesem Zusammenhang fiel Strether ein – weil ihm derlei Dinge eben einzufallen pflegten –, dies seien die Akzidenzien einer hochentwickelten Kultur; der obligate Tribut an die Wohlanständigkeit, das häufige Ausgeliefertsein an für gewöhnlich glanzvolle Umstände, wo Entlastung ihre Zeit abwarten muss. Königen, Königinnen, Komödianten und derlei Leuten war Entlastung nie leicht erreichbar, und wenn man auch selber eigentlich nicht so recht zu diesen Personen gehörte, ließ sich trotzdem, so man unter großem Druck stand, ein bisschen ahnen, wie sie sich manchmal fühlten. Strether hatte tatsächlich das Gefühl, unter großem Druck zu stehen, als er den langen Akt hindurch angespannt so dicht neben Chad saß. Er fand sich konfrontiert mit einer Tatsache, die ihn völlig in Beschlag nahm, die für diese halbe Stunde alle seine Sinne besetzte; aber ohne Unschicklichkeit konnte er sich dies nicht anmerken lassen – was überdies eventuell sogar ein ausgesprochenes Glück war. Wenn ihm vielleicht etwas anzumerken gewesen wäre, hätte er sich überhaupt etwas anmerken lassen wollen, dann ausgerechnet jene Gefühlsregung – Verwirrung nämlich –, die er sich von Anfang an vorgenommen hatte, am allerwenigsten zu offenbaren, komme was wolle. Das Phänomen, das hier plötzlich neben ihm Platz genommen hatte, war das Phänomen einer so radikalen Veränderung, die seiner Phantasie, welche im voraus alles ins Kalkül gezogen hatte, keinerlei Spielraum oder Bewegungsfreiheit ließ. Er hatte alle Eventualitäten in Aussicht genommen, außer dass Chad nicht Chad sein könnte, und ebendieser musste er sich jetzt stellen, gewappnet nur mit einem gequälten Lächeln und einem misslichen Erröten.

Er überlegte, ob sich bei ihm, bevor er irgendwie Position beziehen musste, womöglich wieder das Gefühl einstellen würde, sein Geist habe sich mit der neuen Erscheinung eingerichtet, er habe ihn sozusagen an die erstaunliche Wahrheit gewöhnen können. Aber ach, sie war allzu erstaunlich, diese Wahrheit; denn was konnte bemerkenswerter sein als dieser krasse Wandel der Persönlichkeit. Mit jemandem, der er selbst ist, kann man fertig werden – doch war er ein Anderer, konnte man das nicht. Es beförderte die Seelenruhe überdies kaum, sich auf die Frage beschränken zu müssen, wie wenig dieser Jemand unter solchen Umständen wissen mochte, welche Probleme er einem bereitete. Er konnte darüber nicht völlig im Unklaren bleiben, denn man konnte ihn nicht völlig im Unklaren lassen. Es war also einfach ein *Fall*, der eklatante Fall, wie die Leute heutzutage solche Dinge nannten, der Fall einer einzigartigen Verwandlung, und Hoffnung bot nur das allgemeingültige Gesetz, wonach sich eklatante Fälle wahrscheinlich von außen kontrollieren lassen. Vielleicht war er, Strether, der einzige, dem dies überhaupt bewusst war. Selbst Miss Gostrey mit all ihrem Wissen würde es wohl nicht bewusst sein? – und er hatte noch niemanden erlebt, dem etwas weniger bewusst war als Waymarsh, während er Chad finster begutachtete. Die Blindheit in Bezug auf Menschen, welche ihm sein alter Freund offenbarte, als er Chad musterte, umriss für ihn erneut und auf fast demütigende Weise die zwangsläufigen Grenzen eines direkten Beistands von dieser Seite. Er war indes nicht sicher, ob ihn das bislang entbehrte Privileg, über etwas Bestimmtes besser Bescheid zu wissen als Miss Gostrey, nicht ein bisschen entschädigte. Seine Situation entsprach eigentlich auch einem Fall, und er war jetzt so fasziniert davon, insgeheim ganz aus dem Häuschen, dass er bereits das Vergnügen antizipierte, sich ihr hinterher zu eröffnen. Er erhielt während dieser halben Stunde keinerlei Unterstützung von ihr, und gerade der Umstand, dass sie seinen Blick mied, trug, man muss es gestehen, ein wenig bei zu seiner Misere.

KAPITEL II

Er hatte Chad in den ersten Minuten halblaut vorgestellt, und sie zeigte keine Spur jener Sprödigkeit, die man einem Fremden gegenüber an den Tag legt; dennoch schien ihre ganze Aufmerksamkeit anfangs nur der Bühne zu gelten, wo sie hin und wieder einen Vorwand fand für eine kurze anerkennende Bemerkung, die sie Waymarsh mitteilte. Dessen Talent zur Teilnahme war überhaupt nie einem solchen Überfall ausgesetzt gewesen; er litt umso größere Bedrängnis, als die Dame dieses Vorgehen wählte, um, wie Strether mutmaßte, Chad und ihm einen ungestörten, ungezwungenen Austausch zu ermöglichen. Dieser Austausch beschränkte sich derweil auf einen freimütig freundlichen Blick des jungen Mannes, ein deutliches Lächeln fast, doch weit entfernt von einem Grinsen, sowie auf Strethers lebhafte heimliche Überlegung, ob er sich vielleicht selbst zum Narren machte. Er konnte sich kaum vorstellen, sich so sehr wie einer zu fühlen, ohne auch als solcher zu erscheinen. Das Schlimmste an diesem Zweifel war zudem, dass er darin ein Symptom erkannte, dessen Bedeutung ihn verdross. »Wenn ich bloß herübergekommen bin, um mir schmerzlich bewusst zu machen, wie mich der Bursche vielleicht findet«, überlegte er sich, »dann kann ich das Ganze gleich bleiben lassen.« Auch diese weise Erwägung schien eindeutig über die Tatsache hinwegzusehen, dass er sich dessen bewusst sein würde. Ihm war alles bewusst, nur nicht das, was ihm genützt hätte.

Später, während der schlaflosen Nachtstunden, sollte ihm aufgehen, dass es ihm völlig freigestanden hätte, Chad nach ein paar Minuten den Vorschlag zu machen, gemeinsam mit ihm Zuflucht im Foyer zu nehmen. Nicht genug, dass er es nicht vorgeschlagen hatte, er hatte nicht einmal die Geistesgegenwart besessen, dies als Möglichkeit zu erkennen. Er war auf seinem Sitz kleben geblieben wie ein Schuljunge, der keine Minute der Vorstellung verpassen möchte; dabei hatte er diesem Teil der Aufführung keinen Augenblick lang wirklich Aufmerksamkeit geschenkt. Als der Vorhang fiel, wäre er nicht einmal zu einer flüchtigen Beschreibung des Bühnengeschehens fähig gewesen. Folglich hatte er in diesem Moment auch nicht gewürdigt, dass Chad neben seiner allgemeinen Langmut auch noch die Liebenswürdigkeit besaß, seine Unbeholfenheit zu tolerieren. Und doch: Hatte er nicht schon in diesem Moment gewusst – stumpfsinnig und ohne zu reagieren –, dass der Junge etwas akzeptierte? Er war in Grenzen gutmütig, der Junge – wenigstens hatte er mit der nonchalant genutzten Chance diesen Eindruck erwecken dürfen; und man selber hatte buchstäblich nicht genug Grips gehabt, ihm darin zuvorzukommen. Wollten wir uns mit all dem befassen, was unseren Freund während der schlaflosen Nachtstunden bewegte, müssten wir unsere Feder spitzen; aber das eine oder andere Beispiel mag uns verdeutlichen, wie intensiv er sich der Situation entsann. Er entsann sich der beiden Absurditäten, welche, *sollte* es ihm an Geistesgegenwart gemangelt haben, vorwiegend schuld daran trugen. Er hatte nie in seinem Leben einen jungen Mann um zehn Uhr abends eine Loge betreten sehen und hätte, im voraus befragt, über die diversen Möglichkeiten hierbei schwerlich Auskunft erteilen können. Trotzdem stand für ihn fest, dass es Chad auf eine wundervolle Art gelungen war: ein Umstand, der implizierte, dass – wie man sich vorstellen konnte – er wusste, gelernt hatte, wie man es tat.

Hier bereits zeigten sich in reichem Maße Ergebnisse; er hatte Strether kurzerhand und ebenso mühelos wie unbeabsichtigt gelehrt, dass sich selbst für so eine Kleinigkeit verschiedene Möglichkeiten anboten. Er hatte in derselben Richtung noch mehr bewirkt; er hatte seinem alten Freund durch bloßes wiederholtes Kopfschütteln zu der Feststellung verholfen, dass die äußerlich sichtbare Veränderung an ihm vielleicht vor allem von den, für sein Alter ungewöhnlichen, deutlich grauen Strähnen in seinem dichten schwarzen Haar herrührte; und des Weiteren, dass ihm dieser neue Zug merkwürdig gut zu Gesicht stand, zur Festigung des Charakters beitrug, ja sogar – ausgerechnet – zu einer Verfeinerung, an der es gehörig gemangelt hatte. Strether fühlte allerdings, er hätte zugeben müssen, dass es gerade jetzt kein Leichtes gewesen wäre, angesichts dessen, was neu hinzugekommen war, mit letzter Bestimmtheit zu sagen, was man denn vermisst hatte. Eine Überlegung zum Beispiel, die ein objektiver Kritiker früher angestellt haben könnte, lautete, dass dem Sohn eine größere Ähnlichkeit mit der Mutter vorteilhaft gewesen wäre; doch dies blieb eine Überlegung, die gegenwärtig nie auftauchen würde. Es bestand kein Anlass mehr dazu, obwohl sich keinerlei Ähnlichkeit mit der Mutter eingestellt hatte. Gesicht und Erscheinung eines jungen Mannes hätten von jedem wahrgenommenen, jedem vorstellbaren Aspekt eines weiblichen Elternteils aus New England nicht deutlicher abstechen können als Chads zu diesem Zeitpunkt. Das war natürlich kaum anders zu erwarten gewesen; löste bei Strether aber dennoch eine Assoziation aus, ein Phänomen, das derzeit seinem Urteilsvermögen häufig zusetzte.

Im Verlauf der Tage hatte ihn wiederholt das Gefühl beschlichen, es sei angezeigt, schnell mit Woollett Kontakt aufzunehmen – und zwar mit einer Schnelligkeit, für die nur ein Synonym existierte: Telegraphie; dieses Gefühl war eigentlich die Frucht seiner verdienstvollen Vorliebe, klare Verhältnisse zu schaffen, Versehen glücklich vorzubeugen. Niemand verstand sich nötigenfalls besser aufs Erklären oder vermochte mit größerer Gewissenhaftigkeit Rechenschaft zu geben; und ebendiese Bürde der Gewissenhaftigkeit mag der Grund sein, weshalb ihm stets der Mut sank, wenn sich das Gewölk einer Erklärung zusammenballte. Sein Einfallsreichtum kannte keine Grenzen, um den Himmel des Lebens davon freizuhalten. Ob er nun einen hohen Begriff von der Klarheit hegte oder nicht, er vertrat die Ansicht, man könne im Grunde – anderen – nie etwas erklären. Man bemühe sich pro forma, doch sei es meist vertane Lebenszeit. Eine persönliche Beziehung bleibe nur so lange eine Beziehung, wie die Betreffenden entweder einander vollkommen verstünden oder, noch besser, sich nicht daran störten, wenn sie es nicht taten. Von dem Augenblick, da es sie zu stören begann, dass sie nichts verstanden, lebte man im Schweiße seines Angesichts; doch davon konnte man sich loskaufen, indem man den Boden freihielt vom Unkraut der Täuschungen. Es wucherte zu rasch, und jetzt konnte nur das Transatlantik-Telegraphenkabel den Wettlauf mit ihm aufnehmen. Diese Vermittlung hätte für ihn täglich etwas bezeugt, das nicht im Einklang stand mit dem, was Woollett sich vorgestellt hatte. Er war in diesem Augenblick keineswegs sicher, ob die frühmorgendliche – eigentlich nächtliche – Bewertung der Krise nicht in den Entschluss zu einer knappen Mitteilung münden würde. »Habe ihn endlich gesehen, aber lieber Himmel!« – etwas Derartiges zur vorübergehenden Erleichterung schwebte ihm vor. Er malte sich aus, sie alle damit vorzubereiten – aber vorzubereiten worauf? Könnte er es klarer und billiger tun, würde er vier Worte über den Ticker schicken: »Furchtbar alt – graues Haar.« Zu diesem besonderen Zug in Chads Erscheinung kehrte er während ihrer gemeinsamen stummen halben Stunde ständig zurück; so als läge darin so viel mehr beschlossen, als er hätte in Worte fassen können. Höchstens hätte er sagen wollen: »Wenn er es dahin bringt, dass ich mich jung fühle –!«, was allerdings schon genug in sich barg. Wenn Strether sich also jung fühlen würde, dann, weil Chad sich alt fühlte; und ein gealterter und ergrauter Sünder war im Plan nicht vorgesehen gewesen.

Die Frage von Chadwicks wirklichem Alter tauchte zweifellos sehr rasch auf, als die beiden nach Ende der Vorstellung in ein Café an der Avenue de l'Opéra übersiedelt waren. Miss Gostrey hatte bei diesem Schritt zur gegebenen Zeit perfekt assistiert; sie hatte genau gewusst, was sie wollten – auf der Stelle irgendwo hingehen und sich unterhalten; und Strether hatte sogar gespürt, sie wusste, was er sagen wollte und wie es ihn dazu drängte. Dies hatte sie nicht durchblicken lassen, andererseits aber sehr wohl, sie habe Waymarshs Wunsch erahnt, dass er sie auf dem separaten Heimweg unter seine Fittiche zu nehmen gedachte; trotzdem fand Strether – während er Chad gegenübersaß in den leuchtend hellen Räumen an dem deutlich und mühelos von anderen zu unterscheidenden kleinen Tisch, den sein Gefährte gleich gewählt hatte –, dass es ihm ganz so scheinen wollte, als höre sie ihn sprechen; als wache sie eine Meile entfernt in der ihm bekannten, kleinen Wohnung und lausche angestrengt. Er fand ebenso, dass ihm diese Vorstellung gefiel, und er wünschte sich aus dem gleichen Grunde, Mrs. Newsome hätte auch mithören können. Denn als vordringlichste Notwendigkeit galt ihm jetzt, keine weitere Stunde, nicht den Bruchteil einer Stunde mehr zu verlieren, sondern vorzurücken und im Sturm zu überwältigen. Auf diese Weise gedachte er – womöglich durch eine nächtliche Attacke – jeder gekünstelten Reife zuvorzukommen, die sich das pralle Pariser Bewusstsein des Jungen voraussichtlich anmaßen würde. Aufgrund dessen, was er Miss Gostrey eben entlockt hatte, erkannte er bis ins Kleinste die Zeichen für Chads Wachsamkeit; das aber war nur ein weiterer Grund, keine Zeit mehr zu vertrödeln. Sollte er überdies selber hier wie ein junger Mann behandelt werden, dann keinesfalls, ohne vorher nicht wenigstens einmal zugeschlagen zu haben. Danach mochten seine Arme gefesselt sein, aber es wäre immerhin aktenkundig, dass er fünfzig war.

Wie wichtig dies wäre, hatte sich ihm allerdings bereits aufgedrängt, bevor sie das Theater verließen; inzwischen trieb ihn eine stürmische Unrast, die Gelegenheit beim Schopf zu packen. Unterwegs konnte er kaum noch an sich halten; er war drauf und dran, die Taktlosigkeit zu begehen, das Thema auf der Straße anzuschneiden; er ertappte sich geradezu dabei, dass er sich so gebärdete – wie er es später boshaft nannte –, als gäbe es für ihn keine zweite Chance, sollte er diese verpassen. Erst auf der purpurroten Polsterbank vor dem flüchtig bestellten *bock* und nachdem er die Worte wirklich herausgebracht hatte, wusste er mit Bestimmtheit, dass die gegenwärtige Chance gewahrt blieb.

VIERTES BUCH

I

»Also, ich bin gekommen, um dafür zu sorgen, dass du hier mit allem brichst, nicht mehr und nicht weniger, und um dich stante pede nach Hause zu bringen; also sei gefälligst so gut und freunde dich mit diesem Gedanken umgehend an!« – Strether, der nach dem Theater Aug' in Auge Chad gegenübersaß, hatte diese Worte schier atemlos hervorgestoßen und vorderhand ganz entschieden nur sich selbst aus der Fassung gebracht. Denn Chads offene Haltung glich der eines Menschen, welcher würdevoll in Ruhe abgewartet hatte, indes der Bote, der endlich bei ihm anlangte, eine Meile weit durch den Staub gerannt war. In den ersten Sekunden nachdem er gesprochen hatte, fühlte sich Strether so, als liege eine solche Strapaze tatsächlich hinter ihm; er war nicht einmal sicher, ob ihm nicht der Schweiß auf der Stirn stand. Diese Empfindung verdankte er dem Blick, mit dem der junge Mann ihn bedachte, solange die Anspannung fortdauerte. Dieser Blick spiegelte – und verteufelterweise wahrhaft mit einer zurückhaltenden Liebenswürdigkeit – seinen vorübergehend derangierten Zustand; was in unserem Freund wiederum die Befürchtung aufkeimen ließ, Chad könne ihm schlicht den Wind aus den Segeln nehmen – allem den Wind aus den Segeln nehmen –, indem er ihn bemitleidete. Diese Befürchtung, eine jede Befürchtung war unschön. Aber alles war unschön; seltsam, welch unschöne Wendung die Dinge plötzlich genommen hatten. Das war jedoch kein Grund, im Geringsten zurückzustecken. Schon in der nächsten Minute war Strether so rückhaltlos weiter vorgeprescht, als gälte es, einen Vorsprung auszunutzen. »Natürlich bin ich ein alter Neunmalklug, der sich in fremde Angelegenheiten mischt, wenn du es unbedingt auf die Spitze treiben willst; aber schließlich vorwiegend deshalb, weil ich dir, schon seit ich dich kenne, so viel Interesse entgegengebracht habe, wie du es mir gütigerweise erlauben wolltest, als du noch in Joppe und Knickerbocker gesteckt hast. Ja – in Joppe und Knickerbocker. Ich bin so neunmalklug, dass ich mich auch dessen entsinne; und ebenfalls, dass du für dein Alter – ich spreche von der ersten, ganz frühen Zeit – kolossal stämmige Beinchen hattest. Kurzum, wir wollen, dass du hier alles aufgibst. Es ist der sehnlichste Wunsch deiner Mutter, aber sie hat überdies auch noch triftige Gründe und Argumente. Ich habe sie ihr nicht in den Kopf gesetzt – ich muss dich nicht daran erinnern, dass sie der letzte Mensch ist, der so etwas nötig hat. Doch sie existieren ebenso für mich, das musst du mir glauben, als euer beider Freund. Ich habe sie weder erfunden noch ursprünglich entwickelt; doch ich verstehe sie, ich kann sie, glaube ich, erläutern, mit dem Ziel, dass du dann in der Lage sein wirst, sie wirklich zu würdigen; und aus diesem Grunde siehst du mich hier. Ich will nicht lange um den heißen Brei herumreden. Es geht um einen sofortigen Abbruch und um eine sofortige Rückkehr. Ich hatte mir eingebildet, die Pille versüßen zu können. Ich nehme jedenfalls größten Anteil an der Sache. Ich tat es bereits vor meiner Abreise, und ich scheue mich nicht, dir zu sagen, dass jetzt, nachdem ich gesehen habe, wie sehr du dich verändert hast, mein Interesse noch gewachsen ist. Du wirkst älter und – ich weiß nicht, wie ich es sagen soll! – Du forderst einen mehr; aber dadurch scheinst du mir nur umso geeigneter für unsere Zwecke.«

»Sie finden, ich habe mich zu meinem Vorteil verändert?« hatte Chad an diesem Punkt eingehakt, wie Strether sich später erinnern sollte.

Er sollte sich ebenfalls daran erinnern – und bezog für einige Zeit daraus seinen größten Trost –, dass es ihm, wie man in Woollett sagte, ›gegeben‹ gewesen war, einigermaßen schlagfertig zu antworten: »Ich habe keine Ahnung.« Er sonnte sich später tatsächlich eine Weile in der Vorstellung, absolut unerbittlich geblieben zu sein. Nahe daran, zu konzedieren, Chad habe sich äußerlich zu seinem Vorteil verändert, allerdings müsse diese Feststellung auf die äußere Erscheinung beschränkt bleiben, vermied er sogar diesen Kompromiss und ließ seinen Vorbehalt unverhüllt stehen. Nicht bloß sein moralisches, sondern gewissermaßen auch sein ästhetisches Empfinden musste dafür bluten, da Chad ja unverkennbar – lag das nicht schon wieder an dem verflixten grauen Haar? – besser aussah, als man es sich je hätte erhoffen dürfen. Dies entsprach indes vollkommen dem, was Strether gesagt hatte. Sie wollten ihn in seiner normalen Entwicklung auch nicht einengen, und er würde ihren Zwecken keine Spur weniger nützlich sein, wenn er nicht mehr, wie früher nur allzu oft, bloß verwegen und verwildert wirkte. In einer wichtigen Hinsicht würde er ihnen sogar deutlich mehr nützen. Strether vermochte, unterm Sprechen, sich selbst gar nicht recht zu folgen; er wusste nur, dass er sich an seinen Faden klammerte und ihn von Augenblick zu Augenblick ein bisschen fester packte; schon der schlichte Umstand, in den wenigen Minuten nicht unterbrochen worden zu sein, half ihm dabei. Er hatte es sich oft, einen Monat lang, durch den Kopf gehen lassen, was genau er in dieser Situation sagen sollte, und schließlich schien er nichts von dem gesagt zu haben, was er sich vorgenommen hatte – es war alles ganz anders gekommen.

Aber trotzdem hatte er Flagge gezeigt. Genau das hatte er getan, und eine Minute lang dünkte ihn, er habe sie kräftig geschwenkt, heftig knatternd direkt vor der Nase seines Gefährten flatternd fliegen lassen. Es verlieh ihm wirklich beinahe das Gefühl, seine Rolle bereits gespielt zu haben. Die vorübergehende Erleichterung – gleichsam aus dem Wissen geboren, dass sich zumindest davon nichts mehr ungeschehen machen ließ – entsprang einer gewissen Ursache, der Ursache, die in Miss Gostreys Loge durch unmittelbare Einsicht, mit verblüfftem Erkennen blitzartig in Kraft getreten war und seither jede Regung seines Bewusstseins mitbestimmt hatte. In summa lief es darauf hinaus, dass im Umgang mit einer absolut *neuen* Größe alles unvorhersehbar blieb. Die neue Größe verkörperte sich in der Tatsache, dass bei Chad eine Veränderung stattgefunden hatte. Das war alles; was immer es bedeutete, es umfasste alles. In dieser Form hatte Strether so etwas noch nie erlebt – es war vielleicht eine Spezialität von Paris. Hätte man den ganzen Prozess miterlebt, wäre man eventuell mit dem Resultat peu à peu zurechtgekommen; doch nach Lage der Dinge sah er sich mit dem fertigen Ergebnis konfrontiert. Man hatte ihn klipp und klar wissen lassen, er könne dort vielleicht so unerwünscht sein wie der Fuchs im Hühnerstall, aber dem hatte noch die alte Größe zugrunde gelegen. Er hatte sich ursprünglich darauf eingerichtet, gewisse Taktiken und Tonfälle zu probieren, indes hatten sich diese Möglichkeiten jetzt aufgelöst in nichts. Es ließ sich überhaupt nicht absehen, was der junge Mann vor ihm zu irgendeinem beliebigen Gegenstand denken oder empfinden oder sagen mochte. Diese Einsicht hatte Strether hinterher, um seine Nervosität zu rechtfertigen, so gut es ging rekapituliert, genauso wie er die Promptheit rekapitulierte, mit der Chad seine Unsicherheit beseitigt hatte. Dazu hatte es außerordentlich wenig Zeit bedurft, und kaum war es geschehen, verschwand alles Ablehnende aus Gesicht und Gebaren seines Gefährten. »Ihre Verlobung mit meiner Mutter ist also, wie man hier sagt, ein *fait accompli*?« – lediglich darin hatte der entscheidende Anstoß bestanden, in nichts weiter.

KAPITEL I

Nun, das genügte vollauf, hatte Strether gespürt, während er mit seiner Antwort zögerte. Er hatte indes gleichzeitig gespürt, dass ihm nichts schlechter anstünde, als zu lange damit zu zögern. »Ja«, sagte er aufgeräumt, »infolge des in dieser Frage glücklich erzielten Einvernehmens bin ich aufgebrochen. Du verstehst mithin, welche Rolle ich in deiner Familie spiele. Außerdem«, setzte er hinzu, »hatte ich vermutet, du würdest es ohnehin vermuten.«

»Oh, ich vermute es bereits geraume Zeit, und dank Ihrer Erklärung leuchtet mir völlig ein, dass Sie natürlich etwas unternehmen wollen. Etwas unternehmen, meine ich«, sagte Chad, »zur Feier eines so – wie sagt man doch gleich? – verheißungsvollen Ereignisses. Und wie ich sehe, gelangen Sie zu der gar nicht abwegigen Einsicht«, fuhr er fort, »dass man es gar nicht besser feiern könnte, als mich, zur Hochzeitsgabe für Mutter, im Triumph nach Hause zu führen. Sie wollen de facto ein Freudenfeuer abbrennen«, sagte er lachend, »und beabsichtigen, mich hineinzuwerfen. Ich danke sehr, ich danke sehr!« Er lachte wieder.

Er nahm es durchaus auf die leichte Schulter, und dies ließ Strether jetzt erkennen, wie er im Grunde, und ungeachtet des Quentchens Zurückhaltung, das ihn gar nichts kostete, vom ersten Augenblick an dies alles auf die leichte Schulter genommen hatte. Das Quentchen Zurückhaltung bezeugte lediglich sein Taktgefühl. Leute von kultivierter Lebensart konnten offenbar als eine ihrer Trumpfkarten auch dieses Quentchen Zurückhaltung ausspielen. Er hatte sich beim Sprechen ein wenig vorgebeugt; die Ellbogen auf den Tisch gestützt; und das undurchschaubare neue Gesicht, das er sich irgendwo und irgendwie zugelegt hatte, näherte sich in dieser Bewegung dem seines Beobachters. Es faszinierte diesen Beobachter, dass diese reife Physiognomie nicht jener Miene glich, zumindest wenn sie sich beobachtet wusste, mit der Chad einst Woollett verlassen hatte.

Mit einer gewissen Freiheit genoss es Strether, sie als die Miene eines Mannes von Welt zu definieren – ein Schlagwort, das ihn jetzt wirklich ein wenig zu entlasten schien; die Miene eines Mannes, der allerlei erlebt hatte und mit mancherlei bekannt geworden war. Vielleicht blitzte und blinkte in seinem Blick mitunter die Vergangenheit auf; doch solche Lichter waren matt und zerflossen gleich. Chad war braun, massig und stark, und einst war Chad ungehobelt gewesen. Lag der ganze Unterschied also darin, dass er jetzt geschliffen wirkte? Vielleicht; denn dieser Schliff war so markant wie der Geschmack einer Sauce oder der Druck einer Hand. Der Schliff schien umfassend – er hatte seine Züge retouchiert, in glatteren Linien gezeichnet. Er hatte seine Augen klarer gemacht, seinen Teint temperiert und seine schönen, ebenmäßigen Zähne poliert – die wesentliche Zierde seines Gesichts; und indem er ihm Gestalt und Façon, fast schon Kontur verlieh, hatte er gleichzeitig seiner Stimme ein Timbre eingehaucht, seinen Akzent gebildet, sein Lächeln zu freierem Spiel angespornt und seinen übrigen Gesten Zügel angelegt. Früher hatte Chad mit großem Gehabe sehr wenig zum Ausdruck gebracht; und jetzt drückte er das Nötige beinahe ohne alles aus. Kurz, es schien, als wäre er wahrhaftig, stattlich vielleicht, doch ungefüge, in eine feste Form gepresst worden und gelungen modelliert wieder zum Vorschein gekommen. Das Phänomen – Strether betrachtete es weiterhin als Phänomen, als eminenten Fall – war so konkret, dass man den Finger darauf legen konnte. Er reichte schließlich mit der Hand über den Tisch und legte sie auf Chads Arm. »Wenn du mir versprichst – hier an Ort und Stelle und auf Ehrenwort –, unverzüglich alles aufzugeben, begünstigst du gleichermaßen unser aller Zukunft. Du befreist mich vom Druck dieser erträglichen, aber dennoch brennenden Anspannung, in der ich so viele Tage auf dich gewartet habe, und ich käme zur

KAPITEL I

Ruhe. Ich würde dich zum Abschied segnen und mich gemütlich schlafen legen.«

Hierauf wich Chad wieder zurück und sammelte sich, die Hände in den Hosentaschen; in dieser Haltung wirkte er, trotz seines eher bemühten Lächelns, nur noch ernster. Da glaubte Strether zu erkennen, dass er tatsächlich nervös war, und er wertete dies als, wie er es genannt hätte, förderliches Zeichen. Das bisher einzige Indiz dafür war gewesen, dass er seinen breitrandigen Zylinder mehr als einmal abgenommen und wieder aufgesetzt hatte. Eben hatte er ihn wieder absetzen wollen, ihn aber doch nur nach hinten geschoben, so dass ihm der Hut jetzt lässig auf dem kräftigen, jungen, kurzen, graumelierten Haar saß. Dieser Zug verlieh ihrer ruhigen Unterredung etwas Familiäres – eine Intimität in der weit vorgerückten Stunde; und ausgerechnet durch diese so banale Beihilfe erkannte Strether im selben Augenblick noch etwas anderes. Jedenfalls wurde dieser Eindruck durch einen Aspekt umrissen, der zu subtil war, um die Unterscheidung von so vielen anderen Aspekten zu erlauben, dennoch war er scharf abgegrenzt. Chad präsentierte in diesen Sekunden unverkennbar – nun, wie Strether es für sich formulierte – seine Qualitäten. Unseren Freund überfiel eine Vorahnung, was dies in gewisser Hinsicht heißen mochte. Er erkannte ihn blitzartig als jungen Mann, dem Frauen Beachtung schenkten; und für eine konzentrierte Minute erfüllte ihn dieser Rang, der erhebliche Ernst dieser Rolle, wie er spaßhaft mutmaßte, fast mit Respekt. Erfahrung sprach aus dem Blick seines Gesprächspartners unter dem verrutschten Hut, und sie tat es zudem aus eigener Kraft, aus der tiefgründigen Tatsache ihrer Quantität und Qualität und nicht aufgrund einer beabsichtigten Bravade oder Prahlerei Chads. So also waren Männer, denen Frauen Beachtung schenkten – und zugleich auch Männer, von denen zweifellos die Frauen ihrerseits hinlänglich Aufmerksamkeit erfuhren. Für dreißig Sekunden dünkte Strether dies eine maßgebliche Wahrheit; eine Wahrheit, die freilich bereits in der nächsten Minute den ihr gebührenden Platz zugewiesen bekam. »Können Sie sich nicht denken, dass es da einige Fragen gibt«, erkundigte sich Chad, »die man Ihnen – ungeachtet Ihrer wirklich beeindruckend charmanten Art, die Dinge darzulegen, gern erst einmal stellen würde?«

»O doch – durchaus. Ich bin hier, um alles zu beantworten. Ich glaube, ich kann dir sogar Dinge mitteilen, für dich höchst interessante Dinge, nach denen mich zu fragen dir nie in den Sinn käme. Wir können uns dafür so lange Zeit nehmen, wie du willst. Aber jetzt«, schloss Strether, »möchte ich zu Bett gehen.«

»Im Ernst?«

Die Überraschung, die aus Chad sprach, amüsierte ihn. »Findest du das so unverständlich – bei all dem, was du mir zugemutet hast?«

Der junge Mann schien dies zu erwägen. »Oh, ich habe Ihnen nicht viel zugemutet – bislang.«

»Soll das heißen, das dicke Ende kommt noch?« Strether lachte. »Ein Grund mehr, mich zu wappnen.« Und wie zur Demonstration, dass er zu wissen meinte, womit er mittlerweile zu rechnen hatte, stand er bereits auf beiden Beinen.

Chad, der sitzen blieb, hielt ihn mit einer Geste auf, als er sich zwischen den Tischen durchschob. »Oh, wir werden uns schon vertragen!«

Für Strether ließ der Ton, wie man so sagt, nichts zu wünschen übrig; ebenso wenig wie der Gesichtsausdruck, mit dem der Sprecher zu ihm aufgeblickt hatte und ihn freundlich anhielt. Misslich dabei war einzig, dass sich all dies überdeutlich als Frucht von Erfahrung zu erkennen gab. Ja, es war Erfahrung, was Chad gegen ihn ausspielte, wenn nicht gar rüpelhaften Trotz. Natürlich bedeutete hier Erfahrung eine Art Trotz; keinesfalls jedoch – eigentlich eher ganz im Gegenteil – war sie rüpelhaft; und damit war schon viel gewonnen. Er ist eindeutig älter geworden, dachte Strether, während er selbst so räsonierte. Mit einem abgeklärten Klaps auf den Arm seines Besuchers stand dann auch er auf; und bis dahin hatte sich genug ereignet, um dem Besucher das Gefühl zu vermitteln, es sei wirklich etwas abgemacht. War denn nicht abgemacht, dass er jetzt zumindest über den Beweis verfügte, dass Chad an eine Abmachung glaubte? Strether stellte fest, dass er Chads Beteuerung, sie würden sich schon vertragen, als ausreichende Grundlage betrachtete, ins Bett zu gehen. Aber dann war er anschließend doch nicht gleich zu Bett gegangen; denn als sie wieder hinaustraten in die milde, illuminierte Nacht, war einem eigentlich ganz unbedeutenden Umstand, der ebenso als beruhigende Bestätigung hätte dienen können, buchstäblich ein Hemmnis entsprungen. Draußen herrschten immer noch Betrieb, ausdrucksvolle Geräusche, Lichterglanz, und nachdem sie einen Augenblick lang über alles hinweg die großartige, klare Straßenarchitektur in sich aufgenommen hatten, bogen sie in stillem Einvernehmen ab in Richtung zu Strethers Hotel. »Natürlich«, begann Chad dann unvermittelt, »natürlich war es nur normal, dass sich Mutter mit Ihnen allerhand über mich zusammengereimt hat – und natürlich gab es auch viel Anlass dazu. Trotzdem müssen Sie Ihre Phantasie strapaziert haben.«

Er war stehen geblieben und überließ es seinem Freund, sich ein wenig zu wundern, worauf er mit dieser Bemerkung abzielte; und das erlaubte Strether unterdessen, seinerseits eine Bemerkung anzubringen. »Oh, wir haben uns nie angemaßt, ins Detail zu gehen. Das lag keineswegs in unserem Interesse. Es war schon ›strapaziös‹ genug, dich so zu vermissen, wie wir es getan haben.«

Es war merkwürdig, doch Chad insistierte, obwohl er unter einer hohen Straßenlaterne an der Ecke, wo sie stehen blieben, zuerst gerührt gewirkt hatte von Strethers Andeutung, wie lange er schon zu Hause vermisst wurde. »Ich meine, man wird sich bestimmt einiges ausgemalt haben.«

»Was ausgemalt?«

»Nun – Abscheuliches.«

Strether war betroffen: Abscheuliches fand sich so wenig – zumindest oberflächlich – an dieser robusten und rational argumentierenden Erscheinung. Trotzdem war er hier, um ehrlich zu sein. »Wir haben uns allerdings Abscheuliches ausgemalt. Aber was ist daran falsch, falls wir uns nicht getäuscht haben?«

Chad reckte das Gesicht der Laterne entgegen, und es war dies einer jener Augenblicke, da er auf unnachahmliche Weise betont den Eindruck erweckte, er setze sich absichtlich in Szene. Es schien in solchen Augenblicken, als präsentiere er schlicht sich selbst, seine abgerundete Persönlichkeit, seine greifbare Gegenwart und seine massive junge Männlichkeit so sehr als Glieder einer Kette, dass es praktisch einer Demonstration gleichkam. Es schien –, und war das nicht abnorm? – als schätze er diese Dinge letzten Endes zu hoch, um sie einfach so wirken zu lassen. Was konnte Strether anderes darin sehen als den Hinweis auf ein gewisses Selbstwertgefühl, ein gewisses Machtbewusstsein sonderbar widernatürlicher Art; etwas Verborgenes und dem Zugriff Entzogenes, etwas Ominöses und vielleicht Beneidenswertes? Die Andeutung hatte im nächsten Augenblick schlagartig einen Namen erhalten – einen Namen, den unser Freund aufgriff, als er sich fragte, ob er es vielleicht tatsächlich mit einem unverbesserlichen jungen Heiden zu tun hatte. Dieser Bezeichnung – er stürzte sich geradezu darauf – eignete ein Klang, der sein geistiges Ohr befriedigte, so dass er sie bereits übernommen hatte. Ein Heide – das war es doch, oder nicht? was Chad logischerweise sein *müsste*. Das war es, was er sein musste. Das war er. Die Idee lieferte einen Schlüssel, und statt den Ausblick zu verdunkeln, verströmte sie eine gewisse Klarheit. Strether erfasste in diesem flinken Lichtstrahl, dass ein Heide nach Lage der Dinge vielleicht das war, was Woollett am nötigsten brauchte. Sie würden schon einen vertragen – einen guten; er würde seinen Platz finden – ja; und bereits jetzt imaginierte und begleitete Strether in der Phantasie den ersten dortigen Auftritt der mitreißenden Persönlichkeit. Nur beschlich ihn, als sich der junge Mann von der Laterne wegwandte, das etwas unbehagliche Gefühl, während des vorübergehenden Schweigens könnten seine Gedanken erraten worden sein.

»Nun, ich hege keinerlei Zweifel«, sagte Chad, »dass ihr der Wahrheit ziemlich nahegekommen seid. Einzelheiten sind, wie Sie sagen, nicht von Belang. Allerdings *stimmt* es, dass ich mich im wesentlichen habe gehenlassen. Doch ich habe mich gefangen – und bereits gebessert.« Damit machten sie sich wieder auf den Weg in Richtung von Strethers Hotel.

»Heißt das«, fragte dieser, als sie sich der Türe näherten, »du bist jetzt mit keiner Frau zusammen?«

»Bitte, was hat denn das damit zu tun?«

»Na, da liegt doch das ganze Problem.«

»Das meiner Heimkehr?« Chad war sichtlich überrascht. »Aber nichts weniger als das. Glauben Sie etwa, falls ich nach Hause zurückwollte, hätte irgendwer die Macht –«

»Dich daran zu hindern« – nahm ihm Strether das Wort aus dem Mund – »deinen Wunsch in die Tat umzusetzen? Also nach unserer Vorstellung hat dich bislang irgendwer – vielleicht auch eine größere Anzahl von Personen – recht erfolgreich davon abgehalten, es zu ›wollen‹. Das könnte doch – falls dich jemand in der Hand hat – wieder passieren. Nun, du beantwortest meine Frage nicht« – er ließ nicht locker – »aber wenn dich niemand in der Hand hat, umso besser. Dann spricht ja alles nur für deine Abreise.«

Chad bedachte dies. »Ich habe Ihre Frage nicht beantwortet?« Er sagte es durchaus ohne Unwillen. »Nun, solche Fragen haben immer etwas Übertriebenes. Man weiß nie so recht, was das heißen soll: in den ›Händen‹ einer Frau sein. Das ist alles so vage. Man ist es, wenn man es nicht ist. Man ist es nicht, wenn man es ist. Und einfach so aufgeben kann man einen Menschen auch nicht.« Er schien um eine freundliche Erklärung bemüht. »Ich habe mich nie so sehr in die Ecke drängen lassen; und verglichen mit allem, was früher und besser gewesen sein mag, habe ich wohl auch nie Angst gehabt.« Etwas darin ließ Strether stutzen, dadurch erhielt Chad Zeit fortzufahren. Er unternahm einen hilfreicheren Vorstoß mit dem Gedanken: »Wissen Sie denn nicht, wie sehr ich Paris liebe?«

Dies Fazit kam für unseren Freund allerdings überraschend. »Oh, wenn *da* dein ganzes Problem liegt –!« Jetzt war *er* es, der beinahe Unwillen verriet.

Chads Lachen parierte dies wahrlich mehr als gut. »Aber ist das nicht genug?«

Strether zögerte, sprach es aber aus: »Nicht überzeugend genug für deine Mutter!« Einmal ausgesprochen, klang es indes etwas seltsam – mit der Wirkung, dass Chad laut lachen musste. Da gab auch Strether diesem Impuls nach, obwohl nur äußerst kurz. »Wenn du erlaubst, bleiben wir trotzdem bei unserer Theorie. Aber falls du tatsächlich so ungebunden und so stark bist, gibt es für dich keine Entschuldigung. Ich schreibe gleich morgen früh«, setzte er mit Entschiedenheit hinzu, »dass ich dich zu fassen bekommen habe.«

Dadurch schien bei Chad ein neues Interesse geweckt. »Wie oft schreiben Sie?«

»Oh, in einem fort.«

»Und sehr ausführlich?«

Strether war etwas ungeduldig geworden. »Ich hoffe, man findet es nicht zu ausführlich.«

KAPITEL I

»Oh, gewiss nicht. Und Sie hören ebenso oft von ihr?«

Wieder machte Strether eine Pause. »So oft ich es verdiene.«

»Mutter schreibt«, sagte Chad, »ganz wunderbare Briefe.«

Vor der geschlossenen *porte-cochère* fixierte Strether ihn für einen Moment. »Was man von dir nicht behaupten kann, mein Junge. Doch unsere Vermutungen sind unmaßgeblich«, setzte er hinzu, »wenn du tatsächlich in keine Liaison verstrickt bist.«

Chad schien in seinem Stolz dennoch etwas gekränkt. »Das war ich nie – darauf möchte ich bestehen. Alles ist stets nach meinem Willen gegangen.« Dem fügte er hinzu: »Und das tut es auch jetzt.«

»Warum bist du dann hier? Was hat dich festgehalten«, fragte Strether, »wenn du jederzeit *hättest* gehen können?«

Nach einem ungläubigen Blick kam Chads scharfe Erwiderung. »Glauben Sie etwa, nur Frauen können einen festhalten?«

Seine vehement geäußerte Verwunderung ertönte in der stillen Straße so deutlich, dass Strether zusammenzuckte, bis ihm einfiel, dass ihre hier fremde Sprache sie abschirmte. »Das also«, verlangte der junge Mann zu wissen, »denkt man in Woollett?« Angesichts der Treuherzigkeit, die in der Frage schwang, hatte Strether die Farbe gewechselt, mit dem Gefühl, so hätte er es formuliert, ins Fettnäpfchen getreten zu sein. Anscheinend hatte er dummerweise verzerrt wiedergegeben, was man in Woollett dachte; doch ehe er Zeit fand zur Berichtigung, fiel Chad bereits über ihn her. »Ich muss schon sagen, ihr habt wirklich eine niedrige Gesinnung!«

Zu Strethers Pech entsprach dieser Befund so sehr seiner eigenen Erwägung, zu der die bezaubernde Atmosphäre auf dem Boulevard Malesherbes ihn inspiriert hatte, dass dessen verstörende Wirkung übermäßig heftig ausfiel. Dieser Seitenhieb war, hätte *er* ihn versetzt – und sogar der armen Mrs. Newsome – bloß heilsam gewesen; aber ausgeteilt von Chad, schlug er – und durchaus folgerichtig – fast eine blutige Wunde. Ihre Gesinnung war *nicht* niedrig – nicht im Geringsten; dennoch hatten sie unleugbar und ebenso mit einer gewissen Selbstgefälligkeit etwas postuliert, das sich gegen sie selbst wenden ließ. Chad hatte jedenfalls seinen Besucher an die Leine gelegt; er hatte sogar seine bewunderungswürdige Mutter an die Leine gelegt; er hatte regelrecht und fast aus dem Handgelenk sowie mit einem Ruck am weitgeschleuderten Lasso auf einen Zug das ganze, sich in seinem Stolz sonnende Woollett an die Leine gelegt. Es litt keinen Zweifel, in Woollett *hatte* man hartnäckig auf seiner Roheit insistiert; und wie er jetzt in der schlafenden Straße dastand und einen gänzlich anderen Ton anschlug, verkehrte er diese Hartnäckigkeit in ein Vorurteil, das die Hartnäckigen kompromittierte. Es war genauso, als hätten sie ihm eine Gewöhnlichkeit angelastet, die er mit einer bloßen Geste abgestreift hatte. Das Verteufelte daran war, dass Strether das Gefühl hatte, diese Gewöhnlichkeit sei damit auf einen Streich direkt auf ihn selbst zurückgefallen. Eine Minute zuvor noch hatte er überlegt, ob der Junge nicht ein Heide sei, und nun ertappte er sich bei der Überlegung, ob er nicht vielleicht sogar ein Gentleman war. Es meldete sich bei ihm mitnichten augenblicks der hilfreiche Gedanke, ein Mensch könne unmöglich beides zugleich sein. Im Moment ließen die Umstände nicht das Geringste erkennen, was die Kombination in Frage gestellt hätte; alles trug im Gegenteil zu ihrem Gedeihen bei. Obendrein schien sie Strether zur Erhellung der sehr schwierigen Frage beizutragen; wenn vielleicht auch nur, indem sie eine weitere dafür aufwarf. Hatte Chad nicht eben dadurch, dass er ein Gentleman zu sein gelernt hatte, auch den damit verbundenen Trick verinnerlicht, so gut auszusehen, dass man kaum freiheraus mit ihm reden konnte? Aber wo in aller Welt war die Spur der Ursache, die eine solche Blüte austrieb? Es gab bereits zu viele Spuren, die Strether noch immer fehlten, darunter auch diese Spuren, die zu Spuren führten. Für ihn lief es also auf die unverblümte, neuerliche Bescheinigung seiner Ahnungslosigkeit hinaus. Er hatte sich mittlerweile an derlei Erinnerungen gewöhnt, die ihn an seine Unwissenheit mahnten – vorzüglich an jene, die er selber an sich richtete; doch hatte er sie ertragen, weil sie erstens geheim blieben und zweitens, weil sie ihm praktisch zur Ehre gereichten. Er wusste nicht, was schlecht war, und – und da andere nicht wussten, wie wenig er es wusste, konnte er sich mit seiner Lage abfinden. Doch wenn er in einem so wichtigen Punkt nicht wusste, was gut war, dann hatte Chad ihm das jetzt zumindest angemerkt; und dies empfand unser Freund gleichsam als öffentliche Bloßstellung. Es war ja in der Tat eine exponierte Lage, worin der junge Mann ihn so lange beließ, dass er ein Frösteln verspürte – bis es Chad schließlich angebracht schien, ihn großmütig wieder zu bedecken. Und das tat Chad wirklich recht elegant. Doch tat er es mittels eines schlichten Gedankens, der die ganze Situation resümierte. »Oh, ich kann damit leben!« Damit musste Strether sich ziemlich verwirrt zu Bett begeben.

II

Auch schien Chads Betragen in der Folge sein Resümee wirklich zu bestätigen. Er überhäufte den Gesandten seiner Mutter mit Aufmerksamkeiten; daneben jedoch verstanden es dessen andere Kontakte, sich die ganze Zeit über bemerkenswert Geltung zu verschaffen. Strethers Sitzungen mit Mrs. Newsome, die Feder in der Hand, oben in seinem Zimmer, erfuhren häufig Unterbrechungen und waren doch ergiebig; und mehr denn je fanden sich dazwischen die Stunden eingestreut, in denen er, auf andere Weise zwar, doch kaum weniger ernst und gründlich, Maria Gostrey über sich Bericht erstattete. Jetzt, wo er, wie er es formuliert hätte, wirklich etwas zu besprechen hatte, empfand er jegliche dieser doppelten Verbindung eventuell innewohnende Verquerheit bewusster und indifferenter zugleich. Mrs. Newsome gegenüber hatte er seine nützliche Bekannte geschickt erwähnt, doch bedrängte ihn die Vorstellung, Chad, der jener zuliebe die allzu lange unbenutzte Feder wieder ansetzte, werde es womöglich noch geschickter tun. Es ginge keinesfalls an, dass von Chad etwas kommen würde, das man genau so nicht erwartet hatte, und die größte Abweichung hiervon wäre eine gewisse Leichtfertigkeit als Schmiermittel für ihren Umgang. Um also einem solchen Missgeschick vorzubeugen, präsentierte er dem jungen Mann freimütig und in ihrer genauen Reihenfolge die diversen Umstände seiner drolligen Allianz. Er sprach von diesen Umständen heiter und gefällig als ›die ganze Chose‹ und dachte, die Allianz ließe sich als drollig charakterisieren, wenn er nur ernsthaft genug darüber berichtete.

Er schmeichelte sich, indem er die ungezügelte Zwanglosigkeit seiner ersten Begegnung mit dieser großartigen Dame sogar noch übertrieb; er schilderte äußerst penibel und präzise die absurden Bedingungen, unter denen sie miteinander bekannt geworden waren – sie hatten sich ja schließlich beinahe auf der Straße aufgelesen; und er plante (dies sein bester Einfall!), den Krieg aufs Terrain des Feindes zu tragen, indem er sich verwundert zeigte vom Unwissen dieses Feindes.

Er war schon immer der Ansicht gewesen, letzteres hieße, in großem Stil zu kämpfen; umso mehr Grund, es zu tun, da er sich nicht erinnern konnte, je zuvor in großem Stil gekämpft zu haben. Also, jeder hatte Miss Gostreys Bekanntschaft gemacht: Wie kam es dann, dass Chad sie nicht kannte? Es war schwierig, schier unmöglich, dem zu entgehen; Strether bürdete ihm durch das, was als evident galt, den Beweis des Gegenteils auf. Dieses Vorgehen zeigte sich insoweit erfolgreich, als Chad in ihr durchaus eine Person zu erkennen schien, deren Renommee zwar zu ihm gedrungen sei, deren Bekanntschaft zu machen ihn mancherlei Missgeschicke gleichwohl gehindert hatten. Er ließ sich zugleich die Bemerkung angelegen sein, seine gesellschaftlichen Beziehungen, insoweit sie diese Bezeichnung überhaupt verdienten, besäßen vielleicht nicht das von Strether in Anbetracht der steigenden Flut ihrer Landsleute vermutete Ausmaß. Er deutete an, mehr und mehr einem anderen Auswahlprinzip Vorrang gewährt zu haben; und die Moral davon lautete offenbar, dass er wenig in der ›Kolonie‹ verkehrte. Für den Augenblick hegte er gewiss ein gänzlich anderes Interesse. Ein intensives, soweit er erkennen konnte; und Strether seinerseits konnte es nur so konstatieren. Er vermochte noch nicht zu ermessen, wie intensiv. Hoffentlich ermaß er es nicht allzu bald! Denn ihr Thema umfasste wirklich zu vieles, woran Chad bereits Gefallen fand. Ihm gefiel, zunächst einmal, sein Stiefvater in spe; womit nun wahrhaftig nicht zu rechnen gewesen war. Auf die Widrigkeit, seinen Abscheu zu erwecken, war Strether bestens präpariert gewesen; er hatte nicht erwartet, dass ihm das tatsächliche Benehmen des Jungen mehr abverlangen würde als das ihm nachgesagte. Es verlangte ihm mehr ab, weil es ihm anriet, den eigenen Zweifel auszuräumen, vielleicht nicht mit allerletzter Konsequenz lästig zu sein. Dies hatte sich ihm wirklich als einzige Möglichkeit präsentiert, die Sicherheit zu erlangen, dass er gewissenhaft genug vorging. Die Sache war die: Sollte Chads Toleranz gegenüber seiner Gewissenhaftigkeit gespielt sein, lediglich der beste Kniff, Zeit zu gewinnen, hieße das trotzdem, dass für ihn stillschweigend alles entschieden war.

Dies schien nach Ablauf von zehn Tagen das Fazit der zahllosen, wiederkehrenden Gespräche, bei denen Strether alles vor ihm ausbreitete, um ihn in unbeschränkten Besitz von Fakten und Zahlen zu bringen. Chad, der diese Unterhaltungen nie auch nur um eine Minute abkürzte, Chad betrug sich, wirkte und sprach, als wäre er auf eher bedrückte, vielleicht sogar etwas düstere Weise dennoch im wesentlichen ein erfreulich freier Mann. Er bekundete keine simple Bereitschaft zum Nachgeben, doch stellte er höchst intelligente Fragen, sondierte, manchmal ganz abrupt, tiefer, als die Kenntnisschicht unseres Freundes reichte, rechtfertigte dadurch die heimische Einschätzung seiner verborgenen Fähigkeiten und vermittelte überhaupt den Eindruck, er versuche sich gedanklich einzuleben in das klare, helle Bild. Er schritt vor dieser Komposition auf und ab, nahm ganz leger Strethers Arm, wenn er an einer bestimmten Stelle innehielt, begutachtete es wiederholt von rechts und von links, neigte den Kopf kritisch auf beide Seiten, und während er noch kritischer eine Zigarette paffte, rügte er vor seinem Gefährten diesen oder jenen Ausschnitt.

Strether verschaffte sich eine Verschnaufpause – in manchen Stunden bedurfte er ihrer –, indem er sich wiederholte; man konnte in Wahrheit nicht die Augen davor verschließen, dass Chad Lebensart besaß. Es blieb vorderhand die essentielle Frage, *welche* Art Leben daraus folgte. Unfeine Fragen fielen dadurch nicht leichter; aber das war bedeutungslos, da sich alle übrigen Fragen, außer denen, die er selbst stellte, erledigt hatten. Dass er frei war, genügte als Antwort vollauf, und es schien durchaus nicht lächerlich, dass diese Freiheit endete, indem sie sich als das zeigte, was sich nur schwer umstimmen ließ. Sein verändertes Wesen, sein reizendes Zuhause, seine herrlichen Dinge, seine mühelose Konversation, sogar sein Verlangen nach Strether, unstillbar und, letzten Endes, schmeichelhaft – was waren diese ausgeprägten Züge denn anderes als Zeichen seiner Freiheit? Er ließ es so aussehen, als opfere er sie in ebendieser eleganten Gestalt seinem Besucher; und hierin lag der wesentliche Grund, weshalb der Besucher im Geheimen, für den Augenblick, etwas aus der Fassung geriet. Strether fühlte sich zu dieser Zeit immer wieder auf die Notwendigkeit zurückgeworfen, seinen Plan irgendwie umzumodeln. Er ertappte sich wirklich dabei, wie er wehmütige Seitenblicke verschoss, mit schüchternen Späheraugen Ausschau hielt nach dem leibhaftigen Einfluss, der definitiven Widersacherin, die sich auf einen Schlag in nichts aufgelöst hatte und auf deren greifbarer Gegenwart die schöne Theorie fußte, die, unter Mrs. Newsomes Inspiration, sein gesamtes Vorgehen bestimmt hatte. Ein- oder zweimal hatte er, insgeheim, wahrhaft ärgerlich den Wunsch geäußert, *sie* möge doch herüberkommen und jene aufspüren.

Er konnte Woollett jetzt noch nicht damit überfallen, dass eine solche Laufbahn, ein auf solche Abwege geratenes junges Leben trotzdem einen bestimmten plausiblen Aspekt bot und im vorliegenden Falle immerhin mit einer gewissen

Straflosigkeit des Gesellschaftsmenschen prunkte; er konnte sich jedoch zumindest jene Erklärung gestatten, die ihm ein schneidendes Echo bescheren würde. Dieses Echo – in der dünnen, trockenen Luft drüben so vernehmlich wie eine schrille Schlagzeile über einer Zeitungsspalte – erreichte ihn gewissermaßen schon beim Schreiben. »Er sagt, da ist keine Frau«, hörte er Mrs. Newsome in Majuskeln von beinahe Zeitungsformat Mrs. Pocock berichten; und er erkannte in Mrs. Pocock die Reaktion der Gazettenleserin. Er sah im Gesicht der jüngeren Dame ihre konzentrierte Aufmerksamkeit und vernahm die volle Skepsis ihres etwas verzögerten: »Was denn dann?« Ebenso wenig vermochte er das klare Urteil der Mutter zu überhören: »Die große Neigung jedenfalls, so zu tun, als wäre da keine.« Als Strether den Brief aufgegeben hatte, stand ihm die ganze Szene vor Augen; und es war eine Szene, während der er, dann und wann, nicht zuletzt die Tochter im Auge behielt. Sein feines Gespür verriet ihm, welcher Überzeugung erneut Ausdruck zu verleihen Mrs. Pocock sich bei dieser Gelegenheit nicht würde entschlagen können, einer Überzeugung, die – wie er von allem Anfang an dunkel geahnt hatte – auf Mr. Strethers grundsätzliche Unfähigkeit zielte. Sogar noch vor seiner Abreise hatte sie ihm in die befangene Miene geblickt, und dass sie nicht glaubte, *er* werde die Frau finden, stand in ihrem Blick geschrieben. Hatte sie nicht – bestenfalls! – ein bloß schwaches Zutrauen in seine Fähigkeit, eine Frau zu finden? Hatte er doch nicht einmal ihre Mutter gefunden – vielmehr hatte, nach ihrem Dafürhalten, ihre Mutter das Finden bewerkstelligt. Ihre Mutter hatte, in einem Fall, in dem ihre innere Urteilskraft höchst erzieherisch einwirkte auf Mrs. Pococks kritisches Vermögen, den Mann gefunden. Der Mann verdankte seine unangefochtene Stellung ganz allgemein dem Umstand, dass man in Woollett Mrs. Newsomes Entdeckungen akzeptierte; doch unser Freund spürte in allen Knochen, wie nahezu unwiderstehlich Mrs. Pocock sich jetzt zu der Demonstration gedrängt sah, was sie von *seiner* hielt. Man solle *ihr* nur freie Hand lassen, so würde die Moral lauten, und die Frau wäre bald gefunden.

Nachdem er Chad Miss Gostrey vorgestellt hatte, gewann er von ihr den Eindruck eines Menschen, der geradezu unnatürlich auf der Hut ist. Er fand sich anfangs außerstande, das Gewünschte aus ihr herauszukitzeln; wobei er allerdings *bezüglich* des zu diesem kritischen Zeitpunkt Gewünschten zweifellos nur sehr grobe Angaben hätte machen können. Es förderte und fruchtete nichts, sie *tout bêtement*, wie sie oft sagte, zu fragen: »Na, mögen Sie ihn?« – da er eigentlich am allerwenigsten die Notwendigkeit empfand, weitere Beweise zugunsten des junges Mannes anzuhäufen. Er klopfte wiederholt an ihre Tür, um sie abermals wissen zu lassen, dass Chads Fall – was immer sonst er an weniger Interessantem auch hergab – zuvorderst ein schier ungeheueres Wunder darstelle. Es handele sich um die Verwandlung der ganzen Person, und das sei ein so außergewöhnliches Phänomen, dass für den intelligenten Beobachter nichts anderes sonst von Bedeutung sein könne, oder? »Es ist ein Komplott«, erklärte er – »dahinter steckt mehr als man sieht.« Er ließ seiner Phantasie die Zügel schießen. »Es ist eine Falle!«

Seine Idee schien ihr zu gefallen. »Und wessen Falle?«

»Nun, der Drahtzieher ist vermutlich das Schicksal, das einen erwartet, das dunkle, dräuende Verhängnis. Ich will damit nur sagen, man kann solche Elemente nicht ins Kalkül ziehen. Mir bleiben lediglich meine armen individuellen, meine bescheidenen menschlichen Mittel. Es ist unfair, das Unheimliche ins Spiel zu bringen. Man verausgabt seine ganze Energie dabei, ihm ins Gesicht zu sehen, es aufzuspüren. Man möchte, zum Henker – verstehen Sie mich denn nicht?« gestand er mit wunderlicher Miene – »man möchte etwas so Rares doch genießen. Nennen Sie es meinetwegen das Leben« – brachte er heraus – »nennen Sie es einfach das arme, gute alte Leben, das für die Überraschung sorgt. Das ändert, zum Teufel, nichts daran, dass einen bei praktisch allem, was man sieht, was man sehen *kann*, diese Überraschung lähmt oder doch völlig absorbiert.«

Ihr Schweigen war niemals leer, nicht einmal dumpf. »Das haben Sie nach Hause geschrieben?«

Er wischte es beiseite. »Mein Gott, ja!«

Wiederum schwieg sie, während er wiederum über ihre Teppiche wanderte. »Wenn Sie nicht aufpassen, werden Sie sie postwendend hier haben.«

»Oh, ich habe ihnen doch geschrieben, dass er zurückkommen wird.«

»Und *wird* er das?« fragte Miss Gostrey.

Der besondere Ton, mit dem sie dies sagte, ließ ihn stehen bleiben und sie lange ansehen. »Ist das nicht genau die Frage, die mich unendlich viel Geduld und Gehirnschmalz gekostet hat, damit *Sie* Gelegenheit erhalten, ihn zu sehen – nachdem alles darauf zulief –, um sie mir dann mit Leichtigkeit beantworten zu können? Ist das nicht eben die Sache, deretwegen ich heute hergekommen bin, um sie Ihnen zu entlocken? Also, wird er zurückkehren?«

»Nein – das wird er nicht«, sagte sie schließlich. »Er ist nicht frei.«

Die Art, wie sie es sagte, fesselte ihn. »Sie haben es also die ganze Zeit gewusst –?«

»Gewusst habe ich nur, was ich gesehen habe; und mich wundert«, erklärte sie mit leichter Ungeduld, »dass Sie nicht ebenso viel gesehen haben. Es genügte doch, mit ihm dort zu sein –«

»In der Loge? Ja?« drängte er verdutzt.

»Nun – um Gewissheit zu haben.«

»Worüber?«

Hierauf erhob sie sich von ihrem Stuhl und ließ sich, mehr denn je zuvor, ihre Bestürzung über seine Begriffsstutzigkeit anmerken. Als sie dann nach einer gebührenden Pause sprach, schwang in ihrer Stimme sogar Mitleid. »Raten Sie!«

Dieser Anklang ließ ihn gebührend erröten; so dass für einen Augenblick, während beide warteten, ihre Verschiedenheit trennend zwischen ihnen stand. »Sie wollen damit sagen, die eine Stunde mit ihm hat Ihnen so viel über ihn verraten? Sehr schön; ich meinerseits bin nicht Narrs genug, dass ich Sie nicht verstünde oder, bis zu einem gewissen Grade, nicht auch *ihn*. Dass er getan hat, was ihm am meisten Spaß macht, darüber sind wir uns alle weitgehend einig. Ebenso wenig besteht derzeit ein Zweifel, was ihm denn am meisten Spaß macht. Aber ich spreche nicht«, präzisierte er verständig, »von einem armen Luder, das er vielleicht noch irgendwo aufgabelt. Ich spreche von einer Person, die sich in seiner derzeitigen Situation gut behauptet hat und vielleicht wirklich von Bedeutung gewesen sein könnte.«

»Genau davon spreche auch *ich*!« sagte Miss Gostrey. Aber ebenso rasch legte sie es ihm auseinander. »Ich dachte, Sie glaubten – oder Woollett glaubt –, jedes arme Luder brächte das zwangsläufig fertig. Jedes arme Luder bringt das *nicht* zwangsläufig fertig!« erklärte sie feurig. »Da muss es, allem gegenteiligen Anschein zum Trotz, noch jemand geben – irgendjemand, der nicht bloß ein armes Luder ist, denn das Wunder akzeptieren wir ja. Was anderes als so ein Jemand kann so ein Wunder sein?«

Er begriff. »Das Wunder an sich ist die Frau?«

»*Eine* Frau. Diese oder jene Frau. Es *muss* so sein.«

»Aber Sie meinen dann immerhin eine ›gute‹.«

»Eine ›gute‹ Frau?«, sie warf lachend die Arme hoch. »Ich würde sie vortrefflich nennen!«

»Warum verleugnet er sie dann?«

Miss Gostrey überlegte einen Augenblick. »Weil sie zu gut ist, als dass man sich zu ihr zu bekennt. Sehen Sie denn nicht«, fuhr sie fort, »dass sie uns einiges über ihn erklärt?«

Strether sah dies zweifellos mehr und mehr; es ließ ihn indes auch noch anderes sehen. »Aber wir wollen doch, dass er uns einiges über *sie* erklärt?«

»Nun, das tut er ja. Was Sie vor sich haben, ist eben seine Art, es zu tun. Sie müssen es ihm nachsehen, wenn er dabei nicht völlig offen ist. In Paris verschweigt man solche Verbindlichkeiten.«

Strether konnte es sich gut vorstellen; aber trotzdem –!

»Selbst wenn es sich um eine gute Frau handelt?«

Wieder lachte sie laut auf. »Ja – und selbst wenn es ein guter Mann ist! In solchen Fällen regiert immer Zurückhaltung«, erklärte sie jetzt ernsthafter – »aus Angst, etwas zu verraten. Und hier gilt nichts als so verräterisch wie eine plötzliche, unnatürliche Wandlung zum Guten.«

»Ah, dann sprechen Sie jetzt aber«, sagte Strether, »von Leuten, die *nicht* nett sind.«

»Ich finde sie wirklich hinreißend«, erwiderte sie, »Ihre Klassifikationen. Aber wollen Sie«, fragte sie, »gerade deswegen meinen besten Rat in dieser Angelegenheit hören? Betrachten, beurteilen Sie sie keinesfalls für sich. Betrachten und beurteilen Sie sie von Chad her.«

Er brachte immerhin den Mut auf, der Logik seiner Gefährtin zu folgen. »Weil sie mir dann gefallen würde?« Seine lebhafte Phantasie suggerierte ihm, dies sei bereits der Fall, obwohl er zugleich auch im vollen Ausmaß erkannte, wie wenig opportun dies wäre. »Aber bin ich dazu herübergekommen?«

Sie musste allerdings einräumen, dass dem nicht so war. Doch das blieb nicht alles. »Treffen Sie keine Entscheidung. Da kommt noch einiges. Sie haben nicht alles von ihm gesehen.«

KAPITEL II

Strether gab das zu; aber sein scharfer Blick wies ihm auch die Gefahr. »Ja, aber wenn er mir, je mehr ich von ihm sehe, in einem immer besseren Licht erscheint?«

Nun, auch darauf wusste sie Antwort. »Das mag sein – aber dass er sie verleugnet, ist trotzdem nicht pure Rücksicht. Die Sache hat einen Haken.« Sie wusste auch, welchen. »Er will sie spurlos verschwinden lassen.«

Strether zuckte bei der Vorstellung zusammen. »»Spurlos verschwinden lassen« –?«

»Ja, ich vermute, es findet ein Ringen statt, das er zum Teil verheimlicht. Lassen Sie sich Zeit – nur so können Sie einen Fehler vermeiden, den Sie später bereuen müssten. Dann werden Sie schon sehen. Er möchte sie wirklich loswerden.«

Unser Freund empfand die Vorstellung mittlerweile so lebhaft, dass ihm beinahe die Luft wegblieb. »Nach allem, was er ihr zu verdanken hat?«

Miss Gostrey bedachte ihn mit einem Blick, der sich im nächsten Augenblick in ein bezauberndes Lächeln verwandelte. »So gut, wie Sie glauben, ist er nicht!«

Sie blieben haften, diese Worte, und ihr warnender Charakter verhieß ihm erhebliche Hilfe; allein, der Rückhalt, den er daraus zu schöpfen gedachte, wurde bei jeder neuen Begegnung mit Chad durch etwas anderes vereitelt. Was konnte sie anderes sein, diese irritierende Kraft, so fragte er sich, als das ständig erneuerte Gefühl, dass Chad doch *wirklich* so gut war – geradezu nicht darin nachlassen wollte –, wie er glaubte? Irgendwie schien es, als *müsse* er so gut sein, von dem Augenblick an, da er nicht so schlecht war. Jedenfalls gab es eine Reihe von Tagen, wo ein Treffen mit ihm – direkt und scheinbar unausweichlich – alles andere außer dieser Begegnung aus Strethers Bewusstsein verdrängte. Der kleine Bilham betrat abermals die Szene, doch der kleine Bilham wurde sogar in einem viel höheren Grade als ursprünglich zu einer der zahlreichen Gestalten der umfassenden Beziehung; eine Konsequenz, die sich unserem Freund aus ein paar Vorfällen erschloss, mit denen wir erst noch bekannt werden müssen. Selbst Waymarsh geriet mit in den Strudel; er wurde vollkommen, wenn auch nur vorübergehend, davon verschlungen und hinabgezogen, und es gab Tage, da schien Strether gegen ihn zu stoßen wie ein versinkender Schwimmer einen Gegenstand unter Wasser streift. Das unergründliche Element hielt sie fest umschlossen – Chads Lebensart war das unergründliche Element; und unser Freund hatte das Gefühl, als glitten sie in dieser Tiefe mit den runden, gleichmütigen Augen stummer Fische aneinander vorüber. Es war zwischen ihnen deutlich geworden, dass Waymarsh ihm jetzt seine Chance zubilligte; und das gelinde Unbehagen, das ihm dieses Plazet einflößte, unterschied sich kaum von der Verlegenheit, die er als kleiner Junge verspürt hatte, wenn bei Schulaufführungen Mitglieder der Familie im Publikum saßen. Vor Fremden konnte er auftreten, aber vor Verwandten geriet so etwas zur Katastrophe, und Waymarsh erschien ihm jetzt vergleichsweise wie ein Verwandter. Er glaubte ihn sagen zu hören: »Na, dann legen Sie mal los!«, und vermeinte, einen Vorgeschmack auf die gründliche Kritik von daheim zu bekommen. Er *hatte* losgelegt, soweit er dies derzeit konnte; Chad wusste mittlerweile zur Genüge, was er wollte; und welch ordinäres Ungestüm erwartete sein Mitpilger eigentlich von ihm, wo er doch sein Pulver verschossen hatte? Es lag unausgesprochen in der Luft, dass der arme Waymarsh im Grunde Folgendes meinte: »Ich habe es Ihnen gleich gesagt – es wird Sie Ihre unsterbliche Seele kosten!«; doch ebenso offensichtlich war, dass Strether vor seiner eigenen Herausforderung stand, und dass er, da es den Dingen auf den Grund zu gehen galt, nicht mehr Kraft damit vergeudete, Chad zu beobachten, als Chad es tat, um ihn zu beobachten. Sein tiefes Eintauchen im Namen der Pflicht – inwiefern war es denn schlimmer als das von Waymarsh? Denn *er* hätte seinen Widerstand und seine Verweigerung nicht aufgeben müssen, hätte, unter diesen Umständen, nicht mit dem Feind verhandeln müssen.

Die Spaziergänge durch Paris, um eine Besichtigung zu unternehmen oder einen Besuch abzustatten, waren also zwangsläufig und natürlich, und die Zusammenkünfte später Stunde in dem wundersamen *troisième*, dem reizenden Heim, wo man einfach hineinschneite und wo durch den Schleier aus Tabakdunst, mehr oder minder guter Musik und mehr oder minder polyglotter Konversation das Bild zu suggestiver Gestalt gerann, sie unterschieden sich nicht prinzipiell von denen am Morgen und am Nachmittag. Nichts, musste Strether einsehen, als er sich rauchend zurücklehnte, konnte wohl weniger einer hitzigen Kontroverse gleichen als noch das animierteste dieser Treffen. Trotz alledem gab es Diskussionen bei diesen Anlässen, und Strether hatte nie in seinem Leben so viele Meinungen über so viele Gegenstände vernommen. Auch in Woollett gab es Meinungen, jedoch nur über drei oder vier Gegenstände. Dementsprechend zeigten sich die Differenzen; zweifellos tiefgreifend, zahlenmäßig gering, kamen sie verhalten zum Vorschein – sie traten, möchte man sagen, beinahe so schüchtern in Erscheinung, als schämten sich die Leute ihrer. Am Boulevard Malesherbes hingegen ließen die Leute wenig Zurückhaltung merken und waren so weit davon entfernt, sich für ihre Ansichten zu schämen – oder für irgendetwas anderes –, dass es oft schien, sie hätten jene bloß erfunden, um den Einklang zu verhindern, der dem Gespräch die Würze raubt. Keiner hatte das in Woollett je getan, obgleich sich Strether gewisser Zeiten entsann, als er selbst diese Versuchung verspürt hatte, ohne eigentlich zu wissen, weshalb. Jetzt ging es ihm auf – er hatte lediglich den geistigen Austausch befördern wollen.

Dies blieben jedoch bloß beiläufige Erinnerungen; und die Wendung, die seine Sache im Großen und Ganzen erfahren hatte, war schlechterdings die, dass er sich nervlich angespannt fühlte, weil er alle Heftigkeit vermisste. Wenn er sich fragte, ob es denn in diesem Zusammenhang überhaupt zu Heftigkeiten kommen werde, hatte es fast den Anschein, als überlege er, wie sich diese provozieren ließen. Es wäre allerdings mehr als lächerlich, sich zur Entlastung *dieser* Vorstellung bedienen zu müssen; es war schon reichlich lächerlich, dass er zu Anfang nur wegen einer einzigen akzeptierten Einladung zum Essen Herzklopfen und Bedenken wegen seiner Ehre bekommen hatte. Für was für einen Rüpel hatte er Chad eigentlich gehalten? – Strether hatte Ursache, dem nachzuforschen, achtete aber darauf, es heimlich zu tun. Er konnte sich, es lag ja verhältnismäßig kurz zurück – in der Tat erst wenige Tage – seiner anfänglichen Grobheit gut entsinnen; bei der Annäherung eines Beobachters jedoch hätte er die Reminiszenz wie einen unerlaubten Besitz dem Blick entzogen. Mrs. Newsomes Briefe bargen noch ein Echo davon, und in manchen Augenblicken wetterte er gegen ihren Mangel an Takt. Natürlich errötete er sofort, eigentlich mehr noch der Erklärung als des Anlasses wegen; doch rechtzeitig genug, bevor er seine gute Erziehung vergaß, besann er sich, dass sie ja nicht so rasch taktvoll werden konnte wie er. Ihren Takt hemmte der Atlantische Ozean, das General Post-Office und die extravagante Krümmung des Globus.

Chad hatte eines Tages einige Auserwählte zum Tee am Boulevard Malesherbes gebeten, eine Gruppe, welche wiederum auch die offenherzige Miss Barrace einschloss; und Strether war nach der Verabschiedung dann mit jenem Bekannten abmarschiert, den er in seinen Briefen an Mrs. Newsome stets die kleine Künstlernatur nannte. Er hatte ausreichend Gelegenheit gefunden, ihn als Partner der sonderbarerweise einzigen engen, persönlichen Beziehung zu erwähnen, die er bisher in Chads Leben ermittelt hatte. Der kleine Bilham hatte an diesem Nachmittag nicht denselben Weg wie Strether, war aber liebenswürdigerweise dennoch mit ihm gegangen, und es gehörte irgendwie auch zu seiner Liebenswürdigkeit, dass sie sich, da es leider zu regnen begonnen hatte, unversehens plaudernd in einem Café wiederfanden, wohin sie geflüchtet waren. Er hatte in Chads Gesellschaft noch keine ereignisreichere Stunde erlebt als die zurückliegende; er hatte sich mit Miss Barrace unterhalten, die ihm Vorwürfe gemacht hatte, ihr keinen Besuch abgestattet zu haben, und vor allem war er auf einen glänzenden Einfall geraten, um Waymarsh zu entkrampfen. Eventuell hilfreich für letzteren war hierzu die Vorstellung, bei der Dame zu reüssieren, deren rasches Reagieren auf eine Konstellation, die ihr einiges Amüsement zu versprechen schien, Strether freie Hand gelassen hatte. Was sonst hätte sie ihm signalisieren wollen, wenn nicht ihre Bereitschaft, ihm bezüglich der Bürde seines prächtigen Anhangs behilflich zu sein, und könnte der heilige Zorn nicht zumindest zeitweise etwas beschwichtigt werden, indem man seinem Gefährten, selbst in einer Welt der Belanglosigkeiten, die Aussicht auf ein Verhältnis in den Kopf setzte? Was anderes war es denn als ein Verhältnis, wenn man für dekorativ gehalten und aufgrund dessen auch noch wie im Fluge entführt wurde inmitten eines Wirbels von Falbeln und Federn, in einem Coupé, soweit Strether erkennen konnte, ausgekleidet mit nachtblauem Brokat? Er selbst war nie wie im Fluge entführt worden – zumindest nie in einem Coupé und hinter einem Lakaien; er war mit Miss Gostrey in Droschken gefahren, mit Mrs. Pocock ein paarmal in einem offenen Buggy, mit Mrs. Newsome in einem einspännigen Viersitzer und gelegentlich, oben in den Bergen, in einem Buckboard; doch das gegenwärtige Abenteuer seines Freundes überstieg seine persönliche Erfahrung. Er zeigte seinem Gefährten nun allerdings recht bald, wie unzulänglich, als allgemeiner Aufseher, letztgenannte fragwürdige Größe sich wieder einmal fühlen durfte.

»Welches Spiel spielt er?« Im nächsten Augenblick präzisierte er, dass seine Andeutung nicht auf den dicken, in sein Domino vertieften Herrn zielte, an dem sein Blick zunächst haften geblieben war, sondern auf ihren Gastgeber der vorangegangenen Stunde, hinsichtlich dessen er sich dort, auf der samtgepolsterten Bank, unter Preisgabe jedweder Konsequenz, den Trost der Indiskretion gönnte. »Wie, meinen Sie, wird er sich entscheiden?« Gedankenvoll blickte ihn der kleine Bilham mit beinahe väterlicher Güte an. »Gefällt es Ihnen nicht hier drüben?«

Strether lachte auf – denn das hatte nun doch zu komisch geklungen; er ging aus sich heraus. »Was hat denn das damit zu tun? Das einzige, was mir hier zu gefallen hat, ist das Gefühl, bei ihm etwas in Gang zu bringen. Deshalb frage ich Sie, *ob* Sie glauben, dass es mir gelingt? Ist diese Person« – und er tat sein Möglichstes, um zu zeigen, dass er sich einfach nur vergewissern wollte – »aufrichtig?«

Sein Gefährte zeigte hinter einem kleinen, matten Lächeln ein verantwortungsvolles Gesicht. »Welche Person meinen Sie denn?«

Darauf erfolgte zwischen ihnen ein kurzer, stummer Gedankenaustausch. »Stimmt es nicht, dass er frei ist? Wie aber«, sann Strether, »arrangiert er dann sein Leben?«

»Ist die von Ihnen gemeinte Person Chad?« sagte der kleine Bilham.

Hier dachte Strether mit aufkeimender Hoffnung nur: »Wir müssen sie uns einzeln vornehmen, der Reihe nach.« Doch er verlor den Faden. »Gibt es da eine Frau? Ich meine natürlich eine, die ihm wirklich Angst macht – oder die nach Belieben mit ihm umspringt?«

»Wirklich ganz reizend von Ihnen«, meinte Bilham gleich, »dass Sie mich das nicht bereits früher gefragt haben.«

»Oh, ich bin für meine Mission absolut ungeeignet!«

Es war unserem Freund einfach so herausgerutscht, aber es ließ den kleinen Bilham noch vorsichtiger werden. »Chad ist ein ganz spezieller Fall!« bemerkte er luzid. »Er hat sich aufs unmöglichste verändert«, setzte er hinzu.

»Sie sehen es also auch?«

»Wie sehr er gewonnen hat? O ja – das sieht doch wohl jeder. Aber ich weiß nicht recht«, sagte der kleine Bilham, »ob er mir in seiner anderen Gestalt nicht beinahe ebenso gut gefallen hat.«

»Dann ist es tatsächlich eine völlig neue Gestalt?«

»Nun«, erwiderte der junge Mann nach einem Augenblick, »ich bin unschlüssig, ob ihn die Natur wirklich ganz so mustergültig gewollt hat. Es ist wie mit der neuen Ausgabe eines liebgewonnenen alten Buches – überarbeitet und verbessert, auf den neuesten Stand gebracht, aber eben doch nicht ganz das, was man gekannt und lieb gewonnen hat. Aber wie auch immer«, fuhr er fort, »hören Sie, ich denke nicht, dass er wirklich, wie Sie es nennen, ein Spiel spielt. Ich glaube, er will wirklich zurückkehren und einen Beruf ergreifen. Er ist nämlich durchaus imstande, eine Karriere zu machen, die ihn noch vollkommener gestalten und zur weiteren Entfaltung bringen wird. Und dann«, führte der kleine Bilham seine Überlegungen fort, »hat er überhaupt nichts mehr an sich von meinem lieben, blankgeriebenen, altmodischen Buch. Aber ich bin zweifellos furchtbar unmoralisch. Ich fürchte, das wäre eine äußerst merkwürdige Welt – eine Welt, wo es so zuginge, wie es mir gefällt. Ich sollte allerdings selber zurückkehren und ins Geschäftsleben einsteigen. Aber eher würde ich sterben – ganz einfach. Und es kostet mich nicht die geringste Mühe, mich anders zu entscheiden und genau zu wissen, warum, und meine Gründe gegen jedermann zu verteidigen. Dennoch«, schloss er, »versichere ich Ihnen, ich sage zu Chad kein Wort dagegen – ich meine, soweit es ihn betrifft. Es scheint mir bei weitem das Beste für ihn. Sie sehen ja, er ist nicht glücklich.«

»*Ich?*« – Strether riss die Augen auf. »Ich habe mir eingebildet, gerade das genaue Gegenteil zu sehen – den ganz außerordentlichen Fall nämlich, dass jemand sein Gleichgewicht zurückgewonnen hat und es auch zu wahren versteht.«

»Oh, da steckt einiges dahinter.«

»Aha, da haben wir's!« rief Strether. »Genau das interessiert mich. Sie sagen, Ihr altvertrautes Buch sei bis zur Unkenntlichkeit verändert. Nun, wer ist der Herausgeber?«

Der kleine Bilham blickte eine Minute lang stumm vor sich hin. »Er sollte heiraten. *Das* wäre die Lösung. Und er will es.«

»Er will sie heiraten?«

Wieder ließ sich der kleine Bilham Zeit, und im Gefühl, dass er etwas wusste, konnte Strether kaum ahnen, was jetzt kam. »Er will frei sein. Er ist es nämlich nicht gewohnt«, erklärte der junge Mann auf seine luzide Art, »so gut zu sein.«

Strether bedachte sich. »Ich darf Ihren Worten also entnehmen, dass er tatsächlich gut ist?«

Sein Gefährte zögerte ebenfalls, versicherte dann aber mit ruhiger Überzeugung. »Das dürfen Sie.«

»Schön, warum ist er dann nicht frei? Er schwört mir, er sei es, tut aber weiter nichts – außer natürlich, mich so freundlich zu behandeln –, um es zu beweisen; und er könnte sich auch wirklich kaum anders verhalten, wäre er es nicht. Meine Frage an Sie eben entsprang genau dem merkwürdigen Eindruck, den mir sein diplomatisches Vorgehen erregt, als verfolge er, statt wirklich Zugeständnisse zu machen, die Taktik, mich hier festzuhalten und mir ein schlechtes Beispiel zu geben.«

Inzwischen war eine halbe Stunde verstrichen, Strether zahlte seine Zeche, und der Kellner zählte ihm gerade das Wechselgeld hin. Unser Freund schob ihm einen Teil zurück, worauf sich der Kellner nach einer überschwänglichen Dankesbekundung entfernte. »Sie geben zu viel«, gestattete sich der kleine Bilham die wohlmeinende Bemerkung.

»Oh, ich gebe immer zu viel!« seufzte Strether machtlos. »Aber meine Frage«, fuhr er fort, als wolle er dies fatale Thema rasch verlassen, »haben Sie nicht beantwortet. Wieso ist er nicht frei?«

Der kleine Bilham war nach der Verhandlung mit dem Kellner wie auf ein Signal hin aufgestanden und schon zwischen Sitzbank und Tisch hindurchgeschlüpft. Mit dem Ergebnis, dass sie eine Minute später, vorbei am seligen, an der offenen Tür ihrer bereits harrenden Kellner, das Lokal verlassen hatten. Strether hatte sich den abrupten Aufbruch seines Begleiters gefallen lassen, weil er darin den Hinweis vermutete, er werde eine Antwort erhalten, sobald sie etwas mehr für sich wären. Nach ein paar Schritten im Freien bis zur nächsten Ecke war es dann so weit. Dort wiederholte unser Freund seine Frage. »Wieso ist er nicht frei, wenn er anständig ist?«

Der kleine Bilham blickte ihm voll ins Gesicht. »Weil es eine tugendhafte Neigung ist.«

Damit war die Frage vorläufig – das heißt für die nächsten paar Tage – so erschöpfend erledigt, dass Strether beinahe frischen Schwung daraus bezog. Allerdings darf nicht unerwähnt bleiben, dass er, wegen seiner ständigen Angewohnheit, die Flasche zu schütteln, in der ihm das Leben den Wein der Erfahrung kredenzte, in seinem Trunk wie üblich bald den Bodensatz schmeckte. Man könnte auch sagen, seine Vorstellung hatte die Behauptung seines jungen Freundes bereits bearbeitet und zu etwas geformt, das gleich beim nächsten Treffen mit Maria Gostrey ausgebreitet aufs Tapet kam. Dieses Treffen war durch neue Umstände zudem rasch herbeigeführt worden – Umstände, über die er sie auch nicht nur einen Tag im Unklaren hätte lassen wollen. »Als ich ihm gestern Abend offenbarte«, begann er unverzüglich, »falls er sich jetzt nicht zu einem konkreten Wort verstünde, das es mir erlaube, denen drüben unsere Abreise zu annoncieren – oder zumindest meine, unter Nennung eines ungefähren Datums –, dann werde meine Verantwortung unangenehm und meine Situation blamabel; als ich ihm das sagte, was glauben Sie, gab er mir da zur Antwort?« Und dann, als ihr für diesmal nichts einfiel: »Nun, zwei liebe Freundinnen von ihm, zwei Damen, Mutter und Tochter, träfen demnächst in Paris ein – sie kehrten nach einiger Abwesenheit zurück; und er wünsche sich sehnlichst, dass ich sie treffe, kennen und schätzen lerne, und ich solle ihm doch den Gefallen tun, unsere Angelegenheit gütigst nicht zur Entscheidung zu treiben, bis er selbst Gelegenheit gehabt habe, sie wiederzusehen. Gedenkt er«, sinnierte Strether, »sich so aus der Affäre zu ziehen? Das sind die Leute«, erklärte er, »die er vor meiner Ankunft besucht haben muss. Es sind seine besten Freunde auf der Welt, und sie bringen ihm und seinen Angelegenheiten mehr Interesse entgegen als irgendjemand sonst. Da ich sein zweitbester Freund bin, sieht er tausend Gründe, dass wir uns ganz zwanglos treffen sollten. Er hat das Thema nicht früher angeschnitten, weil ihre Rückkehr ungewiss schien – für den Moment sogar unmöglich. Aber er ließ sehr deutlich durchblicken – wenn man es glauben kann –, ihr Wunsch, meine Bekanntschaft zu machen, hätte mit der Überwindung ihrer Schwierigkeiten zu tun gehabt.«

»Man verlangt brennend danach, Sie kennenzulernen?« fragte Miss Gostrey.

»Brennend«, sagte Strether. »Natürlich sind sie die tugendhafte Neigung.« Er hatte ihr bereits davon berichtet – denn er hatte sie am Tag nach seinem Gespräch mit dem kleinen Bilham besucht; und dabei war die Tragweite dieser Enthüllung von ihnen gemeinsam gründlich ventiliert worden. Sie hatte ihm geholfen, die innere Logik nachzuliefern, die beim kleinen Bilham doch etwas zu kurz gekommen war. Strether hatte ihn über die so unerwartet offenbarte Neigung nicht weiter ausgepresst; denn damit konfrontiert, meldete sich, aufgrund eines unbezähmbaren Skrupels ein Feingefühl, das er bei seinen anfänglichen, ganz anders ausgerichteten Nachforschungen weitgehend abgestreift hatte. Aus einem bescheidenen, grundlegenden Stolz hatte er davon abgesehen, seinem jungen Freund zu erlauben, einen Namen zu nennen; womit er nachdrücklich hervorkehren wollte, dass Chads tugendhafte Neigungen ihn nichts angingen. Er hatte von allem Anfang an beabsichtigt, nicht zu viel auf die eigene Würde zu halten; das war aber kein Grund, bei sich bietender Gelegenheit nicht doch einmal an sie zu erinnern. Oft genug hatte er sich gefragt, in welchem Maße seine Einmischung für Eigennutz gelten mochte; also genehmigte er sich durchaus den Genuss, wann immer er konnte, deutlich zu zeigen, dass er sich nicht einmische. Gleichzeitig hatte er sich nicht um den weiteren Genuss einer großen, heimlichen Verblüffung gebracht; deren Ausmaß er allerdings etwas beschnitt, ehe er sein Wissen weitergab. Als er es schließlich getan hatte, schloss er mit der Bemerkung, Miss Gostrey werde, auch wenn sie seine anfängliche Überraschung teile, ihm nach weiterer Überlegung doch darin beipflichten, dass diese Darstellung der Angelegenheit immerhin den erklärten Augenschein bestätige. Angesichts aller Hinweise hätte es wahrhaftig keine größere Veränderung für ihn geben können als eine tugendhafte Neigung, und da sie nach dem *fin mot*, wie die Franzosen es nannten, für diese Veränderung gesucht hatten, tauge die Erklärung des kleinen Bilham – wenn auch merkwürdig lange aufgeschoben – ebensogut wie jede andere. Nach einer Pause hatte sie dann auch Strether tatsächlich versichert, je mehr sie darüber nachdenke, desto besser tauge die Erklärung; und doch hatte ihre Beteuerung bei ihm kein solches Gewicht besessen, dass er vor dem Abschied nicht gewagt hätte, ihre Ehrlichkeit mit einem Fragezeichen zu versehen. Sie glaube doch, dass die Neigung wirklich tugendhaft sei? – hatte er sich mit einer Frage erneut vergewissert. Die Kunde, die er ihr bei dieser zweiten Gelegenheit brachte, war überdies bestens dazu angetan, ihm weitere Bestätigung zu geben.

Dennoch reagierte sie anfangs nur amüsiert. »Es sind zwei, sagen Sie? Eine Verbindung mit allen beiden wäre dann, so vermute ich, beinahe zwangsläufig unschuldig.«

Unser Freund würdigte das Argument, äußerte aber eine Überlegung. »Könnte es nicht sein, dass er sich noch in dem Stadium befindet, wo er nicht genau weiß, welche von beiden ihm lieber ist, die Mutter oder die Tochter?«

Sie erwog dies erneut gründlich. »Oh, es muss die Tochter sein – bei seinem Alter.«

»Möglich. Aber was wissen wir über ihres? Sie könnte alt genug sein.«

»Alt genug wofür?«

»Nun, um Chad zu heiraten. Sehen Sie, vielleicht wollen sie ja genau das. Und wenn Chad es auch will und der kleine Bilham ebenfalls und sogar *wir* uns zur Not damit abfinden könnten – vorausgesetzt, sie blockiert nicht die Heimkehr –, na, dann könnte doch noch alles glattgehen.«

Bei diesen Beratungen kam es ihm stets so vor, als plumpse jede Bemerkung, die er machte, in einen tiefen

Brunnen. Jedenfalls musste er sich diesmal einen Moment gedulden, um das leise Platschen zu vernehmen. »Ich verstehe nicht, warum Mr. Newsome, wenn er beabsichtigt, die junge Dame zu ehelichen, es nicht schon längst getan hat, oder weshalb er für Sie keine entsprechende Erklärung vorbereitet hatte. Und wenn er sie heiraten will und sich mit beiden gut versteht, wieso ist er dann nicht ›frei‹?«

Das gab, in der Folge, auch Strether zu denken. »Vielleicht mag ihn das Mädchen nicht.«

»Warum redet er vor Ihnen dann in dieser Weise über sie?«

Die Frage hallte in Strether nach, doch wieder wusste er eine Antwort. »Vielleicht ist es die Mutter, mit der er sich gut versteht.«

»Im Gegensatz zur Tochter?«

»Nun, wodurch könnte die Mutter sich ihn noch geneigter machen, als wenn sie die Tochter zu überreden versucht, ihn zu akzeptieren? Bloß«, bemerkte Strether, »warum sollte das Mädchen ihn verschmähen?«

»Oh«, sagte Miss Gostrey, »könnte es nicht sein, dass alle anderen von ihm keineswegs so beeindruckt sind wie Sie?«

»Und in ihm keinen so ›begehrten‹ jungen Mann sehen? Ist es mit mir schon so weit gekommen?« verlangte er vernehmbar und recht bedenklich zu wissen. »Aber schließlich«, fuhr er fort, »wünscht sich seine Mutter nichts sehnlicher als seine Heirat – vorausgesetzt, die Heirat hilft. Und sollte da nicht *jede* Heirat helfen? Einer zukünftigen Ehefrau muss ja daran liegen«, er hatte es sich bereits ausgerechnet, »dass er sich besserstellt. Fast jedes Mädchen, das in Frage käme, wird doch daran interessiert sein, dass er seine Chancen ergreift. Zumindest *ihr* wird es nicht passen, wenn er sie ausschlägt.«

Miss Gostrey dachte nach. »Nein – Ihre Argumentation

klingt schlüssig! Aber andererseits ist da natürlich immer auch noch das liebe alte Woollett.«

»O ja«, sinnierte er – »da ist immer auch das liebe alte Woollett.«

Sie wartete einen Augenblick. »Die junge Dame könnte sich außerstande sehen, *diesen* Brocken zu schlucken. Sie könnte den Preis zu hoch finden; sie könnte die Dinge gegeneinander abwägen.«

Strether, den bei solchen Erörterungen stets Unruhe ergriff, ging ziellos umher. »Alles hängt davon ab, wer sie ist. Dies allerdings – das nachgewiesene Talent, mit dem lieben alten Woollett fertig zu werden, denn ich bin sicher, sie wird mit ihm fertig – spricht eben sehr für Mamie.«

»Mamie?«

Ihr Ton veranlasste ihn, abrupt vor ihr stehen zu bleiben; und dann, obwohl er erkannte, dass ihre Stimme keine Unsicherheit verriet, sondern eine flüchtige, verlegene Übergewissheit, machte er seinem Erstaunen Luft. »Sie haben doch wohl Mamie nicht vergessen!«

»Nein, ich habe Mamie nicht vergessen«, sagte sie lächelnd. »Es besteht überhaupt gar kein Zweifel, dass sich ungeheuer viel zu ihren Gunsten sagen lässt. Mamie ist *meine* Favoritin!« erklärte sie rundweg.

Strether spazierte wieder eine Minute umher. »Wissen Sie, sie ist wirklich goldig. Viel hübscher als jedes Mädchen, das ich bisher hier drüben gesehen habe.«

»Und genau darauf baue ich vielleicht am meisten.« Für einen Moment spann sie die Gedanken ihres Freundes aus. »Ich nähme sie am liebsten unter meine Fittiche!«

Er überließ sich der Idee, jedoch nur, um sie schließlich zu missbilligen. »Oh, nicht dass Sie mir im Übereifer jetzt gleich zu ihr hinüberfahren. Ich brauche Sie am dringendsten, und Sie können mich auf keinen Fall im Stich lassen.«

Aber sie ließ nicht locker. »Ich wünschte, man würde sie mir herüberschicken!«

»Würde Woollett Sie kennen«, erwiderte er, »würde man es tun.«

»Ach, man kennt mich doch in Woollett, oder? – nach allem, was Sie ihnen, wenn ich richtig informiert bin, von mir erzählt haben?«

Er war erneut vor ihr stehen geblieben, marschierte aber wieder los. »Man *wird* Sie dort kennen – bevor ich, wie Sie sagen, hier fertig bin.« Dann brachte er den Punkt zur Sprache, dem er das meiste Gewicht beimaß. »Sein Spiel ist jetzt aufgeflogen. Das also hat er die ganze Zeit getan – deswegen hat er mich hingehalten. Er hat auf sie gewartet.«

Miss Gostrey zog die Lippen ein. »Sie sehen ziemlich viel darin!«

»Ich bezweifle, ob ich so viel sehe wie Sie. Wollen Sie vielleicht behaupten«, fuhr er fort, »Sie sähen es nicht –«

»Nun, was?« – drängte sie, als er stockte.

»Nun, dass zwischen ihnen einiges im Gange sein muss – und dass es schon von Anfang an so gewesen ist; bereits vor meiner Ankunft.«

Sie ließ sich eine Minute Zeit mit der Antwort. »Wer also sind sie – wenn es so ernst ist?«

»Vielleicht ist es nicht ernst – vielleicht ist es heiter. Zum mindesten aber ist es auffällig. Allerdings«, musste Strether gestehen, »weiß ich rein nichts über sie. Dass ich mich durch die Information des kleinen Bilham nicht verpflichtet gefühlt habe, ihren Namen auszuforschen, kam mir vor wie eine Erholung.«

»Oh«, versetzte sie, »Sie glauben, damit sei die Sache für Sie ausgestanden –!«

Ihr Lachen löste eine vorübergehende Verdüsterung in ihm aus. »Ich glaube nicht, dass die Sache für mich ausgestanden ist. Ich glaube nur, fünf Minuten durchatmen zu müssen. Ich vermute allerdings stark, dass ich, im besten Falle, anschließend weitermachen muss.« Sie tauschten darauf einen Blick, und in der nächsten Minute hatte sich seine gute Laune wieder eingestellt. »Unterdessen kümmert mich ihr Name kein bisschen.«

»Ihre Nationalität auch nicht? – Amerikanerinnen, Französinnen, Engländerinnen, Polinnen?«

»Ihre Nationalität interessiert mich nicht die Bohne.« Er lächelte. »Es wäre schön, wenn sie Polinnen wären!« setzte er beinahe umgehend hinzu.

»Wirklich sehr schön.« Dieser Übergang hielt sie bei Laune. »Es interessiert Sie also doch.«

Er ließ diese Behauptung beschränkt gelten. »Wenn sie Polinnen *wären*, doch, dann würde es mich interessieren. Ja«, meinte er – »*das* könnte ein Vergnügen werden.«

»Dann lassen Sie es uns hoffen.« Danach spitzte sie die Frage jedoch zu. »Wenn das Mädchen im richtigen Alter ist, dann kann die Mutter natürlich nicht im passenden Alter sein. Ich meine, für die tugendhafte Neigung. Wenn das Mädchen zwanzig ist – und jünger kann sie nicht sein –, dann ist die Mutter mindestens vierzig. Damit scheidet die Mutter aus. *Sie* ist zu alt für ihn.«

Strether blieb erneut stehen, überlegte und erhob Einspruch. »Meinen Sie? Meinen Sie, irgendjemand könnte zu alt für ihn sein? *Ich bin* achtzig, und ich bin zu jung. Aber das Mädchen«, fuhr er fort, »ist vielleicht *keine* zwanzig. Vielleicht ist sie erst zehn – aber so ein süßer Fratz, dass sie für Chad eine zusätzliche Attraktion der Bekanntschaft ausmacht. Vielleicht ist sie erst fünf. Vielleicht ist die Mutter erst fünfundzwanzig – eine aparte junge Witwe.«

Miss Gostrey gab der Vermutung Raum. »Sie *ist* also Witwe?«

»Ich habe keinen blassen Schimmer!« Trotz dieser Unbestimmtheit tauschten sie erneut einen Blick – den vielleicht bisher längsten. Er schien eine sofortige Erklärung zu verlangen, die auch erfolgte, so gut es ging. »Ich spüre nur, was ich Ihnen bereits gesagt habe – dass er seine Gründe hat.«

Miss Gostreys Phantasie bewegte sich in anderen Bahnen. »Vielleicht ist sie keine Witwe.«

Strether schien die Möglichkeit nur unter Vorbehalt zu akzeptieren. Dennoch tat er es. »Dann ist die Neigung – wenn sie zu ihr besteht – tugendhaft.«

Aber sie schien ihm kaum zu folgen. »Warum ist sie tugendhaft, wenn sie – da sie ja frei ist – keiner Bedingung unterliegt?«

Er musste über ihre Frage lachen. »Oh, *ganz* so tugendhaft meine ich vielleicht nicht! Sie glauben, sie könne nur dann tugendhaft sein – in einem Sinne, der diese Bezeichnung verdient –, wenn die Dame *nicht* frei ist? Aber was«, fragte er, »bedeutet diese Verbindung dann für *sie*?«

»Ach, das steht auf einem anderen Blatt.« Er sagte für einen Moment nichts, und sie fuhr bald fort. »Was Mr. Newsomes kleinen Plan angeht, da dürften Sie jedenfalls recht haben. Er *hat* Sie auf die Probe gestellt – hat diesen Freunden Bericht über Sie erstattet.«

Strether war unterdessen Zeit geblieben, sich weiter Gedanken zu machen. »Und seine Aufrichtigkeit, was ist mit der?«

»Nun, wie bereits gesagt, er bemüht sich um sie, sie bricht durch, behauptet sich nach Kräften. Wir können uns auf die Seite seiner Aufrichtigkeit stellen. Wir können ihm helfen. Aber er hat festgestellt«, sagte Miss Gostrey, »dass Sie den Ansprüchen genügen.«

»Wessen Ansprüchen?«

»Nun, den von *ihnen* – von *ces dames*. Er hat Sie beobachtet, hat Sie studiert, hat an Ihnen Gefallen gefunden – und erkannt, dass auch sie, *ces dames*, dies tun zu werden. Er macht Ihnen damit ein großes Kompliment, mein Lieber; denn ich bin sicher, sie sind wählerisch. Ja, Sie sind hergekommen, um einen Erfolg zu feiern. Nun«, erklärte sie fröhlich, »jetzt haben Sie ihn!«

Er ließ es zunächst geduldig über sich ergehen und kehrte sich dann abrupt weg. Es kam ihm stets zupass, dass in ihrem Zimmer so viele schöne Dinge zur Betrachtung einluden. Aber nachdem er zwei oder drei in näheren Augenschein genommen hatte, schien es ihn bald zu einer Äußerung zu drängen, die wenig damit zu tun hatte. »Sie glauben nicht daran!«

»Woran?«

»An die Art dieser Neigung. An ihre Harmlosigkeit.«

Doch sie rechtfertigte sich. »Ich behaupte nicht, irgendetwas darüber zu wissen. Möglich ist alles. Wir müssen sehen.«

»Sehen?« wiederholte er klagend. »Haben wir nicht genug gesehen?«

»*Ich* nicht.« Sie lächelte.

»Aber glauben Sie denn, der kleine Bilham hat gelogen?«

»Sie müssen es ergründen.«

Er erbleichte beinah. »*Noch* mehr ergründen?«

Er war bestürzt auf ein Sofa gesunken; doch ihr, die jetzt aufrecht vor ihm stand, schien das letzte Wort zu gehören. »Sind Sie denn nicht herübergekommen, um *alles* zu ergründen?«

FÜNFTES BUCH

I

Der Sonntag der folgenden Woche war ein wunderschöner Tag, und Chad Newsome hatte seinen Freund vorauseilend wissen lassen, er habe diesbezüglich Anstalten getroffen. Es war bereits einmal im Gespräch gewesen, er wolle ihn beim großen Gloriani einführen, der sonntagnachmittags empfange und in dessen Haus man meist weniger Langweiler treffe als anderswo. Doch aufgrund gewisser Hindernisse hatte der Plan nicht sogleich in die Tat umgesetzt werden können und erlebte jetzt unter glücklicheren Umständen seine Auferstehung. Chad hatte mit Nachdruck auf den wundersamen alten Garten des berühmten Bildhauers hingewiesen, für den das Wetter – endlich Frühling, blank und heiter – günstig sei; diese und weitere Andeutungen hatten Strether in der Erwartung von etwas Besonderem bestärkt. Er hatte sich in puncto Visiten und Abenteuer inzwischen unbekümmert treiben lassen und an dem Gedanken festgehalten, bei allem, was der junge Mann ihm zeige, stelle er doch auch zumindest sich selber dar. Freilich hätte er Chad lieber nicht ausschließlich in der Rolle des Cicerone gesehen; denn er konnte sich des Eindrucks nicht völlig erwehren, dieser suche – jetzt, wo die Idee hinter seinem Spiel, sein Plan, seine Geheimdiplomatie zusehends zutage traten – Zuflucht vor den Tatsachen ihrer Beziehung, indem er verschwenderisch das spendete, was unser Freund in Gedanken *panem et circenses* nannte. Unser Freund fühlte sich gewissermaßen wie fortwährend unter Blumen begraben, obwohl er zu anderen Zeiten beinahe zornig den Schluss zog, dies rühre einzig von seinem abscheulich asketischen

Argwohn gegenüber jeglicher Art von Schönheit. Er versicherte sich periodisch – denn er reagierte mit Ungestüm –, er werde nie die Wahrheit über irgendetwas herausfinden, solange er sich nicht wenigstens *davon* befreit habe.

Er war schon im voraus im Bilde gewesen, dass er Madame de Vionnet und ihre Tochter vermutlich zu Gesicht bekommen würde, denn mit diesem Wink hatte Chad zum ersten Mal wieder seine guten Freunde aus dem Süden erwähnt. Strethers Gespräch mit Miss Gostrey über dieses Thema hatte sein Widerstreben herumzuschnüffeln vertieft; Chads Schweigen offenbarte sich ihm – beurteilt im Lichte jenes Gesprächs – als eine Zurückhaltung, der er deutlich entsprechen konnte. Diese Zurückhaltung kleidete sie beide in so etwas wie, er wusste es kaum zu benennen, wie Rücksichtnahme, wie Distinguiertheit; jedenfalls befand er sich in der Gesellschaft – sofern ihm diese beschieden sein sollte – von Damen; und eines stand für ihn fest: soweit es in seine Verantwortung fiel, sollten sie sich in der Gesellschaft eines Gentleman befinden. Lag es daran, dass sie sehr schön, sehr klug oder sogar hochanständig waren – lag es an einem dieser Gründe, dass Chad seinen Kunstgriff gewissermaßen behutsam in Szene setzte? Wollte er sie mit einem Knalleffekt, wie man in Woollett sagte, aus dem Hut zaubern – um seinen Kritiker, so milde indessen die Kritik bisher auch geraten war, mit völlig unvorhersehbaren Vorzügen zu verblüffen? Jedenfalls hatte sich der Kritiker gerade noch zur Frage aufgerafft, ob die betreffenden Personen Französinnen seien; und auch diese Erkundigung war eigentlich nichts weiter gewesen als ein schicklicher Kommentar zum Klang ihres Namens. »Ja. Das heißt, nein!« hatte Chad erwidert; doch nicht, ohne sogleich hinzuzufügen, sie sprächen ein ganz charmantes Englisch, so dass Strether, sollte er nach einer Ausrede fahnden, warum er mit ihnen nicht zurechtkam, durchaus keine fände. Tatsächlich hatte Strether – in der Stimmung, in welche ihn die Örtlichkeit rasch versetzte – noch nie weniger das Bedürfnis nach einer Ausrede vor sich selber verspürt. Jene Ausreden, die ihm eingefallen wären, hätten allenfalls die anderen betroffen, die Leute um ihn herum, an deren Freiheit, ganz sie selbst zu sein, er sich bewusst erfreute. Die Zahl seiner Mitgäste wuchs ständig, und all diese Umstände, ihre Freiheit, ihre Intensität, ihre Verschiedenheit, ihre Wesenszüge ganz allgemein, verschmolzen mit dem fabelhaften Milieu der Kulisse.

Der Ort selbst war eindrucksvoll – ein kleiner Pavillon, abgesondert und mit klar gegliederter Fassade, die verdichtete Wirkung polierten Parketts, feine weiße Wandtäfelung und karge, abgeblasste Vergoldung, erlesenes und dezentes Dekor, im Herzen des Faubourg Saint-Germain und am Rande eines Gewirrs von Gärten, die an alte hochherrschaftliche Häuser grenzten. Weit abseits jeder Straße und für die Menge nicht vermutbar, zugänglich nur durch einen langen Torweg und über einen stillen Hof, frappierte er das unvorbereitete Gemüt, Strether merkte es sofort, wie ein unverhoffter Schatzfund; zudem verschaffte er ihm, mehr als alles andere bisher, die Anschauung vom Umfang der unermesslichen Stadt und wischte wie mit einem letzten beherzten Streich seine gewohnten Bezugspunkte und Begriffe beiseite. Im Garten, einem weitläufigen, gehegten und gepflegten Relikt, wo ein Dutzend Personen bereits an ihnen vorbeipromeniert war, hieß Chads Gastgeber sie dann auch alsbald willkommen; während die mächtigen, von Vögeln umschwärmten Bäume, ganz flatterhaft vom Frühling wie vom Wetter, und die hohen Trennmauern, dahinter würdevolle *hôtels* ihre Abgeschiedenheit verkündeten, von Fortbestand, Weitergabe und Gemeinschaft zeugten, von einer zwingenden, unbeteiligten, beharrlichen Ordnung. Der Tag gab sich so lind, dass die kleine Gesellschaft sozusagen ins

Freie umgezogen war, doch das Freie glich unter diesen Bedingungen dem reinsten Prunksaal. Strether fühlte sich plötzlich wie in einem großen Kloster, einem Missionskloster, das für weiß Gott was berühmt war, eine Pflanzstätte für junge Priester, die sich mit versprengten Schatten, schnurgeraden Alleen und Kapellengeläut in einem Viertel ausspannte; er spürte Namen in der Luft, Erscheinungen an den Fenstern, Zeichen und Symbole, eine ganze Kollektion von Phänomenen rings um sich her, zu dicht, um sie sofort klassifizieren zu können.

Das Erscheinen des bedeutenden Bildhauers ließ diese Bilderflut beinahe furchteinflößend anschwellen; als Chad Strether vorstellte, wandte Gloriani ihm vertrauensvoll das edle, abgelebte, schöne Gesicht zu, ein Gesicht, das einem offenen Brief in fremder Sprache glich. Mit seinem Genie im Augenausdruck, seiner Lebensart auf den Lippen, seiner langen Karriere im Rücken und umringt von seinen Ehrungen und Auszeichnungen, beeindruckte der große Künstler mit einem einzigen anhaltenden Blick und einigen warmen Begrüßungsworten unseren Freund als eine ungeheuer faszinierende Figur. Strether hatte in Museen – im Luxembourg ebenso wie später, mit gesteigerter Ehrfurcht, im New York der Milliardäre – Arbeiten von seiner Hand gesehen; er wusste auch, dass der Künstler nach der ersten Zeit in seiner Geburtsstadt Rom in der Mitte seiner Laufbahn nach Paris emigriert war, wo er mit einer persönlichen, beinahe grellen Glorie in einer glänzenden Versammlung brillierte; all dies reichte mehr als hin, um ihn für seinen Gast mit dem Nimbus und dem Zauber des Ruhmes zu krönen. Strether, der mit diesem Element nie so eng in Berührung gekommen war, hatte das Gefühl, ihm für den glücklichen Augenblick alle Fenster seines Geistes zu öffnen und in dies recht triste Innere wenigstens einmal die Sonne einer Sphäre eintreten zu lassen, die in seiner alten Geogra-

KAPITEL I

phie nicht verzeichnet war. Er sollte sich noch wiederholt erinnern an das italienische Antlitz, das dem Bildnis auf einer Medaille glich, worin jeder Zug den Künstler verriet und das Alter lediglich als Färbung und Solennität zutage trat; und besonders entsinnen sollte er sich des durchdringenden Leuchtens, der Ausstrahlung des illustren Geistes selbst, womit ihn, als sie sich bei Begrüßung und Replik kurz gegenüberstanden, der Blick des Bildhauers in Bann zog. Er sollte ihn, diesen Blick, so bald nicht vergessen, sollte ihn im Gedächtnis bewahren, so unbewusst, achtlos, gedankenverloren dieser auch gewesen sein mochte, als Ursprung der gründlichsten geistigen Auslotung, der er je hatte standhalten müssen. Er würde diese Vorstellung geradezu nähren, in müßigen Stunden mit ihr spielen; bloß sprach er mit niemand darüber und war sich wohl bewusst, dass er darüber nicht hätte sprechen können, ohne scheinbar Unsinn zu reden. Barg das, was er erfahren hatte, oder das, was er gefragt worden war, das tiefere Geheimnis? War es dieses ganz besondere Lodern der ästhetischen Fackel – ohnegleichen, beispiellos –, was diese wundervolle Welt auf ewig erhellte, oder war es vor allem der lange gerade Pfeil, tief eingesenkt von einem persönlichen, durch das Leben gestählten Scharfsinn? Nichts auf der Welt hätte seltsamer sein können, und zweifellos wäre niemand überraschter gewesen als der Künstler selbst, doch Strether fühlte sich in jeder Hinsicht gerade so, als sei er hinsichtlich der von ihm übernommenen Pflicht nachhaltig auf die Probe gestellt worden. Die tiefe menschliche Erfahrung in Glorianis gewinnendem Lächeln – oh, das schreckliche Leben dahinter! – prüfte ihn blitzartig auf Herz und Nieren.

Indessen hatte sich Chad, nachdem er seinen Begleiter ganz selbstverständlich vorgestellt hatte, mit noch größerer Selbstverständlichkeit absentiert und begrüßte bereits weitere Anwesende. Der geschmeidige Chad begegnete dem berühmten Künstler ebenso selbstverständlich wie seinem unbekannten Landsmann und allen übrigen ebenso selbstverständlich wie diesen beiden; das rundete das Bild für Strether und verhalf ihm fast zu einer neuen Erkenntnis, indem es ihm mittels einer Verknüpfung noch etwas bescherte, dessen er sich freuen durfte. Gloriani gefiel ihm, doch würde er ihn nie wiedersehen; da war er ziemlich sicher. Chad, der sich mit beiden prächtig verstand, verkörperte folglich so eine Art Bindeglied für aussichtslose Träume, eine Implikation von Möglichkeiten – ach, wäre doch alles anders gewesen! Strether nahm jedenfalls Kenntnis davon, dass er sich demnach mit illustren Geistern gut stand und auch dass er nie – ja, wirklich – groß damit geprahlt hatte. Unser Freund war nicht vornehmlich hier erschienen, um diese Seite von Abel Newsomes Sohn kennenzulernen, trotzdem drohte dieser Aspekt sich dem beobachtenden Bewusstsein eindeutig als zentraler Zug aufzudrängen. Gloriani, dem etwas einzufallen schien und der sich entschuldigte, lief Chad förmlich hinterher, um mit ihm zu sprechen, und Strether blieb mit vielerlei Überlegungen zurück. Eine davon galt der Frage, ob er die erfolgte Prüfung denn bestanden hatte. Hatte der Künstler ihn stehen lassen, weil er jetzt dafürhielt, er genüge den Erwartungen nicht? Dabei glaubte er, dass ihm dies gerade heute womöglich besser gelang als sonst. War er, was das betraf, den Erwartungen nicht sehr wohl gerecht geworden, eben weil er sich so beeindruckt zeigte? – und auch weil er, wie ihm beinahe schien, seinem Gastgeber nicht zur Gänze verbarg, dass er dessen einschießendes Senkblei gespürt hatte? Plötzlich sah er, wie sich von der anderen Gartenseite her der kleine Bilham näherte, und es kennzeichnete die ihn beherrschende Anwandlung, dass er mutmaßte, als sich ihre Blicke kreuzten, auch *er* wisse Bescheid. Hätte er ihm gegenüber spontan geäußert, was ihm auf den Nägeln brannte, so hätte er gesagt: »Habe ich die Prüfung bestanden? – denn natürlich weiß ich, dass es hier eine Prüfung zu bestehen gilt.« Der kleine Bilham hätte ihn beruhigt und gesagt, da übertreibe er, und würde dann, entwaffnend, das Argument seiner, Bilhams, eigenen Anwesenheit vorgebracht haben; die in der Tat, das sah er, ebenso selbstverständlich wirkte wie die Glorianis oder Chads. Er selbst würde dann nach einer Weile seine Bangigkeit vielleicht verlieren und eine Perspektive gewinnen für einige der Gesichter – ungeheuer fremdartige Typen, fremdartig für Woollett. Wer waren sie alle, die verstreuten Grüppchen und Paare, bei denen die Damen den Woollettern noch unähnlicher sahen als die Herren? – diese Frage hörte er sich dann schließlich stellen, als sein junger Freund ihn begrüßt hatte.

»Oh, es sind alle möglichen Leute – jeder Klasse und jeden Kalibers; natürlich innerhalb gewisser Grenzen, wobei die Grenzen eventuell eher nach unten als nach oben gesteckt werden. Künstler sind immer dabei – einem *cher confrère* gegenüber ist er ganz wundervoll und einzigartig; und dann jede Art von *gros bonnets* – Gesandte, Kabinettsmitglieder, Bankiers, Generäle, was weiß ich?, sogar Juden. Vor allem immer einige enorm hübsche Frauen – und auch nicht zu viele, manchmal eine Schauspielerin, eine Künstlerin, eine Virtuosin – allerdings nur, wenn es keine Ungeheuer sind; und vor allem die richtigen *femmes du monde*. Sein Vorleben in diesem Punkt können Sie sich denken – es muss sagenhaft sein: sie geben ihn *nie* auf. Dabei hält er sie an der kurzen Leine: keiner weiß, wie er das schafft; er operiert mit sanftem Geschick. Nie zu viele – auch das ist großartig; eben eine perfekte Auslese. Und irgendwelche Langweiler trifft man hier nicht; das hat schon Tradition; es bleibt sein Geheimnis. Wirklich ganz merkwürdig. Und man kommt ihm nicht auf die Schliche. Er behandelt alle gleich. Er stellt keine Fragen.«

»Ach wirklich?« sagte Strether lachend.

Bilham entgegnete ihm ganz freimütig: »Wie käme *ich* sonst hierher?«

»Oh, Sie haben es mir selbst erzählt. Sie gehören eben zur perfekten Auslese.«

Der junge Mann schaute sich um. »Die scheint mir heute besonders gelungen.«

Strether folgte seinem Blick. »Diesmal alles *femmes du monde*?«

Der kleine Bilham bewies seine Kompetenz. »So ziemlich.«

Für diese Kategorie besaß unser Freund ein Sensorium; das weibliche Element erschien in einem romantischen und geheimnisvollen Licht, in dem er es eine Weile genießerisch beobachtete. »Sind auch Polinnen darunter?«

Sein Gefährte überlegte. »Das da könnte eine ›Portugiesin‹ sein. Türkinnen habe ich gesehen.«

Strether überlegte, auf Gerechtigkeit bedacht. »Diese Frauen wirken alle – so harmonisch.«

»Oh, bei größerer Nähe zeigen sie sich ganz!« Und dann, als Strether erkannte, dass größere Nähe ihn ängstigte und er sich lieber wieder der Harmonie widmete, fuhr der kleine Bilham fort: »Also schlimmstenfalls ist es immer noch ziemlich gut. Wenn Ihnen das gefällt, wenn Sie das so empfinden, dann beweist das, dass Sie hier keineswegs fehl am Platze sind. Aber«, fügte er artig hinzu, »Sie merken ja sowieso immer alles sofort.«

Strether gefiel und empfand es nur zu sehr; also murmelte er recht hilflos: »Stellen Sie mir nur keine Falle!«

»Also *uns*«, erwiderte sein Gefährte, »uns behandelt er außerordentlich freundlich.«

»*Uns* Amerikaner, meinen Sie?«

»Aber nein – *darüber* weiß er überhaupt nichts. Das garantiert ja schon den halben Erfolg – dass man nie ein Wort über Politik hört. Wir reden nicht darüber. Nein, ich meine zu allen möglichen jungen, armen Schluckern. Und doch ist es jedes Mal so reizend wie jetzt; es ist, als würde durch irgendetwas in der Luft unsere Schäbigkeit unsichtbar. Es versetzt uns alle zurück – in das letzte Jahrhundert.«

»Ich fürchte«, sagte Strether amüsiert, »*mich* versetzt es eher voraus: sogar ziemlich weit in die Zukunft!«

»Ins nächste? Aber liegt das nicht schlicht daran«, fragte der kleine Bilham, »dass Sie eigentlich noch aus dem Jahrhundert davor stammen?«

»Aus dem vorletzten Jahrhundert? Schönen Dank auch!« sagte Strether und lachte. »Wenn ich mich bei Ihnen über einige der Damen erkundige, dann darf ich, ein Exemplar aus dem Rokoko, also nicht darauf hoffen, sie könnten Gefallen an mir finden.«

»Im Gegenteil, sie schwärmen – wir alle hier –, schwärmen für das Rokoko, und gäbe es einen besseren Rahmen als dies Ensemble von Pavillon und Garten? Viele Leute besitzen Sammlungen«, der kleine Bilham lächelte, als er sich umblickte. »Man wird Sie erbeuten!«

Darauf widmete sich Strether einen Augenblick wieder dem Betrachten. Aus manchen Gesichtern wurde er nicht recht schlau. Waren sie nun reizend oder bloß fremdartig? Zwar sollte er nicht über Politik sprechen, doch glaubte er eine oder zwei Polinnen zu erkennen. Das Ergebnis mündete in die Frage, die ihm im Hinterkopf steckte, seit sich sein junger Freund zu ihm gesellt hatte. »Sind Madame de Vionnet und ihre Tochter schon eingetroffen?«

»Sie habe ich noch nicht gesehen, aber Miss Gostrey ist da. Sie bewundert im Pavillon einige Dinge. *Ihr* merkt man die Sammlerin an«, setzte der kleine Bilham hinzu, ohne es böse zu meinen.

»O ja, sie ist eine Sammlerin, und ich wusste, Sie würde

kommen. Ist Madame de Vionnet eine Sammlerin?« fuhr Strether fort.

»Und ob, möchte ich meinen; sie ist fast schon berühmt.« Dabei hielt der junge Mann kurz den Blick seines Freundes fest. »Ich weiß zufällig – von Chad, den ich gestern Abend getroffen habe –, dass sie zurückgekehrt sind; allerdings erst gestern. Er war sich nicht sicher – bis zum letzten Augenblick. Demnach werden sie hier, sollten sie tatsächlich da sein«, fuhr der kleine Bilham fort, »zum ersten Mal seit ihrer Rückkehr in Erscheinung treten.«

Strether verarbeitete die Neuigkeiten rasch. »Das hat Ihnen Chad gestern Abend erzählt? Mir hat er auf dem Weg hierher kein Wort gesagt.«

»Haben Sie ihn denn gefragt?«

Strether ließ ihm Gerechtigkeit widerfahren. »Das nun nicht.«

»Na«, sagte der kleine Bilham, »Sie sind nicht eben der Mensch, dem man so einfach Dinge erzählt, die Sie gar nicht wissen wollen. Obwohl das zugegebenermaßen einfach ist – sogar sehr schön«, ergänzte er gutgesinnt, »wenn Sie etwas wissen wollen.«

Strether musterte ihn so nachsichtig, wie es sein Verständnis gebot. »Sind das die tieferen Gründe, weshalb Sie sich – über die Damen – derart in Schweigen gehüllt haben?«

Der kleine Bilham erwog die Tiefe seiner Gründe. »Ich habe mich keineswegs in Schweigen gehüllt. Ich habe neulich von ihnen gesprochen, an dem Tag, als wir nach Chads Teegesellschaft noch zusammensaßen.«

Strether lenkte ein. »Dann sind also sie die tugendhafte Neigung?«

»Ich kann Ihnen nur sagen, dass sie dafür gelten. Aber genügt das nicht? Kennt der Weiseste unter uns denn mehr als den bloßen Anschein? Ich empfehle Ihnen«, erklärte der junge Mann mit heiterem Nachdruck, »den bloßen Anschein.«

Strether schaute sich eingehender um, und was er sah, verstärkte die Wirkung der Worte seines jungen Freundes.

»So wunderbar ist er?«

»Prächtig.«

Strether hielt inne. »Der Gatte ist tot?«

»O Gott, nein. Lebendig.«

»Oh!« sagte Strether. Und dann, da sein Gefährte lachte: »Was wäre daran dann so wunderbar?«

»Sie werden es selbst sehen. Man sieht es.«

»Chad ist verliebt in die Tochter?«

»Ebendas meine ich.«

Strether überlegte. »Wo liegen dann die Schwierigkeiten?«

»Na, verursachen wir sie nicht erst – mit unseren hochfliegenden, unerschrockenen Plänen?«

»Oh, meine Pläne –!« sagte Strether, und es klang recht sonderbar. Aber dann, wie zur Abschwächung: »Sie meinen, die Damen wollen von Woollett nichts wissen?«

Der kleine Bilham lächelte. »Genau darum müssen Sie sich doch kümmern, oder?«

Dies hatte sie in Kontakt gebracht mit Miss Barrace, der diese letzten Worte nicht entgangen waren, und die Strether schon beobachtet hatte, wie sie – was ihm bei einer Dame auf einer Gesellschaft noch nie begegnet war – allein durch den Garten promenierte. Kaum in Hörweite, begann sie bereits zu sprechen und ergriff durch ihre langstielige Lorgnette amüsiert und amüsant wieder restlos Besitz von ihnen.

»Um was sich der arme Mr. Strether nicht alles kümmern muss! Aber Sie können nicht behaupten«, erklärte sie vergnügt, »ich würde Sie nicht nach Kräften unterstützen. Mr. Waymarsh ist versorgt. Ich habe ihn im Haus bei Miss Gostrey gelassen.«

»Einfach phänomenal«, rief der kleine Bilham, »wie Mr. Strether es schafft, die Damen für sich einzuspannen! Er hat schon die nächste im Visier; und wird sich gleich – sehen Sie es nicht? – auf Madame de Vionnet stürzen.«

»Madame de Vionnet? Oh, oh, oh!« rief Miss Barrace in einem herrlichen Crescendo. Es besagte mehr, so erkannte unser Freund, als einem ins Ohr drang. War es denn so komisch, dass er alles ernst nahm? Jedenfalls beneidete er Miss Barrace um ihr Talent, nichts ernst zu nehmen. Mit leise protestierenden Rufen, raschen Reaktionen, den zuckenden Bewegungen eines hübschen, prächtig gefiederten, ungehindert pickenden Vogels, schien sie das Leben zu betrachten, als stehe sie vor einem vollen Schaufenster. Man hörte sie förmlich mit dem Schildpatt an die Scheibe pochen, wenn sie auf die von ihr getroffene Auswahl wies. »Gewiss, wir müssen uns kümmern; ich bin nur froh, dass ich es nicht tun muss. Anfangs macht man es natürlich; dann merkt man plötzlich, man hat es aufgegeben. Es ist zu viel, zu schwierig. Leute wie Sie sind so fabelhaft«, fuhr sie an Strether gewandt fort, »weil Sie dieses Gefühl nicht kennen – das Gefühl der Unmöglichkeit, meine ich. Etwas Derartiges ist Ihnen fremd. Sie begegnen dem mit einer inneren Stärke, von der man nur lernen kann.«

»Ja, aber«, warf der kleine Bilham mutlos ein, »was erreichen wir denn schon? Wir kümmern uns um euch und berichten – wenn es überhaupt so weit kommt, dass wir berichten. Aber damit ist noch nichts getan.«

»Ach, Mr. Bilham«, versetzte sie, als klopfte sie ungeduldig gegen die Scheibe, »Sie sind keinen Schuss Pulver wert! Sie kommen herüber, um die Wilden zu konvertieren – denn genau das wollten Sie, ich erinnere mich sehr wohl –, und am Ende konvertieren die Wilden dann einfach *Sie*.«

»Nicht einmal das!« gestand der junge Mann kläglich, »Das war ihnen wohl zu viel Mühe. Die haben mich einfach aufgefressen – diese Kannibalen! Wenn man so will, haben sie mich konvertiert, allerdings in etwas Essbares. Ich bin nur noch das ausgebleichte Skelett eines Christen.«

»Na, da haben wir's wieder! Aber«, –, und Miss Barrace wandte sich damit an Strether, »lassen Sie sich dadurch nicht entmutigen. Sie machen früh genug schlapp, aber bis dahin werden Sie auch gute Augenblicke erlebt haben. *Il faut en avoir*. Ich sehe euch immer gern beim Durchhalten zu. Und ich verrate Ihnen, wer bis zuletzt ausdauern wird.«

»Waymarsh?« – er hatte es gleich erfasst.

Sie lachte lauthals, vielleicht ob seiner Bestürzung. »Er wird sogar Miss Gostrey widerstehen: so großartig ist man, wenn man nichts begreift. Er ist fabelhaft.«

»Absolut«, räumte Strether ein. »Er hat mir von dieser Sache hier nichts erzählt – außer dass er verabredet sei; allerdings zog er dabei eine so düstere Miene, das möchte ich ausdrücklich betonen, als handele es sich um eine Verabredung unterm Galgen. Und dann taucht er klammheimlich hier mit Ihnen auf. Nennen Sie *das* ›Ausdauer‹?«

»Oh, ich hoffe, es ist von Dauer!« sagte Miss Barrace. »Aber selbst im besten Fall toleriert er mich bloß. Er begreift nichts – nicht das Geringste. Er ist köstlich. Er ist fabelhaft«, wiederholte sie.

»Michelangeloesk!« – vervollständigte der kleine Bilham ihr Urteil. »Er ist *wahrhaftig* ein Erfolg. Der von der Decke auf den Boden heruntergeholte Moses; überwältigend, kolossal, aber doch irgendwie tragbar.«

»Gewiss«, erwiderte sie, »wenn Sie unter *tragbar* verstehen, dass er sich ausnehmend gut macht, wenn er mit einem in der Droschke sitzt. Wirklich zu komisch, wie er da neben mir in seiner Ecke hockt; er wirkt wie eine fremde Berühmtheit *en exil*; und die Leute fragen sich – zu meinem großen Amüsement –, wen ich da spazieren fahre. Ich zeige ihm Paris, zeige ihm alles, und er zuckt nicht einmal mit der

Wimper. Er erinnert mich an diesen Indianerhäuptling, über den es heißt, dass er nach Washington kommt, um den Großen Weißen Vater zu sehen, und dann in seine Decke gehüllt dasteht und keine Miene verzieht. *Ich fühle mich selber schon fast wie der Große Weiße Vater* – so wie er sich aufführt.« Sie enthusiasmierte sich für die glückliche Idee des Vergleichs der eigenen Person mit dieser Persönlichkeit – er passe so gut zu ihrem Wesen; und sie erklärte, sie gedenke diesen Titel fortan zu führen. »Und dann die Art, wie er in einem Winkel meines Salons sitzt und meine Besucher scharf fixiert, als wolle er gleich irgendetwas vom Zaun brechen! Sie fragen sich, was er vom Zaun brechen will. Aber er ist fabelhaft«, betonte Miss Barrace erneut. »Bisher hat er noch nichts vom Zaun gebrochen.«

Ihre anwesenden Freunde, die einen verständigen Blick tauschten, sahen ihn trotzdem wahrhaft vor sich, Bilham mit unverhohlener Belustigung, Strether mit einem Hauch Betrübnis. Strethers Betrübnis – denn der Vergleich war grandios – rührte von der Einsicht, wie wenig er selbst in seine Decke gehüllt dastand, wie wenig er – in Marmorsälen, dem Großen Weißen Vater allzu wenig Beachtung zollend – einem wirklich majestätischen Ureinwohner glich. Aber ihn beschäftigte noch eine andere Überlegung. »Jeder von Ihnen hier besitzt einen so ausgeprägten visuellen Sinn, dass sich ihm alle irgendwie ›überlassen‹ haben. Manchmal gewinnt man den Eindruck, als besäßen sie überhaupt keinen anderen.«

»Einen moralischen«, erläuterte der kleine Bilham und beobachtete über den Garten hinweg heiter die diversen *femmes du monde*. »Aber Miss Barrace besitzt ein exzellentes moralisches Gespür«, fuhr er freundlich fort; es klang, als sage er es in Strethers Interesse nicht weniger als in ihrem.

»*Tatsächlich?*« wollte Strether, ohne recht zu merken, was er tat, fast ungeduldig von ihr wissen.

»Oh, kein exzellentes« – sein Ton amüsierte sie höchlich – »Mr. Bilham ist zu gütig. Aber ich darf wohl sagen, ein hinreichendes Gespür. Ja, ein hinreichendes. Hatten Sie mir etwa irgendwelche Absonderlichkeiten unterstellt?« – und wieder fixierte sie ihn drollig gespannt durch ihre langstielige Schildpattlorgnette. »Sie alle sind wirklich fabelhaft. Ich würde Sie maßlos enttäuschen. Ich lege großen Wert auf mein hinreichendes Gespür. Freilich muss ich gestehen«, fuhr sie fort, »dass ich absonderliche Leute kenne. Ich weiß nicht, wie es kommt; es geschieht nicht mit Absicht; es scheint mein Verhängnis – als wäre ich ihnen zur Gewohnheit geworden: es ist fabelhaft! Überdies bestreite ich nicht«, führte sie mit interessiertem Ernst weiter aus, »dass ich mich, dass wir alle hier uns zu sehr dem bloßen Augenschein überlassen. Aber was soll man tun? Wir betrachten einander – und im Pariser Licht erkennt man eben die Ähnlichkeiten. Die scheint das Pariser Licht einem immer zu zeigen. Das Pariser Licht ist schuld – liebes, altes Licht!«

»Liebes, altes Paris!« erklang das Echo des kleinen Bilham.

»Alles und jeder zeigt sich«, fuhr Miss Barrace fort.

»Aber als das, was sie auch tatsächlich sind?« fragte Strether.

»Oh, ich liebe Ihr Bostoner ›tatsächlich‹! Doch manchmal – ja.«

»Also dann, liebes, altes Paris!«, seufzte Strether resigniert, während sie sich einen Augenblick lang anschauten. Dann platzte er heraus: »Gilt das auch für Madame de Vionnet? Ich meine, dass sie sich so zeigt, wie sie tatsächlich ist?«

Ihre Antwort war prompt. »Sie ist bezaubernd. Sie ist vollkommen.«

»Warum haben Sie dann vorhin ›Oh, oh, oh!‹ gerufen, als ihr Name fiel?«

Sie erinnerte sich mühelos. »Nun, ebendeshalb –! Sie ist fabelhaft.«

»Ach, sie also auch?« – Strether ächzte beinahe.

Doch Miss Barrace hatte inzwischen Entsatz erspäht. »Warum stellen Sie die Frage nicht einfach der Person, die sie am besten beantworten kann?«

»Nein«, sagte der keine Bilham; »fragen Sie nicht; warten Sie lieber – das macht mehr Spaß – und urteilen Sie selbst. Er kommt, um Sie zu ihr zu bringen.«

II

Worauf Strether merkte, dass Chad wieder zur Stelle war; und so lächerlich es klingt, er wusste später kaum noch, was sich dann so rasch abgespielt hatte. Er spürte, dass ihn dieser Augenblick stärker angriff, als er zu erklären vermocht hätte, und spekulierte im Nachhinein, ob er wohl besonders blass oder rot im Gesicht gewesen war, als er mit Chad davonging. Nur über eines herrschte bei ihm völlige Klarheit, taktlose Bemerkungen waren zum Glück nicht gefallen, und Chad hatte sich, in Miss Barraces bekanntem Sinne, fabelhafter gezeigt denn je. Es war eine der Situationen – aber warum eigentlich, das schien nicht gleichermaßen klar –, da sich das ganze Ausmaß seiner Veränderung besonders schlagend zeigte. Als sie dem Haus zustrebten, erinnerte sich Strether, wie Chad ihn am ersten Abend mit dem Wissen beeindruckt hatte, wie man eine Loge betrat. Und er beeindruckte ihn nun kaum weniger dadurch, zu wissen, was sich für eine Vorstellung schickte. Sie würdigte seine Persönlichkeit, unterstrich deren Wert; so dass sich unser Freund, im Vollgefühl seiner Passivität, allerdings vorkam, als werde er regelrecht überreicht und ausgehändigt; schlankweg, wie er es ausgedrückt haben würde, als Präsent offeriert, hergeschenkt. Als sie zum Haus kamen, erschien auf der Freitreppe eine junge Frau ohne Begleitung; den Worten, die Chad mit ihr wechselte, entnahm Strether sogleich, dass sie ihnen aus Gefälligkeit, freundlicherweise entgegengegangen war. Chad hatte sie im Haus zurückgelassen, doch dann war sie ihnen auf halbem Weg entgegengekommen und hatte sich im nächsten Moment zu ihnen in den Garten gesellt. Anfangs verunsicherte ihre jugendliche Ausstrahlung Strether beinahe; als zweiter, nicht weniger intensiver Eindruck folgte jedoch eine gewisse Erleichterung, dass die Runde vorhin keine despektierlichen Bemerkungen über sie gemacht hatte. Er erfasste im Nu, dass sie niemand war, dem gegenüber man sich dies erlaubte; und inzwischen, nach der Vorstellung durch Chad, hatte sie ihn ganz schlicht und freundlich angesprochen in einem Englisch, das sie offenbar keinerlei Mühe kostete und das doch keinem glich, das er kannte. Es klang nicht etwa, als strengte sie sich an; nichts an ihr, das sah er bereits nach wenigen Minuten, war angestrengt; doch ihre Art zu sprechen, entzückend korrekt und speziell, erschien wie eine Vorkehrung, nicht für eine Polin gehalten zu werden. Vorkehrungen gab es nur, so glaubte er allerdings zu erkennen, bei wirklicher Gefahr.

Später sollte er noch etliche mehr erspüren, doch dann zugleich mit anderen Dingen. Sie trug Schwarz, aber ein Schwarz, das er als licht und durchscheinend empfand; sie war ungemein blond und hatte, trotz ihrer ausgesprochenen Schlankheit, ein rundliches Gesicht mit weit auseinanderliegenden, ein wenig fremdartigen Augen. Ihr Lächeln war ungekünstelt und diskret; ihr Hut nicht extravagant; nur schien ihm vielleicht, als klirrten unter den luftigen schwarzen Ärmeln mehr goldene Armbänder und Reifen, als er eine Dame je hatte tragen sehen. Chad gestaltete ihre Begegnung fabelhaft unbefangen und entspannt; Strether wünschte sich bei dieser Gelegenheit wieder einmal sehnlichst, er selbst hätte auch zu solcher Leichtigkeit und solchem Humor gefunden: »Na bitte, jetzt steht ihr euch endlich von Angesicht zu Angesicht gegenüber; ihr seid füreinander geschaffen – *vous allez voir* – meinen Segen habt ihr jedenfalls.« Und als er gegangen war, schien es tatsächlich, als habe er es zum Teil ernst gemeint. Veranlassung zu diesem jüngsten Aufbruch schuf seine Erkundigung nach

›Jeanne‹; worauf ihm ihre Mutter geantwortet hatte, sie sei vermutlich noch im Hause bei Miss Gostrey, der sie sie eben anvertraut habe. »Aber«, hatte der junge Mann erwidert, »er muss sie doch kennenlernen«; mit diesen Worten, bei denen Strether die Ohren spitzte, hatte er sich auf den Weg gemacht, allem Anschein nach, um sie zu holen, und die anderen Objekte seines Interesses miteinander alleingelassen. Strether verspürte Überraschung, Miss Gostrey bereits mit im Spiel zu finden, und glaubte, ihm fehle ein Glied in der Kette; doch etwas verzögert erfüllte ihn auch das Gefühl, wie gern er sich auf Basis der Beweise mit ihr über Madame de Vionnet austauschen würde.

Die Beweise flossen bisher in Wahrheit spärlich; und vielleicht war es auch ein wenig das, was seinen Erwartungen einen gehörigen Dämpfer verpasste. Madame de Vionnet hatte keinen besonderen Überfluss zu bieten; und Überfluss war das einzige, womit er in seiner Einfalt ganz gewiss gerechnet hatte. Trotzdem wäre es übertrieben gewesen, bereits jetzt sicher zu sein, dass es sich schlicht um Mangel handelte. Sie entfernten sich vom Haus, und eine etwas abseits stehende Bank im Blick, schlug er vor, sich dort zu setzen. »Ich habe so viel über Sie gehört«, sagte sie unterwegs im Gehen; doch er parierte mit einer Antwort, die sie abrupt stehen bleiben ließ. »Nun, über *Sie*, Madame de Vionnet, muss ich sagen, habe ich fast nichts gehört« – dies schienen ihm die einzigen Worte, die er, zumindest mit einiger Klarheit, überhaupt äußern konnte; eingedenk nämlich, und zwar völlig zu Recht, seiner Entschlossenheit, im Hinblick auf seine übrige Aufgabe, absolut offen zu sein und absolut geradlinig zu verfahren. Er hatte jedenfalls nie und nimmer im Sinn gehabt, Chad dort nachzuspionieren, wo es seine persönliche Freiheit betraf. Vielleicht deutete sich genau in diesem Moment und unter dem Eindruck von Madame de Vionnets Verharren an, dass ein geradliniges Vorgehen Vorsicht gebot. Es reichte nämlich, dass sie ihn ganz freundlich anlächelte, und schon zweifelte er, ob er nicht bereits auf Abwegen wandelte. Es mochte ein Abweg sein, wenn man auf einen Schlag glasklar erkannte, dass sie zweifellos die Absicht hegte, ›nett‹ zu ihm zu sein, wie er es genannt hätte. Dies also spielte sich zwischen ihnen ab, während sie noch einen Moment reglos standen; zumindest hinterher konnte er sich nicht erinnern, was es sonst hätte sein können. Wirklich unmissverständlich blieb freilich das Faktum – das ihn wie eine Welle überspülte –, unter unwägbaren und nicht auszudenkenden Umständen Gegenstand einer Diskussion gewesen zu sein. In irgendeiner Angelegenheit, die sie betraf, hatte man sich für ihn verbürgt; daraus gewann sie einen Vorteil, den er nie würde ausgleichen können.

»Hat denn Miss Gostrey«, fragte sie, »kein gutes Wort für mich eingelegt?«

Als erstes war ihm die Art und Weise aufgefallen, wie man ihn mit jener Dame zusammenspannte; und er überlegte, welches Bild ihrer Bekanntschaft Chad wohl vermittelt haben mochte. Auf alle Fälle war offensichtlich etwas ihm noch nicht ganz Greifbares geschehen. »Ich wusste nicht einmal, dass sie Sie kennt.«

»Nun, jetzt wird sie Ihnen alles erzählen. Ich bin so froh, dass Sie in Verbindung mit ihr stehen.«

Dies war eines der Dinge – nämlich *was* Miss Gostrey ihm jetzt ›alles‹ erzählen würde –, das, bei aller Rücksicht auf das gegenwärtige Hauptproblem, Strether am meisten beschäftigte, als sie Platz genommen hatten. Nach fünf Minuten trat als weiteres hinzu, dass sie sich von Mrs. Newsome oder selbst von Mrs. Pocock – o ja, unbestreitbar – kaum *unterschied*; das heißt, fast gar nicht unterschied – zumindest oberflächlich betrachtet. Sie war um einiges jünger als die eine und nicht so jung wie die andere; aber was hatte sie denn nur an sich, dass es völlig ausgeschlossen schien, ihr in Woollett zu begegnen? Und inwiefern machte sie während der gemeinsamen Minuten auf der Bank anders Konversation, als es sich für eine Woolletter Gartengesellschaft geschickt hätte? – außer vielleicht doch tatsächlich, dass sie nicht ganz so geistreich war? Sie erwähnte, Mr. Newsome habe sich, ihres Wissens, über seinen Besuch ungemein gefreut; aber das hätte jede veritable Woolletter Dame genauso zustande gebracht. Wurzelte etwa tief im Inneren Chads doch das Prinzip einer Loyalität zum Ursprung, die ihn aus sentimentalen Gründen verlasst hatte, sich mit Elementen zu verknüpfen, die ihn am meisten an Heimatluft und heimatliche Scholle erinnerten? Warum also aus dem Häuschen geraten – Strether vermochte es sogar in diese Worte zu kleiden –, wegen dieses fremden Phänomens der *femme du monde*? Unter diesen Bedingungen war Mrs. Newsome ebenso gut eine *femme du monde*. Der kleine Bilham hatte ja bezeugt, dass Damen dieses Typs sich bei größerer Nähe ganz zeigten; doch gerade in dieser Nähe – die eben relativ groß war – spürte er Madame de Vionnets allgemeine Menschlichkeit. Sie entpuppte sich, gewiss zu seiner Erleichterung, aber doch auch leider, als das Übliche. Es mochte verborgene Motive geben, aber das konnte auch in Woollett oft der Fall sein. Indes, wenn sie ihm schon zeigte, dass sie gesonnen war, ihn nett zu finden – wozu die verborgenen Motive freilich Anlass geben mochten –, so würde er es vielleicht prickelnder gefunden haben, sie hätte ihr Anderssein intensiver zum Ausdruck gebracht. Ach, sie war weder Türkin noch Polin! – was für Mrs. Newsome und Mrs. Pocock freilich eine neuerliche Schlappe bedeutete. Inzwischen hatten sich eine Dame und zwei Herren ihrer Bank genähert, und dieser Umstand hemmte einstweilen weitere Entwicklungen.

Gleich darauf wandten sich die illustren Fremden an

seine Begleiterin; sie erhob sich, um mit ihnen zu sprechen, und Strether bemerkte, dass die eskortierte Dame, obwohl reiferen Alters und keineswegs schön, mehr von der kühnen, hochfahrenden Art, mehr von den Allüren kostspieliger Neigungen besaß, auf denen, wie man sagen könnte, seine Pläne gefußt hatten. Madame de Vionnet begrüßte sie mit ›Duchesse‹ und wurde ihrerseits, während sich die Unterhaltung auf Französisch entspann, als ›*ma toute-belle*‹ begrüßt; Kleinigkeiten, die bei Strether auf gebührendes, auf lebhaftes Interesse stießen. Madame de Vionnet stellte ihn gleichwohl nicht vor – was, wie ihm bewusst war, mit Woolletter Regeln und Woolletter Höflichkeit nicht harmonierte, jedoch die Herzogin, die selbstbewusst und ungezwungen auf ihn wirkte, ziemlich so, wie er sich Herzoginnen vage vorgestellt hatte, keineswegs daran hinderte, ihn derart direkt und scharf zu fixieren – denn es *war* scharf –, als hätte sie trotzdem gern seine Bekanntschaft gemacht. »O ja, mein Lieber, ganz recht, *ich* bin es; und wer sind *Sie*, mit Ihren interessanten Falten und der überaus eindrucksvollen (der schönsten oder der hässlichsten?) Nase?« – solch eine lose Handvoll lebhaft duftender, leuchtender Blumen schien sie ihm zuzuwerfen. Strether hätte sich um ein Haar gefragt – solche Gedanken kamen bei ihm bereits in Schwung –, ob es die Ahnung dieser wechselseitigen Wirkung sei, die Madame de Vionnet zur Untätigkeit veranlasste. Einem der Herren glückte es jedenfalls, sich dicht an die Begleiterin unseres Freundes heranzuspielen; einem recht korpulenten und bedeutend kleinen Herrn mit einem Hut mit herrlich hochgebogener Krempe und einem auf äußerst prononcierte Art zugeknöpften Gehrock. Er hatte von Französisch rasch in ein ebenso fließendes Englisch gewechselt, und Strether kam der Gedanke, es könnte sich um einen der Gesandten handeln. Er beabsichtigte offenbar, Madame de Vionnets Gunst ungeteilt zu gewinnen, und bewerkstelligte dies binnen einer Minute – er entführte sie durch eine List, die aus drei Worten bestand; eine List, gebraucht mit einer gesellschaftlichen Gewandtheit, der Strether sich nicht gewachsen fühlte, als er den vieren hinterher blickte, die ihm nun alle den Rücken kehrten und davongingen.

Er sank wieder auf die Bank, und während sein Blick der Gruppe folgte, bedachte er, wie schon zuvor, Chads merkwürdigen Umgang. Fünf Minuten lang saß er dort allein, mit genügend Stoff zum Nachdenken; vor allem, weil sein Gefühl, von einer charmanten Frau plötzlich sitzengelassen worden zu sein, nun von anderen Eindrücken überdeckt wurde und eigentlich völlig geklärt und unwesentlich geworden war. Er hatte nie mit solcher Gelassenheit kapituliert; es kümmerte ihn kein bisschen, dass niemand mehr mit ihm gesprochen hatte. Er sah sich als Teil eines so uferlosen Umzugs, dass die mangelnde Höflichkeit, mit der man ihn eben abgefertigt hatte, als nur unbedeutende Episode der Prozession bewertet werden konnte. Außerdem würden noch genug Episoden folgen, sagte er sich, als seine Betrachtungen ihr Ende fanden durch das Wiederauftauchen des kleinen Bilham, der sich einen Moment lang vor ihn hinstellte, mit einem vielsagenden »Nun?«, in dem er sich gespiegelt fand: aufgelöst und möglicherweise zu Boden geworfen. Er erwiderte mit einem »Nun!«, das zeigen sollte, er sei keineswegs zu Boden geworfen. Nein, allerdings nicht; als der junge Mann sich neben ihn setzte, behauptete er, falls er überhaupt irgendwohin geschleudert worden sei, dann in höhere Sphären, in das sublimere Element, zu dem er eine Affinität besäße und in dem ein Weilchen dahinzuschweben man ihm getrost zutrauen dürfe. Es bedeutete auch keinen Abstieg zur Erde, nach einem Augenblick und als Reaktion auf die Anspielung zu fragen: »Sind Sie ganz sicher, dass ihr Gatte noch lebt?«

»O Gott, ja.«

»Ach, dann –!«

»Ach, dann was?«

Strether musste doch überlegen. »Also, dann tun sie mir leid.« Aber darüber hinaus beschäftigte ihn dies im Moment nicht weiter. Er versicherte seinem jungen Freund, er sei rundum zufrieden. Sie sollten sich jetzt nicht mehr vom Fleck rühren; hier, wo sie säßen, säßen sie gut. Er wolle nicht noch mehr Leuten vorgestellt werden, sei schon über Gebühr vorgestellt worden. Zudem habe er enorm viel gesehen; Gloriani gefalle ihm, er sei, wie Miss Barrace ständig betone, fabelhaft; ebenso hätte er, da sei er sicher, das übrige halbe Dutzend Berühmtheiten ausgemacht, die Künstler, die Kritiker und, o ja, den großen Dramatiker – *der* sei ja nun wirklich nicht zu übersehen; wolle aber – nein, danke, wirklich nicht – mit keinem von ihnen sprechen; er habe ohnehin nichts zu sagen und fände es eben recht, wie es sei; recht, denn es sei eben – nun, ganz einfach zu spät. Und als der kleine Bilham dann fügsam und verständnisvoll, dennoch auf raschen Trost bedacht, leichthin meinte: »Besser spät als nie!«, erntete er bloß ein barsches: »Besser zu früh als spät!« Diese Stimmung weitete sich in Strether allerdings im nächsten Augenblick zu einer stillen Flut von Bekundungen, die er, sobald er sich ihr ergeben hatte, als wahre Erleichterung empfand. Zwar hatte sie sich nicht unbemerkt von ihm aufgestaut, aber das Reservoir war rascher randvoll als gedacht, und die Bemerkung seines Gefährten ließ das Wasser über die Ufer treten. Gewisse Dinge können, wenn überhaupt, nur beizeiten geschehen. Geschahen sie nicht beizeiten, blieben sie für immer verloren. Es war die Empfindung dieser Dinge, die ihn mit ihrem langen, langsamen Andrängen überwältigt hatte.

»Zu spät ist es keinesfalls für *Sie*, und Sie scheinen mir nicht in der Gefahr, den Zug zu verpassen; außerdem darf man bei Menschen im allgemeinen natürlich ziemlich sicher darauf bauen, dass sie – wenn die Uhr ihrer Freiheit so laut tickt wie hier – die flüchtige Stunde im Blick behalten. Vergessen Sie trotzdem nicht, dass Sie jung sind – mit Jugend gesegnet; im Gegenteil, freuen Sie sich dessen und leben Sie entsprechend. Leben Sie, so intensiv Sie können; alles andere ist ein Fehler. *Was* Sie tun, spielt eigentlich keine große Rolle, solange Sie Ihr eigenes Leben leben. Wenn Sie *das* nicht gelebt haben, was haben Sie dann überhaupt gehabt? Die Umgebung hier mit ihren Eindrücken – auch wenn Sie sie zu lau finden, um jemanden so aufzuwühlen; alle Eindrücke, die ich von Chad und den Menschen in *seiner* Umgebung empfangen habe – nun, sie haben mir ihre reiche Botschaft vermittelt, haben mir eben genau *das* offenbart. Ich erkenne es jetzt. Das habe ich vorher nicht genügend getan – und nun bin ich alt; zu alt jedenfalls für meine Einsicht. Oh, immerhin *sehe* ich jetzt, und mehr als Sie glauben oder ich auszudrücken vermag. Es ist zu spät. Und es scheint, als hätte mir der Grips gefehlt, um den Zug zu sehen, der im Bahnhof nur auf mich gewartet hat. Jetzt höre ich sein schwaches, schwindendes Pfeifen Meilen und Meilen entfernt auf den Gleisen. Was man verliert, hat man verloren; machen Sie sich da nichts vor. Die ganze Sache – das Leben, meine ich – hätte für mich zweifellos nicht anders verlaufen können; denn es ist bestenfalls eine Blechform, entweder geriffelt und bossiert mit dekorativen Auswüchsen oder aber glatt und schrecklich schlicht, in die, als wehrloses Gelee, das Bewusstsein gegossen wird – wo es Form ›gewinnt‹, wie der berühmte Küchenchef sagt, und mehr oder weniger kompakt gehalten wird: kurz, man lebt, wie man kann. Immerhin haben wir die Illusion der Freiheit; vergessen Sie deshalb nicht, so wie ich heute, diese Illusion. Ich war im entscheidenden Augenblick entweder zu dumm oder zu klug, mich daran zu erinnern; ich weiß nicht, was von beiden. Jetzt spricht aus mir natürlich die Reaktion auf diesen Fehler; und der Stimme der Reaktion sollte man fraglos nie ohne Vorbehalt begegnen. Das ändert aber nichts daran, dass für Sie jetzt die richtige Zeit da ist. Die richtige Zeit ist *jede* Zeit, die man zum Glück noch besitzt. Sie haben noch jede Menge; das ist das Schöne; Sie sind, wie gesagt, hol Sie der Teufel, so phänomenal und abscheulich jung. Verpassen Sie bloß nichts aus Dummheit. Ich halte Sie natürlich für keinen Dummkopf, sonst würde ich nicht so rüpelhaft zu Ihnen sprechen. Tun Sie, was Sie wollen, bloß begehen Sie nicht *meinen* Fehler. Denn es war ein Fehler. Leben Sie, leben Sie!« … Bedächtig und unbefangen, mit üppigen Pausen und direkten Vorstößen hatte Strether sich so entbürdet und von Schritt zu Schritt der tiefen und nachdenklichen Aufmerksamkeit des kleinen Bilham versichert. Zum Schluss war der junge Mann ganz ernst geworden, und das stand nun im Widerspruch zu der harmlosen Heiterkeit, die der Sprecher hatte befördern wollen. Er beobachtete einen Augenblick die Folgen seiner Worte, dann legte er seinem Zuhörer die Hand aufs Knie und sagte, wie um mit einem passenden Scherz zu schließen: »Hüten Sie sich, ab jetzt werde ich Sie nicht mehr aus den Augen lassen!«

»Oh, aber ich glaube nicht, dass ich in Ihrem Alter so sehr viel anders sein möchte als Sie!«

»Na, dann strengen Sie sich schon mal an«, sagte Strether, »amüsanter zu sein.«

Der kleine Bilham überlegte weiter, zuletzt aber lächelte er. »Aber Sie sind doch amüsant – zumindest für *mich*.«

»*Impayable*, wie man so sagt, gewiss. Aber was bin ich mir selbst?« Damit war Strether aufgestanden und richtete sein Interesse auf eine Begegnung, die in der Mitte des Gartens soeben zwischen ihrem Gastgeber und jener Dame stattfand, an deren Seite Madame de Vionnet ihn verlassen hatte. Diese Dame, die ihre Freunde schon nach wenigen Minuten aufgegeben zu haben schien, empfing den zielstrebig nahenden Gloriani mit Worten, die Strether zwar nicht verstehen, deren Echo er jedoch auf ihrem anziehenden und geistreichen Gesicht ablesen konnte. Er war von ihrer Schlagfertigkeit und Finesse überzeugt, aber auch davon, dass sie in Gloriani einen gleichrangigen Gegner gefunden hatte, und ihm gefiel – im Lichte dessen, was er als versteckte Arroganz sicher auszumachen glaubte – der Humor, mit dem der berühmte Künstler ebenbürtige Mittel ins Feld führte. Gehörte dieses Paar zur ›großen Welt‹? – und zählte er selbst, für den Augenblick und durch seine Beobachtung derart mit ihnen in Verbindung gesetzt, auch dazu? Dann besaß die große Welt insgeheim etwas Tigerhaftes, das über den Rasen und in der lieblichen Luft zu ihm herüberwehte wie ein Hauch des Dschungels. Doch von den beiden bewunderte, ja beneidete er mehr den grandiosen, herrlich gezeichneten männlichen Tiger. Diese Ungereimtheiten eines aufgereizten Gemüts, rasch gereifte Früchte der Assoziation, spiegelten sich in seinen nächsten Worten an den kleinen Bilham. »Apropos, ich weiß, wem *ich* gerne ähnlich wäre.«

Der kleine Bilham folgte seinem Blick; doch dann, wie mit einer Spur wissender Überraschung: »Gloriani?«

Unser Freund hatte in der Tat bereits gezögert, wenn auch nicht wegen der angeklungenen Zweifel seines Gefährten, aus denen tiefe kritische Zurückhaltung sprach. Er hatte in dem nun ausgefüllten Tableau eben etwas anderes, jemand anderen ausgemacht; ein frischer Eindruck hatte sich in den Vordergrund geschoben. Ein junges Mädchen im weißen Kleid und mit einem weißen, zart gefiederten Hut war plötzlich aufgetaucht, und bald wurde augenfällig, dass es auf sie zusteuerte. Noch augenfälliger schien, dass es sich bei dem gutaussehenden jungen Mann an ihrer Seite um Chad Newsome handelte, und am augenfälligsten, dass sie demnach Mademoiselle de Vionnet sein musste, dass sie unverkennbar hübsch war – strahlend, sanft, schüchtern, glücklich, wundervoll – und dass Chad sie jetzt, mit geschickt kalkuliertem Effekt, dem Blick seines alten Freundes präsentieren wollte. Am aller augenfälligsten war freilich etwas, das darüber noch hinausging, etwas, das auf einen Schlag – vielleicht nur durch den Kontrast des Nebeneinanders? – alle Unklarheiten beseitigte. Es war, als würde eine Feder klickend einrasten – er erkannte die Wahrheit. Inzwischen hatte er auch Chads Blick aufgefangen und darin weitere Bestätigung gefunden; und so war Bilhams Frage von der Wahrheit selbst beantwortet worden. »Oh, Chad!« – diesem ungewöhnlichen jungen Mann wäre er gerne ›ähnlich‹ gewesen. Die tugendhafte Neigung würde gleich komplett vor ihm stehen; die tugendhafte Neigung würde gleich seinen Segen erbitten; Jeanne de Vionnet, dies charmante Geschöpf, würde nun – in reinster Innigkeit – dessen Gegenstand sein. Chad führte sie direkt zu ihm, und Chad übertrumpfte, o ja, in diesem Augenblick – zum Ruhme Woolletts oder was auch immer – sogar Gloriani. Er hatte diese Blüte gepflückt; er hatte sie über Nacht in Wasser gestellt; und jetzt, als er sie schließlich der Bewunderung darbot, da genoss er die erzielte Wirkung. Deshalb also hatte Strether anfangs einen Hauch von Berechnung gespürt, und deshalb würde zudem, wie er jetzt wusste, der Blick, mit dem er das Mädchen bedachte, dem jungen Mann als Beweis seines Erfolges gelten. Welcher junge Mann hätte je grundlos auf diese Weise ein Mädchen in seiner Blüte zur Schau gestellt? Und seine Gründe waren für den Moment keineswegs unerfindlich. Mademoiselle de Vionnets Typus sprach Bände – man konnte unmöglich wollen, dass sie nach Woollett ging. Armes Woollett, und was es versäumen würde! – allerdings aber auch wackerer Chad, und was es gewinnen könnte! Der wackere Chad hatte jedoch soeben trefflich gesprochen. »Das hier ist eine kleine gute Freundin, die alles über Sie weiß und die Ihnen außerdem etwas ausrichten soll. Und das hier, meine Liebe« – er hatte sich an das Kind gewandt – »ist der beste Mensch der Welt, der es in der Hand hat, sehr viel für uns zu tun, und den ich Sie bitte, nach Möglichkeit ebenso sehr zu lieben und zu schätzen, wie ich es tue.«

Blühend stand sie da, etwas verschüchtert, wurde zusehends hübscher und glich kein bisschen ihrer Mutter. Die Ähnlichkeit bestand nur in beider Jugend; und hier empfing Strether plötzlich den stärksten Eindruck. Er dachte verwundert, verwirrt, verlegen an die Frau, mit der er vorhin gesprochen hatte; im Lichte dieser Offenbarung erkannte er bereits, dass sie für ihn noch interessanter werden würde. Obwohl so rank und schlank und schön, hatte sie doch dies vollkommene Geschöpf in die Welt gesetzt; aber um es ihr wirklich zu glauben, um sie auf einer so reifen Stufe wie der einer Mutter zu sehen, wäre ein unmittelbarer Vergleich dringend erforderlich. Und wurde der ihm jetzt nicht quasi aufgedrängt? »Mama lässt Ihnen, bevor wir aufbrechen, durch mich noch ausrichten«, sagte das Mädchen, »sie hoffe sehr, dass Sie uns recht bald besuchen. Sie hat Ihnen etwas Wichtiges zu sagen.«

»Sie macht sich ziemliche Vorwürfe«, erklärte Chad hilfsbereit, »sie fand Sie nämlich sehr interessant und hat dann doch zugelassen, dass Sie so jäh unterbrochen wurden.«

»Ach, nicht der Rede wert!« murmelte Strether, wobei er freundlich von einem zum anderen blickte und sich vieles fragte.

»Und ich soll Sie auch selber bitten«, fuhr Jeanne fort und faltete die Hände wie zu einem auswendig gelernten kleinen Gebet – »ich soll Sie auch selber bitten, doch wirklich auch bestimmt bald zu kommen.«

»Überlass das nur mir, Liebes – ich sorge schon dafür!«

erklärte Chad heiter, während Strether beinahe der Atem stockte. Alles an diesem Mädchen war wirklich zu zart, zu unbekannt, um sich direkt mit ihm zu befassen; man konnte dieses Mädchen nur wie ein Gemälde betrachten und Zurückhaltung üben. Aber gegenüber Chad fühlte er jetzt sicheren Boden unter den Füßen – Chad konnte er gegenübertreten; eine so schöne, reiche Zuversicht strahlte dieser junge Mann aus. Sein Ton der Gefährtin gegenüber war vielsagend, und er redete wirklich so, als gehöre er bereits zur Familie. Umso rascher erriet Strether, was Madame de Vionnet so dringlich erschien. Jetzt, wo sie ihn kennengelernt hatte, fand sie ihn umgänglich; sie wollte eine offene Aussprache mit ihm darüber, dass für die jungen Leute irgendein Weg gefunden werden musste, ein Weg, der die Umsiedlung ihrer Tochter nicht zur Bedingung machte. Er sah sich mit dieser Dame bereits die Annehmlichkeiten diskutieren, die ein Wohnsitz in Woollett Chads Gefährtin verhieß. Würde der junge Mann sie jetzt mit der Angelegenheit betrauen – so dass der Gesandte seiner Mutter letzten Endes doch genötigt wäre, sich mit einer seiner ›Freundinnen‹ ins Benehmen zu setzen? Kurze Zeit schien es wirklich, als kreuzten sich die Blicke der beiden Männer über dieser Frage. Aber am Ende war Chads Stolz, eine solche Verbindung zu präsentieren, unverkennbar. Daher rührte auch das selbstsichere Auftreten, mit dem er sie vor drei Minuten präsentiert hatte; auf den ersten Blick hatte diese Haltung seinem Freund Eindruck gemacht. Mit einem Wort, gerade als er schließlich merkte, dass Chad die Verantwortung restlos ihm zuschob, da beneidete er ihn, wie er dem kleinen Bilham gestanden hatte, am gewaltigsten. Die ganze Demonstration dauerte jedoch nur drei oder vier Minuten, und ihr Initiator hatte schon bald erklärt, da Madame de Vionnet unmittelbar ›weiter‹ müsse, könne Jeanne nur eine Stippvisite machen. Sie alle würden sich bald wiedersehen,

Strether solle inzwischen hierbleiben und sich amüsieren: »Ich hole Sie in einer guten Weile wieder ab.« Er führte das Mädchen davon, wie er es gebracht hatte, und Strether, das leise, liebliche exotische ›Au revoir, monsieur!‹ wie einen fast nie gehörten Klang im Ohr, verfolgte, wie sie sich, Seite an Seite, entfernten und spürte erneut, welchen Akzent die Beziehung ihres Gefährten zu ihr dadurch bekam. Sie verschwanden unter den anderen und offenbar im Haus; worauf sich unser Freund nach dem kleinen Bilham umdrehte, um ihm seine Überzeugung kundzutun, vor der er förmlich überfloss. Aber da war kein kleiner Bilham mehr; der kleine Bilham hatte sich, in diesen wenigen Augenblicken, aus nur ihm bekannten Gründen verflüchtigt: dieser Umstand berührte Strether ebenfalls recht eigenartig.

III

Sein Versprechen, er werde zurückkommen, sollte Chad diesmal nicht einlösen; aber Miss Gostrey hatte sich bald mit einer Erklärung für sein Ausbleiben eingestellt; gewisse Gründe hätten ihn in letzter Minute bestimmt, mit *ces dames* zu gehen; und er habe sie selbst inständig gebeten, sich ins Freie zu begeben und ihres gemeinsamen Freundes anzunehmen. Sie tat dies, nach Strethers Ansicht, als sie sich neben ihn setzte, in einer Weise, die nichts zu wünschen übrig ließ. Er war wieder auf seine Bank gesunken, blieb eine Zeitlang erneut allein und empfand durch die Abkehr des kleinen Bilham seine unausgesprochenen Überlegungen desto deutlicher; in dieser Hinsicht bot seine neue Gesprächspartnerin freilich ein noch aufnahmefähigeres Gefäß. »Es ist die Kleine!« hatte er ihr beinahe sofort bei ihrem Auftauchen zugerufen; und obwohl ihre direkte Antwort etwas auf sich warten ließ, spürte er inzwischen doch, wie diese Wahrheit in ihr arbeitete. Kam ihr Zögern vielleicht schlicht nur daher, dass sie nun gemeinsam vor der vollen Wahrheit standen, die sich flutartig ausbreitete und ihr im Augenblick nicht bloß becherweise verabreicht werden konnte, da sich *ces dames* ausgerechnet als Personen entpuppten, über die sie ihm – wie sie feststellte, sobald sie ihnen unmittelbar gegenüberstand – von Anfang an fast alles hätte erzählen können? Dies wäre auch freimütig geschehen, hätte er nur die einfache Vorkehrung getroffen, ihr deren Namen zu nennen. Es könne gar kein besseres Beispiel geben – und sie schien ihm dies mit großer Belustigung zu bemerken – als seine Art, schließlich jede Vorsicht außer Acht zu lassen, wo er die

Dinge nun bereits weitgehend im Alleingang herausfinde. Sie seien, sie und die Mutter des Kindes, nicht mehr und nicht weniger als alte Schulfreundinnen – Freundinnen, die einander zwar jahrelang kaum getroffen hatten, von diesem unerwarteten Zufall aber plötzlich zusammengeführt worden seien. Sie empfinde es als wahre Erlösung, deutete Miss Gostrey an, nicht länger im Dunkeln zu tappen; sie sei langes Herumtasten nicht gewohnt und greife im allgemeinen, wie er wohl bemerkt haben dürfte, geradewegs nach dem Schlüssel. Derjenige, den sie nun in Händen halte, erspare einem zumindest unnützes Rätselraten. »Sie will mich besuchen – das heißt, Ihretwegen«, fuhr Strethers Ratgeberin fort, »aber ich weiß auch so, wo ich stehe.«

Unnützes Rätselraten mochte immerhin geächtet sein, aber Strether schwamm bezeichnenderweise auch jetzt noch in der Unendlichkeit des Raums. »Damit meinen Sie, Sie wissen, wo *sie* steht?«

Sie zögerte unmerklich. »Ich meine, wenn sie mich besuchen kommt, werde ich – jetzt, da ich mich von dem Schock etwas erholt habe – nicht zu Hause sein.«

Strether hing in der Luft. »Ihr Wiedersehen war für Sie ein Schock?«

Sie zeigte ein rares Zeichen ihrer Ungeduld. »Es war eine Überraschung, eine Aufwallung. Nehmen Sie es nicht so wörtlich. Ich will mit ihr nichts zu tun haben.«

Der arme Strether zog ein langes Gesicht. »Sie ist unmöglich –?«

»Sie ist noch viel charmanter, als ich sie in Erinnerung hatte.«

»Was ist es dann?«

Sie musste überlegen, wie sie es formulieren sollte. »Also, *ich* bin unmöglich. Es ist unmöglich. Alles ist unmöglich.«

Er sah sie einen Moment an. »Ich ahne, worauf Sie hinauswollen. Alles ist möglich.« Darüber tauschten sie tatsächlich einen längeren Blick; anschließend fuhr er fort: »Das schöne Kind ist es nicht?« Dann, als sie noch immer nichts sagte: »Weshalb wollen Sie sie nicht empfangen?«

Sie antwortete gleich und ohne Umschweife. »Weil ich mich aus der Sache heraushalten möchte.«

Er klagte leise jammernd: »Sie wollen mich *jetzt* im Stich lassen?«

»Nein. Ich lasse lediglich *sie* im Stich. Sie wird wollen, dass ich ihr beistehe Ihnen gegenüber. Und das möchte ich nicht.«

»Sie wollen nur mir beistehen ihr gegenüber? Also, dann –!« Die meisten der zuvor Versammelten waren zum Tee ins Haus gegangen, und sie hatten die Gartenanlage praktisch für sich. Die Schatten fielen lang, die letzten Rufe der Vögel, die in dem vornehmen, dünn besiedelten Viertel Wohnung genommen hatten, tönten aus den hohen Bäumen auch der anderen Gärten, denen des alten Klosters und der alten *hôtels*; unsere Freunde schienen nur darauf gewartet zu haben, dass sich der Zauber für sie voll entfalte. Strethers Impressionen waren weiterhin präsent; etwas schien geschehen zu sein, das diese Eindrücke ›festnagelte‹, noch steigerte; doch bald darauf, am selben Abend, sollte er sich fragen, was sich *wirklich* ereignet hatte – blieb ihm doch trotz allem bewusst, dass für einen Herrn, der, und zwar zum ersten Mal, in die ›große Welt‹ eingeführt worden war, in die Welt der Gesandten und Herzoginnen, die einzelnen Posten ein bloß mageres Sümmchen ergaben. Es war ihm freilich nichts Neues, wie wir wissen, dass ein Mann – jedenfalls ein Mann wie er – eine Menge von Erfahrungen sammeln konnte, die in völligem Missverhältnis zu seinen Abenteuern stand; auch wenn es also fraglos kein großes Abenteuer bedeutete, dort mit Miss Gostrey zu sitzen und von Madame de Vionnet zu hören, so verliehen doch die Stunde, der Rahmen, die unmittelbaren, die jüngsten, die möglichen Realitäten – sowie der Gedankenaustausch selbst, davon jeder Ton seinen Nachhall fand – diesen Momenten den Hauch von Geschichte.

Als Geschichte zählte zunächst, dass Jeannes Mutter vor dreiundzwanzig Jahren in Genf Schulkameradin und gute Freundin von Maria Gostrey gewesen war, die sie seither immer wieder, allerdings mit Unterbrechungen und vor allem mit einer langen Pause in jüngster Zeit, getroffen hatte. Dreiundzwanzig Jahre hatten die Uhr für sie beide vorgerückt, unbestreitbar; und Madame de Vionnet konnte – obwohl sie gleich nach der Schule geheiratet hatte – heute keine Stunde jünger sein als achtunddreißig. Das machte sie zehn Jahre älter als Chad – allerdings, wenn Strether so wollte, auch zehn Jahre älter, als sie aussah; das mindeste also, was man sich von einer Schwiegermutter in spe erwarten durfte. Sie würde die bezauberndste aller Schwiegermütter abgeben; es sei denn, sie strafte sich, durch eine bisher nicht anzunehmende Launenhaftigkeit in dieser Hinsicht selbst Lügen. Es gab gewiss keine, in der sie, soweit Maria sich ihrer erinnerte, anders als bezaubernd sein konnte; und das, ganz unverhohlen gesagt, trotz des Stigmas eines Scheiterns in jener Verbindung, wo sich ein Scheitern stets am deutlichsten zeige. Das sei kein Kriterium – wann könnte es auf diesem Gebiet überhaupt je eines sein –, denn Monsieur de Vionnet war ein Ekel. Sie lebte schon seit Jahren getrennt von ihm – was natürlich immer eine scheußliche Situation bedeutete; nach Miss Gostreys Einschätzung allerdings hätte sie es auch nicht besser einrichten können, wenn sie zum Beweis ihrer Liebenswürdigkeit alles absichtlich herbeigeführt hätte. Sie war so liebenswürdig, dass niemand ein Wort zu sagen wusste; bei ihrem Gatten verhielt es sich glücklicherweise anders. Er war so unmöglich, dass sie alle Meriten erntete.

Als Geschichte empfand Strether weiterhin, dass der

Comte de Vionnet – es zählte gleichfalls zur Geschichte, dass es sich bei der fraglichen Dame um eine Comtesse handelte –, durch Maria Gostreys scharfen Pinselstrich jetzt vor ihm Gestalt gewann als hochgestellter, vornehmer, kultivierter, schamloser Schuft, das Produkt einer geheimnisvollen Schicht; es war außerdem Geschichte, dass das von seiner Gefährtin so bereitwillig skizzierte, bezaubernde Mädchen von der Mutter, einer weiteren Gestalt mit auffälligen Konturen, aus dunklen persönlichen Motiven kurzerhand verheiratet worden war; vielleicht am deutlichsten war Geschichte, das diese Gesellschaft sich selbstredend von Rücksichten leiten ließ, die eine Scheidung völlig indiskutabel machten. »*Ces gens-là* lassen sich nicht scheiden, wissen Sie, genauso wenig wie sie auswandern oder ihrem Glauben abschwören – sie finden es gottlos und vulgär«; dieser Umstand ließ sie ihm in erlesener Weise noch besonderer erscheinen. Alles war besonders; alles war für Strethers Phantasie mehr oder weniger erlesen. Das Mädchen in der Genfer Schule, ein isoliertes, interessantes, gewinnendes Geschöpf, damals sowohl sensibel als auch ungestüm, dreist und doch stets der Verzeihung gewiss, sei die Tochter eines französischen Vaters und einer englischen Mutter, die, früh verwitwet, wieder geheiratet hatte – erneut einen Ausländer; ihr Lebensweg mit ihm habe ihrer Tochter offenbar kein Beispiel der Behaglichkeit geboten. All diese Leute – von Seiten der englischen Mutter – seien größtenteils gesellschaftlich hochgestellte Personen gewesen; und dabei reich an Schrullen und Gegensätzen, die in Maria seither oft, wenn sie darüber nachdenke, die Frage habe aufkommen lassen, wie sie überhaupt harmonierten. Jedenfalls glaube sie, die eigennützige und abenteuerlustige Mutter habe gewissenlos nur daran gedacht, ganz rasch einen eventuellen, einen tatsächlichen Klotz am Bein loszuwerden. Ihr Eindruck vom Vater, ein Franzose mit bekanntem Namen, sei völlig anders; er habe seinem Kind, wie sie sich deutlich entsinne, eine zärtliche Erinnerung hinterlassen und dazu ein gesichertes kleines Vermögen, wodurch sie später zu ihrem Pech praktisch zur Beute geworden sei. In der Schule habe sie besonders geglänzt durch eine blendende, indes kaum aus Büchern gezogene Klugheit; sie sei polyglott gewesen wie eine kleine Jüdin (die sie nicht sei, o nein!) und habe Französisch, Englisch, Deutsch, Italienisch, was man nur wollte, auf eine Art und Weise parliert, die ihr zwar nicht reihenweise Preise und Urkunden beschert habe, zumindest aber doch den alleinigen Anspruch auf jede auswendig gelernte oder improvisierte ›Rolle‹ im kostüm- und vorhangseligen Repertoire der Schule und, im Kreis ihrer buntgemischten Mitschülerinnen, besonders auf alle Mysterien von Herkunft und vager Anspielung, auf jede Prahlerei über ›zu Hause‹.

Heute falle es zweifellos schwer, sie als Französin oder Engländerin zu erkennen und einzusortieren; sie würde sich, meinte Miss Gostrey, bei näherer Bekanntschaft bestimmt als eine jener angenehmen Personen erweisen, denen man nicht ständig etwas erklären müsse – Gemüter mit Türen, die ebenso zahlreich seien wie die Fülle der vielzüngigen Beichtstühle im Petersdom. Man könne ihr getrost auf Rumelisch beichten und sogar rumelische Sünden. »Deshalb –!« Doch Strethers Informantin überdeckte ihre Folgerung mit einem Lachen, einem Lachen, das vielleicht auch seine Reaktion auf diese leicht makabre Vorstellung genügend kaschierte. Und während seine Freundin fortfuhr, fragte er sich flüchtig, was wohl speziell rumelische Sünden sein mochten. Sie fuhr jedenfalls fort und erzählte, sie habe das junge Ding – abermals an einem Schweizer See – zu Beginn ihrer Ehe getroffen, die nach diesen ersten Jahren keineswegs gefährdet schien. Sie sei damals entzückend gewesen, ganz reizend *ihr* gegenüber, voll herzlicher Rührung, heiterer Wiedersehensfreude und erheiternder Reminiszenzen; und dann noch einmal, viel später, mit einem langen Abstand, ebenso, wenn auch auf andere Weise, bezaubernd – rührend und recht rätselhaft während der fünfminütigen Begegnung auf einem Bahnhof *en province*, in deren Verlauf herausgekommen war, dass sich ihr Leben restlos verändert hatte. Miss Gostrey hatte genug verstanden, um im wesentlichen zu erfassen, was geschehen war, und dennoch die freundliche Vorstellung gehegt, sie selbst treffe keine Schuld. Zweifellos existierten auch in ihr Abgründe, aber sie sei schon in Ordnung; Strether werde ja sehen. Allerdings sei sie ein ganz anderer Mensch – so viel hatte sich gleich gezeigt – als seinerzeit das Naturkind in der Genfer Schule; eine kleine, durch die Ehe stark veränderte Person (wie es bei ausländischen Frauen, verglichen mit amerikanischen, eben so gehe). Auch ihre Situation habe sich offensichtlich geklärt; es scheine – all das war möglich – eine gerichtliche Trennung stattgefunden zu haben. Sie hatte sich in Paris niedergelassen, ihre Tochter großgezogen, ihr Boot gesteuert. Es sei – speziell dort – nicht besonders angenehm, in einem solchen Boot zu sitzen; aber Marie de Vionnet habe wohl Kurs gehalten. Sie besäße auch gewiss Freunde – und zwar sehr gute. Da sei sie nun jedenfalls – und das wäre doch höchst interessant. Dass sie Mr. Chad kannte, beweise nicht im mindesten, sie besäße keine Freunde; es bewies bloß, was für gute Freunde *er* habe. »Ich habe es«, sagte Miss Gostrey, »an jenem Abend im Français gesehen; es war mir nach drei Minuten klar. Ich habe *sie* gesehen – oder jemanden wie sie. Und Sie«, fügte sie sofort hinzu, »haben es auch gesehen.«

»O nein – nicht jemanden wie sie!« sagte Strether und lachte. »Aber glauben Sie denn«, fuhr er rasch fort, »dass ihr Einfluss auf ihn so groß gewesen ist?«

Miss Gostrey war aufgestanden; es wurde Zeit zum Aufbruch. »Sie hat ihn für ihre Tochter erzogen.«

Darauf begegneten sich ihre Blicke, wie so oft, durch die festgeklemmten Brillen hindurch, in einem langen, offenen Austausch; dann fasste Strether wieder den gesamten Garten in den Blick. Sie waren jetzt ganz allein. »Dann muss sie sich aber – in der knappen Zeit – ziemlich beeilt haben.«

»Ah, sie hat natürlich keine einzige Stunde verloren. Wie sich das für eine gute Mutter gehört – eine gute französische Mutter. Daran müssen Sie bei ihr immer denken – als Mutter ist sie Französin, und bei französischen Müttern waltet eine besondere Vorsorge. Aber ebendarum – weil sie vielleicht nicht ganz so früh damit anfangen konnte, wie es ihr lieb gewesen wäre – ist sie für Hilfe dankbar.«

Strether nahm es in sich auf, während sie langsam zum Haus gingen. »Sie zählt also darauf, dass ich die Sache zu Ende führe?«

»Ja, sie zählt auf Sie. Oh, und zuallererst natürlich darauf«, setzte Miss Gostrey hinzu, »dass sie Sie – nun ja, überzeugt.«

»Ach«, erwiderte ihr Freund, »aber sie hat Chad jung zu fassen bekommen!«

»Schon, aber es gibt Frauen, die passen für jedes ›Lebensalter‹. Und gerade das sind die wundervollsten.«

Sie hatte diese Worte lächelnd gesagt, doch sie bewirkten, dass ihr Begleiter unvermittelt stehen blieb. »Meinen Sie damit, sie wird versuchen, mich zum Narren zu halten?«

»Nun, ich frage mich allerdings, *was* sie – bei sich bietender Gelegenheit – wohl tun wird.«

»Was nennen Sie«, fragte Strether, »eine sich bietende Gelegenheit? Meinen Besuch bei ihr?«

»Ach, Sie müssen sie treffen« – Miss Gostrey wich eine Spur aus. »Sie haben keine Wahl. Die andere Frau hätten Sie auch getroffen. Ich meine, wenn es da eine gegeben hätte – eine von der anderen Sorte. Deswegen sind Sie ja herübergekommen.«

Schon möglich; doch Strether betonte den Unterschied. »Ich bin nicht herübergekommen, um *diese* Sorte zu treffen.«

Sie bedachte ihn jetzt mit einem verwunderten Blick. »Sind Sie enttäuscht, dass sie nicht schlimmer ist?«

Er erwog die Frage einen Moment, dann fand er die freimütige Antwort. »Ja. Wenn sie schlimmer wäre, wäre das unserem Zweck dienlicher. Es wäre einfacher.«

»Vielleicht«, räumte sie ein. »Aber ist es so nicht vergnüglicher?«

»Ach, wissen Sie«, entgegnete er prompt, »ich bin nicht zu meinem Vergnügen herübergekommen. Ebendas hatten Sie mir doch ursprünglich vorgeworfen, oder?«

»Genau. Deshalb wiederhole ich, was ich anfangs sagte. Sie müssen die Dinge nehmen, wie sie kommen. »Außerdem«, fügte Miss Gostrey an, »befürchte ich für mich selbst nichts.«

»Für sich selbst –?«

»Von Ihrem Besuch bei ihr. Ich vertraue ihr. Sie wird nichts über mich erzählen. Es gibt nämlich nichts, was sie erzählen *könnte*.«

Strether staunte – so fern hatte ihm dieser Gedanke gelegen. Dann platzte er heraus: »Oh, ihr Frauen!«

Darin lag etwas, das sie erröten ließ.

»Ja – da haben wir's wieder. Wir sind abgründig.« Schließlich lächelte sie. »Aber bei ihr gehe ich das Risiko ein!«

Er gab sich einen Ruck. »Also, dann tue ich es auch!« Doch als sie das Haus betraten, setzte er hinzu, gleich morgen früh wolle er mit Chad sprechen.

Das ließ sich am nächsten Tag umso leichter einrichten, als der junge Mann, zufällig, noch bevor Strether heruntergekommen war, im Hotel auftauchte. Strether nahm seinen Kaffee gewohnheitsmäßig im Gemeinschaftsraum; doch als er mit dieser Absicht unten erschien, empfahl Chad auf der

Stelle den Umzug an einen, wie er sich ausdrückte, intimeren Ort. Er selbst habe auch noch nichts zu sich genommen – sie würden sich gemeinsam irgendwo hinsetzen; und als sie nach ein paar Schritten in den Boulevard eingebogen waren und, der größeren Intimität halber, zwischen zwanzig anderen Personen Platz genommen hatten, erkannte unser Freund hinter dem Manöver seines Begleiters die Angst vor Waymarshs Auftauchen. Zum ersten Mal hatte Chad in einem solchen Maß diese Seite von sich preisgegeben; und Strether fragte sich erstaunt, wofür dies symptomatisch sei. Er merkte im Nu, dass der junge Mann so ernst war, wie er ihn noch nicht gesehen hatte; was wiederum ein vielleicht etwas überraschendes Licht darauf warf, was beide bisher als ernst betrachtet hatten. Es war allerdings recht schmeichelhaft, dass der wahre Kern – sofern dies nun endlich den wahren Kern darstellte – allem Anschein nach ausgerechnet durch Strethers gewachsene Bedeutung ans Licht gelangte. Denn darauf lief es rasch hinaus – Chad war mit den Hühnern aufgestanden und zu ihm geeilt, um ihn, solange sein Geist noch die Frische des Morgens teilte, wissen zu lassen, er habe am Nachmittag zuvor buchstäblich ungeheuren Eindruck gemacht. Madame de Vionnet würde und könne keine Ruhe finden, bevor sie nicht die Versicherung erhalte, er sei einverstanden, sie nochmals zu treffen. Diese Eröffnung erfolgte über die marmorne Tischplatte hinweg, während in ihren Tassen die heiße Milch schäumte, deren Gluckern noch in der Luft hing, begleitet von Chads unbeschwert weltmännischem Lächeln; und seine Miene verdichtete die Bedenken unseres Freundes auf der Stelle zu einem Einspruch, der ihm über die Lippen kam. »Hör mal« – das war alles; und vorläufig sagte er erneut nur: »Hör mal.« Chad erfasste sofort, worum es ging, und Strether entsann sich seines ersten Eindrucks von ihm, an die Vorstellung eines glücklichen, jungen Heiden, hübsch und hart, doch merkwürdig duldsam, dessen mysteriöses Maß er unter der Straßenlaterne gedanklich zu fassen gesucht hatte. Während sie einen langen Blick tauschten, begriff der junge Heide durchaus. Strether brauchte den Rest schließlich kaum noch auszusprechen – »Ich möchte wissen, woran ich bin.« Trotzdem sprach er es aus und fügte, bevor eine Antwort kam, noch etwas hinzu. »Bist du mit der jungen Dame verlobt? Ist das dein Geheimnis?«

Chad schüttelte langsam und liebenswürdig den Kopf, eine seiner Gewohnheiten, um zu vermitteln, alles komme zu seiner Zeit. »Ich habe kein Geheimnis – auch wenn ich Geheimnisse haben mag! Dies ist jedenfalls keines. Wir sind nicht verlobt. Nein.«

»Was ist dann der Haken?«

»Sie meinen, warum ich mit Ihnen noch nicht abgereist bin?« Chad trank den ersten Schluck Kaffee, butterte sein Brötchen und erklärte ganz bereitwillig: »Nichts hätte mich dazu bringen können – auch weiterhin wird mich nichts dazu bringen –, irgendetwas unversucht zu lassen, Sie so lange hierzubehalten, wie man Sie zum Bleiben bewegen kann. Es tut Ihnen sichtlich viel zu gut.« Strether hätte zu diesem Punkt selber einiges beizusteuern gewusst, aber es war auch amüsant zu verfolgen, welche Richtung Chad mit seinem Ton einschlug. Nie war er so sehr der Mann von Welt gewesen, und in seiner Gesellschaft blieb unserem Freund stets bewusst, hier Zeuge zu werden, wie sich ein Mann von Welt in diversen Situationen bewährte. Er hielt sich großartig. »Meine Idee – *voyons* – lautet schlicht, dass Sie Madame de Vionnet die Gelegenheit geben, Sie kennenzulernen, dass Sie einwilligen, *sie* kennenzulernen. Ich scheue mich nicht im Geringsten, Ihnen zu gestehen, dass sie, klug und charmant, wie sie ist, mein volles Vertrauen genießt. Ich bitte Sie lediglich, ihr zu gestatten, mit Ihnen zu sprechen. Sie wollten von mir wissen, was der Haken, wie Sie es nennen, für mich ist, und das wird sie Ihnen, so weit es geht, erklären. Sie selbst ist der Haken für mich, zum Henker – wenn Sie schon alles wissen müssen. Doch in einem Sinn«, beeilte er sich ganz bezaubernd hinzuzufügen, »den Sie ganz gut selber herausfinden werden. Sie ist mir eine zu gute Freundin, verflixt. Zu gut, meine ich, als dass ich abreisen könnte, ohne – ohne –« Zum ersten Mal stockte er.

»Ohne was?«

»Ohne, nun ja, irgendwie die verdammten Bedingungen für mein Opfer auszuhandeln.«

»Also ist es doch ein Opfer?«

»Einen herberen Verlust werde ich nie erleiden. Ich verdanke ihr so viel.«

Es war wunderbar, wie Chad diese Dinge sagte, und seine dringende Bitte war jetzt zugegeben – oh, ganz eklatant und offenkundig – interessant. Der Augenblick gewann für Strether tatsächlich eine gesteigerte Intensität. Chad verdankte Madame de Vionnet so viel? War das denn des Rätsels Lösung? Er stand wegen der Veränderungen in ihrer Schuld, und sie befand sich dadurch in der Lage, ihre Rechnung für die mit der Sanierung verbundenen Unkosten einzureichen. War dies im Grunde nicht der Schluss, den man ziehen sollte? Strether zog ihn, während er da saß, seinen Toast kaute und seine zweite Tasse umrührte. Dies mit dem Beistand von Chads ernster, angenehmer Miene zu tun, bedeutete noch etwas anderes. Nein, nie zuvor war er derart bereit gewesen, ihn zu akzeptieren, wie er war. Aber was hatte sich so plötzlich geklärt? Doch nur das Wesen der Beteiligten; das hieß, außer – bis zu einem gewissen Grade – sein eigenes. *Das* nämlich fühlte Strether für den Moment beschmutzt von all dem, was er fälschlicherweise vermutet oder geglaubt hatte. Der Mensch, dem es Chad verdankte, dass andere Menschen seine Anwesenheit als durchaus wohltuend empfanden – ein solcher Mensch war durch die Art seines Wirkens und das stetige Leuchten, das der junge Mann ausstrahlte, über jeden ›Verdacht‹ hinlänglich erhaben. Diese Gedanken überschlugen sich geradezu in ihm, als sie einander ablösten; trotzdem konnte Strether dazwischen eine Frage stellen. »Habe ich dein Ehrenwort, dass du dich *mir* auslieferst, wenn ich mich Madame Vionnet ausliefere?«

Chad legte seine Hand fest auf die seines Freundes. »Mein Bester, das haben Sie.«

Sein Überschwang bekam jetzt fast etwas Peinliches und Beklemmendes – so dass Strether kaum mehr still sitzen konnte, es verlangte ihn nach frischer Luft und strammer Haltung. Er hatte dem Kellner mit einem Wink bedeutet, zahlen zu wollen, und dies nahm einige Augenblicke in Anspruch, in denen er deutlich spürte, während er das Geld hinlegte und Miene machte – ziemlich unglaubwürdig –, als überschlage er das Wechselgeld, dass Chads überlegener Geist, seine Jugend, seine Gewandtheit, sein Heidentum, sein Überschwang, sein Selbstvertrauen, seine Frechheit, oder was immer es sein mochte, offensichtlich einen Erfolg errungen hatten. Nun, das ging soweit in Ordnung; sein Eindruck dieser fraglichen Qualität hüllte unseren Freund gleichsam in einen Schleier, durch den er – gewissermaßen gedämpft – seinen Gesprächspartner fragen hörte, ob er ihn gegen fünf nicht mit nach drüben nehmen dürfe. ›Drüben‹ meinte das andere Flussufer, und am anderen Flussufer wohnte Madame de Vionnet, und fünf meinte noch am selben Nachmittag. Endlich verließen sie das Lokal – ohne dass er geantwortet hatte. Auf der Straße zündete er sich eine Zigarette an, was ihm wieder Zeit verschaffte. Doch ihm war bereits klar, dass ihm Zeit nichts nützte. »Wozu will sie mich bringen?« fragte er bald.

Chad verlor keine Zeit. »Haben Sie Angst vor ihr?«

»Oh, ganz ungeheuer. Siehst du das nicht?«

»Nun«, sagte Chad, »sie will Sie nur dazu bringen, sie zu mögen.«

»Ebendas macht mir Angst.«

»Das ist mir gegenüber aber nicht fair.«

Strether überlegte. »Deiner Mutter gegenüber ist es fair.«

»Oh«, sagte Chad, »haben Sie Angst vor *ihr*?«

»Kaum weniger. Vielleicht sogar mehr. Aber hat diese Dame etwas gegen deine Interessen zu Hause?« fuhr Strether fort.

»Direkt bestimmt nicht, aber sie ist sehr für meine Interessen hier.«

»Und wo sieht sie – ›hier‹ – deine Interessen?«

»In guten Beziehungen!«

»Zu ihr?«

»Zu ihr.«

»Und was macht diese Beziehungen so gut?«

»Was? Nun, ebendas werden Sie herausfinden, wenn Sie sie nur, worum ich Sie inständig bitte, besuchen wollen.«

Strether starrte ihn zweifellos mit einem Hauch jenes Erblassens an, das die Vorstellung, noch mehr ›herausfinden‹ zu müssen, fast unweigerlich bei ihm bewirkte. »Ich meine, *wie* gut sind sie?«

»Oh, unverschämt gut.«

Wieder hatte Strether gestockt, freilich nur kurz. Schön und gut, aber jetzt war er bereit, alles zu riskieren. »Entschuldige bitte, aber ich muss – wie ich dir anfangs sagte – wirklich wissen, woran ich bin. Ist sie schlecht?«

»›Schlecht‹?« – echote Chad, ganz ohne Entsetzen. »Das also vermutet man –?«

»Wenn die Beziehungen gut sind?« Strether fühlte sich ein wenig töricht und merkte sogar, dass er albern lachte, weil er sich in eine Lage gebracht sah, in der er wohl so etwas gesagt hatte. Was redete er da eigentlich? Sein starrer

Blick hatte sich entspannt; er schaute sich jetzt nach allen Seiten um. Aber irgendetwas brachte ihn zurück zum Thema, obwohl er immer noch nicht recht wusste, wie er sich ausdrücken sollte. Die zwei oder drei Möglichkeiten, die ihm einfielen, besonders eine, waren, selbst wenn man alle Bedenken beiseiteließ, zu hässlich. Trotzdem fiel ihm schließlich etwas ein. »Ist ihr Leben untadelig?«

Er fand sich, kaum hatte er es ausgesprochen, pompös und pedantisch; in einem solchen Maß, dass er Chad dankbar war, weil er es nicht in die falsche Kehle bekam. Die ungeheuere Direktheit, mit welcher der junge Mann darauf einging, grenzte definitiv an Güte. »Absolut untadelig. Ein vorbildliches Leben. *Allez donc voir!*«

Diese letzten Worte waren in ihrer unendlichen Zuversicht so zwingend, dass Strether auf eine förmliche Zustimmung verzichtete; bevor sie sich trennten, war ausgemacht, dass er um Viertel vor fünf abgeholt werde.

SECHSTES BUCH

I

Es ging gegen halb sechs – die beiden Männer hatten kaum ein Dutzend Minuten zusammen in Madame de Vionnets Salon verbracht –, als Chad, mit einem Blick auf die Uhr und einem zweiten auf die Gastgeberin, freundlich und fröhlich meinte: »Ich bin verabredet, und ich weiß, Sie werden sich nicht beklagen, wenn ich ihn hier bei Ihnen lasse. Sie werden ihn ungeheuer interessant finden; und was umgekehrt *sie* betrifft«, er wandte sich an Strether, »da kann ich Ihnen versichern, sollten Sie irgendwie nervös sein, sie ist völlig harmlos.«

Er hatte es ihnen überlassen, ob dieser Garantie Verlegenheit zu empfinden oder nicht, je nachdem, und Strether war anfangs durchaus unsicher, dass es Madame de Vionnet gelang, sich von einer gewissen Verlegenheit freizumachen. Er selbst konnte es, zu seiner Überraschung; aber er war inzwischen daran gewöhnt, sich für unverfroren zu halten. Die Gastgeberin bewohnte in der Rue de Bellechasse den ersten Stock eines alten Hauses, das unsere Besucher über einen sauberen, alten Hof betreten hatten. Der weite und lichte Hof offenbarte unserem Freund viel über den Hang zur Abgeschiedenheit, die Ruhe des Abstands, die Dignität von Distanz und Annäherung; sein reger Sinn entdeckte in dem Hause den Stil nobel-schlichter Vornehmheit vergangener Zeiten; und jenes altehrwürdige Paris, das er ständig suchte – manchmal intensiv fühlte, manchmal noch heftiger vermisste –, zeigte sich im uralten Glanz der breiten gebohnerten Treppe und in den schönen *boiseries*, den Medaillons, Hohlkehlen, Spiegeln, den großen, klaren Flächen des grauweißen Salons, in den man ihn geführt hatte. Er schien sie inmitten von Besitztümern zu sehen, bei denen es sich nicht um zahlreich zusammengetragene Dinge handelte, sondern um zauberhafte, wertgeschätzte Erbstücke. Als er den Blick, nach einer Weile, von dem der Gastgeberin abwandte und Chad zwanglos weiterplauderte – keineswegs über *ihn*, sondern über andere Leute, Leute, die er nicht kannte, und ganz so, als kenne er sie –, begann er etwas von dem zu erahnen, was im Hintergrund der Bewohnerin aufleuchtete, etwas von der Glorie, von der Blüte des Ersten Kaiserreiches, vom Nimbus Napoleons, vom matten Abglanz der großen Legende; Spuren, die all den Empirestühlen und mythologischen Bronzen und Sphinxköpfen und den verschossenen, abwechselnd mit Seide und Satin gestreiften Tapeten immer noch anhafteten.

Das Haus selbst entstammte einer noch früheren Epoche – so vermutete er und auch, dass hier sozusagen ein leises Echo des alten Paris widerhallte; doch die nachrevolutionäre Zeit, die Welt, die er sich vage als die Welt Chateaubriands, der Madame de Staël, sogar des jungen Lamartine dachte, hatte ihren Stempel in Form von Harfen und Urnen und Fackeln hinterlassen, ein Stempel, der allerlei kleinen Dingen, Zierrat und Gedenkstücken aufgedrückt war. Seines Wissens hatte er noch nie persönliche Gedenkstücke von dieser Dignität vor Augen gehabt – kleine alte Miniaturen, Medaillons, Bilder, Bücher; Lederbände, rötlich und grünlich, mit Goldgirlanden auf dem Rücken, lagen, bunt gemischt neben anderen Gegenständen, unter den Scheiben messingbeschlagener Vitrinen. Er bedachte sie alle mit zärtlicher Aufmerksamkeit. Sie zählten zu den Dingen, durch die sich Madame de Vionnets Wohnung deutlich abhob von Miss Gostreys kleinem Museum der Gelegenheitskäufe und Chads reizendem Heim; er erkannte, dass diese Wohnung hier viel mehr auf alten, vielleicht dann und wann geschrumpften Ansammlungen gründete als auf irgendeiner modernen Akquisitionspraxis oder Sammelleidenschaft. Chad und Miss Gostrey hatten gestöbert und gekauft, aufgelesen und ausgetauscht, ausgewählt, geprüft, verglichen; dagegen hatte die Herrin der Szene vor ihm, in schöner Passivität unter dem Zauber der Erbfolge – des väterlichen Erbes, wie er ziemlich sicher war –, bloß empfangen, still und zufrieden. Wenn sie einmal nicht passiv geblieben war, so hatte sie sich höchstens zu einem verborgenen Akt der Wohltätigkeit zugunsten eines ehemals Vermögenden bewegt gefühlt. Von manchen Dingen hatten sie oder ihre Vorfahren sich vielleicht gar notgedrungen getrennt, aber Strether vermochte ihnen nicht zu unterstellen, alte Stücke veräußert zu haben, um dafür ›bessere‹ zu erwerben. Sie hätten kein Gespür gehabt für den Unterschied zwischen besser und schlechter. Er konnte sich allenfalls ausmalen, dass sie – vielleicht in der Emigration oder in der Verbannung, denn seine Skizze blieb flüchtig und diffus – den Druck der Not oder die Pflicht zum Opfer verspürt hatten.

Der Druck der Not – wie auch immer es um den anderen Zwang bestellt sein mochte – schien indes derzeit nicht zu walten, denn die Zeugnisse einer maßvollen Bequemlichkeit traten immerhin vielfältig zutage, zahlreiche Zeichen eines Geschmacks, dessen Neigungen man vielleicht exzentrisch hätte nennen können. Er glaubte ausgeprägte kleine Vorlieben und schroffe kleine Abweisungen zu erraten, einen tiefen Argwohn gegen das Gewöhnliche und eine eigenwillige Auffassung von dem, was sich gehört. Das Ergebnis all dessen war etwas, wofür er nicht gleich einen Namen fand, aber er hätte die Sache noch am ehesten bezeichnet als die Aura allerhöchster Achtbarkeit, das Bewusstsein – fein, still, reserviert, und doch alles deutlich durchdringend – von persönlicher Ehre. Die Aura allerhöchster Achtbarkeit – das war eine seltsam leere Wand, zu der ihn sein Abenteuer geführt hatte, um seine Nase an ihr zu brechen. Wirklich hatte diese Aura, wie er jetzt merkte, alle Zugänge erfüllt, im Hof geschwebt, den er durchschritten hatte, über der Treppe gehangen, die er hinaufstiegen war, und vibriert im dumpfen Grollen der alten, möglichst wenig elektrisierenden Klingel, deren antiquierte, doch wohlgepflegte Quaste Chad vor der Tür gezogen hatte; diese eigentümliche Aura hatte er, kurz gesagt, nie in reinerer Form geatmet. Nach Ablauf einer halben Stunde hätte er sich dafür verbürgt, dass einige der Glasvitrinen die Degen und Epauletten ehemaliger Obristen und Generäle bargen; Medaillen und Orden, einst angeheftet über Herzen, die längst nicht mehr schlugen; Schnupftabaksdosen, wie man sie Ministern und Gesandten überreichte; Widmungsexemplare, präsentiert von Verfassern, die jetzt als Klassiker galten. Allem zugrunde lag sein Gefühl, wie erstaunlich wenig sie den Frauen glich, die er kennengelernt hatte. Dieses Gefühl war seit dem Vortag, in dem Maße, wie er an sie dachte, ständig gewachsen und vor allem durch das Gespräch mit Chad am Morgen enorm genährt worden. Kurzum, alles ließ sie unendlich neu erscheinen, und nichts so sehr wie das alte Haus und die alten Dinge. Auf einem Tischchen unweit seines Stuhls lagen zwei, drei Bücher, doch sie besaßen nicht die zitronengelben Umschläge, mit denen er seit der Stunde seiner Ankunft geliebäugelt hatte und gegenüber denen er der Versuchung, ihre nähere Bekanntschaft zu machen, jetzt seit vierzehn Tagen komplett erlegen war. Auf einem Tisch, etwas weiter weg, entdeckte er die berühmte *Revue*, doch selbst dieses vertraute, in Mrs. Newsomes Empfangsräumen so markante Titelblatt zählte hier kaum als moderner Akzent. Er war sofort überzeugt – und erfuhr später auch, dass er recht gehabt hatte –, dass es sich um Chads persönliche Note handele. Wie würde Mrs. Newsome wohl den Umstand bewerten, dass Chads interessierter ›Einfluss‹ ihr Papiermesser in der *Revue* aufbewahrte? Der interessierte Einfluss war jedenfalls, wie man sagt, direkt aufs Ziel losgegangen – und sogar bald darüber hinausgeschossen.

Sie saß am Kamin auf einem kleinen, befransten Polsterstuhl, einem der wenigen modernen Gegenstände im Zimmer; sie saß zurückgelehnt, die Hände im Schoß gefaltet, und an ihrer ganzen Gestalt rührte sich nichts, außer dem regen, feinen Mienenspiel ihres unergründlich jungen Gesichts. Das Feuer unter dem niedrigen weißen Marmorsims, gleichsam kahl und konventionell, war zur silbrigen Asche hellen Holzes heruntergebrannt; in einiger Entfernung stand ein Fenster offen und ließ die sanfte Stille ein, aus der, in den kurzen Pausen, leise Geräusche drangen, angenehm und vertraut, fast ländlich, ein Plätschern und das Klappern von *sabots* aus irgendeiner Remise jenseits des Hofes. Solange Strether dort saß, veränderte Madame de Vionnet ihre Haltung keinen Zollbreit. »Ich glaube nicht, dass Sie von dem, was Sie tun, wirklich überzeugt sind«, sagte sie; »trotzdem werde ich Sie so behandeln, als glaubte ich es.«

»Und meinen damit«, erwiderte Strether sofort, »so, als glaubten Sie es nicht! Ich versichere Ihnen, es spielt für mich keinerlei Rolle, wie Sie mich behandeln.«

»Gut«, sagte sie und begegnete dieser Drohung recht tapfer und philosophisch, »entscheidend ist nur, dass Sie mit mir auskommen.«

»Ach, das tue ich aber nicht!« parierte er prompt.

Die Folge war ihr erneutes Verstummen; aus dem sie sich zum Glück jedoch rasch wieder befreite. »Sind Sie einverstanden, sich wenigstens ein bisschen mit mir zu vertragen – vorläufig –, so als würden Sie mit mir auskommen?«

Nun erst merkte er, wie weit sie ihm entgegengekommen war; und dazu gesellte sich das merkwürdige Gefühl, als höbe sie irgendwo unter ihm stehend die schönen flehenden Augen zu ihm auf. Als thronte er auf der Schwelle seiner

Haustür oder am Fenster und sie stünde unten auf der Straße. Einen Moment ließ er sie stehen und hätte auch sowieso nicht sprechen können. Plötzlich war es ein trauriger Augenblick, erfüllt von einer Traurigkeit, die sein Gesicht traf wie ein kalter Hauch. »Was bleibt mir anderes übrig«, fragte er schließlich, »als Sie anzuhören, so wie ich es Chadwick versprochen habe?«

»Ach, aber worum ich Sie bitte«, sagte sie rasch, »ist nicht das, was Mr. Newsome im Sinn hatte.« Sie redete jetzt, merkte er, als wolle sie beherzt *alles* aufs Spiel setzen. »Es ist etwas völlig anderes und meine eigene Idee.«

Dies bescherte dem armen Strether wahrhaftig – bei allem Unbehagen – etwas von dem Kitzel, einen gewagten Eindruck gerechtfertigt zu sehen. »Nun«, antwortete er recht wohlwollend, »ich hätte schon vor einem Augenblick schwören können, Ihnen sei selber eine Idee gekommen.«

Sie schien immer noch zu ihm hochzublicken, jetzt aber gelöster. »Das habe ich Ihnen angemerkt – und es hat mich in dieser Idee bestärkt. Sie sehen also«, fuhr sie fort, »wir kommen schon miteinander aus.«

»Oh, mir scheint aber, dass ich Ihrem Wunsch keinesfalls entspreche. Wie denn auch, wenn ich ihn nicht verstehe?«

»Es ist gar nicht nötig, dass Sie ihn verstehen; es reicht ganz gut, wenn Sie bloß daran denken. Vergessen Sie einfach nicht, dass ich auf Sie baue – und zwar keineswegs in weltbewegender Hinsicht. Lediglich«, sagte sie mit einem wundervollen Lachen, »was den gewöhnlichen Anstand betrifft.«

Strether machte eine lange Pause, während sie sich wieder gegenübersaßen, Aug' in Auge, genauso wie sie es, kaum weniger befangen, getan hatten, bevor die bedauernswerte Dame den Fluss überschritt. Für Strether war sie jetzt die bedauernswerte Dame, weil sie offensichtlich in irgendwelchen Schwierigkeiten steckte, und ihr Appell an ihn konnte nur bedeuten, dass es sich um ernste Schwierigkeiten handelte. Er konnte es nicht ändern; es war nicht seine Schuld; doch im Handumdrehen hatte sie ihr Treffen in eine persönliche Beziehung verwandelt. Und die Beziehung profitierte von etlichen Dingen, die strenggenommen weder dazugehörten noch damit zusammenhingen; sie profitierte von der puren Atmosphäre, die sie umgab, vom hohen, kühlen, vornehmen Raum, von der Welt draußen und vom leisen Plätschern im Hof, vom Ersten Kaiserreich und den Gedenkstücken in den zeremoniösen Vitrinen, von so entfernten Gründen wie jenen und von anderen, die so nahe lagen wie die reglos gefalteten Hände in ihrem Schoss und ihre Miene, die am natürlichsten wirkte, wenn sie beharrlich blickte. »Sie zählen da natürlich in einer Sache auf mich, die in Wahrheit viel wichtiger ist, als es klingt.«

»Oh, sie klingt wichtig genug!« erwiderte sie lachend.

Er stand im Begriff, ihr zu erklären, sie sei, wie Miss Barrace es nannte, fabelhaft; doch er hielt sich zurück und sagte stattdessen: »Was hätten Sie mir in Chads Sinne denn sagen sollen?«

»Ach, ihm ist nur in den Sinn gekommen, was einem Mann immer in den Sinn kommt – alle Last der Frau aufzubürden.«

»Der ›Frau‹ –?« wiederholte Strether gedehnt.

»Der Frau, die er gernhat – und genau in dem Maß, wie er sie gernhat. Auch im selben Maß – ich meine, was das Abschieben der Probleme anlangt –, wie sie *ihn* gernhat.«

Strether folgte diesem Gedankengang; dann fragte er selber unvermittelt: »Wie gern haben Sie Chad?«

»So sehr, um alles, was Sie betrifft, auf mich zu nehmen.« Doch sie schwenkte gleich wieder um. »Ich habe vor Ihrem Urteil über mich so gezittert, als hinge unser Wohl und Wehe davon ab; und auch jetzt«, fuhr sie herrlich fort, »atme ich tief durch – und ja, ich schöpfe in der Tat großen Mut – aus der Hoffnung, dass Sie mich wirklich nicht unmöglich finden.«

»Ganz offensichtlich«, meinte er nach einem Moment, »finden *Sie* mich jedenfalls nicht unmöglich.«

»Nun ja«, pflichtete sie bei, »weil Sie bislang noch nicht gesagt haben, Sie würden das bisschen Geduld, um das ich Sie bat, nicht aufbringen –«

»– ziehen Sie jetzt fabelhafte Schlussfolgerungen. Phantastisch. Aber sie sind mir nicht einsichtig«, fuhr Strether fort. »Mir scheint, Sie verlangen weit mehr, als Sie brauchen. Was kann ich, schlimmstenfalls für Sie, bestenfalls für mich, schon tun? Ich habe so viel Druck ausgeübt wie möglich. Ihre Bitte kommt nun wirklich etwas spät. Ich habe bereits alles unternommen, was mir die Situation erlaubt. Ich habe meine Meinung gesagt, und hier bin ich.«

»Ja, Sie sind hier, zum Glück!« Madame de Vionnet lachte. »Mrs. Newsome«, setzte sie in verändertem Ton hinzu, »hat nicht geglaubt, dass Sie so wenig tun können.«

Er zögerte, brachte aber die Worte heraus: »Immerhin glaubt sie es jetzt.«

»Wollen Sie damit sagen –« Aber jetzt zögerte auch sie.

»Ob ich was damit sagen will?«

Sie zauderte immer noch. »Verzeihen Sie, wenn ich daran rühre, aber wenn ich schon unkonventionelle Dinge sage, ja, vielleicht darf ich es dann auch? Und außerdem, sollten wir eigentlich nicht im Bilde darüber sein?«

»Worüber?« insistierte er, als sie wieder schwieg und um die Sache herumschlich wie die Katze um den heißen Brei.

Sie rang sich durch. »Hat sie Sie fallenlassen?«

Er wunderte sich später bei dem Gedanken, wie schlicht und gleichmütig er es aufgenommen hatte. »Noch nicht.« Es klang beinahe eine Spur enttäuscht – als hätte er sich noch mehr erwartet von ihrer Freimütigkeit. Trotzdem fragte er unverblümt: »Hat Chad Ihnen gesagt, das würde mir drohen?«

Sie war zweifellos entzückt von seiner Reaktion. »Wenn Sie damit meinen, ob wir darüber gesprochen haben – aber gewiss. Und nicht zuletzt daher rührte mein Wunsch, Sie zu treffen.«

»Um zu beurteilen, ob ich ein Mann bin, den eine Frau ohne weiteres imstande ist –?«

»Genau«, rief sie aus – »Sie wundervoller Gentleman! Ich werde jetzt mein Urteil fällen – vielmehr, mein Urteil *ist* gefallen. Eine Frau ist *nicht* dazu imstande. Sie dürfen sich sicher fühlen – mit Fug und Recht. Und Sie wären viel glücklicher, wenn Sie es glauben würden.«

Strether schwieg eine kleine Weile; dann hörte er sich mit einer zynischen Zuversicht reden, deren Wurzeln ihm, in diesem Moment, selbst verborgen blieben. »Ich bemühe mich, es zu glauben. Aber ich finde es phantastisch«, rief er aus, »dass *Sie* es bereits herausgefunden haben!«

Oh, dafür besaß sie eine Erklärung. »Vergessen Sie nicht, wie viel Aufschluss ich durch Mr. Newsome bekommen habe – bevor ich Sie kennenlernte. Er hält große Stücke auf Ihre Stärke.«

»Also, ich kann fast alles ertragen!« unterbrach unser Freund energisch. Darauf kehrte ihr unergründliches und schönes Lächeln zurück, mit der Folge, dass er seine eben gesprochenen Worte jetzt mit ihren Ohren hörte. Er empfand wohl, dass die ihn verrieten, aber hatte alles andere das nicht auch getan? Schön und gut, sich vorübergehend einzubilden, sie niederzuhalten, sie bezwungen zu haben: Aber was hatte er denn inzwischen anderes getan, als ihr praktisch zu signalisieren, dass er ihre Beziehung akzeptierte? Außerdem, was war ihre Beziehung denn anderes – oberflächlich und flüchtig, wie sie sich bisher auch präsentieren mochte – als das, was sie daraus zu machen beliebte?

Nichts konnte sie daran hindern – ganz gewiss nicht er –, die Beziehung angenehm zu gestalten. Im Hinterkopf, im tiefsten Grunde, regte sich das Gefühl, sie sei – da vor ihm, hautnah, in anschaulicher, zwingender Verkörperung – eine jener raren Frauen, von denen er so oft gehört und gelesen, über die er so oft nachgedacht hatte, ohne ihnen je begegnet zu sein, und deren schiere Gegenwart, deren Anblick und Stimme, deren bloße gleichzeitige *Gegebenheit* von dem Augenblick, da diese überhaupt zur Erscheinung gelangte, allein dadurch, dass man Kenntnis davon nahm, bereits eine Beziehung begründeten. Diesen Typus Frau hatte er in Mrs. Newsome nie gefunden, eine gleichzeitige *Gegebenheit*, die ausgesprochen lange gebraucht hatte, um zur Geltung zu gelangen; und im Augenblick, vis-à-vis von Madame de Vionnet, fühlte er, wie einfältig sein erster Eindruck von Miss Gostrey gewesen war. Bei ihr hatte es sich gewiss um eine rasch wachsende *Gegebenheit* gehandelt; aber die Welt war groß, und jeder Tag hielt eine neue Lektion bereit. Immerhin gab es auch unter den eigenartigeren Beziehungen solche und solche. »Natürlich entspreche ich Chads großem Stil«, setzte er eilends hinzu. »Er hatte keine besondere Mühe, mich einzuspannen.«

Ihre hochgezogenen Augenbrauen schienen jedes rücksichtslose Vorgehen des jungen Mannes leicht in Abrede zu stellen. »Sie müssen wissen, wie unendlich es ihn bekümmern würde, sollten Sie etwas einbüßen. Er glaubt, Sie können seine Mutter nachsichtig stimmen.«

Strether schaute sie fragend an. »Ach so. Also *das* wollen Sie in Wahrheit von mir. Und wie stellen Sie sich das vor? Vielleicht erklären Sie mir das einmal.«

»Sagen Sie ihr einfach die Wahrheit.«

»Und was nennen Sie so die Wahrheit?«

»Nun, *jede* Wahrheit – über uns alle –, die Sie selber erkennen. Ich überlasse es Ihnen.«

»Besten Dank.« Strether lachte rauh. »Wirklich ganz reizend, was Sie einem alles überlassen!«

Aber sie insistierte freundlich, sanft, als wäre das alles nicht schlimm. »Seien Sie absolut ehrlich. Sagen Sie ihr alles.«

»Alles?« wiederholte er in einem eigenartigen Ton.

»Sagen Sie ihr die schlichte Wahrheit«, bat Madame de Vionnet erneut.

»Aber wie *lautet* die schlichte Wahrheit? Die schlichte Wahrheit ist nämlich genau das, was ich herausfinden möchte.«

Sie ließ den Blick eine Zeitlang schweifen, bald aber sah sie ihn wieder an. »Erzählen Sie ihr ausführlich und freimütig von *uns*.«

Strether hatte sie währenddem mit großen Augen angeschaut. »Von Ihnen und Ihrer Tochter?«

»Ja – von der kleinen Jeanne und mir. Sagen Sie ihr«, ihre Stimme zitterte kaum merklich, »dass Sie uns mögen.«

»Und was nützt mir das? Oder vielmehr« – unterbrach er sich – »was nützt es *Ihnen*?«

Sie wurde ernster. »Im Grunde nichts, nicht wahr?«

Strether sann hin und her. »Sie hat mich nicht ausgeschickt, damit ich Sie ›mag‹.«

»Oh«, bestritt sie bezaubernd, »sie hat Sie ausgeschickt, damit Sie den Tatsachen ins Auge sehen.«

Einen Augenblick später räumte er ein, dass daran durchaus etwas sei. »Aber wie kann ich das, bevor ich sie kenne. Wollen Sie«, ermannte er sich dann zu fragen, »dass er Ihre Tochter heiratet?«

Sie schüttelte ebenso vornehm wie prompt den Kopf. »Nein – das nicht.«

»Und er selber will es wirklich nicht?«

Sie wiederholte die Bewegung, aber jetzt lag auf ihrem Gesicht ein seltsames Leuchten. »Dazu hat er sie zu gern.«

Strether wunderte sich. »Sie meinen, um es überhaupt in Erwägung zu ziehen, sie nach Amerika mitzunehmen?«

»Um sie anders als unendlich lieb und gut zu behandeln – ja wirklich zärtlich mit ihr umzugehen. Wir wachen über sie, und Sie müssen uns helfen. Sie müssen sie wiedersehen.«

Strether war verlegen. »Mit Vergnügen – sie ist außergewöhnlich attraktiv.«

Der mütterliche Elan, mit dem sich Madame de Vionnet daraufwarf, erschien ihm rückblickend bezaubernd in seinem Liebreiz. »Das gute Kind hat Ihnen also gefallen?« Dann, als er dies mit einem restlos begeisterten ›Oh!‹ beantwortete: »Sie ist vollkommen. Sie ist mein ganzes Glück.«

»Ich bin gewiss – hätte man sie um sich und sähe sie öfter –, sie wäre auch meines.«

»Dann«, sagte Madame de Vionnet, »erzählen Sie das Mrs. Newsome!«

Er wunderte sich noch mehr. »Was haben *Sie* davon?« Da sie dies anscheinend jedoch nicht direkt zu sagen vermochte, wechselte er das Thema. »Ist Ihre Tochter verliebt in unseren Freund?«

»Ach«, antwortete sie recht überraschend, »ich wünschte, Sie würden es herausfinden!«

Er zeigte seine Überraschung. »Ich? Ein Fremder?«

»Oh, Sie werden schon bald keiner mehr sein. Sie werden sie so erleben, als wären Sie kein Fremder, das verspreche ich Ihnen.«

Es blieb für ihn dennoch eine außergewöhnliche Vorstellung. »Mir scheint aber doch, wenn es ihrer Mutter nicht gelingt –«

»Ach, kleine Mädchen und ihre Mütter heutzutage!« fuhr sie ziemlich zusammenhanglos dazwischen. Sie besann sich indes und sagte etwas, das ihr doch opportuner zu sein schien. »Sagen Sie ihr, dass ich ihm gutgetan habe. Oder glauben Sie das nicht?«

Es beeindruckte ihn – mehr als er im Augenblick ganz erfassen konnte. Trotzdem spürte er deutlich seine Rührung. »Oh, wenn *Sie* das alles bewirkt haben –!«

»›Alles‹ vielleicht nicht«, unterbrach sie, »aber zu einem großen Teil. Wirklich und wahrhaftig«, ergänzte sie in einem Ton, den er, wie viele andere Dinge, in Erinnerung behalten sollte.

»Das ist absolut wunderbar.« Er empfand sein Lächeln als gezwungen, und ihre Miene dehnte dieses Gefühl einen Augenblick aus. Schließlich stand auch sie auf. »Nun, meinen Sie nicht, allein deswegen –«

»Sollte ich Sie retten?« So fand er den Weg, ihr entgegenzutreten – und gleichfalls den Weg, in gewisser Weise, davonzukommen. Er hörte sich jenes maßlose Wort benutzen, dessen Klang allein seine Flucht erzwang. »Wenn ich kann, werde ich Sie retten!«

II

In Chads reizendem Domizil, an einem Abend zehn Tage danach, wurde er Zeuge, wie das Problem von Jeanne de Vionnets süßem Geheimnis in sich zusammenfiel. Er hatte dort in Gesellschaft besagter jungen Dame und ihrer Mutter, sowie anderer Personen, diniert und war, auf Chads Bitte, in den *petit salon* gegangen, um sich mit ihr zu unterhalten. Der junge Mann hatte es ihm als Gefälligkeit hingestellt – »Ich wüsste schrecklich gern, was Sie von ihr halten. Für Sie wäre es *die* Gelegenheit«, sagte er, »die *jeune fille* – ich meine den Typus – in natura kennenzulernen, und ich finde, bei Ihrem Interesse für die feine Lebensart sollten Sie diese Chance keinesfalls verpassen. Sie erhalten einen Eindruck, den Sie – was immer Sie sonst noch heimbringen – mit nach Hause nehmen können, wo sich Ihnen reichlich Möglichkeiten zum Vergleich bieten.«

Strether wusste recht gut, was Chad als Vergleich vorschwebte, und obwohl er ihm völlig zustimmte, hatte er sich nie so gründlich daran erinnert gefühlt, dass man ihn, wie er sich im stillen ständig sagte, benutzte. Er wusste weniger denn je, mit welchem Ziel; trotzdem ließ ihn die Idee, einen Dienst zu leisten, nicht mehr los. Er begriff lediglich, dass dieser Dienst für jene, die davon profitierten, höchst angenehm war; und er wartete tatsächlich nur auf den Moment, wo sich dieser Dienst für ihn selbst als unangenehm erwies, in gewissem Maße als unerträglich. Er sah nicht ab, wie sich seine Lage überhaupt logisch klären könne, außer durch eine Wendung der Ereignisse, die ihm den Vorwand des Widerwillens lieferte. Von Tag zu Tag baute er auf die Möglichkeit eines solchen Widerwillens, doch mittlerweile hielt jeder Tag nur eine neue und noch betörendere Wegbiegung bereit. Diese Möglichkeit war ihm weiter aus den Blick geraten als am Abend seiner Ankunft, und er spürte mit aller Deutlichkeit, dass, sollte sie überhaupt noch eintreten, es bestenfalls folgewidrig und gewaltsam geschehen konnte. Er glaubte ihr nur dann etwas näherzurücken, wenn er sich die Frage vorlegte, welchen Dienst im Rahmen eines so auf Nützlichkeit ausgelegten Lebens er Mrs. Newsome eigentlich leistete. Wollte er sich glauben machen, noch immer auf dem rechten Pfad zu wandeln, dann dachte er – und zwar mit Erstaunen – an ihre unvermindert rege Korrespondenz; freilich, gab es denn etwas Natürlicheres, als dass diese sich genau in dem Maße reger gestaltete wie die Probleme komplizierter wurden?

Gewiss ist jedenfalls, dass er sich jetzt oft, im vollen Bewusstsein des am Vortag geschriebenen Briefes, mit der Frage Trost spendete: »Also, was kann ich mehr tun – was kann ich denn mehr tun, als ihr alles zu berichten?« Um sich selbst davon zu überzeugen, dass er ihr wirklich alles berichtete, alles berichtet hatte, versuchte er, sich auf bestimmte Dinge zu besinnen, die er ihr nicht berichtet hatte. Stieß er in seltenen Augenblicken und beim nächtlichen Wachen einmal auf so etwas, dann erwies es sich gemeinhin – bei genauerer Prüfung – als nicht wirklich wesentlich. Glaubte er eine neue Entwicklung wahrzunehmen oder etwas bereits Berichtetes wiederauftauchen zu sehen, schrieb er stets unverzüglich, als fürchte er, etwas zu verabsäumen, schriebe er nicht; und auch, um sich von Zeit zu Zeit sagen zu dürfen: »Sie weiß es *jetzt* – noch im Moment, wo ich mir Sorgen mache.« Es bedeutete ihm eine große Beruhigung, in der Vergangenheit eigentlich nichts unterschlagen zu haben, was jetzt ans Licht gezerrt und erklärt werden musste; in einem so späten Stadium nichts vorbringen zu müssen, das er zu gehöriger Zeit nicht vorgebracht oder nur verschleiert und heruntergespielt hatte. Sie wusste es jetzt: das sagte er sich heute Abend hinsichtlich des frischen Faktums von Chads Bekanntschaft mit den beiden Damen – gar nicht zu reden von dem noch frischeren seiner eigenen Bekanntschaft. Anders ausgedrückt, Mrs. Newsome wusste noch am selben Abend in Woollett, dass er Madame de Vionnet persönlich kannte und dass er sie pflichtbewusst aufgesucht hatte; auch, dass er sie ungemein attraktiv gefunden hatte und dass es wahrscheinlich noch sehr viel mehr würde zu berichten geben. Doch sie wusste außerdem oder würde es zumindest sehr bald wissen, dass er, aufs neue ebenso pflichtbewusst, seinen Besuch nicht wiederholt; und, als Chad ihn im Namen der Comtesse – Strether präsentierte sie, nicht ohne Hintergedanken, glanzvoll als Comtesse – gebeten hatte, selber einen Tag für ein Diner bei ihr zu benennen, klar und deutlich erwidert hatte: »Herzlichen Dank – ausgeschlossen.« Er hatte den jungen Mann ersucht, ihn zu entschuldigen und darauf vertraut, dieser werde schon begreifen, dass so etwas wohl kaum das Schickliche sei. Er hatte Mrs. Newsome nicht berichtet von seinem Versprechen, Madame de Vionnet zu ›retten‹; aber auch wenn ihn diese Erinnerung verpflichtete, hatte er immerhin nicht versprochen, in ihrem Hause ein häufiger Gast zu sein. Inwieweit Chad dies begriffen hatte, ließ sich wirklich nur an Chads Verhalten ablesen, das in dieser Situation so freundlich gewesen war wie sonst. Er war stets freundlich, wenn er etwas begriff; er war noch freundlicher, falls das überhaupt möglich war, wenn er etwas nicht begriff; er hatte erwidert, er werde das regeln; was er auch getan hatte, indem er mit dem jetzigen Anlass Ersatz schuf – so wie er auch anderen Ersatz zu bieten bereit war – für irgendein, für jedes Ereignis, das seinem alten Freund Bedenken erregen mochte.

»Oh, aber ich bin keine kleine Ausländerin; ich bin so englisch wie es nur geht«, hatte Jeanne de Vionnet gesagt, als er im *petit salon*, seinerseits ziemlich zaghaft, auf den Platz an ihrer Seite sank, den Madame Gloriani bei seinem Nahen geräumt hatte. Madame Gloriani, in schwarzem Samt mit weißer Spitze und gepudertem Haar, deren ein wenig wuchtige Würde beim kleinsten Kontakt in der Anmut einer unverständlichen Sprache zerschmolz, entfernte sich, um dem fraglichen Gentleman zu weichen, dem sie zuvor eine wohlwollende Begrüßung gewährt hatte, die, wie er glaubte, in rätselhaften Akzenten ein gewisses Wiedererkennen seiner Züge von der Begegnung ein paar Sonntage zuvor bekundete. Sodann hatte er bemerkt – indem er aus seinem Alter weidlich Nutzen zog –, es ängstige ihn doch sehr, einer kleinen Ausländerin die Zeit vertreiben zu sollen. Es gebe durchaus Mädchen, die ihm keine Angst machten – mit kleinen Amerikanerinnen gehe er ganz furchtlos um. Daher rührte dann auch ihre Verteidigung: – »Oh, aber ich bin ja nahezu auch Amerikanerin. So hat Mama mich haben wollen – ich meine, einer *ähnlich*; ich sollte möglichst viel Freiheit genießen. Sie hat die angenehmen Folgen selber erfahren.«

Er fand sie sehr hübsch – wie ein zartes Pastell in ovalem Rahmen: so dachte er sie sich bereits als ein in einer langen Galerie verborgenes Porträt, das einer kleinen Prinzessin aus alter Zeit, von der man nichts weiter wusste, als dass sie sehr jung gestorben war. Die kleine Jeanne würde zweifellos nicht jung sterben, trotzdem durfte man ihr nur behutsam zusetzen. Sie mit dem Gedanken an einen jungen Mann in Verbindung bringen, hieße, ihr heftig zuzusetzen, was *er* jedenfalls nicht tun würde. Wahrhaft abscheulich, der Gedanke an einen jungen Mann; man behandelte ein solches Geschöpf nicht wie ein Dienstmädchen, das man verdächtigt, einen ›Verehrer‹ zu haben. Und überhaupt junge Männer, junge Männer – nun, das war schlicht deren Sache, oder jedenfalls die ihre. Sie fieberte vor Aufregung – so sehr, dass ein flackerndes kleines Funkeln in ihre Augen trat und zwei rote Flecken beharrlich ihre Wangen färbten – wegen des großen Abenteuers, auswärts zu dinieren, und des womöglich noch weitaus größeren, sich einem Herrn gegenüber zu finden, der ihr sehr, sehr alt erscheinen musste, einem Herrn mit Augengläsern, Falten und einem langen graumelierten Schnurrbart. Sie sprach das bezauberndste Englisch, das unser Freund je gehört zu haben glaubte, genauso wie er ein paar Minuten zuvor vermeint hatte, sie spreche das bezauberndste Französisch. Er fragte sich fast wehmütig, ob ein solcher Akkord auf einer Leier nicht auf den Geist wirke; und wirklich war seine Phantasie, noch ehe er sich dessen versah, so abgeschweift, hatte zu fabulieren begonnen, dass er schließlich, geistesabwesend und gedankenversunken, in freundlichem Schweigen neben dem Kind saß, bis er wieder zu sich kam. Doch da merkte er, dass Jeannes Aufregung sich glücklicherweise gelegt hatte und sie jetzt entspannter wirkte. Sie vertraute ihm, mochte ihn offenbar, und später sollte er sich erinnern, dass sie ihm auch einiges erzählt hatte. Sie war schließlich in das wartende Element getaucht und hatte weder Brandung noch Kälte gespürt – nur das leise Plätschern, das sie selbst in angenehmer Wärme erzeugte, in der Gewissheit, immer wieder gefahrlos eintauchen zu können. Nach Ablauf der zehn Minuten, die er in ihrer Gesellschaft verbrachte, war sein Bild von ihr – mit allem, was es aussortiert und allem, was es einbezogen hatte – vollständig. Sie hatte ihre Freiheit demonstriert, das, was sie darunter verstand, teilweise, um ihm zu beweisen, dass sie, im Gegensatz zu anderen ihr bekannten jungen Personen, dieses Ideal verinnerlicht hatte. Sie erzählte wunderbar komisch von sich, doch die Vision dessen, was sie da verinnerlicht hatte, faszinierte ihn am meisten. Diese bestand im Grunde, wie er sehr recht bald herausspürte, in einer einzigen gewichtigen Kleinigkeit, in dem Umstand, dass Jeanne, wie auch immer ihr Wesen beschaffen sein mochte, durch und durch – er musste lange nach dem Wort suchen, doch er fand es – vornehm wohlerzogen war. Nach so kurzer Bekanntschaft konnte er natürlich nichts über ihr Wesen aussagen, aber die Vorstellung der vornehmen Wohlerzogenheit hatte sie ihm mittlerweile in den Kopf gesetzt. So konkret war sie ihm noch nie präsentiert worden. Ihre Mutter vermittelte diese Vorstellung zweifellos; aber ihre Mutter vermittelte noch so vieles mehr, und bei keinem der beiden vorherigen Anlässe hatte diese außergewöhnliche Frau, nach Strethers Empfinden, annähernd etwas Ähnliches ausgestrahlt wie heute Abend. Die kleine Jeanne war ein Beispiel, ein exquisites Beispiel für Erziehung; hingegen war die Comtesse, an die unter dieser Bezeichnung zu denken ihm unendliches Vergnügen bereitete, ein Beispiel, ebenfalls ein exquisites Beispiel für – nun, er wusste nicht, wofür.

»Er besitzt einen vortrefflichen Geschmack, *notre jeune homme*«, dies sagte Gloriani zu ihm, indem er sich von der Begutachtung eines kleinen, neben der Zimmertür aufgehängten Bildes abwandte. Der Hochberühmte war eben, offenbar auf der Suche nach Mademoiselle de Vionnet, hereingekommen, als Strether sich vom Platz neben ihr erhoben hatte, war jedoch stehen geblieben um etwas eingehend zu prüfen, was seinen Blick gebannt hatte. Es war eine Landschaft, kleinformatig, aber französische Schule, wie unser Freund zu seiner Genugtuung zu erkennen meinte, und auch von Qualität, was er ebenfalls dachte erraten zu haben; die Größe des Rahmens stand in keinem Verhältnis zur Leinwand, und er glaubte nie jemanden gesehen zu haben, der so betrachtete wie Gloriani, die Nase dicht davor, mit einem raschen Rucken des Kopfes von links nach rechts und von unten nach oben, als er dieses Stück aus Chads Sammlung musterte. Anschließend machte der Künstler besagte Bemerkung, lächelte höflich, putzte seinen Kneifer und schaute sich weiter um – kurz, er zollte den Zimmern durch die Art und Weise seiner Anwesenheit sowie durch etwas, das Strether in diesem eigenwilligen Blick wahrzunehmen glaubte, eine Anerkennung, die für das Gefühl des letzteren viele Dinge ein für alle Mal entschied. Strether war übrigens in diesem Augenblick so bewusst wie nie zuvor, wie sehr die Dinge rund um ihn her durchweg, ganz ohne ihn, entschieden wurden. Glorianis Lächeln, zuinnerst italienisch, wie er fand, und auf feine Art unergründlich, war ihm während des Diners, bei dem sie nicht nebeneinandersaßen, ein vager Gruß gewesen; freilich fehlte ihm jetzt jene Qualität, die ihm bei der früheren Gelegenheit gleichsam das Innerste nach außen gestülpt hatte; sogar das flüchtige, vom gegenseitigen Zweifel geknüpfte Band schien zerrissen. Die unwiderrufliche Realität wurde ihm nun klar, dass nämlich weniger ein Zweifel als vielmehr durchaus eine Differenz bestand; zumal der berühmte Bildhauer über die Differenz hinweg, fast anteilnehmend, doch ach, so gedankenleer, seine Signale wie über eine große glatte Wasserfläche hinweg zu senden schien. Er klappte die Brücke einer reizenden, hohlen Höflichkeit aus, der Strether nicht einen Augenblick lang sein volles Gewicht anvertraut hätte. Diese wenn auch nur vergängliche und vielleicht verspätete Vorstellung hatte bewirkt, dass Strether sich entspannte, und das verschwommene Bild war bereits ausgelöscht worden – ausgelöscht vom Klang neuer Worte und, als er sich noch einmal rasch umwandte, von der Wahrnehmung, dass Gloriani jetzt auf dem Sofa mit Jeanne plauderte, während ihm selbst wieder die vertraute Freundlichkeit und der schwer fassbare Sinn jenes »Oh, oh, oh«, in den Ohren tönte, dessentwegen er, zwei Wochen zuvor, Miss Barrace vergeblich aus-

KAPITEL II

geforscht hatte. Diese pittoreske und originelle Dame, die auf ihn zugleich altmodisch und modern wirkte, schien stets einen bereits bekannten Scherz aufwärmen zu wollen. Das war zweifellos das Altmodische an ihr, aber *wie* sie dies tat, das war das Moderne. Er spürte jetzt, dass ihr gutmütiger Spott auf etwas zielte, und es beunruhigte ihn ein wenig, dass sie nicht deutlicher werden wollte und, mit sichtlichem Vergnügen an ihrer Beobachtung, ihm lediglich versicherte, um keinen Preis würde sie ihm mehr sagen. Ihm blieb einzig die Ausflucht in die Frage, wo sie denn Waymarsh gelassen habe. Hierbei darf nicht verschwiegen werden, dass er sich, nach ihrer Antwort, die betreffende Person plaudere nebenan mit Madame de Vionnet, im Besitz eines gewissen Anhaltspunktes glaubte. Einen Moment riss er bei der Vorstellung einer solchen Zusammenkunft die Augen auf und fragte dann Miss Barrace: »Also ist auch sie dem Charme erlegen –?«

»Nein, keine Spur« – antwortete Miss Barrace prompt. »Sie kann mit ihm nichts anfangen. Sie langweilt sich. Sie wird Ihnen da keine Hilfe sein.«

»Oh«, sagte Strether lachend, »sie kann schließlich nicht alles tun.«

»Natürlich nicht – so fabelhaft sie auch ist. Außerdem weiß er mit *ihr* nichts anzufangen. Sie wird ihn mir nicht ausspannen – und würde es, da sie anderweitig beschäftigt ist, zweifellos auch dann nicht, wenn sie es könnte. Bisher habe ich noch nie erlebt«, sagte Miss Barrace, »dass sie bei irgendjemand keinen Erfolg gehabt hätte. Und gerade heute Abend, wo sie besonders wundervoll ist, würde sie ein Fehlschlag irritieren – sollte sie es auf einen Triumph anlegen. Jedenfalls habe ich ihn so ganz für mich. *Je suis tranquille!*«

Strether konnte ihr bis dahin folgen; aber er suchte weitere Indizien. »Madame de Vionnet wirkt auf Sie heute Abend besonders wundervoll?«

»Allerdings! So wundervoll wie fast noch nie. Finden Sie nicht? Dabei ist es doch nur *wegen* Ihnen!«

Er blieb bei seiner Offenheit. »›Wegen‹ mir –?«

»Oh, oh, oh!« rief Miss Barrace und wahrte ihre Zurückhaltung.

»Also schön«, konzedierte er einsichtig, »sie ist wirklich anders. Sie ist heiter.«

»Sie ist heiter!« Miss Barrace lachte. »Und hat wunderschöne Schultern – obwohl das ja eigentlich nichts Neues ist.«

»Nein«, sagte Strether, »hinsichtlich ihrer Schultern bestanden nie Zweifel. An ihren Schultern liegt es nicht.«

Mit erfrischender Fröhlichkeit und einem feinen Gespür für die Komik der Situation schien seine Gefährtin, zwischen den Zügen an ihrer Zigarette, sich in dem Gespräch köstlich zu amüsieren. »Nein, an ihren Schultern liegt es nicht.«

»Woran dann?« fragte Strether ernst.

»Nun – ganz einfach an *ihr*. An ihrer Stimmung. An ihrem Charme.«

»Natürlich an ihrem Charme, aber wir sprechen von der Veränderung.«

»Also«, erklärte Miss Barrace, »sie ist schlicht brillant, wie es früher hieß. Das ist alles. Sie ist facettenreich. Sie ist fünfzig Frauen in einer.«

»Ah, aber immer nur« – präzisierte Strether – »eine auf einmal.«

»Vielleicht. Aber das fünfzig Mal –!«

»Oh, so weit werden wir es nicht bringen«, behauptete unser Freund, um einen Augenblick später auf ein anderes Thema umzuschwenken. »Beantworten Sie mir eine offene Frage? Wird sie sich irgendwann scheiden lassen?«

Mrs. Barrace musterte ihn durch die lange Schildpattlorgnette. »Weshalb sollte sie?«

Das, so bedeutete er ihr, hatte er nicht wissen wollen; aber er konterte gelassen. »Um Chad zu heiraten.«

»Weshalb sollte sie Chad heiraten?«

»Weil ich davon überzeugt bin, dass sie ihn sehr mag. Sie hat wahre Wunder an ihm vollbracht.«

»Was könnte sie also mehr tun? Einen Mann oder eine Frau zu heiraten«, fuhr Miss Barrace weise fort, »das ist kein Wunderwerk, *das* schaffen Krethi und Plethi. Das Wunder ist doch, so etwas zustande zu bringen, ohne zu heiraten.«

Strether bedachte diese Behauptung einen Moment. »Sie meinen, es ist für unsere Freunde wunderschön, einfach so weiterzumachen?«

Doch mit allem was er sagte, brachte er sie nur zum Lachen. »Wunderschön …«

Er ließ dennoch nicht locker. »Und *das*, weil es selbstlos ist?«

Aber plötzlich war sie diese Frage leid. »Ja, meinetwegen – nennen Sie es so. Sie wird sich außerdem nie scheiden lassen. Und glauben Sie auch nicht alles«, fügte sie hinzu, »was Sie über ihren Gatten hören.«

»Er ist also«, fragte Strether, »kein ›Schuft‹?«

»O doch. Aber reizend.«

»Sie kennen ihn?«

»Ich bin ihm begegnet. Er ist *bien aimable*.«

»Zu allen, außer zu seiner Frau?«

»Oh, soviel ich weiß, auch zu ihr – zu jeder Frau, zu allen Frauen. Ich hoffe doch«, fuhr sie rasch das Thema wechselnd fort, »Sie wissen zu schätzen, wie sehr ich mich Mr. Waymarshs annehme.«

»Oh, ganz ungeheuer.« Aber Strether war noch nicht eingeschwenkt. »Jedenfalls«, verkündete er rundheraus, »ist die Neigung unschuldig.«

»Zwischen mir und ihm? Ach«, sagte sie lachend, »rauben sie ihr doch nicht *jeden* Reiz!«

»Ich meine die unseres Freundes hier – zu der erwähnten Dame.« Zu diesem indirekten Schluss war er durch den Eindruck gelangt, den Jeanne ihm vermittelt hatte. Dabei wollte er bleiben. »Sie ist unschuldig«, wiederholte er – »ich sehe da ganz klar.«

Verwirrt von dieser unvermittelten Erklärung, hatte sie kurz zu Gloriani geblickt, als wäre er der anonyme Gegenstand von Strethers Anspielung, aber schon im nächsten Augenblick war sie im Bilde; allerdings blieb Strether vorher noch Zeit, ihren flüchtigen Irrtum zu bemerken und sich zu fragen, was nun wohl wieder dahinter stecken mochte. Er wusste bereits, dass der Bildhauer Madame de Vionnet verehrte; aber bedeutete diese Verehrung auch eine Neigung, deren Unschuld diskutabel blieb? Er wandelte wahrhaftig in einer fremden Umgebung und auf unsicherem Terrain. Er fixierte Miss Barrace einen Moment, aber sie hatte bereits weitergesprochen. »Ob sie mit Mr. Newsome einverstanden ist? Natürlich!« – und damit kam sie heiter auf ihren eigenen guten Freund zurück. »Es überrascht Sie wahrscheinlich, dass Sie mich nicht erschöpft finden von meinen Begegnungen – sie sind ja weiß Gott zahlreich! – mit Sitting Bull. Aber ich bin es nicht – er ennuyiert mich nicht; ich halte mich fabelhaft, und wir vertragen uns prächtig. Ich bin eben ein Sonderling; so ist es nun mal; und oft kann ich es nicht erklären. Manche Leute gelten als interessant, bemerkenswert oder sonst etwas, ich finde sie aber todlangweilig; und dann gibt es andere, bei denen versteht niemand, was man an ihnen finden kann – an denen ich wiederum unendlich viel finde.« Dann, nach ein paar Zügen aus ihrer Zigarette: »Wissen Sie, er ist rührend.«

»Wem sagen Sie das!« versetzte Strether. »Wir müssen Sie ja zu Tränen rühren.«

»*Sie* hatte ich dabei nicht im Sinn!« sagte sie und lachte.

»Sollten Sie aber, denn das schlimmste Symptom – das Sie an mir ja bestimmt wahrnehmen – ist, dass Sie mir nicht helfen können. Dann empfindet eine Frau Mitleid.«

»Ach, aber ich helfe Ihnen ja!« insistierte sie vergnügt.

Er fixierte sie wieder, dann nach einer Pause: »Nein, das tun Sie nicht!«

Ihre Lorgnette am Schildpattstiel klirrte an der langen Kette herunter. »Ich helfe Ihnen bei Sitting Bull. Das ist keine Kleinigkeit.«

»Oh, das, ja.« Doch Strether zögerte. »Soll das heißen, dass er über mich redet?«

»Und ich Sie verteidigen muss? Nein, nie.«

»Ich verstehe«, grübelte Strether. »Das geht zu tief.«

»Sein einziger Fehler«, erwiderte sie – »tief ist bei ihm alles. Sein Schweigen ist tiefgründig – und er bricht es nur in sehr sehr großen Abständen einmal mit einer Bemerkung. Und die Bemerkung, die dann kommt, betrifft immer etwas, das er selbst gesehen oder gefühlt hat – kein bisschen banal. *Ebendas* hätte man befürchten können, und daran wäre ich verzweifelt. Aber nie.« Sie nahm wieder ein paar Züge, während sie mit amüsierter Selbstgefälligkeit ihre Neuerwerbung würdigte. »Und nie ein Wort über Sie. Wir sparen Sie aus. Wir sind fabelhaft. Aber ich verrate Ihnen, was er stattdessen tut«, fuhr sie fort, »er versucht, mir Geschenke zu machen!«

»Geschenke?« wiederholte der arme Strether, dem es einen jähen Stich versetzte, dass *er* es damit bisher noch nirgendwo versucht hatte.

»Ja, sehen Sie«, erklärte sie, »er macht sich in der Viktoria gut wie eh und je; und wenn ich ihn, oft beinahe stundenlang – er will es nicht anders –, vor den Geschäften warten lasse, hilft mir der Anblick seiner Gestalt, meinen Wagen unter den aufgereihten Droschken gleich zu finden, wenn ich herauskomme. Zur Abwechslung begleitet er mich aber manchmal auch in die Geschäfte, und dann habe ich alle Mühe, ihn davon abzuhalten, mir irgendwelche Sachen zu kaufen.«

»Er möchte ›sie verwöhnen‹?« Strether stockte fast der Atem bei dem Gedanken an all das, worauf er selbst nicht gekommen war. Er empfand so etwas wie Bewunderung. »Oh, er ist viel mehr ein Kavalier der alten Schule als ich. Ja«, sagte er versonnen. »Es ist der heilige Zorn.«

»Der heilige Zorn, ganz recht!« – und Miss Barrace, die den Ausdruck zum ersten Mal hörte, klatschte in die juwelengeschmückten Hände, als sie seine Tragweite erfasste. »Jetzt weiß ich auch, warum er nicht banal ist. Aber ich halte ihn trotzdem davon ab, mir etwas zu kaufen – Sie sollten sehen, was er da manchmal aussucht! Ich spare ihm Hunderte und Aberhunderte. Nur die Blumen akzeptiere ich.«

»Blumen?« wiederholte Strether erneut mit rückblickender Wehmut. Wie viele Sträußchen hatte ihr derzeitiger Gesprächspartner je übersandt?

»Unschuldige Blumen«, fuhr sie fort, »so viel er möchte. Und er schickt mir wahre Herrlichkeiten; er kennt die besten Geschäfte – er hat sie auf eigene Faust ausgekundschaftet; er ist fabelhaft.«

»*Mir* hat er sie nicht verraten«, ihr Freund lächelte, »er führt sein eigenes Leben.« Aber Strether hatte zur Überzeugung zurückgefunden, dass dies für ihn selber nicht in Frage gekommen wäre. Waymarsh brauchte auf Mrs. Waymarsh keinerlei Rücksicht zu nehmen, wohingegen Lambert Strether in seinem innersten Gewissen ständig auf Mrs. Newsome Rücksicht nehmen musste. Zudem gefiel ihm der Gedanke, wie sehr sein Freund ein Kavalier der alten Schule war. Dennoch kam er zu einem Schluss. »Und was für ein Zorn!« Er hatte es ergründet. »Es ist eine Art Opposition.«

Sie konnte ihm, wenn auch verzögert, folgen. »Genauso empfinde ich es auch. Aber wogegen?«

»Nun, er glaubt, *ich* würde mein eigenes Leben führen. Und das tue ich nicht!«

»Das tun Sie nicht?« Sie schien erkennbar zu zweifeln, und ihr Lachen bestätigte es. »Oh, oh, oh!«

»Nein – nicht mein eigenes. Ich führe mein Leben offenbar nur für andere Leute.«

»Ah, für sie und *mit* ihnen. Zum Beispiel gerade jetzt mit –«

»Nun, mit wem?« fragte er, bevor ihr Zeit blieb, es auszusprechen.

Sein Ton ließ sie zögern und sogar, wie ihm vorkam, umschwenken. »Sagen wir mal: mit Miss Gostrey. Was tun Sie für *sie*?«

Er war ehrlich erstaunt. »Überhaupt nichts!«

III

Madame de Vionnet, die inzwischen ins Zimmer gekommen war, stand jetzt unmittelbar in ihrer Nähe, und statt eine Replik zu riskieren, erstarrte Miss Barrace erneut, mit einem Blick, der jene von Kopf bis Fuß maß, zu einer langstieligen Schildpattlorgnette. Unser Freund hatte gleich bei ihrem Erscheinen den Eindruck gewonnen, sie sei für einen großen Anlass gekleidet, und mehr noch als bei einer der beiden früheren Gelegenheiten beschwor sie jene, während der Gartengesellschaft in ihm wiedererwachte Vorstellung: die leibhaftige Gestalt der *femme du monde*. Ihre freien Schultern und Arme waren weiß und wunderschön; das Material ihres Kleids, eine Mischung, wie er vermutete, aus Seide und Krepp, zeigte ein raffiniert komponiertes Silbergrau, das einen warmen Glanz zu verströmen schien; und um den Hals trug sie ein Collier aus großen alten Smaragden, deren Grün an verschiedenen Stellen ihrer Robe diskreter nuanciert wiederkehrte, in Stickereien, Emaille und Atlas, in unbestimmbar kostbaren Stoffen und Geweben. Ihr berückend blondes und festlich frisiertes Haupt glich einer glücklichen Phantasie, einer antiken Idee auf einer alten wertvollen Medaille, einer Silbermünze aus der Renaissance; und ihre schlanke Leichtheit, ihr Schwung, ihre Heiterkeit, ihr Ausdruck, ihre Entschlossenheit bündelten sich zu einem Eindruck, den ein Dichter als teils mythisch, teils konventionell empfunden haben würde. Er hätte sie einer noch leicht von Morgenwolken verhüllten Göttin vergleichen können oder einer bis zur Taille von der sommerlichen Brandung umspülten Najade. Vor allem löste sie in unserem Freund die

Überlegung aus, die *femme du monde* – in der allersubtilsten Ausprägung ihres Typs – sei, wie Kleopatra im Schauspiel, wahrhaft abwechslungsreich und vielgestaltig. Sie besaß Aspekte, Eigenschaften, Tage, Nächte – oder zumindest verfügte sie darüber und offenbarte diese kraft eines geheimnisvollen persönlichen Gesetzes, sollte sie überdies auch noch eine Frau von Genie sein. Den einen Tag wirkte sie unscheinbar und verschattet und am nächsten auffällig und offenherzig. Ihm erschien Madame de Vionnet heute Abend auffällig und offenherzig, obwohl er die Formel plump fand, denn mit einem Geniestreich hatte die Dame ihm sämtliche Kategorien über den Haufen geworfen. Während des Diners war er mit Chad zweimal in einen längeren Blickwechsel geraten; dieser Austausch hatte jedoch eigentlich nur alte Ungewissheiten wiedererweckt – so wenig ließ sich erkennen, ob diese Blicke eine dringende Bitte bedeuteten oder eine Warnung. »Sie sehen ja, ich sitze fest«, schienen sie zu besagen; doch inwiefern er festsaß, eben dies sah Strether nicht. Vielleicht würde er es aber jetzt zu sehen bekommen.

»Wären Sie so überaus liebenswürdig, Newsome für ein paar Minuten von der schier erdrückenden Verantwortung für Madame Gloriani zu befreien, während ich, wenn er dies gütig erlaubt, mit Mr. Strether spreche, den ich etwas fragen möchte? Unser Gastgeber sollte sich auch den übrigen Damen ein wenig widmen, und in einer Minute bin ich wieder bei Ihnen und erlöse Sie.« Diesen Vorschlag machte sie Miss Barrace, so als habe sie sich im Moment wieder einer bestimmten Pflicht erinnert, doch die Beobachtung besagter Dame, dass Strether leicht zusammenzuckte – als hätte die Sprecherin dadurch verraten, wie sehr zu Hause sie sich hier fühlte –, blieb ebenso unausgesprochen wie sein eigener Kommentar; und einen Augenblick später, als Miss Barrace sie gefällig alleingelassen hatte, musste er sich über etwas anderes Gedanken machen. »Warum ist Maria so plötzlich abgereist? Wissen Sie es?« Diese Frage hatte Madame de Vionnet mitgebracht.

»Ich vermag Ihnen leider keinen anderen Grund zu nennen, als den schlichten, den sie mir in einem Billett genannt hat – die unvermutet eingetretene Verpflichtung, einer kranken Freundin im Süden beizustehen, deren Zustand sich verschlimmert hat.«

»Ach, Ihnen hat sie also geschrieben?«

»Seit sie fort ist, nicht mehr – ich erhielt lediglich eine knappe Erklärung vor ihrer Abreise. Ich wollte zu ihr«, erklärte Strether – »am Tag, nachdem ich bei Ihnen gewesen bin – aber da war sie schon unterwegs, und von der *concierge* erfuhr ich, im Falle meines Erscheinens lasse sie ausrichten, sie habe mir geschrieben. Beim Nachhausekommen fand ich ihre Nachricht vor.«

Madame de Vionnet lauschte interessiert und blickte Strether unverwandt ins Gesicht; dann machte ihr kunstvoll geschmückter Kopf eine kleine melancholische Geste des Bedauerns. »*Mir* hat sie nicht geschrieben. Ich wollte sie besuchen«, setzte sie hinzu, »ganz unmittelbar nach dem Treffen mit Ihnen, so wie ich es ihr während unserer Begegnung bei Gloriani angekündigt hatte. Damals hat sie mir nicht gesagt, sie werde nicht da sein, und als ich vor ihrer Tür stand, da wurde es mir klar. Sie ist fort – bei allem Respekt vor ihrer kranken Freundin, und ich weiß wohl, sie besitzt wirklich viele Freunde –, um ein Treffen mit mir zu vermeiden. Sie will mich nicht wiedersehen. Nun«, fuhr sie mit wissentlich wunderbarer Sanftmut fort, »früher einmal habe ich sie mehr geliebt und bewundert als all die anderen, und das wusste sie auch – vielleicht ist sie gerade deshalb weggefahren –, und ich wage zu behaupten, ich habe sie nicht auf ewig verloren.« Strether sagte noch immer nichts; ihm graute davor, wie anscheinend jetzt, zwischen zwei

Frauen zu geraten – und er befand sich bereits auf dem besten Wege dahin; zudem merkte er deutlich, dass hinter diesen Anspielungen und Bekenntnissen etwas steckte, das sich, sollte er es entschlüsseln, nur schlecht vertrüge mit seinem derzeitigen Entschluss, die Dinge einfacher zu gestalten. Trotzdem empfand er ihre Milde und Melancholie als aufrichtig. Dieser Eindruck erfuhr keine Abschwächung, als sie kurz darauf weitersprach: »Ich freue mich so sehr über ihr Glück.« Aber auch da blieb er stumm – trotz der spitzen und feinen Unterstellung, die darin anklang. Die Worte vermittelten, *er* sei Maria Gostreys Glück, und für den Bruchteil einer Sekunde überkam ihn der Impuls, diesen Gedanken zurückzuweisen. Dazu hätte er jedoch sagen müssen: »Was vermuten Sie eigentlich zwischen uns?«, und einen Augenblick später war er erleichtert, es nicht getan zu haben. Er wollte allemal lieber dumm dastehen als eingebildet, und ebenso scheute er mit einem unterdrückten inneren Schauder vor der Überlegung zurück, was Frauen – insbesondere Frauen des hochentwickelten Typus – wohl alles voneinander denken mochten. Weswegen auch immer er hier herübergekommen war, *dazu* nun ganz gewiss nicht; und deshalb reagierte er auf gar keine der Bemerkungen seiner Gesprächspartnerin. Obwohl er ihr tagelang ferngeblieben war und die Last, eine neue Begegnung zu arrangieren, gänzlich ihr auferlegt hatte, zeigte sie nicht den Hauch einer Verstimmung. »Also, wie steht es nun um Jeanne?« fragte sie lächelnd – mit derselben Heiterkeit, mit der sie ins Zimmer getreten war. Er erkannte darin augenblicklich ihr Motiv und ihre wahre Mission. Doch in Wahrheit hatte er ihr ziemlich viel entlockt, verglichen mit dem wenigen, das er gesagt hatte. »Bemerken Sie irgendwelche Gefühle bei ihr? Ich meine für Mr. Newsome.«

Beinahe gereizt konnte Strether endlich direkt reagieren. »Wie sollte ich so etwas wohl bemerken?«

Sie blieb vollendet freundlich. »Ach, es sind ja reizende Kleinigkeiten, und Ihnen – bestreiten Sie es bloß nicht! – bleibt doch nichts verborgen. Sie haben doch mit ihr gesprochen, oder?« fragte sie.

»Ja, aber nicht über Chad. Zumindest nicht viel.«

»Oh, ›viel‹ ist gar nicht nötig!« versicherte sie ihm. Doch sie schwenkte sofort um. »Ich hoffe, Sie haben Ihr neulich gegebenes Versprechen nicht vergessen.«

»Sie zu ›retten‹, wie Sie es nannten?«

»So nenne ich es noch. Sie *werden* es tun?« beharrte sie. »Sie haben es nicht bereut?«

Er überlegte. »Nein – aber ich habe darüber nachgedacht, was ich damit gemeint habe.«

Sie ließ nicht locker. »Und nicht auch ein klein wenig darüber, was *ich* gemeint habe?«

»Nein – das ist nicht notwendig. Es genügt, wenn ich weiß, was ich damit gemeint habe.«

»Und«, fragte sie, »wissen Sie es denn inzwischen?«

Wieder ließ er eine Pause folgen. »Ich denke, das sollten Sie mir überlassen. Wie viel Zeit«, fügte er hinzu, »geben Sie mir?«

»Die Frage scheint mir viel eher zu lauten, wie viel Zeit geben Sie *mir*? Ruft mich unser Freund hier«, fuhr sie fort, »Ihnen denn nicht ständig in Erinnerung?«

»Nicht«, entgegnete Strether, »indem er von Ihnen spräche.«

»Das tut er nie?«

»Nie.«

Sie überlegte und wusste eine eventuelle Irritation erfolgreich zu verbergen. Doch schon im nächsten Augenblick hatte sie sich wieder gefangen. »Nein, das würde er tatsächlich nicht. Aber *brauchen* Sie überhaupt eine Erinnerung?«

Ihre Intensität war beeindruckend, und obwohl er den

Blick hatte schweifen lassen, schaute er sie jetzt länger an. »Ich sehe durchaus, was Sie meinen.«

»Natürlich sehen Sie, was ich meine.«

Sie spielte ihren Triumph nicht aus, und ihre weiche Stimme hätte Justitia zum Weinen gebracht. »Mir steht vor Augen, was er Ihnen verdankt.«

»Das ist doch immerhin etwas, geben Sie es ruhig zu«, sagte sie, weiterhin mit demselben diskreten Stolz.

Der Ton entging ihm nicht, er fuhr jedoch direkt fort. »Ich sehe, was Sie aus ihm gemacht haben, ich sehe allerdings nicht, wie in aller Welt Sie es geschafft haben.«

»Das ist eine andere Frage!«, sagte sie mit einem Lächeln. »Der Punkt ist doch, welchen Sinn hat Ihre Weigerung, mich besser kennenzulernen, denn wer Mr. Newsome kennt – so wie Sie mir die Ehre erweisen, ihn zu beurteilen –, der kennt auch mich.«

»Ich merke schon«, meinte er nachdenklich und hielt den Blick weiter auf sie gerichtet, »ich hätte Sie heute Abend besser nicht treffen sollen.«

Sie hob die verschränkten Hände und ließ sie wieder sinken. »Das ist doch einerlei. Wenn ich Ihnen vertraue, warum können Sie mir dann nicht auch ein bisschen vertrauen. Und warum«, fragte sie in verändertem Ton, »können Sie auch sich selbst nicht vertrauen?« Für eine Antwort ließ sie ihm dennoch keine Zeit. »Ich werde es Ihnen ganz leicht machen! Jedenfalls freut es mich, dass Sie mein Kind kennengelernt haben.«

»Die Freude ist ganz auf meiner Seite«, sagte er; »aber Ihre Tochter tut Ihnen nicht gut.«

»Nicht gut?« – Madame de Vionnet riss die Augen auf. »Sie ist ein wahrer Engel des Lichts!«

»Ebendeswegen. Lassen Sie sie in Ruhe. Versuchen Sie nicht, etwas herauszufinden. Über die Sache, die Sie mir angedeutet haben«, erklärte er, »– über ihre Gefühle.«

Seine Gefährtin war verwundert. »Weil es einem doch nicht gelingt?«

»Nun, weil ich Sie bitte, es mir zuliebe nicht zu tun. Ich bin noch nie einem so bezaubernden Geschöpf begegnet. Darum bedrängen Sie sie nicht. Sie sollen nichts wissen – und auch nichts wissen wollen. Und außerdem – ja – es würde Ihnen doch nicht gelingen.«

Auf einmal war es ein Appell, und sie nahm es hin. »Ihnen zuliebe also?«

»Nun ja – wenn Sie mich schon fragen.«

»Alles, egal, worum Sie mich bitten«, sie lächelte. »Ich werde es also nicht erfahren – nie. Ich danke Ihnen«, fügte sie eigenartig sanft hinzu, indem sie sich abwandte.

Der Ton blieb ihm im Ohr, gab ihm förmlich das Gefühl, gestolpert und dann auch zu Fall gebracht worden zu sein. Im Begriff, seine Unabhängigkeit mit ihr auszuhandeln, hatte er sich, unter dem Druck einer bestimmten Wahrnehmung, ganz inkonsequent und töricht, kompromittiert, und mit ihrem spitzen Scharfsinn, der spontan einen Vorteil erspürte, hatte sie mit einem einzigen Wort einen kleinen goldenen Nagel eingetrieben, dessen deutlichen Zweck er heftig fühlte. Er hatte sich nicht befreit, er hatte sich noch enger gebunden, und als er diese Tatsache intensiv überdachte, begegneten seine Augen einem anderen Augenpaar, das soeben ins Blickfeld geraten war und seine eigene Einschätzung dessen, was er angerichtet hatte, widerzuspiegeln schien. Er wusste gleich, es handelte sich um die Augen des kleinen Bilham, der sich in der offenkundigen Absicht genähert hatte, mit ihm zu sprechen, und der kleine Bilham war, angesichts der Umstände, nicht die Person, der er sein Herz am festesten verschlossen hätte. Eine Minute später saßen sie zusammen in einem Winkel des Zimmers schräg gegenüber der Ecke, wo sich Gloriani noch immer mit Jeanne de Vionnet unterhielt, der sie zuerst und stumm ihre wohlwollende Aufmerksamkeit geschenkt hatten. »Es ist mir absolut unverständlich«, hatte Strether dann bemerkt, »wie ein junger Mensch mit auch nur einer Spur Temperament – so einer wie Sie, zum Beispiel – vom Anblick dieser jungen Dame nicht im Innersten getroffen sein kann. Warum legen Sie sich nicht ins Zeug, kleiner Bilham?« Er entsann sich des Tons, zu dem er sich beim Empfang des Bildhauers auf der Gartenbank hatte verleiten lassen, und hoffte es hiermit vielleicht wettzumachen, weil es die weitaus passenderen Worte an die Adresse eines jungen Mannes waren, der einen Rat verdiente. »Das *wäre* doch schließlich ein Grund.«

»Ein Grund wofür?«

»Nun, um hier auszuharren.«

»Und Mademoiselle de Vionnet meine Hand sowie mein Vermögen anzubieten?«

»Gibt es denn eine liebreizendere Erscheinung, der Sie beides anbieten könnten?« fragte Strether. »Ein entzückenderes Geschöpf habe ich nie getroffen.«

»Gewiss, sie ist außergewöhnlich. Ich meine, sie ist das Wahre. Die noch eingerollten blassrosa Blütenblätter werden im gegebenen Augenblick wundervoll erblühen, das heißt, sie werden sich zu einer großen goldenen Sonne auftun. Ich bin leider nur ein winziges, spottbilliges Licht. Welche Chancen hat da schon ein armer kleiner Farbkleckser?«

»Oh, Sie sind gut genug«, warf Strether hin.

»Natürlich bin ich gut genug. Wir, *nous autres*, sind gut genug für alles, denke ich. Aber sie ist *zu* gut. Da liegt der Unterschied. Man würde mich indiskutabel finden.«

Strether, leger auf den Diwan gelehnt und immer noch bezaubert von dem jungen Mädchen, dessen Blick ihn bewusst, wie er wähnte, mit einem vagen Lächeln gestreift hatte – Strether, der trotz des ihm aufgenötigten neuen Stoffs die ganze Situation genoss, als wären seine schlummernden

Pulse schließlich erwacht, erwog die Worte seines Gefährten. »Wen meinen Sie mit ›man‹? Sie und ihre Mutter?«

»Sie und ihre Mutter. Und einen Vater hat sie ja auch, dem, mag er immer sein, wie er will, die Möglichkeiten nicht gleichgültig bleiben können, die sie eröffnet. Außerdem ist da noch Chad.«

Strether schwieg eine Weile. »Aber er macht sich nichts aus ihr – zumindest wohl nicht in dem von mir gemeinten Sinne. Er ist *nicht* in sie verliebt.«

»Nein – aber er ist ihr bester Freund; nach ihrer Mutter. Er ist ihr herzlich zugetan. Er verfolgt ganz eigene Vorstellungen, was man für sie tun kann.«

»Also, das ist doch seltsam!« bemerkte Strether sogleich, seufzend ob solcher Überfülle.

»In der Tat, seltsam. Das ist ja das Schöne. Hatten Sie nicht genau diese Art Schönheit gemeint«, fuhr der kleine Bilham fort, »als Sie mich neulich in so wunderbarer Weise inspirierten? Haben Sie mich nicht mit Worten, die mir unvergesslich bleiben werden, beschworen, alles wahrzunehmen, was es wahrzunehmen gibt, solange sich mir die Möglichkeit bietet? – und zwar *wirklich* wahrzunehmen, denn nur das können Sie gemeint haben. Also, Sie haben mir einen ungeheuren Gefallen erwiesen, und ich gebe mir alle Mühe. Es ist für mich wirklich ein neuer Standpunkt.«

»Für mich ebenfalls!« bekräftigte Strether einen Augenblick später. Nur um im nächsten Moment die unlogische Frage zu stellen: »Wie kommt es, dass Chad so sehr die Hand im Spiel hat?«

»Ah, ah, ah!« – damit sank der kleine Bilham zurück in die Kissen.

Es erinnerte unseren Freund an Miss Barrace, und er verspürte wieder das vage Gefühl, sich in einem Labyrinth rätselhafter, geheimer Andeutungen zu bewegen. Doch er hielt den Faden fest in der Hand. »Eigentlich verstehe ich es schon; aber manchmal finde ich diese allgemeine Verwandlung doch atemberaubend. Dass Chads Stimme ein solches Gewicht besitzt, was die Zukunft einer kleinen Komtess betrifft – nein«, erklärte er, »das will mir nicht so rasch in den Kopf! Zudem sagten Sie«, fuhr er fort, »Leute wie Sie und ich seien sowieso aus dem Rennen. Es bleibt jedoch die merkwürdige Tatsache, dass dies auf Chad nicht zutrifft. Die Situation ist nicht danach, aber unter anderen Umständen könnte er die junge Dame haben, wenn er wollte.«

»Ja, aber nur, weil er reich ist und Aussicht hat, noch reicher zu werden. Etwas anderes als einen großen Namen oder ein großes Vermögen ziehen sie nicht in Betracht.«

»Also«, sagte Strether, »an *diesen* Vorstellungen gemessen erwartet ihn kein Riesenvermögen. Er wird sich mächtig anstrengen müssen.«

»Haben Sie das«, erkundigte sich der kleine Bilham, »vorhin Madame de Vionnet gesagt?«

»Nein – Sie erfährt von mir nicht viel. Aber natürlich«, fuhr Strether fort, »bleibt es ihm unbenommen, ein Opfer zu bringen, wenn er unbedingt möchte.«

Der kleine Bilham hielt inne. »Er ist nicht besonders erpicht darauf, Opfer zu bringen; oder er ist vielleicht eher der Ansicht, bereits genug Opfer gebracht zu haben.«

»Also, es ist in der Tat eine tugendhafte Verbindung«, bemerkte sein Gefährte mit einer gewissen Entschiedenheit.

»Genau das«, warf der junge Mann nach einem Augenblick ein, »meine ich.«

Dies ließ nun Strether eine Weile verstummen. »Ich habe es selber festgestellt«, fuhr er dann fort, »ich habe mich während der letzten halben Stunde wirklich davon überzeugt. Kurzum, ich begreife es endlich; was ich anfangs – bei meiner ersten Unterhaltung mit Ihnen – nicht getan habe. Und bei meinem ersten Gespräch mit Chad auch nicht.«

»Oh«, sagte der kleine Bilham, »ich denke nicht, dass Sie mir damals geglaubt haben.«

»Doch – ich habe Ihnen geglaubt; und auch Chad. Es wäre abscheulich gewesen und ungezogen – und außerdem ziemlich verkehrt –, es nicht zu tun. Welches Interesse hätten Sie, mich zu täuschen?«

»Welches Interesse ich hätte?«

»Ja. Chad *könnte* eines haben. Aber Sie?«

»Ah, ah, ah!« rief der kleine Bilham.

Als wiederholte absichtliche Verschleierung hätte dies unseren Freund leicht verstimmen können; doch wie wir gesehen haben, wusste er abermals, woran er war, und dass er sich immun gegen alles zeigte, bildete bloß eine weitere Bestätigung, dass er seine Position zu behaupten gedachte.

»Ohne mir selber einen Eindruck zu verschaffen, konnte ich es mir nicht vorstellen. Sie ist eine ungeheuer kluge, großartige, imponierende Frau, die zudem über einen ungemeinen Charme verfügt – einen Charme, den wir alle heute Abend sicher deutlich wahrgenommen haben. Nicht jede kluge, großartige, talentierte Frau besitzt solchen Charme. Eigentlich ist er bei Frauen überhaupt eher selten. Also, da haben Sie's«, fuhr Strether fort, als gälten seine Worte nicht nur dem kleinen Bilham, »mir ist klar, was die Beziehung zu einer solchen Frau – was eine so hohe herrliche Freundschaft – vielleicht sein kann. Vulgär oder gewöhnlich jedenfalls nicht – und das ist der springende Punkt.«

»Ja, das ist der springende Punkt«, sagte der kleine Bilham. »Sie kann gar nicht vulgär oder gewöhnlich sein. Und, Gott sei Dank *ist* sie es auch nicht. Mein Ehrenwort, etwas Schöneres und Bemerkenswerteres habe ich nie im Leben gesehen.«

Strether, der, gleichfalls zurückgelehnt, neben ihm saß, bedachte ihn mit einem flüchtigen, eine kurze Pause überbrückenden Blick, den Bilham indes nicht zur Kenntnis nahm. Er schaute lediglich aufmerksam teilnehmend vor sich hin. »Was es allerdings bei ihm bewirkt hat«, fuhr Strether dessen ungeachtet alsbald fort, »was es allerdings bei ihm bewirkt hat – das heißt, *wie* dieses Wunder zustande gekommen ist –, das zu verstehen, maße ich mir nicht an. Ich muss es einfach akzeptieren. Er ist eben so.«

»Er ist eben so!« kam das Echo des kleinen Bilham. »Und dahinter steht wahrlich und wahrhaftig sie. Ich begreife es auch nicht, obwohl ich alles schon länger und aus größerer Nähe miterlebe. Aber ich bin wie Sie«, setzte er hinzu; »ich vermag zu bewundern und mich über etwas zu freuen, auch wenn ich ein wenig im Dunkeln tappe. Sehen Sie, ich beobachte das jetzt gut drei Jahre und ganz besonders seit dem vergangenen Jahr. So übel, wie Sie offenbar denken, war er vorher nicht –«

»Oh, ich denke jetzt gar nichts!« fuhr Strether ihm ungehalten dazwischen. »Ausgenommen, was ich *tatsächlich* denke. Ich meine, damit sie sich überhaupt für ihn interessiert hat, muss doch schon irgendetwas –«

»In ihm gesteckt haben? O ja, durchaus, und zwar, wage ich zu behaupten, erheblich mehr, als zu Hause jemals zum Vorschein gekommen wäre. Trotzdem«, erläuterte der junge Mann mit Bedacht, »war da noch etwas möglich. Und diese Chance hat sie erkannt und wahrgenommen. Und genau das finde ich so großartig. Aber natürlich«, schloss er, »stand am Anfang seine Zuneigung zu ihr.«

»Natürlich«, sagte Strether.

»Ich will damit sagen, irgendwie und irgendwo sind Sie sich zum ersten Mal begegnet – im Haus einer amerikanischen Familie, glaube ich –, und da hat sie ihn, ohne es damals im mindesten zu wollen, beeindruckt. Mit der Zeit und bei passender Gelegenheit hat er dann sie beeindruckt; und *danach* war es bei ihr genauso schlimm wie bei ihm.«

Strether war unsicher. »Genauso ›schlimm‹?«

»Das heißt, sie begann sich seiner anzunehmen – intensiv anzunehmen. Allein und in ihrer schrecklichen Lage empfand sie es bald als reizvolle Aufgabe. Es war, es *ist* für sie eine Aufgabe; und ihr selbst hat es auch gutgetan – und das tut es noch. Darum hält ihre Zuneigung an. Tatsächlich«, sagte der kleine Bilham nachdenklich, »ist sie sogar größer geworden.«

Strethers Theorie, dass ihn das nichts angehe, litt nicht durch die Art, wie er es aufnahm. »Sie meinen, größer als seine?« Da wandte sich sein Gefährte ihm direkt zu, und jetzt trafen sich ihre Blicke für einen Moment. »Größer als seine?« wiederholte er.

Der kleine Bilham ließ sich ebenso lange Zeit mit der Antwort. »Sie erzählen es auch bestimmt niemand?«

Strether überlegte. »Wem sollte ich es schon erzählen?«

»Ich hatte angenommen, Sie berichten regelmäßig –«

»Denen zu Hause?« – vollendete Strether den Satz. »Gut, das werde ich ihnen nicht erzählen.«

Der junge Mann kehrte schließlich den Blick ab. »Also: sie empfindet jetzt tiefer als er.«

»Oh!« entfuhr es Strether seltsamerweise.

Aber sein Gefährte parierte auf der Stelle. »War das denn nicht auch Ihr Eindruck? Sonst hätten Sie Chad doch nicht in die Hand bekommen, oder?«

»Ach, ich habe ihn doch nicht in der Hand!«

»Na, ich muss schon sagen!« Aber mehr sagte der kleine Bilham nicht.

»Das ist jedenfalls nicht meine Sache. Soll heißen«, erklärte Strether, »meine Sache ist nur, ihn in die Hand zu bekommen.« Dennoch schien er es für seine Sache zu halten hinzuzufügen: »Das ändert nichts an dem Umstand, dass sie ihn gerettet hat.«

Der kleine Bilham wartete kurz. »Ich dachte, das wäre *Ihre* Aufgabe.«

Aber Strether hielt seine Erwiderung parat. »Ich spreche – im Zusammenhang mit ihr – von seinen Manieren und seiner Moral, von seinem Charakter und Lebenswandel. Ich spreche von ihm als einem Menschen, mit dem man umgehen, reden und leben kann – ich spreche von ihm als einem sozialen Wesen.«

»Und als soziales Wesen wünschen Sie ihn sich doch auch?«

»Gewiss; mithin sieht es so aus, als hätte sie ihn *für* uns gerettet.«

»Und folglich kommt es Ihnen in den Sinn«, warf der kleine Mann ein, »*sie* für uns alle zu retten?«

»Oh, für uns ›alle‹ –!« Strether musste unwillkürlich lachen. Aber es brachte ihn zurück auf seinen eigentlichen Punkt. »Die beiden haben ihre Situation akzeptiert – so problematisch sie auch ist. Sie sind nicht frei – zumindest sie ist es nicht; aber sie begnügen sich mit dem, was ihnen bleibt. Es ist eine Freundschaft, eine ganz wunderbare Freundschaft; und das macht sie so stark. Sie empfinden ihr Benehmen als untadelig; und sie halten einander aufrecht. Aber es ist ohne Zweifel sie, wie Sie ja selbst angedeutet haben, die besonders stark empfindet.«

Der kleine Bilham schien zu überlegen, was er wohl angedeutet hatte. »Sie empfindet am deutlichsten, dass sie untadelig sind?«

»Nun, sie empfindet, dass *sie* es ist, und sie empfindet die daraus erwachsende Kraft. Sie hält *ihn* aufrecht – sie hält die ganze Sache aufrecht. Es ist schön, wenn Menschen zu so etwas fähig sind. Um Miss Barrace zu zitieren: Sie ist fabelhaft, fabelhaft; und auf seine Art ist er das auch; als bloßer Mann jedoch rebelliert er vielleicht manchmal mit dem Gefühl, nicht auf seine Kosten zu kommen. Sie hat ihn schlicht auf eine höhere moralische Stufe gehoben, und das erklärt erstaunlich viel. Darum nannte ich es eine problematische Situation. Wenn je eine Situation verdient hat, problematisch genannt zu werden, dann diese.« Und Strether, den Kopf nach hinten geneigt, den Blick zur Zimmerdecke gerichtet, schien sich in dieser Vorstellung zu verlieren.

Sein Gefährte war ganz Ohr. »So gut wie Sie könnte ich das nicht darlegen.«

»Ach, wissen Sie, es betrifft Sie eben nicht.«

Der kleine Bilham überlegte. »Eben haben Sie doch gesagt, es betreffe Sie auch nicht.«

»Als eine Angelegenheit Madame de Vionnets betrifft es mich auch nicht im Geringsten. Aber wie bereits gesagt, wozu bin ich überhaupt gekommen, wenn nicht, um ihn zu retten?«

»Ja – um ihn mitzunehmen.«

»Um ihn dadurch zu retten, dass ich ihn mitnehme; um ihn selbst zu der Einsicht zu bringen, er würde am besten daran tun, drüben ins Geschäft einzusteigen – und sollte darum unverzüglich alle zu diesem Zweck notwendigen Schritte unternehmen.«

»Nun«, sagte der kleine Bilham, »das ist Ihnen gelungen.

»Er hält es für das Beste. Er hat es mir in den letzten ein, zwei Tagen jedenfalls mehrmals versichert.«

»Und dem entnehmen Sie«, fragte Strether, »dass er weniger empfindet als sie?«

»Weniger für sie als sie für ihn? Ja, das ist einer der Gründe. Aber ich habe auch durch anderes diesen Eindruck gewonnen. Ein Mann – finden Sie nicht auch? – « fuhr der kleine Bilham gleich fort, »*kann* doch unter solchen Umständen nicht so viel empfinden wie eine Frau. Es bedarf anderer Umstände, ihn dahin zu bringen, und dann empfindet er vielleicht mehr. Chads mögliche Zukunft«, schloss er, »liegt noch vor ihm.«

»Sie sprechen von seiner geschäftlichen Zukunft?«

»Nein – im Gegenteil; von der anderen, von der Zukunft, die Sie treffend ihre problematische Situation nennen. Monsieur der Vionnet könnte noch ewig leben.«

»So dass ihre Heirat ausgeschlossen ist?«

Der junge Mann wartete einen Augenblick. »Nicht heiraten zu können, ist so ungefähr das einzige, was sie mit einiger Sicherheit erwarten dürfen. Eine Frau – eine besondere Frau – mag diesen Druck vielleicht ertragen. Aber kann es ein Mann?« stellte er als Frage in den Raum.

Strether antwortete so prompt, als hätte er selber darüber schon nachgedacht. »Nicht ohne ein hohes moralisches Ideal. Aber eben das attestieren wir Chad. Und inwiefern«, überlegte er, »verringert seine Rückkehr nach Amerika denn diesen speziellen Druck? Würde es ihn nicht eher noch verstärken?«

»Aus den Augen, aus dem Sinn!« meinte sein Gefährte lachend. Dann setzte er mutiger hinzu: »Würde die Entfernung die Qual nicht verringern?« Aber bevor Strether erwidern konnte, schloss er: »Die Sache ist nämlich, Chad sollte heiraten!«

Strether schien eine Weile darüber nachzudenken. »Dass Sie von Qualen sprechen, macht meine nicht geringer!«, brach es dann aus ihm heraus. Im nächsten Augenblick war er aufgesprungen und fragte: »Wen sollte er dann heiraten?«

Der kleine Bilham erhob sich gemächlicher.

»Nun, jemand, den er heiraten *kann* – irgendein richtig nettes Mädchen eben.«

Während sie so beisammenstanden, schweifte Strethers Blick erneut zu Jeanne. »Meinen Sie *sie*?«

Sein Freund zog plötzlich eine merkwürdige Miene. »Nachdem er in ihre Mutter verliebt gewesen ist? Nein.«

»Gerade eben waren Sie aber noch der Auffassung, er sei nicht verliebt in ihre Mutter!«

Sein Freund zögerte wieder. »Nun, in Jeanne ist er jedenfalls nicht verliebt.«

»Allerdings nicht.«

»Wie *könnte* er in eine andere Frau verliebt sein?«

»Oh, zugegeben. Aber verliebt zu sein, wissen Sie«, – rief ihm der kleine Bilham freundlich in Erinnerung, »erachtet man hier, strenggenommen, nicht als notwendig für eine Ehe.«

»Und welche Qual – wenn wir von Qualen reden – kann es für eine solche Frau denn überhaupt geben?« Wie durch die eigene Frage angespornt, hatte Strether weitergeredet, ohne hinzuhören. »Quält es sie, einen Mann so wunderbar geformt zu haben, und am Ende doch nur für eine andere?« Dies schien ihm sehr wichtig zu sein, und der kleine Bilham sah ihn jetzt an. »Wenn die Menschen etwas *füreinander* aufgeben, dann vermissen sie es nicht.« Dann stieß er bewusst übertrieben hervor: »Sollen sie der Zukunft doch gemeinsam entgegensehen!«

Der kleine Bilham blickte ihn jetzt wirklich an. »Sie finden, er sollte doch nicht nach Hause zurückkehren?«

»Ich finde, wenn er sie aufgibt –!«

»Ja?«

»Dann sollte er sich schämen.« Aber Strether sagte dies wie mit einem Lachen.

SIEBTES BUCH

I

Strether saß nicht das erste Mal allein in der großen dämmergrauen Kirche – erst recht nicht zum ersten Mal überließ er sich, soweit es die Umstände erlaubten, ihrer wohltuenden Wirkung auf seine Nerven. Er war mit Waymarsh in Notre Dame gewesen, er war mit Miss Gostrey dort gewesen, er war mit Chad Newsome dort gewesen und hatte den Ort, sogar in Begleitung, als solche Zuflucht vor den ihn bedrängenden Problemen empfunden, dass er, als der Druck aus jener Quelle wieder wuchs, verständlicherweise auf ein probates Mittel rekurriert hatte, das ihm, für den Augenblick, ziemliche Erleichterung schuf, wenn zweifellos auch ziemlich indirekt. Es war ihm durchaus klar, dass dies nur für den Augenblick galt, aber gute Augenblicke – sofern er sie denn so nennen durfte – besaßen immer noch ihren Wert für einen Mann, der inzwischen von sich selber den Eindruck gewann, er lebe beinahe erbärmlich von der Hand in den Mund. Da ihm der Weg jetzt so vertraut war, hatte er die Wallfahrt hierher in letzter Zeit mehr als einmal unternommen – hatte sich in einem unbeobachteten Moment regelrecht davongestohlen und, wenn er wieder unter seinen Freunden weilte, tunlichst vermieden, sein Abenteuer zu erwähnen.

Was seine gute Freundin betraf, so war sie immer noch verreist und gab sich zudem auffallend schweigsam; selbst nach Ablauf dreier Wochen war Miss Gostrey nicht zurückgekehrt. Sie schrieb ihm aus Mentone, räumte ein, er müsse sie wohl für höchst wankelmütig halten – derzeit womöglich gar für abscheulich treulos; bat jedoch um Geduld, um Aufschub des Urteils, kurz, sie vertraue auf seine Großmut. Auch für sie, so dürfe sie ihm versichern, sei das Leben kompliziert – komplizierter als er je ahnen könne; außerdem habe sie sich seiner versichert vor ihrem Verschwinden – versichert insoweit, als von ihr Vorsorge getroffen sei, ihn bei ihrer Rückkehr nicht etwa ganz aus den Augen verloren zu haben. Wenn sie ihn ferner nicht mit weiteren Briefen belaste, dann, offen gesagt, aus der Überlegung, dass er ja das andere große Geschäft zu betreiben habe. Er selbst hatte, nach vierzehn Tagen, zweimal geschrieben, zum Beweis, dass man auf seine Großmut bauen könne; aber er entsann sich dabei jedes Mal an Mrs. Newsomes Briefstil zu Zeiten, wenn Mrs. Newsome heikle Themen aussparte. Er unterschlug sein Problem, er erzählte von Waymarsh und Miss Barrace, vom kleinen Bilham und der Corona am anderen Seineufer, mit denen er wieder den Tee genommen habe, und berichtete der Bequemlichkeit halber unbeschwert über Chad und Madame de Vionnet und Jeanne. Er gestand, sie weiterhin zu treffen, er verkehre fraglos fleißig in Chads Räumen und die greifbare Vertrautheit besagten jungen Mannes mit den Damen sei unleugbar groß; aber er hatte seine Gründe, Miss Gostrey den Eindruck dieser letzten Tage gar nicht erst vermitteln zu wollen. Andernfalls hätte er ihr zu viel über sich selbst erzählt – und eben sich selbst versuchte er ja gerade zu entfliehen.

Dieser kleine, innere Kampf entsprang auf seine Art nicht unwesentlich derselben Regung, die ihn jetzt hinüber nach Notre Dame getrieben hatte; der Regung nämlich, den Dingen ihren Lauf zu lassen, ihnen Zeit zu geben, sich zu erklären oder wenigstens vorüberzugehen. Er wusste, dass ihn nichts sonst hierhergeführt hatte als der Wunsch, fürs erste nicht an gewissen anderen Orten zu sein; es verlieh ihm ein Gefühl der Sicherheit, der Vereinfachung, das er jedes Mal, wenn er sich ihm überließ, belustigt als heimliches Zugeständnis an die Feigheit wertete. Die große Kirche besaß keinen Altar für seine Andacht, keine unmittelbare Stimme für seine Seele; dennoch schenkte sie ihm eine beinahe heilige Ruhe; denn hier fühlte er, was er anderswo nicht fühlte, dass er nur ein schlichter und müder Mensch war, der seinen wohlverdienten Urlaub nahm. Müde war er schon, aber nicht schlicht – das war das Bedauerliche und Ärgerliche; allerdings konnte er sein Problem an der Tür ablegen, gleichsam wie die Kupfermünze, die er, auf der Schwelle, dem unvermeidlichen blinden Bettler in die Schale warf. Er durchschritt das lange dämmrige Schiff, nahm Platz im prächtigen Chor, verharrte vor den Kapellen an der Ostseite, und das gewaltige Bauwerk umfing ihn mit seinem Zauber. Er hätte ein Student sein können, der sich von einem Museum bezaubern ließ – und genau das zu sein, in einer fremden Stadt, am Nachmittag des Lebens, diese Freiheit hätte er sich gewünscht. Jedenfalls taugte diese Art Opfer für den Anlass ebenso gut wie jedes andere; es machte ihm hinreichend verständlich, wie, innerhalb dieses Bezirks, die weltlichen Dinge für den wirklich Zufluchtsuchenden zeitweilig außer Kraft treten konnten. Darin bestand vermutlich die Feigheit – ihnen auszuweichen, die Frage offenzulassen, sich ihr im grellen Licht der Welt draußen nicht zu stellen, doch sein eigenes Vergessen währte zu kurz, war zu nichtig, um irgendjemand anderem zu schaden als ihm selbst, und er empfand eine unbestimmte und schwärmerische Sympathie für gewisse Personen, denen er begegnete, geheimnisvolle und ängstliche Gestalten, die er bei seinen Betrachtungen, die ihm zum Zeitvertreib dienten, unter jene rechnete, die vor der Gerechtigkeit flohen. Gerechtigkeit gab es draußen, im grellen Licht, und Ungerechtigkeit ebenso; der Atmosphäre der langen Seitenschiffe und dem Glanz der vielen Altäre aber blieb die eine so fremd wie die andere.

Auf diese Weise jedenfalls kam es, dass ihm eines Morgens, etwa zwölf Tage nach dem Diner am Boulevard Malesherbes, an dem auch Madame de Vionnet und ihre Tochter teilnahmen, eine Rolle bei einem Zusammentreffen hier im Seitenschiff zufiel, das seine Phantasie stark anregte. Er hatte bei diesen Betrachtungen die Gewohnheit, da und dort einen Mitbesucher aus geziemender Distanz zu beobachten, Merkmale in seinem Verhalten wahrzunehmen, Zeichen von Zerknirschung, des Niedergedrücktseins oder einer durch die Absolution erlangten Erleichterung; auf diese Weise offenbarte sich seine unbestimmte Zuneigung; auf dieses Maß der Bekundung musste sie selbstverständlich beschränkt bleiben. Diese Verantwortung hatte er nie so klar empfunden wie jetzt, als er unvermittelt der inspirierenden Wirkung einer Dame gewahr wurde, deren äußerste Reglosigkeit im Schatten einer der Kapellen ihm zwei- oder dreimal aufgefallen war bei seinem langsamen, wiederholten Rundgang. Sie war nicht niedergedrückt – keine Spur gebeugt, doch schien sie merkwürdig starr, und ihre anhaltende Bewegungslosigkeit verriet ihm, im Vorübergehen und im Verharren, ihre völlige Hingegebenheit an was auch immer sie hergeführt hatte. Sie saß einfach da und blickte vor sich hin, so wie er selbst oft dasaß; allerdings hatte sie, was er nie tat, direkt vor dem Altar Platz genommen und sich, wie er leicht erkennen konnte, auf eine Art so völlig verloren, wie er es gerne selbst getan hätte. Sie war keine umherirrende Fremde, die mehr zurückhielt als sie hingab, sondern eine jener Bekannten, Vertrauten, Glücklichen, für die diese Handlungen eine Methode und eine Bedeutung besaßen. Sie erinnerte unseren Freund – weil neun Zehntel seiner gegenwärtigen Eindrücke Erinnerungen an irgendwelche imaginären Dinge auslösten – an die schöne, standhafte, gesammelte Heldin einer alten Geschichte; an etwas, das er gehört oder gelesen hatte, an etwas, das er, mit ein wenig dramatischem Talent, hätte selber schreiben können, an eine Gestalt, die durch eine herrlich beschirmte Kontemplation ihren Mut und ihre Klarheit erneuerte. Zwar wandte sie ihm, wie sie so dasaß, den Rücken zu, doch seinem Eindruck zufolge konnte sie gar nicht anders als jung und anziehend sein, und außerdem hielt sie den Kopf sogar in diesen heiligen Schatten mit sichtlichem Selbstvertrauen aufrecht, gleichsam in blinder Gewissheit der Beständigkeit, Sicherheit, Straflosigkeit. Aber wozu war eine solche Frau hierhergekommen, wenn nicht, um zu beten. Strethers Deutung dieser Dinge war, man muss es gestehen, verworren; aber er fragte sich, ob ihre Haltung wohl die folgerichtige Frucht der Absolution, des ›Sündenerlasses‹ sei. Er besaß nur nebulöse Vorstellungen darüber, was einem Sündenerlass an einem solchen Ort innewohnen könne; trotzdem überkam ihn, wie mit einem sanften Schwung, eine Ahnung, welch zusätzlichen Reiz dies den gelebten Riten verleihen mochte. Es war schon eine ganze Menge, was eine halb verborgen sitzende Gestalt da ausstrahlte, die ihn im Grunde nichts anging; aber bevor er die Kirche verließ, erlebte er eine noch erregendere Überraschung.

Er hatte sich auf einen Stuhl in der Mitte des Kirchenschiffs fallen lassen und versuchte, erneut in Museumsstimmung, mit zurückgelegtem Kopf und emporgerichtetem Blick, eine Vergangenheit zu rekonstruieren und sie genaugenommen auf die bequemen Begriffe Victor Hugos zu reduzieren, den er wenige Tage zuvor, der Lebensfreude dieses eine Mal gewissermaßen die Zügel schießen lassend, in siebzig gebundenen Bänden erworben hatte, phantastisch preiswert, veräußert, wie ihm der Verkäufer versicherte, zu einem Preis, den allein der Einband in Rot und Gold wert war. Während er im gotischen Dämmergrau den Blick durch den unvermeidlichen Kneifer schweifen ließ, wirkte er doch wohl zweifellos von gehöriger Ehrfurcht ergriffen; aber seine

Gedanken blieben schließlich hängen an der Frage, wo in seinem vollgestopften Reisegepäck sich ein so unförmiger Brocken noch unterbringen ließ. Sollten siebzig Bände in Rot-und-Gold etwa das Gewichtigste sein, was er Woollett als Ergebnis seiner Mission vorzuweisen hätte? Diese Aussicht hielt ihn geraume Zeit gefangen – so lange, bis er auf einmal spürte, dass sich ihm jemand unbemerkt genähert hatte und stehen geblieben war. Im Umwenden sah er, dass, wie zur Begrüßung, eine Dame vor ihm stand, und er sprang auf, als er in ihr im nächsten Augenblick eindeutig Madame de Vionnet erkannte, die ihn, auf dem Weg zur Tür, als sie dicht an ihm vorbeiging, wohl bemerkt haben musste. Sie nahm ihm, rasch und heiter, seine Verwirrung, begegnete ihr und drehte sie auf eine Weise um, wie nur sie es konnte; seine Verwirrung war bedrohlich gewachsen, als er in ihr die kürzlich von ihm beobachtete Person erkannte. Sie war die halbverborgene Gestalt in der dämmrigen Kapelle; sie hatte ihn mehr beschäftigt, als sie ahnte; aber zum Glück besann er sich rechtzeitig, dass er es ihr ja nicht erzählen musste und schließlich nichts Schlimmes passiert war. Sie ihrerseits zeigte gleich, dass sie ihr Zusammentreffen als einen äußerst glücklichen Zufall betrachtete, und ihr »Sie kommen also auch hierher?« nahm der Überraschung jede Peinlichkeit.

»Ich komme oft«, sagte sie. »Ich liebe diesen Ort, eigentlich Kirchen überhaupt. Die alten Frauen, die dort ihr Leben verbringen, kennen mich alle; im Grunde gehöre ich auch schon zu diesen alten Frauen. Aller Voraussicht nach werde ich jedenfalls einmal auf diese Weise enden.« Sie sah sich um nach einem Stuhl, den er ihr unverzüglich heranrückte, und sie setzte sich mit den Worten: »Oh, das freut mich aber, dass Sie auch so gern –!«

Er offenbarte ihr das Ausmaß seiner Neigung, obwohl sie deren Objekt im vagen belassen hatte; und er war beeindruckt von der Dezenz, der Delikatesse dieser Vagheit, die bei ihm einen Sinn für schöne Dinge schlicht voraussetzte. Er wusste wohl, wie stark dieser Sinn auf die gleichsam diskret zurückgenommene Art ansprach, mit der sie sich präsentiert hatte für ihren Morgenspaziergang und dessen besonderes Ziel – er vermutete, sie sei zu Fuß gekommen; die Art, wie sie den etwas dichteren Schleier trug – eine Nuance nur, doch alles entscheidend; der gemessene Ernst ihres Kleides, wo hier und da ein mattes Weinrot schwach im Schwarz aufzuschimmern schien; die bezaubernde Diskretheit ihrer kleinen, knappen Kopfbedeckung; und, als sie saß, die ruhige Ausstrahlung ihrer gefalteten grau behandschuhten Hände. Strether schien, als säße sie auf ihrem eigenen Grund und Boden, wo sie ihm leichthin, am offenen Tor, die Honneurs des Hauses machte, während sich dahinter die ganze Weite und das Geheimnis der Domäne dehnten. Wenn Menschen so vollständig über etwas gebieten, können sie außerordentlich höflich sein; und unser Freund erlebte in dieser Stunde tatsächlich eine Art Offenbarung ihres Erbes. Sie war für ihn weitaus romantischer, als sie hätte ahnen können, und wieder fand er seinen kleinen Trost in der Überzeugung, dass ihr, bei allem Scharfsinn, der Eindruck, den sie auf ihn machte, doch ein Geheimnis bleiben müsse. Was ihm erneut Unbehagen an Geheimnissen generell schuf, war diese übergroße Geduld, die sie für seine eigene Farblosigkeit aufbrachte; obgleich andererseits sein Unbehagen weitgehend schwand, nachdem er sich zehn Minuten lang nach Kräften farblos und zugleich aufgeschlossen gezeigt hatte.

Diese Augenblicke waren übrigens bereits stark eingetönt von dem besonderen Interesse, das der Erkenntnis entsprang, bei seiner Gefährtin handele es sich ja um dieselbe Person, deren Betragen vor dem schimmernden Altar ihn so fasziniert hatte. Dieses Betragen passte großartig zu der

Sichtweise, die er über ihr Verhältnis zu Chad insgeheim gewonnen hatte, als er den beiden zum letzten Mal zusammen begegnet war. Es half ihm, an der damals bezogenen Position festzuhalten; daran, hatte er beschlossen, *werde* er festhalten, und zu keiner Zeit bisher war ihm dies so leichtgefallen. Unanfechtbar unschuldig war ein Verhältnis, das einen der Partner zu einer solchen Haltung bringen konnte. Wäre das Verhältnis nicht unschuldig, weshalb besuchte Madame de Vionnet dann so häufig Kirchen? – Dorthin wäre sie, falls sie die Frau war, für die er sie hielt, nie gegangen, um schamlos ihre Schuld zur Schau zu tragen. Sie suchte die Kirchen auf, um hier fortgesetzt Hilfe, Kraft und Frieden zu finden – erhabenen Beistand, den sie, wenn man es so zu sehen vermochte, Tag für Tag erhielt. Sie redeten leise und leichthin mit nach oben gerichtetem, begutachtendem Blick über das großartige Bauwerk, seine Geschichte und seine Schönheit – was ihr alles, beteuerte Madame de Vionnet, am stärksten aus der anderen Perspektive, der Außenansicht, fasslich werde. »Wir können ja gleich nachher«, sagte sie, »noch einmal außen herumgehen, wenn Sie mögen. Ich bin nicht besonders in Eile und fände es schön, wenn wir uns gemeinsam alles genau ansähen.« Er hatte von dem großen Romandichter und dem großen Roman gesprochen und davon, was beide in seiner Vorstellung zum Ganzen beigetragen hatten, wobei er auch noch seine maßlose Anschaffung erwähnte, die siebzig flamboyanten Bände, die dazu in keinerlei Verhältnis stünden.

»In keinerlei Verhältnis wozu?«

»Nun, zu jedem anderen Wagnis.« Und doch merkte er, noch während er sprach, dass er in diesem Moment etwas wagte. Er hatte einen Entschluss gefasst, und es drängte ihn, ins Freie zu kommen; denn sein Vorhaben war eines, das des Freien bedurfte, und er befürchtete, es könnte ihm durch eine Verzögerung immer noch entgleiten. Sie jedoch ließ sich Zeit; sie zog ihr gedämpftes Geplauder in die Länge, als sei sie darauf aus, von dieser Begegnung zu profitieren, und eine Deutung ihres Verhaltens, ihres Geheimnisses bestätigte dies. Als sie sich für das Thema Victor Hugo erwärmte, wie er es genannt hätte, schien sogar ihre Stimme – das leichte, leise ehrfürchtige Beben vor der sie umgebenden Feierlichkeit – den Worten einen Sinn zu verleihen, den sie offen nicht aussprachen. Hilfe, Kraft, Frieden, erhabener Beistand – sie hatte von all dem nicht so viel gefunden, als dass die Summe nicht spürbar größer würde durch das kleinste Anzeichen von Vertrauen in sie, das ihr ein Gefühl von Halt gab. Bei langer Bedrängnis half die kleinste Bestätigung, und wenn er ihr als Fixpunkt erschien, an den sie sich anklammern konnte, dann würde er sich ihr nicht entwinden. Menschen in Not klammerten sich am ersten besten fest, und er war doch wohl nicht weiter entfernt als die abstrakteren Quellen des Trostes. Eben hierüber hatte er seinen Entschluss gefasst; das heißt, er hatte sich entschlossen, ihr ein Zeichen zu geben. Das Zeichen würde besagen – sosehr dies auch ihre Sache sei –, er verstehe sie; das Zeichen würde besagen – so sehr dies auch ihre Sache sei –, es stehe ihr frei, sich anzuklammern. Da sie ihn für einen Fixpunkt hielt – wie sehr er selber auch manchmal zu wanken glaubte – würde er sein Bestes tun, tatsächlich einer zu sein.

Am Ende saßen sie eine halbe Stunde später bei einem gemeinsamen frühen Lunch in einem wunderbaren, reizenden Speisehaus am linken Ufer – einem Wallfahrtsort für Eingeweihte, wie beide wohl wussten, Eingeweihte, die wegen seines hohen Renommees, Hommage an turbulente Zeiten, vom anderen Ende der Stadt hierherpilgerten. Strether war schon dreimal dort gewesen – zuerst mit Miss Gostrey, dann mit Chad, dann wieder mit Chad und Waymarsh und dem kleinen Bilham, die er klugerweise alle eingeladen hatte; und jetzt erfuhr er zu seiner großen Freude, dass Madame de Vionnet hier noch nicht eingeführt war. Als er beim Schlendern um die Kirche, am Fluss entlang, sagte und damit schließlich den insgeheim gefassten Entschluss verwirklichte: »Würden Sie, wenn es Ihre Zeit erlaubt, mit mir irgendwo zum *déjeuner* gehen? Zum Beispiel, falls Sie es kennen, dort hinüber auf die andere Seite, es sind nur wenige Schritte« – und dann den Namen des Restaurants nannte; als er dies getan hatte, blieb sie abrupt stehen, wie um ihm ganz impulsiv und doch unter großer Hemmung zu antworten. Sie nahm den Vorschlag auf, als sei er fast zu schön, um wahr zu sein; und ihr Begleiter hatte vielleicht bisher noch nie einen so unerwarteten Augenblick des Stolzes erlebt – oder zumindest den schönen, so seltenen Fall, einer Person, die so vieles besaß, ein neues, ein rares Vergnügen bieten zu können. Sie hatte von der himmlischen Lokalität gehört, fragte ihn jedoch in Erwiderung einer weiteren Erkundigung, wie in aller Welt er annehmen könne, sie sei schon dort gewesen. Er selbst vermutete bei sich die Annahme, Chad könne sie hierher ausgeführt haben, was sie im nächsten Augenblick erriet, zu seinem nicht geringen Unbehagen.

»Ach, dazu müssen Sie wissen«, sagte sie lächelnd, »dass ich mich in der Öffentlichkeit nicht mit ihm zeige; ich habe nie Gelegenheit für so etwas – auch sonst nicht –, dabei ist es genau das, wofür ich still in meinem Bau lebendes Wesen schwärme.« Es sei mehr als freundlich von ihm, daran gedacht zu haben – obwohl sie offen gesagt, wenn er schon frage, keine Minute erübrigen könne. Das mache aber weiter nichts – sie werde alle Pläne umstoßen. Zu Hause erwarteten sie zwar alle möglichen häuslichen, mütterlichen und gesellschaftlichen Pflichten; doch dieser Fall sei etwas besonderes. Ein Fiasko wäre unvermeidlich, aber habe man nicht das Recht auf einen Skandal, wenn man bereit sei, dafür zu zahlen? Auf dieser amüsanten Basis einer kostspie-

KAPITEL I

ligen Liederlichkeit nahmen sie schließlich vis-à-vis Platz an einem kleinen Tisch, bei einem Fenster, durch das man hinausblickte auf den belebten Quai und die mit Schleppkähnen befrachtete schillernde Seine; hier überkam Strether in der nächsten Stunde, als er sich ganz gehenließ, tief hinabtauchte, das Gefühl, bis auf den Grund gelangt zu sein. Vielerlei Empfindungen überkamen ihn bei dieser Gelegenheit, und unter die ersten zählte, dass ein weiter Weg hinter ihm lag seit jenem Abend in London vor dem Theater, als sein Diner mit Maria Gostrey, zwischen den rosa-beschirmten Kerzen, so viele Erklärungen zu erfordern schien. Damals hatte er sie gesammelt, die Erklärungen – er hatte sie aufgespeichert; doch im Augenblick war es, als sei er entweder darüber hinaus oder dahinter zurückgeblieben – er wusste nicht, was von beidem zutraf; irgendwie fand er keine Erklärung, die ihm nicht eher den Anschein des Kollapses und Zynismus als den der Klarheit erweckte. Wie konnte er hoffen, dass es anderen, irgendjemandem einleuchtete, dass er einstweilen genug Gründe allein darin sah, wie das helle, frische, geordnete Treiben am Ufer durchs offene Fenster flutete? – wie Madame de Vionnet, ihm gegenüber am strahlend weißen Tischtuch vor ihrem *omelette aux tomates* und der Flasche strohgelbem Chablis saß, ihm mit einem fast kindlichen Lächeln für alles dankte, während der Blick ihrer grauen Augen im Verlauf des Gesprächs abschweifte in die Sphäre linder Frühlingsluft, wo bereits der frühe Sommer pulsierte, und dann wieder zurückfand zu seinem Gesicht und sich einstellte auf ihre eigenen Fragen.

Die eigenen Fragen mehrten sich, bevor sie ans Ende gelangten – vervielfachten sich, wie sie da eine um die andere auftauchten, zahlreicher, als die unbefangene Phantasie unseres Freundes überhaupt vorausgeahnt hatte. Das Gefühl, welches ihn früher schon beschlichen, das Gefühl, welches ihn wiederholt beschlichen hatte, das Gefühl, dass das Geschehen mit ihm davongaloppierte, war nie so stark gewesen wie jetzt; dies um so mehr, als er den konkreten Augenblick bezeichnen konnte, da es mit ihm durchgegangen war. Dieser Zwischenfall hatte sich eindeutig neulich Abend, nach Chads Diner, ereignet; er hatte sich, wie er ganz genau wusste, in dem Moment ereignet, als er sich zwischen diese Dame und ihr Kind stellte, als er sich erlaubte, eine diese beiden nahegehende Angelegenheit in einer solchen Weise mit ihr zu besprechen, dass sie mit dem ihr eigenen Scharfsinn, der sich in dem vielsagenden »Ich danke Ihnen!« äußerte, die Sache sofort zu ihren Gunsten besiegelte. Erneut hatte er sich zehn Tage ferngehalten, trotzdem war das Geschehen unkontrollierbar geblieben; der Umstand, dass es sich so rasant entwickelte, bildete ja eben den Grund, weshalb er sich ferngehalten hatte. Als er sie im Mittelschiff der Kirche erkannte, war ihm aufgegangen, dass das Fernhalten nur die Sache aufs Spiel setzen würde, ab dem Moment, da für sie nicht bloß ihr Scharfsinn arbeitete, sondern auch die Hand des Schicksals. Sollten alle Zwischenfälle für sie fechten – und nach derzeitiger Lage zeichnete sich dies überdeutlich ab –, konnte er nur die Waffen strecken. Nichts anderes hatte er getan, als er sich insgeheim entschloss, ihr auf der Stelle ein gemeinsames Frühstück vorzuschlagen. Glich sein erfolgreicher Vorschlag nicht tatsächlich dem Debakel, mit dem ein handfestes Durchgehen endete? Das Debakel war ihr Spaziergang, ihr *déjeuner*, ihr *omelette*, der Chablis, das Restaurant, die Aussicht, ihre momentane Unterhaltung und sein momentanes Vergnügen daran – ganz zu schweigen, o Wunder aller Wunder, von dem ihren. Zu nichts weniger als zu dieser Eintracht hatte seine Kapitulation also glücklich geführt. Zumindest erhellte dies ihm ausreichend, wie töricht es war, sich fernzuhalten. Wachgerufen vom Timbre ihrer Stimmen, dem Klirren der Gläser, dem Brausen der Stadt und dem Plätschern der Seine, klangen in seiner Erinnerung uralte Sprichwörter an: Es *war* eindeutig besser, als Schaf geschlachtet zu werden denn als Lamm. Man konnte ebenso gut durchs Schwert umkommen wie durch Hungersnot.

»Maria ist immer noch verreist?« – das war das erste, was sie ihn gefragt hatte; und als ihm, obwohl er wusste, welche Bedeutung sie Maria Gostreys Abwesenheit beimaß, eine unbefangen heitere Antwort gelungen war, hatte sie sich anschließend erkundigt, ob er sie nicht schrecklich vermisse. Trotz gegenteiliger Gründe, die ihm dies keineswegs sicher erscheinen ließen, erwiderte er: »Schrecklich«, was sie so quittierte, als habe sie nur ebendies beweisen wollen. Dann: »Ein Mann in Schwierigkeiten *muss* zwangsläufig irgendwie von einer Frau besessen sein«, sagte sie; »wenn nicht auf die eine Weise, dann eben auf die andere.«

»Warum sehen Sie in mir einen Mann in Schwierigkeiten?«

»Ach, das ist nun mal mein Eindruck von Ihnen.« Sie sagte es ganz behutsam, als befürchte sie zutiefst, ihn zu verletzen, während sie bei ihm saß und seine Freigebigkeit genoss. »Sind Sie denn nicht in Schwierigkeiten?«

Er fühlte sich bei dieser Frage erröten und fand es dann entsetzlich peinlich – fand es entsetzlich peinlich, dass man ihm so etwas Blödsinniges wie Verwundbarkeit unterstellte. Verwundbar durch Chads Dame, deretwegen er sich, gewappnet mit so viel Gleichmut, hierher aufgemacht hatte – war es etwa schon so weit mit ihm gekommen? Perfiderweise schien aber gerade sein Schweigen ihre Ahnung zu bestätigen. War er im Grunde nicht deswegen irritiert, weil er genau den Eindruck bei ihr erweckt hatte, den er unbedingt hatte vermeiden wollen? »Noch bin ich nicht in Schwierigkeiten«, sagte er schließlich lächelnd. »Momentan bin ich nicht in Schwierigkeiten.«

»Nun, ich bin es immer. Aber das ist Ihnen ja hinlänglich bekannt.« Sie war eine Frau, die zwischen den einzelnen Gängen die Ellbogen auf den Tisch stemmen und dabei anmutig wirken konnte. Eine derartige Pose war Mrs. Newsome fremd, doch einer *femme du monde* fiel sie leicht. »Ja – ich bin es ›momentan‹!«

»Sie haben mir eine Frage gestellt«, erwiderte er prompt, »am Abend von Chads Diner. Ich habe sie damals nicht beantwortet, und es war sehr anständig von Ihnen, dass Sie seither keine Gelegenheit gesucht haben, mir deswegen zuzusetzen.«

Sie war gleich im Bilde. »Ich weiß natürlich, worauf Sie anspielen. Ich hatte Sie gefragt, was Sie am Tag Ihres Besuchs bei mir, kurz vor Ihrem Aufbruch, gemeint hätten mit Ihren Worten, Sie würden mich retten. Und bei unserem Freund dann sagten Sie, Sie müssten erst einmal abwarten und für sich selber herausfinden, was Sie damit gemeint hätten.«

»Ja, ich hatte Sie um Zeit gebeten«, sagte Strether. »Und wenn ich es jetzt aus Ihrem Mund höre, klingt es ausgesprochen lächerlich.«

»Oh!« hauchte sie – und bemühte sich abzuwiegeln. Ihr kam jedoch ein anderer Gedanke. »Wenn es lächerlich klingt, warum leugnen Sie dann, Schwierigkeiten zu haben?«

»Ach, wenn ich welche hätte«, erwiderte er, »dann nicht die, dass ich die Lächerlichkeit fürchte. Die fürchte ich nicht.«

»Was dann?«

»Nichts – momentan.« Und er lehnte sich auf seinem Stuhl zurück.

»Ihr ›momentan‹ gefällt mir!« Sie lachte ihn über den Tisch hinweg an.

»Ebendeshalb wird mir gerade absolut klar, dass ich Sie

lange genug hingehalten habe. Inzwischen weiß ich jedenfalls, was ich damals mit meiner Äußerung meinte; eigentlich wusste ich es schon am Abend von Chads Diner.«

»Warum haben Sie es mir dann nicht gesagt?«

»Weil es in diesem Moment schwierig war. Ich hatte zu jenem Zeitpunkt bereits etwas für Sie unternommen – in dem Sinn, den ich Ihnen bei meinem Besuch nannte; aber damals war ich mir noch nicht sicher, welche Wichtigkeit ich dem beimessen dürfte, Ihnen gegenüber.«

Sie war ganz Ohr. »Und jetzt sind Sie sicher?«

»Ja; mir ist klar, dass ich praktisch alles für Sie getan habe – bereits für Sie getan hatte, als Sie mich danach fragten –, was mir bis heute zu tun möglich gewesen ist. Und jetzt habe ich das Gefühl«, fuhr er fort, »dass dies weiterreichende Folgen haben könnte, als ich dachte. Gleich nach meinem Besuch bei Ihnen«, erklärte er, »habe ich Mrs. Newsome über Sie berichtet und rechne jetzt täglich mit ihrer Antwort. Diese Antwort wird, wie ich vermute, die Konsequenzen enthalten.«

Sie zeigte ein geduldiges und wunderbares Interesse. »Ich verstehe – die Konsequenzen daraus, dass Sie sich für mich eingesetzt haben.« Und sie wartete, als wolle sie ihn nicht drängen.

Er vergalt es ihr, indem er gleich fortfuhr. »Die Frage, sehen Sie, lautete, *wie* ich Sie retten sollte. Ich habe es versucht, indem ich ihr auf diese Weise zu verstehen gab, dass ich Sie für wert halte, gerettet zu werden.«

»Ich verstehe – ich verstehe.« Ihre Ungeduld brach sich Bahn. »Wie soll ich Ihnen nur danken?« Damit jedoch war er überfragt, und so fuhr sie rasch fort: »Entspricht das wirklich Ihrer eigenen Überzeugung?«

Seine Antwort erschöpfte sich zunächst darin, dass er ihr von dem soeben servierten Gericht vorlegte. »Ich habe ihr inzwischen noch einmal geschrieben – ich habe keinen Zweifel daran gelassen, was ich denke. Ich habe ihr alles über Sie erzählt.«

»Danke – nicht so viel. ›Alles‹ über mich«, fuhr sie fort – »ja.«

»Alles, was Sie, wie mir scheint, für ihn getan haben.«

»Ach, und Sie hätten gern hinzufügen dürfen, wie auch *mir* scheint!« Sie lachte wieder, während sie zu Messer und Gabel griff, als hätten ihr diese Versicherungen Mut gemacht. »Aber Sie sind nicht sicher, wie sie reagieren wird.«

»Nein, und ich werde nicht so tun.«

»*Voilà.*« Und sie hielt einen Augenblick inne. »Erzählen Sie mir doch von ihr.«

»Oh«, sagte Strether mit einem etwas erkünstelten Lächeln, »Sie müssen einfach nur über sie wissen, dass sie wirklich ein großartiger Mensch ist.«

Madame de Vionnet schien unschlüssig. »Ist das alles, was ich über sie wissen muss?«

Doch Strether ignorierte die Frage. »Hat Chad denn nicht mit Ihnen gesprochen?«

»Über seine Mutter? Doch, sehr viel – ungeheuer viel. Aber nicht von Ihrer Warte aus.«

»Er kann«, entgegnete unser Freund, »nichts Schlechtes über sie gesagt haben.«

»Nicht das Geringste. Er hat mir, ebenso wie Sie, versichert, sie sei wirklich großartig. Aber irgendwie scheint mir gerade der Umstand, dass sie wirklich großartig ist, unser Problem nicht zu vereinfachen. Ich möchte nun wirklich kein Wort gegen sie sagen«, fuhr sie fort, »aber ich spüre natürlich, wie wenig angetan sie sein wird, wenn sie hören muss, sie schulde mir etwas. Von einer solchen Verpflichtung einer anderen Frau gegenüber ist keine Frau begeistert.«

Dem konnte Strether nicht widersprechen. »Wie sonst hätte ich mich ihr verständlich machen können? Es war das Wichtigste, was es über Sie mitzuteilen galt.«

»Sie glauben also, sie wird mir gewogen sein?«

»Das hoffe ich bald zu erfahren. Aber ich bezweifle kaum, dass sie es wäre«, fuhr er fort, »könnte sie Sie nur in Ruhe kennenlernen.«

Dies schien ihr ein glücklicher, ein wohltuender Gedanke. »Oh, ließe sich das nicht arrangieren? Könnte sie nicht herreisen? Sie würde doch kommen, wenn Sie ihr den Vorschlag machen? Haben Sie es womöglich schon getan?«, sagte sie mit einem leisen Zittern in der Stimme.

»O nein« – entgegnete er prompt. »Das nicht. Um über Sie zu berichten, müsste vielmehr zunächst ich – denn dass Sie den Besuch abstatten, kommt gar nicht Betracht – nach Hause fahren.«

Sie wurde sofort ernst. »Und Sie erwägen es?«

»Oh, unablässig, selbstverständlich.«

»Bleiben Sie bei uns – bleiben Sie bei uns!« rief sie darauf. »Nur so können Sie sicher sein.«

»Sicher in welcher Hinsicht?«

»Nun, dass es nicht zum Bruch kommt. Sie sind nicht hergekommen, um das zu erreichen.«

»Das hängt doch wohl davon ab«, meinte Strether nach einem Moment, »was Sie mit Bruch meinen.«

»Oh, Sie wissen genau, was ich meine!«

Sein Schweigen schien erneut ein Stück weit Verständnis zu signalisieren. »Sie unterstellen einem ganz bemerkenswerte Dinge.«

»Ja, das tue ich – insofern als ich jedenfalls keine ungehörigen Dinge unterstelle. Sie sind durchaus in der Lage einzusehen, dass es keineswegs der Zweck Ihres Kommens war, das zu tun, was Sie jetzt eigentlich tun müssten.«

»Ach, es ist ganz einfach«, schützte Strether gutmütig vor. »Ich hatte nur eines zu tun – ihm unser Problem deutlich zu machen. So deutlich, wie es nur hier an Ort und Stelle geschehen konnte – durch persönlichen Druck. Liebe gnädige Frau«, erklärte er nun, »meine Arbeit ist wirklich getan, und meine Gründe, auch nur noch einen einzigen Tag länger zu bleiben, sind nicht die stichhaltigsten. Chad ist über unser Problem unterrichtet und beteuert, es umfassend zu würdigen. Das übrige liegt bei ihm. Ich habe mich ausgeruht, vergnügt und erfrischt; ich habe, wie wir in Woollett sagen, meinen Spaß gehabt. Am allerschönsten war diese glückliche Begegnung mit Ihnen – unter diesen wunderbaren Umständen, die Sie so bezaubernd akzeptiert haben. Ich gestatte mir ein Gefühl von Erfolg. Das hatte ich mir gewünscht. Chad wollte abwarten, bis mir all diese Herrlichkeiten zuteilgeworden wären, und ich vermute, wenn ich zur Abreise bereit bin, ist er es ebenfalls.«

Sie schüttelte den Kopf, weil sie es besser wusste. »Sie sind nicht bereit. Wären Sie es, warum haben Sie dann an Mrs. Newsome im erwähnten Sinne geschrieben?«

Strether überlegte. »Ich werde erst abreisen, wenn ich Nachricht von ihr habe. Sie fürchten Sie zu sehr«, fügte er an.

Darauf tauschten sie einen langen Blick, den keiner von beiden scheute. »Sie glauben das doch nicht im Ernst – dass ich wirklich keinen Grund hätte, sie zu fürchten.«

»Sie kann äußerst großzügig sein«, behauptete Strether umgehend.

»Nun, dann soll sie mir ein wenig vertrauen. Mehr verlange ich nicht. Sie soll trotz allem zumindest anerkennen, was ich bewirkt habe.«

»Oh, vergessen Sie nicht«, erwiderte unser Freund, »dass Sie es ohne den persönlichen Augenschein tatsächlich nicht kann. Lassen Sie Chad hinüberfahren und ihr zeigen, was Sie bewirkt haben; soll er sich dafür starkmachen und gewissermaßen auch für *Sie*.«

Sie ging diesem Vorschlag auf den Grund. »Habe ich Ihr Ehrenwort, dass sie, hat sie ihn erst einmal dort, nicht alle Hebel in Bewegung setzt, um ihn zu verheiraten?«

KAPITEL I

Diese Frage bewog ihren Begleiter, wieder einmal für eine Weile die Aussicht zu bewundern; dann meinte er ohne jede Schärfe: »Wenn sie selber sieht, was aus ihm geworden ist –«

Doch sie war ihm bereits ins Wort gefallen. »Gerade wenn sie selber sieht, was aus ihm geworden ist, wird sie ihn umso schneller verheiraten wollen.«

Strethers Haltung, die jeder ihrer Äußerungen gebührend Achtung zollte, erlaubte ihm, sich einen Moment seiner Mahlzeit zu widmen. »Ich bezweifle, dass das glückt. Es dürfte nicht ganz leicht sein.«

»Es wird ganz leicht sein, wenn er dort bleibt – und das wird er wegen des Geldes. Allem Anschein nach handelt es sich ja um schrecklich viel Geld.«

»Ach«, konstatierte Strether gleich, »außer dass er heiratet, kann Ihnen doch wirklich nichts schaden.«

Sie reagierte mit einem sonderbaren leisen Lachen. »Wenn man davon absieht, was *ihm* wirklich schaden würde.«

Aber ihr Freund blickte sie an, als habe er auch daran gedacht. »Die Frage wird natürlich auftauchen, welche Zukunft Sie ihm bieten.«

Sie lehnte sich jetzt zurück, blickte ihn jedoch direkt an. »Gut, soll sie meinetwegen auftauchen!«

»Der springende Punkt ist, es liegt bei Chad, wie er dazu steht. Seine Immunität gegen eine Heirat wird zeigen, wie.«

»*Wenn* er immun ist, ja« – sie akzeptierte diese These. »Aber für mich«, setzte sie hinzu, »lautet die Frage, wie *Sie* dazu stehen.«

»Ich? Gar nicht. Es ist schließlich nicht meine Angelegenheit.«

»Pardon. Gerade hier wird es ganz wesentlich zu der Ihren, weil Sie die Sache in die Hand genommen haben und ihr verpflichtet sind. Sie retten mich, so nehme ich an, nicht aus Sympathie für mich, sondern aus Sympathie für unseren Freund. Jedenfalls hängt das eine vollständig vom anderen ab. Ihr Anstand verbietet Ihnen, mir nicht durchzuhelfen«, schloss sie, »weil Ihr Anstand Ihnen verbietet, *ihm* nicht durchzuhelfen.«

Ihr ruhiger, sanfter Scharfblick erschien ihm eigenartig schön. Am meisten berührte ihn letztlich ihr tiefer Ernst. Er entbehrte jedes ominösen Untertons, aber nie, so wurde Strether klar, war er mit einer so starken Kraft in so subtiler Form in Kontakt gekommen. Mrs. Newsome war weiß Gott ernst; aber verglichen hiermit zählte das nichts. Er erfasste es vollständig, er überblickte alles. »Ja«, sinnierte er, »mein Anstand verbietet es mir.«

Ihm war, als flösse ein heller Glanz über ihr Gesicht. »Sie werden es also tun?«

»Ich werde es tun.«

Darauf schob sie ihren Stuhl zurück und war im nächsten Augenblick aufgestanden. »Ich danke Ihnen!« sagte sie und streckte ihm, über den Tisch hinweg, die Hand entgegen, und in ihren Worten lag nicht weniger Bedeutung, als ihre Lippen ihnen nach Chads Diner so eindringlich verliehen hatten. Der damals eingeschlagene goldene Nagel drang ein gutes Stück tiefer. Sein eigenes Resümee jedoch besagte, nur das getan zu haben, wozu er sich bei jenem Anlass entschlossen hatte. Soweit es den Kern des Problems betraf, hatte er schlicht auf dem damals bezogenen Standpunkt ausgeharrt.

II

Drei Tage darauf bekam er, in Form eines gefalteten und zugeklebten blauen Blättchens, eine Botschaft aus Amerika, die ihn nicht über seine Bank erreichte, sondern in seinem Hotel von einem kleinen, uniformierten Jungen abgeliefert wurde, der, angewiesen von der *concierge*, auf ihn zutrat, als er gemächlich den kleinen Innenhof durchmaß. Es war in den Abendstunden, doch es herrschte noch lange Tageslicht, und Paris präsentierte sich intensiver denn je. Blumenduft durchzog die Straßen, ein Hauch von Veilchen stieg ihm ständig in die Nase; und er hatte sich Geräuschen und Eingebungen anheimgegeben, Schwingungen in der Luft, so menschlich und dramatisch wie nirgends sonst, wie er meinte, die für ihn immer deutlicher hervortraten, während sich der linde Nachmittag neigte – ein fernes Summen, ein scharfes, nahes Klacken auf dem Asphalt, rufende, antwortende Stimmen irgendwo, klangvoll wie die von Schauspielern in einem Theaterstück. Er wollte wie gewöhnlich mit Waymarsh zu Hause speisen – darauf hatten sie sich der Sparsamkeit und Einfachheit halber verständigt; und jetzt vertrat er sich die Beine, bevor sein Freund herunterkam.

Er las sein Telegramm im Hof, verweilte lange auf der Stelle, wo er es geöffnet hatte, und widmete dann fünf Minuten der erneuten Lektüre. Schließlich knüllte er es rasch zusammen, wie um sich seiner zu entledigen; trotzdem behielt er es in der Hand – auch dann, als er sich nach einer weiteren Runde auf einen Stuhl bei einem kleinen Tisch hatte fallen lassen. Das zerknüllte Papierknäuel in der geballten Faust, verborgen zudem von den fest verschränkten Armen, saß er in Gedanken einige Zeit da und sah so starr vor sich hin, dass Waymarsh, als er erschien und auf ihn zuging, keinen Blickkontakt zu ihm bekam. Betroffen von seinem Anblick, musterte er ihn bloß einen Moment genau und zog sich dann, wie durch Strethers angestrengte Miene getrieben, in den *salon de lecture* zurück, ohne das Wort an ihn zu richten. Aber der Pilger aus Milrose gestattete sich, hinter der klaren Glasscheibe dieser Zufluchtsstätte die Szene weiterzuverfolgen. Am Ende prüfte Strether im Sitzen erneut sein zerknülltes Schreiben, das er sorgfältig wieder glatt strich, als er es auf den Tisch legte. Dort ruhte es einige Minuten, bis er zuletzt aufsah und bemerkte, dass Waymarsh ihn von drinnen beobachtete. Dabei begegneten sich ihre Blicke – begegneten sich einen Moment lang, in dem beide reglos blieben. Dann aber stand Strether auf, faltete sein Telegramm säuberlich zusammen und steckte es in die Westentasche.

Wenig später saßen die Freunde beim gemeinsamen Abendessen; doch Strether hatte inzwischen nichts verlauten lassen, und nachdem sie im Hof den Kaffee genommen hatten, trennten sie sich schließlich, ohne dass einer von beiden ein Wort darüber verloren hätte. Außerdem beschlich unseren Freund der Eindruck, dass diesmal sogar noch weniger zwischen ihnen gesprochen worden sei als sonst, so dass es fast schien, als habe jeder auf ein Wort des anderen gewartet. Waymarsh vermittelte sowieso meist den Eindruck, als sitze er am Eingang seines Zeltes, und das Schweigen hatte nach so vielen Wochen seinen festen Part in ihrem Konzert übernommen. Sein Klang war nach Strethers Gefühl letzthin volltönender geworden, und er bildete sich heute Abend ein, sie hätten ihn noch nie so in die Länge gedehnt. Trotzdem hielt er die Tür zur Vertraulichkeit verschlossen, als ihn sein Gefährte schließlich fragte, ob ihn irgendetwas Besonderes beschäftige. »Nein«, erwiderte er, »das Übliche.«

Den folgenden Morgen jedoch, zu früher Stunde, fand er Gelegenheit zu einer den Tatsachen gemäßeren Antwort. Was ihn umtrieb, hatte ihn noch den ganzen Abend beschäftigt, dessen erste Stunden nach dem Essen er damit verbrachte, auf seinem Zimmer einen wortreichen Brief zu Papier zu bringen. In dieser Absicht war er von Waymarsh geschieden, hatte ihn mit weniger Umständen als sonst sich selbst überlassen, war schließlich jedoch, ohne den Brief vollendet zu haben, wieder heruntergekommen und auf die Straße getreten, ohne sich nach seinem Kameraden zu erkundigen. Er war lange und ziellos umhergewandert, und bei seiner Rückkehr hatte es bereits ein Uhr geschlagen, als er im schwachen Schein des Kerzenstummels, den man ihm auf einem Wandbord vor der Portierloge bereitgestellt hatte, wieder in sein Zimmer hinaufstieg. Nach dem Schließen der Tür hatte er die zahlreichen losen Blätter seines unvollendeten Entwurfs an sich genommen und dann, ohne sie noch eines Blickes zu würdigen, in kleine Stücke zerrissen. Danach hatte er – gleichsam dank dieses Opfers – den Schlaf des Gerechten geschlafen und seine Nachtruhe weit über das übliche Maß ausgedehnt. So kam es, dass er, als zwischen neun und zehn der Knauf eines Spazierstocks an seine Tür klopfte, noch nicht restlos präsentabel war. Chad Newsomes muntere, tiefe Stimme bewirkte dennoch recht rasch den Einlass des Besuchers. Das kleine blaue Blatt vom Abend zuvor, sichtlich ein kostbar gewordenes Objekt, als es der vorzeitigen Vernichtung entgangen war, lag nun auf dem Sims des geöffneten Fensters, erneut glatt gestrichen und vor dem Wegfliegen bewahrt durch das Gewicht von Strethers Uhr. Chad sah sich unbekümmert und mit kritischer Neugier um, wie er das überall tat, erspähte das Blatt gleich und erlaubte sich, einen Moment lang einen scharfen

Blick. Danach fixierte er seinen Gastgeber. »Es ist also endlich eingetroffen?«

Strether, der gerade seine Krawatte feststeckte, hielt inne. »Du weißt also Bescheid –? Hast du auch eines bekommen?«

»Nein, ich habe nichts bekommen, und ich weiß nur, was ich sehe. Ich sehe das Ding da und denke mir mein Teil. Schön«, setzte er hinzu, »es kommt wie gerufen, denn ich bin heute Morgen hier eigens erschienen – was ich bereits gestern getan hätte, nur war es mir unmöglich –, um Sie mitzunehmen.«

»Mitzunehmen?« Strether hatte sich wieder dem Spiegel zugewandt.

»Ja, endlich zurück nach Hause, wie versprochen. Ich bin bereit – eigentlich schon den ganzen Monat. Ich habe nur auf Sie gewartet – was nur recht und billig war. Aber jetzt geht es Ihnen besser; Sie sind in Form – wie ich mich selber überzeugen kann; Sie haben alles Gute genossen. Sie wirken, heute Morgen, frisch und munter wie ein Fisch im Wasser.«

Vor dem Spiegel gab Strether seiner Toilette den letzten Schliff und befragte diesen Zeugen auch in puncto der letzten Behauptung. Wirkte er tatsächlich so sensationell frisch und munter? Chads wunderbar scharfer Blick mochte da etwas entdecken, er selber fühlte sich schon seit Stunden wie zerschlagen. Ein solches Urteil beförderte allerdings nur seinen Entschluss; es bescheinigte unwissentlich seine Klugheit. Er wirkte anscheinend noch gefestigter – da es wie ein Licht in ihm leuchtete –, als er selbst sich geschmeichelt hatte. Im Umwenden zu seinem Freund geriet seine Festigkeit freilich etwas ins Wanken, durch den Anblick nämlich dieser Person – obgleich es die Sache natürlich noch misslicher gemacht hätte, wäre Chad nicht allzeit unfehlbar im Besitz des Geheimnisses einer fabelhaften Ausstrahlung gewesen. Da stand er in herrlich morgendlicher Frische – stark und agil und heiter, leger und wohlriechend und unergründlich, mit blühender Gesichtsfarbe und aparten Silbersträhnen im dichten, jungen Haar und dem rechten Wort für alles auf den Lippen, deren Rot sich von seiner leichten Bräune abhob. Nie hatte seine formidable Erscheinung Strether so tief beeindruckt; es schien, als habe Chad für seine endgültige Kapitulation seine ganze Vitalität gebündelt. Dies war, ebenso fraglos wie befremdlich, die Gestalt, in der er Woollett präsentiert werden würde. Unser Freund nahm ihn noch einmal in sich auf – er tat das immer wieder und musste dabei doch konstatieren, dass ihm manches an Chad entging; obwohl sich sein Bild auch so durch den Nebel anderer Dinge abzeichnete. »Ich habe ein Kabel bekommen –«, sagte Strether, »– von deiner Mutter.«

»Das dachte ich mir bereits, mein Lieber. Ich hoffe, es geht ihr gut.«

Strether zögerte. »Nein – es geht ihr nicht gut, wie ich dir leider sagen muss.«

»Ah«, sagte Chad, »als hätte ich es geahnt. Umso mehr Grund für uns, auf der Stelle abzureisen.«

Strether stand nun mit Hut, Handschuhen und Stock parat, aber Chad hatte sich aufs Sofa fallen lassen, wie um zu demonstrieren, wo er die Sache auszufechten gedachte. Er begutachtete weiter die Habseligkeiten seines Gefährten; vielleicht überlegte er, wie rasch sie gepackt sein könnten. Vielleicht spielte er sogar mit dem Gedanken, die Hilfe seines eigenen Dieners anzubieten. »Was meinst du«, fragte Strether, »mit ›auf der Stelle‹?«

»Oh, mit einem der Schiffe nächste Woche. Zu dieser Jahreszeit laufen alle so schwach belegt aus, dass man überall leicht eine Koje bekommt.«

Strether hielt in der Hand das Telegramm, das sich dort befand, seit er seine Uhr eingesteckt und festgehakt hatte, und reichte es jetzt Chad, der es jedoch mit einer eigenwilligen Geste zurückwies. »Danke, lieber nicht. Ihre Korrespondenz mit Mutter ist Ihre Angelegenheit. Ich bin nur einer Meinung mit euch beiden, egal, worum es geht.« Darauf faltete Strether, während sich ihre Blicke kreuzten, das Schreiben langsam zusammen und ließ es in die Tasche gleiten; und dann wechselte Chad, ohne ihm Zeit zu einer Erwiderung zu lassen, das Thema. »Ist Miss Gostrey zurück?«

Aber Strethers nächste Äußerung gab darauf keine Antwort. »Deine Mutter ist, wie ich vermute, nicht etwa körperlich krank; ihre Gesundheit scheint dieses Frühjahr sogar besser als sonst. Aber sie macht sich Sorgen, sie ist beunruhigt, und dieser Zustand scheint in den letzten Tagen seinem Höhepunkt zugestrebt zu sein. Wir haben gemeinsam ihre Geduld erschöpft.«

»Oh, *Sie* gewiss nicht!« protestierte Chad großmütig.

»Verzeihung – gerade ich«, Strether sagte es sanft und betrübt, aber entschieden. Er erkannte es über die Entfernung und über den Kopf seines Gefährten hinweg. »Vor allem ich.«

»Also nur ein Grund mehr. *Marchons, marchons!*« rief der junge Mann munter. Sein Gastgeber blieb darauf stehen; und im nächsten Moment hatte Chad seine eben gestellte Frage bereits wiederholt: »Ist Miss Gostrey zurück?«

»Ja, seit zwei Tagen.«

»Sie haben sie also gesehen?«

»Nein – ich treffe sie heute.« Aber Strether wollte sich jetzt nicht lange bei Miss Gostrey aufhalten. »Deine Mutter schickt mir ein Ultimatum. Wenn ich dich nicht mitbringen kann, soll ich dich dalassen; auf jeden Fall soll ich selber zurückkommen.«

»Aber Sie *können* mich ja jetzt mitbringen«, versicherte ihm Chad beruhigend vom Sofa.

Strether zögerte. »Ich glaube, ich verstehe dich nicht.

Warum hast du mich denn vor mehr als einem Monat geradezu angefleht, Madame de Vionnet für dich sprechen zu lassen?«

»Warum?« Chad überlegte, konnte es aber an den Fingern hersagen. »Weil ich wusste, wie gut sie dies tun würde? Auf diese Weise konnte ich Sie beruhigen und Ihnen insofern etwas Gutes tun. Außerdem«, erläuterte er vergnügt und tröstlich, »lag mir wirklich daran, dass Sie sie kennenlernen und einen Eindruck von ihr bekommen – und wie man sieht: es hat Ihnen nicht geschadet.«

»Allerdings«, sagte Strether, »hat mir die Art, wie Sie für dich gesprochen hat – soweit ich ihr überhaupt dazu Gelegenheit ließ –, nur deutlich gemacht, wie sehr sie dich hierbehalten möchte. Wenn dir das nichts bedeutet, dann verstehe ich nicht, warum ich ihr eigentlich zuhören sollte.«

»Aber mein Lieber«, rief Chad, »es bedeutet mir ungeheuer viel! Wie können Sie daran zweifeln –?«

»Nur weil du heute Morgen bei mir auftauchst und zum Aufbruch bläst.«

Chad riss die Augen auf, dann lachte er. »Aber genau darauf haben Sie doch gewartet, oder?«

Strether ging mit sich zu Rate, drehte eine Runde durchs Zimmer. »Letzten Monat habe ich wohl am meisten auf die Nachricht hier in meiner Hand gewartet.«

»Soll heißen, Sie haben sich davor gefürchtet?«

»Nun, ich bin meine Aufgabe auf meine Weise angegangen. Und deine heutige Ankündigung«, fuhr Strether fort, »ist vermutlich nicht nur die Folge davon, dass du gespürt hast, was ich erwarte. Sonst hättest du nicht meine Bekanntschaft gestiftet mit –« Doch er stockte, blieb stehen.

Darauf erhob sich Chad. »Ah, dass *sie* mich nicht gehen lassen will, hat nichts damit zu tun! Sie hat bloß Angst – Angst, ich könnte mich drüben einfangen lassen. Aber ihre Befürchtung ist völlig grundlos.«

Wieder hielt Chad dem prüfenden Blick seines Gefährten stand.

»Bist du ihrer überdrüssig?«

Chad antwortete mit einer Kopfbewegung und einem langsamen, ganz eigentümlichen Lächeln, wie er es noch nie an ihm beobachtet hatte. »Niemals.«

Dies berührte Strether so tief und zart, dass unser Freund dieses Gefühl vorläufig nur ausdehnen wollte. »Niemals?«

»Niemals«, wiederholte Chad gefällig und gelassen.

Darauf ging sein Gefährte wieder einige Schritte. »*Du* hast also keine Angst?«

»Fortzugehen?«

Strether blieb wieder stehen. »Zu bleiben.«

Der junge Mann wirkte sichtlich erstaunt. »Wollen Sie jetzt etwa, dass ich bleibe?«

»Wenn ich nicht unverzüglich abreise, werden die Pococks hier ebenso unverzüglich erscheinen. Das meinte ich«, sagte Strether, »mit dem Ultimatum deiner Mutter.«

Chad verriet noch lebhafteres Interesse, jedoch keine Bestürzung. »Sie hat Sarah und Jim eingespannt?«

Strether erging sich einen Moment mit ihm in dieser Vorstellung. »Und du kannst sicher sein, auch Mamie. *Die* wird sie garantiert einspannen.«

Chad sah das genauso – er lachte los. »Mamie? Um mich zu bestechen?«

»Ah«, sagte Strether, »sie ist überaus reizend.«

»Das höre ich nicht zum ersten Mal von Ihnen. Ich würde sie wirklich gern einmal sehen.«

Die glückliche und zwanglose, vor allem unbewusste Art, wie er dies sagte, brachte seinem Gefährten neuerlich seine legere Haltung und sein beneidenswertes Wesen zum Bewusstsein. »Dann solltest du das unbedingt tun. Und vergiss nicht«, fuhr Strether fort, »du erweist deiner Schwester einen echten Gefallen, indem du es ihr ermöglichst, zu dir zu kommen. Du bescherst ihr ein paar Monate in Paris, wo sie, wenn ich mich nicht irre, seit ihrer Heirat nicht mehr gewesen ist, und wahrscheinlich braucht sie bloß den Vorwand für einen Besuch.«

Chad hörte zu, allerdings mit seiner ganz eigenen Weltkenntnis. »Den hatte sie doch all die Jahre über, aber sie hat ihn nie benutzt.«

»Du meinst *dich*?« fragte Strether nach einem Augenblick.

»Sicher – den Einsamen im Exil. Und wen meinen Sie?«

»Oh, ich meine *mich*. Ich bin ihr Vorwand. Besser gesagt – denn es läuft auf eins hinaus –, ich bin der Vorwand deiner Mutter.«

»Warum«, fragte Chad, »kommt Mutter dann nicht selbst?«

Sein Freund bedachte ihn mit einem langen Blick. »Möchtest du das?« Und da dieser zunächst nichts sagte: »Es steht dir völlig frei, ihr zu kabeln.«

Chad dachte weiter nach. »Kommt Sie, wenn ich es tue?«

»Möglicherweise. Versuch's einfach, dann siehst du es ja.«

»Warum versuchen *Sie* es nicht?« fragte Chad nach einem Augenblick.

»Weil ich nicht will.«

Chad überlegte. »Ihre Anwesenheit hier ist Ihnen unerwünscht?«

Strether wich der Frage nicht aus und antwortete deshalb mit umso mehr Nachdruck. »Mein lieber Junge, jetzt schiebe es mal nicht auf *mich*!«

»Gut – ich verstehe, was Sie meinen. Ich bin sicher, Sie verhalten sich tadellos, aber Sie wollen sie *nicht* sehen. Darum erspare ich Ihnen diesen Streich.«

»Ah«, erklärte Strether, »einen Streich würde ich das nicht nennen. Es ist dein gutes Recht, und es wäre nur korrekt von dir.« Dann setzte er in verändertem Ton hinzu: »Mit Madame de Vionnet hättest du außerdem eine äußerst interessante Bekanntschaft für sie in petto.«

Bei diesem Vorschlag sahen sie sich länger in die Augen, und Chads freundlicher und kühner Blick wurde keine Sekunde unsicher. Schließlich stand er auf und sagte etwas, das Strether verblüffte. »Sie würde sie nicht verstehen, doch das macht keinen Unterschied. Madame de Vionnet möchte sie kennenlernen. Sie möchte sie bezaubern. Sie glaubt, sie könnte es.«

Diese Idee rührte und beschäftigte Strether einen Moment, aber dann verwarf er sie schließlich. »Sie könnte es nicht!«

»Sind Sie da ganz sicher?« fragte Chad.

»Riskiere es, wenn du willst!«

Strether hatte dies ganz gelassen gesagt und dann dringend darum gebeten, sich nun ins Freie zu begeben zu dürfen; aber der junge Mann ließ sich weiter Zeit. »Haben Sie Ihre Antwort geschickt?«

»Nein, ich habe bisher nichts unternommen.«

»Haben Sie noch auf mich gewartet?«

»Nein, das nicht.«

»Oder vielleicht« – Chad gönnte ihm ein Lächeln – »auf Miss Gostrey?«

»Nein – nicht einmal auf Miss Gostrey. Ich habe auf niemanden gewartet. Ich habe bis jetzt nur gewartet, um zu einem Entschluss zu kommen – in aller Einsamkeit; da ich dir die Information natürlich unbedingt schulde, stand ich eben im Begriff, mit fest gefasstem Entschluss das Haus zu verlassen. Habe also noch etwas Geduld mit mir. Vergiss nicht«, fuhr Strether fort, »genau darum hast du ursprünglich *mich* gebeten. Ich habe sie aufgebracht, und du siehst ja, wozu es geführt hat. Bleib mit mir noch hier.«

Chad blickte ernst. »Wie lange?«

»Bis ich dir ein Zeichen gebe. Ich selber kann ja, wie du weißt, besten- wie schlimmstenfalls auch nicht ewig hierbleiben. Die Pococks sollen ruhig kommen«, wiederholte Strether.

»Weil es Ihnen Zeit verschafft?«

»Ja – es verschafft mir Zeit.«

Chad wartete einen Moment, so als sei er noch immer ratlos. »Sie wollen nicht zu Mutter zurückkehren?«

»Nicht gleich. Ich bin noch nicht bereit.«

»Sie spüren«, fragte Chad in einem ganz eigenen Ton, »den Reiz des Leben hier drüben?«

»Immens.« Strether war ehrlich. »Du hast mir so geholfen, ihn zu entdecken, dass es dich eigentlich nicht überraschen sollte.«

»Nein, es überrascht mich nicht, und ich bin entzückt. Aber mein Lieber«, sagte Chad bewusst komisch, »wo soll das alles noch enden für Sie?«

Die groteske Umkehrung ihrer Positionen und Beziehung offenbarte sich in dieser Frage so deutlich, dass Chad, kaum hatte er sie geäußert, lauthals lachte – worauf Strether ebenfalls lachen musste. »In einer Gewissheit, die geprüft wurde und ihre Feuerprobe bestanden hat. Aber, ach«, brach es aus ihm hervor, »wenn du schon in meinem ersten Monat hier bereit gewesen wärst, mit mir abzureisen –!«

»Was dann?« sagte Chad, als Strether dem Gewicht dieses Gedankens zu erliegen schien.

»Dann könnten wir bereits drüben sein.«

»Aber das hätte Sie um Ihr Vergnügen gebracht!«

»Einen Monat lang hätte ich es immerhin genossen; und falls es dich interessiert«, fuhr Strether fort, »ich habe inzwischen so viel davon gehabt, dass es mir für den Rest meiner Tage genügt.«

Chad schien belustigt und interessiert, aber noch immer etwas im ungewissen; zum Teil vielleicht, weil ihm Strethers

Vorstellung eines Vergnügens von Anfang an einige Ausdeutungkünste abverlangt hatte. »Es ginge nicht, dass ich Sie hierlasse –?«

»Du willst mich hierlassen?« Strether war fassungslos.

»Nur für ein, zwei Monate – solange die Hin- und Rückfahrt eben dauert. Madame de Vionnet«, sagte Chad mit einem Lächeln, »würde sich in der Zwischenzeit um Sie kümmern.«

»Du willst allein zurückfahren, während ich hierbleibe?« Sie entschieden die Frage wieder mit einem kurzen Blickwechsel; anschließend sagte Strether: »Grotesk!«

»Aber ich möchte Mutter sehen«, entgegnete Chad sofort. »Bedenken Sie, wie lange es her ist, dass ich Mutter nicht gesehen habe.«

»Allerdings lange; deshalb wollte ich dich anfangs so unbedingt zum Aufbruch bewegen. Du hattest uns ja ausreichend bewiesen, wie glänzend du auch ohne sie auskommst, oder?«

»Oh«, sagte Chad charmant, »aber inzwischen habe ich mich gebessert.«

Darin erklang ein so müheloser Triumph, dass sein Freund wieder laut lachen musste. »Ach, wenn es schlimmer mit dir geworden wäre, hätte ich gewusst, was ich zu tun habe. Ich hätte dich geknebelt und fest verschnürt trotz allen Sträubens und Strampelns an Bord schleifen lassen. Wie dringend«, fragte Strether, »möchtest du deine Mutter sehen?«

»Wie dringend?« – Chad tat sich mit der Antwort sichtlich schwer.

»Wie dringend?«

»So dringend, wie Sie es für mich gemacht haben. Ich gäbe alles darum, sie zu sehen. Und wie dringend *sie* es möchte«, fuhr Chad fort, »darüber haben Sie mich ja keineswegs im Zweifel gelassen.«

Strether überlegte eine Minute. »Also, wenn das wirklich dein Motiv ist, dann nimm den französischen Dampfer und reise morgen. Wenn es so steht, dann hast du natürlich alle Freiheiten. Von dem Moment, wo es kein Halten für dich gibt, kann ich deine Flucht nur akzeptieren.«

»Dann fliehe ich noch diese Minute«, sagte Chad, »wenn Sie hierbleiben.«

»Ich warte den nächsten Dampfer ab – dann folge ich dir.«

»Und das«, fragte Chad, »nennen Sie dann meine Flucht akzeptieren?«

»Allerdings – anders kann man es nicht nennen. Das einzige Mittel, mich hier festzuhalten«, erklärte Strether, »ist folglich, dass du ebenfalls bleibst.«

Chad verstand. »Umso mehr, als ich es Ihnen so richtig vermasselt habe. Oder?«

»Vermasselt?« wiederholte Strether so tonlos wie möglich.

»Na, wenn sie die Pococks ausschickt, dann doch wohl, weil sie Ihnen misstraut; und wenn sie Ihnen misstraut, dann hat das Auswirkungen auf – na, Sie wissen schon.«

Strether entschied nach einem Moment, dass er wusste, worauf, und antwortete entsprechend: »Dass zeigt dir umso deutlicher, was du mir schuldest.«

»Gut, und wenn ich es einsehe, wie kann ich es wieder gutmachen?«

»Indem du mich nicht im Stich lässt. Indem du mir zur Seite stehst.«

»Na, hören Sie mal –!« Aber als sie die Treppe hinuntergingen, klopfte ihm Chad gleichsam im Sinne einer festen Zusicherung kräftig auf die Schulter. Sie stiegen langsam hinunter und setzten im Hof des Hotels das Gespräch fort, mit dem Ergebnis, dass sie sich bald darauf trennten. Chad Newsome ging, und allein zurückgeblieben, schaute sich

Strether, flüchtig, nach Waymarsh um. Doch Waymarsh war wohl noch nicht heruntergekommen, und schließlich begab sich unser Freund, ohne ihn gesehen zu haben, auf den Weg.

III

Um vier Uhr nachmittags hatte er ihn noch immer nicht zu Gesicht bekommen, aber um diese Zeit führte er, wie zum Ausgleich, mit Miss Gostrey ein Gespräch über ihn. Strether war den ganzen Tag unterwegs gewesen, hatte sich der Stadt und seinen Gedanken überlassen, war grübelnd umhergestreift, rastlos und konzentriert zugleich – und alles gipfelte im gegenwärtigen Höhepunkt eines kleinen prächtigen Empfangs im Quartier Marbeuf. »Waymarsh hat, davon bin ich überzeugt, ohne meine Kenntnis« – denn Miss Gostrey hatte nachgefragt – »Kontakt zu Woollett aufgenommen: als Konsequenz erhielt ich gestern Abend eine mehr als energische Aufforderung.«

»Sie meinen einen Brief, der Sie nach Hause zitiert?«

»Nein – ein Kabel, das in meiner Tasche steckt: ›Mit dem nächsten Schiff zurückkehren‹.«

Es war Strethers Gastgeberin nicht anzumerken, dass sie beinahe die Farbe gewechselt hatte. Sie gewann noch rechtzeitig die Fassung wieder und fand zu einer vorläufigen Gelassenheit. Vielleicht ermöglichte ihr dies die scheinheilige Frage: »Und werden Sie –?«

»Fast hätten Sie es verdient, wo Sie mich so schmählich im Stich lassen.«

Sie schüttelte den Kopf, als lohne es die weitere Diskussion nicht. »Sie haben von meiner Abwesenheit profitiert – das erkenne ich auf den ersten Blick. So war meine Rechnung, und sie ist aufgegangen. Sie stehen nicht mehr dort, wo Sie standen. Und für mich war wichtig«, sagte sie lächelnd, »auch nicht mehr dort zu stehen. Sie können alleine gehen.«

»Oh, aber heute habe ich das Gefühl«, erklärte er mit Behagen, »dass ich Sie noch brauche.«

Sie betrachtete ihn erneut von oben bis unten. »Gut, ich verspreche Ihnen, Sie nicht noch einmal zu verlassen, aber nur, um Ihnen auf der Spur zu bleiben. Sie sind jetzt in Schwung gekommen und können alleine voranstolpern.«

Er verstand und nahm es hin. »Ja, mir scheint auch, als könnte ich es. Und genau das findet Waymarsh bestürzend. Er kann es nicht länger ertragen – die Art, wie ich so dahinstolpere. Das ist bloß der Gipfel seines ursprünglichen Gefühls. Er will, dass ich damit aufhöre; und er muss nach Woollett geschrieben haben, dass mir Verderben droht.«

»Oh, gut!« murmelte sie. »Aber Sie vermuten das nur?«

»Ich ahne es – es erklärt alles.«

»Er leugnet also? – oder haben Sie ihn nicht gefragt?«

»Ich fand noch keine Gelegenheit«, sagte Strether; »der Gedanke kam mir erst gestern Abend, als ich dies und das zusammengezählt habe, und seither ist es zu keiner persönlichen Begegnung gekommen.«

Sie war erstaunt. »Weil Ihre Empörung zu groß ist? Sie fürchten sich vor Ihrer eigenen Reaktion?«

Er rückte den Kneifer auf der Nase zurecht. »Sehe ich etwa fuchsteufelswild aus?«

»Sie sehen göttlich aus!«

»Ich habe keinen Grund«, fuhr er fort, »erbost zu sein. Ganz im Gegenteil, er hat mir einen Gefallen getan.«

Sie begriff. »Weil er die Dinge zugespitzt hat?«

»Wie gut Sie mich doch verstehen!« Er stöhnte es fast. »Waymarsh wird jedenfalls nicht das Geringste leugnen oder beschönigen, wenn ich ihn zur Rede stelle. Er hat aus tiefster Überzeugung gehandelt, mit dem allerbesten Gewissen und wohl nach ruhelosen Nächten. Er wird die volle Verantwortung übernehmen und es als großen Erfolg für sich verbuchen; also dürfte uns jede Diskussion darüber nur wieder zusammenführen – den dunklen Strom überbrücken, der uns voneinander getrennt hat. Sein Vorgehen beschert uns endlich wieder ein echtes Gesprächsthema.«

Sie schwieg einen Moment. »Wirklich großartig, wie Sie es akzeptieren! Aber großartig Sie sind Sie ja immer!«

Nun machte auch er eine Pause; dann stimmte er mit entsprechendem Elan rückhaltlos zu. »Sie haben völlig recht. Ich bin im Moment absolut großartig. Fast möchte ich behaupten, ich bin geradezu phantastisch, und es würde mich nicht wundern, wenn ich verrückt wäre.«

»Jetzt erzählen Sie schon!« drängte sie. Da er jedoch vorerst nichts sagte und lediglich ihren prüfenden Blick zurückgab, kam sie ihm entgegen. »Was genau wird Mr. Waymarsh denn getan haben?«

»Er hat einen Brief geschrieben. Einer dürfte genügt haben. Er hat sie wissen lassen, man müsse auf mich aufpassen.«

»Und muss man?« – Sie war gespannt.

»Ungeheuer. Und ich werde es erleben.«

»Das soll heißen, Sie rühren sich nicht vom Fleck.«

»Ich rühre mich nicht vom Fleck.«

»Haben Sie schon ein Kabel geschickt?«

»Nein – ich habe Chad genötigt zu telegraphieren.«

»Dass Sie es ablehnen zu kommen?«

»Dass *er* es ablehnt. Wir haben es heute Morgen ausgefochten, und ich konnte ihn überreden. Bevor ich hinunterging, kam er in mein Zimmer, um mir zu sagen, er sei bereit – ich meine, bereit zurückzukehren. Und nach zehn Minuten verließ er den Raum, um ihnen mitzuteilen, er denke nicht daran.«

Miss Gostrey lauschte aufmerksam. »Sie haben ihn also *abgehalten*?«

Strether setzte sich in seinem Sessel zurecht. »Ich habe

ihn abgehalten. Zumindest vorläufig. Ja« – verdeutlichte er ihr – »so steht es mit mir.«

»Aha. Aber wie steht es mit Mr. Newsome? Er war bereit zu fahren?« fragte sie.

»Absolut.«

»Und in der ehrlichen Überzeugung – auch *Sie* wären es?«

»Vollkommen, glaube ich; darum war er verblüfft, als aus meiner Hand, die ihn nach drüben hatte ziehen wollen, plötzlich ein Instrument wurde, ihn hier festzuhalten.«

Diese Darstellung der Angelegenheit ermöglichte Miss Gostrey eine Erwägung. »Findet er Ihre Bekehrung abrupt?«

»Nun«, sagte Strether, »ich bin mir alles andere als sicher, was er denkt. Ich bin mir eigentlich gar nicht sicher, was ihn betrifft, außer in dem einem Punkt: Je besser ich ihn kennenlerne, desto weniger finde ich in ihm das wieder, womit ich ursprünglich gerechnet hatte. Er ist undurchsichtig, und deshalb warte ich.«

Sie gab sich erstaunt. »Und worauf genau?«

»Auf die Antwort auf seine Depesche.«

»Und was hat er geschrieben?«

»Das weiß ich nicht«, erwiderte Strether; »als wir uns trennten, lag dies ganz in seinem Belieben. Ich habe ihm einfach gesagt: ›Ich möchte bleiben, und das kann ich nur, wenn auch *du* bleibst.‹ Dass ich bleiben wollte, schien ihn zu interessieren, und entsprechend hat er gehandelt.«

Miss Gostrey ließ es sich durch den Kopf gehen. »Also möchte er selbst bleiben.«

»Halb und halb. Das heißt, halb möchte er fahren, halb bleiben. Insoweit hat mein ursprünglicher Appell immerhin etwas bewirkt. Trotzdem«, fuhr Strether fort, »wird er nicht fahren. Wenigstens nicht, solange ich noch hier bin.«

»Aber hierbleiben für immer«, gab seine Gefährtin zu

bedenken, »können Sie auch nicht. So sehr ich es mir wünsche.«

»Ausgeschlossen. Trotzdem möchte ich ihn noch ein wenig beobachten. Sein Fall ist überhaupt nicht so, wie ich vermutet hatte, er ist ganz anders. Und genau in dieser Hinsicht interessiert er mich.« Es schien fast, als lege unser Freund der eigenen Klarheit wegen die Sache so besonnen und verständlich auseinander. »Ich möchte ihn nicht ausliefern.«

Miss Gostrey wollte seine Klarheit befördern. Dies musste jedoch behutsam und taktvoll geschehen. »Sie meinen – ah – seiner Mutter?«

»Ich denke jetzt nicht an seine Mutter. Ich denke an den Plan, dessen Sprachrohr ich gewesen bin, und den ich ihm gleich beim ersten Treffen nach Kräften überzeugend dargelegt habe und der gewissermaßen in völliger Unkenntnis all dessen entstand, was während dieser langen Zeit mit Chad passiert war. Der Plan hatte in keiner Weise den Eindruck berücksichtigt, den mir Chad hier an Ort und Stelle gleich von Anfang an vermittelte – und es werden garantiert noch weitere Eindrücke folgen.«

Miss Gostreys Lächeln barg milde Kritik. »Sie gedenken also – mehr oder weniger – aus Neugier zu bleiben?«

»Nennen Sie es, wie Sie wollen! Mir ist es gleich, wie man es nennt –!«

»Vorausgesetzt, Sie können bleiben? Dann gerade nicht. Ich nenne es trotzdem ein riesiges Vergnügen«, erklärte Maria Gostrey, »und mitzuverfolgen, wie Sie das deichseln, wird eine der Sensationen meines Lebens sein. Keine Frage, Sie können allein voranstolpern!«

Dieses Lob versetzte ihn nicht in Hochstimmung. »Ich werde nicht allein sein, wenn die Pococks erst einmal da sind.«

Sie hob die Augenbrauen. »Die Pococks kommen?«

»Dies dürfte – und zwar sehr rasch – die Folge von Chads Kabel sein. Sie werden sich schlicht und ergreifend einschiffen. Sarah wird erscheinen und für ihre Mutter sprechen – mit anderer Wirkung als *mein* Kuddelmuddel.«

Miss Gostrey wurde ernst. »*Sie* wird ihn also zurückbringen?«

»Höchstwahrscheinlich – wir werden ja sehen. Die Chance muss sie jedenfalls bekommen, und man darf sicher sein, sie wird nichts unversucht lassen.«

»*Wollen* Sie das?«

»Natürlich will ich es«, sagte Strether. »Ich will fair bleiben.«

Aber sie hatte für einen Moment den Faden verloren. »Wenn es jetzt Sache der Pococks ist, warum bleiben Sie dann?«

»Einfach um sicherzugehen, dass ich *tatsächlich* fair bleibe – und zweifellos auch ein wenig um sicherzugehen, dass sie es sind.« Strether war klarsichtig wie nie. »Als ich herüberkam, sah ich mich mit neuen Tatsachen konfrontiert – Tatsachen, die mir immer weniger unseren alten Gründen zu entsprechen schienen. Es ist ganz simpel. Neue Gründe – so neu wie eben diese Tatsachen – sind erforderlich; und hierüber wurden unsere Freunde in Woollett – Chads und meine – vom ersten Moment an unmissverständlich informiert. Wenn sich überhaupt Gründe beibringen lassen, dann durch Mrs. Pocock; und sie wird die ganze Kollektion davon im Gepäck haben. Sie werden«, fügte er mit einem stillen Lächeln hinzu, »Teil jenes ›Vergnügens‹ sein, von dem Sie sprechen.«

Sie trieb wieder mitten im Strom und glitt neben ihm her. »Wenn ich Sie richtig verstanden habe, werden sie Mamie als ihren großen Trumpf ausspielen.« Und da sein nachdenkliches Schweigen kein Dementi bedeutete, setzte sie vielsagend hinzu: »Ich glaube, sie tut mir leid.«

»Ich glaube, *mir* auch!« – damit sprang Strether auf und lief ein paar Schritte durchs Zimmer, während ihr Blick ihm folgte. »Aber das lässt sich nicht ändern.«

»Dass sie mitkommt?«

Nach dem nächsten Gang durchs Zimmer erklärte er ihr, was er meinte. »Sie käme nur dann nicht, wenn ich nach Hause zurückfahre, das ist die einzige Möglichkeit – denn zu Hause könnte ich es wohl verhindern. Aber das Problem dabei ist, sollte ich zurückkehren –«

»Ich weiß, ich weiß« – sie hatte ihn spielend verstanden. »Wird Mr. Newsome es gleichfalls tun, und daran«, sie lachte jetzt laut auf – »ist nicht zu denken.«

Strether lachte nicht; er machte bloß eine ruhige und relativ gelassene Miene, was als Beweis dienen mochte, dass er gegen Spott gefeit war. »Komisch, oder?«

Sie waren in der für sie hochinteressanten Angelegenheit bis hierher gediehen, ohne einen bestimmten Namen zu erwähnen – auf den ihr momentanes Schweigen allerdings einen deutlichen Hinweis lieferte. Strethers Bemerkung ließ hinreichend durchblicken, welche Bedeutung dieser Name während der Abwesenheit seiner Gastgeberin für ihn erlangt hatte; und eben aus diesem Grund konnte ihm eine schlichte Geste von ihr als klare Antwort gelten. Aber er erhielt eine noch bessere Antwort, als sie gleich darauf sagte: »Wird Mr. Newsome seine Schwester bekannt machen –?«

»Mit Madame de Vionnet?« Strether sprach den Namen endlich aus. »Es würde mich gewaltig überraschen, wenn nicht.«

Sie schien diese Möglichkeit in Betracht zu ziehen. »Sie meinen, dieser Gedanke ist Ihnen auch schon gekommen, und Sie sind vorbereitet.«

»Dieser Gedanke ist mir auch schon gekommen, und ich bin vorbereitet.«

Ihre Hochachtung galt jetzt ihrem Besucher. »*Bon!* Sie sind wirklich großartig!«

»Also«, erwiderte er nach einer Weile und etwas matt, aber immer noch vor ihr stehend – »also, wenigstens einmal möchte ich das doch schon gewesen sein, in meinen tristen Tagen!«

Zwei Tage später übermittelte ihm Chad die Neuigkeit, Woollett habe ihre entscheidende Depesche in Form einer an Chad persönlich adressierten Botschaft beantwortet, welche die sofortige Abreise von Sarah, Jim und Mamie nach Frankreich melde. Inzwischen hatte Strether seinerseits gekabelt; er hatte dies lediglich bis nach seinem Besuch bei Miss Gostrey aufgeschoben, einer Unterredung, durch die er, wie schon so oft, seine Einschätzung der Dinge geklärt und gefestigt fand. Seine Botschaft an Mrs. Newsome, als Antwort auf die ihre, hatte in den Worten bestanden: »Halte weiteren Monat für ratsam, begrüße aber jede Verstärkung.« Er werde noch schreiben, hatte er hinzugefügt, aber das tat er ja immer; diese Gewohnheit verschaffte ihm seltsamerweise auch weiterhin Erleichterung, gab ihm mehr als alles andere das Gefühl, etwas zu tun: weswegen er sich oft fragte, ob er sich unter der Belastung der letzten Zeit nicht vielleicht einen trügerischen Trick angeeignet habe, eine der fintenreichen Künste der Spiegelfechterei. Wären diese Blätter, die er weiterhin so reichlich per amerikanischer Post verschickte, nicht eines großspurigen Zeitungsschreibers würdig gewesen, eines Meisters der großen neuen Wissenschaft, den Worten ihren Sinn auszutreiben? Schrieb er nicht im Wettlauf gegen die Uhr und vornehmlich, um seine Nettigkeit unter Beweis zu stellen? – mittlerweile war es ihm zur Gewohnheit geworden, sein Geschriebenes nicht noch einmal zu überlesen. Auf diese Weise konnte er weiterhin unbefangen sein, doch blieb es bestenfalls gewissermaßen ein Pfeifen im Dunkeln. Zudem war unverkennbar, dass das Gefühl, im Dunkeln zu tappen, ihn jetzt heftiger bedrängte – was die Notwendigkeit nach sich zog, noch lauter und lebhafter zu pfeifen. Er pfiff lange und kräftig nach dem Absenden seines Kabels; er pfiff immer wieder und wieder zur Feier von Chads Neuigkeiten; über eine Spanne von zwei Wochen half ihm diese Praxis hinweg. Er besaß keine spezielle Vorstellung davon, was Sarah Pocock an Ort und Stelle zu sagen haben würde, obwohl ihm einiges allerdings schwante; immerhin wäre sie nicht in der Lage behaupten zu dürfen – niemand wäre irgendwo dazu in der Lage –, er vernachlässige ihre Mutter. Möglicherweise hatte er vorher freimütiger geschrieben, nie aber wortreicher; und für Woollett begründete er dies ganz offen damit, so die Lücke füllen zu wollen, die Sarahs Abreise hinterlassen habe.

Das wachsende Dunkel und sein sich beschleunigendes Pfeifen, wie ich es genannt habe, gründeten jedoch in dem Umstand, dass er kaum etwas hörte. Er hatte schon geraume Zeit bemerkt, dass er weniger hörte als zuvor, und jetzt verfolgte er eindeutig einen Weg, auf dem Mrs. Newsomes Briefe logischerweise ausbleiben mussten. Er hatte seit etlichen Tagen keine Zeile mehr erhalten, und es bedurfte für ihn keines Beweises – obwohl er mit der Zeit reichlich Beweise erhalten sollte –, dass sie die Feder nicht mehr angesetzt hatte seit jenem Wink, dessen Konsequenz ihr Telegramm gewesen war. Sie würde erst schreiben, wenn Sarah ihn getroffen und Bericht über ihn erstattet hatte. Das schien zwar merkwürdig, obwohl vielleicht weniger merkwürdig, als sein eigenes Verhalten auf Woollett wirkte. Immerhin blieb es bezeichnend, und *wirklich* bemerkenswert war daran, wie Wesen und Charakter seiner Freundin gerade durch die abgebrochene Korrespondenz an Intensität gewannen. Ihm ging tatsächlich auf, dass er mit ihr nie so zusammengelebt hatte wie während dieser

Zeitspanne ihres Schweigens; das Schweigen war eine heilige Stille, ein subtileres und transparenteres Medium, in dem ihre Idiosynkrasien zutage traten. Er ging mit ihr spazieren, saß mit ihr zusammen, fuhr mit ihr im Wagen und speiste mit ihr an einem Tisch – ein seltener Hochgenuss ›in meinem Leben‹, wie er es wohl fast unausbleiblich formuliert hätte; und war sie ihm nie so stumm erschienen, hatte er sie andererseits auch nie in einem so hohen Grade, ja geradezu rigoros als sie selbst wahrgenommen: rein und nach gewöhnlichen Maßstäben ›kalt‹, aber tiefsinnig opferbereit zart feinfühlig vornehm. Ihre Eigenschaften standen ihm so plastisch vor Augen, dass ihm, unter den besonderen Umständen, beinahe eine Obsession daraus erwuchs; und obwohl die Obsession seinen Puls schneller schlagen ließ, das Leben aufregender machte, gab es doch Stunden, da suchte er, um die Anspannung zu mildern, förmlich das Vergessen. Er fand es recht eigentümlich – ein Umstand, der nur für Lambert Strether eine so große Rolle spielen konnte –, dass ihn ausgerechnet in Paris die Herrin von Woollett hartnäckiger heimsuchte als jedes andere Gespenst.

Wenn er wieder zu Maria Gostrey ging, geschah dies der Abwechslung halber. Abwechslung brachte es jedoch kaum, denn er sprach in diesen Tagen mit ihr über Mrs. Newsome, wie er es nie getan hatte. Bisher hatte er in diesem Punkt strikte Diskretion geübt und Regeln gewahrt; Rücksichten, die nunmehr hinfällig wurden, ganz so als hätten sich die Beziehungen verändert. So sehr hatten sie sich *im Grunde* nicht verändert, das sagte er sich; denn auch wenn es natürlich dahin gekommen war, dass Mrs. Newsome ihm nicht länger vertraute, schien doch andererseits längst nicht bewiesen, dass er ihr Vertrauen nicht zurückgewinnen könne. Seine derzeitige Marschroute lautete, zu diesem Ziel nichts unversucht zu lassen; und wenn er nun Maria Dinge über sie erzählte, die er ihr nie zuvor erzählt hatte, so geschah es vornehmlich deswegen, weil er sich so die Vorstellung präsent hielt, welche Ehre die Wertschätzung einer solchen Frau bedeutete. Merkwürdigerweise blieb auch sein Verhältnis zu Maria nicht unberührt; diese – wenig irritierende – Erkenntnis kam ihnen bei ihren erneuten Treffen. Was sie ihm damals beinahe zu Beginn gesagt hatte, enthielt bereits alles; es kam in der Bemerkung zum Ausdruck, die sie schon nach zehn Minuten gemacht hatte, und die zu bestreiten, er nicht geneigt gewesen war. Er könne allein voranstolpern, und der Unterschied werde erkennbar gewaltig sein. Die Wendung, die ihr Gespräch darauf nahm, bestätigte diesen Unterschied prompt; seine wachsende Vertraulichkeit hinsichtlich Mrs. Newsome tat ein übriges; und die Zeit, da er seinen kleinen durstigen Becher dem Guss aus ihrem Eimer hingestreckt hatte, diese Zeit schien schon lange zurückzuliegen. Ihr Eimer wurde jetzt kaum noch benötigt, und andere Brunnen hatten für ihn zu sprudeln begonnen; sie nahm jetzt bloß die Stelle eines Nebenflusses ein; und es lag eine sonderbare Süße darin – eine ihn anrührende melancholische Milde –, wie sie die veränderte Ordnung akzeptierte.

Es kennzeichnete für ihn den Flug der Zeit, oder doch das, was er, in Gedanken, mit Ironie und Bedauern gern den reißenden Strom der Erfahrung nannte; erst vorgestern noch hatte er ihr zu Füßen gesessen, sich an ihren Rockzipfel geklammert und von ihrer Hand füttern lassen. Die Proportionen hatten sich verschoben, und die Proportionen, so philosophierte er, bildeten zu allen Zeiten die Voraussetzungen der Wahrnehmung, die Bedingungen des Denkens. Es schien, als wäre sie mit ihrem kleinen eindrucksvollen *entresol* und dem großen Bekanntenkreis, ihrem Wirrwarr vielfältiger Aktivitäten, den Pflichten und Verzichten, die neun Zehntel ihrer Zeit beanspruchten und von denen ihn nur ein kontrollierter Seitenwind streifte – es schien, als wäre sie auf ein zweitrangiges Element reduziert worden und hätte dieser Reduktion mit vollendetem Takt zugestimmt. An dieser Vollendung hatte sie es nie fehlen lassen; sie war von Beginn an größer gewesen, als er geschätzt hatte; ihr Takt hatte ihn abseits gehalten, fern vom Betrieb, wie sie ihren riesige Bekanntenkreis nannte, hatte ihrer beider Umgang so ruhig gestaltet, so ausschließlich im ganz privaten Bereich – das Gegenteil vom Betrieb –, als hätte sie nie andere Kundschaft gehabt. Anfangs hatte sie etwas Wunderbares für ihn verkörpert mit der Erinnerung an ihr kleines *entresol*, dessen Bild in dieser Zeit fast jeden Morgen direkt vor ihm stand, wenn er die Augen aufschlug; aber jetzt erschien sie ihm vorwiegend nur als Teil des großen Gewimmels – wenn auch natürlich stets als Person, der er auf ewig verpflichtet sein werde. Gewiss würde es ihm nie mehr glücken, jemandem größere Güte einzugeben. Sie hatte ihn für andere ausstaffiert, und zumindest im Moment sah er nicht, dass sie je etwas dafür verlangen würde. Sie überlegte und fragte und lauschte lediglich, huldigte ihm durch eine wehmütige Spekulation. Sie erklärte es wiederholt, er sei bereits weit über sie hinaus, und sie müsse sich darauf einrichten, ihn zu verlieren. Ihr bliebe nur eine kleine Chance.

Sooft sie es auch gesagt hatte, war seine Reaktion – denn der Ton gefiel ihm – doch stets gleich geblieben. »Dass ich scheitere und zu Schaden komme?«

»Ja – dann könnte ich Sie verarzten.«

»Oh, sollte ich wirklich komplett auf den Bauch fallen, dann hilft kein Arzt mehr.«

»Damit meinen Sie doch sicher nicht, es wird Sie umbringen.«

»Nein – schlimmer. Es wird mich alt machen.«

»Ach, nichts kann Sie alt machen! Das ist ja das Wunderbare und Besondere an Ihnen, dass Sie so spät so jung sind.« Daran schloss sie dann immer noch eine jener Bemerkungen an, die sie längst nicht mehr mit Zaudern oder Entschuldigungen garnierte, und die, aus dem gleichen Grund, trotz ihrer ungemeinen Offenheit, Strether schon längst nicht mehr auch nur im mindesten in Verlegenheit brachten. Sie schaffte es, dass er diesen Bemerkungen Glauben schenkte, und dadurch wurden sie so unpersönlich wie die Wahrheit selbst. »Das ist eben Ihr besonderer Charme.«

Auch seine Antwort blieb stets gleich. »Natürlich bin ich jung – für die Dauer der Reise nach Europa. In dem Augenblick, als ich Ihnen in Chester begegnete, begann ich jung zu sein oder doch zumindest von dieser Vorstellung zu profitieren, und das ist seither so geblieben. Zur passenden Zeit habe ich nicht davon profitiert – will sagen, ich selber habe diesen Zustand nie gekannt. Im Augenblick genieße ich seine Privilegien; genoss sie neulich, als ich zu Chad sagte: ›Warte‹; und ich werde sie wieder genießen, wenn Sarah Pocock eintrifft. Viele Menschen fänden diese Privilegien kümmerlich; und offen gesagt ich weiß nicht, wer sonst außer Ihnen und mir auch nur annähernd das darin erblicken könnte, was ich empfinde. Ich betrinke mich nicht, ich steige den Damen nicht hinterher; ich verpulvere kein Geld; ich schreibe nicht einmal Sonette. Und trotzdem hole ich spät nach, was ich früh versäumt habe. Ich pflege meine bescheidenen Privilegien auf meine eigene bescheidene Weise. Es bereitet mir mehr Vergnügen als alles andere in meinem bisherigen Leben. Man kann es drehen und wenden, wie man will – es ist meine Kapitulation, mein Tribut an die Jugend. Man zollt ihn, wo immer man kann – aber von irgendwoher muss es einem zufließen, und sei es auch nur aus dem Leben, den Verhältnissen und Empfindungen anderer Menschen. Chad verleiht mir dieses Gefühl, trotz seiner grauen Haare, die seine Jugend letztlich nur gefestigter, zuverlässiger und heiterer machen; und *sie* tut dasselbe, obwohl sie älter ist als er, eine heiratsfähige Tochter hat, dazu einen getrennt vor ihr lebenden Gatten und eine bewegte Vergangenheit. Obwohl es durchaus noch jung ist, mein Paar, behaupte ich nicht, die beiden stünden in der allerersten, taufrischen Blüte ihrer Jugend; denn das spielt dabei keine Rolle. Entscheidend ist, dass sie mir gehören. Ja, sie sind meine Jugend; denn irgendwie habe ich zur richtigen Zeit nie eine besessen. Was ich eben meinte, ist also, dass mir all dies verlorenginge – bevor es seinen Dienst getan hat –, sollten sie mich im Stich lassen.«

Worauf Miss Gostrey genau an diesem Punkt hartnäckig nachhakte. »Was genau meinen Sie mit ›seinen Dienst tun‹?«

»Nun, mir durchhelfen.«

»Aber durch was?« – sie wollte es immer ganz aus ihm herauslocken.

»Ach, durch diese Erfahrung hindurch.« Mehr erfuhr sie nicht von ihm.

Trotzdem behielt sie regelmäßig das letzte Wort. »Erinnern Sie sich nicht mehr, dass am Beginn unserer Bekanntschaft *ich* es war, die Ihnen durchhelfen sollte?«

»Ob ich mich erinnere? Innig, inbrünstig« – er sprang immer darauf an. »Genau diese Rolle spielen sie ja gerade, indem Sie mir erlauben, Ihnen mit meinem Geschwafel derart in den Ohren zu liegen.«

»Ach, nun reden Sie meine Rolle nicht klein; denn wer auch immer Sie im Stich lassen mag – «

»*Sie* werden es nicht tun, nie, nie, nie?« führte er ihren Satz fort. »Oh, bitte verzeihen Sie! Aber Sie werden es notgedrungen, ganz unvermeidlich tun. Ihre Verhältnisse – will ich sagen – werden es mir nicht gestatten, irgendetwas für Sie zu tun.«

»Ganz abgesehen davon – ich weiß, was Sie sagen wollen –, dass ich schrecklich, schauderhaft alt bin. Das *stimmt*, aber trotzdem gibt es einen Dienst – den zu leisten Sie imstande sind – und den ich gewiss nicht vergessen werde.«

»Und der wäre?«

Dies würde sie ihm am Ende jedoch nie sagen. »Sie werden es nur erfahren, wenn Sie tatsächlich komplett auf den Bauch gefallen sind. Weil das ziemlich ausgeschlossen scheint, denke ich nicht daran, mich derart zu exponieren« – und an diesem Punkt drang Strether, aus gewissen Gründen, nicht weiter in sie.

Nach außen hin bekehrte er sich – ein Kinderspiel für ihn – zu der Meinung, sein Ruin sei *tatsächlich* ausgeschlossen, wodurch sich die Diskussion erübrigte, was danach folgen werde. Als die Tage ins Land gingen, gab er der Ankunft der Pococks vermehrte Bedeutung; ihn beschlich sogar das beschämende Gefühl, sie unaufrichtig und unangemessen zu erwarten. Er warf sich vor, sich selber weiszumachen, Sarahs Anwesenheit, ihre Eindrücke und ihr Urteil würden die Dinge vereinfachen und glätten; er warf sich vor, so große Angst davor zu haben, was sie tun *könnten*, dass er sich, um dem Problem ganz auszuweichen, in eine sinnlose Wut flüchtete. Er hatte zu Hause in reichem Maße gesehen, wozu sie fähig waren, und im Augenblick spürte er keinen Handbreit festen Boden unter den Füßen. Seine klarste Einsicht kam mit der Erkenntnis, dass er sich nichts so sehnlich wünschte wie einen Bericht über Mrs. Newsomes Seelenlage, der ausführlicher und freimütiger ausfiele als er glaubte, ihn von ihr selbst erwarten zu dürfen; diese Überlegung ging zumindest einher mit dem deutlichen Bewusstsein, sich selbst beweisen zu wollen, dass er nicht davor zurückscheue, dem eigenen Betragen den Spiegel vorzuhalten. Sollte er nach einer unerbittlichen Logik dafür bezahlen müssen, dann brannte er förmlich darauf, den Preis zu erfahren, und er machte sich gefasst, ihn in Raten zu entrichten. Die erste Rate jedenfalls würde der Umgang mit Sarah sein; danach würde er außerdem weitaus besser wissen, wie es um ihn bestellt war.

ACHTES BUCH

I

Strether streifte während dieser wenigen Tage allein umher, da die Folgen des Vorfalls in der vorangegangenen Woche sein verwickeltes Verhältnis zu Waymarsh merklich vereinfacht hatten. Mrs. Newsomes Aufforderung war zwischen ihnen nur insofern zur Sprache gekommen, als unser Freund den seinen über die Abreise der bereits in See gestochenen Abordnung informiert hatte – womit er ihm Gelegenheit bot, die heimliche Einmischung zu gestehen, die er ihm anlastete. Waymarsh gestand am Ende jedoch nichts; und obwohl dies Strethers Vorhersage einigermaßen widerlegte, erkannte letzterer darin doch nur amüsiert das gleiche abgrundtief gute Gewissen, dem auch die anfängliche Dreistigkeit des braven Mannes entsprungen war. Er bewies jetzt Geduld mit dem braven Mann und stellte entzückt fest, dass er unverkennbar fülliger geworden war; er empfand den eigenen Urlaub als so umfassend frei und gelungen, dass ihn den Umschränkten und Umpfählten gegenüber einzig Nachsicht und Nächstenliebe erfüllten: Einen so festgezurrten Geist wie den von Waymarsh umschlich er instinktiv auf Zehenspitzen, um in ihm ja nicht das Bewusstsein seiner nun unkorrigierbaren Versäumnisse zu wecken. Das alles war äußerst komisch, so wusste er, und eigentlich, wie er sich oft sagte, Jacke wie Hose – eine rein relative Emanzipation, vergleichbar dem Aufstieg vom Fußabstreifer zur Fußmatte; aber die gegenwärtige Krise sollte glücklich davon profitieren und der Pilger aus Milrose sich mehr denn je im Recht fühlen.

Strether spürte, wie sich in jenem, als er vom Kommen der Pococks erfuhr, Mitleid neben dem Triumph regte.

Ebendeshalb hatte Waymarsh ihn auch mit einem Blick bedacht, in dem das Feuer der Gerechtigkeit maßvoll und gedämpft glühte. Er hatte sehr ernst drein geblickt, gleichsam herzlich betrübt über den Freund – den fünfundfünfzigjährigen Freund –, von dessen Leichtfertigkeit in dieser Form zu berichten gewesen war; er ließ es jedoch bei unklaren, wolkigen Phrasen bewenden und stellte seinem Gefährten anheim, eine Anklage zu formulieren. In diese Grundhaltung hatte er sich neuerdings vollständig geflüchtet; ihre versiegenden Diskussionen endeten in feierlicher, freudloser Oberflächlichkeit; Strether gewahrte an ihm bloß das ominöse Brüten, dem Miss Barrace, ihrer launigen Schilderung nach, eine Ecke ihres Salons angewiesen hatte. Es schien fast, als wisse er seinen verstohlenen Vorstoß durchschaut, und es schien auch, als vermisse er die Gelegenheit, die Lauterkeit seiner Motive erläutern zu können; aber diese entbehrte Entlastung sollte eben seine kleine Buße sein: Strether fand es nicht übel, dass er sich in einem gewissen Maß unbehaglich fühlte. Hätte man ihn herausgefordert oder bezichtigt, ihn wegen der Einmischung gerügt oder sonst wie zur Rede gestellt, hätte er vermutlich, anhand der eigenen Maßstäbe, seine hochkonsequente Haltung und tiefe Redlichkeit unter Beweis gestellt. Bei unverhohlenem Unmut über sein Verhalten hätte er das Wort ergriffen und mit der Faust auf den Tisch geschlagen zur Bestätigung seiner überlegenen Unbestechlichkeit. Hatte in Strether jetzt wirklich bloß die Angst vor diesem Faustschlag dominiert – die Angst, leicht zusammenzuzucken angesichts dessen, was damit unliebsam demonstriert werden könnte? Wie dem auch sei, ein Kennzeichen der Krise war jedenfalls das deutliche, das geflissentliche Erlahmen von Waymarshs Interesse. Als wollte er seinen Gefährten entschädigen für den Streich, mit dem er Schicksal gespielt hatte, ignorierte er nun auffällig dessen Unternehmungen, distanzierte sich vom

Anspruch, daran teilhaben zu wollen, verhärtete seine Empfindlichkeit gegen Vernachlässigung und erhoffte, indem er die großen, leeren Hände verschränkte und mit dem großen rastlosen Fuß schlenkerte, zweifellos von anderer Seite Gerechtigkeit.

Damit gewann Strether an Unabhängigkeit, und er hatte in der Tat zu keinem Moment seines Aufenthalts so viel Freiheit im Kommen und Gehen genossen. Der Frühsommer überpinselte das Gemälde und verwischte alles außer dem, was in der Nähe lag; er schuf ein unermessliches, warmes, duftendes Medium, wo die einzelnen Elemente höchst einträchtig beieinanderschwebten, wo Belohnungen sofort gewährt wurden und Abrechnungen aufgeschoben. Chad hatte, zum ersten Mal seit der ersten Begegnung mit seinem Besucher, die Stadt wieder verlassen; er hatte den Grund erklärt – ohne Einzelheiten, aber auch ohne Verlegenheit; es war eine jener Situationen, die von den vielfältigen Bindungen im Leben des jungen Mannes zeugten. Strethers Interesse galt nur diesem Zeugnis – ein erfreulich vielgestaltiges Bild, das ihn tröstete. Ihn tröstete zugleich, dass Chads Pendel zurückschwang vom anderen Ausschlag, dem scharfen Ruck Richtung Woollett, den er eigenhändig abgefangen hatte. Er spielte mit dem Gedanken, zwar habe er für jenen Augenblick die Uhr angehalten, aber nur, um in der nächsten Minute diesen noch lebhafteren Schwung zu befördern. Er selbst tat, was er bisher nicht getan hatte; er gab sich zwei-, dreimal ganze Tage frei – unabhängig von den zweien oder dreien, die er mit Miss Gostrey, von den zweien oder dreien, die er mit dem kleinen Bilham verbracht hatte: er fuhr nach Chartres und schwelgte vor der Kathedralenfassade in stiller, umfassender Glückseligkeit; er fuhr nach Fontainebleau und malte sich aus, er wäre unterwegs nach Italien; er fuhr mit einem kleinen Handkoffer nach Rouen und blieb, hemmungslos, über Nacht.

Eines Nachmittags tat er etwas ganz anderes; als er sich in der Nähe eines schönen alten Hauses jenseits des Flusses wiederfand, durchschritt er den großen Torbogen des Eingangs und fragte an der Portierloge nach Madame de Vionnet. Er hatte diese Möglichkeit schon mehr als einmal umkreist, als ihm bei seinen sogenannten Spaziergängen klar geworden war, dass sie gleich um die Ecke lauerte. Nur hatte sich widrigerweise nach jenem Vormittag in Notre Dame seine Konsequenz, wie er sie verstand, zurückgemeldet; dies hatte ihn zu der Überlegung gebracht, die fragliche Begegnung sei ja nicht von ihm herbeigeführt worden; und er klammerte sich wieder an die Stärke seiner Position, die eben darin bestand, dass er selber nicht hiervon profitierte. Von dem Augenblick an, da er die charmante Gefährtin seines Abenteuers aktiv verfolgen würde, von diesem Augenblick an wäre seine Position geschwächt, denn dann handelte er eigennützig. Innerhalb weniger Tage hatte er sich eine Frist gesetzt: Er gab sich selbst das Versprechen, mit Sarahs Ankunft solle seine Konsequenz enden. Es war doch völlig einsichtig, dass ihm dieses Ereignis das Recht auf freie Hand verlieh. Wenn man ihn schon nicht in Ruhe ließ, dann wäre er schlicht ein Narr, Feingefühl walten zu lassen. Wenn man ihm schon nicht traute, dann konnte er es sich doch wenigstens bequem machen. Wenn man ihn unter Aufsicht stellte, bot sich doch der Freiraum, die *möglichen* Annehmlichkeiten seiner Lage auszuprobieren. Eine strenge Prinzipientreue würde diese Probe vielleicht aufschieben, bis die Pococks ihre Gemütslage offenbart hätten; und sich einer strengen Prinzipientreue zu unterwerfen, das hatte er sich fest versprochen.

Aber an diesem besonderen Tag überfiel ihn plötzlich eine ausgesprochene Angst, unter der alles zerbröckelte. Er begriff jäh, dass er sich vor sich selber fürchtete – allerdings nicht hinsichtlich der Wirkung, die eine weitere Stunde mit

Madame de Vionnet auf sein empfängliches Gemüt haben mochte. Ihn schreckte die Wirkung einer einzigen Stunde mit Sarah Pocock, die ihn während unruhiger Nächte in phantastischen Wachträumen heimsuchte. Sie ragte in Überlebensgröße vor ihm auf; ihre Fülle schwoll mit ihrem Nahen; ihr Blick war so durchbohrend, dass er, weil seine Phantasie nach dem ersten Schritt kein Halten mehr kannte, bereits spürte, wie sie sich auf ihn stürzte, dass er bereits brannte vor Schuldbewusstsein angesichts ihrer Missbilligung, bereits als Buße akzeptierte, auf der Stelle alles aufgeben zu müssen. Er sah sich unter ihrem Kommando an Woollett zurück überstellt, wie man jugendliche Übeltäter an eine Besserungsanstalt überstellte. Woollett war wohlgemerkt nicht eigentlich ein Erziehungsheim; aber er wusste im voraus, dass Sarahs Salon im Hotel eines sein werde. Jedenfalls lief er in diesen Anfällen von Panik Gefahr, irgendein Zugeständnis zu machen, das einen scharfen Bruch mit der Wirklichkeit nach sich zöge; wartete er also, um Abschied zu nehmen von dieser Wirklichkeit, so würde er seine Chance womöglich verpassen. Diese seine Chance fand er in Madame de Vionnet ungemein lebendig verkörpert, und das war, in einem Wort, der Grund, weshalb er nicht länger wartete. Es hatte ihn wie ein Blitz durchzuckt, dass er Mrs. Pocock zuvorkommen müsse. Seine Enttäuschung war deshalb umso größer, als er nun erfuhr, die erwünschte Dame weile nicht in Paris. Sie sei für einige Tage aufs Land gefahren. Die Sache war eigentlich ganz natürlich; trotzdem raubte es dem armen Strether allen Mut. Ihm war auf einmal, als sollte er sie nie wiedersehen und als hätte er es sich überdies selbst zuzuschreiben, weil er ihr nicht liebenswürdig genug begegnet war.

 Dass er seiner düsteren Phantasie ein kleines Stück weit freien Lauf gelassen hatte, besaß den Vorteil, dass sich, sozusagen als Reaktion darauf, seine Aussichten wirklich aufheiterten vom dem Augenblick an, da die Abordnung aus Woollett am Bahnsteig ausstieg. Sie kam direkt aus Le Havre, wohin sie sich von New York aus eingeschifft hatte, und sie war in diesen Hafen, dank einer glatten Überfahrt, auch so pünktlich eingelaufen, dass Chad Newsome, der sie am Kai hatte in Empfang nehmen wollen, zu spät kam. Der hatte ihr Telegramm, in dem sie ihr sofortiges Vorrücken mitteilte, just in dem Augenblick erhalten, als er den Zug nach Le Havre besteigen wollte, so dass er sie wohl oder übel in Paris erwarten musste. Zu diesem Zweck holte er Strether hastig im Hotel ab und erwog scherzhaft sogar ebenfalls die Teilnahme von Waymarsh – Waymarsh, der in dem Augenblick, als die Droschke heranrasselte, unter Strethers nachdenklichem Blick, gemessen und ernst den vertrauten Hof abschritt. Waymarsh hatte durch seinen Gefährten, der von Chad bereits per Boten verständigt worden war, erfahren, dass man die Pococks erwarte, und ihn ob dieses Umstands mit einem mehrdeutigen, wenn auch wie immer eindrucksvoll finsteren Blick bedacht; wobei er sich auf eine Weise betrug, die Strether, der sich mittlerweile gut genug damit auskannte, seine Unsicherheit verriet hinsichtlich des am besten anzuschlagenden Tons. Der einzige Ton, den anzuschlagen ihm lag, war ein voller Ton – was zwangsläufig schwierig schien in Ermangelung einer vollen Kenntnis. Die Pococks stellten noch eine unbestimmte Größe dar, und da praktisch er sie herübergeholt hatte, hatte sich dieser Zeuge insofern selbst exponiert. Er wollte ein gutes Gefühl dabei haben, brachte es jedoch vorläufig bestenfalls zu einer vagen Empfindung. »Wissen Sie, ich zähle gewaltig darauf«, hatte unser Freund gesagt, »dass Sie mir beispringen«, und er war sich der Wirkung dieser Bemerkung und anderer dieser Art auf das düstere Gemüt seines Gefährten absolut bewusst. Er hatte hartnäckig betont, Waymarsh werde an Mrs. Pocock gewiss Gefallen finden –

dessen dürfe man sicher sein: er werde in allem ihrer Meinung sein und sie umgekehrt auch *seiner*, und Miss Barrace werde sich bald ausgestochen finden.

Strether hatte dieses Netz guter Laune gewoben, während sie im Hof auf Chad warteten; er hatte dagesessen und zur Beruhigung Zigaretten geraucht, während sein Reisegefährte wie ein Löwe hinter Gittern vor ihm auf und ab schritt. Chad Newsome musste bei seinem Eintreffen fraglos frappiert sein von dem scharfen Gegensatz, den sie zu dieser Stunde boten; er sollte sich im besonderen daran erinnern, wie Waymarsh mit ihm und Strether hinaus auf die Straße trat und dort mit halb weh-, halb reumütiger Miene stand. Sie redeten über ihn, die beiden anderen, auf der Fahrt, und Strether verriet Chad viel über seine eigene Anspannung. Er hatte ihm bereits ein paar Tage zuvor offenbart, an welchen Drähten ihr Freund hier gezogen hatte – diese vertrauliche Mitteilung erweckte in dem jungen Mann ungemeine Neugier und Heiterkeit. Die Enthüllung würde darüber hinaus, das konnte Strether sehen, weiter wirken; das heißt, er erkannte, wie Chad eine systematische Beeinflussung beurteilte, bei der Waymarsh als entscheidender Faktor gedient hatte – ein soeben lebhaft aufgefrischter Eindruck, mit einer gewissen Tragweite, was die Meinung des jungen Mannes über seine Verwandten betraf. Als sie sich darüber aussprachen, dass sie in ihrem Freund jetzt ein Werkzeug der Kontrolle sehen mussten, die jene im Sinne Woolletts auszuüben suchten, spürte Strether, wie es ihm selbst eine halbe Stunde später, deutlich lesbar für Sarah Pocock, breit auf der Stirn geschrieben stehen würde, dass er so sehr auf Chads ›Seite‹ stand, wie Waymarsh es wahrscheinlich geschildert hatte. Im Augenblick ließ er sich gehen; das war nicht zu leugnen; vielleicht aus Verzweiflung, vielleicht aus Zuversicht; er würde sich den ankommenden Reisenden strahlend präsentieren in all seiner erworbenen Klarheit.

Er wiederholte vor Chad, was er im Hof zu Waymarsh gesagt hatte; es bestehe überhaupt kein Zweifel, dass seine Schwester im letzteren einen Gleichgesinnten entdecken werde, kein Zweifel an der Allianz, die das Paar auf dem Fundament ihres Gedankenaustauschs erfolgreich schließen werde. Sie würden dicke Freunde werden – was ja überdies nur eine Fortentwicklung dessen darstellte, was Strether, wie er sich erinnerte, bei einem der ersten Gespräche mit seinem Freund geäußert hatte, denn schon damals war ihm die Wesensverwandtschaft zwischen dieser Persönlichkeit und Mrs. Newsome in einigen Zügen aufgefallen. »Einmal, als er mich über deine Mutter ausfragte, habe ich ihm gesagt, sie sei eine Person, von der er, würde er sie kennenlernen, bestimmt begeistert sei; und damit hängt unsere jetzt gehegte Überzeugung zusammen – mit der Gewissheit, dass Mrs. Pocock ihn zu sich ins Boot holen wird. Schließlich ist es das Boot deiner Mutter, das sie rudert.«

»Ah«, sagte Chad, »Mutter ist fünfzig von Sallys Sorte wert!«

»Tausend; trotzdem, wenn du Sie jetzt gleich treffen wirst, dann triffst du die Stellvertreterin deiner Mutter – und mir wird es nicht anders ergehen. Ich fühle mich wie der scheidende Gesandte«, sagte Strether, »der seinem Amtsnachfolger die Ehre erweist.« Er hatte es kaum ausgesprochen, da glaubte er Mrs. Newsome damit vor ihrem Sohn unabsichtlich herabgesetzt zu haben; Chads prompter Protest spiegelte dieses Gefühl auch gleich hörbar wider. Er hatte sich in jüngster Zeit kaum noch um die Gemütslage und Laune des jungen Mannes gesorgt – sich hauptsächlich bewusst gehalten, wie herzlich wenig es ihn schlimmstenfalls kümmere; und in dieser kritischen Stunde beobachtete er ihn mit frischem Interesse. Chad hatte genau das getan, was er ihm vor vierzehn Tage versprochen hatte – er hatte seine Bitte um Aufschub ohne weiteres akzeptiert. Er wartete gut gelaunt und großmütig, aber auch undurchschaubar und vielleicht mit etwas mehr von der Härte, die von Anfang zu seinem erworbenen Schliff gehört hatte. Er schien weder aufgeregt noch bedrückt; er war gelassen und hellwach und besonnen – zeigte keine Hast, keine Nervosität, keine Besorgnis, allenfalls wirkte er eine Spur weniger amüsiert als sonst. Strether betrachtete ihn mehr denn je als Rechtfertigung des außerordentlichen Vorgangs, der sich in der Arena seines unvernünftigen Geistes abgespielt hatte; während ihre Droschke dahinrollte, war ihm klar, so klar wie bisher noch nie, dass nur das, was Chad getan hatte und gewesen war, zu seinem gegenwärtigen Habitus geführt hatte. Sie hatten ihn, diese Dinge, zu dem gemacht, was er darstellte, und es war nicht leicht gewesen; es hatte Zeit und Mühe gekostet, vor allem hatte es seinen Preis gefordert. Das Ergebnis jedenfalls würde Sally jetzt präsentiert; und insofern freute sich Strether, als Zeuge dabei sein zu dürfen. Würde sie es überhaupt bemerken und begreifen, das Ergebnis, und wenn ja, würde es sie überhaupt interessieren? Er kratzte sich am Kinn bei der Überlegung, in welchen Begriff – denn er war sicher, dies werde von ihm verlangt – er es für sie kleiden könne. Oh, zu diesen Entscheidungen musste sie selbst gelangen; da sie unbedingt alles selber sehen wollte, nur zu, dann sollte sie das auch tun. Sie war voller Stolz auf ihre Eignung herübergekommen, aber seine innere Stimme flüsterte Strether zu, sie werde praktisch nichts sehen.

Dass Chad dies ebenfalls scharfsinnig vermutete, offenbarte seine nächste Äußerung. »Es sind Kinder, die ›Leben‹ spielen!« – und diese Bemerkung war bezeichnend und beruhigend. Sie zeigte, dass er in den Augen seines Gefährten Mrs. Newsome nicht herabgesetzt hatte; und es erleichterte unserem Freund die zeitige Frage, ob er daran denke, Mrs. Pocock und Madame de Vionnet miteinander bekannt zu machen. Die Antwort überzeugte ihn noch mehr von Chads nüchternem Verstand. »Genau deswegen ist sie doch herübergekommen, oder? – um meinen Umgang unter die Lupe zu nehmen.«

»Doch – ich fürchte«, erwiderte Strether vorschnell.

Chads rasche Entgegnung beleuchtete seine Übereilung. »Warum sagen Sie ›fürchten‹?«

»Weil ich mich in gewissem Sinn verantwortlich fühle. Letztendlich hat wohl mein Zeugnis Mrs. Pococks Neugier geweckt. Ich habe in meinen Briefen, wie du dir sicher schon gedacht hast, kein Blatt vor den Mund genommen. Jedenfalls habe ich mit meiner Meinung über Madame de Vionnet gewiss nicht hinter dem Berg gehalten.«

Das alles war Chad klar. »Ja, aber Sie haben doch nur Gutes über sie berichtet.«

»Mehr als je über irgendeine andere Frau. Aber gerade dieser Ton –!«

»Dieser Ton«, sagte Chad, »hat sie angelockt? Allerdings; aber das mache ich Ihnen nicht zum Vorwurf. Und Madame de Vionnet ebenso wenig. Sie müssten doch inzwischen wissen, wie sehr sie Sie schätzt, oder?«

»Oh!« – und ein echter Stich des Bedauerns grundierte Strethers Stöhnen. »Was habe ich schon groß für sie getan!«

»Eine ganze Menge.«

Chads Weltgewandtheit beschämte ihn nachgerade, und er konnte es in diesem Augenblick kaum erwarten, Sarah Pococks Miene zu sehen, wenn sie mit einem Phänomen, wie er es für sich zusammenfassend bezeichnete, konfrontiert wurde, auf das sie, trotz seiner Warnungen, bestimmt nicht angemessen vorbereitet war. »*Das hier*, zum Beispiel!«

»Also, das ist kein Problem. Es gefällt ihr zu gefallen«, meinte Chad aufmunternd.

Das gab seinem Gefährten kurz zu denken. »Und sie ist überzeugt, Mrs. Pocock wird –?«

KAPITEL I

»Nein, das bezog sich auf Sie. Es gefällt ihr, dass sie Ihnen gefällt; es ist sozusagen«, sagte Chad und lachte, »schon mal besser als nichts. Aber sie hat Sarah noch nicht endgültig abgeschrieben und ist ihrerseits bereit, sich große Mühe zu geben.«

»Was Wertschätzung betrifft?«

»Genau, und ebenso in allem anderen. Liebenswürdigkeit, Gastfreundschaft und herzlichen Empfang. Sie ist kampfbereit«, Chad lachte wieder. »Sie ist gerüstet.«

Strether ließ es auf sich wirken; dann sagte er, als läge ein Echo von Miss Barrace in der Luft: »Sie ist fabelhaft.«

»Sie ahnen ja gar nicht, *wie* fabelhaft!«

In Strethers Ohren schwang darin unterschwellig ein befestigtes Behagen mit – beinahe eine Art unbewussten, unverschämten Besitzerstolzes; doch der flüchtige Eindruck nährte in diesem Augenblick keine Spekulationen. Zu viel Überzeugung lag in dieser eleganten und großmütigen Versicherung. Es war im Grunde eine frische Beschwörung; und die Beschwörung zeitigte binnen weniger Minuten eine Konsequenz. »Nun, ich werde sie jetzt öfter besuchen. So oft, wie ich möchte – mit deiner Erlaubnis; denn das habe ich bisher nicht getan.«

»Das«, sagte Chad ganz ohne jeden Vorwurf, »ist Ihre eigene Schuld. Ich habe mich wirklich bemüht, sie beide zusammenzubringen, und dass *sie* zu einem Mann so charmant ist – das habe ich noch nie erlebt, mein Lieber. Aber Sie haben ja Ihre merkwürdigen Ideen.«

»Nun, ich *hatte* sie«, murmelte Strether; und er merkte mit einem Mal, wie wichtig sie für ihn gewesen waren und dass sie ihr Gewicht jetzt eingebüßt hatten. Er hätte diese Entwicklung nicht ganz zurückverfolgen können, jedenfalls kam alles von Mrs. Pocock. Mrs. Pocock wiederum kam vielleicht von Mrs. Newsome, was aber noch zu beweisen war. Ihn ergriff das Gefühl, törichterweise versäumt zu haben, Gewinn dort zu ziehen, wo der Gewinn ergötzlich gewesen wäre. Es hätte ihm freigestanden, sie viel öfter zu sehen, und er hatte die schönen Tage einfach verstreichen lassen. Er war nahezu wild entschlossen, keine weiteren Tage zu verlieren, und während er sich an Chads Seite seiner Bestimmung näherte, spielte er mit dem kuriosen Gedanken, am Ende wäre es Sarah, die sein Glück beschleunigt hätte. Was ihre inquisitorische Visite in anderer Hinsicht noch erbringen würde, blieb bislang im Dunkel – nicht im Dunkel blieb einzig, dass sie überaus viel dazu beitragen würde, zwei entschlossene Personen zusammenzuführen. Es genügte in diesem Moment, Chad zuzuhören, um dies zu spüren; denn Chad erklärte ihm soeben, natürlich zählten sie beide – er selbst und die andere entschlossene Person – auf seinen Beistand und Zuspruch. Strether fand es mutig, wie er da so redete, als zielte ihre eingeschlagene Strategie darauf, die Pococks ganz allgemein zu bezaubern. Wahrhaftig, wenn Madame de Vionnet *das* gelingen sollte, wenn ihr die Bezauberung der Pococks gelänge, dann wäre Madame de Vionnet sagenhaft. Es war ein herrlicher Plan, wenn er glückte, und letztendlich lief alles auf die Frage hinaus, ob Sarah sich wirklich bestechen ließ. Sein eigenes Beispiel schien wohl kaum angetan, Strether in dieser Annahme zu bestärken; lag doch auf der Hand, dass Sarah ein gänzlich anders gelagertes Wesen besaß. Der Gedanke an die eigene Bestechlichkeit stempelte ihn vor sich selber ab; außerdem brandmarkte ihn, dass sein Fall unstreitig erwiesen war. Wo es Lambert Strether betraf, wollte er stets das Schlimmste wissen, und jetzt schien ihm nicht nur gewiss, dass er bestechlich sei, sondern auch, dass man ihn mit Erfolg bestochen hatte. Das einzige Problem lautete, dass er nicht genau hätte sagen können, womit. Er fühlte sich, als hätte er sich verkauft, aber irgendwie keine Bezahlung erhalten. Aber das war nur wieder typisch für ihn. Das war seine natürliche

Art, Geschäfte zu machen. Während er über diese Dinge nachsann, erinnerte er Chad daran, dass sie eines nicht aus dem Blick verlieren durften – die Tatsache nämlich, dass Sarah, bei aller Empfänglichkeit für neue Reize, mit einem hochgesteckten, fest gefassten, unumstößlichen Ziel herübergekommen sei. »Sie ist durchaus nicht herübergekommen, um sich einwickeln zu lassen. Wir alle können noch so bezaubernd sein – nichts würde uns schließlich leichter fallen; aber sie ist nicht hierhergekommen, um sich bezaubern zu lassen. Sie ist bloß gekommen, um dich mit nach Hause zu nehmen.«

»Na schön, mit *ihr* fahre ich«, sagte Chad gut gelaunt. »*Das* werden Sie mir doch wohl gestatten.« Und dann, als Strether eine Minute lang nichts sagte: »Oder meinen Sie, wenn ich sie erst einmal getroffen habe, werde ich nicht mehr fahren wollen?« Da sein Freund auch auf diese Frage stumm blieb, fuhr er unmittelbar fort: »Ich jedenfalls meine, solange sie hier sind, sollen sie eine möglichst vergnügliche Zeit verleben.«

Jetzt reagierte Strether: »Ah, *da* haben wir es also! Ich glaube, wenn du wirklich fahren wolltest –!«

»Nun?«, sagte Chad, um es ihm zu entlocken.

»Dann würdest du keinen Gedanken an unser Vergnügen verschwenden. Es wäre dir egal, wie wir die Zeit verleben.«

Chad konnte auf eine geistreiche Vermutung immer mit größter Gelassenheit reagieren. »Verstehe. Aber ich kann nun mal nicht aus meiner Haut. Ich bin einfach zu anständig.«

»Ja, das bist du!« Strether seufzte schwer. Und für einen Moment glaubte er das groteske Ende seiner Mission gekommen.

Es steigerte diesen flüchtigen Eindruck noch, dass Chad nicht antwortete. Als aber der Bahnhof in Sicht kam, äußerte er sich wieder. »Beabsichtigen Sie, ihr Miss Gostrey vorzustellen?«

Hier zeigte sich Strether vorbereitet. »Nein.«

»Aber haben Sie mir nicht gesagt, sie wüssten von ihr?«

»Ich habe dir, glaube ich, gesagt, dass deine Mutter davon weiß.«

»Aber wird sie es Sally nicht erzählt haben?«

»Das gehört zu den Dingen, die ich herauszufinden gedenke.«

»Und wenn Sie feststellen, dass sie es ihr erzählt *hat* –«

»Du meinst, ob ich sie dann zusammenbringe?«

»Ja«, sagte Chad wohltuend direkt; »um ihr zu zeigen, dass nichts dahintersteckt.«

Strether zögerte. »Ich denke nicht, dass ich mir viel daraus mache, was sie dahinter vermutet.«

»Selbst wenn es das ist, was Mutter vermutet?«

»Ah, *was* mag deine Mutter wohl vermuten?« In diesen Worten klang eine gewisse Verwirrung mit.

Aber sie fuhren gerade vor, und eine Klärung mochte sich immerhin bald finden. »Ebendas, mein Lieber, werden wir beide doch gleich herausfinden, nicht wahr?«

II

Eine halbe Stunde später verließ Strether den Bahnhof in anderer Begleitung. Chad hatte für die Fahrt zum Hotel Sarah, Mamie sowie das Dienstmädchen nebst Gepäck unter seine Fittiche genommen und seine Fracht bequem verstaut und befördert; und erst als die vier davongerollt waren, bestieg sein Gefährte mit Jim eine Droschke. Ein neues seltsames Gefühl hatte Strether überkommen und seine Stimmung gehoben; mit der Ankunft seiner Kritiker schien etwas anderes eingetroffen zu sein als seine Befürchtungen; allerdings hatten diese auch nicht direkt einer heftigen Szene gegolten. Er konnte also gar nicht anders empfinden – das sagte er sich selber; dennoch hatten sich Erleichterung und Zuversicht sanft in ihm ausgebreitet. Wie merkwürdig, diese Empfindungen dem Anblick von Gesichtern und dem Klang von Stimmen zu verdanken, denen er jahrelang bis zum Überdruss, wie er hätte sagen können, ausgesetzt gewesen war; trotzdem merkte er jetzt, wie unwohl er sich gefühlt hatte; dies machte ihm die momentane Empfindung einer gewährten Frist deutlich. Sie hatte sich überdies binnen eines Augenblicks eingestellt; eingestellt mit dem Lächeln, mit dem Sarah, die sie vom Bahnsteig aus überschwänglich an ihrem Abteilfenster begrüßt hatten, einen Moment später zu ihnen heruntersauschte, frisch und hübsch von der kühlen Junireise quer durch das entzückende Land. Es war nur ein Zeichen, doch es genügte: sie würde huldvoll sein und dezent, sie würde ein raffiniertes Spiel spielen – was sich noch deutlicher zeigte in der persönlichen Begrüßung, die sie, nachdem sie sich aus Chads

Armen gelöst hatte, dem geschätzten Freund ihrer Familie gewährte.

Strether war also, wie eh und je, der geschätzte Freund ihrer Familie; fürs erste war das immerhin etwas; und in welcher Weise er darauf reagierte, offenbarte sogar ihm, wie wenig ihm die Aussicht behagt hatte, diese Rolle nicht mehr zu spielen. Er hatte Sarah immer huldvoll erlebt – in der Tat nur selten herb oder gehemmt; ihr auffällig schmallippiges Lächeln, intensiv ohne Glanz, so rasch wie ein aufflammendes Zündholz; ihr beachtlich langes, vorgerecktes Kinn, das in ihrem Fall ein einladendes Wesen und Weltgewandtheit signalisierte und nicht, wie meist, Kampflust und Trotz; ihre weittragende Stimme, ihre im ganzen ermutigende und anerkennende Art, all das waren ihm durch langen Umgang vertraute Elemente, die er aber heute wahrnahm, als böten sie eine neue Bekanntschaft. Dieser erste knappe Eindruck hatte die Ähnlichkeit mit ihrer Mutter flüchtig, aber prägnant, akzentuiert; er hätte sie für Mrs. Newsome halten können, als sie bei der Einfahrt des Zuges in den Bahnhof seinem Blick begegnete. Dieser Eindruck verflog rasch; Mrs. Newsome war schöner, und während Sarah zur Fülligkeit tendierte, besaß ihre Mutter im reifen Alter noch immer die Taille eines jungen Mädchens; auch war ihr Kinn eher kurz als lang und ihr Lächeln, zum Glück, viel, ja, Gott sei Dank, so viel unbestimmter. Strether hatte Mrs. Newsome reserviert erlebt; er hatte sie wortwörtlich schweigen hören, obwohl er sie niemals als unangenehm erlebt hatte. Mrs. Pocock hingegen hatte er als unangenehm erlebt, wenn auch nie ablehnend. Ihre Liebenswürdigkeit konnte in hohem Grade anmaßende Züge besitzen; es gab zum Beispiel nichts Erstaunlicheres als ihre Liebenswürdigkeit gegenüber Jim.

Am Abteilfenster aufgefallen war jedenfalls ihre hohe, klare Stirn, jene Stirn, die ihre Freunde, aus irgendeinem

Grund, immer ihre ›Schläfen‹ nannten; ihr weit ausgreifender Blick – der ihn in diesem Moment seltsamerweise auch an Waymarshs Blick erinnerte; und ihr ungewöhnlich glänzendes, dunkles Haar, das sie, nach dem eleganten Beispiel ihrer Mutter, alle Extravanz meidend, so frisierte und mit einem Hut bekrönte, dass man in Woollett stets von ihrem ›persönlichen Stil‹ sprach. Obwohl diese Ähnlichkeit endete, als sie den Bahnsteig betrat, hatte sie doch lange genug Bestand, um ihm gewissermaßen den ganzen Vorteil seiner Erleichterung fühlbar zu machen. Er sah die Frau zu Hause, die Frau, der er verbunden war, gerade lange genug vor sich, um erneut das Ausmaß der Erbärmlichkeit, ja, eigentlich der Schande vor Augen geführt zu bekommen, dass sie erkennen mussten, wie sich zwischen ihnen eine ›Kluft‹ bildete. Er hatte dies in Einsamkeit und durch stilles Nachdenken erfasst; aber als Sarah heranrauschte, wirkte die Katastrophe während dieser Sekunden unerhört schrecklich – oder erwies sich, genauer gesagt, als völlig unvorstellbar; als ihm darum Offenheit und Vertrautes begegneten, wofür er empfänglich war, erneuerte dies sofort seine Loyalität. Er hatte jäh die ganze Tiefe des Abgrunds ausgelotet, und er schnappte nach Luft angesichts dessen, was er hätte verlieren können.

Nun, für die viertelstündige Dauer ihres Aufenthalts hier konnte er sich jetzt den Reisenden so gewinnend zuwenden, als lautete ihre direkte Botschaft an ihn, er habe nichts verloren. Sarah sollte ihrer Mutter nicht noch diesen Abend schreiben, sie finde ihn irgendwie verändert oder seltsam. Einen Monat hatte es ihm oft genug geschienen, er sei seltsam geworden, habe sich verändert in allen Dingen; aber das war allein seine Sache; immerhin wusste er, *wen* das nichts anging; jedenfalls war es keine Situation, die Sarah mit bloßer Intelligenz erhellen könnte. Selbst wenn sie herübergekommen war, um ihr Licht stärker leuchten zu lassen, würde ihr das nicht weiterhelfen, wenn sie nur auf Liebenswürdigkeit traf. Er glaubte es bis zum Schluss bei reiner Liebenswürdigkeit belassen zu können, und sei es nur aus Unvermögen, Worte für etwas anderes zu finden, das darüber hinausging. Er vermochte die mit ihm vorgegangene sonderbare Veränderung nicht einmal für sich in Worte zu fassen; dieser Prozess hatte sich irgendwo tief innen vollzogen; Maria Gostrey hatte kleine Einblicke gewonnen; doch wie sollte er das, selbst wenn er wollte, für Mrs. Pocock herausfischen? In dieser Stimmung also widmete er sich ihnen, und sein etwas beruhigter Puls verdankte sich ferner dem Eindruck, den Mamie sofort bei ihm erzielt hatte – den Eindruck, ihrem Ruf, ein hübsches Mädchen zu sein, voll und ganz gerecht zu werden. Er hatte sich vage überlegt – als er unruhig Gedanken wälzte –, ob Mamie *wirklich* so hübsch sei, wie Woollett sie hinstellte; bei diesem Wiedersehen jetzt wurde er in dieser Frage so sehr von der Meinung Woolletts überwältigt, dass die Antwort in der Vorstellungskraft eine ganze Lawine von weiteren Konsequenzen auslöste. Fünf Minuten lang schien das letzte Wort entschieden jenem Woollett zu gehören, das durch eine solche Mamie vertreten wurde. Dies musste dem Ort selber klar sein; man entsandte sie mit Überzeugung; man wies auf sie mit Genugtuung; man baute auf sie mit Zuversicht; man wusste, es gäbe keine Anforderung, der sie nicht entsprechen würde, keine Frage, die sie nicht beantworten könnte.

Wohl wahr, es gelang Strether recht glatt, sich gut gelaunt zu sagen: Vorausgesetzt, ein Gemeinwesen würde tatsächlich am besten durch eine zweiundzwanzigjährige junge Dame repräsentiert, dann spielte Mamie den Part perfekt, spielte ihn, als wäre sie ihn gewöhnt, und verkörperte ihre Rolle in Erscheinung, Diktion und Garderobe. Er überlegte, ob sie im scharfen Pariser Licht, einem kühlen, vollen Atelierlicht, günstig, doch verräterisch, nicht wirken könnte, als sei sie sich dieser Dinge allzu bewusst. Doch bereits im nächsten Augenblick war er überzeugt, dass ihr Selbstbewusstsein, wiewohl groß, im Grunde doch reichlich leer sei, eher zu schlicht als zu kompliziert, und dass man sie am freundlichsten behandelte, wenn man ihm nicht zu viele Ideen entnahm, sondern möglichst viele hineinpraktizierte. Sie war stämmig und hochgewachsen; vielleicht eine Spur zu blass und blond, aber mit einer angenehm unverkrampften Ausstrahlung, die ihre Vitalität betonte. Sie hätte gerade im Namen Woolletts einen Empfang geben können, egal, wo sie sich befand, und ihr Auftreten, ihr Ton, ihre Bewegungen, ihre herrlich blauen Augen, ihre schönen vollkommenen Zähne und die winzige, zu kleine Nase, postierten sie, in der Imagination, gleich zwischen den Fenstern eines heißen, hellen, von lauten Stimmen erfüllten Raumes – oben an jenem Ende, wohin die Leute geführt wurden, um ›vorgestellt‹ zu werden. Sie kamen, diese Gestalten, um zu gratulieren, und Strethers durch diesen Fingerzeig frisch belebte Phantasie rundete die Vision ab. Mamie glich der glücklichen Braut, der Braut nach der Kirche und kurz vor dem Aufbruch. Sie war nicht mehr das junge Mädchen, und doch wie erwähnt so gerade eben verheiratet. Sie befand sich in der umjubelten strahlenden Festtagsphase. Nun, mochte sie lange dauern!

Strether freute sich darüber für Chad, der sich um die Bedürfnisse seiner Freunde mit herzlicher Aufmerksamkeit kümmerte und zur Verstärkung zudem seinen Diener abgestellt hatte; die Damen boten einen fraglos erfreulichen Anblick, und mit Mamie konnte man jederzeit und allerorts Staat machen. Sie würde unbedingt wie seine junge Frau wirken – wie seine junge Frau in den Flitterwochen, sollte er mit ihr ausgehen; aber das war seine Sache – oder vielleicht auch die ihre; es war jedenfalls etwas, das sie nicht ändern konnte. Strether dachte daran, wie er Chad in Glorianis

Garten mit Jeanne de Vionnet hatte auf sich zukommen sehen und an seine direkt anknüpfende Vorstellung – eine Vorstellung, die sich nun von anderen verdunkelt und dicht überlagert zeigte; nur diese Erinnerung trübte ihm den Moment. Er hatte sich oft unwillkürlich gefragt, ob Jeanne Chad nicht doch wohl, still und im verborgenen, anbetete. Leicht möglich, dass das Kind ihn bebend liebte. Und diese Überzeugung flackerte jetzt in ihm auf, gänzlich ungeschmälert durch den Umstand, dass er widerstrebend daran dachte, dass sie in einer schwierigen Situation eine zusätzliche Schwierigkeit bedeutete, dass Mamie etwas Undefinierbares eignete, etwas, das er ihr selber sofort zugeschrieben hatte, etwas, das ihr als Symbol des Widerstands Gewicht, Intensität und Wirkung verlieh. Die kleine Jeanne kam ja nun wirklich nicht in Frage – wie denn auch? –, doch von dem Augenblick an, da Mrs. Pocock auf dem Perron ihre Röcke ausgeschüttelt, die riesigen Schleifen ihres Hutes gerichtet und den Riemen ihrer goldgeprägten Maroquin-Reisetasche auf der Schulter zurechtgerückt hatte, von diesem Augenblick an traf die kleine Jeanne auf Widerstand.

Als er mit Jim in der Droschke saß, überwältigten die Eindrücke Strether geradezu und vermittelten ihm das ganz eigenartige Gefühl einer langen Abwesenheit von Menschen, in deren Mitte er jahrelang gelebt hatte. Dass sie zu ihm herübergekommen waren, empfand er so, als wäre *er* zurückgekehrt, um sie zu finden; und Jims ulkige rasche Reaktion verwies seine eigene Initiation weit zurück in die Vergangenheit. Wem auch immer das, was da zwischen ihnen vorging, gefallen mochte oder nicht – Jim jedenfalls gefiel es gewiss; dass er sofort erkannte – rundheraus und launig –, was *ihm* die Sache bedeutete, bescherte Strether eine freudige Anwandlung. »Hören Sie mal, das hier ist ganz meine Kragenweite, und ohne *Sie* –!« sprudelte er hervor, als sich die bezaubernden Straßen seinem gesunden

Appetit darboten; und er schloss, nach einem bezeichnenden Schubs, mit einem Klaps aufs Knie seines Begleiters und der vielsagenden Bemerkung: »Oh, Sie, Sie – Sie haben den Bogen raus!« Strether spürte, dass es als Kompliment gemeint war. Da sein Interesse aber anderswo lag, verschob er es auf später, sich damit zu befassen. Er überlegte vorerst, wie Sarah Pocock, bei der bereits erhaltenen Gelegenheit, ihren Bruder wohl beurteilt hatte – von dem er, als sie sich am Bahnhof schließlich trennten, um ihre separaten Fahrzeuge zu besteigen, einen Blick aufgefangen hatte, dem er mehr als *eine* Botschaft entnehmen konnte. Einerlei wie Sarah ihren Bruder beurteilte, Chad bewertete seine Schwester, ihren Gatten und die Schwester ihres Gatten immerhin halbwegs zuversichtlich. Strether spürte die Zuversicht und – da ja ein Blickwechsel stattfand – dass seine eigene Erwiderung ziemlich unbestimmt ausfiel. Ein Meinungsaustausch konnte einstweilen warten; alles schien ihm davon abzuhängen, welchen Eindruck Chad hinterlassen hatte. Weder Sarah noch Mamie hatten auf dem Bahnhof – wo schließlich reichlich Zeit dazu gewesen wäre – etwas darüber verlauten lassen; zur Entschädigung hatte unser Freund dies von Jim erhofft, sobald sie unter sich waren.

Die lautlose Szene mit Chad mutete ihn seltsam an; ein ironisches Einvernehmen mit diesem jungen Mann hinsichtlich seiner Verwandten, ein Einvernehmen, das vor ihrer Nase und, wie man sagen könnte, auf ihre Kosten zustande kam – diese Episode war ihm wieder ein deutlicher Beleg, wie viele Etappen er zurückgelegt hatte; obgleich ihre Zahl groß schien, hatte er die letzte doch im Handumdrehen bewältigt. Er hatte sich schon zuvor wiederholt überlegt, ob er selbst nicht vielleicht ebenso verändert sei wie Chad. Allein, wo bei Chad eine ins Auge springende Vervollkommnung vorlag – nun, für die Wirkung der sparsameren Dosis auf seinen eigenen Organismus hatte er noch keinen Namen zur Hand. Er würde erst abwarten müssen, worauf dieser Prozess hinauslief. Und was seine geheime Kommunikation mit dem jungen Mann betraf, so schien deren Direktheit nicht merkwürdiger als die Tatsache, dass der Umgang des jungen Mannes mit den drei Reisenden ein so gelungener Auftritt gewesen war. Strether schloss ihn dafür auf der Stelle so fest ins Herz, wie er es bisher noch nicht getan hatte; für eine Weile berührte ihn dessen Auftritt wie ein heiteres, herzquickendes, vollkommenes Kunstwerk: so intensiv, dass er zweifelte, ob sie es überhaupt verdienten, ob sie es erfassten und zu schätzen wüssten; so intensiv, dass es kaum ein Wunder gewesen wäre, hätte Sarah ihn dort im Gepäckraum, während sie auf ihre Sachen warteten, am Ärmel gezupft und beiseitegezogen. »Sie haben recht; Mutter und mir war nicht ganz klar, was Sie meinten; aber jetzt sehen wir es: Chad ist phantastisch; was will man mehr? Bei *diesem* Ergebnis –!« Worauf sie einander hätten gewissermaßen umarmen und künftig am gleichen Strang ziehen können.

Ach, wie sollten sie, so wie die Dinge lagen, bei Sarahs reizbarer Gescheitheit – die bloß gewöhnlich war und nichts bemerkte – am gleichen Strang ziehen? Strether wusste, dass er unbillig war; er schob es auf seine Nervosität: Die Menschen konnten binnen einer Viertelstunde nicht alles wahrnehmen und alles besprechen. Womöglich überschätzte er Chads Auftritt auch. Doch als Jim Pocock nach weiteren fünf Minuten in der Droschke ebenfalls nichts gesagt hatte – das heißt, nicht das, was Strether hören wollte, doch vieles andere –, fiel plötzlich alles entweder auf ihre Dummheit zurück oder auf ihren Starrsinn. Alles in allem war ersteres wahrscheinlicher; das wäre dann das Manko der reizbaren Gescheitheit. Ja, sie würden reizbar und gescheit sein; sie würden aus dem, was sie vorfanden, das Beste machen;

KAPITEL II

doch ihre Beobachtungsgabe würde versagen; sie wären überfordert; sie würden es schlicht nicht begreifen. Welchen Sinn hatte es dann, dass sie überhaupt gekommen waren? – wenn ihre Intelligenz nicht einmal *dazu* reichte: es sei denn, er selbst hätte sich gewaltig getäuscht und verrannt? Hegte er hinsichtlich Chads Vervollkommnung überspannte und wirklichkeitsferne Vorstellungen? Lebte er in einer Scheinwelt, einer Welt, die sich einfach nach seinen Wünschen gestaltet hatte, und war nicht seine augenblickliche leichte Irritation – zumal jetzt, angesichts von Jims Schweigen – nur die Angst der eitlen Ideen vor der drohenden Berührung mit der Wirklichkeit? War es womöglich die Mission der Pococks, diese Wirklichkeit beizusteuern? – Waren sie gekommen, um das Resultat seiner Beobachtungen, so wie *er* sie betrieben hatte, zu zerpflücken und zerbröseln und Chad auf jenes gewöhnliche Maß zurückzustutzen, in dem biedere Gemüter sich mit ihm auseinandersetzen konnten? Kurz, waren sie gekommen, um ›vernünftig‹ zu sein, wo Strether selbst, wie er noch einsehen sollte, nur töricht gewesen war?

Er fasste diese Möglichkeit ins Auge, aber sie beschäftigte ihn nicht lange, nachdem er sich erst einmal klargemacht hatte, dass er seine Torheit in diesem Fall teilen müsste mit Maria Gostrey und dem kleinen Bilham, mit Madame de Vionnet und der kleinen Jeanne, mit Lambert Strether, zu guter letzt und vor allem auch mit Chad Newsome. Würde sich nicht erweisen, dass es der Wahrheit förderlicher gewesen war, zusammen mit diesen Menschen töricht zu sein als vernünftig mit Sarah und Jim? Jim, so entschied er bald, mischte persönlich nicht mit; Jim war es egal; Jim war weder Chads noch seinetwegen gekommen; kurz gesagt, Jim überließ die moralische Seite der Angelegenheit Sally und bediente sich jetzt, der besseren Erholung wegen, schlicht des Umstandes, dass er fast alles Sally überließ. Er war ein

Nichts, verglichen mit Sally, und das weniger aufgrund von Sallys Temperament und Willenskraft als wegen ihrer fortentwickelten Persönlichkeit, und reicheren Weltkenntnis. Er bekannte frank und frei, als er an Strethers Seite saß, er fühle, wie seine Persönlichkeit der seiner Frau weit hinterherhinke und womöglich noch weiter der seiner Schwester. Ihr Typ, das wisse er nur zu gut, würde akzeptiert und beklatscht, dagegen sei das Äußerste, was ein führender Woolletter Geschäftsmann gesellschaftlich, und übrigens auch wirtschaftlich hoffen dürfe zu erreichen, eine gewisse Freiheit, beizutragen zu diesem allgemeinen Glanz.

Der Eindruck, den er bei unserem Freund erweckte, reihte sich unter die Marksteine auf dessen Weg. Es war ein merkwürdiger Eindruck, zumal er so bald zustande kam. Strether meinte, ihn während dieser zwanzig Minuten vollständig gewonnen zu haben; zumindest sah er darin nur zu einem geringen Teil das Werk der langen Woolletter Jahre. Pocock war selbstverständlich und erklärtermaßen, wenn auch nicht ganz willentlich, indiskutabel. Und dies, obwohl er ein normaler Mensch war; obwohl er fröhlich war; obwohl er ein führender Woolletter Geschäftsmann war; sein verfügtes Schicksal machte ihn so absolut alltäglich – wie, seinem Empfinden nach, seine ganze Umgebung. Er schien sagen zu wollen, es gebe eine ganze Seite des Lebens, wo es führende Woolletter Geschäftsleute absolut alltäglich fänden, indiskutabel zu sein. Er vertiefte es nicht weiter, und soweit es Jim betraf, wünschte Strether nicht, es zu vertiefen. Doch nun geriet, wie immer, Strethers Phantasie ins Spiel, und er überlegte, ob diese Seite des Lebens für jene, die dort auftraten, nicht irgendwie zusammenhing mit dem Umstand, verheiratet zu sein. Wäre *sein* Verhältnis dazu, hätte er vor zehn Jahren geheiratet, jetzt dasselbe wie Pococks? Könnte es womöglich ebendahin kommen, falls er in ein paar Monaten heiratete? Sollte er jemals erkennen müs-

KAPITEL II

sen, dass er für Mrs. Newsome genauso indiskutabel war, wie Jim dies von sich selbst – undeutlich – erkannte in Bezug auf Mrs. Jim?

Den Blick in diese Richtung zu lenken, brachte eine persönliche Beruhigung; er war anders als Pocock; er hatte sich anders behauptet und genoss nicht zuletzt höheres Ansehen. Dennoch wurde ihm in dieser Stunde klar, dass es sich bei der Gesellschaft drüben, deren Vertreter Sarah und Mamie – und auf bedeutendere Weise Mrs. Newsome – waren, im wesentlichen um eine Gesellschaft von Frauen handelte, und dass der arme Jim nicht dazugehörte. Er, Lambert Strether, gehörte zwar noch ein bisschen dazu – eine eigenartige Situation für einen Mann; doch er vermochte sich des auf wunderliche Weise wiederkehrenden Gedankens nicht zu erwehren, er würde womöglich feststellen müssen, dass ihn seine Heirat seinen Platz gekostet haben werde. Jim blieb indessen, was auch immer diese Vorstellung besagte, vom gegenwärtigen Geschehen sichtlich nicht ausgeschlossen: Er genoss offenkundig den Reiz dieses Abenteuers. Klein und dick und ewig witzelnd, strohblond und ohne einen markanten Zug, wäre er praktisch ununterscheidbar gewesen, hätte seine beharrliche Vorliebe für hellgraue Anzüge, weiße Hüte, sehr dicke Zigarren und sehr dürre Anekdoten ihm nicht, so gut es ging, zu einer eigenen Identität verholfen. Er verriet Anzeichen – wenn auch keine wehleidigen –, dass er stets für andere zahlte; und vielleicht das wichtigste Zeichen war eben, dass er dem Typus nicht entsprach. Damit bezahlte er, weniger mit Erschöpfung oder Verschwendung; und zweifellos auch ein wenig mit dem Bemühen, komisch zu sein – stets mit einem Bezug zu den Umständen und Verhältnissen, die er kannte.

Er gluckste vor Vergnügen, während sie durch die heiteren Straßen rollten; er erklärte seine Reise zum wahren, unverhofften Glücksfall, und er sei nicht hergekommen, beeilte er sich zu sagen, um sich hier das Geringste entgehen zu lassen: er wisse nicht genau, weswegen Sally angereist sei, aber *er* sei gekommen, um sich zu amüsieren. Strether ließ ihn gewähren, wenngleich er überlegte, ob Sally sich ihren Bruder zurück nach Hause wünschte, damit er so werde wie ihr Gatte. Er hoffte zuversichtlich, das Programm für sie alle sähe ganz entschieden vor, dass sie sich amüsierten; und er akzeptierte großzügig Jims Vorschlag, unbelastet und verantwortungslos – seine Sachen befanden sich mit denen der anderen im Omnibus – noch eine Runde zu drehen, bevor sie zum Hotel fuhren. Es sei nicht *seines* Amtes, sich Chad vorzuknöpfen – das sei Sallys Aufgabe; und da es ihr, wie er glaube, ähnlich sähe, auf der Stelle das Feuer zu eröffnen, wären sie gut beraten, sich fernzuhalten und ihr Zeit zu lassen. Strether konnte es nur recht sein, wenn man ihr Zeit ließ; und so zuckelte er mit seinem Begleiter durch Boulevards und Avenuen und versuchte aus magerem Material irgendwelche Rückschlüsse auf seine nahende Katastrophe zu ziehen. Er merkte recht bald, dass Jim Pocock eine Beurteilung verweigerte, und dass er sich am äußersten Rand der Diskussion und Besorgnisse herumgedrückt hatte, indem er die Analyse ihres Problems ganz den Damen überließ und sich höchstens einen kleinen witzigen Zynismus erlaubte. Dieser Zynismus loderte jetzt frisch auf – er war schon einmal aufgeflackert – in der bloß leicht hinausgeschobenen Äußerung: »Zum Henker, ich würde es nicht tun, wenn *ich* er wäre!«

»Sie würden was nicht tun an Chads Stelle –?«

»Das hier aufgeben, um zurückzukehren und Reklameboss zu spielen!« Der arme Jim, die Arme verschränkt und die kurzen Beine ausgestreckt im offnen Fiaker, sog den funkelnden Pariser Mittag in sich ein und ließ den Blick von einer Seite ihrer Aussicht zur anderen spazieren. »Ja doch, ich würde am liebsten gleich selber herkommen und hier leben. Und solange ich hier *bin*, werde ich es genießen. Ich fühle mit Ihnen – oh, Sie waren phänomenal, alter Junge, und ich hab's kapiert –, dass es nicht richtig ist, Chad zu drangsalieren. Fällt mir nicht im Traum ein, ihn zu piesacken; ganz ehrlich, ich könnte es gar nicht. Jedenfalls verdanke ich mein Hiersein Ihnen, und ich bin Ihnen durchaus sehr verbunden. Ihr seid schon ein famoses Gespann.«

Manches in dieser Rede ließ Strether vorläufig auf sich beruhen. »Ihnen erscheint es also nicht wichtig, dass sich endlich jemand energisch um die Werbung kümmert? Was seine Fähigkeiten betrifft«, fuhr er fort, »*wäre* Chad der richtige Mann.«

»Und wo hat er sich die erworben«, fragte Jim »hier drüben?«

»Er hat sie nicht hier drüben erworben, und das Wunderbare ist, dass er sie hier drüben nicht zwangsläufig verloren hat. Er besitzt ein natürliches Gespür fürs Geschäft, einen außergewöhnlichen Sinn. Er kommt«, erklärte Strether, »auf höchst anständige Weise dazu. Er ist da ganz der Sohn seines Vaters und ebenso – denn auch sie ist auf ihre Art großartig – der seiner Mutter. Er kennt auch andere Neigungen und Interessen; aber Mrs. Newsome und Ihre Gattin haben hinsichtlich seiner besonderen Eignung schon recht. Er ist äußerst bemerkenswert.«

»Tja, das glaube ich wohl!« seufzte Jim Pocock behaglich. »Aber wenn Sie so überzeugt waren, dass er unseren Laden in Schwung bringt, warum haben Sie die Diskussion derart in die Länge gezogen? Sie haben sich doch denken können, dass wir uns große Sorgen um Sie machen, oder?«

Diese Fragen waren nicht ernst gemeint, aber Strether erkannte, dass er dennoch eine Entscheidung treffen und Stellung beziehen musste. »Weil es mir hier außerordentlich gut gefallen hat, verstehen Sie. Mein Paris hat mir gefallen. Vermutlich zu sehr.«

»Oh, Sie alter Gauner!« rief Jim fröhlich.

»Aber entschieden ist noch nichts«, fuhr Strether fort. »Der Fall liegt verwickelter, als es von Woollett aus den Anschein hat.«

»Na, von Woollett aus ist der Anschein schon schlimm genug!« verkündete Jim.

»Trotz allem, was ich geschrieben habe?«

Jim besann sich. »Hat uns Mrs. Newsome nicht aufgrund dessen, was Sie geschrieben haben, losgehetzt? Zumindest deshalb, sowie aufgrund der Tatsache, dass Chad nicht aufkreuzt.«

Strether machte sich seine eigenen Gedanken. »Verstehe. Dass sie etwas unternehmen würde, war zweifellos unvermeidlich, und deshalb ist natürlich Ihre Frau ausgerückt, um einzugreifen.«

»O ja«, bestätigte Jim – »um einzugreifen. Aber wissen Sie«, setzte er hellsichtig hinzu, »jedes Mal, wenn Sally das Haus verlässt, rückt sie aus, um irgendwo einzugreifen. Sie rückt nie aus, *ohne* einzugreifen. Und jetzt tut sie es auch noch für ihre Mutter, das gibt den Ausschlag.« Dann nahm er das hübsche Paris erneut mit allen Sinnen in sich auf und schloss: »Woollett hat trotzdem nichts Vergleichbares zu bieten.«

Strether überlegte noch immer. »Mir scheint, Sie alle sind in einer sehr milden und verständigen Gemütslage hier angekommen. Sie zeigen Ihre Krallen nicht. Auch bei Mrs. Pocock eben hatte ich keinen anderen Eindruck. Sie ist nicht angriffslustig«, fuhr er fort. »Mir war schon richtig bange davor.«

»Oh, kennen Sie sie wirklich so wenig«, fragte Pocock, »dass Ihnen nicht aufgefallen ist, wie sie sich nie verrät, genauso wenig wie ihre Mutter? Sie sind nicht angriffslustig; sie lassen einen ganz dicht heran. Sie präsentieren Samtpfoten – die Krallen stecken dahinter. Wissen Sie, was die beiden sind?« fuhr Jim fort, während er sich umschaute und der Frage, wie Strether fand, nur halbe Aufmerksamkeit schenkte, »– wissen Sie, was die beiden sind? Bis zum Äußersten angespannt.«

»Ja«, und Strethers Zustimmung hatte tatsächlich etwas Überstürztes; »bis zum Äußersten angespannt.«

»Sie schlagen nicht wild um sich, dass der Käfig bebt«, sagte Jim, der offenbar Gefallen an seinem Vergleich fand; »und zur Fütterungszeit sind sie am friedlichsten. Aber sie sind stets zur Stelle.«

»Allerdings – sie sind stets zur Stelle!« erwiderte Strether mit einem Lachen, das seine jüngst eingestandene Bangigkeit rechtfertigte. Es widerstrebte ihm, mit Pocock aufrichtig über Mrs. Newsome zu sprechen; er hätte es unaufrichtig tun können. Aber da gab es etwas, das er wissen wollte; dieses Bedürfnis war ihm aus dem Umstand erwachsen, dass sie den Dialog kürzlich abgebrochen hatten, sowie daraus, dass er von Beginn an, wie ihm nun mehr denn je schien, so viel gegeben und so wenig bekommen hatte. Er fühlte sich von einer im Kern der Metapher seines Begleiters enthaltenen sonderbaren Wahrheit überspült wie von einer Sturzwelle. Sie *war* zur Fütterungszeit friedlich gewesen; sie hatte sich ernährt, und Sarah mit ihr, aus der großen Schüssel seiner freimütigen Mitteilungen der letzten Zeit, hatte gezehrt von seiner Lebhaftigkeit und Herzlichkeit, seinem Ideenreichtum und sogar von seiner Beredsamkeit, während der Strom ihrer Antworten stetig zu einem immer spärlicher fließenden Rinnsal verebbt war. Jim glitt jedoch bezeichnenderweise von dem Moment an ins Seichte ab, als er nicht mehr aus der Erfahrung eines Ehemanns sprach.

»Aber Chad hat jetzt natürlich den Vorteil, vor ihr am Ziel zu sein. Wenn er das nicht auf Teufel komm raus ausnutzt –!« Er seufzte, vielleicht aus Mitleid, weil sein Schwager eventuell nicht über die wünschenswerte Findigkeit verfügte. »Bei Ihnen war er damit doch recht erfolgreich, was?«, und im nächsten Augenblick erkundigte er sich bereits, was es in den ›Varieties‹, er sprach es amerikanisch aus, Neues gebe. Sie unterhielten sich über die ›Varieties‹ – und die von Strether hierbei offenbarte Sachkunde löste bei Pocock eine neuerliche Flut von Anzüglichkeiten aus, vage wie ein Kinderreim und doch derb wie ein Rippenstoß; und im Schutze unverfänglicher Themen ging ihre Fahrt zu Ende. Strether wartete bis zuletzt immer noch, aber weiter vergeblich, auf ein Signal, Jim habe an Chad eine Veränderung wahrgenommen; und er hätte die Enttäuschung kaum zu erklären vermocht, die sich seiner bemächtigte, als dieser Beweis ausblieb. Darauf hatte er bei seiner Stellungnahme doch gebaut, soweit er überhaupt Stellung bezogen hatte, wenn sie nun alle nichts bemerkten, dann hätte er nur seine Zeit vergeudet. Er gab seinem Freund bis zum letzten Augenblick Gelegenheit, bis sie in Sichtweite des Hotels kamen; und als der arme Pocock wie bisher nur fröhlich und neidvoll weiterwitzelte, entwickelte er geradezu eine Abneigung gegen ihn und fand ihn entsetzlich ordinär. Wenn sie nun *alle* nichts bemerkten! – als ihm dieser Gedanke wiederkehrte, wusste er, dass er Pocock ebenfalls als Repräsentanten dafür ansah, was Mrs. Newsome nicht bemerken würde. In Anbetracht von Jims ordinärer Art widerstrebte es ihm nach wie vor, mit ihm über diese Dame zu sprechen; doch kurz bevor die Droschke anhielt, erkannte er, wie sehr er nach einem wahren Wort aus Woollett lechzte.

»Hat Mrs. Newsome sich überhaupt erweichen lassen –?«

»›Erweichen lassen‹?« wiederholte Jim im Ton eines jahrelang geübten Spotts.

»Ich meine, unter dem Druck unerfüllter Hoffnung, wiederholter und dadurch umso schmerzlicherer Enttäuschung.«

»Oh, Sie meinen, ob sie am Boden zerstört ist?« – er war mit seinen Kategorien rasch bei der Hand. »Gewiss, ja, sie ist am Boden – ebenso wie Sally. Aber wissen Sie, wenn sie am Boden sind, sind sie immer am vitalsten.«

»Ach, Sarah ist am Boden?« murmelte Strether bei sich.

»Gerade am Boden sind sie besonders auf dem Posten.«

»Und Mrs. Newsome ist auf dem Posten?«

»Die ganze Nacht, mein Lieber – wegen *Ihnen*!« Und Jim versetzte ihm mit einem kleinen ordinären Gewieher einen Rippenstoß, der diese Vorstellung illustrierte. Aber er hatte jetzt bekommen, was er wollte. Er spürte sofort, dies war das wahre Wort aus Woollett. »Also fahren Sie bloß nicht nach Hause!« fügte Jim hinzu, während er ausstieg und sein Freund, der ihn den Kutscher fürstlich entlohnen ließ, noch einen Augenblick gedankenversunken sitzen blieb. Strether fragte sich, ob auch dies das wahre Wort sei.

III

Als ihm am nächsten Tag, lange vor der Mittagsstunde, die Tür zu Mrs. Pococks Salon geöffnet wurde, schlug ihm eine bezaubernd klingende Stimme ans Ohr, die ihn, bevor er die Schwelle überschritt, kurz stocken ließ. Madame de Vionnet stand bereits im Feld, und dies beschleunigte den Ablauf des Dramas mehr, als es, so glaubte er noch – trotz seiner gestiegenen Anspannung –, irgendeine Handlung seinerseits vermocht hätte. Er hatte den vorherigen Abend im Kreis all seiner alten Freunde verbracht; dennoch hätte er von sich behauptet, hinsichtlich einer Vorhersage über ihren Einfluss auf seine Situation völlig im Dunkeln zu sein. Trotzdem empfand er es jetzt als merkwürdig, dass ihm Madame de Vionnet durch dieses unerwartete Zeichen ihrer Anwesenheit wie nie zuvor als Teil seiner Situation erschien. Sie war, so sagte er sich, mit Sarah allein, und dieser Umstand besaß Auswirkungen – kaum zu kontrollierende Auswirkungen – auf sein persönliches Schicksal. Doch es handelte sich nur um unverfängliche Nettigkeiten, die sie soeben verbreitete – Dinge, die sie als Chads gute Freundin zu sagen eigens gekommen war. »Ich kann also nichts für Sie tun? Es wäre mir wirklich ein Vergnügen.«

Als er die beiden vor sich sah, lag auf der Hand, welcher Empfang ihr zuteilgeworden war. Er merkte dies an Sarahs geradezu fiebrigem Gesicht, als sie zu seiner Begrüßung aufstand. Er bemerkte außerdem, dass sie nicht, wie von ihm ursprünglich angenommen, allein waren; er hegte keinen Zweifel, wem der breite, hohe Rücken gehörte, der sich ihm in der Laibung des am weitesten von der Tür entfernten Fensters präsentierte. Waymarsh, den er heute noch gar nicht zu Gesicht bekommen hatte, von dem er lediglich wusste, dass dieser das Hotel vor ihm verlassen hatte, und der auf Miss Pococks freundliche, durch Chad ausgesprochene Einladung hin am Vorabend bei dem zwanglosen aber herzlichen Empfang zugegen gewesen war, den besagte Dame prompt arrangiert hatte – Waymarsh war ihm, wie Madame de Vionnet, zuvorgekommen und blickte, die Hände in den Taschen und ohne beim Eintreten Strethers seine Pose zu ändern, betont desinteressiert hinaus auf die Rue de Rivoli. Für Strether lag es fühlbar in der Luft – es war unglaublich, was Waymarsh auszustrahlen vermochte –, dass er sich ganz entschieden distanziert hatte von den ihrer Gastgeberin geltenden Avancen, die wir seitens Madame de Vionnet berichtet haben. Er besaß unübersehbar Takt, neben seiner rigiden Grundhaltung; und darum ließ er Miss Pocock sich allein abstrampeln. Er würde länger bleiben als die Besucherin; er würde zweifellos warten; war er nicht seit Monaten zum Warten verdammt? Sie sollte ihn deshalb in Reserve wissen. Welchen Rückhalt sie daraus bezog, musste sich noch zeigen, denn obwohl Sarah lebhaft brillierte, hatte sie sich vorübergehend in eine zweideutige, echauffierte Förmlichkeit geflüchtet. Sie musste rascher als erwartet zu einer Einschätzung gelangen; in erster Linie aber wollte sie vermitteln, dass sie sich nicht überrumpeln ließ. Strether erschien genau in dem Augenblick, als sie dies unter Beweis stellte. »Oh, zu gütig von Ihnen; doch ich fühle mich alles andere als hilflos. Ich habe meinen Bruder – und diese amerikanischen Freunde. Und übrigens war ich schon einmal in Paris. Ich *kenne* Paris«, sagte Sally Pocock in einem Ton, der Strethers Herz streifte wie ein frostiger Hauch.

»Ach, aber an diesem strapaziösen Ort, wo sich dauernd alles verändert, kann eine wohlmeinende Frau«, warf Madame de Vionnet mühelos hin, »einer anderen Frau immer eine Hilfe sein. Gewiss, Sie ›kennen‹ Paris – aber wir kennen vielleicht verschiedene Seiten.« Auch sie hütete sich sichtlich, einen Fehler zu begehen, doch es war eine andere Art von Angst, und sie lag versteckter. Sie hieß Strether mit einem Lächeln willkommen; sie begrüßte ihn vertraulicher als es Mrs. Pocock tat; sie streckte ihm die Hand hin, ohne sich von ihrem Platz zu rühren; und innerhalb einer Minute überkam es ihn ganz sonderbar, dass sie ihn – ja, eindeutig – dem Verderben auslieferte. Sie war die Liebenswürdigkeit und Natürlichkeit selbst, aber dadurch lieferte sie ihn zwangsläufig aus; sie war bezaubernd, und gerade, dass sie so war, verlieh seinen eigenen Ausflüchten in Sarahs Augen unvermittelt eine Flut von Bedeutung. Wie konnte sie wissen, wie sehr sie ihm schadete? Sie wollte sich schlicht und bescheiden zeigen – in dem Maß, wie es sich mit ihrem sprühenden Charme vertrug; aber eben das schien ihn auf ihre Seite zu stellen. Die ganze Art, wie sie sich gekleidet, zurechtgemacht und vorbereitet hatte, empfand er als strikt darauf angelegt, unendlich gewinnend zu wirken – durch die pure Schönheit des guten Geschmacks, die ihrer Einschätzung ihres zeitigen Besuchs Rechnung trug. Sie erbot sich, Damenschneider und Geschäfte zu empfehlen; sie stellte sich Chads Familie voll und ganz zur Verfügung. Strether entdeckte ihre Karte auf dem Tisch – mit Adelskrone und ›Comtesse‹ – und er bildete sich ein, dass Sarah insgeheim gewisse Korrekturen vornahm. Sarah hatte noch nie zuvor, da war er sicher, neben einer ›Comtesse‹ gesessen, und ausgerechnet mit einem Exemplar dieser Klasse konfrontierte er sie jetzt. Sie hatte eigens den Atlantik überquert, um einen Blick auf sie zu werfen; doch er las in Madame de Vionnets Augen, dass sie diese Neugier doch nicht umfassend gestillt hatte, dass sie nun mehr denn je seiner bedurfte. Sie wirkte auf ihn fast genauso wie an jenem Morgen in Notre Dame; er registrierte sogar die vielsagende

Ähnlichkeit ihrer vornehm-zurückhaltenden Garberobe. Sie schien zu demonstrieren – vielleicht ein wenig verfrüht oder zu dezent –, in welchem Sinne sie Mrs. Pocock bei der Wahl ihrer Geschäfte zu beraten beabsichtige. Die Art dieser Dame, sie von oben bis unten zu mustern, vertiefte zudem Strethers Ahnung, was Maria Gostrey, dank ihrer beider Klugheit, erspart geblieben war. Er krümmte sich innerlich bei der Vorstellung, wie er, ohne diese weise Voraussicht, Maria als seine Führerin und sein Vorbild hier hineingeleitet hätte. Eine Spur Erleichterung verschaffte ihm allerdings sein Einblick in Sarahs Taktik, soweit er ihn denn erhielt. Sie ›kannte‹ Paris. Madame de Vionnet hatte bei dieser Gelegenheit leichthin eingehakt. »Ah, dann haben Sie also ein Faible, eine Affinität, die Ihrer Familie eigen ist. Ihr Bruder, das muss ich zugeben – obwohl seine lange Erfahrung da natürlich einen Unterschied macht –, ist in ganz erstaunlicher Weise einer von uns geworden.« Und dann wandte sie sich an Strether in der Art einer Frau, der es jederzeit spielerisch gelingt, auf ein anderes Thema überzuleiten. Ob *er* denn nicht überrascht sei, wie heimisch Mr. Newsome hier geworden sei, und ob er von der erstaunlichen Kennerschaft seines Freundes nicht habe profitieren können?

Strether spürte zwar, wie, gelinde gesagt, tapfer es von ihr war, so unverzüglich auf den Plan zu treten und dieses Thema anzuschneiden, fragte sich aber doch, ob sie überhaupt einen anderen Ton hätte anschlagen können ab dem Moment, da sie in Erscheinung trat. Sie vermochte Mrs. Pocock nur auf dem Boden klarer Tatsachen zu begegnen, und was an Chads Situation stach mehr hervor als der Umstand, dass er sich gänzlich neue Lebensumstände geschaffen hatte? Wollte sie sich nicht völlig verstecken, dann konnte sie sich nur als Teil davon präsentieren, zur Illustration, dass er tatsächlich sesshaft geworden war und Wurzeln geschlagen hatte. Und das Wissen um dies alles stand in ihren schönen Augen so klar und rein geschrieben, dass sie in Strether, als sie ihn coram publico in ihr Boot holte, eine stumme Aufwallung hervorrief, die er später jedoch als kleinmütig zu verurteilen nicht versäumen würde. »Ach, seien Sie doch nicht so charmant zu mir! – es stiftet eine Intimität, und was *ist* denn schon zwischen uns, nachdem ich mich so unendlich in Acht genommen und Sie nur ein halb Dutzend Mal getroffen habe?« Er sah wieder einmal das perfide Gesetz am Werk, das seine jämmerlichen persönlichen Perspektiven so hartnäckig regierte: es würde genau *so* kommen, wie es ihm stets ergangen war, dass er nämlich Mrs. Pocock und Waymarsh den Eindruck vermittelte, in einer Beziehung zu stecken, in die er sich tatsächlich nie gestürzt hatte. In ebendiesem Augenblick unterstellten sie ihm – anders konnte es ja gar nicht sein – die damit verbundenen uneingeschränkten Freiheiten, und alles nur wegen ihres Tones ihm gegenüber; wo *er* sich doch bloß die eine Freiheit erlaubt hatte, sich mit ganzer Kraft am Ufer festzuklammern, um ja nicht auch nur mit der Zehenspitze in die Flut zu tauchen. Doch seine hier aufflackernde Furcht, so darf man hinzufügen, sollte nicht wiederkehren; sie flammte einen Moment, nur um zu verglimmen und dann für immer zu vergehen. Dem Aufruf seiner Mitbesucherin Folge zu leisten und, unter Sarahs glitzerndem Blick, zu antworten, *damit* hatte er ihr Boot bestiegen. Für die übrige Dauer ihres Besuchs war ihm, als verrichte er der Reihe nach jeden gebotenen Dienst, um das verwegene Skiff flott zu halten. Es schaukelte unter ihm, aber er setzte sich auf seinen Platz. Er ergriff ein Ruder, und da man ihm schon einmal zutraute zu rudern, ruderte er.

»Umso reizender, sollten wir uns doch einmal begegnen«, hatte Madame de Vionnet zu Mrs. Pococks behaupteten Eingeweihtsein noch angemerkt und unmittelbar hinzugesetzt, schließlich könne es ihrer Gastgeberin ja an gar nichts fehlen, habe sie doch Mr. Strethers gute Dienste so bequem bei der Hand. »Ich glaube, in so kurzer Zeit und besser als er hat nie jemand Paris kennen und lieben gelernt; mit ihm und Ihrem Bruder zusammen, wie sollten Sie da je der guten Führung entraten? Wesentlich ist, wie Ihnen Mr. Strether zeigen wird«, sagte sie mit einem Lächeln, »sich einfach gehenzulassen.«

»Oh, ich habe mich kaum gehenlassen«, erwiderte Strether, der sich also bemüßigt fühlte, Mrs. Pocock eine kleine Probe zu präsentieren, wie Pariser plaudern. »Ich fürchte nun allerdings, man wird mir anmerken, dass ich mich nicht genug habe gehenlassen. Ich habe mir reichlich Zeit dafür genommen, aber es muss so ausgesehen haben, als käme ich nicht vom Fleck.« Er blickte Sarah in einer Weise an, die auf sie, so hoffte er, gewinnend wirkte, und gestattete sich, gleichsam unter Madame de Vionnets Schutz, seine erste persönliche Bemerkung. »In Wahrheit habe ich die ganze Zeit das getan, wozu ich herübergekommen bin.«

Vorerst jedoch schuf dies nur Madame de Vionnet Gelegenheit, unverzüglich darauf einzugehen. »Sie haben die Bekanntschaft mit Ihrem Freund aufgefrischt – Sie haben ihn neu kennengelernt.« Sie sprach mit so herzlicher Hilfsbereitschaft, als hätten sie, in einer gemeinsamen Sache, den Besuch vereint angetreten und sich zu wechselseitigem Beistand verpflichtet.

Da kehrte sich Waymarsh, als wäre es um ihn gegangen, sofort vom Fenster weg. »O ja, Comtesse – er hat die Bekanntschaft mit *mir* aufgefrischt, und er hat mich, vermute ich, ganz anders kennengelernt, wenngleich ich nicht weiß, ob sehr zu seiner Freude. Strether muss selbst darüber befinden, ob er meint, dass es seine Reise rechtfertigt.«

»Oh, aber *Ihretwegen*«, sagte die Comtesse aufgeräumt, »ist er keineswegs herübergekommen – nicht wahr, Strether? – und Sie hatte ich nun überhaupt nicht im Sinn. Ich dachte an Mr. Newsome, auf den wir so große Stücke halten und zu dem die Fäden wieder anzuspinnen, Miss Pocock sich Gelegenheit geschaffen hat. Welche Freude für Sie beide!« fuhr Madame de Vionnet, den Blick auf Sarah geheftet, unerschrocken fort.

Mrs. Pocock reagierte höflich, doch Strether merkte schnell, dass sie keinesfalls gesonnen war, sich von fremden Lippen über eine andere Lesart ihrer Schritte oder Pläne belehren zu lassen. Sie benötigte keine Gönnerschaft und keine Unterstützung, das alles waren bloß andere Bezeichnungen für eine suspekte Position; sie würde auf ihre Art zeigen, was sie zu zeigen im Sinn hatte, und dies drückte sie durch ein trockenes Glitzern aus, das ihn an einen prächtigen Wintermorgen in Woollett erinnerte. »An Gelegenheiten, meinen Bruder zu sehen, hat es nie gemangelt. Wir müssen daheim an viele Dinge denken; wir haben große Verpflichtungen und Aufgaben, und unser Zuhause ist keineswegs unerträglich. Es gibt vielfältige Gründe«, fuhr Sarah etwas schneidend fort, »für alle unsere Unternehmungen« – kurz, sie gab sich kein bisschen preis. Doch als stets verbindliche Person, die sich ein Zugeständnis leisten konnte, setzte sie hinzu: »Ich bin gekommen, weil – nun ja, weil wir eben kommen.«

»Ach ja, glücklicherweise!« – hauchte Madame de Vionnet. Fünf Minuten später hatten sie sich zu ihrer Verabschiedung erhoben und standen mit einer Liebenswürdigkeit beisammen, die auch einen weiteren Wortwechsel glücklich überdauert hatte; einzig Waymarsh ließ betont die Neigung erkennen, mit grüblerischer Miene und – instinktiv oder vorsorglich – behenden Schritts an ein offenes Fenster und zu seinem Aussichtspunkt zurückzukehren. Der flimmernd satinierte und goldverbrämte Raum, ganz roter Damast, Ormulu, Spiegel, Uhren, ging nach Süden, und die Jalousien standen schräg gegen den Sommermorgen; dennoch blieben der Tuileriengarten und das, was jenseits lag und den ganzen Blick einnahm, durch die Schlitze sichtbar; und die weit ausgespannte Aura von Paris stieg gleich einer kühlen, diffusen Verlockung herauf im Blinken vergoldeter Staketenspitzen, im Kiesgeknirsch, Hufgeklapper und Peitschenknall, Dinge, die an eine Zirkusparade denken ließen. »Ich halte es für nicht ausgeschlossen«, sagte Mrs. Pocock, »dass ich Gelegenheit zu einem Besuch in der Wohnung meines Bruders erhalte. Ich bezweifele nicht, dass sie wirklich ganz reizend ist.« Sie tat, als spreche sie mit Strether, doch ihr eindringlich strahlendes Gesicht war Madame de Vionnet zugewandt, und während sie ihr so vis-à-vis stand, erwartete er für einen Augenblick, sie gleich anschließend sagen zu hören: »Ich bin Ihnen wirklich sehr verbunden für Ihre Einladung.« Fünf Sekunden lang glaubte er diese Worte auf ihrer Zunge; er hörte sie so deutlich, als wären sie gefallen; doch er merkte bald, dass sie gerade noch ausblieben – merkte es an einem kurzen und klugen Blick von Madame de Vionnet, der ihm übermittelte, auch sie habe die in der Luft liegenden Worte wahrgenommen, doch sei der Gedanke glücklicherweise durchaus nicht so greifbar geworden, dass Notiz davon genommen werden müsse. Dies erlaubte ihr, die Antwort auf das Gesagte zu beschränken.

»Im Boulevard Malesherbes eventuell einen gemeinsamen Ort zu haben, eröffnet mir die schönste Aussicht auf das Vergnügen, Sie wiederzusehen.«

»Oh, Sie dürfen meinen Besuch gewiss erwarten, da Sie ja so gütig gewesen sind.« Und Mrs. Pocock sah ihrer zudringlichen Gegnerin genau in die Augen. Die Röte auf Sarahs Wangen hatte sich inzwischen zu einem kleinen, scharfumrissenen puterroten Fleck geballt, der eine gewisse Unerschrockenheit verriet; sie trug den Kopf gehörig hoch, und Strether fand, im Augenblick sei von beiden sie es, die dem Bild einer Comtesse am meisten entsprach. Er erkannte jedoch, dass sie die höfliche Geste ihrer Besucherin zu erwidern trachtete: Sie würde sich in Woollett nicht eher zurückmelden, bis sie zumindest diese vorzeigbare Geschichte in der Tasche hatte.

»Ich würde Ihnen unendlich gern einmal meine kleine Tochter vorstellen«, fuhr Madame de Vionnet fort, »ich hätte sie auch mitgebracht, nur wollte ich vorher Ihre Erlaubnis einholen. Ich hatte gehofft, hier vielleicht Miss Pocock anzutreffen, die sich, wie ich von Mr. Newsome weiß, in Ihrer Begleitung befindet und deren Bekanntschaft zu machen ich meinem Kind sehr wünsche. Sollte ich das Vergnügen haben, Miss Pocock zu treffen, würde ich mir erlauben, sie darum zu bitten – Ihr Placet vorausgesetzt –, nett zu Jeanne zu sein. Mr. Strether wird Ihnen gern bestätigen«, führte sie es wunderbar weiter –, »dass mein armes Mädchen liebenswert und brav und ziemlich einsam ist. Er und sie, das ist ein rechtes Glück, haben Freundschaft geschlossen, und ich glaube, er hat keine schlechte Meinung von ihr. Umgekehrt konnte er bei Jeanne so reüssieren, wie er, nach allem, was ich weiß, überall reüssiert hat, wo er aufgetaucht ist.« Sie schien sein Einverständnis zu erbitten, diese Dinge auszusprechen, oder es vielmehr sanft und vergnügt, mit ruhiger Vertrautheit, schlicht als für gewährt zu erachten, und ihm stand klar vor Augen, er würde sie ganz schändlich und gemein im Stich lassen, käme er ihr jetzt nicht in jedem Punkt mehr als den halben Weg entgegen. Ja, er stand ihr zur Seite, und sogar auf diese verdeckte, leidlich sichere Weise in Opposition zu denen, die nicht auf ihrer Seite standen, fühlte er, sonderbar verworren, doch erregend und begeisternd, wie sehr und wie entschieden er es tat. Er schien geradezu angespannt darauf gewartet zu haben, dass sie ihm noch mehr einbrockte, um ihr zeigen zu können, wie er damit fertig wurde. Und was dann tatsächlich kam, als sie ihren Abschied ein wenig in die Länge zog, erfüllte diesen Zweck vollkommen. »Da er über seine Erfolge gewiss nie selber ein Wort verlieren wird, verspüre ich umso weniger Hemmungen, dies zu tun; was übrigens wirklich überaus nett von mir ist«, fuhr sie an ihn gewandt fort, »bedenkt man, wie wenig direkten Nutzen ich aus Ihren Triumphen bei *mir* gezogen habe. Wann lassen Sie sich schon blicken? Ich sitze zu Hause und verschmachte. Sie, Mrs. Pocock, haben mir immerhin den Gefallen getan«, schloss sie, »mir wieder einmal den Genuss des ach so raren Anblicks dieses Herrn zu verschaffen.«

»Es täte mir wahrlich leid, Ihnen etwas vorzuenthalten, das Ihnen, wie Sie es darstellen, so natürlich zusteht. Zwar sind Mr. Strether und ich sehr alte Freunde«, räumte Sarah ein, »aber um den Vorzug seiner Gesellschaft werde ich mich mit niemand streiten.«

»Und doch, liebe Sarah«, unterbrach er dreist, »wenn ich Sie das so sagen höre, beschleicht mich das Gefühl, Sie tragen dem wesentlichen Umstand nicht genügend Rechnung, in welchem Maße – da ich ja auch ein natürliches Anrecht auf Sie habe – Sie ein natürliches Anrecht auf *mich* besitzen. Ich sähe es darum schon lieber«, sagte er lachend, »Sie würden um mich kämpfen.«

Dies verschlug Mrs. Pocock die Sprache – sie reagierte mit einer gewissen Atemlosigkeit, wie er sich gleich einbildete, angesichts einer Unverfrorenheit, auf die sie wirklich nicht gefasst gewesen war. So verletzend sie auch hatte sein sollen – sie war aus ihm hervorgelodert –, weil er sich, verdammt noch mal, ebensowenig um sie ängstigen wollte wie um Madame de Vionnet. Zu Hause war sie für ihn natürlich immer nur Sarah gewesen, und wenn er sie vielleicht auch nie so ausdrücklich seine »liebe« Sarah genannt hatte, dann lag es irgendwie zum Teil daran, dass keine Situation bisher eine so wirkungsvolle Falle aufgestellt hatte. Aber etwas mahnte ihn jetzt, es sei zu spät – oder auch eventuell zu früh; und dass Mrs. Pocock sich so oder so nicht übertrieben begeistert von ihm gezeigt hatte. »Na, Mr. Strether –!« murmelte sie unbestimmt, aber mit Schärfe, während ihre hektisch roten Flecken noch etwas dunkler glühten, und er spürte, dies blieb vorläufig die äußerste Reaktion, derer sie fähig wäre. Madame de Vionnet war ihm indessen bereits beigesprungen, und so, als wolle er nun doch teilhaben, trat Waymarsh wieder zu ihnen. Die von Madame de Vionnet geleistete Hilfe war freilich fragwürdig; ein Zeichen, dass sie immer noch arglistig anklingen lassen konnte – trotz aller Bekenntnisse zu ihr und trotz all ihrer Klagen über das Entbehrte –, über wie viel gemeinsamen Gesprächsstoff sie verfügten.

»Die Wahrheit ist doch, Sie opfern uns gnadenlos der lieben guten Maria. Sie lässt in Ihrem Leben für niemand sonst Platz. Sie haben doch von ihr gehört«, erkundigte sie sich bei Mrs. Pocock, »von der lieben guten Maria? Zu allem Überfluss ist Miss Gostrey wirklich eine wundervolle Frau.«

»O ja, gewiss«, antwortete Strether für Sarah, »Mrs. Pocock hat von Miss Gostrey gehört. Ihre Mutter, Sarah, hat Ihnen bestimmt von ihr erzählt; Ihre Mutter weiß alles«, er blieb eisern. »Und ich gebe liebend gern zu«, ergänzte er mit forscher Fröhlichkeit, »dass sie die wunderbarste Frau ist, die Sie sich nur vorstellen können.«

»Ach, lieber Mr. Strether, *ich* will mir diesbezüglich überhaupt nichts ›vorstellen‹!« protestierte Sarah Pocock prompt. »Und ich bin mir keineswegs sicher, ob mir meine Mutter oder sonstwer die leiseste Ahnung vermittelt hat, von wem Sie da sprechen.«

»Er wird Sie nicht mit ihr zusammenbringen«, warf Madame de Vionnet mitfühlend ein. »Bei *mir* macht er da auch keine Ausnahme – obwohl wir doch alte Freunde sind, ich und Maria, meine ich. Er reserviert sie für seine besten Stunden, behält sie ganz für sich; uns anderen gönnt er höchstens die Brosamen des Festmahls.«

»Also, Comtesse, *ich* habe ein paar Krümel abbekommen«, bemerkte Waymarsh gewichtig und maß sie mit seinem gewaltigen Blick, weshalb sie dazwischenfuhr.

»*Comment donc*, er teilt sie mit *Ihnen*?« rief sie in komischer Verblüffung. »Geben Sie acht, wenn Sie so weitermachen, werden Ihnen *ces dames* am Ende alle noch über den Kopf wachsen!«

Aber er fuhr ungerührt auf seine wuchtige Weise fort. »Ich kann Sie über die Dame ins Bild setzen, Mrs. Pocock, soweit wie dies für Sie von Interesse ist. Ich habe sie des Öfteren gesehen, ich war praktisch dabei, als die Bekanntschaft geschlossen wurde. Ich habe sie keinen Moment aus den Augen gelassen, aber wirklichen Schaden wird sie kaum anrichten.«

»Schaden?«, wiederholte Madame de Vionnet rasch. »Eine liebenswertere und klügere Frau als sie gibt es doch gar nicht.«

»Also, Sie können es mühelos mit ihr aufnehmen, Comtesse«, erwiderte Waymarsh schwungvoll, »obwohl sie ohne Frage sehr versiert ist. Sie kennt sich bestens aus in Europa. Vor allem steht ganz außer Frage, dass sie Strether liebt.«

»Ach, das tun wir doch alle – wir alle lieben Strether, das ist kein Vorzug!« sagte Madame de Vionnet mit einem Lachen, indem sie guten Gewissens ihren Kurs weitersteuerte, über den unser Freund, wie er selber wusste, rätselte, auch wenn er sich, bei einem Blick in ihre ungemein ausdrucksvollen Augen, späteren Aufschluss versprach.

Im wesentlichen jedoch vermittelte ihr Ton ihm das Gefühl – und diese Wahrheit spiegelte ihr sein traurig-ironischer Blick wider –, eine Frau, die einem Manne in der Öffentlichkeit solche Dinge sage, müsse in ihm mindestens einen Neunzigjährigen sehen. Er war bei der Erwähnung Maria Gostreys peinlicherweise rot geworden, das wusste er; eine zwangsläufige Folge von Sarah Pococks Anwesenheit und den damit verbundenen besonderen Umständen; und da es ihn ärgerte, überhaupt etwas preisgegeben zu haben, errötete er noch heftiger. Er spürte tatsächlich, dass er viel preisgab, als er voller Unbehagen und beinahe unter Schmerzen sein Erröten Waymarsh präsentierte, in dessen Blick jetzt seltsamerweise ein gewisses Verlangen nach Verständigung zu brennen schien. Etwas Tiefgehendes – etwas, das in ihrer sehr sehr alten Beziehung wurzelte –, spielte sich ab in dieser Vielschichtigkeit zwischen ihnen; er erfuhr auf einem Umweg eine Loyalität, die jenseits aller dieser merkwürdigen Fragen lag. Waymarshs trockener, karger Humor – der auch nicht anders verstanden werden wollte – glühte düster auf und forderte Gerechtigkeit. »Also, wenn Sie von Miss Barrace sprechen, dann könnte *ich* auch ein Wörtchen sagen«, schien Waymarsh hölzern zu verkünden, und räumte ein, dass er ihn damit desavouiere, plagte sich dabei jedoch mit der Versicherung, er tue es einzig, um ihn zu retten. Das düstere Glühen starrte Strether ins Gesicht, bis es förmlich laut wurde – »um Sie zu retten, armer alter Bursche, um Sie zu retten; um Sie gegen Ihren Willen zu retten«. Trotzdem machte ihm gerade diese Mitteilung deutlich, wie unendlich verloren er war. Als weitere Konsequenz wurde ihm glasklar vor Augen geführt, dass für seinen Gefährten und die durch Sarah vertretenen Interessen bereits eine gemeinsame Grundlage bestand. Es herrschte jetzt kein Zweifel mehr, ja: Waymarsh hatte geheime Verbindung zu Mrs. Newsome unterhalten – seine bemühte Miene brachte alles, alles ans Licht. »Ja, Sie spüren meine Hand im Spiel« – fast hörte man es ihn laut verkünden; »aber nur, weil ich der verdammten Alten Welt zumindest *dies* abgewinnen konnte: Ich habe die Stücke aufgelesen, in die sie Sie zerbrochen hat.« Kurz, es war, als hätte Strether nach einem Augenblick nicht nur dies von ihm aufgefangen, sondern auch erkannt, wie dieser Augenblick bis zu einem gewissen Grad die Luft gereinigt hatte. Unser Freund begriff und billigte es; er hatte das Gefühl, sie würden anders nicht darüber sprechen. Dies würde alles sein, und in ihm selbst bliebe es ein Zeichen klugen Edelmuts. Im Verein mit der unbarmherzigen Sarah – der bei aller Huld unbarmherzigen Sarah – hatte Waymarsh also um zehn Uhr vormittags mit seiner Rettung begonnen. Nun – sofern es ihm gelang, dem armen guten Mann, mit seiner großen, freudlosen Güte! Das Fazit dieser übervollen Wahrnehmung lautete, dass Strether seinerseits nicht mehr offenbarte, als er unbedingt musste. Er offenbarte so wenig wie möglich, als er, nach einer Pause, die viel kürzer dauerte als unser Blick auf das in ihm aufgestiegene Bild, zu Mrs. Pocock sagte: »Oh, jedes Wort davon ist wahr! – Miss Gostrey gibt es nur für mich und für niemand sonst – nicht den allerkleinsten verstohlenen Blick. Ich reserviere sie für mich.«

»Wie nett von Ihnen, mich darauf hinzuweisen«, erwiderte Sarah, ohne ihn anzusehen und, wie ihre Blickrichtung verriet, fühlte sie sich durch diese Benachteiligung vorübergehend in eine vage Schicksalsgemeinschaft gebracht mit Madame de Vionnet. »Hoffentlich entgeht mir nicht allzu viel.«

Madame de Vionnet sprang sofort ein. »Und wissen Sie – selbst wenn man auf die Idee kommen könnte –, es ist durchaus nicht so, dass er sich ihrer schämt. Sie ist – auf ihre Art – wirklich ausgesprochen attraktiv.«

»Ah, ausgesprochen!« sagte Strether und lachte, während er sich über die seltsame Rolle wunderte, in die er da gedrängt wurde.

Jede von Madame de Vionnets Anspielungen zwang ihn, diese Rolle weiterzuspielen. »Also, wie gesagt, ich wünschte, Sie würden auch *mich* einmal für sich reservieren. Könnten Sie mir nicht einen Tag, eine Stunde nennen – je eher, desto lieber? Ich werde zu Hause sein, wann immer es Ihnen genehm ist. So – ein besseres Angebot kann ich Ihnen nicht machen!«

Strether überlegte kurz, während Waymarsh und Mrs. Pocock gespannt zu warten schienen. »Ich habe Ihnen doch erst neulich einen Besuch abgestattet. Letzte Woche – als Chad nicht in der Stadt war.«

»Ja, und zufälligerweise war ich auch nicht da. Sie wählen Ihre Auftritte sehr geschickt. Aber warten Sie jetzt nicht bis zu meiner nächsten Reise, denn ich werde keine mehr unternehmen«, erklärte Madame de Vionnet, »solange Mrs. Pocock hier ist.«

»Dieses Versprechen wird Sie nicht lange verpflichten, glücklicherweise«, bemerkte Sarah mit wieder erstarkter Verbindlichkeit. »Ich werde vorläufig nur kurze Zeit in Paris sein. Es stehen für mich noch andere Länder auf dem Programm. Ich werde etliche ganz reizende Freunde treffen« – und ihre Stimme schien diese heraufbeschworenen Personen förmlich zu liebkosen.

»Ah dann«, entgegnete ihre Besucherin heiter, »umso besser! Morgen, zum Beispiel, oder übermorgen?« fuhr sie zu Strether gewandt fort. »Dienstag würde mir ausgezeichnet passen.«

»Also dann Dienstag – mit Vergnügen.«

»Um halb sechs? – oder um sechs?«

Es war albern, aber Mrs. Pocock und Waymarsh schienen förmlich auf seine Antwort zu lauern. Es wirkte tatsächlich, als hätten sie sich hier verabredet und eingefunden, um einer Vorstellung beizuwohnen, der Vorstellung ›Europa‹, aufgeführt von seiner Verbündeten und ihm selbst.

Nun, die Vorstellung musste weiterlaufen. »Sagen wir drei viertel sechs.«

»Drei viertel sechs – gut.« Und jetzt musste Madame de Vionnet sie schließlich doch verlassen, obwohl ihr Abschied die Vorstellung für sie noch etwas verlängerte. »Ich hatte so sehr gehofft, auch Miss Pocock zu sehen. Wäre das nicht doch möglich?«

Sarah zögerte, zeigte sich indes ebenbürtig. »Sie wird zusammen mit mir Ihren Besuch erwidern. Im Moment ist sie mit Mr. Pocock und meinem Bruder unterwegs.«

»Ich verstehe – Mr. Newsome muss ihnen natürlich alles zeigen. Er hat mir so viel von ihr erzählt. Es ist mein sehnlicher Wunsch, meiner Tochter die Chance zu bieten, ihre Bekanntschaft zu machen. Ich bin ständig auf der Suche nach solchen Gelegenheiten. Ich habe sie heute nur deshalb nicht mitgebracht, weil ich mich erst Ihres Einverständnisses versichern wollte.« Anschließend wagte die bezaubernde Frau eine noch dringlichere Bitte. »Könnten *Sie* sich nicht ebenfalls dazu verstehen, mir einen baldigen Zeitpunkt zu nennen, damit wir sicher sein können, Sie nicht zu verfehlen?« Jetzt wartete Strether seinerseits, denn Sarah hatte schließlich gleichfalls eine Vorstellung abzuliefern; und dabei trieb ihn der Gedanke um, auf diese Weise daran erinnert worden zu sein, dass sie im Hotel geblieben war – und das auch noch an ihrem ersten Morgen in Paris –, während Chad die anderen herumführte. Oh, sie steckte bis zum Hals mit drin; wenn sie im Hotel geblieben war, dann aufgrund der am Vorabend getroffenen Abmachung, Waymarsh werde kommen und sie allein antreffen. Das ging ja gut los – gleich am ersten Tag in Paris; die Sache versprach durchaus noch amüsant zu werden. Inzwischen legte Madame de Vionnet jedoch eine wundervolle Ernsthaftigkeit an den Tag. »Sie mögen mich aufdringlich finden, aber der Wunsch, dass meine Jeanne ein amerikanisches Mädchen von der wirklich bezaubernden Sorte kennenlernt, ist übermächtig. Sie sehen, ich vertraue ganz Ihrer Güte.«

Die Art, wie sie es sagte, machte Strether, wie noch nie, die Hinter- und Abgründigkeit ihrer Äußerung fühlbar – beförderte auf beinahe erschreckende Art seine dunkle Ahnung ihrer Gründe; doch da Sarah trotzdem weiter zauderte, hatte er Zeit zu einem Signal der Sympathie für die Bittstellerin. »Dazu, gnädige Frau, darf ich, um Ihr Gesuch zu unterstützen, anmerken, dass Miss Mamie zu der bezauberndsten Sorte gehört – sie ist die Charmanteste unter den Charmanten.«

Sogar Waymarsh, der zu diesem Thema noch mehr beizusteuern hatte, konnte sich rechtzeitig in Stellung bringen. »Ja, Comtesse, das amerikanische Mädchen – das ist nun so eine Sache, die wir Ihnen *wirklich* vorzeigen können. Dies Privileg muss Ihr Land uns zumindest lassen. Ihre volle Schönheit erkennt jedoch nur, wer Nutzen daraus zu ziehen versteht.«

Madame de Vionnet lächelte. »Aber ebendas ist meine Absicht. Ich bin überzeugt, sie kann uns noch viel beibringen.«

Das war erstaunlich, kaum weniger erstaunlich jedoch war, dass Strether sich unversehens in die andere Richtung gedrängt fand. »Oh, das mag allerdings sein! Aber sprechen Sie von Ihrer eigenen vortrefflichen Tochter doch nicht so, als wäre sie nicht schlechthin vollkommen. *Ich* jedenfalls werde das von Ihnen nicht einfach hinnehmen. Mademoiselle de Vionnet«, erklärte er Mrs. Pocock in aller Form, »*ist* schlechthin vollkommen. Mademoiselle de Vionnet *ist* vortrefflich.«

Es hatte vielleicht etwas ominös geklungen, aber Sarah reagierte bloß mit einem funkelnden »Ach ja?«

Waymarsh erkannte offenbar, dass die Tatsachen eine gerechtere Würdigung verlangten, und er neigte sich zu Sarah. »Miss Jane ist bildschön – im klassisch französischen Stil.«

Sowohl Strether als auch Madame de Vionnet mussten unwillkürlich lachen, obwohl unser Freund im selben Moment in Sarahs, den Sprecher fixierendem Blick ein vages, jedoch unverkennbares »Sie auch?« wahrnahm. Und Waymarsh sah in der Tat konzentriert über ihren Kopf hinweg. Madame de Vionnet machte unterdessen ihren Standpunkt auf ihre Weise deutlich. »Ich wünschte allerdings, ich könnte Ihnen mein armes Kind als glanzvolle Attraktion offerieren: das würde meine Lage stark vereinfachen! Jeanne hält sich so gut sie kann, aber natürlich ist sie anders, und die Frage lautet jetzt – im Lichte der Wendung, welche die Dinge zu nehmen scheinen –, ob sie nicht doch *zu* anders ist: ich meine, zu verschieden von dem herrlichen Typus, den, nach einhelliger Meinung, Ihr wunderbares Land hervorbringt. Allerdings hat Mr. Newsome, der diesen Typus so genau kennt, als guter Freund, als der liebe, freundliche Mensch, der er ist, alles ihm Mögliche getan für *mein* kleines schüchternes Geschöpf –, um uns vor einer verhängnisvollen Unbedarftheit zu bewahren. Nun denn«, schloss sie, nachdem Mrs. Pocock mit einem immer noch etwas steifen Murmeln kundgetan hatte, sie werde diesbezüglich mit ihrem eigenen kleinen Schützling sprechen – »nun denn, wir werden uns nicht vom Fleck rühren, mein Kind und ich, und auf Sie warten, warten, warten.« Ihre letzte herrliche Wendung galt freilich Strether. »Sprechen Sie von uns so –!«

»Dass es unbedingt zu etwas führt? Oh, es wird zu etwas führen! Ich habe größtes Interesse daran!« erklärte er noch; und zum Beweis hatte er sie bereits im nächsten Augenblick hinunter zu ihrem Wagen begleitet.

NEUNTES BUCH

I

»Das Problem ist«, sagte Strether ein paar Tage später zu Madame de Vionnet, »ich kann ihnen nicht das kleinste Zeichen entlocken, dass sie in ihm nicht mehr denselben alten Chad sehen, den sie die letzten drei Jahre übers Meer hinweg mit finsteren Blicken belauert haben. Sie lassen sich einfach nicht in die Karten schauen, und, wissen Sie, als Taktik – als *parti pris*, als tiefgründiges Spiel – ist das durchaus beachtlich.«

Es war so beachtlich, dass unser Freund unter diesem Eindruck vor seiner Gastgeberin stehen blieb; er hatte sich nach zehn Minuten von seinem Stuhl erhoben und war, weil es seine Nöte lindern half, vor ihr auf und ab geschritten, so wie er es vor Maria tat. Er hatte seine Verabredung mit ihr pünktlich auf die Minute eingehalten und diesem Treffen geradezu entgegengefiebert, wenn auch in Wahrheit hin- und hergerissen zwischen der Empfindung, er habe ihr alles zu sagen, und der Empfindung, er habe ihr überhaupt nichts zu sagen. In der kurzen Zwischenzeit hatten sich seine Eindrücke ihrer Verstrickung vervielfacht – wobei übrigens überdies zu vermerken wäre, dass er diese Verstrickung bereits unverhohlen, bereits fast öffentlich als gemeinsame betrachtete. Wenn Madame de Vionnet ihn vor Sarahs Augen in ihr Boot gezogen hatte, dann bestand inzwischen keinerlei Zweifel mehr, dass er darin geblieben war und viele Stunden lang vornehmlich die Bewegung des Fahrzeugs wahrgenommen hatte. So wie eben in diesem Augenblick hatten sie nie zuvor gemeinsam darin gesessen, und er hatte bisher keines der beunruhigten oder protestierenden Worte ausgesprochen, die ihm im Hotel auf den Lippen erstorben waren. Er hatte ihr anderes zu sagen, als dass sie ihn in eine missliche Lage gebracht habe; so rasch war ihm seine Lage als durchaus erregend, überhaupt gänzlich unentrinnbar erschienen. Dass sich die Perspektiven jedoch – angesichts ihres nun öffentlichen Umgangs – nicht halb so weit geklärt hatten wie von ihm kalkuliert, dies war der erste Bescheid, den sie bei seiner Ankunft von ihm bekam. Sie hatte nachsichtig erwidert, er habe es zu eilig, und begütigend gemeint, wenn *sie* sich in Geduld zu fassen verstehe, dann könne *er* das wohl auch. Er spürte gleich, dass ihre Gegenwart, ihr Ton, eigentlich alles an ihr, ihn in diesem Streben unterstützten; und wie erfolgreich sie damit bei ihm war, zeigte sich vielleicht darin, dass er sich während ihrer Unterhaltung merklich entspannte. Als er ihr auseinandergelegt hatte, weshalb ihn seine Eindrücke – obwohl sie sich vervielfacht hatten – immer noch irritierten, glaubte er schon seit Stunden vertraulich mit ihr geplaudert zu haben. Sie irritierten ihn, weil Sarah – nun ja, Sarah war tiefgründig; tiefgründiger als sie bisher jemals hatte zeigen können. Er führte nicht aus, dies rühre zum Teil daher, dass sie gewissermaßen direkt in ihre Mutter münde und dass, bei Mrs. Newsomes Tiefgründigkeit, der so eingesenkte Schacht durchaus weit hinabreichen mochte; doch er bekannte resigniert die Befürchtung, angesichts einer solchen Vertrautheit zwischen den beiden Frauen wohl bald offenbaren zu müssen, dass er, für Augenblicke, schon dem Eindruck erlegen war, direkt mit Mrs. Newsome zu verhandeln. Sarah hätte ihm dies mit Sicherheit bereits angemerkt – und das verliehe ihr natürlich die Macht, ihn umso mehr zu quälen. Von dem Moment an, da sie wüsste, dass man ihn quälen *konnte* –!

»Aber *wieso* ist das möglich?« – fragte seine Gefährtin, erstaunt über den von ihm gebrauchten Ausdruck.

KAPITEL I

»Weil ich so beschaffen bin – ich denke an alles.«

»Ah, das sollte man nie«, sagte sie mit einem Lächeln. »Man sollte an so wenig Dinge wie möglich denken.«

»Dann gilt es aber, die richtigen auszuwählen«, erwiderte er. »Ich meine nur – überspitzt ausgedrückt –, sie ist in der Lage, mich zu beobachten. Ich stehe unter einer gewissen Spannung, und sie sieht, wie ich mich winde. Aber das macht nichts«, fuhr er fort. »Ich kann es aushalten. Außerdem werde ich mich herauswinden.«

Dieses Bild veranlasste sie zu einem Kompliment, das ihm aufrichtig schien. »Ich kann mir nicht vorstellen, dass ein Mann zu einer Frau liebenswerter sein könnte, als Sie es zu mir sind.«

Liebenswert, ja, das wollte er sein; aber obwohl ihm der bezaubernde Blick, den sie auf ihm ruhen ließ, diese Wahrheit verkündete, überkam ihn doch das Bedürfnis, ehrlich zu sein. »Mit Zweifeln, wissen Sie«, sagte er und lachte, »meine ich Zweifel auch in meinem eigenen Fall!«

»O ja – auch in Ihrem eigenen Fall!« Es schmälerte seinen Edelmut, aber sie betrachtete ihn nur noch zärtlicher.

»Aber nicht«, fuhr er fort, »dass ich mit Ihnen darüber reden möchte. Das ist meine eigene kleine Angelegenheit, und ich kam nur darauf zu sprechen, weil es ein Punkt zu Mrs. Pococks Vorteil ist.« Nein, nein; auch wenn es momentan eine eigentümliche Versuchung barg und seine Zweifel so real waren, dass ihm sein fahriges Herumwandern Erleichterung verschaffte, wollte er mit ihr doch nicht über Mrs. Newsome sprechen, wollte nicht ihr die Besorgnis aufbürden, die Sarahs bewusst berechnetes Schweigen ihm beschert hatte. Den Eindruck, Stellvertreterin ihrer Mutter zu sein, hatte sie erzielt – und ebendas war das Ungeheuerliche, das Unheimliche –, ohne die betreffende Dame überhaupt zu erwähnen. Sie hatte keine Botschaft überbracht, kein Problem angedeutet, hatte bloß seine Erkundigungen mit deprimierend knappem Anstand beantwortet. Sie hatte sich eine Art des Konterns einfallen lassen – als wäre er ein manierlicher mickriger mittelloser Verwandter entfernten Grades –, die seine Erkundigungen schier lächerlich erscheinen ließ. Er konnte außerdem auch nicht viel nachfragen, ohne zu verraten, wie spärlich ihm in letzter Zeit Nachrichten zugeflossen waren; ganz im Einklang mit ihrer tiefgründigen Taktik ließ Sarah in dieser Richtung keinen Argwohn merken. Von alldem wollte er Madame de Vionnet gegenüber gleichwohl kein Wort verlauten lassen – selbst wenn ihn diese Dinge so umtrieben, dass er auf und ab gehen musste. Doch was er nicht sagte – und ebenso das, was *sie* nicht sagte, denn auch sie verfügte über immenses Fingerspitzengefühl –, akzentuierte nur den Eindruck, dass er sich nach zehn Minuten hier so vertraut mit ihr fühlte – auf der Grundlage, sie retten zu wollen –, wie es ihm bisher nie möglich gewesen war. Es war am Ende eine hübsche Summe von Dingen, die sie beide bewusst nicht zur Sprache brachten. Gern hätte er ihren kritischen Geist auf das Thema Mrs. Pocock gelenkt, doch er wich so wenig von der Linie, die ihm als eine Sache der Ehre und des Takts galt, dass er sie kaum einmal nach ihrem persönlichen Eindruck von Mrs. Pocock zu fragen wagte. Er wusste es übrigens auch so, ohne ihr damit beschwerlich zu fallen: Dass sie sich wunderte, weshalb Sarah trotz dieser Wesenszüge keinen Charme besaß, gehörte zu den grundlegenden Dingen, über die sie sich ausschwieg. Strether hätte gern erfahren, wie sie diese Eigenschaften bewertete – die, einige immerhin, zweifellos vorhanden waren, wenn auch im einzelnen Geschmackssache –, doch er versagte sich sogar den Luxus dieser Ablenkung. Die Wirkung, die Madame de Vionnet heute auf ihn übte, glich eigentlich einer Demonstration, wie man seine Gaben geschickt nutzte. Wie konnte eine Frau, die ihren Charme auf so ganz anderen Wegen erworben zu haben schien, Sarah charmant finden? Andererseits bestand für Sarah natürlich keine Verpflichtung, Charme zu besitzen. Für Madame de Vionnet irgendwie schon, wie er glaubte. Inzwischen stellte sich die große Frage, was Chad von seiner Schwester hielt; eingeleitet natürlich durch die vorangegangene Frage, welchen Eindruck Sarah von Chad haben mochte. *Darüber* konnten sie sprechen, und zwar in aller Freimütigkeit, die sie sich durch ihre Diskretion in anderer Beziehung erkauft hatten. Die Schwierigkeit lautete allerdings, dass sie vorerst auf Vermutungen angewiesen blieben. Chad hatte ihnen in den letzten ein, zwei Tagen genauso wenig Anhaltspunkte geliefert wie Sarah, und Madame de Vionnet erwähnte, sie habe ihn seit dem Eintreffen seiner Schwester nicht mehr gesehen.

»Und es erscheint Ihnen bereits wie eine Ewigkeit?«

Sie antwortete voller Aufrichtigkeit. »Oh, ich werde mir jetzt nicht den Anschein geben, als fehlte er mir nicht. Manchmal sehe ich ihn jeden Tag. Unsere Freundschaft ist so. Denken Sie, was Sie wollen!« sagte sie mit einem wunderlichen Lächeln; es war ein kleines, gelegentlich an ihr wahrnehmbares Aufblitzen jener Art, die ihn mehr als einmal zu der Überlegung geführt hatte, was er denn eigentlich von *ihr* halten sollte. »Aber er tut genau das Richtige«, beeilte sie sich hinzuzufügen, »und ich möchte nicht um alles in der Welt, dass er jetzt etwas verabsäumt. Lieber würde ich ihn drei Monate lang nicht sehen. Ich habe ihn dringend gebeten, sie mit ausgesuchtem Entgegenkommen zu behandeln, und die Notwendigkeit begreift er ja selber.«

Strether kehrte mit diesem lebhaften Eindruck um; Madame de Vionnet verkörperte eine höchst eigenartige Mischung aus Klarheit und Geheimnis. Bald entsprach sie seiner Lieblingstheorie über sie, bald schien sie diese zu pulverisieren. Mal klang sie, als sei all ihre Schläue bloß Naivität, und dann wieder, als sei ihre Naivität nichts als Schläue. »Oh, er legt sich ordentlich ins Zeug und wird es bis zum Schluss tun. Was kann er anderes wollen, jetzt, wo es im Bereich seiner Möglichkeiten liegt, als sich ein vollständiges Bild zu verschaffen? – und das zählt wesentlich mehr als Ihres oder meines. Aber noch saugt er alles in sich auf«, sagte Strether, als er zurückkam; »er bemüht sich gewissenhaft um einen gesättigten Eindruck. Ich muss allerdings sagen, er ist wirklich großartig.«

»Ach«, erwiderte sie sanft, »wem erzählen Sie das?« Und dann noch sanfter: »Er ist zu allem imstande.«

Strether bekräftigte dies nachdrücklich – »Oh, er ist fabelhaft. Er begeistert mich immer mehr, wenn ich ihn mit ihnen zusammen sehe«; so beteuerte er, obwohl ihm, noch während sie sprachen, der eigentümliche Ton zwischen ihnen immer mehr aufging. Er vergegenwärtigte den jungen Mann so sehr als Resultat des Interesses, als Produkt des Genies von Madame de Vionnet, beglaubigte so sehr ihren Anteil an diesem Phänomen und etikettierte das Phänomen als so außergewöhnlich, dass er womöglich mehr denn je kurz davor stand, sie um eine eingehendere Schilderung des Ganzen zu bitten, als er sie bisher von ihr erhalten hatte. Die Gelegenheit drängte ihn fast zu der Frage, wie ihr dies gelungen sei und wie sich dieses Wunder denn von ihrer ganz unmittelbaren Warte ausnahm. Der Moment indes verstrich, wich aktuelleren Entwicklungen, und er bekundete weiter seine Würdigung der erfreulichen Tatsache. »Das Gefühl, wie sehr man ihm vertrauen kann, bedeutet eine ungemeine Erleichterung.« Und dann wieder, als sie eine Weile nichts sagte – so als stoße *ihr* Vertrauen doch an gewisse Grenzen: »Ich meine, dass er ihnen eine phantastische Vorstellung gibt.«

»Ja«, erwiderte sie nachdenklich – »aber wenn sie die Augen davor verschließen!«

Strether dachte einen Moment nach. »Das spielt vielleicht keine Rolle!«

»Sie meinen, weil sie ihm vermutlich nicht sympathisch sind – ganz egal, wie sie sich anstellen?«

»Oh, ›ganz egal, wie sie sich anstellen‹ –! Sie werden kaum etwas anstellen; zumal wenn Sarah nicht mehr zu bieten hat, als sich bisher erkennen lässt.«

Madame de Vionnet erwog dies. »Ach, sie kann ihren ganzen Charme spielen lassen!« Bei diesen Worten wechselten sie einen unverstellten Blick, und obwohl ihre Äußerung bei Strether keinen Widerspruch erzeugte, schien es doch, als habe er es als Scherz aufgefasst. »Sie könnte ihn in höchst überzeugender Weise hofieren; sie könnte unglaublich beredsam sein. Sie könnte Einfluss auf ihn gewinnen«, schloss sie – »nun, wie weder Sie noch ich ihn besitzen.«

»*Könnte* sie, ja« – und jetzt lächelte Strether. »Aber er hat bisher jeden Tag rund um die Uhr mit Jim verbracht. Er führt Jim nach wie vor herum.«

Sie wunderte sich ersichtlich. »Und was ist mit Jim?«

Strether drehte eine Runde, bevor er antwortete. »Hat er Ihnen kein Wort über Jim verraten? Hat er Sie vorher denn nicht über ihn ›aufgeklärt‹?« Er war ein wenig ratlos. »Erzählt er Ihnen etwa nichts?«

Sie zögerte. »Nein« – und sie tauschten erneut offene Blicke. »Nicht so wie Sie. Bei Ihnen sehe ich sie gleichsam vor mir – zumindest bekomme ich ein Gefühl für sie. Und ich habe auch nicht so viele Fragen gestellt«, fügte sie hinzu, »in der letzten Zeit wollte ich es unbedingt vermeiden, ihn zu belasten.«

»Ach, das ging mir genauso«, stimmte er aufmunternd zu; und für einen Moment – als hätte sie damit alles beantwortet – waren sie ungezwungen. Das führte ihn zurück zu seiner anderen Überlegung und auf eine neue Runde durchs Zimmer; er blieb jedoch stehen, als habe er eine plötzliche Erleuchtung. »Wissen Sie, Jim ist wirklich ganz enorm. Ich denke, Jim wird derjenige sein, der es schafft.«

Sie rätselte. »Ihn auf ihre Seite zu ziehen?«

»Nein – das genaue Gegenteil. Sarahs Zauber zu neutralisieren.« Und jetzt zeigte unser Freund, wie gründlich er die Sache ventiliert hatte. »Jim ist äußerst zynisch.«

»Ach, der gute Jim!« sagte Madame de Vionnet und lächelte unbestimmt.

»Ja, buchstäblich – guter Jim! Er ist einfach schrecklich. *Er*, der Himmel vergebe ihm, möchte uns helfen.«

»Sie meinen« – sie war gespannt – »*mir* helfen?«

»Vor allem wohl Chad und mir. Aber er schließt Sie mit ein, auch wenn er von Ihnen bisher noch kein richtiges Bild hat. Aber insofern er überhaupt eines hat, dann – verzeihen Sie – ist es entsetzlich.«

»›Entsetzlich‹?« – sie wollte alles wissen.

»Das einer durch und durch schlechten Person – wenn auch natürlich von der unendlich überlegenen Sorte. Furchtbar, entzückend, unwiderstehlich.«

»Ach, der gute Jim! Ich würde ihn zu gern kennenlernen. Es *muss* sein.«

»Sicher. Nur, wird das auch gutgehen? Wer weiß«, gab Strether zu bedenken, »am Ende enttäuschen Sie ihn noch.«

Sie reagierte mit ebenso viel Humor wie Bescheidenheit. »Mehr als versuchen kann ich es nicht. Ich empfehle mich ihm also«, fuhr sie fort, »durch meine Verruchtheit?«

»Durch Ihre Verruchtheit und die Reize, die er, bei einem Niveau wie Ihrem, damit verbindet. Er ist innerlich überzeugt, dass Chad und ich in erster Linie unseren Spaß haben wollten, das ist nun mal seine felsenfeste Meinung. Nichts wird ihn davon abbringen können – das heißt, im Licht meines Verhaltens –, dass ich wirklich nicht, so wie

Chad, herübergekommen bin, um mich noch einmal so richtig zu amüsieren, bevor es zu spät ist. Er dürfte das von mir nicht unbedingt erwartet haben; aber in Woollett sind Männer meines Alters – und gerade die unwahrscheinlichsten Kandidaten – bekanntermaßen anfällig für merkwürdige Eskapaden, für verspätete, unkluge Ausflüge ins Reich des Ungewöhnlichen, des Ideals. Es ist ein bei einer lebenslangen Existenz in Woollett durchaus zu beobachtender Effekt; deshalb vermittele ich Ihnen Jims Sicht der Dinge, ohne weiteren Kommentar. Nun kennen jedoch«, führte Strether weiter aus, »seine Gattin und seine Schwiegermutter aus moralischer Verpflichtung keine Nachsicht mit solchen Phänomenen, ob diese nun früher oder später auftreten – wodurch Jim, im Vergleich zu seinen Verwandten, auf die andere Seite gerät. Außerdem«, setzte er hinzu, »glaube ich nicht, dass er Chad wirklich wieder zu Hause haben möchte. Sollte Chad nämlich nicht zurückkehren –«

»Hätte er freiere Hand?« – Madame de Vionnet erfasste es sofort.

»Nun ja, Chad ist der Wichtigere.«

»Er wird also jetzt *en dessous* operieren, damit Chad bleibt, wo er ist?«

»Nein – er wird überhaupt nicht ›operieren‹ und schon gar nicht *en dessous*. Er ist viel zu anständig, um zum Verräter im eigenen Lager zu werden. Aber er wird sich mit seiner eigenen Wahrnehmung unseres Doppelspiels amüsieren, er wird von früh bis spät dem hinterherspüren, was er für Paris hält, und im übrigen für Chad das sein – na ja, was er eben ist.«

Sie überlegte. »Eine Warnung?«

Er antwortete beinahe übermütig. »Sie sind tatsächlich so wundervoll, wie alle behaupten!« Und dann zur näheren Erklärung: »Ich bin mit ihm in der ersten Stunde hier herumgefahren, und wissen Sie, was er mir da – ganz unbewusst – glasklar vor Augen geführt hat? Dass es im Grunde genau *das* ist, was sie immer noch hoffen, aus unserem Freund machen zu können, zur Verbesserung seines jetzigen Zustands, ja eigentlich als wahre Erlösung davon.« Damit schloss er seine Erklärung, während sie mit wieder aufkeimender Besorgnis diese Möglichkeit tapfer ins Auge zu fassen schien. »Aber dazu ist es ist zu spät. Dank Ihnen!«

Dies entlockte ihr wieder eine vage Äußerung. »Oh, ›dank mir‹ – immerhin!«

Er stand so beschwingt von seiner Beweisführung vor ihr, dass er es sogar zu einem Scherz brachte. »Alles ist relativ. Sie sind besser als *das*.«

»Und Sie« – eine andere Erwiderung blieb ihr nicht – »sind besser als alles andere.« Doch dann kam ihr ein neuer Gedanke. »Wird Mrs. Pocock mich wirklich besuchen?«

»O ja – ganz bestimmt. Das heißt, sobald ihr mein Freund Waymarsh – jetzt *ihr* Freund – eine freie Minute dazu lässt.«

Sie horchte auf. »So sehr ist er bereits ihr Freund?«

»Haben Sie das im Hotel denn nicht alles bemerkt?«

»Oh« – sie zeigte sich belustigt –, »›alles‹ wäre ziemlich viel gesagt. Ich weiß nicht – ich habe es vergessen. Ich war ausschließlich auf *sie* fixiert.«

»Sie waren glänzend«, erwiderte Strether – »aber ›alles‹ wäre nicht ziemlich viel gesagt: sondern nur sehr wenig. Aber insoweit finde ich es ganz amüsant. Sie will einen Mann immer ganz für sich.«

»Aber sie hat doch *Sie*?«

»Finden Sie, sie hätte mich – respektive Sie – so angesehen, als sei das der Fall?« Strether tat die Ironie spielend ab. »Es muss ihr doch so vorkommen, als hätte jeder jemanden. Sie haben Chad – und Chad hat Sie.«

»Ich verstehe« – sie machte für sich das Beste daraus. »Und Sie haben Maria.«

KAPITEL I

Das ließ er nun seinerseits gelten. »Ich habe Maria. Und Maria hat mich. So sieht es aus.«

»Aber Mr. Jim – wen hat er?«

»Oh, er hat – wenigstens wirkt es so – die ganze Stadt.«

»Aber rangiert für Mr. Waymarsh« – gab sie zu bedenken – »Miss Barrace nicht an erster Stelle?«

Er schüttelte den Kopf. »Miss Barrace ist eine *raffinée*, und ihr Vergnügen wird durch Mrs. Pocock nicht geschmälert. Es wird dadurch eher gewinnen – besonders falls Sarah triumphiert und Mrs. Barrace dabei Mäuschen spielen kann.«

»Wie gut Sie uns kennen!« seufzte Madame de Vionnet freimütig.

»Nein – mir scheint, ich kenne uns. Ich kenne Sarah – möglicherweise habe ich nur in diesem Punkt festen Boden unter den Füßen. Waymarsh wird sie ausführen, während Chad Jim ausführt, – und ich, seien Sie versichert –, ich freue mich für beide. Sarah bekommt, was sie braucht – sie wird dem Ideal ihren Tribut gezollt haben; und ihm wird es ähnlich gehen. Das liegt in Paris in der Luft – was könnte man also anderes tun? Wenn Sarah unbedingt eine Sache beweisen will, dann, dass sie nicht herübergekommen ist, um borniert zu wirken. Das zumindest werden wir noch zu spüren bekommen.«

»Oh«, seufzte sie, »was werden wir wahrscheinlich nicht noch alles zu ›spüren‹ bekommen! Aber was wird unter diesen Umständen aus dem jungen Mädchen?«

»Aus Mamie – wenn wir alle versorgt sind? Ach, in dem Punkt«, sagte Strether, »dürfen Sie getrost auf Chad bauen.«

»Sie meinen, er wird nett zu ihr sein?«

»Er wird ihr seine volle Aufmerksamkeit zuwenden, sobald er Jim weggeputzt hat. Er möchte möglichst viel von Jim erfahren – was Jim eigentlich nicht möchte –, obwohl er alles und mehr noch längst von mir erfahren hat. Kurz, er möchte sich selbst einen Eindruck verschaffen, und er wird ihn bekommen – in krasser Form. Aber sobald er ihn hat, wird Mamie nichts entbehren.«

»Oh, Mamie *darf* nichts entbehren!« betonte Madame de Vionnet mitfühlend.

Doch Strether konnte sie beruhigen. »Sie dürfen unbesorgt sein. Sobald er mit Jim fertig ist, fällt Jim mir zu. Dann werden Sie schon sehen.«

Das schien sie bereits im nächsten Moment zu tun; doch noch wartete sie ab. Dann aber fragte sie: »Ist sie wirklich so bezaubernd?«

Er hatte sich bei seinen letzten Worten erhoben und griff nach Hut und Handschuhen. »Ich weiß es nicht; ich beobachte noch. Ich studiere den Fall sozusagen – und ich vermute, ich werde es Ihnen noch sagen können.«

Sie war erstaunt. »Ist es denn ein Fall?«

»Ja – ich denke schon. Ich werde es jedenfalls herausfinden.«

»Aber Sie haben sie doch bereits vorher gekannt, oder nicht?«

»Schon«, er lächelte – »aber zu Hause, da war sie kein Fall. Inzwischen ist sie zu einem geworden.« Er schien es sich selber klarzumachen. »Sie ist hier zum einem geworden.«

»So rasch?«

Er bedachte es lachend. »Nicht rascher als ich.«

»Und wann sind Sie zu einem geworden –?«

»Sehr, sehr rasch. Am Tag meiner Ankunft.«

Ihre klugen Augen gaben ihre Gedanken preis. »Ach, am Tag Ihrer Ankunft sind Sie doch Maria begegnet. Wem ist Miss Pocock begegnet?«

Er zögerte erneut, brachte es dann aber heraus. »Ist sie nicht Chad begegnet?«

»Sicher – aber nicht zum ersten Mal. Er ist ein alter Freund.« Auf Strethers bedächtiges, amüsiertes und vielsagendes Kopfschütteln hin fuhr sie fort: »Sie wollen also sagen, für *sie* zumindest sei er ein neuer Mensch – den sie anders sieht?«

»Sie sieht ihn anders.«

»Und wie?«

Strether gab es auf. »Woher soll man wissen, wie ein tiefgründiges junges Mädchen einen tiefgründigen jungen Mann sieht?«

»Ist jeder so tiefgründig? Ist sie es auch?«

»Diesen Eindruck habe ich durchaus – jedenfalls tiefgründiger als gedacht. Aber warten Sie nur ein wenig ab – gemeinsam werden wir es schon herausfinden. Sie werden sich bei Gelegenheit Ihr eigenes Urteil bilden können.«

Madame de Vionnet wirkte einen Moment gleichsam erpicht auf diese Chance. »Dann wird *sie* sie also tatsächlich begleiten? – Ich meine, Mamie Mrs. Pocock?«

»Bestimmt. Und wenn schon aus keinem anderen Grund als aus purer Neugier. Aber überlassen Sie alles Chad.«

»Ach«, klagte Madame de Vionnet, indem sie sich beinahe eine Spur überdrüssig abwandte, »was ich Chad nicht alles überlasse!«

Der Ton, in dem sie es sagte, bewog ihn, ihr einen gütigen Blick zu schenken, der zeigte, wie gut er ihre Anspannung nachfühlen konnte. Und dann spendete er wieder Zuversicht. »Oh – vertrauen Sie ihm. Vertrauen Sie ihm in allem.« Er hatte es kaum ausgesprochen, da machte ihm der bloße Klang des Gesagten seine verschobene Perspektive bewusst und provozierte ihn zu einem kurzen, gleich wieder unterdrückten Lachen. Er hielt noch weitere Ratschläge parat. »Wenn sie kommen, dann stellen Sie Miss Jeanne deutlich heraus. Mamie soll viel von ihr zu sehen bekommen.«

Sie wirkte für einen Augenblick, als sähe sie die beiden

sich gegenübersitzen. »Damit Mamie sie am Ende womöglich verabscheut?«

Er schüttelte erneut berichtigend den Kopf. »Das wird Mamie nicht. Vertrauen sie den beiden.«

Ihr Blick fixierte ihn, und als müsste sie immer wieder darauf zurückkommen, sagte sie: »*Ihnen* vertraue ich. Aber im Hotel bin ich ehrlich gewesen. Ich wollte – ich will, dass mein Kind –«

»Ja?« – Strether wartete respektvoll, während sie mit der Formulierung zu zögern schien.

»Ja, dass es für mich tut, was es kann.«

Strether blickte ihr darauf direkt in die Augen; danach sagte er etwas, das für sie vielleicht unerwartet kam. »Armes Entchen!«

Ebenso unerwartet mochte allerdings ihr Echo für ihn sein. »Armes Entchen! Aber sie ist ja selber ganz versessen darauf«, sagte sie, »die Cousine unseres Freundes kennenzulernen.«

»Dafür hält sie sie?«

»So nennen wir die junge Dame.«

Er überlegte wieder; dann sagte er mit einem Lachen: »Also, Ihre Tochter wird Ihnen helfen.«

Und jetzt endlich verabschiedete er sich von ihr, so wie er es seit fünf Minuten angestrebt hatte. Doch sie ging ein Stück mit ihm, begleitete ihn aus dem Zimmer und in das nächste und übernächste. Ihre vornehme alte Wohnung besaß eine Flucht von drei Räumen – die beiden vorderen waren kleiner als der letzte, erweiterten aber jeder durch seine abgeblasste und förmliche Atmosphäre die Funktion des Vorzimmers und erhöhten das Gefühl des Näherkommens. Strether war von den Räumlichkeiten angetan, sie gefielen ihm, und als er sie neben ihr jetzt langsamer durchschritt, lebte sein allererster Eindruck intensiv wieder auf. Er blieb stehen, er blickte zurück; in der Gesamtheit bot sich ihm eine Perspektive, die er erhaben, melancholisch und einnehmend fand – abermals durchtränkt von matten historischen Schatten und dem schwachen, fernen Kanonendonner des großen Kaiserreichs. Zweifellos war es zur Hälfte die Projektion seiner eigenen Phantasie, doch mit ihr musste er, umgeben von alten gebohnerten Parkettböden, verblichenen Rosa- und Grüntönen und pseudoklassischen Kandelabern, immer unvermeidlich rechnen. All das konnte ihn leicht bedeutungslos machen. Das Eigentümliche, das Originelle, die Poesie – er wusste nicht, wie er es bezeichnen sollte – von Chads Verbindung bestätigten ihm nochmals deren romantischen Aspekt. »Wissen Sie, sie sollten das hier einmal sehen. Sie *müssen*.«

»Die Pococks?« – sie schaute sich missbilligend um; sie schien Risse wahrzunehmen, die ihm verborgen blieben.

»Mamie und Sarah – vor allem Mamie.«

»Meine schäbige alte Behausung? Und dagegen *ihre* Sachen –!«

»Ach was, ihre Sachen! Sie sprachen davon, was Ihnen nutzen kann –«

»Sie haben also den Eindruck«, schnitt sie ihm die Rede ab, »meine armselige Wohnung könnte das? Oh«, sagte sie kläglich, »das wäre allerdings desperat!«

»Wissen Sie, was ich mir wünschen würde?« fuhr er fort. »Ich wünschte, Mrs. Newsome könnte selbst einen Blick darauf werfen.«

Sie staunte ihn an, vermochte seiner Logik nicht ganz zu folgen. »Das würde einen Unterschied machen?«

Ihr Ton war so ernst, dass er auflachte, während er sich weiter umschaute. »Möglicherweise!«

»Aber Sie haben mir doch gesagt, Sie hätten ihr –«

»Alles über Sie erzählt? Ja, eine wunderhübsche Geschichte. Aber es gibt so vieles, was sich nicht beschreiben lässt – das man nur an Ort und Stelle versteht.«

»Danke!« sagte sie mit einem bezaubernden und traurigen Lächeln.

»Hier umgibt mich all das«, fuhr er freimütig fort. »Mrs. Newsome besitzt ein Gespür für diese Dinge.«

Doch sie schien verurteilt, immer wieder in Zweifel zu verfallen. »Niemand spürt so viel wie *Sie*. Nein – wirklich niemand.«

»Umso bedauerlicher für die anderen. Es ist ganz leicht.«

Unterdessen waren sie im Vorzimmer angelangt, weiterhin allein, da sie nach keinem Dienstboten geläutet hatte. Das Vorzimmer war hoch und quadratisch, ebenfalls feierlich und voller Eindrücke, sogar im Sommer etwas kühl und klamm, mit ein paar alten und, wie Strether ahnte, kostbaren Stichen an den Wänden. Er blieb in der Raummitte zögernd stehen, blickte durch die Augengläser ziellos umher, während sie am Türstock des Zimmers lehnte und die Wange ans Futter schmiegte. »*Sie* wären ein Freund gewesen.«

»Ich?« – es scheuchte ihn ein wenig auf.

»Aus dem von Ihnen erwähnten Grund. Sie sind nicht dumm.« Und dann sagte sie abrupt, so als fuße diese Eröffnung gleichsam auf diesem Fakt: »Wir verheiraten Jeanne.«

Es wirkte auf ihn augenblicklich wie der Spielzug einer Partie, und bereits im selben Moment überkam ihn das Gefühl, dies sei nicht die richtige Art, Jeanne zu verheiraten. Aber er bekundete rasch sein Interesse, wenn auch – wie er bald danach fand – mit einer albernen Verwirrtheit. »›Sie‹? Sie und – äh – aber nicht Chad?« Selbstverständlich war es der Vater des Kindes, den ihr ›wir‹ mit einbezog, doch sich auf den Vater des Kindes zu beziehen, hätte ihn Überwindung gekostet. Aber schien es in der nächsten Minute nicht, als spiele Monsieur de Vionnet letzen Endes keine Rolle? – denn sie hatte ihn wissen lassen, allerdings meine sie Chad, der in der ganzen Angelegenheit die Güte in Person gewesen sei.

»Wenn ich schon ganz offen sein soll, es kam durch seine Vermittlung. Das heißt, er hat uns eine Gelegenheit vermittelt, wie, soweit sich bisher erkennen lässt, ich sie mir schöner nicht hätte erträumen können. Mag Monsieur de Vionnet sich immer bemühen wie er will!« Sie erwähnte ihm gegenüber zum ersten Mal ihren Gatten, und er hätte nicht in Worte kleiden können, wie viel vertrauter sie ihm plötzlich war. Es machte in Wahrheit wenig aus – denn in dem, was sie sagte, lag anderes, das schwerer wog, aber es schien, während sie dort in diesen kühlen Gemächern der Vergangenheit so zwanglos beisammenstanden, als hätte dieser eine Wink das ganze Ausmaß ihres Vertrauens offenbart. »Dann hat Ihnen unser Freund also nichts gesagt?« fragte sie.

»Kein Wort hat er mir erzählt.«

»Ja, es hat sich alles in ziemlicher Hektik abgespielt – innerhalb weniger Tage; und es ist auch noch nicht so weit gediehen, eine Bekanntgabe zu erlauben. Ich sage es nur Ihnen – ausschließlich Ihnen allein; Sie sollen es unbedingt wissen.« Das Gefühl, das ihn seit der ersten Stunde nach der Landung so oft übermannt hatte, das Gefühl nämlich, immer tiefer ›hineinzugeraten‹, versetzte ihm in diesem Augenblick erneut einen Stich; aber ihre wundervolle Art, ihn mit hineinzuziehen, besaß immer noch etwas ausgesprochen Unerbittliches. »Monsieur de Vionnet wird akzeptieren, was er akzeptieren *muss*. Er hat ein halbes Dutzend Vorschläge gemacht – einer unmöglicher als der andere; und sollte er hundert Jahre alt werden, diese Gelegenheit hätte er nicht gefunden. Chad hat die Möglichkeit aufgetan«, fuhr sie mit leuchtendem, sacht gerötetem Gesicht, mit bewusst vertraulicher Miene fort, »auf höchst diskrete Art. Vielmehr, sie hat sich *ihm* aufgetan – denn ihm tut sich alles auf; zur rechten Zeit, meine ich. Sie werden jetzt denken, dass wir eine sonderbare Art haben, solche Dinge zu regeln – doch in meinem Alter«, sagte sie mit einem Lächeln, »muss man seine Situation akzeptieren. Jeanne war der Familie unseres jungen Mannes irgendwo aufgefallen; eine seiner Schwestern, eine ganz reizende Person – wir sind über die Familie bestens im Bilde – hatte sie irgendwo mit mir zusammen gesehen. Sie sprach dann mit ihrem Bruder – machte ihn aufmerksam auf uns; und wieder wurden wir beobachtet, die arme Jeanne und ich, ganz ohne unser Wissen. Das war zu Anfang des Winters; so ging es einige Zeit; das Interesse erlosch nicht während unserer Abwesenheit; mit unserer Rückkehr setzte es wieder ein; und es scheint zum Glück alles gutzugehen. Der junge Mann hatte Chad kennengelernt und einen Freund gebeten, für ihn die Fühler auszustrecken – da er sich in angemessener Weise für uns interessiere. Mr. Newsome prüfte sorgfältig, ehe er erste Schritte unternahm; er hat bewunderungswürdig geschwiegen und sich gründliche Gewissheit verschafft; erst dann äußerte er sich. Das hat uns seit einiger Zeit beschäftigt. Es scheint das Passende zu sein; wirklich alles, was man sich nur wünschen könnte. Es harren nur noch zwei oder drei Punkte der Klärung – sie hängen von Jeannes Vater ab. Aber ich glaube, diesmal wird es gutgehen.«

Strether, der sein Erstaunen bewusst ein Stück weit zeigte, hatte geradezu an ihren Lippen geklebt. »Ich hoffe es mit ganzem Herzen.« Und dann gestattete er sich die Frage: »Hängt denn gar nichts von *ihr* ab?«

»Ach natürlich; alles hing von ihr ab. Aber sie freut sich *comme tout*. Die Entscheidung stand ihr frei; und er – unser junger Freund – ist wirklich etwas Besonderes. Ich liege ihm förmlich zu Füßen.«

Strether wollte sich bloß vergewissern. »Sie meinen Ihren Schwiegersohn in spe?«

»In spe, wenn wir alle gemeinsam die Sache unter Dach und Fach bringen.«

»Ah, wie schön«, sagte Strether, wie es sich gehörte, »ich wünsche es Ihnen von Herzen.« Viel anderes schien er nicht sagen zu können, obwohl ihre Eröffnung recht merkwürdige Folgen bei ihm zeitigte. Er fühlte sich in unbestimmter und verworrener Weise beunruhigt; vermeinte, sogar selbst involviert gewesen zu sein in etwas Abgründiges und Düsteres. Zwar hatte er mit Abgründen gerechnet, nicht aber mit so tiefen: und in bedrückender – wirklich absurder Weise – glaubte er sich verantwortlich dafür, was sie nun an die Oberfläche gespien hatten. Es war – aufgrund des Uralten und Kalten, das es barg –, was er die Realität genannt haben würde. Kurz, obwohl er nicht hätte erklären können warum, empfand er die Neuigkeit seiner Gastgeberin als merklichen Schock und seine Beklemmung als Last, die er meinte, sofort irgendwie abwerfen zu müssen. Es fehlten zu viele Bindeglieder, als dass für ihn ein anderes Verhalten vertretbar gewesen wäre. Er war gewillt – vor seinem eigenen inneren Tribunal –, für Chad zu leiden. Er war gewillt, sogar für Madame de Vionnet zu leiden. Doch er war nicht gewillt, für das kleine Mädchen zu leiden. Nachdem er nun die geziemenden Worte geäußert hatte, wollte er schleunigst weg. Sie hielt ihn jedoch einen Moment mit einer Erkundigung auf.

»Finden Sie mich sehr abscheulich?«

»Abscheulich? Aber wieso denn?« Aber noch während er dies äußerte, warf er es sich als seine bisher größte Unaufrichtigkeit vor.

»Unsere Absprachen hier sind so ganz anders als die Ihren.«

»Meine?« Oh, auch das konnte er von sich weisen! »Bei mir gibt es keine Absprachen.«

»Dann müssen Sie meine akzeptieren; umso mehr, als sie ausgezeichnet sind. Sie beruhen auf einer *vieille sagesse*. Wenn alles gutgeht, werden Sie darüber noch viel mehr hören und erfahren, und glauben Sie mir, alles wird Ihnen gefallen. Keine Sorge; Sie werden zufrieden sein.« Auf diese Art konnte sie aussprechen, was er von ihrem innersten Leben – denn darauf lief es hinaus – ›akzeptieren‹ musste; auf diese Art konnte sie seltsamerweise so reden, als spiele in einer solchen Angelegenheit seine Zufriedenheit eine Rolle. Es war alles erstaunlich und eskalierte den ganzen Fall. Im Hotel, vor Sarah und Waymarsh, hatte er das Gefühl gehabt, in ihrem Boot zu sitzen; aber wo, um alles in der Welt, befand er sich jetzt? Diese Frage lag in der Luft, bis sie sie durch eine andere wegwischte. »Können Sie sich denn vorstellen, *er* – der sie so liebt – würde ihr gegenüber rücksichtslos oder grausam handeln?«

Er fragte sich, was er sich vorstellte. »Ihr junger Mann?«

»Ihrer. Ich meine Mr. Newsome.« Das spendete Strether im nächsten Augenblick besseres Licht, und das Licht wurde schärfer, als sie fortfuhr. »Er nimmt sich ihrer, Gott sei Dank, in der alleraufrichtigsten und fürsorglichsten Weise an.«

Es wurde wirklich schärfer. »Oh, ganz gewiss!«

»Sagten Sie nicht«, meinte sie, »man dürfe ihm vertrauen. Nun sehen Sie, wie sehr ich es tue.«

Er wartete einen Augenblick – und ihm wurde alles klar. »Ich sehe es – ich sehe es.« Er hatte wirklich das Gefühl, es zu sehen.

»Um nichts in der Welt würde er ihr wehtun, oder – angenommen, sie heiratet überhaupt – ihr Glück durch irgendein Wagnis aufs Spiel setzen. Und er würde *mir* nie wehtun – zumindest nicht aus freien Stücken.«

Zusammen mit dem, was er inzwischen erfasst hatte, verriet ihm ihr Gesicht mehr als ihre Worte; einerlei ob es einen neuen Ausdruck zeigte, oder ob er bloß klarer darin zu lesen verstand, ihre ganze Geschichte blickte ihm daraus entgegen – zumindest das, was er in diesem Moment dafür

KAPITEL I

hielt. Mit der Initiative, die sie jetzt Chad zuschrieb, fügte sich alles zu einem Sinn, und dieser Sinn – ein Licht, eine Einsicht, war ihm jäh aufgegangen. Er wollte diesen Dingen einmal mehr entkommen; was endlich leichtfiel, weil ein Dienstbote, der im Vestibül ihre Stimmen gehört hatte, hilfreicherweise soeben erschien. Strethers gesammelte Erkenntnis war in seiner letzten Bemerkung gebündelt, während der Mann die Türe öffnete und auf unpersönliche Art wartete. »Wissen Sie, ich glaube kaum, dass Chad mir etwas erzählen wird.«

»Nein – vielleicht noch nicht.«

»Und ich werde es ihm gegenüber auch noch nicht erwähnen.«

»Ah. Ganz wie Sie meinen. Das müssen Sie beurteilen.«

Ihre Hand, die sie ihm schließlich gereicht hatte, hielt er einen Augenblick fest. »Ach, ich soll *so viel* beurteilen!«

»Alles«, sagte Madame de Vionnet; diese Bemerkung – und die verfeinerte verschwiegene verschleierte Leidenschaft in ihren Zügen – nahm er als nachhaltigste Eindrücke mit.

II

Was eine direkte Annäherung betraf, so hatte ihn Sarah im Laufe der jetzt zu Ende gehenden Woche mit einer kultivierten, konsequenten Kälte geschnitten, die ihm einen höheren Begriff von ihrer gesellschaftlichen Versatilität beibrachte und auf die allgemeine Betrachtung zurücklenkte, eine Frau könne einen doch jederzeit verblüffen. Es gereichte ihm allerdings zu einem gewissen Trost, die Gewissheit besitzen zu dürfen, dass sie im gleichen Zeitraum auch Chads Neugier in Spannung gehalten hatte; obwohl Chad zu seiner persönlichen Erleichterung freilich immerhin diverse Schritte unternehmen konnte – und er unternahm sie in außerordentlich großer Zahl –, damit sie sich gut unterhielt. Der arme Strether konnte in ihrer Anwesenheit keinerlei Schritte wagen, und das einzige, was ihm zu tun blieb, wenn er sich nicht in ihrer Gegenwart befand, war, Maria aufzusuchen und mit ihr zu plaudern. Er besuchte sie jetzt natürlich viel seltener als sonst, doch er erfuhr eine besondere Entschädigung in einer gewissen halben Stunde gegen Ende eines übervollen leeren kostspieligen Tages, als er seine verschiedenen Gefährten so disponiert fand, dass seine Höflichkeit und sein guter Anstand pausieren durften. Er war vormittags mit ihnen zusammen gewesen und hatte trotzdem am Nachmittag nochmals bei den Pococks vorgesprochen; wie sich erwies, hatte sich die ganze Gruppe jedoch in einer Weise zerstreut, die Miss Gostrey ergötzen würde, wenn sie davon erfuhr. Er bedauerte erneut, bedauerte dankbar, dass sie so ganz abseits des Geschehens stand – sie, die ihn doch mitten hineingestellt hatte; aber glücklicherweise war sie auf Neuigkeiten immer begierig. Die reine Flamme der Uneigennützigkeit brannte in ihrer Schatzhöhle wie die Lampe in einem byzantinischen Gewölbe. Zufällig würde sich gerade jetzt für einen so geschärften Spürsinn wie den ihren ein Blick aus der Nähe gelohnt haben. Genau nach drei Tagen schien die Situation, über die er berichten wollte, eine Balance gefunden zu haben; seine Stippvisite im Hotel hatte diesen Anschein bestätigt. Bliebe diese Balance doch bloß bestehen! Sarah war mit Waymarsh ausgegangen, Mamie mit Chad und Jim allein. Später freilich war er selbst an Jim vergeben, sollte ihn diesen Abend in die ›Varieties‹ begleiten – was Strether mit Bedacht so aussprach, wie Jim es tat.

Miss Gostrey lauschte gespannt. »Was unternehmen denn die anderen heute Abend?«

»Nun, man hat sich arrangiert. Waymarsh diniert mit Sarah bei Bignon.«

Sie wunderte sich. »Und was machen sie danach? Sie können doch anschließend nicht schnurstracks wieder nach Hause marschieren.«

»Nein, sie können anschließend nicht schnurstracks wieder nach Hause marschieren – zumindest Sarah nicht. Es ist ihr Geheimnis, aber ich meine, ihnen auf die Schliche gekommen zu sein.« Dann, da sie stumm abwartete: »Der Zirkus.«

Sie blickte ihn noch einen Moment länger an, lachte dann beinahe übertrieben. »Sie sind wirklich einmalig!«

»*Ich?*« – er wollte es nur richtig verstehen.

»Sie alle miteinander – wir alle miteinander: Woollett, Milrose und deren Produkte. Wir sind bodenlos – doch mögen wir es immer bleiben! Mr. Newsome«, fuhr sie fort, »besucht währenddessen mit Miss Pocock –«

»Richtig – das ›Français‹: die Vorstellung, die *Sie* Waymarsh und mir spendiert haben, ein Familienprogramm.«

»Na, dann amüsiert Chad sich hoffentlich ebenso gut, wie *ich* damals!« Doch sie sah so viel in den Dingen. »Ihre jungen Leute verbringen auf diese Weise den Abend also allein miteinander?«

»Es sind junge Leute – jedoch auch alte Freunde.«

»Ich verstehe, ich verstehe. Und dinieren *sie* – zum Unterschied – im Brébant?«

»Oh, wo sie dinieren, das ist ebenso ein Geheimnis. Aber etwas sagt mir, dass es ganz zwanglos in Chads Wohnung sein wird.«

»Sie besucht ihn allein?«

Sie tauschten einen kurzen Blick. »Er kennt sie von Kind auf. Außerdem«, betonte Strether mit Nachdruck, »ist Mamie bemerkenswert. Sie ist fabelhaft.«

Sie überlegte. »Soll das heißen, sie setzt darauf, dass sie es schafft?«

»Ihn zu angeln? Nein – wohl kaum.«

»Macht sie sich so wenig aus ihm? – oder traut sie ihrer Wirkung nicht?« Da er die Erwiderung schuldig blieb, fuhr sie fort: »Sie merkt, dass sie nichts für ihn empfindet?«

»Nein – ich denke, sie merkt, dass sie es tut. Genau das habe ich vorhin gemeint. Gerade *wenn* sie etwas für ihn empfindet, ist sie fabelhaft. Aber wir werden ja sehen«, schloss er, »wo sie schließlich herauskommt.«

»Wie sie sich hineinwirft, machen Sie mir ja überaus anschaulich«, sagte Miss Gostrey und lachte. »Aber gestattet sich der Freund aus ihren Kindertagen denn einen unbekümmerten Flirt mit ihr?« fragte sie.

»Nein – das nicht. Chad ist auch fabelhaft. Sie *alle* sind fabelhaft!« erklärte er in einem unversehens ganz merkwürdig wehmütigen und neidischen Ton. »Sie sind zumindest *glücklich*.«

»Glücklich?« – es mutete sie, im Hinblick auf die verschiedenen Probleme der Gemeinten, wohl überraschend an.

»Also – ich scheine unter ihnen der einzige zu sein, der es nicht ist.«

Sie machte einen Einwand. »Bei Ihrem ständigen Tribut an das Ideal?«

Er lachte zwar über seinen Tribut an das Ideal, erläuterte jedoch im nächsten Augenblick seinen Eindruck. »Ich meine, sie leben. Sie wirbeln durch die Gegend. Das ist für mich passé. Ich warte.«

»Immerhin warten Sie ja mit *mir*, oder?« fragte sie, um ihn aufzuheitern.

Er blickte sie innig an. »Ja – wenn das nicht wäre!«

»Und Sie helfen mir warten«, sagte sie. »Wie auch immer«, fuhr sie fort, »ich habe da tatsächlich etwas für Sie, das Ihnen das Warten erleichtern wird, und Sie sollen es auch in einer Minute hören. Aber vorher möchte ich noch etwas von Ihnen wissen. Ich habe nämlich meine wahre Freude an Sarah.«

»Ich auch. Wenn *das* nicht wäre –!« wiederholte er mit einem scherzhaften Seufzer.

»Ich kenne keinen Mann, der den Frauen so viel verdankt wie Sie. Wir scheinen Sie auf Trab zu halten. Aber so wie ich Sarah sehe, muss sie einfach großartig sein.«

»Genau das *ist* sie –«, Strether stimmte voll und ganz zu: »großartig! Was auch passiert, nach diesen unvergesslichen Tagen wird sie nicht umsonst gelebt haben.«

Miss Gostrey schwieg einen Moment. »Sie meinen, sie hat sich verliebt?«

»Ich meine, sie fragt sich, ob es nicht sein könnte – und das genügt für ihre Zwecke vollauf.«

»Das hat den Absichten der Frauen freilich schon früher genügt!« sagte Maria mit einem Lachen.

»Ja – um schwach zu werden. Doch ich möchte bezweifeln, ob diese Idee – als Idee – bisher jemals so gut dazu getaugt hat, standhaft zu bleiben. Das ist *ihr* Tribut an das

Ideal – jeder von uns entrichtet seinen ganz persönlichen. Es ist ihr romantisches Abenteuer – und alles in allem erscheint es mir besser als meines. Es auch noch in Paris zu erleben«, erläuterte er – »auf diesem klassischen Boden, in dieser knisternden, infektiösen Atmosphäre, mit so jäher Vehemenz: also, das übertrifft ihre Erwartungen. Kurz, sie musste bei sich den Ausbruch einer echten Neigung diagnostizieren – mit allem, was das Drama steigern kann.«

Miss Gostrey dachte mit. »Jim zum Beispiel?«

»Jim. Jim ist gewaltiger Steigerungsfaktor. Jim ist dafür geschaffen. Und dann Mrs. Waymarsh. Das ist die Krönung – und verleiht die Würze. Er lebt eindeutig getrennt.«

»Und sie selbst bedauerlicherweise nicht – auch das sorgt für die Würze«, Miss Gostrey hatte es vollständig erfasst. Und dennoch –! »Ist *er* denn verliebt?«

Strether blickte sie lange an; dann blickte er durchs ganze Zimmer; dann kam er ein wenig näher. »Sie verraten es auch keiner Menschenseele, solange Sie leben?«

»Niemals.« Es war entzückend.

»Er glaubt, Sarah sei wirklich verliebt. Aber er hat keine Angst«, beeilte sich Strether hinzuzusetzen.

»Dass es bei ihr tiefer gehen könnte?«

»Bei *ihm*. Es gefällt ihm, aber er weiß auch, sie kann standhaft bleiben. Er hilft ihr, er lotst sie hindurch mit seiner Liebenswürdigkeit.«

Maria zog es ins Komische. »Er lotst sie durch Ströme von Champagner? Die Liebenswürdigkeit, Nase an Nase mit ihr zu speisen, zu der Stunde, wo ganz Paris profanen Vergnügungen zustrebt, und das in dem – großen Tempel der Lustbarkeit, wie es heißt?«

»Genau *das* ist es für sie beide«, beharrte Strether – »und alles von äußerster Unschuld. Das Pariser Lokal, die fiebrige Stunde, ihr Speisen und Getränke im Wert von hundert Franc aufzutischen, die sie kaum anrühren werden, darin besteht das romantische Abenteuer des guten Mannes; eines der kostspieligen Sorte, kostspielig in Franc und Centime, die er in Hülle und Fülle besitzt. Und anschließend der Zirkus – der ist zwar billiger, aber er wird sich selbstredend Mittel und Wege einfallen lassen, den Besuch möglichst teuer zu gestalten – auch das ist sein Tribut an das Ideal. Das genügt ihm. Er wird ihr beistehen. Sie werden kein anstößigeres Gesprächsthema haben als Sie und mich.«

»Na, vielleicht sind wir ja, dem Himmel sei Dank, anstößig genug«, sagte sie und lachte, »um sie aus der Fassung zu bringen! Mr. Waymarsh ist jedenfalls ein grässlich koketter alter Mann.« Im nächsten Moment hatte sie das Thema fallenlassen und sich einem neuen zugewandt. »Sie scheinen nicht zu wissen, dass Jeanne de Vionnet sich verlobt hat. Sie wird den jungen Monsieur de Montbron heiraten – es ist endgültig abgemacht.«

Er errötete sichtbar. »Da Sie es wissen – ist es also ›publik‹?«

»Weiß ich nicht oft Dinge, die *nicht* publik sind? Aber dies«, sagte sie, »wird morgen publik. Aber ich merke schon, ich habe zu sehr auf Ihre mögliche Unwissenheit gebaut. Sie waren schon vor mir informiert, und es hat Sie nicht wie ein elektrischer Schlag durchzuckt, was ich eigentlich gehofft hatte.«

Ihr Scharfblick war atemberaubend. »Sie täuschen sich nie! Ich *war* bereits elektrisiert – als ich das erste Mal davon erfuhr.«

»Aber wenn Sie es wussten, warum haben Sie es mir nicht gleich beim Hereinkommen gesagt?«

»Weil mir die Sache als noch nicht spruchreif anvertraut wurde.«

Maria Gostrey staunte. »Von Madame de Vionnet?«

»Als wahrscheinlich – aber noch nicht absolut sicher:

eine vielversprechende Sache, die Chad betrieben habe. Darum habe ich gewartet.«

»Das brauchen Sie jetzt nicht mehr«, erwiderte sie. »Ich habe gestern davon erfahren – auf Umwegen und auch nur ganz zufällig, doch von einer Person, die es von jemand aus der Familie des jungen Mannes hatte – als restlos abgemachte Sache. Ich habe es mir nur für Sie aufgespart.«

»Sie dachten, Chad hätte es mir noch nicht erzählt?«

Sie zögerte. »Also, wenn er es nicht –«

»Er hat es nicht getan. Obwohl er die Sache wohl praktisch eingefädelt hat. Da haben wir's wieder.«

»Da haben wir's!« wiederholte Maria freimütig.

»Deswegen hat es mich elektrisiert. Ich war elektrisiert«, erklärte er weiter, »weil somit, durch diese Verfügung über die Tochter, jetzt nichts weiter bleibt: nur er und die Mutter.«

»Trotzdem – es vereinfacht die Dinge.«

»Es vereinfacht sie« – stimmte er rückhaltlos zu. »Aber genau da haben wir's. Es markiert einen Abschnitt in seiner Beziehung. Mit dieser Maßnahme reagiert er auf Mrs. Newsomes Demonstration.«

»Er signalisiert damit das Schlimmste?« fragte Maria.

»Das Schlimmste.«

»Aber will er Sarah denn das Schlimmste signalisieren?«

»Sarah schert ihn nicht.«

Miss Gostrey wölbte die Brauen. »Sie meinen, Sie ist bereits unten durch?«

Strether drehte eine Runde; er hatte es zuvor schon etliche Male durchdacht; aber die Perspektiven schienen jedes Mal weitreichender. »Er möchte seiner lieben Freundin das Beste signalisieren. Ich meine, das Ausmaß seiner Zuneigung. Sie bat um ein Zeichen, und da ist er auf dieses verfallen. Das steckt dahinter.«

»Ein Zugeständnis an ihre Eifersucht?«

Strether blieb stehen. »Ja – so könnte man sagen. Machen wir es ganz grell – das gestaltet mein Problem noch reichhaltiger.«

»Sicher doch, lassen wir die Sache grell aussehen – denn da bin ich absolut Ihrer Meinung, mit armseligen Problemen geben wir uns gar nicht erst ab. Aber ein klares Bild wollen wir auch. Kann er sich überhaupt, wo er diese Sache so intensiv betreibt und verfolgt, ernsthaft für Jeanne interessiert haben? – so wie ein ungebundener junger Mann sich für sie interessieren würde?«

Nun, Strether hatte auch diesen Punkt gemeistert. »Ich glaube, er könnte sich gedacht haben, es wäre reizend, wenn er sich für sie interessieren *könnte*. Es wäre schöner.«

»Schöner als an Marie gebunden zu sein?«

»Ja – als die Misslichkeit einer Bindung an eine Person, die heiraten zu können er nie hoffen kann, außer es kommt zu einer ausgewachsenen Katastrophe. Und er hatte völlig recht«, sagte Strether. »Es wäre allerdings schöner gewesen. Etwas kann noch so schön sein, es gibt doch meistens etwas anderes, das noch schöner wäre – oder das wir zumindest für schöner halten. Aber dieses Gedankenspiel war für ihn dennoch rein illusorisch. In dieser Weise *konnte* er sich nicht für sie interessieren. Er *ist* an Marie gebunden. Die Beziehung ist zu außergewöhnlich und schon zu lange gewachsen. Sie ist das wahre Fundament, und sein jüngster, tatkräftiger Beitrag, Jeanne einen Platz im Leben zu sichern, war seine eindeutige und endgültige Bestätigung gegenüber Madame de Vionnet, dass er sich nicht länger windet. Inzwischen bezweifle ich«, fuhr er fort, »ob Sarah ihn überhaupt offen angegangen ist.«

Seine Gefährtin grübelte. »Aber wird er sich denn nicht zur eigenen Genugtuung vor Sarah rechtfertigen wollen?«

»Nein – das wird er schön mir überlassen, alles wird er mir überlassen. Mich ›beschleicht‹ irgendwie das Gefühl« –

er fand die passenden Worte –, »dass die ganze Sache mich treffen wird. Ja, ich werde es abbekommen, und zwar von A bis Z. Ich werde dafür *herhalten* müssen –!« Strether verlor sich in der Vorstellung. Dann formulierte er phantasievoll das Fazit. »Bis zu meinem letzten Blutstropfen.«

Maria protestierte allerdings rundweg. »Ah, dann heben Sie bitte einen für *mich* auf. *Mir* schwebt da schon eine Verwendung vor!« – was sie jedoch nicht weiter ausführte. Im nächsten Augenblick war sie auf einen anderen Aspekt zurückgekommen. »Mrs. Pocock baut ihrem Bruder gegenüber bloß auf ihren allgemeinen Liebreiz?«

»Es scheint so.«

»Und der Liebreiz versagt?«

Strether drückte es anders aus: »Sie lässt die Note der Heimat erschallen – und das ist das Beste, was sie tun kann.«

»Das Beste für Madame de Vionnet?«

»Das Beste für die Heimat. Das Natürliche; das Richtige.«

»Das Richtige«, fragte Maria, »wenn es fehlschlägt?«

Strether legte eine Pause ein. »Das Problem ist Jim. Jim verkörpert die Note der Heimat.«

Sie überlegte. »Ach, aber bestimmt nicht die Note von Mrs. Newsome.«

Aber er hatte eine Antwort parat. »Die Note der Heimat, für die Mrs. Newsome ihn braucht – die Heimat des Geschäfts. Am Eingang *dieses* Zeltes steht kurz- und spreizbeinig Jim; und Jim ist, offen gesagt, ziemlich grässlich.«

Maria sah ihn mit großen Augen an. »Und mit ihm dürfen Sie Armer den Abend verbringen?«

»Oh, für *mich* taugt er schon!« sagte Strether und lachte. »Für *mich* ist jeder gut genug! Trotzdem, Sarah hätte ihn nicht mitbringen sollen. Sie beurteilt ihn nicht richtig.«

Seine Freundin amüsierte sich über diese Behauptung. »Weiß nicht, wie mies er ist, meinen Sie?«

Strether schüttelte entschieden Kopf. »Nein, eigentlich nicht so richtig.«

Sie wunderte sich. »Und Mrs. Newsome weiß es auch nicht?«

Er wiederholte die Geste ganz freimütig. »Also, nein – da Sie mich schon fragen.«

Maria bohrte nach. »Auch nicht so richtig?«

»Überhaupt nicht. Sie hält sogar große Stücke auf ihn.« Und dann korrigierte er sich sofort. »Nun, er hat ja auch irgendwie seine guten Seiten. Es kommt eben darauf an, wofür man ihn braucht.«

Aber Miss Gostrey wollte es auf nichts ankommen lassen – wollte nichts davon wissen und ihn um gar keinen Preis für irgendetwas brauchen. »Es passt mir ausgezeichnet ins Konzept«, sagte sie, »dass er unmöglich ist; und es passt mir noch mehr«, fuhr sie einfallsreich fort, »dass Mrs. Newsome es nicht weiß.«

Strether musste ihr das konsequenterweise zugeben, wich aber auf etwas anderes aus. »Ich sage Ihnen mal, wer es wirklich weiß.«

»Mr. Waymarsh? Nie im Leben!«

»Allerdings, nie im Leben. Ich denke nicht *ständig* an Mr. Waymarsh; tatsächlich bemerke ich, dass ich es jetzt nie tue.« Dann nannte er die betreffende Person, so als stecke einiges dahinter. »Mamie.«

»Seine eigene Schwester?« Seltsam: Sie wirkte beinahe enttäuscht. »Was soll das nützen?«

»Womöglich nichts. Aber, da haben wir's mal wieder!«

III

Ja, da hatten sie's, und zwar für zwei weitere Tage; als Strether dann in Mrs. Pococks Hotel zum Salon dieser Dame geleitet wurde, vermutete er zunächst ein Versehen des Bediensteten, der ihn hineingeführt und sich anschließend entfernt hatte. Die Bewohner waren noch nicht zurück, denn der Raum wirkte so leer, wie es ein Raum nur in Paris tun kann, an einem herrlichen Nachmittag, wenn das halblaute Brausen des draußen vorbeirauschenden, kolossalen kollektiven Lebens zwischen verstreuten Dingen streunt, wie eine Sommerbrise spielt in einem verlassenen Garten. Unser Freund schaute sich um und zögerte; entdeckte durch den Anblick eines mit Einkäufen und anderen Dingen beladenen Tisches, dass Sarah – ohne *sein* Zutun – in den Besitz der neuesten Nummer der lachsfarbenen *Revue* gelangt war; bemerkte ferner, dass Mamie von Chad, der ihren Namen auf den Umschlag geschrieben hatte, Fromentins ›Maîtres d'Autrefois‹ geschenkt bekommen zu haben schien; und stockte beim Anblick eines dicken Briefes, der in einer ihm bekannten Handschrift adressiert war. Diesem Brief, weiterbefördert von einer Bank, während Mrs. Pococks Abwesenheit eingetroffen und gut sichtbar plaziert, erwuchs aus dem Umstand des Ungeöffnetseins plötzlich eine sonderbare Macht, die Reichweite seiner Verfasserin zu erhöhen. Er verdeutlichte ihm, in welchem Ausmaß Mrs. Newsome ihrer Tochter schrieb – denn diesmal war sie wirklich wortreich gewesen –, während sie *ihn* am ausgestreckten Arm verhungern ließ; in der Summe führte es dazu, dass er einige Minuten reglos stehen blieb und flach atmete. In seinem Zimmer, in seinem Hotel, stapelten sich Dutzende gutgefüllter, von dieser Hand beschriftete Umschläge; und die erneute Konfrontation mit dieser Handschrift nach längerer Unterbrechung mündete tatsächlich sogleich in die Frage, die er sich so häufig gestellt hatte, ob er denn nicht bereits unwiderruflich enterbt sei. Die resoluten Grundstriche ihrer Feder hatten bisher keine Gelegenheit gefunden, ihm diese Gewissheit zu geben; in der gegenwärtigen Krise bedeuteten sie jedoch irgendwie, dass die Verfasserin wahrscheinlich nur absolute Entscheidungen fällte. Kurz, er betrachtete Sarahs Namen und Adresse, als blickte er ihrer Mutter forschend ins Gesicht, und dann wandte er sich weg, als hätte die Miene es abgelehnt, sich mildern zu wollen. Aber da Mrs. Newsomes Präsenz im Raum für ihn gewissermaßen eher wuchs als schwand und sie sich seiner Gegenwart bewusst zu sein schien, unbedingt und bitter bewusst, fühlte er sich zugleich gebannt und zum Verstummen gebracht, aufgefordert, zumindest zu bleiben und seine Strafe zu empfangen. Er empfing sie also, indem er blieb – leise und richtungslos umherschlich und auf Sarahs Rückkehr wartete. Sie *würde* kommen, wenn er nur lange genug bliebe, und mehr denn je bemächtigte sich seiner jetzt das Gefühl, wie gut es ihr gelang, ihn ein Opfer seiner eigenen Besorgnis werden zu lassen. Es ließ sich nicht leugnen, dass sie – aus Woolletts Sicht – das richtige Gespür bewiesen hatte, als sie es ganz von ihrer Gnade abhängig machte, wann sie die Initiative ergriff. Es war schön und gut, sich einzureden, es kümmere ihn nicht – dass sie den ersten Vorstoß unternehmen konnte, wann immer sie wollte, vielleicht überhaupt keinen machte, wenn sie nicht wollte, und dass er ihr mit keinerlei Geständnis aufzuwarten habe: aber er atmete Tag für Tag eine Luft, die ganz verteufelt nach Reinigung verlangte, und in gewissen Augenblicken sehnte er sich schlechterdings danach, diesen Prozess zu beschleunigen. Er hegte keinen Zweifel: täte sie ihm den Gefallen, ihn in seiner momentanen Verfassung zu überraschen, so würde der Erschütterung eine klärende Szene folgen.

In dieser Stimmung zirkulierte er demütig im Zimmer, bis er plötzlich erneut stockte. Beide Fenster des Salons standen zum Balkon offen, aber erst jetzt sah er in der Scheibe eines der nach innen geklappten Flügel eine Spiegelung, die er schnell als Farbe eines Damenkleides ausmachte. Es war also die ganze Zeit über jemand draußen auf dem Balkon gewesen, und diese Person, wer immer sie sein mochte, stand so zwischen den Fenstern, dass sie ihm verborgen blieb; die vielen Straßengeräusche hatten wiederum sein Eintreten und seine Schritte überdeckt. Falls es sich bei der Person um Sarah handelte, könnte er mithin auf der Stelle ganz nach Wunsch bedient werden. Was seine fruchtlose Anspannung anging, so ließe sich Sarah durch gezielte Manöver dahin bringen, hier Abhilfe zu schaffen, und sollte er auch sonst nichts daraus gewinnen, dann doch zumindest die Erleichterung, das Dach über ihren Köpfen einstürzen zu lassen. Zum Glück – in Ansehung seiner Tapferkeit – hätte jetzt niemand beobachten können, dass er sogar am Ende dieser Überlegungen noch zauderte. Er hatte auf Mrs. Pocock und die Stimme des Orakels gewartet; doch er musste sich frisch wappnen – tat es dort in der Fensterlaibung, ohne vorzutreten oder zurückzuweichen –, ehe er die Offenbarung provozierte. Es war doch wohl Sarahs Sache, sichtbarer in Erscheinung zu treten; für diesen Fall stand er zu ihrer Verfügung. Mittlerweile wurde sie wahrhaftig sichtbar; nur geschah dies in letzter Minute in Gestalt von Sarahs ganzem Gegenteil. Die Frau auf dem Balkon war nämlich eine ganz andere Person, eine Person, die sich auf den zweiten Blick durch ihren entzückenden Rücken und die geringfügig veränderte Stellung als die hübsche herrliche ahnungslose Mamie entpuppte – Mamie allein zu Hause, Mamie bei ihrem unschuldigen Zeitvertreib, kurz, eine recht schäbig behandelte Mamie, indes eine konzentriert gefesselte und fesselnde Mamie. Sie hatte die Arme auf die Balustrade gestützt, und ihr Interesse galt dem Geschehen unten auf der Straße, dies ermöglichte es Strether, sie zu beobachten und Verschiedenes zu überlegen, ohne dass sie sich umwandte.

Seltsamerweise aber wich er nach diesen Beobachtungen und Überlegungen einfach in den Salon zurück, ohne seinen Vorteil zu verfolgen. Dort kreiste er wieder einige Minuten, so als gäbe es neuen Stoff zum Nachdenken und als wären die aus Sarahs eventueller Anwesenheit folgenden Konsequenzen ersetzt worden. Denn offen gestanden, ja, es *hatte* durchaus Konsequenzen, Mamie so allein hier anzutreffen. Es barg etwas, das ihn in einem vorweg nicht erwartbaren Maße berührte, etwas, das leise doch sehr eindringlich zu ihm sprach und sich jedes Mal deutlicher äußerte, wenn er wieder an der Schwelle zum Balkon stehen blieb und sie noch immer ahnungslos fand. Ihre Gefährten hatten sich offenkundig in alle Richtungen zerstreut; Sarah würde wohl irgendwo mit Waymarsh unterwegs sein und Chad irgendwo mit Jim. Strether unterstellte Chad mit keinem Gedanken, bei seiner ›guten Freundin‹ zu weilen; er vermutete zu seinen Gunsten, er widme sich anderen Auftritten, die er, hätte er sie beschreiben müssen – zum Beispiel Maria gegenüber –, am bequemsten als raffinierter charakterisiert hätte. Gleich darauf kam ihm allerdings in den Sinn, es bedeute womöglich beinahe ein Übermaß an Finesse, Mamie bei solchem Wetter allein hier oben zu lassen; selbst wenn sie angesichts des Zaubers der Rue de Rivoli aus Staunen und Phantasie vielleicht ein kleines provisorisches Paris für sich improvisiert hatte. Jedenfalls erkannte unser Freund jetzt – und bei dieser Erkenntnis schien Mrs. Newsomes intensive Präsenz plötzlich mit einem heftigen, vernehmbaren Japsen blass und schattenhaft zu werden –, dass er hinsichtlich dieser jungen Dame Tag um Tag etwas Merkwürdiges und Vieldeutiges empfunden hatte, jedoch etwas, dem er endlich einen gewissen Sinn beilegen konnte. Dieses Geheimnisvolle war allenfalls eine fixe Idee gewesen – oh, eine sympathische fixe Idee; und soeben hatte es sich ihm wie auf Knopfdruck enthüllt. Als die Möglichkeit nämlich einer durch Zufall und Verzögerung vereitelten Verständigung zwischen ihnen – sogar als die Möglichkeit einer bislang uneingestandenen Beziehung.

Es gab natürlich immer ihre alte Beziehung, Frucht der Woolletter Jahre; aber sie – und das war dabei besonders merkwürdig – hatte nicht das Geringste mit dem zu tun, was jetzt in der Luft lag. Als Kind, als ›Knospe‹, und dann wieder als sich entfaltende Blume hatte Mamie in den beinahe ständig offenstehenden Durchgängen zu Hause unbehindert für ihn geblüht; und er entsann sich ihrer als anfangs sehr frühreif und dann als sehr zurückgeblieben – denn er hatte für einen gewissen Zeitraum in Mrs. Newsomes Räumen (oh, Mrs. Newsomes Phasen und die seinen!) einen von Prüfungen und Tee flankierten Kurs in englischer Literatur abgehalten – und schließlich wieder als sehr weit fortgeschritten. Aber besondere Berührungspunkte hatten sich ihm nicht eingeprägt; da es nicht der Natur Woolletts entsprach, dass die frischeste Knospe im selben Korb lag wie die welksten Winteräpfel. Vor allem hatte das Kind sein Bewusstsein für die Flüchtigkeit der Zeit geschärft; vorgestern noch war er über ihren Reifen gestolpert, doch der Hort seiner Erfahrungen mit bemerkenswerten Frauen – offenkundig dazu bestimmt, bemerkenswert zu wachsen – zeigte sich schon heute Nachmittag bereit, spannte sich geradezu an, sie mit einzuschließen. Kurz, sie hatte ihm mehr mitzuteilen, als er es sich von dem hübschen Mädchen der Stunde hätte träumen lassen; und bewiesen wurde dieser Umstand dadurch, dass sie sichtlich, unverkennbar nicht vermocht hatte, es jemand anderem zu sagen. Es betraf etwas, das sie weder ihrem Bruder, ihrer Schwägerin noch Chad gegenüber erwähnen konnte; er hätte sich allerdings eben noch vorstellen können, dass sie es, wäre sie nach wie vor zu Hause, gegenüber Mrs. Newsome zum Ausdruck gebracht hätte als äußerste Huldigung an Alter, Autorität und innere Haltung. Es war zudem etwas, an dem sie alle ein Interesse besaßen; in Wahrheit bildete gerade das hohe Maß ihres Interesses den Grund für Mamies Vorsicht. All das stand Strether fünf Minuten lang lebhaft vor Augen, und es verdeutlichte ihm, dass der armen Kleinen als Beschäftigung jetzt bloß ihre Vorsicht blieb. Das, so schoss es ihm in den Sinn, war für ein hübsches Mädchen in Paris ein beklagenswerter Zustand; unter diesem Eindruck trat er, so scheinheilig flotten Schritts, wie er wohl wusste, zu ihr hinaus, als wäre er eben erst ins Zimmer gekommen. Beim Klang seiner Stimme wandte sie sich mit einem Ruck um; doch bei aller Überraschung bei seinem Anblick war sie doch eine Spur enttäuscht. »Oh, ich dachte, Sie seien Mr. Bilham!«

Diese Bemerkung hatte unseren Freund zunächst überrascht und ihm die geheimen Gedanken vorübergehend vergällt; doch dürfen wir hinzufügen, dass er rasch zu seiner inneren Stimmung zurückfand, und dass in dieser Atmosphäre noch manche frische Blume der Phantasie erblühen würde. Der kleine Bilham – denn ganz unpassend wurde der kleine Bilham erwartet – schien sich zu verspäten; ein Umstand, von dem Strether profitieren sollte. Nach einer kurzen Weile kehrten die beiden, das Paar auf dem Balkon, in den Salon zurück, und inmitten der rotgoldenen Eleganz und während des Ausbleibens der anderen, verbrachte Strether vierzig Minuten, die er bereits damals keineswegs als die sinnlosesten im Rahmen der verqueren Situation bewertete. Ja, allerdings, da er und Maria kürzlich so konform gegangen waren hinsichtlich der anregenden Wirkung des Grellen, hier gab es etwas, das sein Problem gewiss nicht schrumpfen ließ und ihm als Teil einer plötzlichen Flut entgegenwogte. Zweifellos erst im Nachhinein, beim nochmaligen Überdenken, würde er wissen, aus wie viel Elementen sich sein Eindruck zusammensetzte; dennoch spürte er, als er neben dem reizenden Mädchen saß, seine außergewöhnlich wachsende Zuversicht. Denn schließlich und endlich war sie wirklich reizend – und das nicht zuletzt wegen ihrer erkennbaren Gewohnheit und Übung, einen freien und geläufigen Umgang zu pflegen. Sie war reizend, das wusste er, obwohl er, hätte er sie nicht reizend gefunden, versucht gewesen wäre, sie als irgendwie ›komisch‹ zu bezeichnen. Ja, in gewisser Weise war sie schon komisch, die wundervolle Mamie, und ganz ohne es zu ahnen; sie war verbindlich, sie war bräutlich – ohne, soweit ihm bisher ersichtlich, Bräutigam im Hintergrund; sie war hübsch und stämmig und salopp und redselig, sanft und süß und beinahe beunruhigend beruhigend. Sie kleidete sich, insoweit wir hier unterscheiden dürfen, weniger wie eine junge Dame denn wie eine ältere – angenommen, Strether hätte sich eine so der Eitelkeit verpflichtete alte Dame vorstellen können; ebenso ließ auch ihre komplizierte Frisur die Natürlichkeit der Jugend vermissen; und sie besaß eine so reife Art, sich ein wenig vorzubeugen, als wolle sie einen ermutigen und belohnen, wobei ihre auffallend gepflegten Hände ordentlich gefaltet vor ihr lagen: diese Kombination verlieh ihr weiterhin den Glanz, die Gastgeberin eines ›Empfangs‹ zu spielen, plazierte sie wieder dauerhaft an ihren festen Platz zwischen den Fenstern, mitten ins Klirren der Eiscremeteller, und beschwor die Liste der zahllosen Namen, all diese Mr. Brooks und Mr. Snooks, scharenweise Exemplare ein und desselben Typs, deren ›Bekanntschaft zu machen‹ sie sich freute.

Aber auch wenn sie in alldem komisch wirkte, und am

KAPITEL III

allerkomischsten vielleicht durch den Kontrast zwischen ihrer herrlich gütigen Gönnerhaftigkeit – mit einem Hang zur Vielsilbigkeit, der sie im mittleren Lebensalter zu einer Langweilerin machen könnte – und ihrer ziemlich farblosen Stimme, der natürlichen, noch unaffektierten Stimme eines fünfzehnjährigen Mädchens, fand Strether nach zehn Minuten in ihr dennoch eine stille Würde, die alles wacker zusammenhielt. Wenn sie beabsichtigte, den Eindruck stiller, beinahe mehr als matronenhafter Würde mit voluminösen, viel zu voluminösen Kleidern zu vermitteln, dann konnte einem dieses Ideal an ihr gefallen, war man erst einmal in Beziehung zu ihr getreten. Das Schöne für ihren Besucher war dabei, dass er ebendies getan hatte; das verlieh der flüchtigen und doch gedrängten Stunde die ganz außergewöhnliche Mischung. Es kennzeichnete diese Beziehung, dass er so schnell die Gewissheit erlangt hatte, sie, ausgerechnet, wie man sagen könnte, sie, stehe auf Seiten und im Lager von Mrs. Newsomes ursprünglichem Gesandten. Sie handelte in *seinem* Interesse und nicht in Sarahs; und dass ein Zeichen dafür unmittelbar bevorstand, genau das hatte er ihr in den letzten Tagen angemerkt. Jetzt schließlich in Paris angekommen und unmittelbar konfrontiert mit der Situation und deren Helden – womit Strether niemand anderen meinen konnte als Chad –, hatte sie, in einer ihr selbst tatsächlich unerwarteten Weise, den Standort gewechselt; tiefgründige und stille Dinge hatten sich in ihr abgespielt, und als sie ihr zur Gewissheit geworden waren, hatte Strether das kleine Drama bemerkt. Kurz, als sie wusste, wo sie stand, hatte er es erkannt; und gegenwärtig erkannte er es noch besser; obwohl die ganze Zeit zwischen ihnen kein direktes Wort über seine eigene fatale Lage fiel. Anfangs, als er dort mit ihr zusammensaß, hatte er sich einen Augenblick gefragt, ob sie wohl sein entscheidendes Unterfangen zur Sprache bringen würde. Diese Tür stand so merkwürdig angelehnt, dass er halb damit rechnete, Mamie oder sonst wer könnte jeden Moment hereinplatzen. Doch sie hielt sich freundlich, familiär, mit leichter Hand und feinfühlig fern; so dass es in jeder Hinsicht schien, als wolle sie beweisen, dass sie mit ihm umzugehen verstehe, ohne sich herabzuwürdigen zu – nun, zu fast nichts.

Der Umstand, dass sie über alles sprachen, *außer* über Chad, erhellte zwischen ihnen, dass Mamie, anders als Sarah, anders als Jim, sehr wohl wusste, was aus ihm geworden war. Es ergab sich ganz klar, dass sie das Ausmaß seiner Veränderung bis ins Allerkleinste wahrgenommen hatte und Strether wissen lassen wollte, welches Geheimnis sie daraus zu machen gedachte. Sie plauderten ganz entspannt – als hätten sie bislang nie Gelegenheit gehabt – über Woollett; was praktisch dazu führte, dass sie das Geheimnis fester bewahrten. Nach und nach gewann die Stunde für Strether eine eigentümlich melancholische Süße; er erfuhr einen solchen Umschwung zu Mamies Gunsten und hinsichtlich ihrer gesellschaftlichen Tüchtigkeit, wie er der Reue über eine frühere Ungerechtigkeit hätte entspringen können. Wie eine sacht wehende westliche Brise weckte sie in ihm Heimweh und neue Unrast; er hätte sich für den Moment tatsächlich ausmalen können, mit ihr während einer verhängnisvollen Flaute an ferner Küste in der wunderlichen Gemeinschaft eines Schiffbruchs gestrandet zu sein. Ihre kleine Unterredung glich einem Picknick an einem Korallenstrand; sie reichten einander mit betrübtem Lächeln und entsprechend bedeutsamen Blicken die mit dem geretteten Trinkwasser gefüllten Becher. Inzwischen hegte Strether die feste Überzeugung, seine Gefährtin wisse wirklich, wie von uns bereits angedeutet, wo sie gelandet war. An einem ganz besonderen Platz nämlich – nur würde sie ihm *den* niemals verraten; dies vor allem würde er selbst zur Klarheit bringen müssen. Er hoffte es auch zu tun, denn ohne dies bliebe sein Interesse an

KAPITEL III

dem Mädchen unvollkommen. Ebenso wie die ihr gebührende Wertschätzung – so gewiss schien ihm, er werde, je weiter er ihre Entwicklung verfolgte, desto mehr von ihrem Stolz zu sehen bekommen. Sie selbst sah alles; sie wusste jedoch, was sie nicht wollte, und ebendas hatte ihr geholfen. Was wollte sie nicht? – ihr alter Freund entbehrte das Vergnügen, es bereits zu wissen, denn fraglos wäre es faszinierend gewesen, einen flüchtigen Einblick zu gewinnen. Mit liebenswerter Freundlichkeit ließ sie ihn darüber im Dunkeln, und es schien, als beschwichtige und betöre sie ihn zur Wiedergutmachung auf andere Weise. Sie rückte heraus mit ihrem Eindruck von Madame de Vionnet – von der sie ja ›so viel gehört‹ habe; sie rückte heraus mit ihrem Eindruck von Jeanne, die sie ja ›brennend gern kennenlernen‹ habe wollen: sie enthüllte mit einer ihren Zuhörer wirklich bewegenden Behutsamkeit, dass sie mit Sarah am heutigen frühen Nachmittag und nach schrecklichen Verzögerungen durch alles Mögliche, hauptsächlich durch einen ewig langen Kleiderkauf – Kleider, denen leider keine so ewige Dauer beschieden sein würde –, einen Besuch in der Rue de Bellechasse abgestattet hatte.

Der Klang dieser Namen ließ Strether fast erröten bei dem Gedanken, dass er sich nicht hätte durchringen können, sie als erster auszusprechen – auch wenn er andererseits seine Bedenklichkeit nicht zu rechtfertigen vermocht hätte. Mamie gingen die Namen mit einer Leichtigkeit über die Lippen, von der er nicht einmal träumen durfte, und doch musste es sie mehr Überwindung gekostet haben, als er je hätte aufbringen müssen. Sie sprach von ihnen als Chads Freunden, seinen ganz besonderen, erlesenen, erstrebenswerten, beneidenswerten Freunden, und brachte wunderschön zum Ausdruck, sie habe, trotz allem, was sie bereits von ihnen gehört habe – wobei ihre eigene Delikatesse das Wie oder Wo verschwieg –, all ihre Erwartungen bei weitem übertroffen gefunden. Sie pries sie überschwänglich und ganz nach Woolletter Art – was Strether die Woolletter Art wieder liebenswert erscheinen ließ. Nie hatte er deren innere Bedeutung stärker empfunden als jetzt, als seine blühende Gefährtin die ältere der beiden Damen in der Rue de Bellechasse so faszinierend nannte, dass man keine Worte dafür fände, und von der jüngeren gestand, sie sei schlichtweg vollkommen, ein wahrer Ausbund an Charme. »Ihr«, sagte sie von Jeanne, »darf nie etwas passieren – sie ist perfekt, so wie sie ist. Der nächste Pinselstrich wird sie verpfuschen – deshalb darf es nicht dahin kommen.«

»Ach, aber hier in Paris«, bemerkte Strether, »passiert einem jungen Mädchen allerlei.« Und dann, weil die Gelegenheit zu dem Scherz einlud: »Haben Sie das noch nicht bemerkt?«

»Dass einem allerlei passiert – oh, ich bin kein kleines Mädchen. Ich bin ein großes, ramponiertes, pausbäckiges Mädchen. *Mir* ist egal«, sagte Mamie lachend, »*was* passiert.«

Während Strether schwieg, überlegte er, ob er ihr nicht die Freude bereiten sollte, sie wissen zu lassen, er finde sie reizender, als er sich tatsächlich hatte träumen lassen – das Schweigen endete mit seiner Einsicht, sofern es sie überhaupt interessierte, würde sie es bereits bemerkt haben. Er wagte deshalb eine andere Frage – obwohl ihm im selben Atemzug bewusst war, dass er damit an ihre letzte Äußerung anzuknüpfen schien. »Aber dass Mademoiselle de Vionnet verheiratet wird – *davon*, nehme ich an, werden Sie doch gehört haben.«

Überflüssige Bedenken, wie er gleich feststellte! »Gewiss doch, ja; der fragliche Herr war anwesend: Monsieur de Montbron – Madame de Vionnet hat ihn uns vorgestellt.«

»Ist er sympathisch?«

Mamie blühte und zierte sich in bester Empfangsmanier. »Jeder Mann ist sympathisch, wenn er verliebt ist.«

Strether musste lachen. »Ist Monsieur de Montbron etwa bereits in *Sie* verliebt?«

»Ach, das braucht es nicht – viel besser, er ist in Jeanne verliebt: wovon ich mich, Gott sei Dank, gleich selber überzeugen konnte. Er ist restlos hingerissen – und um ihretwegen wäre mir alles andere auch unerträglich gewesen. Sie ist einfach goldig.«

Strether zögerte. »Weil auch sie verliebt ist?«

Worauf Mamie mit einem Lächeln, das er wunderbar fand, eine wunderbare Antwort gab. »Sie weiß nicht, ob sie es ist oder nicht.«

Wieder musste er laut lachen. »Oh, aber *Sie* wissen es!«

Sie ließ es unwidersprochen gelten. »O ja, ich weiß alles.« Und wie sie so dasaß, sich die gepflegten Hände rieb und ihr Bestes gab – einzig, dass sie die Ellbogen vielleicht eine Idee zu weit nach außen stemmte –, erschienen Strether die übrigen Beteiligten an dieser Angelegenheit kurzzeitig alle dumm.

»Sie wissen also, dass die arme kleine Jeanne nicht weiß, was mit ihr los ist?«

Deutlicher brachten sie den Punkt, sie sei wahrscheinlich in Chad verliebt, nicht zur Sprache; für Strethers Zwecke aber war es deutlich genug; als Bestätigung seiner Gewissheit nämlich, dass Jeanne, verliebt oder nicht, in dem Mädchen vor ihm großmütige und gütige Gefühle hervorrief. Mamie würde mit dreißig füllig sein, zu füllig; doch sie würde stets der Mensch bleiben, der in dieser kritischen Stunde eine selbstlose Sanftheit bewiesen hatte. »Sollte ich, wie ich hoffe, sie noch öfter treffen, dann wird sie mich so fest ins Herz schließen – denn sie schien es heute schon zu tun –, dass sie mich darum bitten wird, es ihr zu sagen.«

»Und werden Sie es tun?«

»Unbedingt. Ich werde ihr sagen, sie sei einfach zu bedacht darauf, es recht zu machen. Und es recht zu machen, heißt für sie natürlich«, sagte Mamie, »zu gefallen.«

»Sie meinen, ihrer Mutter?«

»An erster Stelle ihrer Mutter.«

Strether wartete. »Und dann?«

»Also ja, ›dann‹ – Mr. Newsome.«

Mit welcher Gelassenheit sie diesen Namen erwähnte, das fand er schon irgendwie grandios. »Und erst zuletzt Monsieur de Montbron?«

»Erst zuletzt« – bestätigte sie aufgeräumt.

Strether überlegte. »So dass am Ende doch wieder alle zufrieden sind?«

Es war einer der seltenen Fälle, dass sie zögerte, doch dieser Moment ging rasch vorbei; und dann fand sie über das, was zwischen ihnen stand, so offene Worte wie noch nie. »Ich glaube, für mich selbst sprechen zu können. *Ich* werde zufrieden sein.«

Das verriet allerdings so viel, bezeugte so stark ihre Bereitschaft, ihm zu helfen, kurz, vertraute ihm diese Wahrheit an, damit er sie ganz nach Belieben für seine eigenen Ziele verwenden konnte, mit denen sie, bei aller Langmut und allem Vertrauen, nichts zu schaffen hatte – es vollbrachte all das so uneingeschränkt, dass er glaubte, schlicht im Geist unverhüllter Bewunderung antworten zu müssen. Bewunderung hatte an sich schon etwas beinahe Anklagendes, aber mit etwas Geringerem konnte er ihr nicht zeigen, wie gut er sie verstand. Er streckte zum Abschied die Hand aus und erklärte: »Herrlich, herrlich, herrlich!« Damit ließ er sie zurück, noch immer in Erwartung des kleinen Bilham, in ihrer ganzen Herrlichkeit.

ZEHNTES BUCH

I

Drei Abende nach seinem Gespräch mit Mamie Pocock saß Strether neben dem kleinen Bilham auf demselben tiefen Diwan, den sie sich bereits bei der ersten Begegnung unseres Freundes mit Madame de Vionnet und ihrer Tochter in der Wohnung am Boulevard Malesherbes geteilt hatten, wo sein Platz erneut bestätigte, dass er einen bequemen Austausch von Eindrücken beförderte. Der heutige Abend zeigte ein anderes Gepräge; war die Gesellschaft wesentlich zahlreicher, so galt dies zwangsläufig auch für die kursierenden Gedanken. Andererseits wurde jedoch sehr deutlich, dass sich die Sprechenden in dieser Hinsicht innerhalb eines abgeschirmten Kreises bewegten. Sie kannten heute Abend jedenfalls den Mittelpunkt ihres Interesses, und Strether ließ seinen Gefährten nicht davon abschweifen. Nur wenige von Chads Gästen hatten hier diniert – das heißt, fünfzehn oder zwanzig, wenige verglichen mit dem großen Auflauf, der sich gegen elf dem Blick darbot; aber Zahl und Masse, Quantität und Qualität, Licht, Duft, Klang, die überbordende Gastlichkeit im Verein mit einer wahren Flut des Widerhalls hatten sich Strethers Bewusstsein von Anfang an aufgedrängt, und er fühlte sich als wesentlicher Teil einer ›Festivität‹, so titulierte man das Ereignis, wie er sie nie in seinem Leben erlebt hatte. Er mochte an manchem 4. Juli und bei den guten alten Promotionsfeierlichkeiten daheim schon mehr Menschen versammelt gesehen haben, nie aber hatte er so viele auf so engem Raum erblickt oder eine derart bunte Mischung von so ausgesprochener Erlesenheit erlebt. Zahlreich wie die Gesellschaft sich präsentierte, war sie doch durch Auswahl zustande gekommen, und Strether empfand es als besonders außergewöhnlich, dass er, gänzlich unverschuldet, in das Geheimnis eingeweiht war, welches Prinzip hierbei gewaltet hatte. Er hatte sich nicht danach erkundigt, er hatte den Kopf abgewandt, aber Chad hatte ein paar Fragen an ihn gerichtet, die von selbst den Weg ebneten. Er hatte die Fragen nicht beantwortet, er hatte erwidert, dies sei allein Sache des jungen Mannes und anschließend klar erkannt, dass dessen Kurs bereits feststand.

Chad hatte bloß um Rat gebeten, um durchblicken zu lassen, er wisse, was zu tun sei; und er hatte es bestimmt nie besser gewusst als jetzt, da er seiner Schwester seinen ganzen gesellschaftlichen Zirkel präsentierte. Dies geschah alles in Geist und Sinn der Gangart, die er bei der Ankunft dieser Dame angeschlagen hatte; er war bereits am Bahnhof einer Linie gefolgt, die ihn bruchlos weiterleitete und ihm erlaubte, die Pococks – wenn auch etwas benommen, zweifelsohne, atemlos, zweifelsohne, und verwirrt – bis ans äußerste Ende des Wegs zu führen, der ihnen zwangsläufig angenehm schien. Er hatte für sie die Strecke geradezu gewaltsam angenehm arrangiert und unbarmherzig üppig gestaltet; was in Strethers Augen den Ausgang nahm, dass sie die ganze Strecke zurückgelegt hatten, ohne zu entdecken, dass es eigentlich kein Weg war. Es war eine kapitale Sackgasse, wo es kein Durchkommen gab, und aus der sie, sofern sie nicht stecken blieben, vor aller Augen den Rückzug würden antreten müssen – was immer eine Peinlichkeit bedeutete. Heute Abend würden sie gewiss auf Grund geraten; die ganze Szene repräsentierte den Endpunkt des *cul-de-sac*. So konnten die Dinge laufen, wenn eine kundige Hand sie konsequent lenkte – eine Hand, welche die Fäden mit einem Geschick zog, über das der Ältere immer mehr erstaunte. Der Ältere fühlte sich verantwortlich, doch er fühlte sich ebenfalls bestätigt, denn was sich hier vollzog, war lediglich die Illustration seiner eigenen, sechs Wochen zuvor aufgestellten Behauptung, es sei sinnvoll, erst einmal abzuwarten, was ihre Freunde denn nun wirklich zu sagen hätten. Er hatte Chad zum Abwarten bewogen, er hatte ihn veranlasst, sich ein Bild zu machen; deshalb durfte er jetzt nicht hadern, wie viel Zeit die Sache kostete. Nun, nachdem vierzehn Tage verstrichen waren, stellte sich die für Sarah entstandene Situation, gegen die sie keine Einwände erhob, weiterhin so dar, dass sie sich auf ihr Abenteuer gleichsam wie auf eine Vergnügungsreise eingerichtet hatte, die es mit Hast und ›Hektik‹ womöglich etwas übertrieb. Wenn man ihren Bruder überhaupt hätte kritisieren wollen, dann allenfalls in dem Punkt, dass er den Trank zu stark gewürzt und den Becher zu voll gegossen hatte. Indem er die Anwesenheit seiner Verwandten unverhohlen als Anlass für Lustbarkeiten betrachtete, ließ er anderen Dingen nur knappen Spielraum. Er war verschwenderisch mit seinen Vorschlägen und Ideen – ließ die Zügel allerdings stets locker. Strether glaubte, während der hier allein verbrachten Wochen Paris kennengelernt zu haben; aber durch das Sarah vermittelte Wissen sah er es jetzt frisch und mit frischen Gefühlen.

Tausend unausgesprochene Gedanken wimmelten im Umfeld dieser Überlegungen; darunter gar nicht so selten der eine, dass Sarah in Wahrheit vielleicht nicht so genau wisse, wohin sie trieb. Es war für sie völlig undenkbar, Chad nicht zu zeigen, sie erwarte von ihm, großzügig behandelt zu werden; trotzdem schien es unserem Freund, als verkrampfe sie sich innerlich jedes Mal ein wenig, wenn sie die Gelegenheit versäumte, die wichtige *nuance* zu betonen. Die wichtige *nuance* lautete, kurz gesagt, natürlich müsse ihr Bruder sie großzügig behandeln – das wäre ja noch schöner; sie großzügig zu behandeln sei aber beileibe nicht alles – sie großzügig zu behandeln, mache den Kohl nicht fett; in wenigen Worten, es gab Augenblicke, da fühlte sie förmlich, wie sich ihr der starre Blick ihrer abwesenden, bewundernswerten Mutter in den Rücken bohrte. Strether, der wie gewohnt alles beobachtete und eine Gedankenflut erfuhr, erlebte eindeutig Momente, in denen er Sarah bedauerte – Situationen, da sie ihm wie eine Person vorkam, die in einem Wagen saß, der sich selbstständig gemacht hat, und die Möglichkeit des Abspringens erwägt. Sollte sie abspringen, konnte sie es, wäre *dies* jetzt eine ungefährliche Stelle? – diese Fragen las er in solchen Momenten in ihrem jähen Erblassen, auf den zusammengepressten Lippen, im betretenen Blick. Es lief hinaus auf die entscheidende Frage: Würde sie sich doch bestechen lassen? Alles in allem glaubte er, sie werde springen; trotzdem steigerten seine wechselnden Ansichten nur noch die Spannung. Eines stand ihm stets vor Augen – eine Gewissheit, die durch die Eindrücke des heutigen Abends wahrhaftig noch schärfere Konturen gewann: *sollte* sie nämlich tatsächlich ihre Röcke raffen, die Augen schließen und den rollenden Wagen in voller Fahrt verlassen, dann würde er es unverzüglich zu spüren bekommen. Sie würde nach ihrer stürmischen Fahrt mehr oder weniger direkt auf ihm landen; es wäre ihm fraglos bestimmt, ihr volles Gewicht aufzufangen. Die Zeichen und Vorboten dieser Erfahrung, die seiner harrte, mehrten sich im blendenden Glanz von Chads Fest. Teils aus Nervosität ob solcher Aussichten hatte er sich – indem er die meisten der übrigen Geladenen in den beiden anderen Räumen zurückließ, sowohl die ihm bereits bekannten Gäste als auch eine Menge glanzvoller Fremder beiderlei Geschlechts und vielerlei Sprachen – fünf friedliche Minuten mit dem kleinen Bilham gewünscht, der auf ihn stets beruhigend und in Maßen sogar inspirierend wirkte, und dem er überdies tatsächlich etwas Bestimmtes und Wichtiges mitteilen wollte.

Er hatte es einst – denn es schien schon lange her – als rechte Demütigung empfunden, im Gespräch mit einem so viel Jüngeren die Lektion einer gewissen moralischen Gelassenheit zu lernen; mittlerweile hatte er sich jedoch daran gewöhnt – sei es, dass diese Lektion sich mit anderen Demütigungen vermischt und dadurch verwischt hatte oder nicht, sei es durch das direkte Beispiel des kleinen Bilham oder nicht, das Beispiel nämlich, sich ganz damit zu bescheiden, der unbekannte, kluge kleine Bilham zu sein, der er war. Für ihn, glaubte Strether zu erkennen, tat es das; und in stillen Stunden belächelte unser Freund müde die Tatsache, selber nach so viel mehr Jahren immer noch auf der Suche zu sein nach etwas, das es für *ihn* täte. Doch wie gesagt, gerade im Augenblick war es für beide in gleichem Maße damit getan, eine Ecke etwas abseits gefunden zu haben. Die Abgeschiedenheit verdankte sich insbesondere dem Umstand, dass im Salon hervorragende Musik zum Vortrag kam, dargeboten von zwei oder drei Sängern solchen Ranges, dass es ein Privileg bedeutete, sie im privaten Rahmen zu hören. Ihre Anwesenheit verlieh Chads Fest eine besondere Note, und der Drang, die Wirkung auf Sarah zu kalkulieren, war tatsächlich beinahe schmerzhaft. Unverkennbar bildete ihre Gestalt das Motiv für das ganze Arrangement, gekleidet in eine karminrote Pracht, die Strether überfiel wie das Scheppern eines berstenden Oberlichts, und sie stand nun wohl im Zentrum der Aufmerksamkeit des lauschenden Kreises, den sie sich selbst vor Augen stellte. Vor jene Augen, die er während des herrlichen Diners kein einziges Mal gesehen hatte; denn er hatte – mag sein, etwas feige – mit Chad abgemacht, dass er auf derselben Seite der Tafel sitzen würde. Aber es führte zu nichts, jetzt mit dem kleinen Bilham einen noch nie dagewesenen Grad der Vertraulichkeit erreicht zu haben, ohne aufs Ganze zu gehen. »Von Ihrem Platz aus konnten Sie sie ja sehen – also, wie findet sie das Ganze? Ich meine, wie nimmt sie es auf?«

»Oh, ich vermute, als Beweis, dass die Forderung seiner Familie mehr denn je berechtigt ist.«

»Sie ist also nicht begeistert davon, was er zu bieten hat?«

»Im Gegenteil, sie ist absolut begeistert von seiner Fähigkeit, so etwas auf die Beine zu stellen – sie ist so begeistert wie lange nicht mehr. Aber sie will, dass er diese Fähigkeit *dort* demonstriert. Er hat kein Recht, sie an unseresgleichen zu verschwenden.«

Strether wunderte sich. »Er soll alles nach drüben mitnehmen?«

»Alles – mit einer wichtigen Ausnahme. Alles, was er hier so ›aufgeschnappt‹ hat – und die Art, es zu organisieren. Das bereitet ihr keine Probleme. Sie wird den Laden selber schmeißen und das nette Zugeständnis machen, insgesamt werde Woollett irgendwie schon davon profitieren. Womit keineswegs gesagt sein soll, dass das Ganze nicht auch irgendwie von Woollett profitieren dürfte. Schließlich sind die Leute dort auch nicht übel.«

»So gut wie Sie und die übrigen hier? Ach, mag schon sein! Aber ein Ereignis wie dieses wird nicht durch die Menschen ermöglicht«, sagte Strether. »Sondern durch das, was diese Menschen ermöglicht hat.«

»Na schön«, erwiderte sein Freund, »bitte sehr, wenn Sie meine unmaßgebliche Meinung hören wollen. Mrs. Pocock hat es *erkannt*, und entsprechend sitzt Sie heute Abend auch hier. Bloß ein kurzer Blick auf ihre Miene, und Sie wüssten Bescheid. Sie hat ihre Entscheidung gefällt – zum Klang kostspieliger Musik.«

Strether nahm es ungerührt hin. »Ah, dann werde ich von ihr hören.«

»Ohne Sie beunruhigen zu wollen, das halte ich für wahrscheinlich. Aber«, fuhr der kleine Bilham fort, »wenn ich Ihnen auch nur im geringsten Beistand leisten kann –!«

»Das können Sie nicht im geringsten!« – dabei legte Strether ihm anerkennend die Hand auf den Arm. »Niemand kann das.« Und zum Zeichen, dass er es unbekümmert aufnahm, gab er dem Knie seines Gefährten einen Klaps. »Ich muss mein Schicksal allein meistern, und das werde ich auch – oh, Sie werden schon sehen. Helfen«, fuhr er im nächsten Augenblick fort, »können Sie mir dennoch. Sie haben mir einmal gesagt« – verfolgte er seinen Gedanken weiter – »Ihrer Ansicht nach sollte Chad heiraten. Damals war mir nicht so klar wie heute, dass Sie damit meinten, er solle Miss Pocock heiraten. Finden Sie das immer noch? Denn wenn dem so ist« – er blieb beim Thema – »möchte ich, dass Sie Ihre Meinung schleunigst ändern. *Damit* helfen Sie mir.«

»Indem ich finde, er sollte *nicht* heiraten?«

»Jedenfalls nicht Mamie.«

»Wen dann?«

»Ah«, versetzte Strether, »das zu sagen bin ich nicht verpflichtet. Aber ich schlage vor, Madame de Vionnet – wenn er denn kann.«

»Oh!«, entfuhr es dem kleinen Bilham etwas spitz.

»Ganz recht, oh! Aber er muss ja nicht unbedingt heiraten – *ich* jedenfalls bin nicht verpflichtet, dafür zu sorgen. In Ihrem Fall hingegen empfinde ich eine starke Verpflichtung.«

Der kleine Bilham war amüsiert. »Für meine Verheiratung zu sorgen?«

»Ja – nach allem, was ich Ihnen zugemutet habe.«

Der junge Mann erwog dies. »Haben Sie mir wirklich so viel zugemutet?«

»Nun«, erwiderte Strether in dieser Weise herausgefordert, »ich sollte dabei natürlich nicht außer Acht lassen, was auch Sie *mir* zugemutet haben. Man könnte vielleicht sagen, wir sind quitt. Einerlei«, fuhr er fort, »ich wünsche mir ganz außerordentlich, Sie selber würden Mamie Pocock heiraten.«

Der kleine Bilham lachte schallend. »Aber Sie haben mir doch erst neulich Abend, an ebendieser Stelle, eine völlig andere Verbindung vorgeschlagen.«

»Mademoiselle de Vionnet?« Nun, Strether gab es ohne weiteres zu. »Das, ich bekenne es gern, war eine fruchtlose Vorstellung. Dies hier ist praktische Politik. Ich möchte Ihnen beiden etwas Gutes tun – ich wünsche Ihnen beiden wirklich nur das Beste; und Sie werden gleich verstehen, welche Mühe ich mir spare, wenn ich Sie beide auf einen Streich loswerde. Sie mag Sie nämlich. Sie trösten sie. Und sie ist einfach großartig.«

Der kleine Bilham machte ein Gesicht wie ein Mensch von heiklem Appetit angesichts eines überladenen Tellers. »Worüber tröste ich sie?«

Sein Freund reagierte ungeduldig. »Ach, hören Sie, das wissen Sie doch!«

»Wie kommen Sie denn darauf, dass sie mich mag?«

»Durch die Tatsache, dass ich sie vor drei Tagen im Hotel vorfand, wo sie den ganzen, goldenen Nachmittag allein blieb, in der Hoffnung, Sie würden ihr einen Besuch abstatten, und wo sie sich über den Balkon beugte, in der Hoffnung, Ihre Droschke vorfahren zu sehen. Was wollen Sie denn noch?«

Nach einem Augenblick wusste es der kleine Bilham. »Mich würde interessieren, wie Sie darauf kommen, dass ich *sie* mag.«

»Oh, wenn Sie das eben Erwähnte nicht dazu bringt, dann sind Sie ein hartherziger, kleiner Narr. Außerdem« – Strether ließ seiner Phantasie die Zügel schießen – »haben Sie Ihre Neigung dadurch offenbart, dass Sie sie warten ließen, absichtlich warten ließen, um zu sehen, ob sie sich auch wirklich etwas aus Ihnen macht.«

Sein Gefährte zollte Strethers Findigkeit eine achtungsvolle Pause. »Ich habe sie nicht warten lassen. Ich war auf die Minute pünktlich. Um nichts auf der Welt hätte ich sie warten lassen«, erklärte der junge Mann ehrenhaft.

»Noch besser – da haben Sie's!« Und der begeisterte Strether fasste ihn noch fester. »Und sowieso, selbst wenn Sie sie nicht ausreichend zu schätzen wüssten«, fuhr er fort, »würde ich darauf dringen, sich hurtig dazu zu bekehren. Ich bin ganz versessen darauf. Ich möchte« – und unser Freund sprach jetzt mit einem ernsten Verlangen, »wenigstens *das* geschafft haben.«

»Mich zu verheiraten – ohne einen Penny?«

»Hören Sie, ich werde nicht mehr lange leben, und ich gebe Ihnen hier und jetzt mein Wort, Ihnen jeden Penny in meinem Besitz zu hinterlassen. Bedauerlicherweise besitze ich nicht viel, aber Sie sollen es alles haben. Und Miss Pocock, glaube ich, besitzt auch einiges. Ich möchte«, fuhr Strether fort, »wenigstens in diesem Umfang etwas geleistet – ja, sogar gebüßt haben. Ich habe so vorbehaltlos fremden Göttern geopfert, dass ich meine im Grunde doch unveränderte Treue zu unserem eigenen Gott irgendwie bezeugen möchte. Mir ist, als wären meine Hände befleckt vom Blut fremder, grässlicher Altäre – eines radikal anderen Glaubens. So – jetzt ist es heraus.« Und dann erklärte er weiter. »Der Gedanke lässt mich nicht mehr los, weil die Idee, Mamie für Chad vollständig aus dem Weg zu räumen, mir freie Bahn schafft.«

Darauf schnellte der junge Mann hoch, und sie blickten sich geradeheraus belustigt an. »Ich soll also heiraten, weil es Chad hilft?«

»Nein«, widersprach Strether – »*ihm* ist es egal, ob Sie

nun heiraten oder nicht. Es hilft schlicht meinem eigenen Plan für *ihn*.«

»›Schlicht‹!« – und allein schon, dass der kleine Bilham dieses Wort wiederholte, sprach Bände. »Verbindlichen Dank. Ich dachte allerdings«, fuhr er fort, »Sie hätten eigentlich überhaupt keinen Plan ›für ihn‹.«

»Dann nennen Sie es meinetwegen einen Plan für mich selbst – der eventuell so aussehen kann, wie Sie sagen, keinen zu haben. Seine Lage – sehen Sie das nicht? – bleibt jetzt auf die bloßen Tatsachen beschränkt, die man nicht leugnen kann. Mamie will ihn nicht, und er will Mamie nicht: soviel ist in den letzten Tagen immerhin klar geworden. Diesen Faden können wir getrost schon einmal aufwickeln und einpacken.«

Doch der kleine Bilham zweifelte weiter. »*Sie* können das – weil sie es unbedingt zu wollen scheinen. Aber warum sollte ich es tun?«

Der arme Strether dachte nach, musste aber natürlich zugeben, dass seine Beweisführung, oberflächlich betrachtet, misslang. »Im Ernst, es *gibt* keinen Grund. Es ist meine Sache – ich muss sie allein erledigen. Ich verspüre bloß das absurde Bedürfnis nach einer starken Dosis.«

»Was meinen Sie damit?«

»Das, was ich schlucken muss. Ich verzichte auf mildernde Umstände.« Er hatte es nur so dahingesagt, und doch lauerte in den losen Falten eine dunkle Wahrheit; dieser Umstand zeigte bei seinem jungen Freund sogleich Wirkung. Der Blick des kleinen Bilham ruhte einen Moment lang recht intensiv auf ihm; plötzlich, so als habe sich ihm alles aufgeklärt, lachte er freudig. Er schien ausdrücken zu wollen, falls es hilfreich wäre, so zu tun, als interessiere er sich für Mamie, so stehe er für die Aufgabe voll und ganz bereit. »Ich tue alles für Sie!«

»Schön«, sagte Strether und lächelte, »mehr als alles verlange ich auch nicht. Als ich Mamie da oben mutterseelenallein vorfand«, fuhr er fort, »unversehens überraschte und in ihrem Ausgeschlossensein zutiefst bedauerte, da hat mich am meisten die Art fasziniert, wie sie mit der prompten und vergnügten Anspielung auf den nächstbesten jungen Mann mein phantastisches Kartenhaus zum Einsturz gebracht hat. Irgendwie habe ich genau diese Note gebraucht – sie bleibt zu Hause, um ihn zu empfangen.«

»Es war natürlich Chad«, sagte der kleine Bilham, »der den nächstbesten jungen Mann – Ihre Bezeichnung für mich gefällt mir – gebeten hat, sie zu besuchen.«

»Soviel hatte ich vermutet – was, Gott sei Dank, ja alles zu unseren unschuldigen und natürlichen Umgangsformen zählt. Aber wissen Sie«, fragte Strether, »ob Chad ahnt –?« Und dann, da sein Zuhörer ihm nicht folgen konnte: »Nun, wo sie jetzt steht.« Darauf begegnete ihm der kleine Bilham mit einem verlegenen Blick; diese Anspielung schien ihn tiefer getroffen zu haben als alles andere bisher. »Wissen Sie es denn?«

Strether antwortete mit einem leichten Kopfschütteln. »Da stecke ich fest. Oh, auch wenn es Ihnen merkwürdig erscheinen mag, es *gibt* Dinge, die ich nicht weiß. Sie gab mir bloß das Gefühl, dass sie tief im Innern etwas Wichtiges für sich behielt. Das heißt, anfangs hatte ich geglaubt, sie würde es nur für sich behalten; aber als ich ihr dort gegenübersaß, habe ich schnell erkannt, dass es eine Person gibt, der sie es anvertraut hätte. Ich hatte gedacht, sie könnte es womöglich *mir* anvertrauen – aber dann bekam ich zu spüren, dass ich nicht ihr volles Vertrauen besaß. Als sie sich umwandte, um mich zu begrüßen – denn sie stand auf dem Balkon und ich war unbemerkt von ihr ins Zimmer gekommen –, gab sie mir zu verstehen, dass sie *Sie* erwartet hatte, und zeigte sich dementsprechend enttäuscht; da bekam ich einen Zipfel meiner jetzigen Gewissheit zu fassen. Eine halbe Stunde später hatte ich sie vollends gewonnen. Sie wissen, was passiert ist.« Er musterte seinen jungen Freund eindringlich – dann war er sicher. »Sagen Sie, was Sie wollen, Sie stecken bis über beide Ohren mit drin. So. Da haben Sie's.«

Der kleine Bilham hatte sich nach einem Moment halbwegs gefangen. »Ich versichere Ihnen, sie hat mir nichts erzählt.«

»Natürlich nicht. Was glauben Sie denn, wofür sie Sie hält? Aber sie waren jeden Tag mit ihr zusammen, sie haben sie oft gesehen, sie hat Ihnen sehr gut gefallen – dabei bleibe ich – und Sie haben Ihren Nutzen daraus gezogen. Sie wissen ebenso gut, was sie durchgemacht hat, wie Sie wissen, dass sie heute Abend hier diniert hat – wodurch ihr noch eine ganze Menge mehr zugemutet wurde.«

Der junge Mann hielt dieser Attacke stand; danach fing er sich vollends. »Ich habe keineswegs gesagt, sie sei nicht nett zu mir gewesen. Aber sie ist stolz.«

»Ganz zu Recht. Aber nicht zu stolz dafür.«

»Das geschah auch nur aus Stolz. Chad«, fuhr der kleine Bilham loyal fort, »hat sie wahrhaft freundlich behandelt. Es ist unangenehm für einen Mann, wenn ein junges Mädchen verliebt in ihn ist.«

»Ach, aber sie ist es doch gar nicht – jetzt nicht mehr.«

Der kleine Bilham saß da und starrte vor sich hin; dann sprang er auf, als mache ihn der wiederholte und bohrende Scharfsinn seines Freundes nun wirklich nervös. »Nein – jetzt nicht mehr. Chad trifft nicht die geringste Schuld«, fuhr er fort. »Er ist wirklich in Ordnung. Ich meine, er wäre ja nicht abgeneigt gewesen. Aber sie ist mit bestimmten Vorstellungen herübergekommen. Vorstellungen, die sie zu Hause eingeimpft bekam. Aus diesen Gründen und mit diesem Rückhalt hat sie ihren Bruder und seine Frau begleitet. Sie sollte unseren Freund *retten*.«

KAPITEL I

»Ach, so wie ich, die arme Kleine?« Strether erhob sich ebenfalls.

»Genau – sie hat einen bösen Moment erlebt. Ihr ist sehr bald klar geworden, und das hat sie gehemmt und enttäuscht, dass er leider schon gerettet war, gerettet *ist*. Sie kann nichts mehr tun.«

»Ihn nicht einmal lieben?«

»So wie sie sich ihn ursprünglich vorgestellt hat, hätte sie ihn mehr geliebt.«

Strether überlegte. »Man fragt sich natürlich, was sich ein junges Mädchen so vorstellt, wenn es um einen jungen Mann mit einer solchen Vorgeschichte und in derartigen Verhältnissen geht.«

»Dieses junge Mädchen fand es unverständlich und grundverkehrt. Verkehrt fand sie, dass es unverständlich war. Chad entpuppt sich jedenfalls als unerwartet gut und gar nicht verkehrt, wo sie doch ganz darauf vorbereitet und gewappnet war, mit dem glatten Gegenteil konfrontiert zu werden.«

»Aber war das für sie nicht der entscheidende Punkt« – erwog Strether – »er solle, er könne gebessert und erlöst werden?«

Der kleine Bilham bedachte alles einen Augenblick und erwiderte dann mit einem leichten, zärtlichen Kopfschütteln: »Sie kommt zu spät. Zu spät, um dieses Wunder zu wirken.«

»Ja« – sein Gefährte sah genug. »Trotzdem, wenn das größte Manko sein gebesserter Zustand ist, von dem sie nur profitieren könnte –?«

»Oh, sie möchte nicht auf diese banale Art ›profitieren‹. Sie will nicht vom Werk einer anderen Frau profitieren – das Wunder soll ihr eigenes Wunder gewesen sein. Und dafür kommt sie zu spät.«

Strether empfand sehr gut, wie alles ineinanderpasste,

aber ein loses Teil schien es noch zu geben. »Ich muss allerdings sagen, in dieser Hinsicht kommt sie einem schon wählerisch vor – oder wie man hier sagt, *difficile*.«

Der kleine Bilham reckte das Kinn. »Natürlich ist sie *difficile* – in jeder Hinsicht! Was, in aller Welt, sollten unsere Mamies sonst sein – die echten, die richtigen.«

»Ich verstehe, ich verstehe«, wiederholte unser Freund, entzückt über die empfängliche Einsicht, die er ihm endlich in so reichem Maße entlockt hatte. »Mamie ist eine der Echten und Richtigen.«

»Das einzig Wahre.«

»Und das Ende vom Lied lautet«, fuhr Strether fort, »der arme, schreckliche Chad ist einfach zu gut für sie.«

»Ach, zu gut sollte er ja schließlich werden; aber sie selbst und nur sie selbst hätte ihn dazu machen sollen.«

Alles fand aufs schönste zusammen, aber es gab noch immer ein loses Ende. »Käme er für sie selbst dann nicht in Frage, wenn er sich doch trennen sollte –?«

»Bei seinem augenblicklichen Einfluss?« Oh, der kleine Bilham gebot dieser Erkundigung entschieden Einhalt. »Wie kann er – unter welchen Bedingungen auch immer – ›in Frage‹ kommen – wenn er so eklatant verdorben ist?«

Strether konnte die Frage nur durch sein widerstandsloses, sein verständiges Wohlgefallen kontern. »Na, Gott sei Dank sind *Sie* es nicht! *Sie* kann Mamie noch retten, und angesichts einer so herrlichen und vollständigen Demonstration komme ich auf meine Behauptung von vorhin zurück – dass Sie nämlich deutliche Anzeichen erkennen lassen, dass sie ihr Werk bereits begonnen hat.«

Im übrigen konnte er sich nur noch sagen – da sein junger Freund sich abwandte –, dass seine Feststellung vorläufig nicht erneut abgewiesen wurde. Der kleine Bilham, der wieder der Musik zustrebte, schüttelte kurz die gutmütigen Ohren wie ein nass gewordener Terrier; während sich Strether wieder dem Gefühl hingab – das ihm in diesen Tagen am tröstlichsten war –, es stehe ihm frei, alles zu glauben, was ihm von einer Stunde zur nächsten über die Runden half. Dies bewusste Leben von Stunde zu Stunde verursachte ihm unbestreitbar Gemütswallungen und Herzpochen, bedingte seine zeitweilige Hingabe an Ironie und Phantasie und oftmals den instinktiven Griff zur rankenden Rose der Beobachtung, deren Duft und Farbe er ständig stärker empfand und in der er seine Nase bis zum Rausch vergraben konnte. Dieses Mittel bot sich ihm übrigens soeben in Form seiner nächsten klaren Wahrnehmung – dem Bild einer raschen Begegnung im Türrahmen zwischen dem kleinen Bilham und der strahlenden Miss Barrace, die gerade eintrat, als der kleine Bilham abzog. Sie hatte ihm offenbar eine Frage gestellt, die er beantwortete, indem er sich umwandte und auf seinen letzten Gesprächspartner wies; nach einer weiteren Erkundigung und unter Zuhilfenahme jenes optischen Instruments, das ebenso wie ihr übriger Zierrat kurios und altertümlich anmutete, steuerte die muntere Dame, die Strether mehr denn je an einen alten französischen Druck, ein historisches Porträt denken ließ, in einem Bestreben auf ihn zu, das er unverzüglich erfasste. Er wusste im voraus, welche Note sie anschlagen würde, und spürte, als sie näher kam, ihr diesbezüglich starkes Bedürfnis. Nie hatten sie gemeinsam etwas so »Fabelhaftes« erlebt wie den jetzigen festlichen Anlass und, so wie meist war sie erschienen, um ebendies spezielle Verlangen nach derlei Anlässen zu stillen. Dies Verlangen war durch die ganze Atmosphäre bereits so befriedigt, dass sie den anderen Raum verlassen, der Musik entsagt, sich aus dem Stück verabschiedet hatte, kurz, abgegangen war von der Bühne, um mit Strether auf einen Augenblick hinter die Kulissen zu treten, und so vielleicht die Rolle eines der berühmten Auguren zu spielen, die hinter dem Orakel stehen und dem Zwinkern des anderen antworten. Als sie gleich neben ihm Platz nahm, wo eben noch der kleine Bilham gesessen hatte, beantwortete sie allerdings etliche Dinge; sie begann damit, kaum dass er ihr – ohne dass es, wie er hoffte, albern klang – gesagt hatte: »Die ganze Damenwelt begegnet mir mit ausgesuchter Liebenswürdigkeit.«

Sie bewegte den langen Lorgnettestiel, ließ ihren Blick schweifen; sie erfasste im Nu die Freiheit, die ihnen die Abwesenheit gewisser Personen schuf. »Wie könnte sie auch anders? Aber ist nicht genau das Ihre Misere? ›Die Damenwelt‹ – oh, gewiss, wir sind nett, und Sie müssen uns Damen ausgiebig genossen haben! Wissen Sie, ich als eine davon reiße mich, ehrlich gesagt, nicht um uns. Immerhin lässt wenigstens Miss Gostrey Sie heute Abend unbehelligt, nicht wahr?« Damit blickte sie um sich, als könnte Maria doch irgendwo lauern.

»Stimmt«, sagte Strether; »aber zu Hause wacht sie meinetwegen.« Und dann, als dies seiner Gefährtin ein fröhliches »Oh, oh, oh!« entlockte, erklärte er, damit meine er, sie wache voller Unruhe und im Gebet. »Es erschien uns doch besser, wenn sie nicht mitkäme; sie macht sich natürlich ohnehin fürchterliche Sorgen.« Er schwelgte in dem Gefühl, bei den Damen solchen Anklang zu finden, und diese durften sich auch gerne aussuchen, ob sie darin Bescheidenheit erblickten oder Stolz. »Sie neigt dennoch zu der Annahme, dass ich davonkommen werde.«

»Oh, auch ich neige zu der Annahme, dass Sie davonkommen!« – Miss Barrace lachte und wollte nicht zurückstehen. »Die Frage ist nur, *wo* werden Sie landen, stimmt's? Freilich«, fuhr sie fröhlich fort, »wenn überhaupt, dann sollten Sie gut dabei wegkommen. Wissen Sie, ich glaube, um uns Gerechtigkeit widerfahren zu lassen«, sagte sie und lachte, »wir alle gemeinsam wollen, dass Sie dabei ziemlich gut wegkommen. Ja, ja«, wiederholte sie auf ihre rasche, lustige Art, »wir möchten, dass Sie sehr, *sehr* gut wegkommen!« Danach wollte sie wissen, weshalb er es für besser gehalten habe, Maria nicht mitzunehmen.

»Oh«, erwiderte er, »eigentlich war das ihre Idee. Ich hätte sie lieber dabeigehabt. Aber sie scheut die Verantwortung.«

»Das ist aber ein ganz neuer Zug.«

»Dass sie die Verantwortung scheut? Zweifellos – zweifellos. Aber sie hat die Nerven verloren.«

Miss Barrace sah ihn einen Moment an. »Für sie steht zu viel auf dem Spiel.« Dann weniger ernst: »Zu meinem Glück halten meine Nerven durch.«

»Auch zu meinem Glück« – Strether kam auf das Thema zurück. »Meine Nerven sind nicht so eisern, *mein* Drang nach Verantwortung ist nicht so stark, als dass mir das Motto dieses Abends entgangen wäre, das da lautet: ›Je mehr, desto amüsanter‹. Wenn wir uns so amüsieren, dann nur, weil Chad es so gut begriffen hat.«

»Verblüffend gut begriffen«, sagte Miss Barrace.

»Es ist fabelhaft!« – kam Strether ihr zuvor.

»Es ist fabelhaft!« bestätigte sie ihn; damit blickten sie einander an und lachten schallend. Sie setzte jedoch gleich hinzu: »Oh, ich durchschaue das Motto. Täte man es nicht, man wäre verloren. Doch hat man es erst einmal erfasst –«

»Ist es so simpel wie zwei mal zwei! Von dem Moment an, da er etwas unternehmen musste –«

»War ein Riesenrummel« – führte sie weiter aus – »die einzige Möglichkeit? Entweder ein Mordsspektakel«, sagte sie und lachte, »oder nichts. Mrs. Pocock ist eingeschlossen oder ausgeschlossen – ganz wie man will; sie ist so fest eingezwängt, dass sie sich nicht rühren kann. Sie befindet sich in herrlicher Isolation« – Miss Barrace schmückte das Thema aus.

Strether zog nach, doch peinlich auf Gerechtigkeit bedacht. »Aber die Anwesenden werden ihr der Reihe nach alle vorgestellt.«

»Fabelhaft – aber eben so, dass sie ausgeschlossen bleibt. Sie ist eingemauert, sie ist lebendig begraben!«

Strether schien es einen Moment vor sich zu sehen, schließlich seufzte er. »Oh, aber tot ist sie nicht! Es braucht mehr als das, um sie umzubringen.«

Seine Gefährtin schwieg eine Weile, womöglich aus Mitleid. »Nein, ich kann nicht so tun, als hielte ich sie für erledigt – oder allerhöchstens nur für heute Abend.« Sie wirkte weiterhin nachdenklich, als plage sie die gleiche Zerknirschung. »Es reicht ihr nur bis ans Kinn.« Dann wieder spaßhaft: »Sie bekommt Luft.«

»Sie bekommt Luft!« – wiederholte er im gleichen Ton. »Und wissen Sie«, fuhr er fort, »wie es mir dabei die ganze Zeit ergeht? – trotz der herrlichen Musik, der fröhlichen Stimmen, kurz, trotz unserer lärmenden Feier und Ihres glücklichen Esprits? Mrs. Pococks Atemgeräusche, ich versichere es Ihnen, ertränken für mich alles andere. Ich höre buchstäblich nichts anderes.«

Sie blickte ihn konzentriert an, und ihre Kette klimperte. »Hm –!« hauchte sie unendlich liebenswürdig.

»Was ›hm‹?«

»Vom Kinn aufwärts kann sie sich rühren«, grübelte sie; »und das dürfte für sie reichen.«

»Für mich dürfte es reichen!« sagte Strether und lachte kläglich. »Waymarsh ist mit ihr tatsächlich bei Ihnen aufgekreuzt?« fragte er dann.

»Ja – aber das Schlimme ist: Ich konnte Ihnen nicht helfen. Dabei habe ich mich wirklich bemüht.«

Strether war gespannt. »In welcher Weise?«

»Natürlich indem ich nicht von Ihnen gesprochen habe.«

»Verstehe. Das war auch besser so.«

»Was wäre denn schlechter gewesen? Ob ich rede oder

still bin«, jammerte sie sanft, »irgendwie ›kompromittiere‹ ich immer. Und immer nur Sie.«

»Was nur beweist« – er war großmütig –, »dass es nicht an Ihnen liegt, sondern an den anderen. *Ich* bin schuld.«

Sie schwieg eine Zeitlang. »Nein, Mr. Waymarsh ist schuld. Er ist schuld, weil er sie mitgebracht hat.«

»Aber«, sagte Strether gut gelaunt, »warum hat er sie mitgebracht?«

»Etwas anderes durfte er sich nicht erlauben.«

»Oh, Sie waren eine Trophäe – eine Eroberung? Aber da Sie doch ›kompromittieren‹, wieso –«

»Kompromittiere ich nicht auch *ihn*? Ich kompromittiere ihn ja«, sagte Miss Barrace lächelnd. »Ich kompromittiere ihn nach Kräften. Aber für Mr. Waymarsh ist das keineswegs verhängnisvoll. Es ist – insofern es seine fabelhafte Beziehung zu Mrs. Pocock betrifft – sogar günstig.« Und dann, da er weiterhin etwas ratlos wirkte: »Der Mann, der bei *mir* Erfolg gehabt hat, verstehen Sie denn nicht? Für sie war das ein zusätzlicher Ansporn, ihn mir auszuspannen.«

Strether verstand durchaus, aber so, als sei sein Weg noch immer mit Überraschungen gepflastert. »Sie hat ihn Ihnen also *ausgespannt*?«

Seine vorübergehende Verwirrung amüsierte sie. »Sie können sich vorstellen, wie ich gekämpft habe! Sie glaubt an ihren Triumph. Ich denke, er macht einen Teil ihrer Freude aus.«

»Oh, ihrer Freude!«, murmelte Strether skeptisch.

»Nun, sie bildet sich ein, sie hätte ihren Willen durchgesetzt. Und was ist der heutige Abend für sie anderes als eine Art Apotheose? Sie trägt wirklich das vollkommene Kleid.«

»Vollkommen genug, um in den Himmel aufzusteigen? Denn nach einer wahren Apotheose«, fuhr Strether fort,

»erwartet einen ausschließlich noch der Himmel. Sarah erwartet bloß der morgige Tag.«

»Und Sie meinen, sie wird den morgigen Tag nicht himmlisch finden?«

»Nun, ich meine, dass ich heute abend – was sie betrifft – das Gefühl habe, es sei zu schön, um wahr zu sein. Sie hat ihren Kuchen verspeist; das heißt, sie ist eben dabei, ihn zu verspeisen, das größte und süßeste Stück zu verzehren. Aber noch eines wird sie nicht bekommen. Bestimmt nicht von *mir*. Bestenfalls von Chad.« Er malte es zu beider Vergnügen weiter aus. »Vielleicht hat er sozusagen noch eines in petto; dennoch drängt sich mir die Einsicht auf, wenn es so wäre –«

»Hätte er nicht *diesen* Aufwand getrieben?« Sie verstand vollkommen. »Wahrscheinlich nicht, und um einmal ganz geradeheraus und garstig zu sein: Ich hoffe doch, er macht sich keine weitere Mühe. Wobei ich natürlich nicht so tun will«, setzte sie hinzu, »als wüsste ich nicht, worum es geht.«

»Oh, das dürfte inzwischen jeder wissen«, gab der arme Strether nachdenklich zu; »und der Gedanke, dass in ebendiesem Moment alle hier Bescheid wissen und beobachten und warten, dieser Gedanke ist doch seltsam und recht komisch.«

»Ja, das ist durchaus komisch, nicht wahr?« Miss Barrace biss sofort an. »So sind wir eben in Paris.« Sie freute sich jedes Mal, wenn sie mit einer neuen Besonderheit aufwarten konnte. »Es ist fabelhaft! Aber wissen Sie«, behauptete sie, »es hängt alles von Ihnen ab. Ich will Ihnen kein Messer in die Brust stoßen, aber natürlich haben Sie genau das gemeint, als Sie eben sagten, wir alle würden Sie belauern. Wir erkennen in Ihnen den Helden des Dramas, und wir haben uns hier versammelt, um zu erleben, was Sie tun werden.«

KAPITEL I

Strether sah sie einen Moment lang an; ihm dämmerte etwas. »Ich glaube, deswegen hat sich der Held in diesen Winkel geflüchtet. Sein Heldentum ängstigt ihn – er schreckt vor seiner Rolle zurück.«

»Ach, wir glauben aber trotzdem, dass er sie ausfüllen wird. Deswegen«, fuhr Miss Barrace freundlich fort, »sympathisieren wir mit Ihnen. Wir spüren, dass Sie Ihren Mann stehen werden.« Und dann, als er immer noch nicht richtig Feuer zu fangen schien: »Lassen Sie es nicht zu.«

»Dass Chad geht?«

»Ja, halten Sie ihn fest. Mit all dem hier« – in einer Geste deutete sie den umfassend geleisteten Tribut an – »hat er sein Soll erfüllt. Wir mögen ihn hier – er ist reizend.«

»Einfach herrlich«, sagte Strether, »wie es alle hier verstehen, die Dinge zu vereinfachen, wenn sie wollen.«

Doch sie hielt dagegen. »Kein Vergleich dazu, wie *Sie* vereinfachen werden, wenn Sie es müssen.«

Er zuckte zusammen, als vernähme er wahrhaftig die Stimme der Prophezeiung, und verstummte für einen Moment. Da sie jedoch gewillt schien, ihn auf der kalten Lichtung, die sich nach ihrer Unterhaltung auftat, allein zurückzulassen, hinderte er sie daran. »Heute Abend fehlt von einem Helden jede Spur; der Held duckt und drückt sich, der Held schämt sich. Deshalb, glaube ich, sollten sich alle *eigentlich* um die Heldin kümmern.«

Miss Barrace brauchte eine Minute. »Die Heldin?«

»Die Heldin. Ich habe sie«, sagte Strether, »so gar nicht wie ein Held behandelt. Oh«, seufzte er, »ich mache es wirklich nicht gut!«

Sie entlastete ihn. »Sie tun es, so gut Sie können.« Und dann, nach einem weiteren Zögern: »Ich glaube, sie ist zufrieden.«

Aber er war weiterhin zerknirscht. »Ich bin nicht einmal in ihrer Nähe gewesen. Ich habe sie keines Blickes gewürdigt.«

»Oh, dann haben Sie etwas versäumt!«

Er bewies, dass er es wusste. »Sie ist fabelhafter denn je?«

»Fabelhafter denn je. Und zusammen mit Mr. Pocock.«

Strether staunte. »Madame de Vionnet – mit Jim?«

»Madame de Vionnet – mit ›Jim‹.« Miss Barrace sagte es bedeutsam.

»Und was macht sie mit ihm?«

»Ah, das müssen Sie *ihn* fragen!«

Bei dieser Vorstellung hellte sich Strethers Miene auf. »Das verspricht amüsant zu werden.« Dennoch rätselte er weiter. »Aber sie muss doch irgendeinen Plan verfolgen.«

»Natürlich verfolgt sie einen – sie verfolgt zwanzig Pläne. In erster Linie verfolgt sie den Plan«, sagte Miss Barrace, indem sie sacht den Schildpattstiel schwenkte, »ihre Rolle zu spielen. Und ihre Rolle ist es, *Ihnen* zu helfen.«

Dies war so klar wie bisher noch nichts; einige Verknüpfungen fehlten zwar und Zusammenhänge blieben namenlos, aber plötzlich schienen sie beim Kern ihres Themas angelangt. »Ja; und wie viel besser hilft sie mir«, sinnierte Strether ernst, »als ich *ihr* helfe!« Dies überfiel ihn alles gleichsam durch die Nähe jener Schönheit, jener Anmut, jener leidenschaftlichen, aber sich verhüllenden Seele, zu der er, wie er sagte, den Kontakt ständig aufgeschoben hatte. »*Sie* hat Mut.«

»Oh, sie hat allerdings Mut!« stimmte Miss Barrace zu; und einen Augenblick schien es, als läsen sie sein Ausmaß einander vom Gesicht ab.

Doch es war sonnenklar. »Wie viel muss ihr daran liegen!«

»Ah, da haben wir es. Ihr liegt viel daran. Aber das«, fügte Miss Barrace mit Bedacht hinzu, »haben Sie doch wohl nie bezweifelt, oder?«

Plötzlich schien Strether, dass er es wirklich nie getan hatte. »Gewiss nicht, das ist der springende Punkt.«

KAPITEL I

»*Voilà!*« Miss Barrace lächelte.

»Nur darum hat man sich herüber bemüht«, fuhr Strether fort. »Und nur darum ist man so lange geblieben. Und nur darum«, er floss über –, »kehrt man auch nach Hause zurück. Darum, darum –«

»Alles nur darum!« pflichtete sie bei. »Darum könnte sie heute Abend – so wie sie aussieht und sich gibt, und so wie Ihr Freund ›Jim‹ sich geriert – etwa zwanzig sein. Das gehört auch zu ihren Plänen; ihm völlig mühelos und bezaubernd so jung zu erscheinen wie ein kleines Mädchen.«

Strether assistierte ihr aus der Ferne. »›Ihm‹? Chad? –«

»Chad natürlich immer. Doch heute Abend vor allem Mr. Pocock.« Und dann, als ihr Freund noch immer staunte: »Ja, dazu gehört allerdings Unerschrockenheit! Aber sie besitzt eines: ein unerhörtes Pflichtgefühl.« Es stand ihnen mehr als deutlich vor Augen. »Wenn Mr. Newsome alle Hände voll mit seiner Schwester zu tun hat –«

»Ist es wohl das mindeste« – vervollständigte Strether – »dass sie sich des Gatten seiner Schwester annimmt. Zweifellos – absolut das mindeste. Also hat sie sich seiner angenommen.«

»Sie hat sich seiner angenommen.« Mehr hatte Miss Barrace auch nicht gemeint.

Doch es war genug. »Das muss sehr komisch sein.«

»Oh, es *ist* komisch.« Das verstand sich eigentlich von selbst.

Aber es brachte sie zurück zum Thema. »Allerdings, wie viel muss ihr daran liegen!« Was Strethers Gesprächspartnerin zu einem vielsagenden »Ah!« veranlasste, in dem sich wohl eine gewisse Ungeduld aussprach, weil er so lange brauchte, um sich mit diesem Gedanken anzufreunden. Sie jedenfalls hatte sich längst mit ihm angefreundet.

II

Als Strether im Laufe der Woche eines Morgens erkannte, dass ihm die ganze Sache zuletzt wirklich auf den Leib rückte, empfand er spontan lediglich Erleichterung. Er hatte schon morgens gewusst, dass etwas passieren würde – hatte es gleich am Gebaren gemerkt, mit dem Waymarsh vor ihm auftauchte, als er in der kleinen glattgebohnerten und mit gedankenvollen Grübeleien verknüpften *salle-à-manger* eilig seinen Kaffee und ein Brötchen konsumierte. Strether hatte dort in letzter Zeit des Öfteren einsam und geistesabwesend gespeist; er beratschlagte hier, noch Ende Juni, mit einer geargwöhnten Kälte, mit der Luft alter Schauer, vermischt mit alten Gerüchen, mit der Luft, in der so viele seiner Eindrücke wunderlich gereift waren; mittlerweile erneuerte der Ort seine Botschaft an ihn gerade aufgrund seines Alleinseins. Er saß nun zumeist dort und beseufzte leise, während er zerstreut seine Karaffe kippte, die Vorstellung, um wie vieles angenehmer Waymarsh beschäftigt war. Das zählte für ihn nach üblichen Maßstäben tatsächlich als Erfolg – seinen Gefährten so deutlich vorangebracht zu haben. Er entsann sich, dass es anfangs kaum einen Ort zum Verweilen gegeben hatte, an dem jenen vorbeizulotsen ihm gelungen wäre; der tatsächliche Ausgang stellte sich zuletzt so dar, dass es kaum einen Ort gab, der ihn festzuhalten vermochte. Sein Vorwärtsstürmen – so stellte Strether sich lebhaft und belustigt vor – fand weiterhin fest an Sarahs Seite statt und barg überdies vielleicht des Rätsels Lösung, schlug mit seinem feinen, vollaromatischen Schaum die Grundlage, auf Gedeih und Verderb, seines eigenen, Strethers, Schicksals.

KAPITEL II

Es mochte am Ende doch sein, dass sie sich nur zusammengetan hatten, um ihn zu retten, und in der Tat, soweit es Waymarsh betraf, *musste* hier der Antrieb des Handelns liegen. Strether jedenfalls war im Zusammenhang mit dieser Sache froh, dass die Rettung, derer er bedurfte, nicht weniger Aufwand erforderte; in einem gewissen Licht bedeutete es einen ausgemachten Luxus, außerhalb des grellen Scheins verborgen zu liegen. In manchen Augenblicken fragte er sich ernsthaft, ob Waymarsh womöglich, um ihrer alten Freundschaft willen und dank einer durchaus denkbaren Nachsicht, nicht wirklich ebenso gute Bedingungen für ihn durchzusetzen vermochte, wie er selbst es könnte. Natürlich wären es nicht die gleichen Bedingungen; aber sie hätten eventuell den Vorteil, dass er selbst wahrscheinlich gar keine würde durchsetzen müssen.

Er kam morgens nie sehr spät herunter, doch Waymarsh war bereits unterwegs gewesen, und als er, nach einem knappen Blick in das düstere Refektorium, vor ihm erschien, geschah dies lange nicht mit der gewöhnlichen großen Lässigkeit. Mit einem weiteren Blick durch die breite, dem Hof zugewandte Fensterfront hatte er sich vergewissert, dass sie allein bleiben würden; und er verströmte jetzt tatsächlich etwas, das den Raum durchaus vereinnahmte. Er war sommerlich gekleidet; und von der üppigen und prall gewölbten weißen Weste abgesehen, begünstigte, ja bestimmte dieser Aufzug seinen Ausdruck. Er trug einen Strohhut, wie ihn sein Freund in Paris noch nicht gesehen, und sein Knopfloch zierte eine frische, prächtige Rose. Strether erfasste im Augenblick seine ganze Geschichte – wie er, seit einer Stunde in der besprengten Tagesfrische, die zu dieser Jahreszeit in Paris so wohltat, auf den Beinen, unter dem Pulsschlag des Abenteuers förmlich pustete, nachdem er mit Mrs. Pocock ganz unverkennbar den Marché aux Fleurs besucht hatte.

Strether empfand bei diesem Anblick wirklich eine dem Neid verwandte Freude; so vertauscht muteten ihn, wie jener da vor ihm stand, ihre früheren Positionen an; so vergleichsweise trübselig nahm sich nun, nach der jähen Drehung des Rades, die Haltung des Pilgers aus Woollett aus. Er fragte sich, dieser Pilger, ob er Waymarsh anfangs wohl ebenso stattlich und wohlauf, so bemerkenswert gut in Schwung erschienen sei, wie es letzterem jetzt vergönnt war, auf ihn zu wirken. Er erinnerte sich, dass sein Freund ihm bereits in Chester vorgehalten hatte, sein Aussehen strafe seine behauptete Erschöpfung Lügen; doch im Zweifelsfalle hätte sich gewiss keine Erscheinung finden lassen, die weniger als Waymarshs Gestalt den Anblick drohenden Verfalls geboten hätte. Strether hatte jedenfalls nie einem Pflanzer aus den glorreichen Tagen der Südstaaten geähnelt – diese malerische Vorstellung nämlich erweckte die gekonnte Kombination des bräunlich dunklen Gesichts mit dem breitkrempigen Panamahut seines Besuchers. Dieses Aspekts von Waymarsh, wie er belustigt vermutete, hatte Sarah sich fürsorglich angenommen; er war überzeugt, dass ihr Geschmack beim Plan für diesen Panama und dessen Erwerb nicht unbeteiligt gewesen war, ebenso wenig wie ihre zarten Finger an der bescherten Rose schuldlos waren. Bei diesem Strom von Gedanken geriet ihm in den Sinn, so wie einem eben manches merkwürdigerweise in den Sinn gerät, dass er nie mit den Hühnern aufgestanden war, um eine wunderbare Frau zum Marché aux Fleurs zu begleiten; dies konnte man ihm weder in Verbindung mit Miss Gostrey noch mit Madame de Vionnet nachsagen; die Gewohnheit, früh aufzustehen, um auf Abenteuer auszuziehen, ließ sich ihm überhaupt in gar keiner Weise nachsagen. Ihm ging in der Tat auf, dass es einmal mehr die übliche Sache mit ihm war: immerzu versäumte er Dinge, dank seines allgemeines Geschicks, sie zu versäumen, während andere dank des gegenteiligen Talents immerzu welche erlebten. Und die anderen wirkten enthaltsam, und er wirkte gierig; irgendwie bezahlte am Ende er die Zeche, und hauptsächlich die anderen ließen es sich gutgehen. Ja, er würde noch aufs Schafott steigen, ohne recht zu wissen, für wen. Er fühlte sich jetzt fast wie auf dem Schafott und genoss es im Grunde weidlich. Es klappte, eben *weil* ihm dort bangte – es klappte gerade aus dem Grund, weil Waymarsh wie das blühende Leben wirkte. Zur Abwechslung war es *seine* Erholungsreise, die sich als Erfolg erwies – so wie Strether es sich mit all seinen Plänen und Anstrengungen erhofft hatte. Diese Wahrheit lag seinem Gefährten bereits voll erblüht auf den Lippen; Wohlwollen entfloss ihnen gleichsam mit der Wärme regen Tätigseins ebenso wie mit einer Spur geschäftiger Hast.

»Mrs. Pocock, die ich vor einer Viertelstunde in Ihrem Hotel verließ, bat mich, Ihnen zu bestellen, sie würde Sie in etwa einer Stunde gern hier vorfinden. Sie möchte Sie sprechen; sie hat Ihnen etwas mitzuteilen – oder nimmt an, glaube ich, Sie hätten vielleicht ihr etwas mitzuteilen: darum habe ich sie selber gefragt, ob sie nicht gleich vorbeikommen möchte. Sie ist noch nicht hier gewesen – um unser Logis in Augenschein zu nehmen; und ich habe mir zu sagen erlaubt, ich sei überzeugt, Sie würden sich über ihren Besuch freuen. Mit anderen Worten, es gilt hier die Stellung zu halten, bis sie kommt.«

Diese Ankündigung erfolgte zwanglos, wenn auch, wie stets bei Waymarsh, ein bisschen feierlich; aber Strether entnahm dieser Unbeschwertheit rasch noch anderes. Es war, aus dieser Richtung, der erste Schritt zum Eingeständnis, über die Situation im Bilde zu sein; sein Puls schlug schneller; es bedeutete schlicht, schlussendlich habe er es einzig sich selbst zuzuschreiben, wenn er nicht wisse, wo er stehe. Er war mit seinem Frühstück fertig; er schob es weg und erhob sich. Es gab eine Menge Überraschungsmomente, indes nur eine Ungewissheit. »Für *Sie* gilt es ebenfalls, hier die Stellung zu halten?« Waymarsh war da eine Idee unklar gewesen.

Nach dieser Erkundigung jedoch ließ er nichts im unklaren; und die Tore von Strethers Auffassungsgabe hatten sich wahrscheinlich nie zuvor so weit und erfolgreich aufgetan wie in den folgenden fünf Minuten. Wie sich erwies, verspürte sein Freund keineswegs den Wunsch, ihm beim Empfang von Mrs. Pocock beizustehen; ihm sei durchaus klar, mit welcher Gesinnung sie sich hier einfinden werde; doch seine Rolle bei ihrem Besuch beschränke sich darauf, diesen – nun ja, man könnte sagen – ein wenig befördert zu haben. Er habe gedacht, und sie dies auch wissen lassen, Strether möchte eventuell der Ansicht sein, sie hätte längst vorbeikommen sollen. Jedenfalls hatte sie dies, wie sich herausstellte, selber schon geraume Zeit beabsichtigt. »Ich habe ihr erwidert«, sagte Waymarsh, »dies wäre eine glänzende Idee gewesen, wenn sie sich eher dazu entschlossen hätte.«

Strether bezeichnete die Idee als so glänzend, dass sie beinahe blendend zu nennen wäre. »Aber warum hat sie sich nicht eher dazu entschlossen? Sie hat mich jeden Tag gesehen – sie brauchte nur die Stunde zu bestimmen. Ich habe gewartet und gewartet.«

»Das habe ich ihr auch gesagt. Und sie hat ebenfalls gewartet.« In höchst wunderlicher Weise meldete sich hier, wie sein Ton verriet, ein neuer, herzlicher, drängender, überredender Waymarsh zu Wort; ein Waymarsh, der ein gänzlich anderes Empfinden an sich verspürte, als er bislang offenbart hatte, und das ihm tatsächlich etwas nahezu Einschmeichelndes verlieh. Ihm fehlte lediglich die Zeit, sein Überzeugungswerk zu vollenden, und Strether sollte gleich sehen, weshalb. Zwischenzeitlich allerdings, erkannte unser Freund, kündigte er einen recht großmütigen Schritt Mrs. Pococks an, so dass er eine scharfe Frage verübeln mochte. Eigentlich lag es durchaus in seinem eigenen Bestreben, scharfe Fragen sanft zum Schweigen gebracht zu haben. Er schaute seinem alten Gefährten ganz direkt in die Augen, und er hatte ihm noch nie in solch stummer Weise so viel herzliches Vertrauen, so reichen, guten Rat übermittelt. Alles, was zwischen ihnen war, stand jetzt wieder in seinem Gesicht, indes gereift und erledigt und schließlich abgetan. »Jedenfalls«, fügte er hinzu, »kommt sie nun.«

Wenn man bedenkt, wie viele Teile hier zusammenfinden mussten, so fügten sie sich in Strethers Kopf rasch zu einer festen Ordnung. Er sah sofort, was geschehen war und was wahrscheinlich noch geschehen würde; und das alles war recht komisch. Vielleicht bescherte ihm gerade diese ungehemmte Einsicht den Anfall von Übermut. »*Wozu* kommt sie denn? – um mich umzubringen?«

»Sie kommt, um sehr, *sehr* liebenswürdig zu Ihnen zu sein, und, gestatten Sie mir die Bemerkung, ich hoffe außerordentlich, Sie sind es ihr gegenüber nicht weniger.«

Waymarsh verlieh diesen Worten den großen Ernst einer Ermahnung, und wie Strether da so vor ihm stand, war ihm klar, dass es nur einer einzigen Bewegung bedurfte, um die Haltung eines Mannes einzunehmen, der dankbar ein Geschenk empfängt. Die Gabe bestand in der Gelegenheit, in deren Genuss er, wie der gute alte Waymarsh erraten zu haben glaubte, zu seinem Leidwesen noch nicht gründlich gekommen sei; deshalb hatte er sie ihm so wie auf einem kleinem silbernen Frühstückstablett überbracht, ungezwungen, doch stilvoll – ohne bedrückenden Pomp; und er sollte sich verbeugen, sollte lächeln, anerkennen, akzeptieren, Nutzen ziehen und dankbar sein. Es wurde nicht von ihm verlangt – das war das Erfreuliche –, zu viel von seiner Würde hinzuopfern. Kein Wunder, wenn der alte Knabe in dieser von ihm selbst destillierten linden Luft blühte. Strether schien es einen Moment, als liefe Sarah tatsächlich draußen auf und ab. Lauerte sie nicht bereits an der *porte-cochère*, während ihr Freund rasch einen Weg eröffnete? Strether würde sie treffen und diesen Weg notgedrungen beschreiten, und ein jegliches stünde zum Besten in der besten aller möglichen Welten. Nie hatte er so genau gewusst, was jemand bezweckte, wie er es im Lichte dieser Demonstration jetzt von Mrs. Newsome wusste. Es war zu Waymarsh über Sarah gelangt, aber zu Sarah über ihre Mutter, und es war eine lückenlose Kette, über die es zu *ihm* gelangte. »Ist irgendetwas Besonderes vorgefallen«, fragte er nach einer Minute – »das sie so plötzlich dazu bringt? Unerwartete Nachrichten von zu Hause?«

Waymarsh musterte ihn darauf, wie ihm schien, schärfer denn je. »Unerwartete?« Er zögerte kurz; dann jedoch sagte er bestimmt: »Wir verlassen Paris.«

»Tatsächlich? Das kommt allerdings plötzlich.«

Waymarsh war da anderer Ansicht. »Weniger plötzlich, als es den Anschein haben mag. Der Zweck von Mrs. Pococks Besuch ist, Ihnen zu erklären, dass es eigentlich *nicht* plötzlich kommt.«

Strether wusste absolut nicht, ob er wirklich über einen Vorteil verfügte – über irgendetwas, das dafür gelten könnte; doch einstweilen genoss er es – wie zum ersten Mal in seinem Leben –, sich so zu stellen. Amüsanterweise überlegte er, ob er sich dabei unverschämt vorkam. »Jede Erklärung, ich versichere es Ihnen, soll mir hochwillkommen sein. Ich werde Sarah mit dem allergrößten Vergnügen empfangen.«

Das düstere Leuchten im Blick seines Gefährten verdunkelte sich noch; doch ihm fiel auf, wie rasch es wieder erlosch. Es war zu verquickt mit einem anderen Empfinden – begraben – wie man sagen könnte – unter Blumen. Er trauerte ihm für den Moment wirklich nach – dem armen lieben alten düster glühenden Blick! Mit ihm war auch etwas Geradliniges und Schlichtes, etwas Schweres und Leeres verschwunden; etwas, das ihm an seinem Freund am Vertrautesten gewesen war. Irgendwie wäre Waymarsh einfach nicht mehr sein Freund ohne die gelegentliche Zier des heiligen Zorns, und auch das Recht auf den heiligen Zorn – von unschätzbarem Wert für Strethers Nächstenliebe – schien er gewissermaßen, und an Sarahs Seite, verwirkt zu haben. Strether entsann sich, wie er in den ersten Tagen ihres Aufenthalts hier an gleicher Stelle sein ernstes, unheilvolles »Lassen Sie's bleiben!« statuiert hatte, und bei dieser Erinnerung überkam ihn das Gefühl, dass er selber jetzt nur eine Haaresbreite davon entfernt war, denselben Ton anzuschlagen. Waymarsh verlebte angenehme Tage – so lautete die für ihn unbequeme Wahrheit – und er verlebte sie hier und jetzt, er verlebte sie in Europa, er verlebte sie ausgerechnet im Schutze von Umständen, die er nicht im entferntesten guthieß; wodurch er insgesamt in eine schiefe Lage geriet, die keinen Ausweg bot – zumindest keinen im großen Stil. Es war praktisch der Allerweltsstil – es war nahezu des armen Strethers eigener Stil –, dass er, statt irgendetwas für sich zu reklamieren, lediglich versuchte, das Beste aus der Notwendigkeit zu machen, sich selber rechtfertigen zu müssen. »Ich reise nicht auf direktem Weg in die Vereinigten Staaten. Mr. und Mrs. Pocock und Miss Mamie planen eine kleine Tour, bevor sie selbst zurückkehren, und wir sprechen seit einigen Tagen davon, uns zusammenzutun. Wir haben jetzt verabredet, es so zu machen und Ende des nächsten Monats gemeinsam nach drüben zu fahren. Aber morgen brechen wir auf in die Schweiz. Mrs. Pocock möchte etwas Landschaft genießen. Bis jetzt bekam sie da noch nicht viel geboten.«

Auch er war auf seine Weise tapfer, hielt nichts zurück, bekannte sich zu allem und überließ es Strether einzig, gewisse Zusammenhänge herzustellen. »Hat Mrs. Newsome per Kabel den unverzüglichen Aufbruch ihrer Tochter verfügt?«

Hier allerdings reckte der große Stil doch ein wenig das Haupt. »Ich weiß nichts von Mrs. Newsomes Kabeln.«

Darauf wechselten sie einen intensiven Blick – in diesen wenigen Sekunden vollzog sich etwas, das in gar keinem Verhältnis zu dieser kurzen Zeitspanne stand. Strether, der seinen Freund also anblickte, glaubte diese Antwort nämlich nicht – und *daraus* wiederum folgte eine weitere Konsequenz. Ja – Waymarsh wusste von Mrs. Newsomes Kabeln: aus welchem anderen Grund hätten sie sonst bei Bignon dinieren sollen? Strether gewann in diesem Augenblick sogar den Eindruck, das Diner habe zu Mrs. Newsomes Ehren stattgefunden; und er gewann überdies den starken Eindruck, sie müsse davon gewusst und es, wie er sich vorstellen konnte, honoriert und abgesegnet haben. Er erlebte die flüchtige, verschwommene Vision von täglichen Kabeln, Fragen, Antworten, Signalen: ausreichend klar hingegen präsentierte sich seine Vision des Aufwands, in den die daheimgebliebene überspannte Dame bereit war sich zu stürzen. Nicht weniger lebhaft geriet seine Erinnerung, was sie, in den langen Jahren, da er sie beobachtete, manche ihrer Ausflüge in exaltierte Höhen gekostet hatte. Sie war jetzt eindeutig auf dem Gipfel angekommen, und Waymarsh, der sich einbildete, ein unabhängiger Akteur zu sein, gab in Wahrheit einen, seine schöne natürliche Stimme forcierenden, überstrapazierten Begleiter. Dem Hinweis auf seinen Botengang glaubte Strether entnehmen zu können, dass sie sich mittlerweile herbeiließ, ihn als Vertrauten zu behandeln, und das raubte ihr, wie sonst nichts bisher, eine besondere Nuance seiner Hochachtung. »Wissen Sie«, fragte er, »ob Sarah von zu Hause angewiesen wurde, bei mir vorzufühlen, ob ich mit in die Schweiz reise?«

»Ich«, sagte Waymarsh so mannhaft wie möglich, »weiß gar nichts über ihre privaten Angelegenheiten; obwohl ich glaube, dass sie in Übereinstimmung mit Dingen handelt, die meinen absoluten Respekt verdienen.« Es klang so mannhaft wie möglich, aber der Ton blieb weiterhin falsch – was er, um eine so erbärmliche Behauptung zu vermitteln, zwangsläufig sein musste. Waymarsh wusste alles, dieses Gefühl wuchs in Strether, was er soeben abstritt, und seine kleine Strafe bestand darin, zu einer zweiten Flunkerei verurteilt zu sein. Welch schlimmere Rache gab es, als einen charakterlich so beschaffenen Mann in eine derart schiefe Lage zu bringen? Schließlich zwängte er sich durch einen Durchschlupf, in dem er vor drei Monaten gewiss stecken geblieben wäre. »Mrs. Pocock dürfte wahrscheinlich bereit sein, jede Frage, die Sie ihr stellen, persönlich zu beantworten. Aber«, fuhr er fort, *»aber –!«* Hier stockte er.

»Aber was? Zu viele Fragen sollte ich ihr nicht stellen?«

Waymarsh machte ein gewichtiges Gesicht, doch der Schaden war nun mal angerichtet; er konnte tun und lassen, was er wollte, er wirkte einfach immer rosig. »Tun Sie nichts, was Sie bereuen würden.«

Es war, wie Strether ahnte, in abgemilderter Form das, was ihm eigentlich auf der Zunge gelegen hatte; eine plötzliche Wende zur Direktheit und dadurch die Stimme der Aufrichtigkeit. Er hatte einen bittenden Ton angeschlagen, und das änderte für unseren Freund die Sache sofort und setzte Waymarsh wieder an seine alte Stelle. Zwischen ihnen herrschte ein Verständnis wie an jenem ersten Morgen in Sarahs Salon und in ihrer und Madame de Vionnets Gegenwart; und die große gute Absicht wurde zuletzt doch wieder sichtbar. Nur hatte sich das seitens Waymarsh als selbstverständlich vorausgesetzte Ausmaß des Widerhalls jetzt verdoppelt, verzehnfacht. Dies zeigte sich, als er gleich sagte: »Natürlich brauche ich Ihnen nicht zu versichern, dass ich hoffe, dass Sie uns begleiten.« In diesem Moment zeigten sich Waymarshs Verflechtungen und Erwartungen für Strether beinahe erschütternd plump.

Er klopfte ihm auf die Schulter, während er sich bedankte und die Frage ignorierte, ob er die Pococks begleiten werde; er bekundete seine Freude, ihn wieder einmal so beherzt und unabhängig losziehen zu sehen, und verabschiedete sich beinahe auf der Stelle. »Ich sehe Sie vor Ihrer Abreise natürlich noch; einstweilen bin ich Ihnen sehr verbunden, dass Sie das vorhin Besprochene in so passender Weise arrangiert haben. Ich werde dort im Hof auf und ab gehen – in dem kleinen guten alten Hof, den wir beide so oft während der letzten paar Monate zur Melodie unserer Höhenflüge und unserer Abstürze, unserer Bedenklichkeiten und unserer Hechtsprünge durchmessen haben: Ich werde hier, lassen Sie das Sarah bitte wissen, voller Ungeduld und Spannung warten, bis zu ihrem liebenswürdigen Erscheinen. Sie können mich unbesorgt mit ihr allein lassen«, er lachte; »ich versichere Ihnen, ich werde ihr nichts tun. Ich glaube auch nicht, dass sie *mir* etwas tut: Ich befinde mich in einer Situation, wo Einbußen schon längst einkalkuliert sind. *Das* bereitet Ihnen ohnehin kein Kopfzerbrechen – aber bitte, keine Erklärungen! Wir sind schon in Ordnung, so wir sind: das war der jedem von uns bestimmte Erfolg unseres Abenteuers. Anscheinend waren wir nicht in Ordnung, so wie wir vorher waren; unter dem Strich sind wir rasch ein gutes Stück weitergekommen. Ich wünsche Ihnen viel Vergnügen in den Alpen.«

Waymarsh blickte zu Strether auf, als stünde er bereits am Fuß besagter Berge. »Ich weiß nicht, ob ich wirklich mitfahren soll.«

Hier meldete sich das Milroser Gewissen mit Milrose' leibhaftiger Stimme, doch, ach, sie klang kraftlos und matt! Strether schämte sich auf einmal herzlich für ihn; er atmete größere Kühnheit. »Ganz im Gegenteil, Sie sollten fahren – in jede sich bietende, erfreuliche Richtung. Dies sind kostbare Stunden – in unserem Alter kehren sie vielleicht nicht wieder. Riskieren Sie nicht, dass Sie sich in Milrose nächsten Winter sagen müssen, es hätte Ihnen der Mut gefehlt.« Und dann, als sein Gefährte ihn mit einem sonderbaren Blick fixierte: »Seien Sie Mrs. Pococks würdig.«

»Ihrer würdig?«

»Sie sind ihr eine große Hilfe.«

Waymarsh betrachtete dies als eine jener unliebsamen Wahrheiten, die dennoch, wenn man sie ausspricht, nicht der Ironie entbehrten. »Was man von Ihnen nicht behaupten kann.«

»Eben da liegen Ihre Chance und Ihr Vorteil. Außerdem«, sagte Strether, »leiste ich auf meine Weise einen Beitrag. Ich weiß, was ich tue.«

Waymarsh hatte seinen breitkrempigen Panama aufbehalten, und als er jetzt dichter bei der Tür stand, war sein letzter Blick aus dessen Schatten wieder dunkel und drohend. »Ich ebenfalls. Hören Sie mal, Strether.«

»Ich weiß, was Sie sagen wollen. ›Lassen Sie's bleiben‹, ja?«

»Lassen Sie's bleiben!« Aber es fehlte die alte Heftigkeit; es blieb nichts davon übrig; es verschwand mit ihm aus dem Raum.

III

Beinahe das erste, bei dem Strether sich etwa eine Stunde später in Sarahs Gegenwart seltsamerweise ertappte, war die deutliche Bemerkung, ihr gemeinsamer Freund lasse jene Eigenschaft vermissen, die an der Oberfläche sein besonderer Vorzug gewesen sei. Es scheine – er spielte dabei natürlich auf den großen Stil an –, der gute Mann habe ihn einem anderen Vorteil geopfert; aber das könne selbstverständlich nur er selbst beurteilen. Es mochte auch schlicht daher kommen, dass es um seine körperliche Verfassung so viel besser stand als vor seiner Ankunft; dies alles sei prosaisch, relativ erfreulich und banal. Und letzten Endes nehme sich seine gebesserte Gesundheit zum Glück ja wirklich großartiger aus als jeder Stil, den ihn diese womöglich gekostet habe. »Sie allein, liebe Sarah« – Strether wagte den Sprung – »haben ihm, wie mir scheint, in diesen drei Wochen so gutgetan wie nichts in all der Zeit zuvor.«

Es bedeutete ein Wagnis, weil das Spektrum der Implikationen unter den Umständen irgendwie ›komisch‹ wirkte und noch komischer wurde durch Sarahs Haltung, durch die Wende, welche die Situation mit ihrem Erscheinen spürbar genommen hatte. Ihr Erscheinen war wirklich am komischsten – die sie beherrschende Stimmung, die er ihr anmerkte, kaum, dass sie da war, die Spur von Unklarheit, die sich für ihn lichtete, sobald er mit ihr in dem kleinen *salon de lecture* Platz genommen hatte, der all die Wochen über zumeist Zeuge des Abflauens seiner anfangs flammenden Debatten mit Waymarsh gewesen war. Ihr Kommen bedeutete für sie einen gewaltigen, einen ganz enormen Schritt: diese Wahrheit entfaltete sich jetzt vor ihm, obwohl er bereits vorher eine recht lebhafte Vorstellung davon erlangt hatte. Er hatte genau das getan, was er Waymarsh versprochen hatte – war im Hof auf und ab geschritten, während er ihr Eintreffen erwartete, und ihm war dabei ein Licht aufgegangen, das jetzt die Szene zu überfluten schien. Sie hatte sich zu dieser Aktion entschlossen, um im Zweifelsfall zu seinen Gunsten zu entscheiden, um ihrer Mutter berichten zu können, sie habe ihm bis an die Grenze der Unterwürfigkeit den Weg geebnet. Zweifel hatten darüber bestanden, ob er nicht meinen könnte, sie habe den Weg nicht für ihn geebnet – und die diesbezügliche Warnung rührte möglicherweise vom objektiveren Waymarsh. Jedenfalls hatte Waymarsh seinen Einfluss gewiss geltend gemacht – er hatte darauf hingewiesen, wie wichtig es sei, ihrem Freund einen Grund zur Beschwerde zu entziehen. Sie hatte seinen Einwand gewürdigt und saß dort nun, um sich mit einem hohen Ideal zu versöhnen, tatsächlich in eigener Person und all ihrer Pracht. Ihr Kalkül zeigte sich klar in der Starrheit, mit der sie den langen Stock ihres Sonnenschirms auf Armeslänge senkrecht vor sich hielt, gleichsam als sei sie hier eingefallen, um ihr Banner aufzupflanzen; es zeigte sich in den diversen Maßnahmen, die sie ergriff, um nicht nervös zu erscheinen, sowie in der aggressiven Gelassenheit, mit der sie nichts weiter tat, als auf ihn zu warten. Es konnte von dem Moment an kein Zweifel mehr herrschen, als er erkannte, dass sie ohne auch nur einen Vorschlag gekommen war; dass es ihr schlicht um die Demonstration ging, was sie gewillt war zu akzeptieren. Sie war gekommen, um seine Unterwerfung zu akzeptieren, und Waymarsh hätte ihm begreiflich machen sollen, dass sie nichts Geringeres erwartete. Er, ihr Gastgeber, überschaute in diesem günstigen Stadium fünfzig Dinge; aber eines davon machte er besonders deutlich aus, dass nämlich ihr bang beflissener Freund nicht ganz die von ihm verlangte, geschickte Hand besessen hatte. Immerhin hatte Waymarsh die Bitte vorgetragen, sie möge ihn milde antreffen, und während er sich vor ihrer Ankunft im Hof aufhielt, hatte er fleißig die verschiedenen Möglichkeiten durchgespielt, wie dies für ihn praktikabel sei. Die Schwierigkeit lautete: Zeigte er sich milde, dann wäre er für ihre Zwecke nicht schuldbewusst genug. Wenn sie ihn sich schuldbewusst wünschte – und alles an ihr schrie förmlich danach – musste sie sich folglich der Mühe unterziehen, ihn dazu zu bringen, dass er sich so fühlte. Schuldbewusst war er von sich aus – doch wegen allzu vieler Dinge; sie musste sich schon das Passende aussuchen.

Tatsächlich wurde das Problem dann endlich beim Namen genannt, und als es so weit war, hatten sie den Kernpunkt erreicht. Eigentlich hätte alles Mögliche dahin führen können; als Strether Waymarshs nahenden Abschied erwähnte, kamen unvermeidlich Mrs. Pococks ähnlich geartete Pläne zur Sprache, und dann war es zur völligen Klarheit nur noch ein kleiner Sprung. Allerdings strahlte das Licht danach so intensiv, dass Strether in der ungeheuren Grelle zweifellos nur halbwegs zu erkennen vermocht hätte, welches der beiden Dinge die Sache letztendlich ins Rollen gebracht hatte. Auf dem beengten Raum stand das Ganze so greifbar zwischen ihnen, wie etwas, das plötzlich krachend und scheppernd auf den Boden gekippt worden war. Strether sollte sich in der Weise unterwerfen, dass er binnen vierundzwanzig Stunden einer Pflicht nachkam. »Er reist auf der Stelle ab, sobald Sie ihm das Zeichen geben – er hat mir sein Ehrenwort gegeben.« Diese Erklärung folgte in der Reihe, außer der Reihe, in Bezug auf Chad, nach dem Gepolter. Sie erfolgte wiederholt in der Zeit, die Strether brauchte, um sich klar zu werden, dass er in seiner Rigorosität sogar noch stärker gefangen war, als er vermutet hatte – wobei er sich nicht scheute, die Zeit ein wenig zu strecken, indem er ihr mitteilte, diese Art der Darstellung seitens ihres Bruders finde er doch einigermaßen überraschend. Sarah war zuletzt keineswegs merkwürdig – sie war einfach nur großartig; und er spürte mühelos, wo ihre Stärke lag – ihre ureigene Stärke. Er hatte sich bisher nie so klare Rechenschaft darüber abgelegt, dass sie in nobler Art und berufener Weise diensteifrig war. Sie vertrat Interessen, die erhabener und klarer waren als die ihres armen kleinen persönlichen, ihres armen kleinen Pariser Schwebezustands, und all sein Wissen um Mrs. Newsomes moralischen Druck profitierte durch diesen Beweis von dessen stabilisierender Kraft. Sie würde gestützt werden; sie würde gestärkt werden; er brauchte sich nicht um sie zu sorgen. Folgendes wäre ihm erneut deutlich geworden, hätte er es sich klarzumachen versucht: Da Mrs. Newsome im wesentlichen aus moralischem Druck bestand, war das Vorhandensein dieses Elements beinahe gleichbedeutend mit ihrer physischen Präsenz. Zwar war ihm nicht so, als verhandle er direkt mit ihr, doch zweifellos war ihm so, als hätte sie direkt mit *ihm* verhandelt. Sie erreichte ihn gewissermaßen mit dem verlängerten Arm des Geistes, und insoweit musste er ihr Rechnung tragen; aber er seinerseits erreichte sie nicht, zwang sie nicht, *ihm* Rechnung zu tragen; er erreichte bloß Sarah, die ihm offenkundig so wenig Rechnung trug. »Augenscheinlich ist zwischen Ihnen und Chad etwas vorgegangen«, sagte er bald, »über das ich doch wohl etwas besser berichtet sein sollte. Schiebt er alles«, fragte er lächelnd, »auf mich?«

»Sind Sie hier herübergekommen«, fragte sie, »um alles auf *ihn* zu schieben?«

Aber er reagierte darauf nur, indem er nach einem Moment sagte: »Oh, es stimmt schon. Ich meine, es stimmt schon, wenn Chad Ihnen gesagt hat – nun, was auch immer er gesagt haben mag. Ich nehme alles auf mich –, was er auf mich schiebt. Aber ich muss erst ihn treffen, bevor ich Sie wieder treffe.«

Sie zögerte, doch sie sprach es aus. »Ist es unumgänglich, dass Sie mich noch einmal treffen?«

»Sicher, wenn ich Ihnen irgendetwas Endgültiges sagen soll.«

»Wenn es nach Ihnen ginge«, erwiderte sie, »sollte ich mich also immer wieder mit Ihnen treffen, nur um mich neuen Demütigungen auszusetzen?«

Er bedachte sie mit einem längeren Blick. »Lauten Ihre Anweisungen von Mrs. Newsome, selbst auf das Schlimmste hin restlos und unwiderruflich mit mir zu brechen?«

»Meine Anweisungen von Mrs. Newsome sind, wenn Sie erlauben, meine Sache. Sie wissen durchaus, wie Ihre Instruktionen lauteten, und können selber beurteilen, was Sie davon haben, ihnen in dieser Weise nachgekommen zu sein. Jedenfalls ist doch wohl offensichtlich, dass ich, wenn ich mich selber nicht bloßzustellen wünsche, noch weniger wünschen *kann*, sie bloßzustellen.« Sie hatte bereits mehr gesagt, als von ihr beabsichtigt; doch obwohl sie sich unterbrochen hatte, verriet ihm ihre Gesichtsfarbe, er werde im nächsten Augenblick alles zu hören bekommen. Er spürte jetzt in der Tat, wie wichtig dies für ihn wäre. »Was ist denn Ihr Verhalten«, legte sie wie zur Erklärung los, »was ist Ihr Verhalten denn anderes als eine grobe Beleidigung für Frauen wie *uns*? Ich meine, so zu tun, als könne es auch nur den mindesten Zweifel geben – bei der Wahl zwischen uns und einer solchen Person –, wo seine Pflichten liegen?«

Er überlegte einen Moment. Es war ein bisschen viel auf einmal; nicht nur die eigentliche Frage, sondern auch die schmerzhaften Abgründe, die sie enthüllte. »Es sind natürlich völlig verschiedene Formen von Pflicht.«

»Wollen Sie etwa behaupten, es bestünde für ihn überhaupt eine Pflicht – gegenüber einer solchen Person?«

»Meinen Sie Madame de Vionnet gegenüber?« Er nannte den Namen nicht, um sie zu kränken, sondern erneut, um Zeit zu gewinnen – Zeit, die er benötigte, um noch etwas ganz anderes und Weiterreichendes zu überschauen als ihre eben ausgesprochene Forderung. Er erfasste nicht gleich die ganze Tragweite ihres Affronts; aber als er es dann tat, konnte er nur mit Mühe einen dumpfen, undeutlichen Laut unterdrücken, einen Laut, der beinahe einem Knurren glich. Alle Beweise, dass Mrs. Pocock die mit Chad vorgegangene Wandlung wahrzunehmen versäumt hatte – alles was bei diesem Versäumnis vorsätzlich anmutete –, erschien ihm nun gleichsam als großes, lose zusammengeballtes Bündel, das ihm ihre Worte ins Gesicht schleuderten. Insofern verschlug ihm das Geschoss die Sprache; er fand sie allerdings gleich wieder. »Nun, wenn eine Frau so charmant und zugleich so gütig ist –«

»Da kann man ihr, ohne rot zu werden, Mütter und Schwestern opfern, und man kann sie den Ozean überqueren lassen, damit sie umso deutlicher zu fühlen und von Ihnen um so direkter demonstriert bekommen, *wie* man sie opfert?«

Ja, so kurz und scharf hatte sie ihn abgekanzelt und ihm das Wort abgeschnitten; aber er bemühte sich, nicht in ihrem Griff zu zappeln. »Ich glaube nicht, dass ich irgendetwas in so berechnender Weise getan habe, wie Sie es mir unterstellen. Alles hat sich irgendwie untrennbar auseinander ergeben. Dass Sie herübergekommen sind, hing eng damit zusammen, dass ich vor Ihnen hierhergereist bin, und meine Reise war eine Folge unserer gemeinsamen Stimmung. Unsere gemeinsame Stimmung entsprang wiederum unserer sonderbaren Unwissenheit, unseren sonderbaren Trugschlüssen und Verwechslungen – aus deren Tiefe uns mittlerweile eine unerbittliche Flut von Erkenntnissen auf die vielleicht noch seltsamere Höhe unseres Wissens gespült zu haben scheint. *Gefällt* Ihnen Ihr Bruder nicht, so wie er ist?« fuhr er fort. »Und haben Sie Ihrer Mutter denn nicht klar zu verstehen gegeben, was das alles bedeutet?«

Auch sein Ton konfrontierte sie zweifellos mit zu vielen Dingen; zumindest wäre dies der Fall gewesen, hätte seine letzte Anklage ihr nicht geholfen. In dem Stadium, in dem sie sich befanden, half ihr alles, weil alles seine grundlegende Absicht verriet. Er erkannte – auf welch seltsamen Wegen die Dinge doch ans Licht kamen! –, hätte er sich nur etwas ungestümer gebärdet, hätte man ihn für weniger abscheulich gehalten. Was ihn entlarvte, war wieder einmal seine arme alte Manie, sich still nach innen zu kehren, was ihn entlarvte, war, dass er sich derartige Beleidigungen nur *vorstellte*. Er verspürte allerdings keineswegs das ihm von Sarah angedichtete Bedürfnis, sie zu reizen, und so blieb ihm schließlich nichts weiter übrig, als sich ihrer empörten Ansicht anzubequemen. Sie war überhaupt in deutlich größerer Rage, als erwartet, und er würde sie wahrscheinlich besser verstehen, wenn er erst einmal wusste, was sich zwischen ihr und Chad abgespielt hatte. Bis dahin mussten ihre Ansicht über seine außerordentliche Niedertracht, ihre offenkundige Überraschung, dass er sich nicht an die Stange klammerte, die sie ihm hinhielt, als überspannt gelten. »Ich stelle Ihnen frei, sich zu schmeicheln«, erwiderte sie, »das, wovon Sie sprechen, sei *Ihr* gelungenes Werk. Wenn etwas bereits auf so reizende Weise geschildert worden ist –!« Aber sie unterbrach sich, und ihre Kritik an seiner Beschreibung schallte ausreichend laut. »Halten Sie sie auch nur im entferntesten für eine anständige Frau?«

Ah, endlich! Sie vergröberte die Angelegenheit mehr, als er es für seine Zwecke bisher hatte tun müssen; doch im wesentlichen lief es auf ein und dasselbe hinaus. Es ging um etwas Großes – etwas wirklich Großes; und sie, diese arme Dame, machte es so klein. Er wurde sich, wie jetzt häufiger, eines seltsamen Lächelns bewusst, und im nächsten Moment hörte er sich reden wie Mrs. Barrace. »Sie erschien mir von Anfang an fabelhaft. Außerdem dachte ich, auch Sie dürften in ihr etwas relativ Neues und Gutes kennengelernt haben.«

Damit hatte er Mrs. Pocock jedoch nur die beste Vorlage zum Spott geliefert. »Etwas relativ Neues? Das hoffe ich aus tiefstem Herzen!«

»Ich meine«, erklärte er, »ihre exquisite Liebenswürdigkeit hätte Ihnen gefallen können – eine wahre Offenbarung, als das habe ich sie empfunden; ihre Vortrefflichkeit, wie auch ihre Vornehmheit in jeder Beziehung.«

Er war in seiner Wortwahl bewusst etwas ›preziös‹ gewesen; aber es hatte sein müssen – nur so konnte er ihr den wahren Sachverhalt vor Augen führen; und überdies war es ihm jetzt wohl gleichgültig, als preziös zu gelten. Er hatte seiner Sache freilich keinen Dienst erwiesen, denn sie attackierte seine ungeschützte Flanke. »»Eine Offenbarung‹ – für *mich*: Ich wäre gekommen, um die Offenbarung einer solchen Frau zu erleben? Sie sprechen von Vornehmheit – *Sie*, der Sie so privilegiert waren? –, während die vornehmste Frau, der wir beide auf dieser Welt begegnet sein dürften, in ihrer Einsamkeit dasitzt – beleidigt durch Ihren bodenlosen Vergleich!«

Mit Mühe versagte Strether es sich abzuschweifen, blickte aber umher. »Stammt die Bemerkung, sie fühle sich beleidigt, von Ihrer Mutter selbst?«

Sarahs Antwort kam so direkt, so ›prompt‹, hätte man sagen können, dass er augenblicklich ihren Ursprung witterte. »Sie hat den Ausdruck all ihrer persönlichen Gefühle und die Wahrung ihrer persönlichen Würde meinem Urteil und meinem Zartgefühl anvertraut.«

Dies waren genau die Wort der Herrin von Woollett – er hätte sie unter Tausenden erkannt; letzte Weisung an ihr scheidendes Kind. Mrs. Pocock folgte insofern also peinlich genau den Vorschriften, und das rührte ihn sehr. »Falls sie wirklich so empfindet, wie Sie es behaupten, dann ist das natürlich ganz ganz schrecklich. Man sollte eigentlich meinen, ich hätte genügend Beweise erbracht«, fügte er hinzu, »meiner tiefen Bewunderung für Mrs. Newsome.«

»Und welchen Beweis, bitte, würden Sie als genügend bezeichnen? Dass Sie meinen, diese Person hier sei ihr so hoch überlegen?«

Wieder dachte er nach; er wartete. »Ach, liebe Sarah, Sie müssen mir diese Person *hier* lassen!«

In seinem Verlangen, jede unfeine Erwiderung zu vermeiden, zu zeigen, wie er sich nachgerade störrisch an seinen Fetzen Vernunft klammerte, hatte er diese Bitte leise, beinahe klagend im Ton geäußert. Trotzdem wusste er, dass er sich vielleicht nie in seinem ganzen bisherigen Leben so eindeutig erklärt hatte, und die Reaktion seiner Besucherin bestätigte es buchstäblich. »Ebendas tue ich mit dem größten Vergnügen. *Wir* wollen sie weiß Gott nicht haben! Sie hüten sich«, erklärte sie in noch schrillerem Ton, »auf meine Frage nach ihrem Leben einzugehen. Wenn Sie darin etwas erblicken, worüber man auch nur *sprechen* kann, dann gratuliere ich Ihnen zu Ihrem Geschmack!«

Das Leben, auf das sie anspielte, war natürlich Chads und Madame de Vionnets Leben, das sie auf eine Art in einen Topf warf, die ihn doch zusammenzucken ließ; denn er kam nicht umhin, die ganze Tragweite ihrer Worte zu ermessen. Trotzdem war es inkonsequent, dass er, der sich wochenlang am typischen Vorgehen dieser fabelhaften Frau erfreut hatte, darunter litt, wenn andere es charakterisierten. »Ich hege die allerhöchste Meinung von ihr, und habe zugleich das Gefühl, dass mich ihr ›Leben‹ wirklich nichts angeht. Das heißt, es geht mich lediglich insofern etwas an, als es Chads Leben beeinflusst; und wie sich gezeigt hat – sehen Sie das denn nicht? – ist Chads Leben überaus günstig beeinflusst worden. Probieren geht über Studieren« – versuchte er sich ziemlich erfolglos mit etwas Humor herauszuhelfen, während sie ihn immer weiterreden ließ, als wolle sie, dass er tiefer und tiefer hineingeriet. Er hielt sich jedoch ganz passabel, so gut es ohne frische Beratschlagung eben ging; er würde, das spürte er, allerdings so lange keinen ganz festen Grund unter den Füßen spüren, bis er wieder Verbindung mit Chad aufgenommen hatte. Trotzdem konnte er noch immer für die Frau eintreten, die zu ›retten‹ er so fest versprochen hatte. Diese Atmosphäre war ihrer Rettung nicht günstig; aber da sie zusehends noch frostiger wurde, was sollte man anderes daraus lesen, als die Mahnung, im schlimmsten Falle riskiere man, *mit* ihr zugrunde zu gehen. Und es war ganz einfach – es war elementar: sie nie, niemals zu verraten. »Ich finde an ihr so viele Vorzüge, dass Sie vermutlich nicht die Geduld aufbrächten, meiner Aufzählung zu lauschen. Und wissen Sie«, erkundigte er sich, »welchen Eindruck Sie bei mir erwecken, wenn Sie so von ihr sprechen? Sie scheinen ein Motiv zu haben, warum Sie nicht anerkennen, was sie für Ihren Bruder alles getan hat, und deshalb verschließen Sie vor beiden Seiten der Angelegenheit die Augen, um, je nachdem welche Seite auftaucht, die jeweils andere auszublenden. Verzeihen Sie, wenn ich das so sage, aber ich sehe nicht, wie Sie mit dem geringsten Anspruch auf Redlichkeit jene Seite leugnen können, die Ihnen ganz nahe ist.«

»Mir ganz nahe – *so* etwas?« Und Sarah warf den Kopf mit einem Ruck zurück, der jede wirkliche Nähe annulliert hätte.

Dies hielt auch ihren Freund auf Distanz, und er respektierte für einen Moment den Abstand. Dann überbrückte er ihn mit einem letzten Überzeugungsversuch. »Ihr Wort, Sie wissen Chads glückliche Entwicklung nicht zu schätzen?«

»Glücklich?« wiederholte sie. Und sie war allerdings gerüstet. »Ich nenne sie grässlich.«

Ihr Aufbruch hatte seit etlichen Minuten gedroht, und sie stand schon an der zum Hof hin offenen Tür, auf deren Schwelle sie dieses Verdikt verkündete. Es schallte so laut, dass es vorläufig alles andere zum Verstummen brachte. In der Folge fiel Strethers Reaktion durchaus weniger tapfer aus, er vermochte die Bemerkung zu quittieren, aber nur ganz schlicht. »Oh, wenn Sie *das* denken –!«

»Dann ist alles aus? Umso besser. Ja, das denke ich!« Noch während sie dies sagte, trat sie hinaus und durchmaß zügig den Hof, auf dessen anderer Seite, getrennt von ihnen durch den dunkeln Bogen der *porte-cochère*, die niedrige Viktoria wartete, die sie von ihrem Hotel herbefördert hatte. Sie strebte entschlossen darauf zu, und der Art, den Bruch zu vollziehen, dem spitzen Pfeil ihrer Replik, ihnen eignete eine Intensität, die Strether erst einmal lähmte. Der Pfeil war von einer gespannten Sehne auf ihn losgeschnellt, und es dauerte eine Minute, bis er sich von dem Gefühl erholte, durchbohrt worden zu sein. Durchbohrt nicht von der Überraschung, sondern vielmehr von der Gewissheit; sie hatte ihm seinen Fall auseinandergelegt, wie er dies bisher nur selber getan hatte. Sie war jedenfalls fort; sie hatte ihn abgeschüttelt – und zwar, stolz und geschmeidig, mit einem recht gewaltigen Sprung; sie war in ihre Droschke gestiegen, ehe er sie einholen konnte, und der Wagen rollte bereits. Er blieb auf halber Strecke stehen; er stand da im Hof, sah sie nur noch abfahren und registrierte, dass sie ihn keines Blickes mehr würdigte. Er selbst hatte es sich so auseinandergelegt, dass womöglich alles aus sein *könnte*. Jede ihrer Bewegungen bei diesem resoluten Bruch belegte, bekräftigte diesen Gedanken. Sarah entschwand auf der sonnigen Straße, während er, dort in der Mitte des eher grauen Hofes, wie hingepflanzt stand und bloß vor sich hin starrte. Vermutlich war wirklich alles aus.

ELFTES BUCH

I

Er begab sich spät an jenem Abend zum Boulevard Malesherbes, da es ihm sinnlos schien, zeitig zu gehen, zumal er auch im Laufe des Tages mehr als einmal bei der *concierge* nachgefragt hatte. Chad war nicht da gewesen und hatte keine Mitteilung hinterlassen; es gab für ihn zu diesem kritischen Zeitpunkt offenbar Angelegenheiten – was Strether durchaus einleuchtend fand –, die ihn lange von zu Hause fernhielten. Unser Freund erkundigte sich im Hotel in der Rue de Rivoli einmal nach ihm, doch die einzige Auskunft, die er dort erhielt, lautete, alle seien ausgegangen. Mit der Überlegung, Chad werde immerhin zum Schlafen heimkehren müssen, stieg Strether in seine Wohnung hinauf, wo dieser aber immer noch nicht anzutreffen war, obwohl es sein Besucher nur wenige Augenblicke später vom Balkon her elf schlagen hörte. Chads Diener hatte mittlerweile sein Wiedererscheinen verbürgt; er *war*, so erfuhr der Besucher, hier rasch vorbeigekommen, um sich zum Diner umzukleiden und wieder zu verschwinden. Strether wartete eine Stunde – eine Stunde angefüllt mit seltsamen Einflüsterungen, Einsichten und Erkenntnissen; eine jener Stunden, deren er sich, am Ende seines Abenteuers, als der besonderen Handvoll erinnern sollte, die am stärksten ins Gewicht gefallen waren. Für das mildeste Lampenlicht und den bequemsten Sessel hatte Baptiste, der diskreteste aller Diener, gesorgt; der halb aufgeschnittene Roman, der zitronengelbe und heikle Roman, in dem quer das Elfenbeinmesser stak wie ein Dolch im Haar einer Contadina, lag im sanften Lichtkreis – ein Kreis, der, aus irgendeinem Grunde, Strether noch sanfter erschien, nachdem derselbe Baptiste bemerkt hatte, falls Monsieur nichts weiter mehr wünsche, werde er sich zu Bett begeben. Die Nacht war heiß und schwül, und die eine Lampe genügte; der helle Schein der lichterflirrenden Stadt, der emporstieg und weithin ausstrahlte, flimmerte vom Boulevard herauf und machte, im diffusen Durchblick der Zimmerflucht, einzelne Gegenstände sichtbar und mehrte deren Würde. Strether fühlte sich so zu Hause wie nie zuvor; er war schon allein hier gewesen, hatte in Büchern geblättert und Drucke durchgesehen, hatte, in Chads Abwesenheit, den Geist dieses Ortes beschworen, aber noch nie zur Spukzeit und nie mit solcher schier schmerzhaften Wonne.

Er blieb lange Zeit auf dem Balkon; er beugte sich über die Brüstung, wie er am Tag seines ersten Besuchs den kleinen Bilham sich hatte darüberbeugen sehen, wie er Mamie sich über die Brüstung ihres Balkons hatte beugen sehen an jenem Tag, als der kleine Bilham sie von unten erblickt haben mochte; er kehrte in die Zimmer zurück, jene drei, die nach vorne zur Straße hin lagen und durch breite Türen miteinander verbunden waren; und während er umherging und zwischendurch wieder innehielt, versuchte er sich den Eindruck zu vergegenwärtigen, den sie drei Monate zuvor bei ihm hinterlassen hatten, die Stimme wieder zu vernehmen, mit der sie damals zu ihm zu sprechen schienen. Diese Stimme, so musste er feststellen, schwieg ganz vernehmlich; was ihm als Beweis galt für die ganze in ihm vorgegangene Veränderung. Er hatte seinerzeit nur das gehört, was er damals hören *konnte*; die Zeit vor drei Monaten erschien ihm jetzt wie eine ferne Vergangenheit. Alle Stimmen waren voller und vieldeutiger geworden; sie bestürmten ihn, während er umherging – es war die Art ihres Zusammenklanges, die ihn nicht zur Ruhe kommen ließ. Seltsamerweise fühlte er sich so bedrückt, als sei er hergekommen, ein

KAPITEL I

Unrecht zu begehen – und doch auch wieder so animiert, als sei er gekommen, etwas Freiheit zu erlangen. Vorherrschend jedoch blieb an diesem Ort und in dieser Stunde die Freiheit; es war die Freiheit, was ihm am stärksten seine eigene, vor langer Zeit versäumte Jugend zurückbrachte. Heute hätte er kaum erklären können, weshalb er sie versäumt hatte oder warum ihn dies, nach Jahr und Tag, noch umtrieb; dennoch blieb die Grundwahrheit, dass es den gegenwärtigen Reiz aller Dinge ausmachte, dass alles das Wesen seines Verlustes verkörperte, ihn in Reichweite rückte, zum Greifen nahe, in einem bisher ungekannten Maße zu einem Erlebnis der Sinne machte. Das wurde sie für ihn in diesem einzigartigen Moment, die Jugend, die er vor langer Zeit versäumt hatte – eine seltsam konkrete Gegenwart, voller Geheimnisse, indes voller Realität, die er berühren, schmecken, riechen konnte, deren tiefe Atemzüge er buchstäblich hörte. Sie lag in der Luft draußen ebenso wie drinnen; sie lag in der langen Betrachtung – vom Balkon aus, in der Sommernacht – des reichen, späten Pariser Lebens, des rastlosen, leisen, raschen Rollens der kleinen, beleuchteten Kutschen unten, die ihn in dem Gewühl immer an die Spieler erinnerten, die er einst in Monte Carlo dabei beobachtet hatte, wie sie an die Tische drängten. Dieses Bild hatte er vor sich, als er schließlich gewahr wurde, dass Chad hinter ihm stand.

»Sie behauptet, du schiebst alles auf *mich*« – zu dieser Mitteilung war er dann doch rasch gelangt; was den Sachverhalt allerdings ganz so beschrieb, wie ihn der junge Mann offenbar vorläufig zu belassen gedachte. Durch den Vorteil, praktisch die ganze Nacht zur Verfügung zu haben, tauchten noch andere Themen auf, wodurch die Situation seltsamerweise nicht etwa hastig und hektisch geriet, sondern für Strether zu einer der ergiebigsten, lockersten und einfachsten, die ihm sein ganzes Abenteuer bescheren sollte.

Er war Chad seit früher Stunde auf den Fersen geblieben und hatte ihn erst jetzt eingeholt; aber nun machten die ungewöhnlichen Umstände ihres Beisammenseins diese Verzögerung wett. Sie waren natürlich bei den verschiedensten Anlässen häufig genug zusammengetroffen; sie hatten, seit jenem ersten Abend im Theater, ihr Problem immer wieder persönlich besprochen; aber nie waren sie so für sich gewesen wie jetzt – nie hatte ihr Gespräch so ausschließlich ihnen gehört. Und wenn auch viele Dinge an ihnen vorüberzogen, so zeigte sich Strether keines deutlicher als die frappierende Wahrheit über Chad, die er schon oft hatte zur Kenntnis nehmen dürfen: die Wahrheit, dass bei Chad alles darauf hinauslief, dass er zu leben verstand. Sie hatte in seinem erfreuten Lächeln gelegen – einem Lächeln, das genau im richtigen Maße erfreute –, als sich sein Besucher auf dem Balkon umwandte, um ihn zu begrüßen; sein Besucher spürte in der Tat augenblicklich, ihre Unterredung werde in erster Linie von dieser Weltläufigkeit künden. Er kapitulierte mithin vor einer so bewährten Gabe; denn was hatte diese Weltläufigkeit sonst für einen Sinn, als dass andere vor ihr kapitulierten. Zum Glück wollte er Chad nicht daran hindern zu leben; aber er war sich durchaus bewusst, selbst wenn er es gewollt hätte, wäre er gründlich daran zerbrochen. Dass er tatsächlich nicht aus dem Leim ging, lag wesentlich daran, dass er sein eigenes Leben ganz in den Dienst des jungen Mannes gestellt hatte. Und der ausschlaggebende Punkt, das Zeichen, wie vollkommen Chad besagte Kunst beherrschte, war, dass man so nicht nur mit gehöriger Bereitwilligkeit, sondern mit eigenem stürmischen Elan den Zufluss seines Stromes speiste. Ihre Unterhaltung dauerte auch noch keine drei Minuten, da spürte Strether bereits, dass die Erregung, mit der er gewartet hatte, eine reichliche Grundlage besaß. Dieser Überfluss schwoll durchaus noch an, quoll verschwenderisch, als er merkte, wie wenig von einer korrespondierenden Regung an seinem Freund wahrzunehmen war. Ebendas beschrieb ja die glückliche Lage seines Freundes: seine Erregung oder jedes andere bei der Sache mitspielende Gefühl ›gab er außer Haus‹, so wie seine Wäsche; kein anderes Arrangement garantierte gründlicher die häusliche Ordnung. Kurz, es war nachvollziehbar, dass Strether sich wie die Waschfrau vorkam, die nach erfolgreicher Mangel die Stücke im Triumphzug wieder ins Haus bringt.

Als er von Sarahs Besuch berichtet hatte, was er ausführlich tat, beantwortete Chad seine Frage mit größter Aufrichtigkeit. »Ich habe sie ausdrücklich an Sie verwiesen – ich habe ihr erklärt, sie müsse Sie unbedingt aufsuchen. Das war gestern Abend und in zehn Minuten erledigt. Es war unser erstes freimütiges Gespräch – und wirklich das erste Mal, dass sie mich in die Zange genommen hat. Sie wusste, dass auch ich wusste, welche Taktik sie bei Ihnen verfolgt hat, und dass ich ebenfalls wusste, dass Sie ihr keine Steine in den Weg gelegt hatten. Deshalb habe ich mich offen für Sie eingesetzt – und ihr versichert, Sie stünden ihr ganz zu Diensten. Ich habe ihr versichert, das gelte auch für *mich*«, fuhr der junge Mann fort; »außerdem sei ich ja jederzeit ohne weiteres für sie greifbar gewesen. Sie hätte nur das Problem gehabt, nicht den ihr ideal erscheinenden Moment zu finden.«

»Ihr Problem«, erwiderte Strether, »war schlicht, dass sie gemerkt hat, dass du ihr Angst machst. *Ich* mache Sarah kein bisschen Angst; und eben weil sie erlebt hat, wie nervös ich unter Umständen werden kann, hat sie, völlig richtig, erkannt, dass ihre Chancen am besten stehen, wenn sie mir tüchtig einheizt. Ich glaube, im Grunde ist sie genauso froh wie du, *dass* du alles auf mich geschoben hast.«

»Aber, was in aller Welt, mein Lieber«, wandte Chad gegen diese große Erleuchtung ein, »habe ich denn getan, dass Sally Angst vor mir hat?«

»Du warst ›fabelhaft, fabelhaft‹, wie wir sagen – wir Armen, die dem Schauspiel vom Parterre aus beiwohnen; und ebendas hat sie nachhaltig erschreckt. Und um so gründlicher, als sie gespürt hat, dass du es nicht darauf angelegt hattest – ich meine, sie so beängstigend zu beeindrucken.«

Chad erwog mit einem freundlichen Rückblick seine möglichen Motive. »Ich wollte nur nett und zuvorkommend sein, höflich und aufmerksam – und das soll auch so bleiben.«

Strether lächelte über diese tröstliche Klarheit. »Nun, dem wäre wohl nichts dienlicher, als wenn ich die Verantwortung übernehme. Das reduziert persönliche Reibereien und Kränkungen auf ein Minimum.«

Ach, aber davon wollte Chad mit seinem höheren Begriff von Freundschaft absolut nichts wissen! Sie waren auf dem Balkon geblieben, wo nach der großen und verfrühten Hitze des Tages die mitternächtliche Luft herrlich wohltat; und abwechselnd lehnten sie an der Balustrade, in völliger Harmonie mit den Stühlen und Blumentöpfen, den Zigaretten und dem Sternenlicht. »Die Verantwortung liegt *eigentlich* nicht bei Ihnen – nachdem wir uns darauf verständigt haben, gemeinsam abzuwarten und gemeinsam zu urteilen. Darin bestand meine ganze Antwort an Sally«, fuhr Chad fort –, »dass wir einfach gemeinsam geurteilt haben und es weiterhin tun werden.«

»Ich scheue die Bürde nicht«, erklärte Strether; »ich bin auch nicht etwa gekommen, damit du sie mir abnimmst. Ich bin, will mir scheinen, hauptsächlich gekommen, um in den Beinen einzuknicken wie ein Kamel, das in die Knie geht, um seinen Rücken bequem darzubieten. Aber ich vermute, du hast dir schon die ganze Zeit dein persönliches Urteil gebildet – das habe ich ganz dir überlassen; nur das Ergebnis würde ich gern zuerst von dir erfahren. Mehr verlange ich nicht; ich bin absolut bereit, es so zu akzeptieren, wie es ausgefallen ist.«

Chad wandte das Gesicht gen Himmel und blies dabei besinnlich den Rauch aus. »Ich habe etwas erkannt.«

Strether wartete eine Weile. »Ich habe dich absolut in Ruhe gelassen; ich habe, wie ich wohl behaupten darf, abgesehen von den ersten ein, zwei Stunden – als ich lediglich Geduld predigte – keinen Mucks gesagt.«

»Oh, Sie haben sich hochanständig verhalten!«

»Wir haben uns also beide anständig verhalten – wir waren fair. Wir haben ihnen die großzügigsten Bedingungen gewährt.«

»Ah«, sagte Chad, »glänzende Bedingungen! Es stand ihnen frei, es stand ihnen doch absolut frei« – er schien sich diese Möglichkeit vorzustellen, während er rauchte und den Blick auf die Sterne gerichtet hielt. Er mochte als stillen Zeitvertreib ihr Horoskop stellen. Strether überlegte indessen, was ihnen freigestanden hatte, und schließlich teilte Chad es ihm mit. »Es stand ihnen frei, mich einfach in Frieden zu lassen; die Überzeugung zu gewinnen, nachdem sie sich selbst ein Bild von mir gemacht hatten, ich könne ganz gut so weitermachen wie bisher.«

Strether pflichtete dieser Behauptung in hellster Klarheit bei, denn das von seinem Gefährten im Plural verwendete Pronomen, welches sich auf Mrs. Newsome und ihre Tochter bezog, schien ihm ganz unmissverständlich. Auf Mamie und Jim bezog sich hier offenbar nichts; und dies bestärkte Strether in dem Gefühl, Chad kenne seine Gedanken. »Doch sie haben die gegenteilige Überzeugung gewonnen – dass du *nicht* so weitermachen kannst wie bisher.«

»Nein«, fuhr Chad in gleicher Weise fort, »wenn es nach ihnen geht, nicht eine Minute.«

Auch Strether rauchte bedächtig. Ihr luftiger Standort wirkte wahrhaftig wie eine erhabene moralische Warte, von der aus sie auf ihre jüngste Vergangenheit herabblicken konnten. »Es bestand doch nie die kleinste Chance, dass sie es auch nur einen Augenblick dulden würden.«

»Natürlich nicht – keine echte Chance. Wären sie jedoch bereit gewesen, diese Chance zumindest einzuräumen –!«

»Sie waren es nicht.« Strether hatte dies längst durchdacht. »Sie sind nicht deinetwegen herübergekommen, sondern meinetwegen. Sie wollten sich mit eigenen Augen überzeugen, nicht was du treibst, sondern was ich treibe. Dem ersten Ast ihrer Neugier war es durch meine sträfliche Säumigkeit zwangsläufig bestimmt, dem zweiten zu weichen; und auf ebendiesem haben sie, wenn du mir den Ausdruck gestattest und dir der Hinweis auf den ärgerlichen Umstand nichts ausmacht, die letzte Zeit ausschließlich gehockt. Anders gesagt, als Sarah abreiste, da waren sie hinter mir her.«

Chad reagierte sowohl mit Einsicht wie mit Gefälligkeit. »Da habe ich Sie allerdings ziemlich in die Bredouille gebracht!«

Strether ließ erneut eine kurze Pause eintreten; sie endete mit einer Erwiderung, die ein für alle Mal mit derlei Gewissensbissen aufräumen sollte. Jedenfalls sollte es Chad, soweit sie wieder zusammenkamen, in diesem Sinne auffassen. »Ich war bereits in der Bredouille, als du mich gefunden hast.«

»Ah, aber Sie«, sagte der junge Mann und lachte, »haben doch *mich* gefunden.«

»Ich habe dich bloß aufgespürt. Du aber hast mich ertappt. Für sie war es jedenfalls die reine Selbstverständlichkeit, herüberzukommen. Und sie haben es ausgiebig genossen«, erklärte Strether.

»Ich habe mir ja auch alle Mühe gegeben«, sagte Chad.

Sein Gefährte ließ sich sogleich dieselbe Gerechtigkeit angedeihen. »So wie ich. Ich habe es sogar noch heute Vor-

KAPITEL I

mittag getan – als Mrs. Pocock bei mir war. Sie genießt es zum Beispiel außerordentlich, wie ich bereits erwähnte, keine Angst vor mir zu haben; und ich glaube, ich bin ihr dabei behilflich gewesen.«

Chad wollte es genauer wissen. »War sie besonders ekelhaft?«

Strether überlegte. »Sie war, worauf es am meisten ankommt – sie war fest entschlossen. Sie war – endlich – kristallklar. Und ich empfand keine Reue. Ich verstand, dass sie einfach kommen mussten.«

»Oh, ich wollte sie ja auch in Augenschein nehmen; wenn es also nur *darum* ginge –!« Auch Chads Reue hielt sich in Grenzen.

Mehr schien Strether nicht zu wollen. »Ist dann nicht vor allem die Tatsache, dass du sie in Augenschein nehmen konntest das eigentliche Ergebnis ihres Besuchs?«

Chads Miene schien auszudrücken, er finde es rührend von seinem alten Freund, die Sache so hinzudrehen. »Zählt für Sie der Umstand, dass Sie erledigt sind, denn gar nicht – *falls* Sie tatsächlich erledigt sind? Sind Sie, mein Lieber, erledigt?«

Es klang, als erkundige er sich, ob Strether sich erkältet oder den Fuß verstaucht habe, und eine Minute lang widmete sich Strether ausschließlich seiner Zigarette. »Ich möchte sie noch einmal sehen. Ich muss sie sehen.«

»Natürlich müssen Sie das.« Dann zögerte Chad. »Sie meinen doch – äh – Mutter?«

»Oh, deine Mutter – das kommt ganz darauf an.«

Mrs. Newsome schien durch diese Worte irgendwie in sehr weite Ferne gerückt. Chad bemühte sich dennoch, dorthin zu gelangen. »Was meinen Sie mit: das kommt ganz darauf an?«

Strethers Antwort bestand in einem ziemlich langen Blick. »Ich sprach von Sarah. *Sie* muss ich – obwohl sie mich fallengelassen hat – unbedingt noch einmal sehen. So kann ich mich unmöglich von ihr trennen.«

»Sie war also furchtbar biestig?«

Strether blies wieder Rauch aus. »Nun, sie war wirklich biestig. Ich meine, von dem Moment an, da sie nicht begeistert sein können, müssen sie unweigerlich – nun, so sein, wie sie eben gewesen ist. Wir haben ihnen«, fuhr er fort, »die Chance zur Begeisterung geboten, und sie sind näher heranspaziert, haben sich die Sache von allen Seiten angeschaut und die Chance nicht genutzt.«

»Man kann ein Pferd zur Tränke führen –!« warf Chad ein.

»Genau. Und die Art und Weise, wie Sarah sich heute Morgen alles andere als begeistert gezeigt hat, die Art, wie sie sich, um mich deiner Metapher zu bedienen, zu trinken weigert – das lässt uns von dieser Seite nichts weiter hoffen.«

Chad machte eine Pause und meinte dann tröstend: »Dass sie ›begeistert‹ sein würden, stand natürlich nie ernsthaft zu erwarten.«

»Da bin ich nicht so sicher«, grübelte Strether, »ich musste mich auch erst einmal bekehren. Trotzdem«, er schüttelte es ab, »wenn sich hier jemand absurd benimmt, dann doch wohl *ich*.«

»Es gibt allerdings Momente«, sagte Chad, »da finde ich Sie zu gut, um wahr zu sein. Aber wenn Sie wahrhaftig sind«, fügte er hinzu, »dann kann mir alles andere egal sein.«

»Ich bin wahrhaftig, aber unglaublich. Ich bin unsinnig und lächerlich – ich bleibe mir selbst unverständlich. Wie«, fragte Strether, »sollten sie mich dann verstehen? Deshalb hadere ich auch nicht mit ihnen.«

»Aha. Die anderen«, sagte Chad ganz gemütlich, »hadern mit *uns*.« Strether spürte wieder den Trost in den Worten, doch sein junger Freund sprach schon weiter.

»Dennoch müsste ich mich furchtbar schämen, wenn ich Sie nicht noch einmal bitten würde, es sich trotz allem doch sehr, sehr gut zu überlegen. Ich meine, bevor Sie unwiderruflich etwas aufgeben –« Hier stockte wie aus einem gewissen Taktgefühl heraus sein Drängen.

Ah, aber Strether wollte es hören. »Sag nur alles, sprich es aus.«

»Also, in Ihrem Alter und bei dem, was Mutter, letzten Endes, doch für Sie tun und sein könnte.«

Chad hatte aus seinen natürlichen Bedenken heraus nur bis hierhin alles ausgesprochen; so dass Strether nach einem Augenblick selbst aushalf. »Meine ungesicherte Zukunft. Das wenige, was ich vorzuweisen habe, als Beweis, dass ich in der Lage bin, mich selbst zu erhalten. Die Art, die fabelhafte Art, in der sie bestimmt für mich sorgen würde. Ihr Vermögen, ihre Güte und das ewige Wunder, dass sie überhaupt so weit dazu bereit gewesen ist. Sicher, sicher« – er fasste es zusammen. »Das sind nackte Tatsachen.«

Chad war inzwischen noch etwas eingefallen. »Aber liegt Ihnen denn gar nichts –?«

Sein Freund wandte sich ihm langsam zu. »Fährst du?«

»Ich reise, wenn Sie mir jetzt dazu raten. Sie wissen«, fuhr er fort, »ich war schon vor sechs Wochen bereit.«

»Ah«, sagte Strether, »damals wusstest du nicht, dass *ich* es nicht war. Jetzt bist du bereit, weil du es weißt.«

»Mag sein«, erwiderte Chad; »aber trotzdem bin ich ehrlich. Sie sagen, dass Sie die gesamte Verantwortung auf sich nehmen wollen, aber in welchem Licht sehen Sie mich eigentlich, dass Sie mir zutrauen, ich ließe Sie die Rechnung begleichen?« Strether tätschelte ihm beruhigend den Arm, als sie nebeneinander an der Balustrade lehnten – wie um ihm zu versichern, er verfüge über die Mittel; aber der Gerechtigkeitssinn des junges Mannes kreiste weiter um die Frage von Kauf und Preis. »Für Sie läuft es buchstäblich darauf hinaus, wenn ich es mal so sagen darf, dass Sie auf Geld verzichten. Womöglich auf einen ganzen Batzen.«

»Oh«, rief Strether und lachte, »selbst bei einem bloß mickrigen Batzen dürftest du es so sagen! Ich muss aber auch dich daran erinnern, dass *du* auf Geld verzichtest; und auf mehr als ›womöglich‹ – vielmehr bestimmt, wie ich meine – einen ganzen Batzen.«

»Richtig, aber ich verfüge immerhin über gewisse Summen«, versetzte Chad nach einem Moment. »Wohingegen bei Ihnen, mein Lieber, bei Ihnen –«

»Wohingegen bei mir überhaupt keine Rede davon sein kann« – fiel Strether ihm ins Wort – »dass ich über gewisse oder ungewisse ›Summen‹ verfüge? Ganz recht. Trotzdem werde ich nicht verhungern.«

»O nein, *verhungern* werden Sie gewiss nicht!« betonte Chad beschwichtigend; und so plauderten sie unter diesen angenehmen Umständen weiter; immerhin entstand doch eine Pause, die der jüngere Mann für die erneute Erwägung genutzt haben mochte, ob es taktvoll wäre, dem älteren an Ort und Stelle eine gewisse Versorgung als Schutz vor dem eben erwähnten Schicksal zu versprechen. Dies schien ihm dann wohl doch nicht ratsam, denn nach einer weiteren Minute waren sie bei einer völlig anderen Sache. Strether hatte das Schweigen nämlich gebrochen, indem er das Thema von Chads Wortwechsel mit Sarah wieder aufgriff und sich erkundigte, ob dieser zu einer ›Szene‹ geführt habe. Worauf Chad erwiderte, sie seien im Gegenteil überaus höflich miteinander umgegangen, und hinzufügte, Sally sei schließlich nicht die Frau, die je den Fehler beginge, es an Höflichkeit fehlen zu lassen. »Wissen Sie, ihr sind schließlich weitgehend die Hände gebunden. Ich befand mich ihr gegenüber«, erklärte er scharfsinnig, »von Anfang an im Vorteil.«

»Du meinst, sie hat so viel von dir angenommen?«

KAPITEL I

»Als Mensch mit Anstand konnte ich ihr natürlich schlecht weniger bieten; nur hat sie wohl nicht erwartet, dass ich ihr auch nur annähernd so viel bieten würde. Und bevor sie wusste, wie ihr geschah, nahm sie es an.«

»Und es begann ihr zu gefallen«, sagte Strether, »sobald sie es angenommen hatte!«

»Ja, es hat ihr gefallen – und auch mehr, als sie erwartet hatte.« Anschließend meinte Chad: »Aber *ich* gefalle ihr nicht. In Wahrheit hasst sie mich.«

Strethers Interesse wuchs. »Warum will sie dann, dass du nach Hause kommst?«

»Wenn man hasst, will man triumphieren, und falls es ihr gelingt, mich dort an die Kette zu legen, *würde* sie triumphieren.«

Strether folgte seinem Gedankengang, ließ aber nichts unbedacht. »Sicher – in gewisser Weise. Aber dieser Triumph wäre doch kaum der Mühe wert, solltest du ihr dann an Ort und Stelle Scherereien machen, wenn du erst einmal dort festsitzt, ihre Abneigung spürst und mit der Zeit vielleicht selber eine gewisse Abneigung entwickelst.«

»Ach«, sagte Chad, »*mich* kann sie ertragen – zumindest könnte sie mich zu Hause ertragen. Ihr Triumph wäre ja eben, dass ich dort bin. In *Paris* hasst sie mich.«

»Sie hasst, mit anderen Worten –«

»Ja, *genau*!« – Chad hatte sogleich begriffen; näher daran, Madame de Vionnet beim Namen zu nennen, war bisher keiner von beiden gewesen. Die eingeschränkte Deutlichkeit ihrer Kommunikation verhinderte allerdings nicht, dass es förmlich in der Luft lag, es sei diese Dame, die Mrs. Pocock hasste. Es verlieh der beiderseitig akzeptierten besonderen Vertraulichkeit zwischen Chad und ihr einen zusätzlichen Akzent. Er hatte nie zuvor den letzten, leichten Schleier vor diesem Phänomen so weit gelüftet wie jetzt, als er sich verwirrt und überflutet von den Gefühlen zeigte, die sie in Woollett ausgelöst hatte. »Und ich will Ihnen sagen, wer mich ebenfalls hasst«, fuhr er unverzüglich fort.

Strether wusste ebenso unverzüglich, wen er meinte, protestierte aber ebenso prompt. »O nein! Mamie hasst – also«, er bremste sich noch rechtzeitig – »überhaupt niemanden. Mamie ist großartig.«

Chad schüttelte den Kopf. »Ebendarum macht es mir etwas aus. Sie mag mich bestimmt nicht.«

»Wie viel macht es dir aus? Was würdest du für sie tun?«

»Ich würde sie gernhaben, wenn sie mich gernhätte. Bestimmt, ganz bestimmt«, behauptete Chad.

Da schwieg sein Gefährte einen Augenblick. »Du hast mich vorhin gefragt, ob mir denn an einer gewissen Person nichts ›liege‹, wie du es nanntest. Darum fühle ich mich stark versucht, meinerseits diese Frage zu stellen. Liegt *dir* denn nichts an einer gewissen anderen Person?«

Im Lampenschein, der aus dem Fenster fiel, blickte Chad ihn fest an. »Der Unterschied ist, ich will es nicht.«

Strether war erstaunt. »Du ›willst‹ es nicht?«

»Ich versuche es – das heißt, ich *habe* es versucht. So gut ich konnte. Das sollte Sie eigentlich nicht überraschen«, fuhr der junge Mann gelassen fort, »wo Sie mich doch selbst dazu gedrängt haben. Ich hatte eigentlich schon selber damit begonnen«, fuhr er fort, »aber Sie haben es mich noch entschiedener tun lassen. Vor sechs Wochen glaubte ich, ich hätte es hinter mir.«

Strether verstand vollkommen. »Aber du hast es nicht hinter dir!«

»Ich weiß es nicht – genau das *will* ich ja wissen«, sagte Chad. »Und wäre mein eigener Antrieb zur Rückkehr nur stark genug gewesen, dann hätte ich es vielleicht herausgefunden.«

»Möglich« – Strether erwog es. »Aber zu mehr als dem Wunsch, es zu wollen, hat es bei dir nicht gereicht. Und das auch nur«, fuhr er fort, »bis zum Eintreffen unserer Freunde. Verspürst du immer noch den Wunsch, es zu wollen?« Da Chad mit einem halb schmerzhaften, halb scherzhaften und absolut undefinierbaren und fragwürdigen Laut das Gesicht kurz in den Händen vergrub und es auf eine kuriose Weise rieb, die wirklich ausweichend wirkte, formulierte er es schärfer: »*Verspürst* du ihn?«

Chad verharrte eine Zeitlang in seiner Haltung, aber schließlich sah er auf und meinte dann unvermittelt: »Jim ist schon eine verdammte Zumutung!«

»Oh, ich verlange nicht, dass du deine Verwandten schmähst, charakterisierst oder irgendwie beurteilst; ich will nur noch einmal von dir wissen, ob du *jetzt* bereit bist. Du sagst, du hättest etwas ›erkannt‹. Ist das, was du erkannt hast, das, dem du nicht widerstehen kannst?«

Chad bedachte ihn mit einem seltsamen Lächeln – es wirkte beinahe unglücklich. »Können Sie nicht dafür sorgen, dass ich *nicht* widerstehe?«

»Es geht letztlich darum«, fuhr Strether jetzt sehr ernst fort und so, als habe er ihn nicht verstanden, »es geht letztlich darum, dass für dich, meines Wissens, mehr getan worden ist, als ich jemals einen Menschen für einen anderen habe tun sehen – es mag versucht worden sein, aber nie mit solchem Erfolg.«

»Oh, ungeheuer viel, zweifellos« – Chad wusste es rundum zu schätzen. »Und Sie selbst tragen auch dazu bei.«

Sein Besucher überging auch dies und fuhr fort: »Und unsere Freunde dort dulden es nicht.«

»Nein, sie weigern sich schlicht.«

»Sie reklamieren dich für sich, was gewissermaßen voraussetzt, dass du dich undankbar zeigst und jemanden zurückweist; und mein Problem ist«, fuhr Strether fort, »ich habe für mich keine Möglichkeit gefunden, dich zu dieser Zurückweisung zu bringen.«

Chad erkannte es klar. »Da Sie schon für sich keine Möglichkeit gefunden haben, konnten Sie natürlich auch keine für mich finden. So ist's nun mal.« Danach begann er ziemlich abrupt ein strenges Verhör. »Und behaupten Sie *jetzt* noch, sie würde mich nicht hassen?«

Strether zögerte. »›Sie‹ –?«

»Ja – Mutter. Wir haben es zwar Sarah genannt, aber es ist dasselbe.«

»Na ja«, widersprach Strether, »es ist nicht dasselbe, als wenn sie *dich* hassen würde.«

Worauf Chad – auch wenn er sich offenbar einen Augenblick zurückgehalten hatte – in erstaunlicher Weise erwiderte: »Wenn sie meine gute Freundin hassen, dann *ist* es dasselbe.« Strether hörte eine unentrinnbare Wahrheit heraus, die ihm genügte und das Gefühl gab, nichts weiter zu wünschen. Der junge Mann plädierte direkter für seine ›gute Freundin‹, als er es je getan hatte, bekannte sich zu einem so starken Gleichklang zwischen ihnen, dass er durchaus mit dem Gedanken spielen mochte, sich davon zu befreien, obwohl dieser Gleichklang ihn zu gegebener Zeit immer noch wie ein Strudel einsaugen konnte. Inzwischen hatte er weitergesprochen. »Dass sie außerdem auch Sie hassen – das zählt ebenfalls eine ganze Menge.«

»Ach«, sagte Strether, »deine Mutter tut es nicht.«

Chad hielt aber loyal daran fest – das heißt, loyal gegenüber Strether. »Sie wird es, wenn Sie sich nicht in Acht nehmen.«

»Ich nehme mich ja in Acht. Was tue ich denn anderes? Und eben deshalb«, erklärte unser Freund, »möchte ich sie wiedersehen.«

Es veranlasste Chad erneut zu derselben Frage. »Mutter?«

»Fürs erste – Sarah.«

»Ah, da haben wir's also! Aber ich kann beim besten Wil-

KAPITEL I

len nicht erkennen«, fuhr Chad resigniert und ratlos fort, »was Sie sich *davon* versprechen.«

Oh, ihm das zu erklären, hätte seinem Gefährten zu lange gedauert! »Das liegt daran, dass du wohl tatsächlich keine Phantasie hast. Du besitzt andere Qualitäten. Aber keine Phantasie, nicht die Spur, merkst du das nicht?«

»Wohl wahr, das merke ich.« Dieser Gedanke beschäftigte Chad. »Aber haben Sie nicht eher zu viel davon?«

»Oh, allerdings –!« Nach diesem Vorwurf und so, als wäre es nunmehr eine Tatsache, der man wirklich entkommen müsse, wandte sich Strether zum Gehen.

II

Ein wesentlicher Teil des ruhelosen Nachmittags, den er nach Mrs. Pococks Besuch durchlebte, war, kurz vor dem Abendessen, eine Stunde bei Miss Gostrey, die er in letzter Zeit, obwohl seine Aufmerksamkeit von anderer Seite so fortgesetzt gefordert wurde, keineswegs vernachlässigt hatte. Und dass er sie auch weiterhin nicht vernachlässigte, ergibt sich aus dem Umstand, dass er sich gleich am nächsten Tag zur selben Stunde wieder bei ihr einstellte – mit dem nicht minder schönen Bewusstsein, ihr Ohr gewinnen zu können. Es war ihm übrigens schon zur eingewurzelten Gewohnheit geworden, jedes Mal nach einer größeren Unternehmung dorthin zurückzukehren, wo sie ihn getreulich erwartete. Alles in allem war keiner dieser Ausflüge aufregender gewesen als die zwei Begebenheiten – Früchte des kurzen Zeitraums seit seinem vorherigen Besuch –, über die er ihr jetzt Bericht geben sollte. Er war am Vorabend spät mit Chad Newsome zusammengetroffen und hatte diesen Vormittag als Folge ihrer Unterredung ein zweites Gespräch mit Sarah geführt. »Aber alle sind fort«, sagte er, »endlich.«

Sie rätselte einen Augenblick. »Alle? – Mr. Newsome auch?«

»Ah, noch nicht. Sarah und Jim und Mamie. Aber Waymarsh ist mit von der Partie – Sarah zuliebe. Es ist einfach zu schön«, fuhr Strether fort; »ich kann mich kaum beruhigen – es entzückt mich immer aufs neue. Aber ebenso entzückt mich«, setzte er hinzu, »dass – na, was glauben Sie wohl? Der kleine Bilham ist auch dabei. Aber er fährt natürlich Mamie zuliebe.«

Miss Gostrey staunte. »Ihr ›zuliebe‹? Soll das heißen, sie sind bereits verlobt?«

»Also dann, sagen wir, *mir* zuliebe. Er würde alles für mich tun; ebenso wie ich übrigens alles – was in meinen Kräften steht – für ihn täte. Oder auch für Mamie. *Sie* würde alles für mich tun.«

Miss Gostrey seufzte vielsagend. »Irgendwie schaffen Sie es, sich die Menschen zu unterwerfen!«

»Einerseits ist das sicher wunderbar. Doch andererseits wird es völlig dadurch aufgewogen, dass ich es auch wieder nicht schaffe. Ich habe Sarah gestern nicht unterworfen; obwohl es mir gelungen ist, sie noch einmal zu treffen, wie ich Ihnen gleich erzählen werde. Aber die anderen sind durchaus in Ordnung. Mamie *muss* nach unserem segensreichen Gesetz unbedingt einen jungen Mann bekommen.«

»Aber was muss der arme Mr. Bilham bekommen? Meinen Sie, die beiden *heiraten* Ihnen zuliebe?«

»Ich meine, dass es aufgrund ebendieses segensreichen Gesetzes völlig einerlei ist, wenn sie es nicht tun – ich brauche deswegen nicht die geringsten Bauchschmerzen zu haben.«

Wie üblich wusste sie, was er meinte. »Und Mr. Jim? – wer fährt ihm zuliebe mit?«

»Oh«, musste Strether gestehen, »*das* konnte ich nicht arrangieren. Er ist, wie sonst, auf die Welt angewiesen; die Welt, die ihm nach seiner Darstellung – denn er erlebt die tollsten Abenteuer – doch ausgesprochen gut gefällt. Zum Glück entdeckt er – ›hier drüben‹, wie er sagt – die Welt überall; und sein tollstes Abenteuer«, fuhr er fort, »ist natürlich nur wenige Tage alt.«

Miss Gostrey, bereits im Bilde, stellte sofort die Verbindung her. »Er hat Marie de Vionnet wiedergesehen?«

»Er ist am Tag nach Chads Abendgesellschaft – habe ich

Ihnen das nicht erzählt? – ganz allein bei ihr zum Tee gewesen. Auf ihre Einladung hin – nur er.«

»Genau wie Sie!« Maria lächelte.

»Oh, aber er versteht viel besser mit ihr umzugehen als ich!« Und dann, da seine Freundin zeigte, dass sie es sich durchaus vorstellen konnte, das Bild abrundete und mit früheren Erinnerungen an die fabelhafte Frau in Einklang brachte: »Ich hätte es gern arrangiert, dass *sie* mitreist.«

»Mit der Corona in die Schweiz?«

»Jim zuliebe – und der Symmetrie wegen. Wenn es sich hätte einrichten lassen, wäre sie auch für vierzehn Tage mitgefahren. Sie ist zu allem bereit« – so führte er sein erneuertes Bild von ihr weiter aus.

Miss Gostrey ging gleich mit ihm konform. »Sie ist einfach perfekt!«

»Sie wird aber, glaube ich«, fuhr er fort, »heute Abend auf dem Bahnhof sein.«

»Zu seiner Verabschiedung.«

»Mit Chad – ganz wunderbar – im Rahmen ihrer allgemeinen Zuvorkommenheit. Und sie tut es« – das Bild stand ihm vor Augen – »mit einer so einer leichten, luftigen Anmut, einer unbefangenen, freimütigen Fröhlichkeit, dass sie bei Mr. Pocock wohl sanfte Verwirrung stiften dürfte.«

Ihr Bild stand ihm so lebendig vor Augen, dass seine Gefährtin nach einem Augenblick freundlich anmerkte: »Wie sie, kurzum, bei einem vernünftigeren Mann sanfte Verwirrung gestiftet hat. Sind Sie wirklich in sie verliebt?« warf Maria hin.

»Es ist unwichtig, ob ich das weiß«, erwiderte er. »Es besitzt so wenig Bedeutung – hat praktisch mit keinem von uns etwas zu tun.«

»Dennoch« – Maria lächelte weiterhin –, »die fünf reisen ab, soweit ich Sie verstehe, und Sie und Madame de Vionnet bleiben.«

»Oh, und Chad.« Worauf Strether hinzufügte: »Und Sie.«

»Ach, ›ich‹!« – sie stieß wieder einen kleinen, ungehaltenen Klagelaut aus, in dem sich etwas Unausgesöhntes plötzlich Bahn zu brechen schien. »Dass *ich* bleibe, scheint mir kaum zum Vorteil zu gereichen. Angesichts dessen, was Sie vor mir Revue passieren lassen, überkommt mich ein gewaltiges Gefühl des Verzichts.«

Strether zögerte. »Aber dass Sie verzichten, sich aus allem herausgehalten haben, das war doch Ihre eigene Entscheidung?«

»O ja; es war notwendig – das heißt, es war besser für Sie. Ich will damit nur sagen, dass ich anscheinend aufgehört habe, Ihnen zu nützen.«

»Woher wollen Sie das wissen?« fragte er. »Sie wissen doch gar nicht, wie Sie mir nützen. Sollten Sie es nicht mehr tun – «

»Also?« sagte sie, als er verstummte.

»Also, *dann* lasse ich es Sie wissen. Seien Sie bis dahin unbesorgt.«

Sie überlegte einen Moment. »Sie möchten also wirklich, dass ich bleibe?«

»Merken Sie das meinem Verhalten nicht an?«

»Sicher, Sie sind sehr freundlich zu mir. Aber das ist«, sagte Maria, »rein persönlich gemeint. Sehen Sie, der Sommer schreitet voran, und Paris wird ziemlich heiß und staubig. Die Leute zerstreuen sich überallhin, und manche, an anderen Orten, brauchen mich. Aber wenn Sie mich hier brauchen – !«

Es hatte geklungen, als würde sie sich seinem Bescheid fügen, aber er spürte plötzlich viel deutlicher, als er erwartet hätte, dass er sie nicht verlieren wollte. »Ich brauche Sie hier.«

Sie nahm es auf, als habe sie auf genau diese Worte gewartet; als bedeuteten, als brächten sie eine gewisse Entschädigung für ihre Lage. »Danke«, erwiderte sie schlicht. Und dann, als er sie ein wenig forschender anblickte, wiederholte sie: »Vielen Dank.«

Der Fluss ihres Gespräches war dadurch etwas ins Stocken geraten, und er löste sich nicht gleich. »Warum sind Sie vor zwei Monaten, oder wie lange es her ist, so fix davongelaufen? Der Grund, den Sie mir später für Ihre dreiwöchige Abwesenheit nannten, das war nicht der wahre Grund.«

Sie erinnerte sich. »Ich habe nie geglaubt, dass Sie mir das abnehmen. Trotzdem«, fuhr sie fort, »wenn Sie ihn nicht erraten haben, dann hat Ihnen ebendas geholfen.«

Bei diesen Worten wandte er den Blick von ihr ab; er gönnte sich, soweit es der Raum gestattete, einen langsamen Rundgang. »Ich habe oft darüber nachgedacht, aber nie mit dem Gefühl, es erraten zu können. Daran mögen Sie meine große Rücksichtnahme Ihnen gegenüber ermessen, dass ich Sie erst jetzt frage.«

»Warum fragen Sie dann?«

»Damit Sie sehen, wie sehr ich Sie vermisse, wenn Sie nicht hier sind, und was das bei mir bewirkt.«

»Anscheinend nicht so viel«, sagte sie lachend, »wie es möglich gewesen wäre! Freilich«, fügte sie hinzu, »wenn Sie die Wahrheit nie erraten haben, dann werde ich sie Ihnen sagen.«

»Ich habe sie nie erraten«, behauptete Strether.

»Nie?«

»Nie.«

»Also, ich bin so fix davongelaufen, wie Sie sagen, um der Verlegenheit zu entgehen, hier zu sein, sollte Marie de Vionnet Ihnen etwas Nachteiliges über mich erzählen.«

Seine Miene drückte starken Zweifel aus. »Selbst dann hätten Sie sich dem bei Ihrer Rückkehr stellen müssen.«

»Oh, hätte ich annehmen müssen, es sei etwas sehr Schlimmes, dann hätte ich Sie ganz verlassen.«

»Sie haben sich also«, fuhr er fort, »auf die bloße Vermutung hin zurückgewagt, es sei insgesamt gnädig für Sie abgegangen?«

Maria kam nicht vom Thema ab. »Ich bin ihr zu Dank verpflichtet. Wie groß für sie die Versuchung auch immer gewesen sein mag, sie hat uns nicht getrennt. Das ist einer der Gründe«, fuhr sie fort, »weshalb ich sie so bewundere.«

»Dann lassen Sie es«, sagte Strether, »auch als einen der meinen gelten. Aber wo hätte für sie die Versuchung gelegen?«

»Wo liegen wohl die steten Versuchungen für Frauen?«

Er dachte nach – brauchte aber natürlich nicht allzu lange nachzudenken. »Männer?«

»Damit hätte sie Sie noch mehr für sich gehabt. Aber sie hat gesehen, dass sie Sie auch ohne das haben konnte.«

»Oh, mich ›haben‹!« seufzte Strether einen Hauch zweideutig. »*Sie*«, versicherte er galant, »hätten mich jedenfalls auch *damit* gehabt.«

»Oh, Sie ›haben‹« – wiederholte sie im gleichen Ton wie er. »Ich habe Sie allerdings«, sagte sie weniger ironisch, »von dem Moment an, da Sie einen Wunsch äußern.«

Er blieb vor ihr stehen, lebhaft geneigt, genau dies zu tun.

»Ich äußere fünfzig.«

Was bei ihr freilich, mit einer gewissen Inkonsequenz, wieder zu einem kleinen Klagelaut führte. »Ach, da haben wir's mal wieder!«

Dabei blieb es, wenn es an dem war, den Rest der Zeit, und wie um ihr zu zeigen, dass sie ihm noch immer nützen könne, zeichnete er für sie, als er auf die Abreise der Pococks zurückkam, mit hundert, von uns hier unmöglich wiederzugebenden Einzelheiten, ein buntes Bild seiner Erlebnisse an diesem Vormittag. Er hatte zehn Minuten bei

Sarah im Hotel verbracht, zehn Minuten zurückerobert, durch unnachgiebigen Druck, von der Zukunft, die sie, wie er Miss Gostrey bereits erzählt hatte, am Ende ihres Gesprächs in seinem Hotel mit einem großen Schwamm weggewischt hatte. Er hatte sie überrascht – indem er unangemeldet erschien – und in ihrem Salon mit einem Damenschneider und einer *lingère* angetroffen, deren Rechnungen sie offenbar gerade mehr oder weniger arglos beglich, worauf sie sich bald entfernten. Dann hatte er ihr erklärt, es sei ihm spät am gestrigen Abend noch gelungen, sein Versprechen einzulösen und Chad zu treffen. »Ich habe ihr gesagt, ich nähme alles auf mich.«

»Sie ›nähmen es auf sich‹?«

»Ja, sollte er nicht gehen.«

Maria wartete. »Und wer nimmt es auf sich, wenn er geht?« erkundigte sie sich mit einem Anflug grimmigen Humors.

»Also«, sagte Strether, »ich glaube, ich bekomme in jedem Fall alles ab.«

»Was vermutlich heißen soll«, meinte seine Gefährtin nach einem Augenblick, »dass Sie endgültig annehmen, dass Sie jetzt alles verlieren.«

Er blieb wieder vor ihr stehen. »Es läuft vielleicht auf dasselbe hinaus. Aber da es Chad jetzt gesehen hat, will er es eigentlich nicht.«

»Was *hat* er denn gesehen?«

»Was sie von ihm wollen. Und das genügt.«

»Kontrastiert es so ungünstig mit dem, was Madame de Vionnet will?«

»Es kontrastiert – ganz recht; komplett und kolossal.«

»Und deshalb vielleicht am meisten mit dem, was *Sie* wollen?«

»Oh«, sagte Strether, »was ich will, das zu beurteilen oder auch nur zu verstehen, habe ich aufgegeben.«

Doch seine Freundin fuhr trotzdem fort. »Wollen Sie denn Mrs. Newsome – nachdem sie Sie auf diese Art behandelt hat?«

In so direkter Weise hatten sie es sich bisher nie gestattet – derart groß war ihre Wohlerzogenheit –, auf diese Dame einzugehen; aber nicht ausschließlich deshalb schien er einen Moment zu zögern. »Ich möchte annehmen, es war wohl die einzige Art, die sie sich vorstellen konnte.«

»Und aus diesem Grund wollen Sie sie noch haben?«

»Ich habe sie furchtbar enttäuscht«, Strether meinte, dies erwähnen zu sollen.

»Natürlich haben Sie das. Das ist elementar; das war uns doch seit langem klar. Aber ist es denn nicht fast ebenso klar«, fuhr Maria fort, »dass Sie selbst jetzt noch das probate Rezept parat haben? Schleppen Sie ihn doch wirklich einfach mit, was Ihnen, wie ich glaube, immer noch möglich ist, dann müssten Sie mit ihrer Enttäuschung nicht mehr rechnen.«

»Aber dann«, sagte er und lachte, »mit Ihrer!«

Doch das verfing bei ihr jetzt kaum. »Was meinen Sie denn, in diesem Fall, mit rechnen? Sie agieren doch jetzt schließlich nicht mir zu Gefallen in dieser Richtung.«

»Oh«, beharrte er, »auch das, wissen Sie, gehört zum Teil dazu. Ich kann es nicht trennen – es ist alles eins; und vielleicht ist das der Grund, warum ich mich, wie gesagt, nicht auskenne.« Doch er erklärte abermals bereitwillig, dies alles spiele keine Rolle; umso weniger, als er, wie er bekräftigte, eigentlich noch in gar keiner Richtung agiert habe. »Sie gewährt mir zur Not immerhin noch eine letzte Gnade, eine weitere Chance. Sie schiffen sich nämlich erst in fünf oder sechs Wochen ein, und sie haben nicht erwartet – wie sie zugibt –, dass Chad an ihrer Rundfahrt teilnimmt. Es existiert für ihn also immer noch die Möglichkeit, ganz zuletzt in Liverpool zu ihnen zu stoßen.«

Miss Gostrey bedachte dies. »Wie in aller Welt soll die ›Möglichkeit‹ für ihn existieren, wenn Sie sie ihm nicht eröffnen? Wie kann er in Liverpool zu ihnen stoßen, wenn er sich nur immer tiefer in seine Situation hier verstrickt?«

»Er hat ihr – so hat sie mir, wie Sie ja bereits wissen, gestern erklärt – sein Ehrenwort gegeben, das zu tun, was ich sage.«

Maria fixierte ihn. »Aber wenn Sie nichts sagen!«

Darauf spazierte er wie üblich hin und her. »Ich habe heute Morgen schon etwas gesagt. Ich habe ihr meine Antwort gegeben – die Antwort, die ich ihr versprochen hatte, wenn ich von ihm selbst gehört hätte, was *er* versprochen hat. Wie Sie sich erinnern, hat sie mir ja gestern Nachmittag an Ort und Stelle die Verpflichtung abverlangt, dafür zu sorgen, dass er sein Versprechen hält.«

»Dann war der Zweck Ihres Besuchs bei ihr also nur, sich zu weigern?« fragte Miss Gostrey.

»Nein; sein Zweck war, so merkwürdig es Ihnen es vorkommen mag, die Bitte um einen weiteren Aufschub.«

»Ach, das ist schwach!«

»Genau!« Sie hatte ungeduldig geklungen, aber zumindest insoweit wusste er, wo er stand. »Wenn ich wirklich schwach bin, dann möchte ich es herausfinden. Finde ich es nicht heraus, dann bleibt mir der Trost, der kleine Stolz, mir meine Stärke einzubilden.«

»Das wird wohl«, erwiderte sie, »Ihr einziger Trost sein!«

»Immerhin«, sagte er, »habe ich dann einen Monat gewonnen. Paris mag, wie Sie sagen, jeden Tag heißer und staubiger werden; aber es gibt etliches, das noch heißer und staubiger ist. Ich habe keine Angst zu bleiben; der Sommer hier muss auf unbändige Weise – wenn nicht auf gezähmte – vergnüglich sein; die Stadt malerisch wie zu keiner anderen Zeit. Ich glaube, es wird mir gefallen. Und dann«, er lächelte ihr gütig zu, »sind ja da immer noch Sie.«

»Oh«, wandte sie ein, »ich bleibe nicht, um einen Teil des Malerischen zu bilden, denn ich werde das Unscheinbarste in Ihrem Umfeld sein. Sehen Sie, es könnte ja immerhin so kommen«, fuhr sie fort, »dass sie sonst niemanden haben. Madame de Vionnet könnte doch auch verreisen, nicht wahr? – und auf einen Schlag Mr. Newsome gleich mit: sofern man Sie nicht bereits des Gegenteils versichert hat. Sollten Sie also auf die Idee verfallen, ihretwegen zu bleiben« – es war ihre Pflicht, darauf hinzuweisen –, »könnte es sein, dass man Sie im Stich lässt. Freilich, wenn sie bleiben«, führte sie weiter aus –, »würden sie zum Malerischen beitragen. Ansonsten könnten Sie sich ihnen natürlich auch irgendwo anschließen.«

Strether schien darin einen glücklichen Einfall zu sehen; doch im nächsten Moment äußerte er sich eher skeptisch. »Wollen Sie damit sagen, sie werden wahrscheinlich gemeinsam verreisen?«

Sie zog es lediglich kurz in Betracht. »Ich denke, es ließe Ihnen gegenüber allen Anstand vermissen, wenn sie es tun; allerdings«, fügte sie hinzu, »wäre gar nicht so leicht zu entscheiden, welches Maß an Anstand in Ihrem Fall eigentlich angezeigt ist.«

»Natürlich«, räumte Strether ein, »meine Einstellung zu ihnen ist ungewöhnlich.«

»Eben; darum darf man sich schon fragen, mit welchem Auftreten sie ihr überhaupt gerecht werden können. Eine Haltung, die im Licht der Ihren nicht verblasst, müssen sie zweifellos erst noch entwickeln. Richtig schön wäre doch vielleicht«, warf sie dann hin, »sie würden sich an einen etwas weniger exponierten Verbleib zurückziehen und Ihnen gleichzeitig anbieten, diesen mit Ihnen zu teilen.« Er sah sie an, denn es war, als wäre irgendeine großherzige Gereiztheit – ganz und gar zu seinen Gunsten – jäh wieder in ihr aufgeflackert; und was sie als nächstes sagte, erklärte es beinahe. »Scheuen Sie sich doch nicht, mir zu gestehen, dass es die angenehme Aussicht auf die leere Stadt ist, was Sie jetzt hier festhält, mit zahllosen schattigen Sitzplätzen, kühlen Getränken, verwaisten Museen, abendlichen Ausfahrten in den *Bois* und der Hoffnung, unsere fabelhafte Frau für sich allein zu haben.« Und sie spann es weiter aus. »Ganz bis zu Ende gedacht, wäre es doch wohl am allerschönsten, Mr. Chad ginge eine Weile solo auf Reisen. So gesehen ist es bedauerlich«, schloss sie, »dass er seiner Mutter keinen Besuch abstattet. Damit wäre zumindest Ihre Wartezeit ausgefüllt.« Der Gedanke beschäftigte sie tatsächlich einen Moment. »Warum besucht er seine Mutter denn nicht? Zu diesem günstigen Zeitpunkt würde schon eine Woche genügen.«

»Werte Freundin«, erwiderte Strether – und es überraschte ihn selbst, wie prompt er die Antwort parat hatte –, »werte Freundin, seine Mutter hat *ihm* einen Besuch abgestattet. Mrs. Newsome ist ihm den ganzen Monat über mit einer Vehemenz nahe gewesen, die er gewiss gründlich gespürt hat; er hat sie überschwänglich aufgenommen und unterhalten, und sie hat ihm ihren Dank dafür zukommen lassen. Schlagen Sie vor, er soll zurückkehren, um noch ein Dankeschön zu kassieren?«

Nun, nach einem Moment trennte sie sich von dieser Idee. »Ich verstehe. Ebendas würden Sie nicht vorschlagen – und haben es auch nicht. Und Sie wissen, warum.«

»Das wüssten auch Sie, meine Liebe«, sagte er freundlich, »hätten Sie sie nur ein Mal gesehen.«

»Mrs. Newsome?«

»Nein, Sarah – was sowohl für Chad als für mich seinen Zweck voll und ganz erfüllt hat.«

»Und zwar«, sann sie nachfühlend, »auf so ungewöhnliche Weise!«

»Wissen Sie«, setzte er zu einer Erklärung an, »die Sache

ist die: sie besteht durch und durch aus kaltem Kalkül – das konnte uns Sarah eiskalt servieren, ohne dass es irgendetwas eingebüßt hätte. Darum wissen wir so genau, was sie von uns denkt.«

Maria war ihm bis hier gefolgt, jetzt jedoch unterbrach sie ihn. »Es hat sich mir nie erschlossen, da Sie gerade davon sprechen, was Sie – ich meine *Sie* persönlich – von ihr denken. Liegt Ihnen letzten Endes denn nicht doch zumindest ein klein bisschen an ihr?«

»Das«, antwortete er nicht weniger prompt, »hat mich sogar Chad gestern Abend gefragt. Er hat mich gefragt, ob ich den Verlust nicht bedauere – also, den Verlust einer opulenten Zukunft. Was ja außerdem«, beeilte er sich hinzuzufügen, »eine absolut natürliche Frage war.«

»Ich gestatte mir dennoch den Hinweis«, sagte Miss Gostrey, »dass ich sie nicht stelle. Ich erlaube mir zu fragen, ob Sie Mrs. Newsome gegenüber gleichgültig sind.«

»Das bin ich nicht gewesen« – sagte er voller Überzeugung. »Ganz im Gegenteil. Mich hat vom ersten Augenblick der Gedanke verfolgt, welchen Eindruck das alles auf sie machen werde – er hat mich förmlich bedrückt, heimgesucht, gequält. Mir ging es *ausschließlich* darum, dass sie sieht, was ich gesehen habe. Und ihre Weigerung, es zu sehen, hat mich genauso enttäuscht wie sie meine vermeintliche, perfide Hartnäckigkeit.«

»Sie sind von ihr ebenso verletzt worden wie sie von Ihnen?«

Strether erwog es. »Ich bin wahrscheinlich nicht so verletzlich. Andererseits bin ich ihr doch sehr weit entgegengekommen. Sie ihrerseits hat sich nicht ein Haarbreit vom Fleck bewegt.«

Maria zog die Moral daraus. »Sie befinden sich also jetzt im traurigen Stadium der gegenseitigen Schuldzuweisung.«

»Nein – so offen spreche ich nur mit Ihnen. Sarah gegenüber war ich das reinste Lamm. Ich habe den Rücken an die Wand gedrückt. *Dagegen* taumelt man nämlich, wenn man heftig gestoßen wurde.«

Sie musterte ihn einen Moment. »Umgeworfen?«

»Da ich das deutliche Gefühl habe, irgendwo gelandet zu sein, hat es mich wohl umgeworfen.«

Sie ließ es sich durch den Kopf gehen, doch viel eher in der Hoffnung, die Dinge zur Klärung als in Einklang zu bringen. »Das Problem ist, glaube ich, dass Sie sich als Enttäuschung erwiesen haben –«

»Gleich von meiner Ankunft an? Vermutlich. Ich gestehe, ich habe sogar mich selbst überrascht.«

»Und natürlich«, fuhr Maria fort, »hatte ich auch viel damit zu tun.«

»Dass ich eine Überraschung für mich war –?«

»Meinetwegen«, sagte sie und lachte, »wenn Sie zu taktvoll sind, um es auszusprechen, dass *ich* eine Überraschung für Sie war! Allerdings«, setzte sie hinzu, »sind Sie ja mehr oder weniger der Überraschungen wegen herübergekommen.«

»Allerdings!« – er wusste den Hinweis zu schätzen.

»Aber sie waren alle für Sie bestimmt« – vervollständigte sie weiter – »und keine einzige für *sie*.«

Erneut blieb er vor ihr stehen, als hätte sie es auf den Punkt gebracht. »Das eben ist ihr Problem – sie lässt keine Überraschungen zu. Ich glaube, diese Tatsache charakterisiert und beschreibt sie; und es passt zu dem, was ich Ihnen bereits sagte – sie ist durch und durch messerscharfes, kaltes Kalkül. Sie hatte die ganze Sache im voraus geplant, und zwar ebenso für mich wie für sich. Und sehen Sie, jedes Mal, wenn sie so etwas tut, bleibt kein Platz; kein Spielraum, sozusagen, für irgendeine Änderung. Sie ist randvoll, so prall gepackt wie möglich, und wenn man noch mehr oder etwas anderes herausnehmen oder hineintun will –«

»Muss man die komplette Frau ummodeln?«

»Es bedeutet«, sagte Strether, »man muss sich moralisch und geistig von ihr befreien.«

»Was Sie ja«, erwiderte Maria, »praktisch getan zu haben scheinen.«

Doch ihr Freund warf den Kopf zurück. »Ich habe sie nicht angetastet. Sie *lässt* sich nicht antasten. Das sehe ich jetzt so klar wie noch nie; und alles hängt bei ihr mit einer eigenen Vollkommenheit zusammen«, fuhr er fort, »so dass *jede* Veränderung ihres Wesens einer Art Unrecht gleichkäme. »Jedenfalls«, schloss er, »war es, mit Ihren Worten, die komplette Frau, der komplette moralische und geistige Mensch oder Brocken, den mir Sarah herübergebracht hat, nach dem Motto ›Friss oder stirb‹.«

Es verursachte Miss Gostrey tieferes Nachdenken. »Allein der Gedanke, bei vorgehaltenem Bajonett einen kompletten moralischen und geistigen Menschen oder Brocken akzeptieren zu sollen!«

»Zu Hause«, sagte Strether, »hatte ich genau *das* getan. Aber drüben war mir das irgendwie nicht klar.«

»Vermutlich«, pflichtete Miss Gostrey ihm bei, »erfasst man in einem solchen Fall nie im voraus das Format, wie man sagen könnte, des Brockens. Er taucht erst nach und nach auf. Er taucht langsam vor einem auf, bis man ihn schließlich in voller Größe vor sich sieht.«

»In voller Größe«, wiederholte er abwesend, während er einen besonders riesigen Eisberg in einem kalten blauen nördlichen Meer in den Blick zu fassen schien. »Er ist herrlich!« rief er dann recht unpassend.

Doch seine Freundin, gewöhnt an derlei Inkonsequenz bei ihm, verlor den Faden nicht. »Es gibt nichts Herrlicheres – um auf sich aufmerksam zu machen –, als einen Mangel an Phantasie.«

Das brachte ihn sofort wieder zu sich. »Na, da haben

Sie's! Genau das habe ich gestern Abend Chad gesagt. Ich meine, dass er keine besitzt.«

»Dann scheint er«, meinte Maria, »mit seiner Mutter ja immerhin doch etwas gemeinsam zu haben.«

»Er hat mit ihr gemeinsam, dass er, wie Sie sagen, auf sich ›aufmerksam‹ macht. Aber«, fügte er hinzu, als sei dies ein interessantes Problem, »aufmerksam wird man schließlich auch auf Menschen, die sehr viel Phantasie besitzen.«

Miss Gostrey wartete mit einem Vorschlag auf. »Madame de Vionnet?«

»*Sie* besitzt sehr viel.«

»Gewiss – sie hatte schon früher jede Menge. Aber es gibt verschiedene Arten, auf sich aufmerksam zu machen.«

»Ja, so muss es zweifellos sein. Sie zum Beispiel –«

Er wollte galant fortfahren, aber sie widersetzte sich. »Oh, ich mache *nicht* auf mich aufmerksam; deshalb bedarf das Ausmaß meiner Phantasie auch keiner Festlegung. Ihre hingegen«, sagte sie, »ist beinahe schon ungeheuer. So immens viel hat noch niemand besessen.«

Er stutzte flüchtig. »Chad denkt dasselbe.«

»Na bitte, da haben Sie's – obwohl gerade *er* sich eigentlich nicht beklagen darf!«

»Oh, er tut es auch nicht«, sagte Strether.

»Das wäre ja noch schöner! In welchem Zusammenhang«, fuhr Maria fort, »hat sich die Frage denn ergeben?«

»Als er von mir wissen wollte, was ich mir eigentlich davon verspreche.«

Sie schwieg. »Da auch ich Sie danach gefragt habe, ist für *mich* der Fall hiermit erledigt. Oh, Sie verfügen in der Tat«, wiederholte sie, »über eine blühende Phantasie.«

Aber er war für einen Augenblick in Gedanken abgelenkt, und er kam auf etwas anderes zu sprechen. »Dabei *hat* Mrs. Newsome – das darf man ja nicht vergessen – die Phantasie entwickelt, das heißt, sie tut es anscheinend noch

KAPITEL II

immer, dass ich lauter Entsetzlichkeiten hätte finden müssen. Ich war durch ihre Vorstellung – eine immerhin ungemein drastische Vision – dazu auserkoren, diese Entsetzlichkeiten zu finden; und dass ich es nicht getan habe, dass ich es nicht konnte, dass ich es, wie sie offenbar meinte, nicht wollte –, das hat ihr ersichtlich ganz und gar nicht, wie man so sagt, in den ›Kram‹ gepasst. Sie konnte es schlicht nicht ertragen. Darin bestand ihre Enttäuschung.«

»Meinen Sie, Sie hätten Chad entsetzlich finden müssen?«

»Nein, die Frau.«

»Entsetzlich?«

»Mrs. Newsomes Phantasie entsprechend.« Und Strether schwieg, als könnte er diesem Bild durch seine eigene Darstellung der Sache nichts weiter hinzufügen.

Seine Gefährtin hatte inzwischen nachgedacht. »Entsprechend ihrer dummen Phantasie – es kommt also auf dasselbe hinaus.«

»Dumm? Oh!« sagte Strether.

Aber sie insistierte. »Entsprechend ihrer gemeinen Phantasie.«

Er wusste es jedoch besser. »Sie kann nur ahnungslos gewesen sein.«

»Starrsinn gepaart mit Ahnungslosigkeit – gibt es etwas Schlimmeres?«

In diese Frage hätte er sich verbeißen können, doch er überging sie. »Sarah ist nicht ahnungslos – jetzt nicht mehr; sie hält die Theorie der Entsetzlichkeiten aufrecht.«

»Ah, aber sie ist stur – und das allein genügt manchmal ebenso. Wenn man zumindest in diesem Fall nicht bestreiten kann, dass Marie bezaubernd ist, so kann man wenigstens bestreiten, dass sie gut ist.«

»Ich behaupte, sie ist gut für Chad.«

»Sie behaupten nicht« – sie schien auf Klarheit bedacht –, »dass sie gut für *Sie* ist.«

Aber er ging nicht darauf ein und fuhr fort. »Deswegen wollte ich, dass sie herüberkommen – damit sie selber sehen, ob sie schlecht für ihn ist.«

»Und jetzt, nachdem sie es getan haben, wollen sie nicht zugeben, dass sie für überhaupt irgendetwas gut ist.«

»Sie denken«, bekannte Strether gleich, »sie sei im ganzen gesehen, für mich wohl etwa ebenso schlecht. Aber natürlich sind sie insofern konsequent, als sie eine ganz klare Vorstellung darüber besitzen, was für uns beide gut ist.«

»Zunächst einmal täten Sie gut daran« – mit dieser Reaktion grenzte Maria die Frage vorläufig ein –, »aus Ihrem Leben, und wenn möglich sogar aus Ihrer Erinnerung, die grässliche Person zu tilgen, die *ich* schemenhaft für sie versinnbildlichen muss. Das scheint noch dringlicher, als das deutlich erkennbare – und dadurch ein bisschen weniger ominöse – Übel in Gestalt jener Person zu tilgen, zu deren Komplizen sie sich willig haben machen lassen. Das ist allerdings relativ einfach. Schlimmstenfalls können Sie mich schließlich ja ganz leicht aufgeben.«

»Schlimmstenfalls kann ich Sie schließlich ja ganz leicht aufgeben.« Seine Ironie war so offenkundig, dass sie keine Vorsicht verlangte. »Schlimmstenfalls kann ich Sie schließlich ja sogar ganz leicht vergessen.«

»Sagen wir also, das ließe sich einrichten. Aber Mr. Newsome muss sehr viel mehr vergessen. Wie kann *er* das schaffen?«

»Ach, da haben Sie's mal wieder! Genau dahin hätte ich ihn bringen müssen; eben daran hätte ich mit ihm arbeiten sollen und ihn darin unterstützen.«

Sie nahm es schweigend und ohne Abschwächung hin – vielleicht, weil ihr die Tatsachen vertraut waren; und ihre Gedanken verknüpften unsichtbare Kettenglieder zu einer Verbindung. »Wissen Sie noch, wie wir in Chester und London öfter davon redeten, dass ich Ihnen durchhelfe?« Sie sprach darüber, als handle es sich um weit zurückliegende Dinge und als hätten sie an den genannten Orten ganze Wochen verbracht.

»Das tun Sie doch auch.«

»Ah, bei dem großen Spielraum, den Sie gelassen haben, kommt das dicke Ende vielleicht erst. Sie können immer noch zusammenbrechen.«

»Ja, ich kann immer noch zusammenbrechen. Aber nehmen Sie mich dann –?«

Er hatte gezögert, und sie wartete. »Nehmen –?«

»Solange ich es aushalte.«

Auch sie ging mit sich zu Rate. »Wie wir sagten, vielleicht verlassen Mr. Newsome und Madame de Vionnet die Stadt. Was glauben Sie, wie lange können Sie es ohne sie aushalten?«

Strether antwortete zunächst mit einer Gegenfrage. »Glauben Sie, sie wollen mich abschütteln?«

Sie antwortete recht brüsk. »Halten Sie mich nicht für unhöflich, aber ich kann mir das durchaus vorstellen!«

Er blickte sie forschend an – ihm kam plötzlich ein derart bestürzender Gedanke, dass er sich verfärbte. Aber er lächelte. »Sie meinen, nach dem, was sie mir angetan haben?«

»Nach dem, was *sie* Ihnen angetan hat.«

Da hatte er sich, mit einem Lachen, wieder gefangen. »Ach, aber *noch* hat sie's nicht!«

III

Einige Tage danach hatte er den Zug an einer Bahnstation genommen, die er fast auf gut Glück gewählt hatte – ebenso wie die Zielstation. Solche Tage waren gezählt, was auch immer geschehen mochte, und er hatte sich auf die Reise begeben aus dem – zweifellos sehr naiven – Impuls heraus, einen dieser Tage völlig jener französischen Ländlichkeit mit ihrem kühlen, ganz speziellen Grün zu widmen, in die er bisher bloß durch das kleine rechteckige Fenster des Bilderrahmens geblickt hatte. Noch war es für ihn vorwiegend nur ein Land der Phantasie – Kulisse der Dichtung, Milieu der Kunst, Pflanzstätte der Literatur; praktisch ebenso fern wie Hellas, aber praktisch auch ebenso geheiligt. Das Romantische konnte sich in Strethers Empfinden schon aus sehr sanften Elementen zusammenweben; und sogar nach dem, was er, wie er fühlte, kürzlich ›durchgemacht‹ hatte, elektrisierte ihn doch ein wenig die Aussicht, irgendwo irgendetwas zu sehen, das ihn an einen bestimmten kleinen Lambinet erinnerte, der ihn vor langen Jahren bei einem Bostoner Kunsthändler berückt und den er absurderweise nie vergessen hatte. Er war ihm, so erinnerte er sich, zu einem Preis angeboten worden, der, wie man ihn glauben machte, für den niedrigsten gelten dürfe, der je für einen Lambinet genannt wurde; dennoch ein Preis, der ihm seine Armut so deutlich machte wie nie, denn er musste erkennen, dass diese Summe selbst im Traum seine Möglichkeiten überstieg. Er hatte geträumt – hatte eine Stunde lang Möglichkeiten erwogen, hin- und her gewendet: Es war das einzige Abenteuer seines Leben in Verbindung mit dem Erwerb eines Kunstwerks gewesen. Das Abenteuer war, wie man bemerken wird, anspruchslos; doch jede Erinnerung daran, jenseits aller Vernunft und aufgrund einer zufälligen Assoziation, war süß. Der kleine Lambinet verweilte bei ihm als das Bild, das er gekauft *hätte* – das besondere Werk, das ihn, für den Moment, seine angeborene Anspruchslosigkeit hatte überschreiten lassen. Er war sich wohl bewusst, dass er bei einem Wiedersehen eventuell eine Ernüchterung oder einen Schock riskierte, und er ertappte sich nie bei dem Wunsch, das Rad der Zeit möge es wieder heraufholen, genauso, wie er das Bild in den kastanienbraunen, durch ein Oberlicht erhellten, heiligen Hallen in der Tremont Street erblickt hatte. Etwas anderes wäre es freilich, die in der Erinnerung gespeicherte Komposition wieder in ihre Elemente aufgelöst zu sehen – der Rückgabe der ganzen, fernen Stunde an die Natur beizuwohnen: der staubige Tag in Boston, im Hintergrund das Fitchburg Depot, das kastanienbraune Heiligtum, die Vision dieses speziellen Grüns, der lächerliche Preis, die Pappeln, die Weiden, die Binsen, der Fluss, der sonnige, silbrige Himmel, der schattige, waldige Horizont.

Von seinem Zug verlangte er nur so viel, dass er nach dem Durchfahren der *banlieue* ein paarmal hielt; für den Wink, wo er aussteigen solle, vertraute er auf die generelle Liebenswürdigkeit des Tages. Die Theorie für seinen Ausflug lautete, er könne überall aussteigen – mindestens eine Stunde Fahrzeit von Paris entfernt –, sobald er die Anmutung der geforderten besonderen Note aufschnappte. Diese Anmutung winkte – Wetter, Luft, Licht, Farbe und seine Stimmung, alles günstig – nach rund achtzig Minuten; der Zug hielt genau am rechten Fleck, und er stieg so zuversichtlich aus, als gälte es, ein Rendezvous einzuhalten. Man wird finden, er verstand es, in seinem Alter, sich mit ganz geringen Dingen zu vergnügen, wenn man andererseits beachtet, dass sein Rendezvous nur einer überholten Bostoner Mode galt. Er brauchte nicht weit zu gehen, bis ihn die rasche Zuversicht erfüllte, er werde es gewiss nicht verpassen. Der rechteckige, vergoldete Rahmen gab die Grenzen vor; Pappeln und Weiden, Binsen und Fluss – ein Fluss, dessen Namen er weder wusste noch wissen wollte – gruppierten sich darin zu einer glücklichen Komposition; der Himmel war Silber und Türkis und Firnis; das Dorf zur Linken weiß und die Kirche zur Rechten grau; kurz, es war alles da – es war, was er wollte: es war die Tremont Street, es war Frankreich, es war Lambinet. Obendrein promenierte er ungehindert darin umher. Er tat dies eine Stunde lang nach Herzenslust, strebte dem schattigen, waldigen Horizont zu und versenkte sich so tief in seinen Eindruck und seinen Müßiggang, dass er sie leicht hätte durchdringen und auf die kastanienbraune Wand stoßen können. Es kam zweifellos einem Wunder gleich, dass ihm der Geschmack am Müßiggang schon so bald süß wurde; aber eigentlich hatte es die letzten paar Tage dazu gebraucht; tatsächlich war er ihm seit dem Rückzug der Pococks stetig süßer geworden. Er wanderte immer weiter, als wolle er sich selbst beweisen, wie wenig er jetzt zu tun habe; er brauchte wirklich weiter nichts zu tun, als sich einem Abhang zuzuwenden, wo er sich ausstrecken und dem Rauschen der Pappeln lauschen konnte, und von wo aus er – im Laufe eines so verbrachten Nachmittags, eines zudem von dem köstlichen Gefühl durchfluteten Nachmittags, in der Tasche ein Buch mit sich zu tragen – die Gegend gut genug überblicken würde, um genau den richtigen kleinen Landgasthof für das Experiment eines Abendessens herauszugreifen. Um neun Uhr zwanzig ging ein Zug zurück nach Paris, und er sah sich, zum Abschluss des Tages, mit einer derben weißen Tischdecke und einem sandbestreuten Boden als Beilage, etwas Geschmortes, glücklich Gewähltes genießen und mit echtem Landwein hinunterspülen; anschließend könnte er, nach Lust und Laune, entweder im Zwielicht zum Bahnhof zurückschlendern oder die hiesige *carriole* herbestellen und mit dem Kutscher plaudern, einem Kutscher, der es natürlich nicht an einem steifen, reinen Kittel, einer gestrickten Nachtmütze und erprobter Schlagfertigkeit fehlen ließe – dieser, kurzum, würde auf der Deichsel hocken und ihm erzählen, was die Leute in Frankreich so dachten, und ihn, wie überhaupt die ganze Episode, an Maupassant erinnern. Als sich diese Vision konkretisierte, hörte Strether, wie seine Lippen, zum ersten Mal unter französischem Himmel, seine Wünsche ohne Furcht vor seiner Begleitung zum Ausdruck brachten. Er hatte sich vor Chad und vor Maria und vor Madame de Vionnet gefürchtet; am meisten aber vor Waymarsh, in dessen Gegenwart er, insofern sie unter den Lichtern der Großstadt gemeinsam unterwegs gewesen waren, seinen Wortschatz oder seinen Akzent nie öffentlich gemacht hatte, ohne irgendwie dafür zu büßen. Gewöhnlich bestand seine Buße darin, unmittelbar darauf Waymarshs Blick zu begegnen.

Solcherart waren die Freiheiten, mit denen seine Phantasie spielte, nachdem er sich dem Hang zugewandt hatte, der wirklich und wahrhaftig, überdies höchst liebenswürdig, unter den Pappeln seiner harrte, der Hang, der ihn ein paar murmelnde Stunden lang spüren ließ, wie trefflich sein Einfall gewesen war. Er empfand ein Gefühl des Erfolges, einer reineren Harmonie der Dinge; alles hatte sich bisher nach seinem Plan gefügt. Am deutlichsten ergriff ihn, wie er da auf dem Rücken im Gras lag, das Gefühl, dass Sarah tatsächlich fort war, seine Anspannung tatsächlich gewichen; der diese Gedanken durchströmende Friede mochte trügerisch sein, dennoch lullte er ihn im Augenblick ein. Für eine halbe Stunde machte er ihn geradezu schläfrig; Strether schob sich den Strohhut über die Augen – er hatte ihn tags zuvor in einer Reminiszenz an den Waymarshs erstanden –

und verlor sich erneut im Lambinet. Es war, als hätte er die eigene Müdigkeit bemerkt – eine Müdigkeit, die nicht von seinem Spaziergang rührte, sondern von der inneren Anstrengung, die ihm, im großen ganzen, drei Monate lang kaum eine Pause gegönnt hatte. So verhielt es sich – kaum waren sie weg, hatte er sich fallen lassen; und gelandet war er hier, auf festem Boden. Das Bewusstsein dessen, was er schließlich in sich fand, beruhigte, besänftigte und belustigte ihn wohlig. Es entsprach weitgehend dem, was ihn, wie er Maria Gostrey gesagt hatte, wünschen ließ, zu bleiben: das gewaltig ausgedehnte, sommerliche Paris, abwechselnd funkelnd und fahl, Säulen und Gesimse für ihn von einer Last befreit, Luft und Schatten im Flattern der breit wie Avenuen ausladenden Markisen. Es war ihm unvermindert präsent, wie er am Tage nach dieser Bekundung im Bestreben, sich seiner Freiheit irgendwie zu versichern, noch nachmittags Madame de Vionnet aufgesucht hatte. Am übernächsten Tag war er wieder hingegangen, und die Wirkung der zwei Besuche, die Resonanz der wenigen mit ihr verbrachten Stunden, entsprach beinahe einem Gefühl der Fülle und Häufigkeit. Der mutige Vorsatz zu häufigeren Besuchen, der ihn von dem Moment an so heftig bewegt hatte, da er sich Woolletts ungerechtem Verdacht ausgesetzt fand, war ziemlich theoretisch geblieben, und eines der Dinge, die er unter seinen Pappeln begrübeln konnte, betraf die Quelle dieser besonderen Scheu, die ihn weiter hatte vorsichtig bleiben lassen. Er hatte sie jetzt gewiss überwunden, diese besondere Scheu; wo war sie geblieben, wenn sie ihm im Lauf der Woche nicht völlig abhandengekommen war?

Er fand es jetzt tatsächlich überaus einleuchtend, dass er nicht ganz grundlos hatte Vorsicht walten lassen. Er hatte in seinem Verhalten wirklich ein Straucheln seiner Redlichkeit geargwöhnt; wenn man in der Gefahr schwebte, eine solche Frau zu sehr zu mögen, war man am besten und sichersten beraten, zumindest so lange zu warten, bis man das Recht dazu besaß. Im Lichte der letzten paar Tage zeichnete sich die Gefahr recht deutlich ab; entsprechend günstig erwies es sich also, dass das Recht gleichfalls gegründet war. Unserem Freund schien, dass er bei jedem der beiden Besuche von diesem Recht aufs äußerste profitiert hatte: hätte er denn noch größeren Nutzen daraus zu ziehen vermocht, dies fragte er sich jedenfalls, als sie unverzüglich wissen zu lassen, sollte es ihr einerlei sein, so ziehe er es vor, lieber nicht über leidige Dinge zu sprechen? Nie in seinem Leben hatte er einen Armvoll wichtiger Interessen so hingeopfert wie mit dieser Bemerkung; nie hatte er dem relativen Leichtsinn so die Bahn geebnet wie mit diesem Appell an Madame de Vionnets Klugheit. Erst später machte er sich richtig klar, dass er durch das Wegzaubern von allem, außer dem Angenehmen, fast alles weggezaubert hatte, worüber sie bisher gesprochen hatten; erst später entsann er sich, dass sie bei ihrem neuen Umgangston Chads Namen nicht einmal erwähnt hatten. Ein Gedanke, bei dem er auf seinem Hügel besonders lange verweilte, betraf die herrliche Mühelosigkeit, mit der sich bei einer solchen Frau ein neuer Ton anschlagen ließ; er dachte, als er auf dem Rücken lag, an all die Töne, auf die sie eingehen mochte, wenn man sie auf die Probe stellte, dachte jedenfalls daran, dass man mit großer Wahrscheinlichkeit darauf bauen konnte, sie verstünde es, diese auf die jeweilige Situation abzustimmen. Er hatte ihr zu verstehen geben wollen, da er jetzt unvoreingenommen sei, solle auch sie es sein, und sie hatte erkennen lassen, sie habe verstanden, und er hatte erkennen lassen, er sei ihr dankbar, und es war wahrhaftig so gewesen, als besuchte er sie zum ersten Mal. Es hatte zwischen ihnen bereits andere, allerdings belanglose Begegnungen gegeben; hätten sie früher gewusst, wie viele Gemeinsamkeiten sie *tatsächlich* besaßen, so hätten sie sich wohl eine Unmenge vergleichsweise langweiliger Themen sparen können. Nun, jetzt taten sie dies, sogar bis hin zu einer bezaubernden Dankesbezeigung, einem artigen ›Keine Ursache!‹ – und es war erstaunlich, was, ohne Bezug auf das zwischen ihnen Vorgefallene, alles noch zur Sprache kommen konnte. Bei näherem Hinsehen mochte es sich bloß als Shakespeare und die Glasharmonika entpuppen, doch es hatte seinen Zweck genauso erfüllt, als hätte er ganz unverstellt zu ihr gesagt: »Wenn Sie mich gern haben, sollte davon überhaupt die Rede sein können, dann haben Sie mich bitte nicht wegen irgendeines banalen Gefallens gern, den ich Ihnen unbeholfen ›erwiesen‹ habe, wie man so sagt: haben Sie mich – na ja, haben Sie mich, zum Henker, aus irgendeinem Grund gern, der Ihnen einfällt. Und seien Sie, nach derselben Maßgabe, für mich nicht einfach die Person, die ich durch meine missliche Verbindung zu Chad kennengelernt habe – gab es übrigens jemals etwas *noch* Misslicheres? Seien Sie für mich, bitte, mit all Ihrem wunderbaren Takt und Vertrauen einfach das, was ich, von Augenblick zu Augenblick, gerne in Ihnen sähe.« Es war ein gewaltiges Ansinnen, dem da nachgekommen werden sollte; aber wenn sie ihm nicht nachgekommen war, was hatte sie dann getan, und wie war die gemeinsam verbrachte Zeit so glatt dahingeflossen, sanft, aber nicht langsam, und zerschmolzen, zergangen in dieser glücklichen Illusion der Muße? Andererseits wurde ihm deutlich, dass er, in seiner früheren, eingeengten Situation, durchaus Grund gehabt hatte, seine Anfälligkeit, auf dem Pfad der Redlichkeit zu straucheln, im Blick zu behalten.

Er weilte den ganzen Rest dieses planlosen Tages in diesem Bild – denn so erschien ihm seine Situation; so dass der Zauber ihn noch immer, eigentlich mehr denn je umwob, als er gegen sechs Uhr ein freundliches Gespräch mit einer drallen Frau mit weißer Haube und dunkler Stimme führte, an der Tür zur *auberge* des größten Dorfes, eines Dorfes, das ihn anmutete wie ein Etwas aus Weiß, Blau und Verwinkeltheit, eingefasst in Kupfergrün, und hinter oder vor dem – es ließ sich nicht genau ausmachen – der Fluss dahinströmte, auf jeden Fall aber am unteren Ende des Wirtshausgartens vorbei. Vorher hatte er noch weitere Abenteuer bestanden; er war auf der Höhe weitergewandert, nachdem er den Schlaf abgeschüttelt hatte; er hatte beinahe begehrlich noch eine kleine alte Kirche bewundert, außen ganz steiles Dach und stumpfes Schiefergrau und innen ganz Kalktünche und Papierblumen; er hatte den Weg verloren und wiedergefunden; er hatte mit Bauern geredet, die auf ihn eventuell ein wenig weltmännischer als erwartet wirkten; er hatte mit einem Schlag eine kühne Geläufigkeit im Französischen erlangt; er hatte, als der Nachmittag verwich, ein wässeriges *bock* getrunken, hell und pariserisch, im Café des entferntesten Dorfes, das nicht das größte war; und er war während all dem kein einziges Mal aus dem rechteckigen vergoldeten Rahmen gestiegen. Der Rahmen hatte sich ihm wunschgemäß geweitet; er hatte einfach Glück. Er war schließlich wieder in das Tal hinabgestiegen, um in der Nähe von Bahnhöfen und Zügen zu bleiben, und hatte dabei die Richtung seines Ausgangspunktes eingeschlagen; und so kam es, dass er zuletzt vor der Wirtin des ›Cheval Blanc‹ stehen blieb, deren barsche Bereitwilligkeit, sich mit ihm über ein *côtelette de veau à l'oseille* und eine anschließende Beförderung zu verständigen, dem Klappern von Holzpantinen auf Pflastersteinen glich. Er war viele Meilen gewandert und wusste nicht, dass er müde war; aber er wusste nach wie vor, dass er sich beflügelt fühlte, und sogar, dass er sich, trotz des ganz allein verbrachten Tages, noch nie mit anderen Menschen so verbunden und mitten in seinem Drama gesehen hatte. Sein Drama, das um ein Haar in seine Katastrophe gemündet wäre, hätte als beendet gelten können: es war jedoch trotzdem wieder heftig in ihm aufgelebt, als er ihm erlaubte, sich in dieser Weise zu entfalten. Er hatte sich nur einmal richtig daraus lösen müssen, um zu spüren, dass es, seltsam, noch andauerte.

Denn darin hatte im Grunde genommen den ganzen Tag über der Zauber des Gemäldes gelegen – dass es mehr als alles andere eine Kulisse und eine Bühne darstellte, dass sich im Rauschen der Weiden und in der Färbung des Himmels die Atmosphäre des Stückes kundtat. Das Stück und die Personen hatten, bis jetzt unbemerkt von ihm, den ganzen Raum bevölkert, und es erschien ihm irgendwie durchaus passend, dass sie sich ihm unter den gegebenen Verhältnissen gleichsam zwangsläufig präsentierten. Sie schienen sich unter diesen Verhältnissen nicht nur zwangläufig zu präsentieren, sondern auch insofern natürlicher und richtiger, als sich mit ihnen zumindest leichter und angenehmer auskommen ließ. Diese Verhältnisse hatten ihren Unterschied zu denen in Woollett nirgends so deutlich behauptet, wie sie es im kleinen Hof des ›Cheval Blanc‹ zu tun schienen, während er mit seiner Wirtin über einen krönenden Abschluss beriet. Sie waren gering und schlicht, karg und bescheiden, doch sie waren *das Echte*, wie er gesagt hätte, sogar in noch höherem Maße als Madame de Vionnets alter vornehmer Salon, wo der Geist des Empires umging. ›*Das Echte*‹ war das, was die größte Anzahl jener Art Dinge einbezog, die er hatte anpacken müssen; und seltsam war es schon, aber es war so – hier war alles einbezogen. Keine einzige seiner Beobachtungen, die nicht irgendwie ihren Platz darin fand; kein Hauch des frischer werdenden Abends, der nicht irgendwie eine Silbe des Textes bildete. Der Text lautete, zusammengefasst, einfach, dass an *diesen* Orten solche Dinge existierten, und wenn es einem beliebte, dort spazieren zu gehen, dann musste man sich eben mit den Dingen anfreunden, auf die man stieß. Einstweilen genügte es jedenfalls, dass sie einen – was den Anblick des Dorfes betraf – anmuteten wie Weiß, Blau und Verwinkeltheit, eingefasst in Kupfergrün; eine Außenmauer vom ›Weißen Ross‹ war übrigens tatsächlich in einem völlig unmöglichen Farbton gestrichen. Das gehörte mit zur Freude, gleichsam als Beweis, dass es sich um ein harmloses Vergnügen handelte; ebenso wie es völlig genügte, dass Bild und Stück aufs schönste zu verschmelzen schienen, als die gute Frau in groben Strichen skizzierte, wie sie dem Appetit ihres Besuchers zu begegnen gedachte. Kurz, er empfand Vertrauen, ein umfassendes Vertrauen, und mehr wollte er nicht empfinden. Es erfuhr nicht einmal eine Erschütterung, als sie erwähnte, sie habe übrigens soeben für zwei Personen den Tisch gedeckt, die, anders als Monsieur, auf dem Fluss gekommen seien – im eigenen Boot; die beiden hätten sie vor einer halben Stunde gefragt, was es bei ihr zu essen gebe, und seien dann weiter gerudert, um sich ein Stück stromauf etwas anzuschauen – eine Bootspartie, von der sie bald zurückkehren würden. Wenn es Monsieur recht sei, könne er unterdessen doch in den bescheidenen Garten gehen, wo sie ihm, auf Wunsch – es stünden dort ja reichlich Tische und Bänke – einen ›Bitter‹ vor seiner Mahlzeit servieren würde. Dorthin werde sie ihm auch über eine mögliche Fahrgelegenheit zum Bahnhof Bescheid bringen, und hier genieße er auf alle Fälle das *agrément* des Flusses.

Es darf gleich erwähnt werden, dass Monsieur jegliches *agrément* genoss und für die nächsten zwanzig Minuten besonders das eines kleinen und primitiven Pavillons, der am Rande des Gartens beinahe das Wasser überhing, und der, wie sein leicht ramponierter Zustand bezeugte, vielfach frequentiert wurde. Er bestand aus kaum mehr als einer etwas erhöhten Plattform mit ein paar Bänken und einem Tisch, einem schützenden Geländer und einem vorspringenden Dach; aber er überblickte den gesamten graublauen Strom, der ein kleines Stück flussauf eine Biegung beschrieb und dem Blick entschwand, um viel weiter oben wieder zum Vorschein zu kommen, und er war an Sonn- und anderen Festtagen ein offensichtlich hochbegehrter Ort. Strether saß dort und fühlte sich, trotz seines Hungers, zufrieden; das gewachsene Vertrauen vertiefte sich mit dem Plätschern des Wassers, dem Kräuseln der Oberfläche, dem Rascheln des Schilfrohrs am jenseitigen Ufer, der aufsteigenden, leichten Kühle und dem sanften Schaukeln einiger kleiner Boote, die in unmittelbarer Nähe an einem roh gezimmerten Landungssteg vertäut lagen. Das Tal auf der anderen Seite war eine kupfergrüne Fläche und ein glasierter, perlmutterner Himmel, schraffiert vom Gitterwerk gestutzter Bäume, die flach wirkten wie Spaliere; und obwohl das übrige Dorf unweit verstreut lag, bot die Aussicht eine Leere, die den Blick auf eines der Boote lenkte. So ein Fluss führte einen mir nichts, dir nichts mit sich fort, ehe man noch die Ruder ergreifen konnte – deren müßiges Spiel die Fülle des Eindrucks nur noch erhöhen würde. Diese Wahrnehmung war so stark, dass er aufstand; aber diese Bewegung wiederum ließ ihn erneut seine Müdigkeit fühlen, und als er sich an einen Pfosten lehnte und weiter Ausschau hielt, sah er etwas, das ihn erstarren ließ.

IV

Was er sah, passte genau ins Bild – ein Boot näherte sich um die Biegung, darin saßen ein Mann, der die Ruder hielt, und im Heck eine Dame mit rosa Parasol. Plötzlich schien es, als hätten diese Gestalten oder etwas Entsprechendes in dem Bild noch gefehlt, mehr oder weniger schon den ganzen Tag, und trieben nun mit der trägen Strömung ins Blickfeld, um das Maß vollzumachen. Sie glitten langsam flussab und offensichtlich dem Landungssteg unweit ihres Beobachters zu und präsentierten sich ihm nicht weniger eindeutig als die zwei Personen, für die seine Wirtin schon eine Mahlzeit herrichtete. Er nahm sie auf der Stelle für zwei sehr glückliche Menschen – ein junger Mann in Hemdsärmeln, eine junge Frau, schön und unbeschwert, die von einer anderen Stelle vergnüglich flussauf hierher gerudert waren und, mit der Gegend wohlvertraut, um die Vorzüge dieses besonderen Schlupfwinkels wussten. Als sie näher kamen, verdichteten sich gewisse Anzeichen; Anzeichen, dass sie sich auskannten, Bescheid wussten, häufiger kamen – dass dies keinesfalls ihr erstes Mal war. Sie waren kundig, das fühlte er undeutlich – und wirkten dadurch noch idyllischer, obwohl ihr Boot, eben im Moment dieses Eindrucks, seitlich abzudriften schien, weil es der Ruderer treiben ließ. Es war inzwischen dennoch viel näher gekommen – nahe genug, dass Strether sich einbilden konnte, die Dame im Heck habe aus irgendeinem Grunde bemerkt, dass er sie beobachtete. Sie hatte eine hastige Bemerkung gemacht, doch ihr Gefährte hatte sich nicht umgedreht; unser Freund bekam tatsächlich beinahe das Gefühl, als habe sie ihm befohlen, sich nicht zu rühren. Sie hatte etwas wahrgenommen, das ihren Kurs ins Schwanken brachte, und er blieb schwankend, während sie weiter Abstand hielten. Diese Reaktion passierte plötzlich und rasch, so rasch, dass Strether kaum Zeit blieb, sie zu bemerken, bevor er selber heftig zusammenfuhr. Auch er hatte in derselben Minute etwas wahrgenommen, hatte wahrgenommen, dass er die Dame kannte, deren Parasol einen so feinen rosa Punkt in die flimmernde Landschaft tupfte. Es war schier unglaublich, eine Chance zu einer Million, aber wenn er die Dame kannte, dann war der Herr, der ihm immer noch den Rücken zukehrte und auf Abstand achtete, der Herr, der rocklose Held des Idylls, der auf ihren Schreck reagiert hatte, dann war dieser Herr, um das Wunder voll zu machen, kein anderer als Chad.

Chad und Madame de Vionnet verbrachten also wie er einen Tag auf dem Lande – obwohl es natürlich so absurd schien wie in einem Roman, in einer Posse, dass es sich bei ihrem ›Land‹ genau um dasselbe handelte wie bei ihm; und sie hatte es als erste erkannt, über das Wasser hinweg, als erste den Schock – denn das war es offenbar – dieses erstaunlichen Zufalls verspürt. Nun durchschaute Strether den Vorgang – Madame de Vionnets Erkennen hatte auf das Paar im Boot noch seltsamer gewirkt, ihr erster Impuls war gewesen, ihre Reaktion zu kontrollieren, und jetzt diskutierte sie mit Chad rasch und vehement das Risiko, sich verraten zu haben. Er sah, dass sie sich nichts würden anmerken lassen, wenn sie sicher sein konnten, dass er sie nicht erkannt hatte; so dass er sich einige Sekunden dem eigenen Zögern überließ. Es war eine schwere, unwirkliche Krise, die jäh wie in einem Traum aufgetaucht war, und die wenigen Minuten ihrer Dauer hatten genügt, dass er sich entsetzlich fühlte. So stellte jede Seite die Gegenseite auf die Probe, und alles aus einem einzigen Grund, der wie ein

KAPITEL IV

schriller Ton unvermittelt die Stille zerriss. In dieser knappen Frist glaubte er wieder, nur eines tun zu können – ihr gemeinsames Problem durch irgendein Signal der Überraschung und Freude zu lösen. Hierauf ließ er diesem Mittel reichlich Lauf – er schwenkte Hut und Stock und rief laut hinüber –, eine Gefühlsbekundung, die ihm Erleichterung schuf, sobald er sie erwidert sah. Das Boot in der Flussmitte wirkte noch immer etwas unkontrolliert, was jedoch natürlich schien, da Chad sich umwandte und dabei halb aufsprang; und seine gute Freundin winkte, nach Sprachlosigkeit und Verblüffung, fröhlich mit dem Parasol. Chad griff wieder zu den Rudern, und das Boot drehte sich, während mittlerweile Verwunderung und Fröhlichkeit die Luft erfüllten und, wie Strether sich einbildete, schiere Erregung der Erleichterung wich. Unser Freund ging zum Wasser hinunter mit dem sonderbaren Eindruck, einen irgendwie erregenden Affront verhütet zu haben – den Affront, dass sie ihn ›geschnitten‹ hätten, dort draußen im Auge der Natur, in der Annahme, er werde es nicht merken. Er erwartete sie mit einer Miene, aus der er, wie ihm wohl bewusst war, den Gedanken nicht völlig zu verbannen vermochte, dass sie einfach weitergefahren wären, ohne etwas zu sehen, ohne etwas zu wissen, dass sie ihr Abendessen versäumt und ihre Wirtin enttäuscht hätten, wäre er selber einer entsprechenden Taktik gefolgt. Dieser Schatten zumindest lag vorübergehend auf seinem Gesicht. Später, nachdem sie an den Steg gerumpelt waren und er ihnen an Land geholfen hatte, war all dies wie weggewischt durch das pure Wunder ihrer Begegnung.

So durften es schließlich beide Seiten umso mehr als ein tolles Spiel des Zufalls behandeln, da die Menge der ins Feld geführten Erklärungen die Situation geschmeidig gestaltete. Warum allerdings die Situation – von ihrer Bizarrerie einmal abgesehen – denn eigentlich hätte steif sein sollen, war eine derzeit natürlich nicht opportune Frage und, insofern es unser Interesse berührt, eine Frage, die, später und im stillen Kämmerlein, nur Strether anpackte. Er sollte sich besinnen, später und im stillen Kämmerlein, dass in erster Linie *er* Erklärungen geliefert hatte – was ihm überdies auch vergleichsweise leichtgefallen war. Inzwischen sorgte er sich jedenfalls darum, sie könnten ihn vielleicht insgeheim verdächtigen, dies Zusammentreffen geplant und alle erforderliche Mühe aufgewandt zu haben, um ihm den Anschein des Zufalls zu verleihen. Diese Möglichkeit – als Unterstellung ihrerseits – hielt natürlich keinen Moment einer Überprüfung stand; dennoch blieb der ganze Vorfall, sie mochten es drehen und wenden, wie sie wollten, von solch offenkundiger Peinlichkeit, dass er die Erklärungen kaum unterdrücken konnte, die ihm bezüglich der eigenen Anwesenheit auf die Lippen traten. Sein Hiersein zu erklären, wäre ebenso taktlos gewesen, wie seine Anwesenheit praktisch unfein war; und sie alle kamen eben noch mit heiler Haut davon, weil er sich schließlich mit knapper Not glücklich alle Erklärungen sparte. Nichts davon kam zum Ausdruck oder zur Sprache; zum Ausdruck und zur Sprache kamen einzig ihr beiderseitiges, lächerliches Glück, die *invraisemblance* des Vorfalls überhaupt, der reizende Zufall, dass sie, die beiden, im Vorbeikommen etwas zu essen bestellt hatten, der reizende Zufall, dass er selbst noch nicht gegessen hatte, der noch reizendere Zufall, dass ihre kleinen Pläne, ihre Zeiten, ihr Zug, kurz, von *là-bas* an alles zusammenpasste für eine gemeinsame Rückkehr nach Paris. Der allerreizendste Zufall aber, der Zufall, der Madame de Vionnet ihr hellstes und heiterstes ›*Comme cela se trouve!*‹ entlockte, war die Ankündigung, die Strether erhielt, nachdem sie zu Tische saßen, der Bescheid, den ihm seine Wirtin bezüglich seines Wagens zum Bahnhof überbrachte, auf den er nun rechnen dürfe. Damit war die Sache auch für seine Freunde geklärt; das Ge-

KAPITEL IV

fährt – was ein Glück wieder! – würde sie alle befördern; und wie herrlich auch, durch ihn zu wissen, welchen Zug genau man nehmen werde. Hörte man Madame de Vionnet, so hätte dies für die beiden fast ungewöhnlich unbestimmt gewesen sein können, ein noch abzumachender Punkt; obwohl sich Strether allerdings später erinnern sollte, dass Chad unverzüglich eingegriffen hatte, um solchen Anschein zu zerstreuen, indem er über die Vergesslichkeit seiner Begleiterin lachte und Gewicht darauf legte, er habe, trotz des mit ihr hier draußen verbrachten betörenden Tages, doch immer alles im Blick behalten.

Strether sollte sich später auch noch erinnern, dass dies wie Chads beinahe einzige Einmischung auf ihn gewirkt hatte; und tatsächlich sollte er sich bei anschließender Betrachtung noch vieler Dinge entsinnen, die, sozusagen, zusammenpassten. Dazu gehörte zum Beispiel, dass die ausufernde Überraschung und Freude dieser fabelhaften Frau gänzlich auf Französisch zum Ausdruck kamen, das sie mit einer bisher beispiellosen Fülle an idiomatischen Wendungen zu beherrschen schien, womit sie jedoch, wie er gesagt hätte, ein wenig von ihm abrückte, indem sie plötzlich kleine brillante Kapriolen schlug, denen er nur hinterherhinken konnte. Sein eigenes Französisch war zwischen ihnen nie erörtert worden; es war das einzige Thema, das sie nie geduldet hätte, für jemanden mit einer solchen Lebenserfahrung bedeutete es die schiere Langeweile; aber die Wirkung jetzt war seltsam, verschleierte förmlich ihre Identität, stellte sie zurück in eine bloß zungenfertige Klasse oder Nation, gegen deren temperamentvolle Lautstärke er mittlerweile unempfindlich geworden war. Wenn sie das entzückende, leicht verfremdete Englisch sprach, das er so typisch für sie fand, erschien sie ihm, unter all den Millionen anderer, als ein Geschöpf mit ureigener Sprache, mit dem echten Monopol einer speziellen Sprachschattierung, herrlich mühelos, doch von einer Färbung und einem Tonfall, die zugleich unnachahmlich und rein zufällig waren. Sie kehrte zurück zu dieser Sprache, nachdem sie sich in der Gaststube eingerichtet hatten und gewissermaßen wussten, was auf sie zukam; schließlich mussten sich die lauten Bekundungen über das Wunder ihres Zusammentreffens unvermeidlich erschöpfen. In diesem Augenblick gewann sein Eindruck deutlichere Kontur – der Eindruck, der sich nur noch verstärken, abrunden sollte, dass es etwas gab, das sie kaschieren, inszenieren und möglichst erfolgreich bewerkstelligen mussten, und dass sie es war, die dies, im großen und ganzen bewunderungswürdig, leistete. Es wusste selbstverständlich, dass sie etwas kaschieren mussten; ihre Freundschaft, ihre Beziehung, bedurfte allerhand Erklärungen – dies würden ihn seine zwanzig Minuten bei Mrs. Pocock gelehrt haben, wäre es ihm nicht bereits deutlich gewesen. Dennoch hatte er, wie wir wissen, großzügig der Theorie gehuldigt, Tatsachen gingen ihn ausdrücklich nichts an und seien im übrigen, insoweit man mit ihnen konfrontiert würde, essentiell schön; und dies hätte ihn eigentlich auf alles vorbereiten und zugleich wider jegliche Irreführung feien können. Als er jedoch an diesem Abend nach Hause kam, wusste er, dass er, im Grunde genommen, weder vorbereitet noch gefeit gewesen war; und da wir davon gesprochen haben, woran er sich nach seiner Rückkehr entsinnen und was er bewerten würde, darf auch gleich gesagt werden, dass seine wirkliche Erfahrung jener wenigen Stunden in dieser nachträglichen Fassung – denn er ging erst gegen Morgen zu Bett – den Aspekt gewann, der unserem Zweck am besten dient.

Er verstand nun, mehr oder weniger, was ihn frappiert hatte – im entscheidenden Moment hatte er es nur zur Hälfte getan. Sogar nachdem sie sich, wie schon gesagt, niedergelassen hatten, war ihm noch manches frappant erschienen; denn trotz einer gewissen Benommenheit zeigte sich sein Bewusstsein am schärfsten in dieser Phase, in einem deutlichen Umkippen in eine harmlose, freundliche Boheme. Sie hatten die Ellbogen auf den Tisch gestützt und das verfrühte Ende ihrer zwei, drei Gänge beklagt, was sie mit einer weiteren Flasche wettzumachen gedachten, während Chad ein wenig krampfhaft, vielleicht sogar ein bisschen belanglos mit der Wirtin schäkerte. Alles hatte dahin geführt, dass Dichtung und Fabel nun *doch* unvermeidlich in der Luft lagen und nicht einfach gleichnishaft, sondern als Resultat des Gesagten und Gesprochenen; und auch dahin, dass alle miteinander es ausblendeten und dass sie es eigentlich nicht so sehr hätten ausblenden müssen – obwohl Strether allerdings nicht recht sah, was sie sonst hätten tun sollen. Strether sah es auch ein oder zwei Stunden nach Mitternacht nicht recht, selbst dann nicht, als er in seinem Hotel lange Zeit ohne Licht und noch angekleidet im Schlafzimmer auf dem Sofa zurückgelehnt gesessen und geradeaus vor sich hin gestarrt hatte. Aus diesem Blickwinkel gebot er über alles, um daraus, so gut es ging, seine Schlüsse zu ziehen. Er gelangte wiederholt zu dem Schluss, dass es in dieser bezaubernden Geschichte einfach eine *Lüge* gegeben hatte – eine Lüge, auf die man nun, aus der Distanz und mit Behutsamkeit, bedenkenlos den Finger legen konnte. Mit der Lüge hatten sie getafelt und getrunken und geplaudert und gelacht, hatten recht ungeduldig auf ihre *carriole* gewartet, waren in das Gefährt gestiegen und, spürbar ruhiger, drei oder vier Meilen durch die dunkelnde Sommernacht gefahren. Essen und Trinken, als entspannender Ausweg, hatten die gewünschte Wirkung erzielt; ebenso wie das Geplauder und Gelächter; und während ihrer etwas ermüdenden Fahrt zum Bahnhof, in der Wartezeit dort, während der weiteren Verzögerungen, während sie ihrer Erschöpfung nachgaben, während ihres Schweigens im trüben Abteil des unentwegt haltenden Zuges, bereitete er sich auf kommende Überlegungen vor. Madame de Vionnet hatte Theater gespielt, und auch wenn es gegen Ende etwas an Elan eingebüßt hatte, als glaubte sie selber nicht mehr daran, als hätte sie sich gefragt oder sei, in einem unbeobachteten Moment, von Chad gefragt worden, wozu dies alles letztlich gut sein sollte, so war es doch eine recht passable Theatervorstellung geblieben, mit der letzten Erkenntnis, dass es insgesamt leichter sei, damit weiterzumachen als aufzuhören.

In puncto Geistesgegenwart war die Vorstellung wirklich wunderbar gewesen: wunderbar ihre Schnelligkeit, herrlich ihre Selbstsicherheit, die Art, auf der Stelle ihre Entscheidung zu treffen, ohne Zeit, sich mit Chad zu beraten, ohne Zeit für überhaupt etwas. Ihre einzige Beratung konnte bloß in den kurzen Augenblicken im Boot stattgefunden haben, bevor sie offen zeigten, dass sie den Zuschauer am Ufer erkannt hatten, denn sie waren seither keinen einzigen Moment miteinander allein gewesen und konnten sich nur schweigend verständigt haben. Es machte auf Strether großen Eindruck und weckte nicht zuletzt sein starkes Interesse, dass sie sich so verständigen *konnten* – vor allem, dass Chad ihr zu verstehen geben konnte, er überlasse es ihr. Er überließ die Dinge gewohnheitsmäßig anderen, wie Strether nur zu gut wusste, und es ging unserem Freund bei diesen Überlegungen tatsächlich auf, dass es eine so lebhafte Illustration seiner vielgerühmten Lebenskunst bisher noch nicht gegeben hatte. Es schien, als hätte er ihr den Willen gelassen, bis hin zu einer unwidersprochenen Lüge – beinahe so, als wolle er am nächsten Morgen vorbeikommen, um die Sache zwischen Strether und ihm ins Reine zu bringen. Er konnte natürlich nicht so einfach vorbeikommen; es war eine Situation, in der ein Mann verpflichtet war, die Darstellung der Frau zu akzeptieren, mochte sie auch phantastisch sein; hatte sie es, mit größerer Beunruhigung, als sie

KAPITEL IV

sich anmerken lassen wollte, präferiert, wie die Floskel lautete, die Dinge so hinzustellen, als hätten sie Paris diesen Morgen mit keinem anderen Plan verlassen, als am selben Tag zurückzukehren – hatte sie ihre Klemme, um mit Woollett zu sprechen, so taxiert, dann kannte sie selbst ihre Strategie am besten. Dennoch gab es Dinge, die man unmöglich ausblenden konnte und durch die diese Strategie merkwürdig erschien – die allzu offenkundige Tatsache, zum Beispiel, dass sie zu ihrem Tagesausflug nicht in der Kleidung, nicht mit dem Hut und mit den Schuhen, die sie im Boot getragen hatte, ganz zu schweigen von dem rosa Parasol, aufgebrochen war. Woher rührte ihre sinkende Selbstsicherheit angesichts der steigenden Spannung – woraus resultierte diese ratlose Erfindungsgabe, wenn nicht aus ihrer Erkenntnis, bei Einbruch der Nacht, ohne auch nur einen Schal, um sich einzuhüllen, einen Anblick zu bieten, der keinesfalls zu ihrer Geschichte stimmte? Sie gab zu, dass sie fror, doch nur, um sich für ihren Leichtsinn zu tadeln, dessen Erklärung Chad ihr völlig überließ. Ihr Schal und Chads Überrock sowie ihre übrigen Kleidungsstücke, die sie am Vortag getragen hatten, befanden sich an dem ihnen bestens vertrauten Ort – ein zweifellos ganz ungestörtes Refugium –, wo sie die vierundzwanzig Stunden verbracht hatten, wohin sie diesen Abend unbedingt hatten zurückkehren wollen, woher sie so überraschend in Strethers Gesichtsfeld geschwommen waren, und dessen stillschweigende Verleugnung den Kern ihrer Komödie bildete. Strether sah, sie hatte blitzschnell erkannt, dass für sie überhaupt kein Gedanke daran sein konnte, vor seiner Nase dorthin zurückzukehren; obwohl er, ehrlich gesagt, als er die Sache genauer beleuchtete, einigermaßen überrascht war – so wie es vielleicht auch Chad gewesen sein mochte – von den auftauchenden Skrupeln. Er glaubte sogar zu ahnen, diese Bedenken seien ihr mehr wegen Chad gekommen als wegen ihr selbst, und da der junge Mann keine Gelegenheit fand, sie aufzuklären, habe sie weiter Komödie gespielt, während er ihre Gründe dafür mittlerweile verkannte.

Er war trotzdem heilfroh, dass sie sich in der Tat nicht beim ›Cheval Blanc‹ getrennt hatten, dass es ihm erspart geblieben war, ihnen seinen Segen zu erteilen für eine idyllischen Rückfahrt den Fluss hinunter. Er hatte sich im konkreten Fall mehr verstellen müssen, als ihm lieb war, aber er fand, dies sei nichts gegen das, was ihm die andere Situation abverlangt hätte. Hätte er der anderen Situation wirklich ins Gesicht sehen können? Wäre er fähig gewesen, gemeinsam mit ihnen das Beste daraus zu machen? Ebendas versuchte er jetzt; wobei allerdings der Vorteil, mehr Zeit daran wenden zu können, zu einem Gutteil durch das Gefühl neutralisiert wurde, was er, noch über die zentrale Tatsache hinaus, zu schlucken hatte. Es war das schiere und so lebendig illustrierte Ausmaß der Verstellung, das seinen seelischen Magen am schwersten drückte. Doch er wandte sich von den Erwägungen hinsichtlich dieses Ausmaßes – gar nicht zu reden von den Empfindungen jenes Organs – wieder dem anderen Element des Schauspiels zu, der unendlich tiefen Wahrheit der enthüllten Intimität. Darauf kam er während seiner fruchtlosen Vigilien am häufigsten zurück: Intimität, an diesem Punkt, bedeutete eben genau *das* – wie sonst, um alles in der Welt, hätte man sie sich wünschen sollen? Er konnte mit Leichtigkeit bedauern, wie sehr sie einer Lüge glich; er errötete im Dunkeln beinahe darüber, wie er diese Möglichkeit mit einer Vagheit umkleidet hatte, so wie ein kleines Mädchen seine Puppe ankleiden würde. Er hatte die beiden – ganz ohne ihre Schuld – dazu gebracht, diese Möglichkeit vorübergehend ihrer Vagheit zu entkleiden; und musste er sie folglich jetzt nicht so hinnehmen, wie die beiden sie ihm, allerdings etwas abgeschwächt, einfach hatten präsentieren müssen? Allein die Frage, so

KAPITEL IV

darf hinzugefügt werden, ließ ihn sich einsam fühlen und frösteln. Alles war eine einzige Peinlichkeit, aber Chad und Madame de Vionnet besaßen immerhin den Trost, es gemeinsam besprechen zu können. Mit wem konnte *er* über solche Dinge sprechen? – außer, wie immer und wie in beinahe jedem Stadium, mit Maria? Er sah voraus, dass er Miss Gostrey am nächsten Tag erneut in Anspruch nehmen würde; obwohl sich nicht leugnen ließ, dass er sich schon jetzt ein wenig fürchtete bei dem Gedanken an ihr: »Was in aller Welt – das möchte ich nun aber doch wissen – hatten Sie denn sonst vermutet?« Er musste sich schließlich eingestehen, dass er die ganze Zeit über tatsächlich versucht hatte, nichts zu vermuten. Wahrlich, wahrlich, die Mühe hätte er sich sparen können. Er ertappte sich dabei, dass er allerlei vermutete: unzählige und wunderbare Dinge.

ZWÖLFTES BUCH

I

Strether hätte nicht behaupten können, er habe während der vorhergehenden Stunden entschieden damit gerechnet; doch als er später an diesem Morgen – wenn auch nicht später als bei seinem Erscheinen um zehn Uhr – die *concierge*, bei seinem Nahen, mit einem *petit bleu* wedeln sah, der eingegangen war, nachdem man ihm seine Post aufs Zimmer geschickt hatte, erkannte er darin nur den Vorboten eines folgenden. Jetzt erkannte er, dass er mit einer baldigen Botschaft von Chad doch eher gerechnet hatte; und ebendies sei die baldige Botschaft. Dies galt ihm als so offensichtlich, dass er den *petit bleu* gleich dort öffnete, wo er stehen geblieben war, im angenehm kühlen Luftzug der *porte-cochère* – voller Neugier, wie sich der junge Mann in diesem kritischen Augenblick wohl verhalten würde. Seine Neugier wurde allerdings mehr als gestillt; das Briefchen, dessen gummierten Rand er gelöst hatte, ohne auf die Adresse zu achten, stammte nämlich nicht von dem jungen Mann, sondern von der Person, die ihm die Sache auf der Stelle noch wichtiger machte. Wichtiger oder nicht, er begab sich so direkt zum nächsten Telegraphenamt, auf dem großen Boulevard, dass es fast schien, als fürchte er eine Verzögerung. Er mochte gedacht haben, er müsse gehen, bevor er nachdenken könne, weil er sonst vielleicht überhaupt nicht ginge. Jedenfalls behielt er in der unteren Seitentasche seines Rockes äußerst bedachtsam seinen blauen Brief in der Hand, den er eher sanft als grob zerknitterte. Auf dem Boulevard verfasste er eine Antwort, ebenfalls in der Form eines *petit bleu* – was im Gewühl des Ortes rasch getan war, da seine Antwort, ebenso wie Madame de Vionnets Mitteilung, nur aus ganz wenigen Worten bestand. Sie hatte ihn gefragt, ob er ihr den großen Gefallen erweisen könne, sie an diesem Abend um halb zehn aufzusuchen, und er antwortete, als sei nichts leichter als das, er werde sich zu der von ihr genannten Stunde einfinden. Als Postskriptum hatte sie angefügt, sollte er es vorziehen, würde sie zu einem beliebigen Ort und einer Stunde seiner Wahl zu ihm kommen; doch er ging nicht darauf ein, weil er fand, wenn er sie schon treffe, dann liege der halbe Nutzen des Treffens darin, sie dort zu treffen, wo er sie bereits im besten Licht gesehen hatte. Er brauchte sie auch gar nicht zu treffen: das überlegte er, nachdem er geschrieben hatte und bevor er seine verschlossene Karte in den Kasten steckte; eigentlich brauchte er überhaupt niemanden überhaupt noch zu treffen; er könnte genauso gut gleich Schluss machen, alles so lassen, wie es war, denn er würde es ja zweifellos nicht besser machen, und die Reise nach Hause antreten, sollte ihm denn überhaupt noch ein Zuhause geblieben sein. Diese Alternative zeichnete sich ein paar Minuten lang so scharf ab, dass er sein Schreiben zuletzt vielleicht doch nur wegen des hier herrschenden Gewühls einwarf.

Es herrschte jedoch nur das übliche und ständige Gewühl, unserem Freund vertraut unter der Überschrift *Postes et Télégraphes* – das gewisse Etwas in der Atmosphäre dieser Einrichtungen; die Vibration des gewaltigen, seltsamen Lebens der Stadt, das Fluidum der verschiedenen Menschentypen, die Akteure, die ihre Botschaften zusammenbastelten; die kleinen flotten Pariserinnen, die Gott weiß was fabrizierten und aushöckten, mit der grässlichen, nadelspitzen Amtsfeder über den grässlichen, sandbestreuten Amtstisch kratzten: Utensilien, die für Strethers allzu deutungsfreudige Unschuld zu Symbolen wurden für ein gewisses Etwas, das im Sittlichen heftiger, im Moralischen fragwürdiger und

KAPITEL I

im Volksleben wilder war. Nachdem er den Brief eingeworfen hatte, hatte er sich, wie er ehrlich belustigt dachte, eingereiht auf Seiten des Hitzigen, Fragwürdigen, Grellen. Er unterhielt, über die riesige Stadt hinweg, eine Korrespondenz ganz im allgemeinen Ton der *Postes et Télégraphes*; und es schien durchaus so, als hätte er diese Tatsache hingenommen, weil sich seine momentane Verfassung gut mit der Beschäftigung seiner Nachbarn vertrug. Er war in eine typische Pariser Geschichte verwickelt, und sie ebenso, die Armen – wie hätten sie es auch verhindern sollen? Kurzum, sie waren nicht schlimmer als er, und er war nicht schlimmer als sie – wenn auch, merkwürdigerweise, nicht besser; jedenfalls hatte er sein Kuddelmuddel geklärt, und so trat er hinaus, um in diesem Augenblick einen Tag des Wartens zu beginnen. Die wichtigste Klärung sah er darin, dass er es vorzog, seine Briefpartnerin unter den für sie selbst günstigsten Bedingungen zu treffen. *Das* war ein Aspekt der typischen Geschichte, und der bedeutendste Aspekt, soweit es ihn betraf. Er liebte die Wohnung, in der sie lebte, das Bild, das sich jedes Mal, weit und hoch und klar, um sie herum aufbaute: jede Gelegenheit, es zu sehen, bedeutete ein Vergnügen mit einer frischen Nuance. Aber was hatten ihn jetzt eigentlich Nuancen des Vergnügens zu interessieren, und wieso hatte er sie nicht korrekt und konsequent gezwungen, alle Nachteile und Erschwernisse auf sich zu nehmen, die der Situation entspringen mochten? Er hätte ihr doch, wie Sarah Pocock, die kalte Gastlichkeit seines eigenen *salon de lecture* anbieten können, wo der Frosthauch von Sarahs Besuch noch immer zu hängen schien und wo die Nuancen des Vergnügens trübe blieben; er hätte eine Steinbank in den staubigen Tuilerien oder einen Mietstuhl im oberen Teil der Champs-Élysées vorschlagen können. Diese Bedingungen hätte einen Hauch Härte ausgezeichnet, und einzig Härte wäre jetzt nicht fragwürdig. Er suchte instinktiv eine Form der Bestrafung, Bedingungen, unter denen sie sich treffen konnten – eine Peinlichkeit, unter der sie leiden, eine Gefahr oder zumindest eine gravierende Ungelegenheit, in die sie geraten könnten. Dies ließe das Gefühl aufkommen – nach dem der Geist verlangte, nach dem er seufzend lechzte –, dass irgendjemand irgendwo irgendwie mit irgendetwas bezahlte, dass sie zumindest nicht alle zusammen auf dem silbernen Strom der Straflosigkeit dahintrieben. Stattdessen jetzt einfach hinzugehen und sie spätabends zu besuchen, so als – nun, als schwimme er mit allen anderen mit: das hatte so gar nichts von einer Bestrafung an sich.

Selbst als er diesen Einwand schwinden fühlte, blieb der praktische Unterschied gering; die lange Wartezeit gewann die entsprechende Färbung, und wie er Stunde um Stunde mit der Fragwürdigkeit weiterlebte, ging dies leichter vonstatten, als man hätte vermuten können. Ihm fiel der alte Grundsatz wieder ein, der Grundsatz, in dem er erzogen worden und der auch durch so viele gelebte Jahre kaum fadenscheinig geworden war; die Vorstellung nämlich, mit dem Ergehen eines Missetäters, oder zumindest mit dem Glück einer solchen Person habe es seine besondere Schwierigkeit. Jetzt wunderte er sich vielmehr, wie leicht es damit ging – denn es schien wirklich nichts leichter zu sein. Diese Leichtigkeit empfand er den Rest des Tages sehr deutlich; er überließ sich ihr ganz und gar; versuchte nicht einmal, sie in irgendeinem Punkt als Schwierigkeit zu maskieren; sah nun doch von einem Besuch bei Maria ab – der in gewisser Weise die Folge einer solchen Maskerade gewesen wäre; er trödelte, bummelte, rauchte, saß im Schatten, trank Limonade und aß mehr als nur ein Eis. Der Tag war heiß geworden, es donnerte gelegentlich, und hin und wieder ging er ins Hotel zurück, lediglich um festzustellen, dass Chad nichts hatte von sich hören lassen. Seit seiner Abreise aus Woollett war er sich nie so sehr wie ein Faulpelz vorgekommen, obwohl er zuzeiten geglaubt hatte, auf dem absoluten Tiefpunkt angelangt zu sein. Jetzt war er so tief gesunken wie nie und ohne Ausblick, ohne jede Beklommenheit, was er aus dieser Tiefe zutage fördern würde. Er fragte sich sogar, ob er nicht bereits demoralisiert und zwielichtig *aussah*; wie er da so saß und rauchte, entwickelte er die groteske Vorstellung, die Pococks wären aus irgendwelchen Gründen unversehens zurückgekehrt, schlenderten den Boulevard entlang und erblickten ihn in diesem Zustand. Sein Anblick böte ihnen wahrhaftig allen Grund zur Empörung. Doch das Schicksal blieb selbst diese Härte schuldig; die Pococks kamen nicht vorbei, und Chad gab kein Lebenszeichen. Derweil hielt Strether sich weiter von Miss Gostrey fern, reservierte sie für den morgigen Tag; bis zum Abend hatten sich seine Unverantwortlichkeit, seine Straflosigkeit und sein Wohlleben gesteigert bis – es gab kein anderes Wort – ins Unermessliche.

Endlich, zwischen neun und zehn, in dem hohen klaren Bild – er wandelte dieser Tage wie in einer Kunstgalerie von einem gelungenen Gemälde zum nächsten – schöpfte er tief Atem: es wurde ihm von Anfang an so präsentiert, dass es den Zauber seines Wohllebens nicht zerstörte. Das heißt, er sollte keine Verantwortung empfinden – dies lag erstaunlich in der Luft: sie hatte ihn hergebeten, um ihm genau dieses Gefühl zu geben, damit er sich weiter in dem Trost wiegen durfte (einem bereits unzweifelhaften Trost, oder nicht?), die Tortur, die Tortur der Wochen von Sarahs Aufenthalt und deren Krisis unbeschadet überstanden und hinter sich zu wissen. Wollte sie ihm nicht einfach nur versichern, ab jetzt nehme *sie* alles auf sich und dabei bleibe es auch; er müsse sich absolut keine Sorgen mehr machen, solle sich nur auf seinen Lorbeeren ausruhen und ihr weiterhin großmütig helfen? Das Licht in ihrem schönen

Besuchszimmer war gedämpft, aber das würde schon seine Richtigkeit haben, wie stets alles seine Richtigkeit hatte; wegen der Nachtschwüle brannten keine Lampen, aber zwei Kerzenleuchter schimmerten auf dem Kaminsims wie die hohen Wachsstöcke eines Altars. Alle Fenster standen offen, die üppigen Gardinen schaukelten sacht, und vom leeren Hof her vernahm er wieder das leise Plätschern des Springbrunnens. Von jenseits und wie aus großer Ferne – jenseits des Hofes, jenseits des *corps de logis*, das die Fassade bildete – drang, gleichsam erregt und erregend, die verschwommene Stimme von Paris herein. Strether war unter dem Einfluss von derlei Dingen eh und je anfällig gewesen für jähe Phantasieausbrüche – merkwürdige Aufwallungen eines Geschichtsbewusstseins, Vermutungen und Intuitionen ohne andere Gewähr als deren Intensität. So also waren auch am Vorabend der berühmten, in der Geschichte verzeichneten Daten, die Tage und Nächte der Revolution, die Geräusche hereingedrungen, die Omen, die Anfänge offenbar geworden. Es war der Geruch der Revolution, der Geruch der öffentlichen Stimmung – oder vielleicht einfach der Geruch nach Blut.

Im Augenblick war es unbeschreiblich seltsam, ›subtil‹, wie er zu sagen gewagt hätte, dass er solche Anwandlungen erlitt; doch es lag zweifellos am Gewitter, das schon den ganzen Tag in der Luft hing, ohne sich zu entladen. Seine Gastgeberin war gleichsam für gewittrige Zeiten gekleidet, und es passte gut zu den ihm eben zugeschriebenen besonderen Phantasien, dass sie ein ganz schlichtes, kühles Weiß trug, so altmodisch im Stil, wenn er sich nicht täuschte, dass Madame Roland auf dem Schafott etwas in der Art getragen haben musste. Diesen Eindruck betonte noch ein malerisch um die Brust drapiertes, kleines schwarzes *fichu* oder Busentuch aus Krepp oder Gaze, das den herzergreifenden, den erhabenen Vergleich wie durch einen Hauch von Geheimnis vollendete. Der arme Strether wusste eigentlich kaum, welchen Vergleich die bezaubernde Frau in ihm erweckte, als sie zu seinem Empfang, bei dem sie ihn, wie sie es so gut verstand, vertraulich und feierlich zugleich willkommen hieß, ihr großes Zimmer durchschritt, wobei sich ihr Bild auf dem blanken, für den Sommer aller Teppiche entblößten Fußboden beinahe wiederholte. Die mit dem Raum verknüpften Assoziationen lebten auf; hier und da, im matten Licht, der Glanzschimmer von Glas, Vergoldung und Parkett, und im Mittelpunkt ihre ruhige Note – diese Dinge waren anfangs so ätherisch, als wären sie phantomhaft, und er wusste gleich, weswegen auch immer er letzten Endes hierhergekommen sein mochte, wegen eines zuvor versäumten Eindrucks gewiss nicht. Diese Überzeugung erfüllte ihn von Beginn an und bescheinigte ihm, indem sie die Sache außerordentlich zu vereinfachen schien, die Dinge ringsum würden ihm helfen, würden eigentlich ihnen beiden helfen. Nein, er sah all dies vielleicht nie wieder – heute wahrscheinlich zum letzten Mal; und er würde gewiss nie mehr etwas sehen, das dem auch nur im geringsten vergleichbar wäre. Bald würde er dorthin gehen, wo solche Dinge nicht existierten, und für die Erinnerung, für die Phantasie wäre es ein kleines Glück, in solcher Kargheit einen Laib Brot im Kasten zu haben. Er wusste schon jetzt, er würde auf seinen momentan lebendigsten Eindruck zurückschauen wie auf etwas sehr, sehr, sehr Altes, das Älteste, womit er je persönlich in Berührung gekommen war, und er wusste auch, wusste es sogar, während er sich auf seine Gefährtin als Hauptattraktion der Attraktionen konzentrierte, dass Erinnerung und Phantasie gar nicht anders konnten, als sich in ihren Dienst zu stellen. Egal was sie plante, dies überstieg alles, was sie nur planen konnte, denn weit zurückreichende Dinge – die Tyranneien der Geschichte, Menschentypen, wie sie nun einmal waren, Valeurs, wie die

Maler sagen, des Ausdrucks – alles arbeitete für sie und gewährte ihr die grandiose Chance, die wahrhaft luxuriöse Chance der wenigen glücklich Privilegierten, die Chance, sich bei einem wichtigen Anlass ganz natürlich und einfach zu geben. Nie war ihr dies ihm gegenüber besser geglückt; und sollte es die Künstlichkeit in Perfektion sein, ließe es sich ihr nie – und das kam auf dasselbe hinaus – nachweisen.

Wirklich ganz wundervoll war ihre Art, immer wieder anders zu sein, ohne dabei ihrer Schlichtheit zu schaden. Launen, er war sicher, dass sie so dachte, galten ihr in erster Linie als schlechte Manieren, und ihr Urteil hier garantierte den ungefährlichen Kontakt mit ihr an sich schon besser als alles, worauf er sich bei seinen diversen früheren Kontakten hatte verlassen müssen. Zeigte sie ihm gegenüber jetzt also ein völlig verändertes Verhalten als am Abend zuvor, dann barg diese Veränderung nichts Gewaltsames – sie gab sich vernünftig und ausgeglichen. Sie präsentierte ihm eine sanfte, tiefempfindende Person, während er in der Situation, auf die sich ihr Gespräch direkt bezog, einen quirligen und ganz in reger Oberflächlichkeit schwelgenden Menschen erlebt hatte; in beiden Rollen überzeugte sie jedoch am meisten durch ihr Geschick, Pausen zu überbrücken, und das passte jetzt zu dem, worin er, wenn er richtig verstanden hatte, ihr die Initiative überlassen sollte. Nur, wenn er ihr *alles* überlassen sollte, warum hatte sie dann nach ihm geschickt? Er hatte vorher eine vage Erklärung gefunden, die Vermutung, sie wolle wahrscheinlich etwas in Ordnung bringen, den jüngsten Betrug an seiner unterstellten Leichtgläubigkeit anpacken. Würde sie versuchen, diesen Betrug noch weiter zu treiben oder würde sie ihn vertuschen? Würde sie ihn mehr oder weniger gelungen beschönigen; oder würde sie in dieser Hinsicht gar nichts tun? Er merkte immerhin sehr bald, dass sie, bei aller Vernünftigkeit, keinesfalls auf banale Art verlegen war, und somit drängte sich ihm der

Gedanke auf, Chads und ihre berühmte ›Lüge‹ sei letztlich einfach ein dem guten Geschmack unvermeidlich geschuldeter Tribut, von dem er nicht wünschen konnte, sie hätten ihn nicht gezollt. Während seiner Nachtwache, fern von ihnen, hatte ihn diese ausgewachsene Komödie offenbar gequält; in seiner momentanen Lage musste er sich jedoch fragen, ob ein Versuch ihrerseits, die Komödie zu widerrufen, ihm denn wirklich gefiele. Es würde ihm ganz und gar nicht gefallen; aber wieder einmal konnte er ihr vertrauen. Das heißt, er konnte darauf vertrauen, dass sie die Täuschung respektabel machte. So wie sie die Dinge darstellte, verloren sie – der Himmel wusste, warum – ihre Hässlichkeit; zudem gelang es ihr, mit dem ihr eigenen Geschick, sie darzulegen, ohne sie auch nur zu erwähnen. Sie ließ die Sache jedenfalls auf sich beruhen – dort, wo sie die vergangenen vierundzwanzig Stunden liegengeblieben war; sie schien sie lediglich respektvoll, behutsam, beinahe andächtig zu umkreisen, während sie eine andere Frage anschnitt.

Sie wusste, sie hatte ihm nicht wirklich Sand in die Augen gestreut; das war zwischen ihnen, gestern Abend, ehe sie sich trennten, deutlich geworden; und da sie ihn herbestellt hatte, um herauszufinden, bis zu welchem Punkt sich dadurch die Situation für ihn veränderte, wusste er nach fünf Minuten, dass er geprüft worden war. Nachdem er sich gestern von ihnen verabschiedet hatte, war sie mit Chad übereingekommen, sie werde sich, zu ihrer eigenen Beruhigung, über diesen Punkt versichern, und wie üblich hatte Chad sie gewähren lassen. Chad ließ die Leute stets gewähren, wenn er glaubte, es trüge Wasser auf seine Mühle; irgendwie trug es immer Wasser auf seine Mühle. Angesichts dieser Tatsachen kam sich Strether merkwürdigerweise erneut passiv vor und fand sich gern damit ab; diese Tatsachen hämmerten ihm wieder ein, dass dieses Paar, das seine Aufmerksamkeit so beanspruchte, intim vertraut war, dass seine Einmischung ihre Intimität fraglos gefördert und intensiviert hatte und dass er, kurzum, die Konsequenzen auf sich nehmen müsse. Mit seinen Beobachtungen und Irrtümern, seinen Zugeständnissen und Vorbehalten, der komischen Mixtur, wie es auf sie wirken musste, aus Kühnheiten und Ängsten, mit dem allgemeinen Schauspiel seiner List und Arglosigkeit war er selbst beinahe zu einem extra Bindeglied für sie geworden und ganz bestimmt ein unbezahlbarer gemeinsamer Berührungspunkt. Er glaubte geradezu den Ton ihrer Stimmen gehört zu haben, als sie jetzt eher direkt etwas ansprach. »Wissen Sie, die letzten beiden Male, als Sie hier waren, habe ich Sie nie danach gefragt« – sagte sie mit einer abrupten Überleitung –, solange hatten sie vorgegeben, einfach über den bezaubernden gestrigen Tag zu sprechen und vom Reiz der erlebten Landschaft. Diese Bemühung war, zugegeben müßig; um eines solchen Geplauders willen hatte sie ihn nicht eingeladen; und ihr ungeduldiger Wink deutete an, diesbezüglich hätten sie, anlässlich seines Besuchs nach Sarahs Flucht, ihr Soll erfüllt. Wonach sie ihn vorher nicht gefragt hatte, war die Erklärung, wo und wie er für sie eintrete; sie hatte sich bislang auf Chads Bericht von ihrem mitternächtlichen Beisammensein am Boulevard Malesherbes gestützt. Darum wurde das, worüber sie jetzt zu sprechen wünschte, angekündigt durch die Erinnerung an die beiden Male, als sie ihn, selbstlos und barmherzig, nicht bedrängt hatte. Heute Abend *würde* sie ihn bedrängen, und dies war ihr Appell, er möge ihr erlauben, das Wagnis einzugehen. Er solle sich nicht daran stoßen, wenn sie ihm ein bisschen lästig falle: Sie habe sich schließlich bisher – nicht wahr? – so schrecklich, schrecklich gut benommen.

II

»Oh, tun Sie es, tun Sie es doch«, erklärte er beinahe ungeduldig; seine Ungeduld galt im übrigen nicht ihrem Drängen, sondern ihrem Skrupel. Der Aspekt, unter dem sie die Angelegenheit mit Chad diskutiert hatte, wurde ihm immer klarer; immer lebhafter die Ahnung, sie habe sich beunruhigt, wie viel er wohl ›ertragen‹ könne. Ja, es war ja die Frage, ob er ›ertragen‹ habe, was ihm durch die Szene am Fluss zugemutet worden sei, und obgleich der junge Mann zweifellos dafür votiert hatte, Strether habe sich gewiss erholt, musste ihr abschließendes Wort doch gelautet haben, ihr wäre wohler, sie könne sich selbst überzeugen. Genau das war es, unverkennbar; sie überzeugte sich jetzt selbst. Was er ertragen konnte, hing während dieser Augenblicke für Strether noch in der Schwebe, der sich jetzt überlegte, als er sich der Sache voll bewusst wurde, er müsse sich entsprechend wappnen. Er wollte durchaus den Eindruck erwecken, so viel ertragen zu können, wie er ertragen müsse; und ebendieser Wunsch, nicht ganz hilflos zu wirken, machte ihn ein wenig zum Herrn der Situation. Sie war auf alles vorbereitet, aber das war er auch, zur Genüge; das heißt, in einem Punkt war er sogar besser vorbereitet als sie, und zwar weil sie, trotz ihres Raffinements, nicht sogleich – und das war erstaunlich – den Grund für ihre Botschaft anzugeben vermochte. Seine Bemerkung: ›Tun Sie es doch‹, verschaffte ihm den Vorteil, sich erkundigen zu können. »Darf ich fragen, so gern ich gekommen bin, ob Sie mir etwas Bestimmtes mitteilen wollten?« Er sagte es so, als hätte sie gemerkt, dass er darauf wartete – nicht etwa mit Unbehagen, sondern mit natürlichem Interesse. Dann sah er sie ein wenig verblüfft, ja sogar erstaunt über das von ihr vernachlässigte Detail – das einzige bisher; denn sie hatte irgendwie angenommen, er werde schon wissen, er werde schon einsehen, werde schon manches unausgesprochen lassen. Sie schaute ihn jedoch einen Moment lang an, als wolle sie ihm gleichsam signalisieren, wenn er *alles* hören wolle –!

»Egoistisch und ordinär – so muss ich Ihnen doch vorkommen. Sie haben alles für mich getan, und jetzt sieht es so aus, als verlangte ich noch mehr. Aber nicht etwa«, fuhr sie fort »weil ich Angst hätte – obwohl ich natürlich, wie jede Frau in meiner Lage, ständig Angst habe. Ich will damit sagen, man ist nicht egoistisch, weil man in entsetzlicher Angst lebt, nein, das ist nicht der Grund, denn ich bin bereit, Ihnen heute Abend mein Wort zu geben, dass es mir gleichgültig ist; gleichgültig, was noch geschehen und was ich noch verlieren mag. Ich bitte Sie weder, noch einmal den kleinen Finger für mich zu rühren, noch möchte ich auch nur eine Silbe darüber verlieren, wovon wir bereits gesprochen haben, weder über meine Gefährdung, noch meine Sicherheit, noch seine Mutter, noch seine Schwester, noch das Mädchen, das er vielleicht heiratet, noch das Vermögen, das er gewinnen oder auch verlieren könnte, und auch nicht darüber, ob das, was er tut, recht oder unrecht ist. Wenn man nach dem Beistand, den man von Ihnen erfahren hat, nicht in der Lage ist, sich entweder selbst zu helfen oder andernfalls einfach den Mund zu halten, dann hat man den Anspruch auf jegliche Anteilnahme verwirkt. Nur deswegen, woran mir wirklich liegt, habe ich mich weiter bemüht, Sie festzuhalten. Kann es mir gleichgültig sein«, fragte sie, »wie ich in Ihren Augen dastehe?« Und weil er nicht gleich antwortete: »Müssen Sie denn überhaupt zurück? Ist es wirklich unmöglich, dass Sie bleiben – damit man Sie nicht verliert?«

»Unmöglich, hier bei Ihnen zu leben, anstatt nach Hause zu fahren?«

»Nicht unbedingt ›bei‹ uns, wenn Sie das ablehnen, aber doch irgendwo ganz in unserer Nähe, damit wir Sie sehen können – nun, immer dann«, es war wunderschön, wie sie dies sagte, »wenn uns das *unwiderstehliche* Bedürfnis danach überkommt. Wie sollten wir es nicht manchmal verspüren? Ich habe mir in den letzten Wochen oft gewünscht, ich könnte Sie sehen«, fuhr sie fort, »und es war mir unmöglich. Wie sollte ich Sie da nicht vermissen, wenn ich das Gefühl haben muss, Sie sind auf immer fort?« Dann, als hätte ihn diese direkte Bitte, die ihn unvorbereitet traf, sichtlich verblüfft: »Wo *ist* denn jetzt überhaupt Ihr Zuhause – was ist daraus geworden? Ich habe Ihr Leben verändert, das weiß ich; ich habe alles in Ihnen durcheinandergewürfelt; Ihre Begriffe von dem – wie soll ich es nennen –, was anständig und möglich ist. Es erweckt in mir so etwas wie Abscheu –« Sie verstummte.

Oh, aber er wollte es wissen. »Abscheu wovor?«

»Vor allem – vor dem Leben.«

»Ah, das ist zu viel«, sagte er und lachte – »oder zu wenig!«

»Zu wenig, ganz recht« – sie wurde heftig. »Ich hasse mich selbst – wenn ich daran denke, dass man für das eigene Glück dem Leben anderer so vieles nehmen muss und dass man nicht einmal dann glücklich ist. Man tut es, um sich zu betrügen und den Mund zu stopfen – aber das reicht bestenfalls für eine kleine Weile. Das erbärmliche Ich bleibt einem immer erhalten und beschert einem neue Ängste. Die Quintessenz ist, dass es kein Glück bringt, niemals und in keiner Weise Glück bringt, zu *nehmen*. Das einzig Sichere ist es, zu geben. Damit betrügt man sich am wenigsten.« So fesselnd, anrührend, überraschend aufrichtig sie diese Dinge vorbrachte, verwirrte und alarmierte sie ihn doch –

durch das zarte Zittern in ihrer Ruhe. Er spürte, was er schon früher bei ihr gespürt hatte, dass stets mehr hinter dem steckte, was sie zeigte, und auch dahinter immer noch etwas. »Nun wissen Sie wenigstens«, sagte sie, »woran Sie sind!«

»Das sollten *Sie* eigentlich auch wissen; denn hat uns nicht gerade das, was Sie gegeben haben, auf diese Weise zusammengeführt? Sie haben, was ich Sie auch ganz klar wissen ließ«, sagte Strether, »einen Menschen so reich beschenkt, wie ich es noch nie erlebt habe, und wenn Sie sich auf dieser Leistung nicht in Frieden ausruhen können, dann sind Sie zweifellos dazu geboren, sich selbst zu quälen. Aber Sie sollten unbesorgt sein«, schloss er.

»Und Sie zweifellos auch nicht länger behelligen – Ihnen nicht einmal das Wunder und die Schönheit dessen aufzwingen, was mir gelungen ist; sollte einfach nur hinnehmen, dass Sie unsere Angelegenheit als erledigt betrachten, und zwar als gut erledigt, und Sie in dem Seelenfrieden ziehen lassen, der ganz der meine ist? Gewiss, gewiss, gewiss«, wiederholte sie nervös – »umso mehr, als ich nicht so tue, als glaubte ich wirklich, Sie hätten das, was Sie getan haben, auch ebenso gut unterlassen können. Ich tue nicht so, als fühlten Sie sich selbst als Opfer, denn dies ist offenbar Ihre Art zu leben, und es ist – darin sind wir einig – die beste Art. Ja, wie Sie sagen«, fuhr sie nach einem Moment fort, »ich sollte unbesorgt sein und mich ausruhen auf meinem Werk. Nun denn, ich tue es hiermit! Ich *bin* unbesorgt. Das soll Ihr letzter Eindruck sein. Wann, sagten Sie, fahren Sie?« fragte sie plötzlich.

Er ließ sich Zeit mit der Antwort – sein letzter Eindruck war noch verwirrender. Er empfand eine unbestimmte Enttäuschung, einen Dämpfer, der noch empfindlicher war, als der Absturz von seiner Hochstimmung am Vorabend. Das Gute, das er, wenn überhaupt, bewirkt hatte, beflügelte ihn nicht so, wie es für ein formidables, fröhliches Finale ideal gewesen wäre. Frauen beanspruchten einen endlos, und mit ihnen umzugehen hieß, übers Wasser zu wandeln. Was sie im Grunde umtrieb, sie mochte es noch so sehr verbrämen und abstreiten – was sie im Grunde umtrieb, das war einfach Chad. Es war zuletzt Chad, vor dem sie sich erneut ängstigte; ihre ungewöhnlich starke Leidenschaft speiste ihre starke Furcht; sie klammerte sich an *ihn*, Lambert Strether, als erprobten Quell der Sicherheit, und so großmütig, graziös und wahrhaftig sie sich geben mochte, so erlesen sie war, ihr bangte um die Zeit, die er noch in ihrer Reichweite bliebe. Bei dieser bisher schneidendsten Erkenntnis überfiel es ihn wie ein Frosthauch, entsetzte es ihn geradezu, dass aus einem so herrlichen Geschöpf, durch rätselhafte Kräfte, ein so ausgebeutetes Geschöpf werden konnte. Denn letztlich *waren* sie rätselhaft: sie hatte aus Chad nur das gemacht, was er war – wie konnte sie also annehmen, die Veränderung sei grenzenlos? Sie hatte ihn besser gemacht, sie hatte das Beste aus ihm gemacht, alles aus ihm gemacht, was man sich nur wünschen konnte; aber unser Freund erkannte in verwirrendster Weise, er blieb trotzdem schließlich doch nur Chad. Strether glaubte, auch *er* habe ein wenig daran mitgewirkt; seine hohe Würdigung hatte ihrem Werk gleichsam die Weihe verliehen. Dieses Werk, wie bewundernswert auch immer, blieb doch nur reines Menschenwerk, kurz, es war unglaublich, wie der Gefährte bloß irdischer Freuden, von Erquickungen und Verirrungen (wie immer man sie einstufte) innerhalb der gewöhnlichen Erfahrung, schier überweltlich erhöht wurde. Strether hätte peinlich berührt sein oder zurückscheuen können, wie es uns manchmal ergeht, wenn wir die Geheimnisse anderer entdecken; aber etwas hielt ihn dort beinahe grausam zwanghaft fest. Es war nicht die Fassungslosigkeit vom Vorabend; die hatte sich restlos verflüchtigt – solche Verstörungen waren nebensächlich; der Zwang resultierte daraus, einen Mann so unsagbar angebetet zu sehen. Schon wieder: dazu brauchte es Frauen, dazu brauchte es Frauen; wenn der Umgang mit ihnen hieß, übers Wasser zu wandeln, was Wunder, wenn das Wasser immer höher stieg? Und es war gewiss nie höher gestiegen als um diese Frau herum. Plötzlich merkte er, dass sie ihn lange anblickte, und er wusste sofort, dass er seinen Gedanken laut geäußert hatte. »Sie haben Angst um Ihr Leben!«

Das hatte ihren langen Blick ausgelöst, und er sah auch gleich, warum. Ihr Gesicht verkrampfte sich, die Tränen, die sie schon nicht mehr hatte verbergen können, flossen anfangs still, und dann, so wie man es bei einem Kind plötzlich hört, gingen sie über in ein Seufzen und Schluchzen. Sie saß da, bedeckte das Gesicht mit den Händen und bemühte sich nicht einmal mehr, die Contenance zu wahren. »So also sehen Sie mich, so sehen Sie mich« – sie kam wieder zu Atem – »und so steht es auch mit mir, und ich muss mich damit abfinden, und natürlich ist das unwichtig.« Sie drückte sich vor Erregung zuerst so verworren aus, dass Strether nur ratlos dastand, ohne zu wissen, was tun, dastand mit dem Gefühl, sie erschüttert zu haben, wenn auch mit der Wahrheit. Er musste ihr mit einer Wortlosigkeit zuhören, die er nicht gleich zu mildern versuchte, weil sie ihm inmitten der dezenten, diffusen Eleganz doppelt bedauernswert erschien; und er akzeptierte es, wie er alles übrige akzeptiert hatte, und empfand sogar eine gewisse innere Ironie angesichts einer so wunderbar weiten Spanne von Wonne und Weh. Er konnte nicht sagen, es sei *nicht* unwichtig; denn er würde ihr bis zuletzt dienen, sowieso, das wusste er jetzt – beinahe als hätte das, was er von ihr dachte, nichts damit zu tun. Im übrigen schien es tatsächlich, als dächte er überhaupt nicht an sie, als könnte er an nichts anderes denken als an die Leidenschaft, reif, abgründig, mitleiderregend, die sie verkörperte, und an die Möglichkeiten, die sie offenbarte. Sie erschien ihm heute Abend älter, sichtbar weniger verschont von der Berührung der Zeit; aber sie blieb für ihn, nach wie vor, das erlesenste und herrlichste Geschöpf, die beglückendste Erscheinung, der er in all seinen Jahren hatte begegnen dürfen; und doch saß sie hier wahrhaftig auf so banale Weise unglücklich vor ihm wie ein Dienstmädchen, das um seinen jungen Herrn weint. Nur mit dem Unterschied, dass sie sich selbst beurteilte, was ein Dienstmädchen nie getan hätte; und die Erkenntnis ihrer Schwäche, die Schmach ihres eigenen Urteils schienen sie nur noch tiefer fallen zu lassen. Dafür dauerte ihr Zusammenbruch fraglos kürzer, und sie hatte sich bereits gefangen, bevor er eingreifen konnte. »Natürlich habe ich Angst um mein Leben. Aber das zählt nicht. Das ist es nicht.«

Er schwieg noch etwas länger, als überlege er, worum es dann gehen mochte. »Ich denke da an etwas, das ich durchaus noch tun kann.«

Aber sie verwarf, indem sie sich die Augen trocknete und traurig, heftig den Kopf schüttelte, das, was er noch tun konnte. »Darum geht es mir nicht. Natürlich handeln Sie, ich sagte es bereits, auf Ihre wunderbare Art, in Ihrem eigenen Interesse; und was Ihrem Interesse dient, geht mich ebenso wenig an – obwohl ich vielleicht mit frevlerischen Händen danach greife – wie irgendetwas, das in Timbuktu geschieht. Nur weil Sie mich nicht brüskieren, wozu Sie fünfzigmal Gelegenheit gehabt hätten – nur weil Sie so unendlich geduldig sind, vergisst man seine Manieren. Dennoch«, fuhr sie fort, »täten Sie trotz Ihrer Geduld eher alles andere, als bei uns zu bleiben, selbst wenn es möglich wäre. Sie würden alles für uns tun, außer sich mit uns einzulassen – eine Behauptung, der Sie leicht begegnen und dabei noch die eigenen Manieren herausstellen können. Sie können sagen: ›Wozu denn von Dingen reden, die bestenfalls unmöglich sind?‹ Allerdings, *wozu?* Es ist bloß mein kleiner Irrsinn. Wenn Sie Qualen litten, würden Sie reden. Und ich meine jetzt nicht über *ihn*. Ach, er –!« Strether schien, als gäbe sie ›ihn‹ auf, für den Moment, eindeutig, verwirrt, verbittert. »Ihnen ist gleich, was ich von Ihnen denke; aber zufällig ist *mir* nicht gleich, was Sie von mir denken. Und was Sie denken *könnten*«, setzte sie hinzu. »Was Sie vielleicht sogar getan haben.«

Er spielte auf Zeit. »Was ich getan habe –?«

»Vorher gedacht haben. Vor all dem hier. Dachten Sie da nicht –?«

Aber er hatte sie bereits unterbrochen. »Ich habe überhaupt nichts gedacht. Ich denke nie einen Schritt weiter, als ich unbedingt muss.«

»Das ist, glaube ich, schlicht falsch«, versetzte sie – »sieht man davon ab, dass Sie zweifellos oft stocken, wenn die Dinge *zu* hässlich werden; oder auch, um Ihnen den Einspruch zu ersparen, zu schön. Jedenfalls haben wir Ihnen, selbst wenn es so weit wahr sein sollte, einen gewissen Anschein aufgedrängt, den Sie für bare Münze nehmen mussten und der Ihnen daher zur Verpflichtung wurde. Hässlich oder schön – es spielt keine Rolle, wie wir es nennen –, Sie sind ohne ihn ausgekommen, und deswegen war es abscheulich von uns. Wir werden Ihnen lästig – so sieht es aus. Kein Wunder auch – bei dem, was wir Sie gekostet haben. *Jetzt* bleibt Ihnen nichts weiter übrig, als überhaupt nicht zu denken. Und dabei wollte ich vor Ihnen doch so gern – edel erscheinen!«

Erst nach einem Augenblick konnte er mit Miss Barrace sagen: »Sie sind fabelhaft!«

»Ich bin alt und elend und scheußlich« – fuhr sie fort, als hätte sie ihn nicht gehört. »Vor allem elend. Oder vor allem alt. Alt zu werden, ist das Schlimmste. Es ist mir gleich, was daraus wird – komme, was wolle; mehr ist nicht zu sagen. Es ist ein Verhängnis – ich weiß es; das erkenne ich genauso klar wie Sie. Es kommt alles, wie es kommen muss.« Damit kehrte sie zurück zu dem vorhin gescheiterten Thema. »Natürlich würden Sie, selbst wenn es möglich wäre, und egal, was Sie noch erwarten mag, keinesfalls in unserer Nähe bleiben wollen. Aber denken Sie wenigstens an mich, denken Sie an mich –!« hauchte sie.

Er rettete sich in die Wiederholung eines Satzes, den er bereits gesagt und auf den sie nicht reagiert hatte. »Etwas, glaube ich, kann ich noch tun.« Und er reichte ihr die Hand zum Abschied.

Sie ging erneut darüber hinweg und blieb beharrlich. »Das wird Ihnen nicht helfen. Nichts kann Ihnen helfen.«

»Nun, es könnte *Ihnen* helfen«, sagte er.

Sie schüttelte den Kopf. »Meine Zukunft birgt kein Gran Gewissheit – außer dieser einzigen, am Ende werde ich als Verliererin dastehen.«

Sie hatte seine Hand nicht genommen, begleitete ihn jedoch an die Tür. »Welch Trost«, sagte er und lachte, »für Ihren Wohltäter!«

»*Mich* tröstet«, erwiderte sie, »dass wir, Sie und ich, hätten Freunde sein können. Das ist es – das ist es. Nun sehen Sie, dass ich, wie gesagt, alles will. Ich wollte auch Sie haben.«

»Ah, aber das hatten Sie ja doch!« erklärte er mit Nachdruck an der Tür und das war das Ende.

III

Er hatte beabsichtigt, Chad am nächsten Tag zu treffen, und sich vorgestellt, dies mit einem frühen Besuch zu tun, hielt er doch bei seinen Auftritten am Boulevard Malesherbes im allgemeinen nie groß auf Förmlichkeit. Es war ihm meist natürlicher erschienen, dorthin zu gehen, als Chad zu sich zu bitten in das kleine Hotel von kargem Reiz; trotzdem überlegte Strether sich jetzt, um die elfte Stunde, zunächst einmal dem jungen Mann Gelegenheit zu bieten. Es kam ihm nämlich die Idee, Chad werde unweigerlich ›vorbeischauen‹, wie Waymarsh oft und gerne sagte – Waymarsh, der irgendwie längst Vergangenheit zu sein schien. Am Vortag war er nicht gekommen, weil sie besprochen hatten, Madame de Vionnet solle zuerst mit ihrem Freund reden; aber nun, da dieser Austausch stattgefunden hatte, würde er auftauchen, und ihr Freund sollte nicht mehr lange warten müssen. Strether unterstellte, so wurde ihm anhand dieser Überlegungen klar, dass die interessanten Partner dieser Regelung beizeiten zusammengetroffen waren, und dass der interessantere der beiden – also allemal sie – den anderen über den Ausgang ihrer Demarche ins Bild gesetzt hatte. Chad dürfte vom Besuch des Botschafters seiner Mutter bei ihr unverzüglich erfahren haben und müsste, auch wenn sich vielleicht nicht ganz einfach ausrechnen ließ, wie sie die Begegnung bewerten mochte, zumindest so weit informiert sein, um zu wissen, dass er weitermachen könne wie bisher. Der Tag brachte jedoch kein Zeichen von ihm, weder früh noch spät, und Strether schloss daraus, dass sich etwas verändert hatte in ihrem Verhältnis. Vielleicht urteilte er vor-

KAPITEL III

schnell; oder es bedeutete nur – wie sollte er das wissen? –, dass das prächtige Paar, das seinen Schutz genoss, den Ausflug fortgesetzt hatte, bei dem es von ihm ungewollt gestört worden war. Sie konnten, mit einem tiefen Durchatmen, aufs Land zurückgekehrt sein; dies wäre tatsächlich das deutlichste Zeichen, dass Chad glaubte, Madame de Vionnets Bitte um ein Gespräch sei nicht auf Ablehnung gestoßen. Nach vierundzwanzig, nach achtundvierzig Stunden tat sich immer noch nichts; deshalb füllte Strether die Zeit, wie schon so oft, indem er Miss Gostrey aufsuchte.

Er schlug ihr allerhand Lustbarkeiten vor; er fühlte sich jetzt ausreichend kundig, um Lustbarkeiten vorzuschlagen; und so genoss er mehrere Tage lang das seltsame Gefühl, sie in Paris herumzuführen, sie im *Bois* auszufahren, ihr die Vergnügungsdampfer zu zeigen – jene, wo sich die frische Brise der Seine am besten genießen ließ –, so wie ein netter Onkel seiner aufgeweckten Nichte vom Land die Hauptstadt zeigt. Er fand sogar Mittel und Wege, sie in Läden zu führen, die sie nicht kannte oder vorspiegelte, nicht zu kennen; während sie ihrerseits das junge Mädchen vom Lande gab, ganz fügsam, bescheiden und dankbar – und es wirklich bis dahin trieb, durch gelegentliche Ermattung und Verwirrung einer rustikalen Unbedarftheit nachzueifern. Strether bezeichnete diese unbestimmten Unternehmungen sich selbst und auch ihr gegenüber als glückliches Intermezzo; zum Beweis verloren die Gefährten einstweilen kein Wort mehr über das Thema, das sie bis zum Überdruss behandelt hatten. Er bekundete von Anfang an seinen Überdruss, und sie erfasste den Wink sofort; hierin gelehrig wie in allem anderen, wie die aufgeweckte, gehorsame Nichte. Er erzählte ihr noch nichts von seinem jüngsten Abenteuer – denn als Abenteuer stufte er es jetzt ein; er schob die ganze Angelegenheit vorübergehend beiseite und widmete sich der Tatsache, dass sie so herrlich einverstanden war. Sie verkniff sich viele Fragen – sie, die so lange ein einziges Fragen gewesen war; sie überließ sich ihm mit einem Einvernehmen, das sich vielleicht schon durch eine stumme Sanftheit hinreichend ausgesprochen hätte. Sie wusste, er war in der Einschätzung seiner Situation einen Schritt weitergekommen – das sah er absolut klar; aber sie gab zu verstehen, was ihm auch immer widerfahren sei – es werde in den Schatten gestellt durch das, was jetzt ihr widerfahre. Darauf – auch wenn es einem Unbeteiligten vielleicht nicht viel gegolten hätte – zielte sein hauptsächliches Interesse, und dem begegnete sie mit einer neuen Direktheit, maß es Stunde um Stunde mit ihrem ernsten, billigenden Schweigen. Auch wenn sie ihn früher schon gerührt hatte, fühlte er sich jetzt ebenfalls von neuem gerührt; umso mehr, als er sich zwar über den Ursprung der eigenen Stimmung gebührend gewiss sein durfte, jedoch nicht im gleichen Maße über die Ursachen der ihren. Das heißt, er wusste ungefähr – wusste rudimentär und resigniert –, was er selbst ausbrütete; während er es bei dem, was er insgeheim Marias Kalkül nannte, drauf ankommen lassen musste. Es reichte ihm, dass sie ihn genug mochte, um diese Dinge zu tun und ihn, sollten sie noch wesentlich mehr tun, auch dafür gern genug hätte; die essentielle Frische einer so einfachen Beziehung wirkte wie ein kühlendes Bad für die Wunden, die ihm andere Beziehungen beigebracht hatten. Diese erschienen ihm nun entsetzlich kompliziert; sie starrten von feinen Stacheln, bis dahin völlig unvorstellbaren Stacheln, Stacheln, die ihn stachen, bis Blut floss; und dieser Umstand verlieh einer Stunde, die er mit seiner gegenwärtigen Freundin auf einem *bateau-mouche* oder im nachmittäglichen Schatten der Champs-Élysées verbrachte, etwas von dem unschuldigen Vergnügen, die Hand über ein rundpoliertes Stück Elfenbein gleiten zu lassen. Seine persönliche Beziehung zu Chad – von dem Moment an, da er dessen

Standpunkt erfasst hatte – war höchst einfach gewesen; aber auch sie wirkte stachelig, nachdem ein dritter und vierter leerer Tag verstrichen waren. Schließlich aber schien es, als bekümmerten ihn derlei Anzeichen nicht mehr; es folgte ein fünfter leerer Tag, und weder fragte er, noch sorgte er sich.

Sie beide, Miss Gostrey und er, glichen in seiner Phantasie nun den Kindlein im Walde; sie durften sich den gnädigen Elementen überlassen, und die würden sie in Frieden weiterziehen lassen. Er war bereits gut geübt, wie er wusste, im Aufschieben von Dingen; und er musste nur wieder in den richtigen Takt finden, schon spürte er die große Anziehung. Er überlegte vergnügt, er hätte sich genauso gut anschicken können zu sterben – in Ergebung zu sterben; eine derart tiefe Stille wie um ein Totenbett, ein solch melancholischer Zauber erfüllte für ihn die Szene. Es bedeutete den Aufschub aller anderen Dinge – was entscheidend beitrug zum ruhigen Verfließen des Lebens; und vor allem bedeutete es den Aufschub der bevorstehenden Abrechnung – es sei denn, die bevorstehende Abrechnung käme der Auslöschung gleich. Diese Abrechnung drohte bereits über die Schultern vieler dazwischenliegender Erfahrungen hinweg, die ihm ebenfalls drohten; und ihr würde man zweifellos pünktlich entgegentreiben durch diese Höhlen Kublai Khans. Sie stand wirklich hinter allem; sie war nicht in dem aufgegangen was er getan hatte; sein endgültiges Urteil, was er getan hatte – sein Urteil vor Ort –, würde dieser Abrechnung die wesentliche Schärfe verleihen. Der so ins Auge gefasste Ort war natürlich Woollett, und bestenfalls erführe er, was Woollett ihm bieten würde, wenn sich dort alles für ihn verändert hatte. Würde diese Offenbarung nicht praktisch das Ende seiner Karriere bedeuten? Nun, der Ausgang des Sommers würde es zeigen; seine Ungewissheit besaß inzwischen genau die Süße einer sinnlosen Frist; und er genoss dabei, wie wir erwähnen sollten, noch andere Zerstreuung als Marias Gesellschaft – eine Unzahl einsamer Träumereien, bei denen sein Wohlleben nur in einem Punkt misslang. Er ankerte im sicheren Hafen, die hohe See lag hinter ihm, und es ging nur noch darum, an Land zu gelangen. Eine Frage jedoch tauchte immer wieder auf, während er an der Reling lehnte, und auch um dieser fixen Idee zu entfliehen, dehnte er seine Stunden mit Miss Gostrey aus. Das Problem betraf ihn selbst, aber Klärung schaffen konnte nur ein Treffen mit Chad; und hauptsächlich aus diesem Grund wollte er Chad auch sehen. Danach wäre es bedeutungslos – es war ein Gespenst, das gewisse Worte leicht zur Ruhe betten würden. Nur musste der junge Mann da sein, um die Worte entgegenzunehmen. Waren sie einmal bei ihm angekommen, bliebe für ihn keine Frage mehr offen; das heißt, keine in Zusammenhang mit dieser bestimmten Sache. Nicht einmal ihn selbst würde es dann stören, dass man ihn jetzt vielleicht beschuldigen könnte, etwas nur *aufgrund dessen* zu sagen, was er verspielt hatte. Das war der Gipfel seiner hohen Skrupel – er wollte unbedingt außer Betracht lassen, was er verspielt hatte. Er wollte nicht irgendetwas tun, nur weil er etwas anderes verpasst hatte, weil er betroffen war oder betrübt oder ausgelaugt, weil er sich schlecht behandelt oder verzweifelt fühlte; er wollte alles nur tun, weil er, luzide und ruhig, sich in allen wichtigen Punkten unverändert treu geblieben war. Und darum sagte er sich, während er im Grunde herumlungerte und auf Chad wartete, immer wieder stumm: »Du hast zwar den Laufpass bekommen, alter Junge; aber was hat das damit zu tun?« Es hätte ihn angewidert, rachsüchtig zu sein.

Diese Gefühlsnuancen waren zweifellos nur der schillernde Widerschein seines Müßiggangs, und sie schwanden bald im Lichte eines neuen Aspekts, den Maria ihm eröffnete. Bevor die Woche um war, hatte sie eine Neuigkeit zu bieten, und als er eines Abends erschien, empfing sie ihn quasi damit. Er hatte sie an diesem Tag noch nicht getroffen, aber geplant, sich zu gegebener Zeit einzufinden und ihr vorzuschlagen, irgendwo draußen im Freien zu dinieren, auf einer der Terrassen, in einem der Gärten, mit denen das sommerliche Paris in Hülle und Fülle aufwartete. Dann hatte es begonnen zu regnen, so dass er irritiert umdisponierte; er aß allein im Hotel, etwas unlustig und unsinnig, und suchte sie später auf, um sich für das Entgangene zu entschädigen. Er spürte gleich, dass etwas vorgefallen war; es lag so greifbar in der Luft des vollgestopften kleinen Zimmers, dass er seinen Gedanken kaum auszusprechen brauchte. Im sanften Licht flossen die Farben des Raumes, die verschwommenen Valeurs, glatt ineinander – die Wirkung ließ den Besucher einen Moment staunend verharren. Und es schien, als hätte er dabei die kürzliche Anwesenheit einer anderen Person gespürt – seine Gastgeberin wiederum erriet seinen Eindruck. Sie brauchte es kaum zu sagen: »Ja, sie ist hier gewesen, und diesmal habe ich sie empfangen.« Erst nach einer Minute fügte sie hinzu: »Es besteht ja, wenn ich Sie recht verstanden habe, jetzt kein Grund *mehr* –!«

»Dass Sie sich weigern?«

»Nein – falls Sie getan haben, was Sie tun mussten.«

»Ich habe es gewiss soweit getan«, sagte Strether, »dass Sie nicht den Eindruck oder Anschein befürchten müssen, Sie träten zwischen uns. Zwischen uns steht jetzt nur, was wir selbst aufgerichtet haben, und für irgendetwas anderes ist da kein Zoll Raum. Deshalb bleiben Sie einfach schön an unserer *Seite* wie immer – und wenn sie jetzt mit Ihnen gesprochen hat, werden Sie es zweifellos eher mehr als weniger tun. Natürlich ist sie gekommen«, setzte er hinzu, »um mit Ihnen zu sprechen.«

»Um mit mir zu sprechen«, erwiderte Maria; was seine

Überzeugung verstärkte, sie wisse praktisch alles, was er ihr noch nicht erzählt hatte. Er glaubte sogar sicher, dass sie Dinge wusste, die er selbst nicht hätte erzählen können; denn ihre Miene spiegelte das Wissen um diese Dinge jetzt deutlich wider, begleitet vom Anflug einer Traurigkeit, die bei ihr das Ende aller Ungewissheit bestätigte. Nun zeigte sich ihm so klar wie nie zuvor, dass sie von Anfang an über ein Wissen verfügt hatte, das sie bei ihm nicht vermutete, ein Wissen, dessen plötzlicher Erwerb einen Wandel bei ihm auslösen könnte. Dieser Wandel mochte sich durchaus im Stocken seiner Unabhängigkeit und in einer veränderten Einstellung kundtun – anders gesagt, als Umschwung zugunsten der Grundsätze Woolletts. Sie hatte sich tatsächlich einen Schock ausgemalt, der ihn schleunigst zurücktreiben würde zu Mrs. Newsome. Zwar hatte er, Woche um Woche, keine Anzeichen eines solchen Schocks gezeigt, aber die Möglichkeit lag immerhin in der Luft. Maria hatte jetzt also erkennen müssen, dass der Schock erfolgt war und ihn doch nicht schleunigst zurückgetrieben hatte. Ihm war blitzartig ein Punkt aufgegangen, der für sie längst feststand; aber eine Wiederannäherung an Mrs. Newsome hatte dies nicht zum Resultat gehabt. Madame de Vionnet hatte durch ihren Besuch die Fackel über diesen Tatsachen geschwenkt, und was nun im Gesicht der armen Maria nachglomm, war das leicht rußige Licht ihrer Begegnung. Wenn dies Licht aber, wie wir bereits andeuteten, keinem Freudenglanz glich, wurden Strether die Gründe auch dafür vielleicht sichtbar, trotz des Schleiers, den seine angeborene Bescheidenheit darüberbreitete. Sie hatte sich monatelang mit fester Hand bezähmt; sie hatte sich bei keiner Gelegenheit – und es gab bestechende Gelegenheiten – zu ihrem eigenen Vorteil eingemischt. Sie hatte sich von dem Traum verabschiedet, das Zerwürfnis mit Mrs. Newsome, alles, was ihr Freund verspielt hatte – die Verlobung, überhaupt die Beziehung, rettungslos in die Brüche gegangen –, könne ihr zum Vorteil ausschlagen; und um dem Gedeihen dieser Dinge nicht die Hand zu leihen, hatte sie sich nach persönlichen, schwierigen, aber unbeugsamen Regeln strikte Fairness verordnet. Sie musste sich also eingestehen, obwohl die fraglichen Tatsachen am Ende eine solide Bestätigung erfahren hatten, blieb ihr Boden zur persönlichen, zur, wie man auch hätte sagen können, eigennützigen Begeisterung eher schwankend. Strether mochte mühelos bemerkt haben, dass sie sich, in den soeben durchlebten Stunden überlegt hatte, ob oder ob eben nicht für sie noch ein reeller Hauch Ungewissheit bestand. Wir beeilen uns aber hinzuzufügen, dass er das, was er in dieser Situation zu Anfang bemerkte, anfangs auch für sich behielt. Er erkundigte sich lediglich, weswegen Madame de Vionnet eigentlich gekommen sei; und darauf war seine Gefährtin vorbereitet.

»Sie wollte Nachrichten über Mr. Newsome, den sie offenbar seit etlichen Tagen nicht gesehen hat.«

»Sie war also nicht wieder mit ihm verreist?«

»Sie hatte wohl vermutet«, antwortete Maria, »er könne mit *Ihnen* verreist sein.«

»Und haben Sie ihr gesagt, dass ich nichts von ihm weiß?«

Sie schüttelte nachsichtig den Kopf. »Ich wusste doch überhaupt nicht, was Sie von ihm wissen. Ich konnte ihr nur sagen, ich würde Sie fragen.«

»Also, ich habe ihn seit einer Woche nicht gesehen – und natürlich hat es mich gewundert.« Seine Verwunderung äußerte sich in diesem Moment stärker, aber er fuhr unmittelbar fort. »Ich meine aber doch, ich kriege ihn zu fassen. Machte sie einen besorgten Eindruck auf Sie?«

»Sie ist immer besorgt.«

»Nach allem, was ich für sie getan habe?« Und es war eine der letzten Gelegenheiten, dass sich seine zeitweise, zarte Heiterkeit zeigte. »Dabei bin ich eigens herübergekommen, um genau das zu verhüten!«

Sie nahm es lediglich zur Kenntnis und erwiderte: »Also scheint er Ihnen immer noch gefährdet?«

»Das wollte ich Sie eben in Hinblick auf Madame de Vionnet fragen.«

Sie schaute ihn einen Augenblick an. »Welche Frau war *je* ungefährdet? Sie berichtete mir«, setzte sie hinzu – so als bestünde ein Zusammenhang – »von Ihrer erstaunlichen Begegnung auf dem Land. Danach *à quoi se fier?*«

»Es war, im Rahmen alles Möglichen und Unmöglichen, schon ein ganz verblüffender Zufall«, räumte Strether ein. Aber trotzdem, trotzdem –!«

»Trotzdem hat es ihr nichts ausgemacht?«

»Ihr macht nichts etwas aus.«

»Nun, da es Ihnen auch nichts ausmacht, können wir uns alle zur Ruhe begeben!«

Er schien einer Meinung mit ihr, machte jedoch eine Einschränkung. »Mich stört allerdings Chads Verschwinden.«

»Oh, der kommt schon wieder. Aber nun wissen Sie«, sagte sie, »weshalb ich nach Mentone gefahren bin.« Er hatte ihr zur Genüge signalisiert, dass er sich die Dinge mittlerweile zusammengereimt hatte, aber es lag in ihrem Wesen, sie noch klarer machen zu wollen. »Um zu vermeiden, dass Sie mich fragen.«

»Wonach –?«

»Danach, was Sie – vor einer Woche – schließlich selber vor Augen hatten. Ich wollte nicht für sie lügen müssen. Das hätte mich überfordert. Von einem Mann erwartet man allerdings immer, dass er es tut – für eine Frau, meine ich; aber von einer Frau erwartet man nicht, dass sie es für eine andere Frau tut; höchstens nach dem Prinzip ›Eine Hand wäscht die andere‹, um sich indirekt selbst zu schützen. Ich brauche keinen Schutz, deshalb durfte ich ›auskneifen‹ –

um mich einfach vor Ihrer Prüfung zu drücken. Die Verantwortung war mir zu groß. Ich gewann Zeit, und bei meiner Rückkehr hatte sich die Notwendigkeit einer Prüfung erübrigt.«

Strether nahm es heiter und gelassen. »Ja; als Sie zurückkamen, hatte mir der kleine Bilham demonstriert, was sich gehört für einen Gentleman. Der kleine Bilham hatte gelogen wie einer.«

»Und Sie haben ihm geglaubt wie einer?«

»Nun«, sagte Strether, »es war eine rein formale Lüge – er bezeichnete die Neigung als tugendhaft. Für diese Ansicht sprach sehr viel – und die Tugend ließ sich ja mit Händen greifen. Sie war in so reichem Maße vorhanden. Es war wie eine Ohrfeige für mich, und wie Sie sehen, bin ich noch immer nicht drüber hinweg.«

»Ich sehe nur, was ich immer gesehen habe«, erwiderte Maria, »dass Sie die Tugend sogar noch verschönert haben. Sie waren wundervoll – ganz wundervoll, wie ich bereits die Ehre hatte, Ihnen zu sagen; aber wenn Sie es wirklich wissen wollen«, gestand sie traurig, »ich war nie sicher, *wo* Sie eigentlich stehen. In manchen Augenblicken«, erklärte sie, »erschienen Sie mir erhaben zynisch, in anderen erhaben vage.«

Ihr Freund überlegte. »Ich hatte Phasen. Ich hatte Anwandlungen.«

»Schon, aber die Dinge bedürfen einer Grundlage.«

»Eine Grundlage eben schien mir ihre Schönheit zu bieten.«

»Ihre äußere Schönheit?«

»Ihre Schönheit in allem. Der Eindruck, den sie hinterlässt. Sie besitzt so viele Seiten und ist doch so im Einklang.«

Sie betrachtete ihn mit einer wiederkehrenden, nachsichtigen Regung – eine ihrer übersteigerten Aufwallungen im Vergleich zu der Verärgerung, die davon überspült wurde. »Sie sind vollkommen.«

»Und Sie sind immer zu persönlich«, sagte er aufgeräumt; »aber genau in dieser Weise habe ich gestaunt und geschwankt.«

»Wenn Sie damit meinen«, fuhr sie fort, »sie sei für Sie von Anfang an die bezauberndste Frau der Welt gewesen, dann ist nichts natürlicher. Es war nur eben eine seltsame Grundlage.«

»Für das, was ich darauf errichtet habe?«

»Für das, was Sie nicht darauf errichtet haben!«

»Das alles war eben keine feste Größe. Und es gab – und es gibt sie noch – Dinge, die mich irritieren. Dass sie älter ist als er, ihre so ganz andere Welt, mit anderen Traditionen, anderen Verbindungen; ihre völlig anderen Möglichkeiten, Neigungen und Normen.«

Seine Freundin lauschte seiner Aufzählung dieser Ungleichheiten respektvoll; dann wischte sie sie auf einen Streich beiseite. »Das alles zählt nichts, wenn eine Frau mitten ins Herz getroffen ist. So etwas ist ganz schrecklich. Sie wurde mitten ins Herz getroffen.«

Strether ließ den Einwand gelten. »Oh, ich habe natürlich gemerkt, dass sie mitten ins Herz getroffen war. Genau darum ging es uns ja. Genau das war ja unser großes Problem. Aber ich konnte mir irgendwie nicht vorstellen, dass sie im Staub lag. Und dass *unser* kleiner Chad sie dort hinbefördert hatte.«

»Aber war ›Ihr‹ kleiner Chad denn nicht gerade das Wunder für Sie?«

Strether gab es zu. »Gewiss, ich war umgeben von lauter Wundern. Es schien geradezu phantasmagorisch. Aber das Großartige war, dass mich das meiste nichts anging – so wie ich meine Aufgabe verstand. Es geht mich auch jetzt nichts an.«

Darauf wandte sich seine Gefährtin von ihm ab, und womöglich geschah es erneut, weil sie lebhaft befürchtete, dass seine Philosophie ihr selbst wenig nützen würde. »Ich wünschte, *sie* könnte Sie hören.«

»Mrs. Newsome?«

»Nein – nicht Mrs. Newsome; da ich Sie so verstehe, dass es jetzt keine Rolle spielt, was Mrs. Newsome zu Ohren kommt. Sie hat doch alles gehört?«

»Praktisch – ja.« Er musste einen Augenblick überlegen, fuhr aber fort. »Sie wünschten, Madame de Vionnet könnte mich hören?«

»Madame de Vionnet.« Sie hatte sich ihm wieder zugewandt, »Sie denkt genau das Gegenteil von dem, was Sie sagen. Dass Sie sie entschieden verurteilen.«

Er stellte sich die Szene vor mit diesen beiden Frauen, die seinetwegen zusammengekommen waren. »Eigentlich hätte sie es wissen müssen –!«

»Wissen müssen, dass es nicht so ist?« fragte Miss Gostrey, als er verstummte. »Anfangs war sie überzeugt davon«, fuhr sie fort, als er nichts sagte; »sie hielt es zumindest für erwiesen, so wie es jede Frau in ihrer Position täte. Aber anschließend hat sie ihre Meinung geändert; sie glaubte, Sie glaubten –«

»Nun?« – er war gespannt.

»An ihr edles Wesen. Und dieser Glaube dauerte in ihr fort, wie ich meine, bis zu jenem Zufall, der Ihnen neulich die Augen öffnete. Denn«, sagte Maria, »dass er Ihnen die Augen geöffnet hat –«

»Muss ihr«, führte er den Gedanken fort, »zwangsläufig bewusst sein? Nein«, überlegte er, »vermutlich zerbricht sie sich noch immer den Kopf.«

»Also waren sie *tatsächlich* geschlossen? Na bitte! Da haben Sie's. Wenn Sie in ihr jedoch die bezauberndste Frau von der Welt sehen, macht es keinen Unterschied. Und wenn ich ihr sagen soll, Sie würden sie noch immer so sehen –!« Kurz, Miss Gostrey offerierte ihre Dienste bis ans Ende.

Er zog das Angebot vorübergehend in Betracht und entschied sich. »Sie weiß genau, wie ich sie sehe.«

»Nicht vorteilhaft genug, wie sie mir gestand, als dass Sie den Wunsch hegten, sie je wiederzusehen. Sie sagte mir, Sie hätten endgültig Abschied von ihr genommen. Sie sagt, Sie seien mit ihr fertig.«

»So ist es.«

Maria schwieg einen Moment; dann sagte sie, wie um ihr Gewissen zu beruhigen: »Sie aber nicht mit *Ihnen*. Sie spürt, dass sie Sie verloren hat – doch dass sie durch Sie hätte besser werden können.«

»Oh, sie ist schon gut genug gewesen!« sagte Strether mit einem Lachen.

»Sie glaubt, Sie beide hätten immerhin Freunde sein können.«

»Gewiss hätten wir das. Gerade deshalb« – er lachte immer noch – »gehe ich ja.«

Maria schien jetzt endlich das Gefühl zu verspüren, sie habe für beide ihr Bestes getan. Aber etwas fiel ihr noch ein. »Soll ich es ihr sagen?«

»Nein. Sagen Sie nichts.«

»Na schön.« Und gleich beim nächsten Atemzug setzte Miss Gostrey hinzu: »Armer Mensch!«

Ihr Freund zog erstaunt die Augenbrauen hoch. »Ich?«

»Aber nein. Marie de Vionnet.«

Er akzeptierte die Berichtigung, staunte aber immer noch. »So sehr bedauern Sie sie?«

Einen Moment musste sie überlegen – musste sogar lächeln bei ihrer Antwort. Aber eigentlich nahm sie nichts zurück. »Ich bedauere uns alle!«

IV

Er durfte es nun nicht mehr hinausschieben, den Kontakt mit Chad wiederherzustellen, und wie eben gesehen, hatte er Miss Gostrey diese Absicht auch mitgeteilt, als er durch sie von der Abwesenheit des jungen Mannes erfuhr. Es war zudem nicht nur die so abgegebene Zusicherung, was ihn antrieb; es war das Bedürfnis, sein Verhalten mit noch einer Erklärung in Einklang zu bringen – mit dem Motiv, das er ihr als zwingendsten Beweggrund seiner Abreise genannt hatte. Wenn er aufgrund gewisser Verbindungen abreiste, die sein Bleiben wünschten, könnte sein kühles Verhalten in diesem Zusammenhang kleinlich wirken, falls er noch länger verweilte. Er musste beides tun; er musste Chad treffen, aber er musste auch reisen. Je mehr er an die erste dieser Pflichten dachte, desto beharrlicher drängte sich ihm letztere auf. Er empfand beide gleich intensiv, als er vor einem ruhigen, kleinen Café saß, wo er nach dem Verlassen von Marias *entresol* gelandet war. Der Regen war vorüber, der ihm den Abend mit ihr verdorben hatte; denn seinen Abend empfand er immer noch als verdorben – doch das lag vielleicht nicht durchweg am Regen. Er verließ das Café erst spät, doch nicht zu spät; er konnte sich ohnehin nicht gleich schlafen legen und würde beim Heimweg einen Schlenker zum Boulevard Malesherbes machen – einen ziemlichen Schlenker. Der kleine Umstand, der die große Veränderung ursprünglich ausgelöst hatte, stand ihm stets vor Augen – der Zufall, dass im Augenblick seines ersten Besuches der kleine Bilham auf dem Balkon des geheimnisumwitterten *troisième* erschienen war, und die Auswirkung dieses Vorfalls auf sein Gefühl, was ihm bevorstehe. Er entsann sich, wie er Wache gehalten und gewartet hatte, und auch jener von dem jungen Unbekannten ausgesandten Zeichen des Erkennens, die leichthin in der Luft flatterten und ihn rasch hinaufgelockt hatten – Dinge, die seinem ersten offenen Schritt die Bahn ebneten. Er hatte seither ein paarmal Anlass gehabt, an dem Haus vorbeizulaufen, ohne einzutreten; doch nie war er daran vorbeigegangen, ohne wieder zu spüren, wie es damals zu ihm gesprochen hatte. Heute Abend blieb er abrupt stehen, als es ihm in Blick kam: offenbar, als imitierte sein letzter Tag ganz merkwürdig den ersten. Die Fenster von Chads Wohnung standen zum Balkon hin offen – zwei waren erleuchtet; und eine Gestalt, die herausgetreten war und in der Pose des kleinen Bilham verharrte, eine Gestalt, deren glimmende Zigarette er erkennen konnte, lehnte an der Brüstung und blickte zu ihm hinunter. Sie verhieß allerdings nicht das Wiedererscheinen seines jüngeren Freundes; im Halbdunkel entpuppte sie sich rasch als Chads kräftigere Silhouette; es war also Chads Aufmerksamkeit, die er, nachdem er sich zur Straßenmitte begeben und ihm zugewinkt hatte, spielend gewann; es war also Chads prompt und anscheinend freudig durch die Nacht schallende Stimme, die ihn begrüßte und hinaufzukommen bat.

Dass sich der junge Mann gerade in dieser Haltung dort hatte sehen lassen, überzeugte Strether in gewisser Weise, dass er, ganz nach Maria Gostreys Bericht, verreist gewesen war, ohne noch ein Wort von sich hören zu lassen; unser Freund schöpfte auf jedem Treppenabsatz tief Atem – der Fahrstuhl war um diese Stunde nicht mehr in Betrieb – angesichts der sich aus diesem Umstand ergebenden Konsequenzen. Chad war eine Woche gründlich weg gewesen, weit fort und allein; jetzt aber war er zurück und präsenter denn je, und die Pose, in der ihn Strether überrascht hatte,

KAPITEL IV

bezeugte mehr als eine Rückkehr – sie bezeugte eindeutig eine bewusste Kapitulation. Erst vor einer Stunde war er aus London oder Luzern oder Bad Homburg eingetroffen, egal woher – obwohl sich der Besucher auf der Treppe die näheren Umstände ausmalte; und nach einem Bad, einer Besprechung mit Baptiste, einem anschließenden kalten Abendbrot mit leichten und raffinierten französischen Delikatessen, deren Reste man dort im Lichtkreis der hübschen, modischen Pariser Lampe sehen konnte, war er für die Dauer einer Zigarette wieder ins Freie getreten und im Moment, als Strether auftauchte, damit beschäftigt, sein Leben sozusagen wieder in die Hand zu nehmen. Sein Leben, sein Leben! – Strether blieb auf dem letzten Absatz noch einmal stehen, als er sich schließlich recht atemlos klarmachte, was Chads Leben mit dem Emissär von Chads Mutter anstellte. Es zwang ihn, sich zu den befremdlichsten Stunden die Treppen der Reichen hochzuschleppen; es hinderte ihn am Ende langer, heißer Tage, ins Bett zu kommen; es verwandelte bis zur Unkenntlichkeit das schlichte, fein austarierte, bequem gleichförmige Etwas, das ihm vorzeiten als sein eigenes Leben gegolten hatte. Was ging es ihn eigentlich an, dass Chad in der angenehmen Gepflogenheit befestigt werden sollte, auf Balkonen zu rauchen, abends Salate zu speisen, seine besonderen Privilegien erfreulich bestätigt zu empfinden, aus Vergleichen und Gegensätzen Bestärkung zu beziehen? Die Antwort auf eine solche Frage konnte eigentlich nur lauten, dass er sich praktisch immer noch verpflichtet fühlte – es war ihm vielleicht nie so klar gewesen. Er fühlte sich alt dadurch, und am nächsten Tag würde er seine Fahrkarte kaufen und sich zweifellos noch älter fühlen; mittlerweile aber war er, zur Mitternacht und ohne Aufzug, vier Treppen, das Zwischengeschoss eingerechnet, hochgestiegen wegen Chads Leben. Der junge Mann, der ihn jetzt hörte und Baptiste bereits zu Bett geschickt hatte, war schon an der Tür; so dass Strether den Fall, mit dem er sich plagte, in voller Größe vor sich sah und dabei, nach Erklimmen des *troisième*, sogar ein bisschen keuchte.

Chad empfing ihn wie immer mit einer Begrüßung, in der sich Herzlichkeit und Förmlichkeit – insoweit die Förmlichkeit Respekt bezeugte – elegant verbanden; und nachdem er der Hoffnung Ausdruck verliehen hatte, ihm über Nacht Obdach bieten zu dürfen, trug Strether gewissermaßen den Schlüssel für die Geschehnisse der letzten Zeit in Händen. War er sich eben selbst alt vorgekommen, dann hielt ihn Chad bei seinem Anblick für noch älter; er wollte ihn nur deshalb für die Nacht beherbergen, weil er betagt und abgekämpft wirkte. Man hätte nie und nimmer behaupten dürfen, der Mieter dieser Wohnung sei nicht liebenswürdig zu ihm; ein Mieter, der sich – sollte er ihn jetzt tatsächlich aufnehmen – wahrscheinlich bereitfände, die Sache noch grundlegender zu regeln. Unser Freund hatte durchaus den Eindruck, Chad würde bei der geringsten Ermunterung anbieten, ihn für unbegrenzte Zeit aufzunehmen; im Schoße dieses Eindrucks schien auch eine seiner eigenen Möglichkeiten zu schlummern. Madame de Vionnet hatte ihn gebeten zu bleiben – fügte sich das denn nicht herrlich zusammen? Er könnte für den Rest seiner Tage im *chambre d'ami* seines jungen Gastgebers unterschlüpfen und diese Tage auf seine Kosten strecken: einen logischeren Ausdruck könnte die von ihm gewährte Gunst kaum finden. Es gab wirklich eine Minute – und das war sonderbar genug –, da kam er auf die Idee, wenn er handle, wie er einzig handeln könne, sei er inkonsequent. Das tatsächliche Zusammenspiel der inneren Kräfte, denen er gehorcht hatte, würde sich darin zeigen, dass er – immer in Ermangelung einer anderen Laufbahn – die gute Sache beförderte, indem er Wache davor bezöge. In den ersten Minuten lösten diese Gedanken einander noch ab; schließlich waren sie aber ganz verschwunden, sobald er den Grund seines Besuches erklärt hatte. Er war gekommen, um Lebewohl zu sagen – aber das war nur ein Teil; denn von dem Moment an, da Chad seinen Abschied akzeptierte, wich das Problem dieser eher ideellen Zustimmung etwas anderem. Er kam zum Rest seiner Angelegenheit. »Du wärst ein Unmensch, weißt du das – es wäre der Gipfel der Niedertracht –, wenn du sie jemals aufgibst.«

Diese Worte, zu jener feierlichen Stunde, an der Stätte, wo alles von ihrem Einfluss zeugte, darin bestand der Rest seines Anliegens; und als er sich diese Worte sagen hörte, spürte er, dass seine Botschaft nie vorher verkündet worden war. Das stellte seinen Besuch sofort auf festen Boden und ermöglichte ihm, in der Folge förmlich mit dem zu spielen, was wir den Schlüssel genannt haben. Chad zeigte sich keine Spur verlegen, hatte sich nach ihrer Begegnung auf dem Land aber dennoch um ihn beunruhigt; hatte Befürchtungen und Zweifel über sein Wohlbefinden gewälzt. Er hatte sich nur Sorgen *um* ihn, nicht etwa wegen ihm gemacht, und war bestimmt weggefahren, um ihm die Situation erträglicher zu gestalten, um ihn sacht zur Ruhe kommen zu lassen, um ganz schonend mit ihm zu verfahren – es sei denn, er hatte ihn in Wahrheit eher aufpeitschen wollen. Wie er Strether jetzt so erschöpft vor sich sah, war er ihm mit seiner typischen Gutmütigkeit die ganze Strecke entgegengekommen, und nun ging Strether vor allem auf, dass Chad ihn jetzt bis zum Schluss mit pflichtbewussten Beteuerungen bombardieren würde. Dies ging so für die Dauer des Besuchs; weit entfernt, längst Besprochenes wieder aufwärmen zu müssen, fand er seinen Gastgeber geradezu erpicht, allem beizupflichten. Man konnte ihm gar nicht nachdrücklich genug sagen, dass er ein Unmensch sei. »Unbedingt! – wenn ich *so* etwas täte. Ich hoffe, Sie glauben mir das.«

»Es soll«, sagte Strether, »mein allerletztes Wort an dich sein. Mehr kann ich nicht sagen; und ich wüsste auch nicht, was ich, in welcher Hinsicht auch immer, noch mehr tun könnte, als ich getan habe.«

Chad verstand dies beinahe naiv als direkte Anspielung. »Sie haben sie gesehen?«

»O ja – um Lebewohl zu sagen. Und hätten mich Zweifel geplagt an der Wahrheit dessen, was ich dir sage –«

»Dann hätte sie Ihre Zweifel zerstreut?« Chad verstand ihn – ›unbedingt‹ – wieder! Er schwieg sogar für einen kurzen Moment. Aber er machte es wett. »Sie muss wunderbar gewesen sein.«

»Das war sie«, gab Strether offen zu – und es schloss praktisch alle Umstände mit ein, die aus der zufälligen Begegnung der vorigen Wochen erwachsen waren.

Sie schienen es innerlich Revue passieren zu lassen; und das zeigte sich noch deutlicher in Chads nächsten Worten. »Ich weiß nicht, was Sie sich die ganze Zeit wirklich gedacht haben; ich habe es nie gewusst – denn bei Ihnen schien alles möglich. Aber natürlich – natürlich –« Er zögerte, er stockte nicht aus Verwirrung, sondern aus reiner Nachsicht. »Sie verstehen mich immerhin. Anfangs habe ich mit Ihnen nur so gesprochen, wie ich mit Ihnen sprechen *musste*. Es gibt doch nur einen Weg – nicht wahr – in diesen Dingen –? Aber wie ich sehe«, sagte er zum Schluss philosophisch und lächelte, »ist ja alles gut.«

Strether begegnete seinem Blick und empfand eine wahre Flut von Gedanken. Wie kam es nur, dass er jetzt, spätnachts und nach den Reisestrapazen, aufs neue so unverschämt jung wirkte? Strether wusste es nach einem Augenblick – es kam daher, dass er wieder jünger war als Madame de Vionnet. Er selbst sprach nicht gleich aus, was ihm da alles durch den Kopf ging; er sagte stattdessen etwas anderes. »Hinter dir liegt also eine weite Reise?«

KAPITEL IV

»Ich war in England«, antwortete Chad sofort und aufgeräumt, ohne aber weiter darauf einzugehen. »Manchmal braucht man einen Tapetenwechsel.«

Strether wollte keine weiteren Einzelheiten – er wollte seine Frage sozusagen nur rechtfertigen. »Du kannst natürlich tun und lassen, was du willst. Aber ich hoffe, du bist dieses Mal nicht wegen *mir* verreist.«

»Aus purer Beschämung, Ihnen jetzt aber wirklich zu viel zugemutet zu haben? Mein Lieber«, sagte Chad und lachte, »was *täte* ich denn nicht alles für Sie?«

Strether, um aus dieser Gesinnung Gewinn zu ziehen, erwiderte darauf glatt, genau deshalb sei er gekommen. »Selbst auf die Gefahr hin, dir im Wege zu sein, habe ich aus einem ganz bestimmten Grund ausgeharrt.«

Chad wusste, worauf er zielte. »O ja – damit wir, wenn möglich, einen noch besseren Eindruck hinterlassen können.« Und wie er so dastand, strahlte er unbeschwert sein umfassendes Selbstbewusstsein aus. »Ich folgere mit Vergnügen, Sie fühlen, dies sei uns gelungen.«

Die Worte bargen einen freundlichen Spott, der seinem nachdenklichen und aufs Thema konzentrierten Gast entging. »Ich weiß jetzt, warum ich das Gefühl hatte, ich bräuchte die übrige Zeit – die Zeit, die sie sich noch hier drüben aufhalten.«

Er sprach so ernst und eindringlich wie ein Dozent vor der Wandtafel, und Chad schaute ihn weiter an wie ein verständiger Schüler. »Sie wollten die Sache bis ans Ende gebracht sehen.«

Strether sagte einen Moment lang wieder nichts; er wandte den Blick ab, der sich dann durchs offene Fenster in der Dunkelheit verlor. »Ich werde bei der hiesigen Bank in Erfahrung bringen, wohin man ihnen die Post derzeit nachsendet, und mein letztes Wort, das ich gleich in der Frühe zu schreiben beabsichtige und das sie als mein Ultimatum erwarten, wird sie auf diesem Wege unverzüglich erreichen.« Als sein Blick zur Miene seines Gefährten zurückkehrte, spiegelte sich in ihr deutlich genug der Widerschein des von ihm gebrauchten Plurals; und er beendete seine Beweisführung. Eigentlich schien er es für sich selbst zu tun. »Natürlich muss ich zuerst rechtfertigen, was ich tun werde.«

»Sie rechtfertigen es exzellent!« behauptete Chad.

»Es geht nicht einfach darum, dir von der Rückkehr abzuraten«, sagte Strether, »sondern, wenn möglich, unbedingt zu verhindern, dass du auch nur einen Gedanken daran verschwendest. Ich beschwöre dich also bei allem, was dir heilig ist.«

Chad verriet Überraschung. »Was bringt Sie auf den Gedanken, ich sei fähig –?«

»Du wärst dann, wie gesagt, nicht bloß ein Unmensch; du wärst«, fuhr sein Gefährte im gleichen Ton fort, »ein schäbiger Schuft.«

Chad sah ihn schärfer an, als wollte er einen keimenden Verdacht abschätzen. »Ich weiß nicht, wie Sie darauf kommen, ich wäre ihrer überdrüssig.«

Strether wusste es im Grunde auch nicht, und für ein phantasievolles Gemüt blieben solche Eindrücke sowieso stets zu subtil, zu schwebend, um auf der Stelle ihre Berechtigung zu beweisen. Dennoch barg für ihn bereits die Anspielung seines Gastgebers auf Überdruss als mögliches Motiv den Hauch des Ominösen. »Ich spüre, dass sie noch viel mehr für dich tun kann. Sie hat noch nicht alles getan. Bleibe zumindest, bis sie es alles getan hat.«

»Um sie *dann* zu verlassen?«

Chad hatte dabei gelächelt, aber es machte Strether eine Spur sarkastisch. »Verlasse sie nicht schon *vorher*. Wenn du alles bekommen hast, was es zu holen gibt – sage ich nicht«, setzte er leicht grimmig hinzu. »Das ist der richtige Zeitpunkt. Aber da für dich bei einer solchen Frau immer etwas zu holen ist, schadet ihr meine Bemerkung nicht.« Chad ließ ihn weiterreden und zeigte dabei die angebrachte Achtung, vielleicht sogar unverblümte Neugier für diesen schärferen Ton. »Ich erinnere mich nämlich noch, wie du früher gewesen bist.«

»Ein entsetzlicher Esel, stimmt's?«

Die Antwort kam wie aus der Pistole geschossen; ihr prompter Überschwang ließ Strether sogar zusammenzucken, so dass er erst nach einer Weile reagieren konnte. »Damals wärst du mir bestimmt nicht all das wert gewesen, was du mir aufgehalst hast. Du hast dich gemacht. Dein Wert hat sich verfünffacht.«

»Würde denn das nicht reichen –?«

Chad hatte die Bemerkung im Spaß riskiert, doch Strether blieb ungerührt. »Reichen?«

»*Wenn* man vom Angehäuften leben wollte?« Da der Scherz seinen Freund anscheinend kaltließ, gab der junge Mann den Versuch gleich wieder auf. »Natürlich vergesse ich nie, zu keiner Tages- oder Nachtzeit, was ich ihr verdanke. Ich verdanke ihr alles. Sie haben mein Ehrenwort«, tönte er aufrichtig, »ich bin ihrer kein bisschen überdrüssig.« Darauf schaute Strether ihn groß an: die Art, wie die Jugend sich ausdrücken konnte, war doch immer wieder erstaunlich. Chad meinte es gut, obwohl er letztlich viel Unheil stiften könnte; und doch klang es, als im Zusammenhang mit ihr das Wort ›überdrüssig‹ fiel, beinahe als sei die Rede vom Hammelbraten, dessen er zum Abendessen überdrüssig sei. »Ich habe mich bisher keinen Augenblick mit ihr gelangweilt – es hat ihr nie, was selbst den klügsten Frauen gelegentlich passiert, an Takt gefehlt. Sie hat auch ihren Takt nie erwähnt – wie es jene anderen Frauen manchmal tun; aber sie hat ihn stets bewiesen. Und nie in reicherem Maße« – hob er galant hervor – »als gerade neulich.«

Und er fuhr gewissenhaft fort: »Sie war mir nie das, was ich eine Last nennen könnte.«

Strether äußerte einen Augenblick lang nichts; dann sagte er ernst und mit verschärftem Sarkasmus: »O, würdest du ihr keine Gerechtigkeit widerfahren lassen –!«

»*Wäre* ich ein Biest, ja?«

Strether nahm sich nicht die Zeit, zu sagen, was er dann wäre; *das* hätte eindeutig zu weit geführt. Wenn sich als Antwort jedoch nur eine Wiederholung anbot, dann war eine Wiederholung nicht verkehrt. »Du verdankst ihr alles – weit mehr, als sie dir je verdanken kann. Mit anderen Worten, du hast ihr gegenüber ganz konkrete Verpflichtungen; und ich sehe nicht, welche anderen Verpflichtungen – solche, wie sie dir präsentiert werden – vorgehen könnten.«

Chad blickte ihn lächelnd an. »Und über die anderen Verpflichtungen sind Sie natürlich unterrichtet, oder? – schließlich waren Sie es ja, die sie mir präsentiert haben.«

»Zu einem großen Teil – ja – und nach meinem besten Vermögen. Aber nicht alle – ab dem Augenblick, da deine Schwester meinen Platz eingenommen hat.«

»Das hat sie nicht«, entgegnete Chad. »Sicher, Sally hat einen Platz eingenommen. Aber, soviel war mir von Anfang an klar, es hätte niemals der Ihre sein können. Keiner von uns wird je Ihren Platz einnehmen können. Es wäre schlicht unmöglich.«

»Ach, natürlich«, seufzte Strether, »wusste ich's doch. Ich glaube, du hast recht. Kein Mensch auf der Welt war wohl je von einer derart pompösen Feierlichkeit. So bin ich eben«, fügte er mit einem weiteren Seufzer hinzu, als sei er dieses Umstands manchmal herzlich müde. »Ich bin nun mal so beschaffen.«

Chad schien kurz zu überlegen, wie er denn wohl beschaffen sei; es wirkte, als messe er ihn vom Scheitel bis zur Sohle. Sein Fazit fiel günstig aus. »*Sie* haben nie jemanden gebraucht, der Sie besser machen könnte. Es gab nie jemanden, der dafür gut genug gewesen wäre. Man hat es nicht gekonnt«, behauptete der junge Mann.

Sein Freund zögerte. »Pardon. Man *hat*.«

Chad ließ nicht unamüsiert seine Zweifel merken. »Und wer?«

Strether lächelte ihn an – wenn auch ein wenig trüb. »Ebenfalls Frauen.«

»Sie sprechen im Plural?« – Chad machte große Augen und lachte. »Oh, ich glaube, für ein solches Werk braucht es nicht mehr als eine! Sie beweisen also zu viel. Es ist jedenfalls wirklich scheußlich«, setzte er hinzu, »Sie zu verlieren.«

Strether hatte sich schon zum Gehen gewandt, doch da hielt er inne. »Hast du Angst?‹

»Angst –?«

»Unrecht zu tun. Wenn ich kein Auge mehr auf dich habe.« Ehe Chad jedoch etwas sagen konnte, hatte er sich selbst getadelt. »Ich bin *wirklich*«, sagte er lachend, »sagenhaft.«

»Ja, Sie verderben uns völlig für all diese stumpfsinnigen –!« Der übertriebene Nachdruck hätte Chads Worte beinahe maßlos erscheinen lassen können; doch sie sprachen offenkundig von der Absicht zu trösten, sie umfassten den Protest gegen jegliche Zweifel und enthielten ein unmissverständliches Versprechen der Erfüllung. Er griff im Vestibül nach einem Hut, trat mit seinem Freund hinaus, stieg die Treppe hinunter, fasste liebevoll seinen Arm, als wollte er ihm helfen und ihn geleiten, behandelte ihn, wenn auch nicht eben als betagt und gebrechlich, so doch als edlen Sonderling, der an die Fürsorglichkeit appellierte, und blieb an seiner Seite, während sie zur nächsten Ecke und dann weiter zur übernächsten marschierten. »Sie brauchen es mir nicht zu sagen, Sie brauchen es mir nicht zu sagen!« – dieses Gefühl wollte er Strether wieder vermitteln, wie sie so dahinschritten. Was er ihm nicht zu sagen brauchte, war nun endlich in der herzlichen Abschiedsstimmung alles, was er überhaupt wissen musste. Er wusste es hundertprozentig – davon war Chad wirklich durchdrungen; er verstand, empfand und bewahrte sein Gelübde; und sie ließen sich Zeit, wie sie sich Zeit gelassen hatten bei jenem Spaziergang zu Strethers Hotel in der Nacht ihrer ersten Begegnung. Strether nahm zu dieser Stunde alles, was er nur bekommen konnte; er hatte alles gegeben, was er zu geben hatte; er war so bankrott, als hätte er seinen letzten Sou hingelegt. Nur eines war da noch, worum Chad, bevor sie sich trennten, ein wenig zu feilschen geneigt schien. Sein Gefährte brauche ihm, wie gesagt, nichts weiter mitzuteilen, er selbst aber dürfe eventuell erwähnen, neue Erkenntnisse über die Kunst der Reklame gewonnen zu haben. Diese Ankündigung erfolgte ganz unvermittelt, und Strether überlegte, ob ihn dieses wieder erblühte Interesse, gegen alle Konsequenz, nach London geführt habe. Er schien sich jedenfalls mit dem Thema eingehend befasst und eine Offenbarung erlebt zu haben. Die wissenschaftlich betriebene Reklame verkörperte demnach die große neue Macht. »Es funktioniert tatsächlich, wissen Sie.«

Sie standen einander unter der Straßenlaterne gegenüber wie am ersten Abend, und Strether zeigte zweifellos eine verständnisarme Miene. »Du meinst, es beeinflusst den Verkauf des beworbenen Gegenstands?«

»Ja – sogar außerordentlich stark; weit hinaus über das vermutete Maß. Natürlich nur, wenn die Reklame so gemacht wird, wie das in unserem phantastischen Zeitalter offenbar möglich *ist*. Ich habe darüber ein klein wenig in Erfahrung gebracht, obwohl es bestimmt auf nicht viel mehr hinausläuft, als was Sie mir ursprünglich, so ungemein anschaulich – und beinahe alles in jener ersten Nacht – dargelegt haben. Es ist eine Kunst wie jede andere und un-

KAPITEL IV

erschöpflich wie alle Künste.« Er fuhr fort, als bereite es ihm Vergnügen – beinahe, als amüsiere ihn die Miene seines Freundes. »In der Hand eines Meisters, versteht sich. Der richtige Mann muss es eben anpacken. Mit dem richtigen Mann am Ruder, *c'est un monde*.«

Strether hatte ihn tatsächlich so angestarrt, als hätte er auf dem Trottoir unvermittelt ein paar flotte Tanzschritte hingelegt. »Heißt das, du denkst, dass in besagtem Fall du selbst der richtige Mann wärst?«

Chad hatte seinen leichten Rock zurückgeschlagen und die Daumen in die Armlöcher seiner Weste gehakt; in dieser Stellung spielten seine Finger auf und ab. »Haben Sie nicht genau den in mir gesehen, als Sie herübergekommen sind?«

Strether fühlte sich ein bisschen flau, zwang sich jedoch zur Konzentration. »O ja, und es besteht kein Zweifel, dass du bei deinem angeborenen Talent sehr viel mit ihm gemeinsam hättest. Reklame ist heutzutage eindeutig die Seele des Geschäfts. Durchaus möglich, dass du es schaffst – wenn du vollen Einsatz zeigst – den ganzen Laden richtig anzukurbeln. Deine Mutter verlangt deinen vollen Einsatz, genau das macht ihre Position so stark.«

Chads Finger tanzten weiter, doch er wirkte etwas ernüchtert. »Ach, die Position meiner Mutter hat uns lange genug beschäftigt!«

»Das hatte ich auch gedacht. Warum schneidest du dann das Thema an?«

»Weil es Teil unserer ersten Diskussion war. Um da aufzuhören, wo wir begonnen haben, mein Interesse ist rein platonisch. Jedenfalls, die Tatsache besteht – die Tatsache der Möglichkeit. Der Möglichkeit, dass sich da Geld verdienen lässt, meine ich.«

»Ach zum Teufel mit dem Geld!« sagte Strether. Und dann, als das starre Lächeln des jungen Mannes seltsamer aufzuleuchten schien: »Wirst du deine Freundin diesem Geld opfern?«

Chad wahrte seine hübsche Grimasse ebenso wie seine übrige Haltung. »Sie sind – in Ihrer hochgerühmten ›Feierlichkeit‹ – aber gar nicht nett. Habe ich Ihre Worte nicht aufgesogen wie ein Schwamm – Ihnen nicht gezeigt, wie viel Sie mir bedeuten? Was habe ich denn getan, was tue ich denn, als an ihr festzuhalten bis in den Tod? Nur ist es eben so«, erklärte er munter, »dass man ihn bei einem solchen Festhalten stets vor Augen hat – den Punkt, wo der Tod eintritt. *Darum* machen Sie sich mal keine Sorgen. Es gibt einem Kerl ein gutes Gefühl«, erläuterte er, »die Bestechungssumme zu ›taxieren‹, bevor er ihr einen Tritt versetzt.«

»Oh, wenn du nur ein ordentliches Ziel für deinen Tritt brauchst: die Summe ist enorm.«

»Gut. Also weg damit!« Chad versetzte einem imaginären Etwas einen titanischen Tritt und beförderte es ins Nichts. Damit schien das Problem erneut erledigt, und sie konnten auf das zurückkommen, was ihn wirklich bewegte. »Ich sehe Sie morgen natürlich noch.«

Aber Strether achtete kaum auf den vorgesehenen Plan; ihn verfolgte noch immer der Eindruck – den der fingierte Fußtritt nicht zu mildern vermochte – einer ganz unpassenden Hornpipe oder Gigue. »Du bist wirklich rastlos.«

»Ah«, entgegnete Chad, als sie sich trennten, »Sie sind wirklich aufregend.«

V

Ihm stand jedoch innerhalb von zwei Tagen eine weitere Trennung bevor. Er hatte mit ein paar handschriftlichen Zeilen zeitig bei Maria Gostrey angefragt, ob er zum Frühstück kommen dürfe; demzufolge erwartete sie ihn gegen Mittag im kühlen Schatten ihres kleinen, holländisch anmutenden Esszimmers. Diese Zuflucht lag nach hinten, mit Blick auf ein altes Gartenstück, das bewahrt worden war vor den Verheerungen der modernen Zeit; und obwohl er schon bei mehr als einer Gelegenheit die Beine unter den kleinen, tipptopp polierten, gastfreundlichen Tisch strecken durfte, hatte er den Raum nie so sehr empfunden als heiligen Hort wohltuenden Wissens, intimen Zaubers, altehrwürdiger Ordnung und nahezu erhabener Reinlichkeit. Wenn man hier saß, so hatte er seiner Gastgeberin schon früher mitgeteilt, fand man das Leben für den Augenblick in mustergültig gepflegtem Zinngeschirr widergespiegelt; dies stand dem Leben irgendwie gut und verschönerte es, so dass es das Auge anzog und labte. Strethers Auge jedenfalls labte sich jetzt – und umso mehr, da es zum letzten Mal geschah – am reizenden Anblick, den, auf der blanken, stolz die tadellose Oberfläche präsentierenden Tischplatte, das kleine alte Steingut und das antike Silber boten, mit dem die maßgeblicheren, geschickt im Raum verteilten Dinge harmonierten. Vorzüglich die Stücke aus leuchtendem Delfter Porzellan wirkten wie würdevolle Familienporträts; und inmitten dieser Umgebung sprach sich nun unser Freund mit sanfter Resignation aus. Er legte dabei sogar eine gewisse philosophische Heiterkeit an den Tag. »Es bleibt für mich nichts weiter abzuwarten; mein Tagwerk scheint wohl getan. Ich habe ihnen allen Bescheid gestoßen. Ich habe mit Chad gesprochen, der in London war und zurückgekehrt ist. Er findet, ich sei ›aufregend‹, und ich habe ja wohl wirklich alle Welt durcheinandergebracht. *Ihn* habe ich jedenfalls aufgeregt. Er ist ausgesprochen rastlos.«

» *Mich* haben Sie aufgeregt.« Miss Gostrey lächelte. »Ich bin ausgesprochen rastlos.«

»Oh, das waren Sie schon, als ich Sie entdeckte. Mir scheint eher, ich habe Sie davon abgebracht. Ist das hier«, sagte er, wobei er sich umschaute, »nicht geradezu ein Hort des hehren Friedens?«

»Ich wünschte von ganzem Herzen«, entgegnete sie gleich, »ich könnte Sie soweit bringen, darin einen Hafen der Ruhe zu sehen.« Darauf schauten sie sich über den Tisch hinweg an, als lägen unausgesprochene Dinge in der Luft.

Strether schien mit seiner Erwiderung auf seine Art einiges davon aufzugreifen. »Es würde mir nicht das bescheren – und da läge der Haken –, was es Ihnen gewiss noch bescheren wird. Ich befinde mich nicht«, erläuterte er, indem er sich auf dem Stuhl zurücklehnte, die kleine, reife, runde Melone aber nicht aus den Augen ließ – »in wahrem Einklang mit dem, was mich umgibt. Sie *sind* es. Ich nehme alles zu schwer. Sie *nicht*. Ich mache mich damit – darauf läuft es am Ende hinaus – zum Narren.« Dann wechselte er plötzlich das Thema: »Was hat er in London getrieben?«

»Ach, nach London kann man schon fahren«, sagte Maria und lachte. »Sie wissen doch, *ich* habe es getan.«

Ja – er verstand den Wink. »Und Sie haben *mich* mitgebracht.« Er brütete ihr gegenüber vor sich hin, wenn auch ohne Düsterkeit. »Wen hat Chad mitgebracht? Er steckt voller Einfälle. Und ich habe Sarah geschrieben«, fügte er hinzu, »gleich heute früh. Ich bin also im Reinen. Ich bin bereit für Woollett.«

Sie überging bestimmte Teile dieser Rede zugunsten anderer. »Marie sagte mir neulich, sie spüre, er habe das Zeug zu einem großartigen Geschäftsmann.«

»Eben. Er ist der Sohn seines Vaters!«

»Aber *was* für eines Vaters!«

»Ach, aus dieser Sicht, ist's der absolut richtige! Aber nicht der Vater, der in ihm steckt, bereitet mir Sorgen«, fügte Strether hinzu.

»Was dann?« Er widmete sich wieder seinem Frühstück; kostete gleich von der verlockenden Melone, die sie ihm reichlich aufschnitt; und erst anschließend kam er auf ihre Frage zu sprechen. Aber auch nur, um sie wissen zu lassen, er werde sogleich antworten. Sie wartete, sie beobachtete, sie bediente und unterhielt ihn, und vielleicht geschah es dabei, dass sie ihn bald erinnerte, er habe ihr bisher immer noch nicht den Artikel verraten, den man in Woollett herstelle. »Wissen Sie noch, wie wir in London davon sprachen – an dem Abend im Theater?« Aber bevor er ›Ja‹ sagen konnte, setzte sie ihm andere Erinnerungen vor. Wisse er noch, wisse er noch – dies und das aus ihren ersten Tagen? Er wusste alles noch, kramte humorvoll sogar Dinge hervor, an die sie sich angeblich nicht entsinnen konnte, Dinge, die sie vehement bestritt; und vor allem kam er immer wieder zurück auf das große Thema ihrer frühen Zeit, die gemeinsame Neugier, wo er wohl ›herauskommen‹ werde. Sie hätten so sehr darauf gesetzt, es würde ein wunderbarer Ort sein – und *ziemlich* weit draußen, hätten sie gedacht. Nun, so sei es zweifellos gewesen – ebendort sei er herausgekommen. Er sei tatsächlich so weit draußen herausgekommen, wie überhaupt nur möglich, und müsse sich nun besinnen, wieder zurück- und hineinzufinden. Er hatte auch sofort das passende Bild für seine jüngste Vergangenheit parat; er gleiche einer der Figuren der alten, großen Uhr in Bern. *Die* kämen zu ihrer Stunde auf der einen Seite heraus, hüpften auf offener Bühne ihre kurze Bahn entlang und gingen auf der anderen Seite wieder hinein. Auch er sei seine kurze Strecke gehüpft – auch ihn erwarte eine genügsame Abgeschiedenheit. Er erbot sich jetzt, falls sie dies wirklich wissen wolle, das berühmte Woolletter Produkt namhaft zu machen. Es wäre ein glänzender Kommentar zu allem. Hier unterbrach sie ihn; nicht nur hege sie keinerlei Wunsch, es zu wissen, vielmehr, wissen wolle sie es um nichts in der Welt. Die Woolletter Produkte könnten ihr gestohlen bleiben – trotz allem Positiven, das sie ihnen zu verdanken hätte. Sie wünschte nichts weiter darüber zu erfahren, und erwähnte, selbst Madame de Vionnet habe, nach ihrer Kenntnis, unbehelligt gelebt von dieser Aufklärung, die er zu schaffen bereit sei. Sie habe nie eingewilligt, diese Aufklärung zu erhalten, auch wenn sie von Mrs. Pocock eine solche zwangsweise hingenommen hätte. Doch sei es ein Thema, zu dem Mrs. Pocock anscheinend wenig zu sagen gehabt habe – das Wort sei nie gefallen –, und nun sei es auch nicht mehr von Bedeutung. Für Maria Gostrey war jetzt offenbar nichts mehr von Bedeutung – das heißt, außer dem einen heiklen Punkt, den sie jetzt ansprach. »Ich weiß nicht, ob Sie es für möglich halten, dass Mr. Chad, sobald er sich hier allein überlassen bleibt, eventuell doch noch zurückkehrt. Nach dem, was Sie eben über ihn sagten, vermute ich, Sie rechnen mehr oder weniger damit.«

Ihr Gast ließ den Blick auf ihr ruhen, freundlich, aber aufmerksam, als sähe er voraus, was nunmehr folgen werde. »Er wird es nicht wegen des Geldes tun, denke ich.« Und dann, da sie unschlüssig schien: »Ich will sagen, ich glaube nicht, dass er sie deswegen aufgibt.«

»Also wird er sie aufgeben?«

KAPITEL V

Strether ließ sich jetzt bewusst einen langgezogenen Augenblick Zeit, dehnte diese letzte sanfte Etappe ein klein wenig aus, warb bei ihr auf mancherlei vielsagende und unausgesprochene Weise um Geduld und Verständnis. »Was wollten Sie mich gerade fragen?«

»Kann er irgendetwas tun, das Sie veranlassen würde, es zu kitten?«

»Bei Mrs. Newsome?«

Ihre Zustimmung, zeigte sich nur in ihrer Miene, als scheue sie zartfühlend, den Namen auszusprechen; doch sie sagte noch etwas. »Oder kann er irgendetwas tun, das *sie* zu dem Versuch veranlassen würde?«

»Es bei mir zu kitten?« Seine Antwort bestand zuletzt in einem entschiedenen Kopfschütteln. »Da kann niemand etwas tun. Es ist vorbei. Vorbei für uns beide.«

Maria wunderte sich, schien leicht zu zweifeln. »Sind Sie sich bei ihr da so sicher?«

»O ja – jetzt schon. Es ist zu viel geschehen. Ich bin ein anderer für sie geworden.«

Sie akzeptierte es und holte dabei tief Atem. »Ich verstehe. Und damit ist sie eine andere für *Sie* geworden –«

»Aber nein«, unterbrach er, »das ist sie nicht.« Und wieder wunderte sich Miss Gostrey. »Sie ist dieselbe geblieben. Sie ist mehr denn je dieselbe. Nur tue ich jetzt, was ich vorher nicht getan habe – ich *sehe* sie.«

Er sprach ernst und irgendwie gewichtig – da er nun schon einmal Stellung beziehen musste; und es wirkte dann doch so feierlich, dass ihr nur ein »Oh!« entfuhr. Ihre nächsten Worte bewiesen jedoch, dass sie seine Erklärung zufrieden und dankbar akzeptierte. »Was erwartet Sie denn zu Hause?«

Er hatte den Teller ein wenig fortgeschoben, weil er in Gedanken mit einem anderen Aspekt der Angelegenheit umging; er flüchtete sich geradezu in diesen Aspekt und war so bewegt, dass er sich bald auf den Beinen fand. Schon im voraus ergriff ihn das, was er, so fürchtete er, von ihr zu hören bekommen würde, und er hätte dem gern vorgebaut, um ihm behutsam zu begegnen; doch jetzt, wo es ausgesprochen zu werden drohte, wollte er noch lieber – aber möglichst sanft – schroff und entschieden sein. Er stellte ihre Frage vorläufig zurück; er berichtete ihr weiter über Chad. »Sein Entgegenkommen gestern Abend hätte niemals größer sein können, als es darum ging, wie infam es wäre, nicht zu ihr zu halten.«

»So haben Sie es ihm gegenüber genannt – ›infam‹?«

»Allerdings! Ich habe ihm im Detail beschrieben, was für eine verkommene Kreatur er wäre, und er gibt mir absolut recht.«

»Es hört sich ja fast so an, als hätten Sie ihn festgenagelt?«

»Beinahe –! Ich habe gedroht, ihn zu verfluchen.«

»Oh«, sie lächelte. »Sie *haben* ihn festgenagelt.« Und dann, nach kurzem Besinnen: »Danach ist Ihr Antrag *unmöglich* –!« Dennoch blickte sie ihn forschend an.

»Mein erneuter Antrag bei Mrs. Newsome?«

Sie zögerte wieder, doch sie überwand sich. »Wissen Sie, ich habe nie geglaubt, dass *Sie* den Antrag gemacht haben. Ich habe immer geglaubt, in Wahrheit sei sie es gewesen – und übrigens kann ich das auch verstehen. Was ich vielmehr sagen wollte, eine solche Atmosphäre – eine Atmosphäre, wo jetzt ein Fluch in der Luft hängt – macht den Bruch zwischen Ihnen irreparabel. Sie braucht bloß zu erfahren, was Sie getan haben, schon rührt Sie nie wieder einen Finger für Sie.«

»Ich habe getan«, sagte Strether, »was ich konnte – mehr kann man nicht tun. Er beteuert seine Hingabe und seinen Abscheu. Aber ich bin nicht sicher, ob ich ihn gerettet habe. Er beteuert mir zu viel. Er will wissen, wie man auch nur im

Traum darauf kommen könne, er sei es leid. Aber er hat sein ganzes Leben noch vor sich.«

Maria verstand ihn sofort. »Und er ist dazu geschaffen, überall zu gefallen.«

»Und unsere Freundin hat ihn so geschaffen.« Strether empfand die eigenartige Ironie, die darin lag.

»Also ist es wohl kaum seine Schuld!«

»Es ist jedenfalls seine Gefahr. Vielmehr«, sagte Strether, »die ihre. Aber das weiß sie.«

»Ja, sie weiß es. Könnte es Ihrer Meinung nach«, fragte Miss Gostrey, »in London eine andere Frau gegeben haben?«

»Ja. Nein. Das heißt, ich *habe* keine Meinung. Meinungen machen mir Angst. Ich leiste mir keine mehr.« Und er streckte ihr die Hand hin. »Adieu.«

Es brachte sie zurück auf ihre unbeantwortet gebliebene Frage. »Was erwartet Sie denn zu Hause?«

»Ich weiß es nicht. Irgendetwas gibt es immer.«

»Eine große Veränderung«, sagte sie, während sie seine Hand festhielt.

»Eine große Veränderung – ganz ohne Zweifel. Trotzdem werde ich sehen, was sich daraus machen lässt.«

»Werden Sie etwas ebenso Gutes daraus machen wie –?« Doch als ob ihr einfiel, was Mrs. Newsome getan hatte, ließ sie es dabei bewenden.

Er hatte sie zur Genüge verstanden. »So gut, wie dieser Ort in diesem Augenblick? So gut, wie alles wird, was *Sie* in die Hand nehmen?« Er ließ sich doch Zeit mit der Antwort, denn, wirklich und wahrhaftig, was ihn hier umgab, gleichsam ihr Angebot begleitete – das Angebot auserlesener Fürsorge, erleichterter Mühen für den Rest seiner Tage –, hätte ihn wohl in Versuchung führen können. Es umhüllte ihn sanft, überwölbte ihn wärmend, es gründete so ganz und gar in der Auslese. Und die Auslese regierten Schönheit und

Wissen. Es war misslich, es war beinahe dumm, den Anschein zu erwecken, man wisse diese Dinge nicht zu würdigen; aber dennoch, soweit sie ihm eine Gelegenheit boten, taten sie es nur für einen Moment. Und außerdem würde sie auch dies verstehen – wie sie stets alles verstanden hatte.

Das mochte wohl so sein, doch sie sprach bereits weiter. »Sie wissen, es gibt nichts, das ich nicht für Sie täte.«

»O ja – ich weiß.«

»Nichts«, wiederholte sie, »auf der ganzen Welt.«

»Ich weiß. Ich weiß. Aber trotzdem, ich muss gehen.« Endlich fiel es ihm ein. »Um im Recht zu bleiben.«

»Um im Recht zu bleiben?«

Sie hatte es mit gelinder Missbilligung wiederholt, doch er spürte, es leuchtete ihr bereits ein. »Das, sehen Sie, ist meine einzige Logik. Dass ich für mich selber nichts gewonnen habe bei der ganzen Sache.«

Sie überlegte. »Aber mit Ihren wunderbaren Eindrücken werden Sie sehr viel gewonnen haben.«

»Sehr viel« – er stimmte zu. »Aber nichts, was *Ihnen* vergleichbar wäre. Sie wären es, die mich ins Unrecht setzen würden!«

Anständig und klug, wie sie war, konnte sie nicht lange so tun, als sähe sie es nicht ein. Trotzdem, ein bisschen konnte sie es schon. »Aber warum müssen Sie denn immer so schrecklich im Recht sein?«

»Weil – wenn ich gehen muss –, Sie die Erste wären, die das von mir erwarten würde. Und ich kann nicht anders.«

Also musste sie es hinnehmen, wenn auch mit letztem Widerstand. »Es geht nicht so sehr darum, dass Sie im ›Recht‹ *sind* – es geht um Ihren scheußlich scharfen Blick für das, was Sie ins Recht setzt.«

»Oh, aber was das betrifft, sind Sie auch nicht besser. Sie können mir nicht widerstehen, wenn ich das sage.«

Mit einem gänzlich komischen, gänzlich tragischen Seufzer gab sie auf. »Ich kann Ihnen wirklich nicht widerstehen.«

»Na, dann haben wir's ja!« sagte Strether.

NACHWORT

Nichts fällt leichter, als das Thema des Romans »Die Gesandten« zu benennen, der vorab in zwölf Nummern der *North American Review* (1903) publiziert wurde und dann im gleichen Jahr als Buch erschien. Zum Nutzen des Lesers wird die entsprechende Situation frühzeitig, nämlich im zweiten Kapitel des fünften Buches, in möglichst knappen Worten gebündelt – eingepflanzt oder »eingesenkt« inmitten des Stromes, starr und stark vorspringend, so dass es dessen Lauf beinahe hemmt. Nie wird eine derartige Komposition direkter einem zufällig gestreuten Körnchen einer Anregung entsprossen sein, und doch ist dieses Samenkorn, entfaltet, überwuchert und erstickt, nie besser als ein eigenständiges Partikel in der Masse verborgen gewesen. Kurzum, der ganze Fall steckt in Lambert Strethers unbezähmbarem Ausbruch gegenüber dem kleinen Bilham an jenem Sonntagnachmittag in Glorianis Garten, er liegt beschlossen in der Offenheit, mit der er sich, zur Erleuchtung seines jungen Freundes, der hinreißenden Mahnung jener Krise hingibt. Die zentrale Idee der Geschichte wurzelt allerdings unbedingt in eben dem Umstand, dass eine Stunde so noch nie erlebter Sorglosigkeit von ihm überhaupt als eine Krise empfunden wird und er sich unendlich müht, dies für uns so prägnant zu formulieren, wie wir es uns nur wünschen können. Seine Äußerungen enthalten die Essenz der »Gesandten«, seine Finger umschließen, noch während er spricht, den Stängel der voll erblühten Blume, die er uns so beflissen präsentiert. »Leben Sie so intensiv Sie können; alles andere ist ein Fehler. *Was* Sie tun, spielt eigentlich keine große

Rolle, solange Sie Ihr eigenes Leben leben. Wenn Sie *das* nicht gelebt haben, was haben Sie dann überhaupt gehabt? Ich bin zu alt; zu alt jedenfalls für meine Einsicht. Was man verliert, hat man verloren; machen Sie sich da nichts vor. Immerhin haben wir die Illusion der Freiheit; vergessen Sie deshalb nicht, so wie ich heute, diese Illusion. Ich war im entscheidenden Augenblick entweder zu dumm oder zu klug, mich daran zu erinnern, und jetzt spricht aus mir natürlich die Reaktion auf diesen Fehler. Tun Sie, was Sie wollen, bloß begehen Sie nicht *meinen* Fehler. Denn es war ein Fehler. Leben Sie, leben Sie!« Dies ist der Kern von Strethers Appell an den beeindruckten Jüngling, dem seine Sympathie gilt und dessen Freund er sein möchte; das Wort »Fehler« taucht, wie man sieht, im Verlauf seiner Äußerungen wiederholt auf – und wird zum Gradmesser jener außergewöhnlichen Mahnung, die er mit seinem eigenen Fall verbindet. Er hat also zu viel verpasst, obwohl er seinem Wesen nach vielleicht doch für eine bessere Rolle getaugt hätte, und er erwacht zu dieser Einsicht unter Bedingungen, die eine furchtbare Frage in ihm auslösen. Wäre vielleicht *doch* noch Zeit zur Wiedergutmachung? – eine Wiedergutmachung nämlich für das seinem Wesen angetane Unrecht; für den Tort, der, wie er bereitwillig zugibt, seinem Charakter so törichterweise angetan wurde, ja den er sogar selbst so plump befördert hatte? Die Antwort darauf lautet, dass er dies alles jetzt jedenfalls *sieht*; so dass die Aufgabe meiner Erzählung und der Gang meiner Handlung, um nicht zu sagen die kostbare Moral des Ganzen, gerade darin bestehen, den Prozess dieser sich vollziehenden Einsicht vorzuführen.

Nichts kann die Passung, mit der sich das Ganze wiederum in seinen Keim fügt, übertreffen. Dieser Keim wurde mir, wie gewöhnlich, ganz und gar durch das gesprochene Wort beschert, und ich habe das Bild so übernommen wie es mir zufällig begegnete. Ein Freund hatte für mich, mit großer Zustimmung, einige Äußerungen eines weit älteren, sehr renommierten Gentlemans wiederholt, denen sich vielleicht etwas Ähnliches wie die melancholische Beredsamkeit Strethers zuschreiben ließ. Diese Äußerungen fielen, wie es der Zufall wollte und wie dies auch leicht geschehen kann, in Paris, in einem bezaubernden alten Garten, der zu einem Künstlerhaus gehörte, an einem Sonntagnachmittag im Sommer und in Anwesenheit zahlreicher bedeutender Personen. Die dort gehörte und aufgelesene Bemerkung besaß zum Teil jene »Note«, die mir sofort für meine Zwecke tauglich schien – ja, sie enthielt sogar den größeren Teil davon; das Übrige lag in Ort und Zeit und in der dadurch skizzierten Szene: diese Bestandteile bündelten und verbanden sich zu einer weiteren Unterstützung und gaben mir das, was ich die absolute Note nennen könnte. Da steht sie nun, mitten im Priel, mit kräftigen Schlägen hineingetrieben, wie ein starker Pfahl für die Schlinge eines Taues, umspült vom Strudel der Strömung. Was diese Anregung hinaushob über die allgemeine Menge anderer Anregungen, war die Zugabe des alten Pariser Gartens, denn in diesem Geschenk lagen unendlich kostbare Güter versiegelt. Das Siegel musste natürlich erbrochen und jeder im Päckchen enthaltene Gegenstand gezählt, abgewogen und taxiert werden; aber irgendwie lagen im Lichte dieser Anregung alle Elemente einer Grundsituation vor, die ganz meinem Geschmack entsprach. Ich konnte mich keiner anderen Gelegenheit entsinnen, wo ich, in vergleichbarer Lage, mit lebhafterem Interesse eine derartige Inventur angedeuteter Reichtümer vorgenommen hätte. Denn wahrlich, ich glaube, dass es Stoffe von unterschiedlicher Güte gibt – obwohl wir uns, um selbst einem höchst zweifelhaften Stoff gebührend gerecht zu werden, für den Moment, für diese fiebrige und unbesonnene Stunde, die Güte und Würde dieses Stoffs zumindest als *möglicherweise* absolut denken müssen. Letztlich bedeutet dies zweifellos, dass es sogar unter den überragend guten Stoffen – denn allein damit zu befassen erlaubt uns, wie ich meine, unser Ehrgefühl – eine ideale *Schönheit* der Güte gibt, aus der, einmal heraufbeschworen, die maximale Steigerung des Glaubens an die Kunst resultiert. Dann, so behaupte ich, darf man von seinem Thema wirklich sagen, es sei glänzend, und das Thema der »Gesandten«, ich gestehe es, besaß in meinen Augen diesen Glanz von Anfang bis Ende. Und so bin ich in der glücklichen Lage, darin, offen gesagt, das »alles in allem« durchaus beste meiner Werke zu sehen; ein Scheitern dieser Rechtfertigung hätte eine so extreme Selbstgefälligkeit zur öffentlichen Torheit gemacht.

Ich erinnere mich also in diesem Zusammenhang an keinen Augenblick, wo, meinem subjektiven Empfinden nach, dieser Glanz vorübergehend erloschen wäre, an keinen jener verstörenden Momente, wo man argwöhnt, ein Hohlraum könnte sich unter einem auftun oder der verfolgte Plan könnte sich als undankbar erweisen, worunter dann die Zuversicht leidet und die günstige Gelegenheit als pure Farce erscheint. Wenn mir auch das Motiv in »Die Flügel der Taube«, wie ich bemerkt habe, zeitweise Sorgen bereitete, weil es mir sein versiegeltes Antlitz präsentierte – unbeschadet dessen, dass es plötzlich wieder recht ausdrucksvolle Grimassen schnitt –, herrschte bei diesem anderen Unterfangen absolute Überzeugung und konstante Klarheit; es war, mit seinem Bündel an Daten, ein eindeutiges Projekt, das sich wie eine eintönig schöne Wetterlage auf meinem Grund und Boden etabliert hatte. (Die Reihenfolge, in der diese beiden Werke entstanden, so darf ich erwähnen, wurde durch die Reihenfolge der Veröffentlichung verkehrt; das früher geschriebene Buch erschien später.) Sogar dem Gewicht der Jahre meines Helden, so fühlte ich, hielt mein Postulat stand; sogar angesichts des deutlichen Altersunterschieds zwischen Madame de Vionnet und Chad Newsome, eine Differenz, die leicht als schockierend angeprangert werden könnte, empfand ich es immer noch als unerschüttert. Nichts widerstrebte mir, nichts trog mich, so scheint mir, in diesem vollen und wohlbegründeten Gefühl für den Stoff; er verströmte in jeder Hinsicht den gleichen goldenen Glanz. Ich frohlockte über die Verheißung, die in einem derart reifen Helden lag, der mir dadurch viel mehr zu beißen bieten würde – denn nur in der verdichteten Motivation und einem vielschichtigen Charakter hat der Maler des Lebens, denke ich, mehr als bloß ein bisschen zu beißen. Mein bedauernswerter Freund musste einen vielschichtigen Charakter aufweisen; oder vielmehr sollte er ganz natürlich und großzügig damit ausgestattet sein, in dem Sinne, dass er reiche Phantasie haben und sich dessen auch immer bewusst sein sollte, ohne jedoch daran zugrunde zu gehen. Die Gelegenheit, einen mit Phantasie begabten Menschen zu »schaffen«, war über die Maßen kostbar, denn wenn sich *dort* nicht die Chance zum »Reinbeißen« böte, wo auf der Welt sonst? In ihrer diesem Typus entsprechenden Ausprägung würde mir diese so angereicherte Figur natürlich nicht Phantasie als *vorherrschendes* Charaktermerkmal oder dominante Eigenschaft vorgeben; auch wäre mir dies in anderer Hinsicht nicht zweckdienlich erschienen. Ein so besonderer Luxus – das heisst, die Gelegenheit zu einer Studie, wo diese hohe Gabe in *höchster* Potenz über einen Fall oder einen Werdegang herrscht – würde sich zweifellos an dem Tag präsentieren, da ich bereit wäre, den Preis dafür zu entrichten; und bis dahin mochte dieser Luxus, gleichsam aus früheren Zeiten, aber gut erkennbar und gerade noch außerhalb meiner Reichweite vor mir schweben. Inzwischen würde es dieser eingeschränkte Fall tun – bisher hatte ich mir auch die Beschäftigung mit eingeschränkten Fällen nur im kleinen Format gegönnt.

Ich beeile mich jedoch hinzuzufügen, dass trotz der glücklichen Notbehelfe, die das kleine Format geliefert hatte, der hier vorliegende Fall den Vorteil des großen Formats in vollem Maß genießen sollte; denn ganz unmittelbar zum Thema gehörig war die Frage nach jenem *Supplement* an Umständen, die mit dem Impuls unseres Gentlemans, sich in dem Pariser Garten am Sonntagnachmittag auszusprechen, logisch verknüpft waren – oder wenn nicht strikt logisch verknüpft, so doch auf ganz ideale und bezaubernde Weise darin enthalten. (Ich sage »ideal«, weil sich der Fingerzeig wohl erübrigt, dass meine schimmernde Geschichte, um zur Entfaltung zu kommen und darin ihren maximalen Ausdruck zu finden, schon sehr zeitig den Verbindungsfaden zu den Möglichkeiten des *realen* Sprechers kappen musste, von dem man mir berichtet hatte. *Er* bleibt weiter nichts als der glücklichste aller Zufälle; seine allzu festgeschriebenen realen Lebensumstände schlossen jeden Spielraum für Entwicklungen aus; sein bezaubernder Auftrag war es nur gewesen, auf die weite Projektionsfläche der künstlerischen Vision – die stets aufgespannt an ihrem Platz hängt wie das weiße Laken, auf dem die Figuren der Laterna magica eines Kindes erscheinen – einen phantastischeren und beweglicheren Schatten zu werfen.) Kein Privileg des Geschichtenerzählers oder des Marionettenspielers ist ergötzlicher, bietet mehr an Spannung und Nervenkitzel eines diffizilen, atemlos gespielten Spiels als eben diese Suche nach dem nicht Gesehenen und Okkulten, in einem erst halb begriffenen Plan, im Licht oder gleichsam mithilfe des Dufts, der dem Unterpfand anhaftet, das man bereits besitzt. Die alte gräuliche Jagd nach einem versteckten Sklaven, mit Hilfe von Bluthunden und einem Fetzen Stoff für die Witterung, dürfte wohl keinen Moment »aufregender« gewesen sein als besagte Suche. Denn nicht nur glaubt der Dramatiker immer, dem Gesetz seines Genies gemäß, dass ein klug konzipierter, »dichter« Ort vielleicht ein gutes Thema gebiert; er glaubt vielmehr, aufgrund einer jeden wirklich respektablen Anregung, unbedingt an die notwendige, die kostbare »Dichte« des Ortes (unabhängig vom Thema). Da es nun eine respektable Anregung war, die ich so begierig aufgeschnappt hatte, wie würde die Geschichte beschaffen sein, deren Zentrum sie ganz unweigerlich bilden sollte? Es zählt zum Reiz solcher Fragen, dass die »Geschichte«, wenn, wie gesagt, die Vorzeichen nicht trügen, von diesem Punkt an die Authentizität einer konkreten Existenz erhält. Dann *ist* sie eigentlich da – sie beginnt zu sein, auch wenn sie vielleicht noch mehr oder weniger verborgen liegt; es geht somit keineswegs darum, was man aus ihr macht, sondern einzig und allein, zur Freude oder zum Fluch, darum, wo man Hand anlegt.

In dieser Wahrheit gründet sicher viel von dem Interesse an jener bewundernswerten, zur heilsamen Anwendung bestimmten Mixtur, die wir als Kunst bezeichnen. Die Kunst befasst sich mit dem, was wir *sehen*, sie muss zuerst dieses Ingredienz mit vollen Händen einbringen; sie pflückt ihr Material, anders ausgedrückt, im Garten des Lebens – anderswo gewachsenes Material ist schal und ungenießbar. Aber kaum hat die Kunst dies getan, muss sie sich einem anderen *Prozess* stellen – von diesem Prozess stiehlt sie sich nur dann, kleinmütig und unter dem wirren Vorwand der Sittlichkeit oder einer anderen Ausrede, davon, wenn sie jene nichtswürdige Dienerin der Menschen ist, welcher die schändliche Entlassung ohne »Zeugnis« gebührt. Dieser Prozess, der des Ausdrucks, des buchstäblichen Auspressens des Wertvollen, das ist eine ganz andere Sache – mit welcher der glückliche Zufall des Findens kaum etwas zu tun hat. Mit den Freuden des Findens ist es in diesem Stadium weitgehend vorbei; jenes Trachten nach dem kompletten Thema, wobei man das große Stück und den Schnipsel

»passend zusammenstellt«, wie die Damen in den Boutiquen sagen, ist, so nehmen wir an, mit einem Fang erfolgreich beendet. Der Stoff ist gefunden, und wenn sich das Problem dann auf die Frage verlagert, was man damit anfängt, öffnet sich ein reiches Betätigungsfeld. Genau dies ist die Beimischung, die, wie ich behaupte, die starke Mixtur vervollständigt. Andererseits ist dies der Teil der Arbeit, der am wenigsten der Jagd mit Hund und Hörnerklang vergleichbar ist. Es ist ganz und gar eine sitzende Tätigkeit, die eine solche Menge an Kalkulationen erfordert, dass sie das höchste Gehalt eines Oberbuchhalters verdiente. Das soll nicht heißen, der Oberbuchhalter erlebte nicht auch *seine* freudestrahlenden Momente; denn die Glückseligkeit oder zumindest das innere Gleichgewicht des Künstlers beruht sicherlich weniger auf jenen entzückenden Komplikationen, die er zusätzlich einschmuggeln, sondern vielmehr auf jenen, die er erfolgreich ausschließen kann. Er sät seine Saat mit dem Risiko einer überreichen Ernte; weshalb er wiederum wie jene Herren, die die Bücher prüfen, um jeden Preis kühlen Kopf bewahren muss. Deshalb stehe ich hier, im Interesse der Sache, vor der Wahl, entweder meine »Jagd« nach Lambert Strether zu beschreiben, eine Schilderung zu geben vom Fang jenes Schattens, den die Anekdote meines Freundes projiziert hatte, oder über die Ereignisse zu berichten, die auf diesen Triumph folgten. Das Beste aber wird wahrscheinlich sein, ich versuche, in jede Richtung einen Blick zu werfen; denn im Verlaufe dieses ausschweifenden Berichts will mir immer wieder scheinen, als sei der Sack voller Abenteuer, vorgestellte oder vorstellbare, durch das bloße Erzählen der Geschichte nur halb geleert. Alles steht und fällt damit, was man unter dieser zweideutigen Größe versteht. Da gibt es zum einen die Geschichte des Helden, und dann, aufgrund der innigen Verbindung von allem mit allem, die Geschichte dieser Geschichte selbst. Ich erröte bei dem Geständnis, doch wenn man Dramatiker ist, ist man eben Dramatiker, und das letztere Imbroglio will mir zuweilen wirklich als das objektivere von beiden erscheinen.

Die ihm bei jenem herrlichen Ausbruch angedichtete Philosophie und die Stunde, die ihm dort unter so glücklichen Bedingungen schlägt, mussten also für meinen mit Phantasie begabten Mann logisch begründet und, wie es die schlichte Kunst der Komödie nennt, »vorbereitet« werden; der einleuchtende Weg zu einem solchen Ziel, hin zu einer so klar erkannten Klemme, musste, kurz gesagt, genau kalkuliert werden. Woher kommt er, und warum ist er gekommen, was hat er verloren auf dieser *galère* (wie wir Angelsachsen, und nur wir, mit unserem fatalen Festklammern an exotischen Ausdrucksmitteln sagen)? Diese Fragen glaubhaft zu beantworten, gleichsam wie im Zeugenstand beim Kreuzverhör durch den Staatsanwalt, kurz, Strether und seinen »besonderen Ton« hinreichend zu rechtfertigen, all dies bedeutete, mich des ganzen Gewebes zu bemächtigen. Gleichzeitig wäre der Schlüssel dazu in einem gewissen *Prinzip* der Wahrscheinlichkeit zu finden: Strether hätte sich seinen besonderen Ton nicht ohne Grund erlaubt; um ihm einen so ironischen Akzent zu verleihen, musste er sich in der Klemme oder in einer falschen Position glauben. Man hat nicht sein Leben lang »Tonfälle« notiert, ohne die Stimme einer falschen Position zu erkennen, wenn man sie vernimmt. Der gute Mann in dem Pariser Garten befand sich also auf herrliche und unverkennbare Weise just *in* einer solchen – damit war nicht wenig gewonnen; deshalb ging es uns als nächstes darum, *diese* genauer zu bestimmen. Man konnte sich dabei nur auf Wahrscheinlichkeiten stützen, jedoch mit dem Vorteil, dass die allgemeinsten Wahrscheinlichkeiten praktisch schon Gewissheiten glichen. Die Nationalität unseres Freundes als Ausgangspunkt führte zur allgemeinen Wahrscheinlichkeit hinsichtlich einer engeren Lokalisierung; diese musste man nun wirklich bloß eine Stunde lang unter die Lupe nehmen, damit sie ihre Geheimnisse preisgab. Er musste also, unser trauriger Held, mitten aus dem Herzen Neuenglands stammen – dicht auf den Fersen dieser Erkenntnis purzelten natürlich eine ganze Reihe von Geheimnissen für mich ins Licht. Sie galt es zu sortieren und zu sieben, und ich werde die Einzelheiten dieses Prozesses nicht wiedergeben; aber sie waren alle unmissverständlich da, und es gab nur die Frage, glücklich darunter zu wählen. Was es mit seiner »Position« unfehlbar auf sich haben würde, und warum sie in seinen Händen »falsch« geworden war – diese induktiven Schritte mussten nun ebenso rasch wie eindeutig erfolgen. Ich rechtfertigte alles – und »alles« war mittlerweile zu der am meisten versprechenden Größe geworden – mit der Einsicht, dass er in einer Gemütslage nach Paris gekommen war, die sich, infolge neuer und unerwarteter Überfälle und Einflüsse, beinahe buchstäblich von Stunde zu Stunde wandelte. Er war mit einer Einstellung angereist, die man sich als klare grüne Flüssigkeit in einer zierlichen Glasphiole hätte vorstellen können; und nachdem diese Flüssigkeit einmal in den offenen Becher der *Anwendung* ausgegossen und der Wirkung einer anderen Luft ausgesetzt worden war, hatte sie angefangen, sich von Grün nach Rot oder sonst wie zu verfärben und konnte womöglich in Violett, Schwarz oder Gelb umschlagen. Den noch wilderen Extremen, die eine derart heftige Veränderlichkeit – seinen gegenteiligen Beteuerungen ungeachtet – mit sich bringen mochte, würde er zuerst natürlich nur überrascht und erschrocken gegenüberstehen; die *Situation* allerdings würde sich aus dem Widerspiel der Wildheit und Entwicklung dieser Extreme ergeben. Ich sah augenblicklich, dass meine »Geschichte«, sollte diese Entwicklung kräftig und logisch fortschreiten, nichts zu wünschen übriglassen würde. Für den Geschichten-Erzähler gibt es natürlich immer den schlagenden Faktor, den unschätzbaren Vorteil seines Interesses an der Geschichte *an sich*; sie bleibt stets, auf fraglose und überwältigende Weise, das Wichtigste und Wertvollste (anders habe ich es nie sehen können); in dieser Hinsicht lässt sich sagen, dass alle Energie, mit der man die Geschichte ungestüm vorantreibt, wohl vor jener Energie verblasst, mit der sie sich ganz einfach selbst vorantreibt. Im besten Fall scheint sie sich zudem freudig selbst ins Licht zu setzen, ganz so, als wisse sie, und zwar mit letzter Sicherheit, worum es geht – auch wenn wir sie manchmal bei einem ironischen Augenzwinkern ertappen und sie uns keine andere Gewähr bietet als ihre herrliche Frechheit. Geben wir also zu, dass diese Frechheit immer da ist – dass sie sozusagen der Anmut, des Effektes und der *Verlockung* halber da ist; da vor allem, weil die *Geschichte* eben nur das verzogene Kind der Kunst ist, und weil es uns gefällt, wenn sie in dieser Hinsicht ihre Rolle voll erfüllt, da wir immer enttäuscht sind, wenn die Verwöhnten nicht »unartig« sind. In Wirklichkeit tut sie es wahrscheinlich sogar dann, wenn wir uns am meisten einbilden, verträglich mit ihr zu verhandeln.

All dies soll nur noch einmal belegen, dass sich die *Schritte* meiner Fabel mit einer prompten und sozusagen funktionalen Gewissheit darboten – gleichsam mit dem Anschein, auf Logik zu verzichten, falls ich tatsächlich zu einfältig gewesen wäre, meinen Schlüssel zu finden. Trotzdem hatte ich mich, als sich die Verbindungen vervielfachten, bestimmt nie weniger einfältig gefühlt als zu dem Zeitpunkt, da ich den Auftrag festlegte, der dem armen Strether erteilt worden war und als ich dessen Ergebnis erkannte. Wie durch die bloße Wirkung ihres eigenen Gewichts und ihrer eigenen Gestalt griffen diese Dinge beständig ineinander, auch dann, wenn ihr Kommentator sich ihretwegen am Kopf kratzte; jetzt erkennt er mühelos, dass sie ihm immer um einiges voraus waren. Als der Fall sich vollendete, musste er sie sogar von ziemlich weit hinten, atemlos und ein wenig nervös, einholen, so gut er eben konnte. Die *falsche* Position für unseren verspäteten Mann von Welt – verspätet, weil er so lange bestrebt gewesen war, keiner zu sein, und nun schließlich seinem Verhängnis wirklich entgegen sehen musste – die falsche Position, sage ich, resultierte für ihn offensichtlich daraus, dass er sich am Gatter jener grenzenlosen Menagerie mit einem Moralkodex präsentiert hatte, der zwar bestens bewährt, jedoch so beschaffen war, dass er bei jedem Kontakt mit lebendigen Tatsachen zerbrechen musste, das heißt, bei jedem etwas großzügigeren Verständnis, das er für diese Tatsachen aufzubringen vermochte. Natürlich hätte man sich auch einen Strether vorstellen können, der überall und immer nur engstirnig urteilte und kleinlich fühlte; aber *er* hätte sich, ich gestehe es, für mich in keiner irgendwie legendären Aura bewegt. Die wahre Note unseres Mannes ist, vom ersten Augenblick an, da sie für uns angeschlagen wird, die Note der differenzierten Sicht, ebenso wie sein Drama, unter Druck, zum Drama des Differenzierens wird. Schon seine glückliche Phantasie hatte ihm, wie wir gesehen haben, bereits geholfen die Dinge differenziert zu sehen; eben jenes Element, das so sehr zu meinem Vergnügen beitrug, tief in seine intellektuelle, seine moralische Substanz hineinzuschneiden. Doch gleichzeitig fiel genau hier, für einen Moment, genau hier ein Schatten auf die ganze Szene.

Denn es gab ja diese schreckliche kleine alte Tradition, eine der Plattitüden der menschlichen Komödie, dass der Moralkodex der Leute in Paris *unweigerlich* zerbreche; dass man nichts häufiger als gerade dies beobachten könne; dass Hunderttausende mehr oder weniger heuchlerische, mehr oder weniger zynische Zeitgenossen alljährlich diesen Ort um dieser wahrscheinlichen Katastrophe willen aufsuchen, und dass ich ein bisschen zu spät kam, um mich darüber zu ereifern. Kurzum, diese *triviale* Assoziation existierte nun mal, eine der gewöhnlichsten von der Welt, was mir aber wohl nicht länger zu denken gab, einfach weil auf ihre Gewöhnlichkeit überall hingewiesen wird. Die Umwälzung, die Strether unter dem Einfluss der interessantesten aller großen Städte erleben würde, sollte nichts zu tun haben mit irgendeiner *bêtise*, deren Ursprung sich einer angeblichen »Versuchung« zuschreiben ließ; er sollte vielmehr vorwärts gestoßen werden, und zwar heftig, durch seine lebenslange Taktik der intensiven Reflexion; diese freundschaftliche Prüfung sollte ihn wirklich, auf gewundenen Pfaden und im Wechselspiel von Licht und Dunkel, sehr wohl *in* Paris zu sich kommen lassen, wobei allerdings diesem Schauplatz eine untergeordnete Rolle zufiel, nämlich als bloßes Symbol dafür, dass es mehr Dinge gibt, als Woolletts Schulweisheit sich hatte träumen lassen. Ein anderer Schauplatz wäre unserem Stück ebenso dienlich gewesen, wäre er als ein Ort vorstellbar gewesen, wohin Strethers Auftrag ihn plausibel hätte führen und seine Krise ihn hätte erwarten können. Der *plausible* Ort besaß den großen Vorzug, mir Vorbereitungen zu ersparen; es hätte zu vieler bedurft – nichts Unmögliches, nur ziemlich irritierende und zeitraubende Schwierigkeiten –, um Chad Newsomes interessante Beziehung, sein so interessantes Geflecht von Beziehungen, an einen anderen Ort zu verpflanzen. Kurzum, die Strether zugedachte Bühne konnte eigentlich nur jene sein, die Chad höchst glücklich gewählt hatte. Der junge Mann hatte sich kapriziert, wie man so sagt, auf eine reizvolle Umgebung; und wo er diese, nach seiner Art zu denken, am »authentischsten« vorfand, dort wiederum würde der analytische Sinn seines ernsthaften Freundes *ihn* am ehesten entdecken; und dort würden zudem die analytischen Fähigkeiten des ersteren so wunderschön zum Tanzen gebracht werden.

Die Publikation der »Gesandten« war sehr angenehm »arrangiert« worden; der Roman erschien zuerst monatsweise in *der North American Review* im Laufe des Jahres 1903, und ich hatte mich von jeher offen gezeigt für jene reizvolle Herausforderung meiner Erfindungsgabe, die dem Umstand innewohnen mochte, dass man ganz bewusst – gleichsam, um daraus ein kleines Kompositionsgesetz zu machen – wiederkehrende Unterbrechungen und Wiederaufnahmen einführte. Ich hatte mich entschlossen, diese oft recht brüsken Rucke regelrecht auszunutzen und zu genießen – wofür ich, wie ich glaubte, einen wunderbaren Weg gefunden hatte; doch jede Frage der Form und äußerer Zwänge verblasste, wie ich mich gut erinnern kann, im Licht der künstlerischen Hauptforderung, die sich sogleich herauskristallisierte, als ich sie wirklich erwog: die Forderung nämlich, nur einen Mittelpunkt zu verwenden und alles auf den Horizont meines Helden zu begrenzen. Die Geschichte sollte so sehr sein ganz persönliches Abenteuer sein, dass trotz der Projektion seines Bewusstseins auf diese Vorgänge – von Anfang bis Ende, ohne Unterbrechung und Abweichung – wahrscheinlich immer noch ein Teil für ihn, und *a fortiori* für uns, unausgesprochen bliebe. Ich könnte aber jede noch so kleine Kleinigkeit zum Ausdruck bringen, für die es Raum gab – unter der Bedingung, dass ich eine herrliche, ganz spezifische Ökonomie zuwege brachte. Andere Personen in nicht geringer Zahl sollten die Bühne bevölkern; jede mit dem Kochen ihres eigenen Süppchens beschäftigt, jede in ihrer eigenen Situation gefangen, jede ihrer eigenen inneren Logik folgend, jede mit ihrer eigenen Beziehung zu meinem Hauptmotiv, kurzum, sie alle galt es vorzustellen und weiterzuführen. Aber ich durfte mich, um all das zu zeigen, einzig und allein Strethers Sicht auf diese Dinge bedienen; nur durch Strethers mehr oder weniger tastende Erkenntnis würde ich sie kennenlernen, denn gerade sein

Herumtasten würde zu seinen interessantesten Handlungen zählen, und wenn ich mich strikt an besagte Einschränkung hielt, würde ich hiermit mehr von der Wirkung erzielen, auf die ich am meisten »abzielte«, als durch alle anderen Maßnahmen zusammen. Es würde mir eine große Einheit bescheren und mich wiederum mit der Tugend krönen, um derentwillen der aufgeklärte Geschichten-Erzähler in seinem eigenen Interesse jederzeit nötigenfalls alle anderen Tugenden opfert. Ich meine damit natürlich die anmutige Tugend der Intensität, die man eindeutig zustande bringen und ebenso eindeutig verfehlen kann – und die, wie wir zu unserm hilflosen Leidwesen sehen, überall um uns herum verfehlt wird. Andererseits handelt es sich dabei um eine Tugend, die in hohem Maße der subjektiven Bewertung unterliegt – weil dafür kein strenger, kein absoluter Maßstab existiert; so dass sie vielleicht beklatscht wird, wo man selbst sie gar nicht wahrgenommen hat, und allgemein übersehen wird, wo man selbst sie dankbar bejubelt hat. Nach alledem bin ich auch nicht sicher, ob das amüsante Spiel mit dem aufgetürmten Berg an Schwierigkeiten für den begeisterten Fabeldichter, wenn er ebenso klug wie begeistert ist, nicht die beste Determinante darstellt. Dies bezaubernde Prinzip jedenfalls ist immer gegenwärtig, um das Interesse wach zu halten: Es ist, wir erinnern uns, ein im Wesentlichen gefräßiges Prinzip, ohne Skrupel und ohne Gnade, und lässt sich mit keiner billigen oder bequemen Kost abspeisen. Es genießt das kostbare Opfer und frohlockt noch über das Odeur der Mühe – ebenso wie menschenfressende Ungeheuer mit ihrem »Ho, ho, ho!« frohlocken, wenn sie das Blut von Engländern riechen.

So jedenfalls kam es, dass die endgültige, aber immerhin doch rasche Definition der Aufgabe meines Gentlemans – der aufgebrochen war, feierlich berufen und entsandt, um Chad zu »retten«, und dann feststellt, dass der junge Mann ganz ungehörig und in zunächst irritierender Weise so wenig verirrt und verloren ist, dass man sich in diesem Zusammenhang vielmehr wunderbarerweise mit einer völlig neuen Situation konfrontiert sieht, die in einem völlig anderen Licht angegangen werden muss – mehr Anforderungen an den Einfallsreichtum und die höheren Ebenen der Kompositionskunst stellen würde als einem eigentlich lieb sein durfte. Bei meinem von Buch zu Buch fortschreitenden Überblick finde ich, ein ums andere Mal, keine ergiebigere Quelle des Interesses als diese Überprüfung (je ausführlicher, desto besser) post festum, wie ich es nennen könnte, der »anvisierten« Konsequenz. Wie immer – denn der Reiz versagt nie – lebt bei der schrittweisen Rekonstruktion des Verfahrens die alte Illusion wieder auf. Die alten Absichten erblühen wieder in ganzer Fülle – trotz der vielen Blüten, die inzwischen abgefallen sind. Das ist, wie gesagt, der Reiz des »transponierten« Abenteuers – das erregende Auf und Ab, die intrikaten Details des auf diese Weise wunderbar objektivierten Kompositionsproblems stehen zur Debatte, und der Autor trägt das Herz auf der Zunge. Ein solches Element ist zum Beispiel seine Absicht, dass Mrs. Newsome, obwohl weit weg und mit dem Finger am Puls von Massachusetts, dennoch die ganze Geschichte über ebenso intensiv wie indirekt gegenwärtig sein sollte, dass ihre Bedeutung und ihr Einfluss ebenso fühlbar sein würden wie die unmittelbarste Darstellung, das schönste Porträt aus erster Hand, es bewirkt hätten; solch ein Beleg für das Vertrauen auf die Kunst, ist er einmal unabweisbar vorhanden, gewinnt wieder eine Wirklichkeit, die durch die relative Begrenztheit dieses speziellen Erfolgs nur wenig geschmälert wird. Die hoch geschätzte Absicht agiert und funktioniert in dem Buch ganz unvermeidlich etwa fünfzig Mal weniger, als ich mir in meiner Naivität erträumt hatte; aber das verdirbt mir kaum das Vergnügen daran, die fünfzig Wege wiederzuerkennen, wie ich es versucht hatte. Der schiere Reiz zu sehen, wie eine solche Idee in ihrem Rahmen konstituierend wirkt; die Finesse der ergriffenen Maßnahmen – falls es glückt, eine Erweiterung der Bedingungen und Möglichkeiten von Beschreibung und Figuration – nur solche Dinge inspirierten einen, nur solche Dinge gewährten den Maßstab für den möglichen Erfolg jener verdeckten Kalkulation, mit der das ganze Unterfangen in Einklang stehen musste. Aber, ach, welche Mühen gebar eben dieses »wohlüberlegte« Opfer zugunsten einer besonderen Form des Interesses! Das Werk sollte komponiert sein, denn nur die Komposition ist wahre Schönheit; jedoch – ganz abgesehen davon, dass einem stets bewusst bleibt, welch erschütternd geringe Zahl von Lesern wahre Schönheit überhaupt jemals erkennen oder vermissen wird – wie viel Schweiß und Mühe kostet es, im Banalen und Bequemen, auf Schritt und Tritt, im Unmittelbaren und Oberflächlichen und selbst in der alltäglicheren Lebendigkeit zu wahrer Schönheit zu finden! Ist es einmal gelungen und vollbracht, dann darf man sicher sein, dass der arme Sucher immer meint, er hätte bis in die Haarspitzen erröten müssen, wäre er hier gescheitert. Aber wie oft muss er doch, da die Tugend dieser wahren Schönheit grundsätzlich nur die Tugend des Ganzen sein kann, die unterwegs lauernden Fallen, die Verwirrung stiften und bloß die Sache des Augenblicks verfechten sollen, mit einem Fußtritt beseitigen! Die ganze Vielschichtigkeit des Lebens schien gegen die Bedrohung anzutreten – die Bedrohung für eine bunte Mannigfaltigkeit –, die in dem Umstand begründet lag, dass ganz allein Strether das, sozusagen, »subjektive« Wort führen sollte.

Hätte ich ihn jedoch zugleich zum Helden und zum Erzähler gemacht, ihm das romantische Privileg des »Erzählers in der ersten Person« verliehen – der unfehlbar finsterste Abgrund des Romans, wenn man diesem Mittel im großen

Maßstab frönt – dann hätte man neben der Mannigfaltigkeit auch vielerlei andere seltsame Dinge durch die Hintertür einschmuggeln können. Es mag genügen, wenn ich sage, dass die Erzählform »in der ersten Person« bei einem langen Werk zur Laxheit verdammt ist, und dass Laxheit, eigentlich nie meine Sache, nie weniger in Frage kam als bei eben dieser Gelegenheit. All diese Überlegungen scharten sich um mein Banner von dem sehr frühen Augenblick an, da ich vor der Frage stand, wie ich die Form unterhaltsam gestalten konnte, während ich mich so eng an meine Hauptfigur hielt und ihr ständig das Modell meiner Erzählform abgewann. Er kommt an (in Chester), als hege er die schreckliche Absicht, seinem Schöpfer »unendlich viel« zum Erzählen über sich aufzubürden – vor dieser schweren Mission hätte wohl auch der gelassenste Schöpfer verzagen mögen. Ich war alles andere als gelassen; ich war mehr als aufgeregt genug, um mir zu sagen, dass ich mich, dieser einen Alternative oder Möglichkeit des »Erzählens« so bitter beraubt, mit Zähnen und Klauen einer anderen zuwenden musste. Ich konnte nicht, es sei denn indirekt, andere Personen *miteinander* über ihn reden lassen – gesegnetes Hilfsmittel, gesegnete Notwendigkeit des Dramas, das seine auf Einheit zielende Wirkung erstaunlicherweise auf Wegen erreicht, die denen des Romans genau entgegengesetzt sind: andere Personen aber, außer wenn sie vor allem *seine* Personen waren (nicht er, sondern eine von ihnen), konnte ich schlicht nicht gebrauchen. Trotzdem gewährte mir die Gnade der Vorsehung allerlei Beziehungen für ihn, ganz so, als sollte meine Darstellung doch zu einem Durcheinander geraten; wenn ich auch andere Personen nur indirekt und durch ihre Reaktionen von ihm erzählen lassen durfte, dann konnte ich doch wenigstens ihm erlauben, alles, was er sagen musste, *ihnen* zu erzählen; und so konnte ich überdies – ein weiterer Luxus – die profunden Unterschiede ausloten zwischen dem Nutzen, den dies mir oder zumindest ihm brachte, und der großen Bequemlichkeit der »Autobiographie«. Es stellt sich vielleicht die Frage, warum man, wenn man sich so eng an seinen Helden hält, nicht kurzen Prozess mit der »Methode« macht, ihm die Zügel schießen und freien Lauf lässt wie in »Gil Blas« oder in »David Copperfield« und mit dem doppelten Privileg von Subjekt und Objekt ausstattet – ein Verfahren, das zumindest den Vorteil aufweist, alle Fragen mit einem Streich beiseite zu wischen. Die Antwort darauf lautet, glaube ich, dass man hier nur kapituliert, wenn man *nicht* bereit ist, gewisse wertvolle Unterscheidungen zu treffen.

Der Erzähler in der ersten Person, so ihn der Autor denn verwendet, richtet sich direkt an uns, seine potentiellen Leser, die er, so gut es geht, anhand unserer englischen Tradition auf eine Weise ins Kalkül ziehen muss, die eigentlich so undeutlich und konturlos ist, von so wenig Respekt geprägt, und nur auf minimale Erfahrung mit höherer Kritik rechnen kann. Strether andererseits, so eingezwängt und ausgestattet wie ihn »Die Gesandten« einzwängen und ausstatten, muss Konventionen beachten, die weitaus starrer und viel bekömmlicher sind, als jene, die ihm unser direktes und leichtgläubiges Gaffen wohl entgegenbringt, er ist, in einem Wort, Bedingungen des Benimms unterworfen, welche die entsetzliche *Geläufigkeit* der Selbstoffenbarung verbieten. Ich werde wohl meinem Bemühen um Differenzierung keinen Gefallen tun, wenn ich sage, dass es also ganz unvermeidlich meine erste Sorge war, ihm einen oder zwei Vertraute beizugesellen, um entschieden dem Brauch zu wehren, einen riesigen Berg nachträglicher Erklärungen aufzutürmen, jenen eingefügten Block von bloß auf früheres Geschehen bezogenen Erzählungen, der, sehr zur Schande der modernen Ungeduld, auf den dicht gedrängten Seiten Balzacs so üppig gedeiht, jedoch unsere heutige, unsere meist viel schwächere Verdauung schreckt. Die »erklärende Rückblende« bereitete jedenfalls mehr Mühe, als der heutige Leser verlangt, so dass er um keinen Preis der Aufforderung folgen wird, sie zu verstehen oder auch nur im Entferntesten zu beurteilen; und ist das schöne Werk einmal getan, scheinen besonders die gegenwärtigen Herausgeberhirne keinen Sinn dafür zu haben. Aber keiner dieser Gründe, wie schwer sie auch wiegen, war in erster Linie ausschlaggebend, dass Strethers Freund Waymarsh bereits auf der Schwelle des Romans so rigoros ergriffen und Miss Gostrey nicht minder forsch rekrutiert wird – und nicht einmal unter dem Vorwand, dass *sie*, im Wesentlichen, eine Freundin Strethers sei. Sie ist vielmehr die Freundin des Lesers – weil er infolge der Anlage des Romans so dringend eine benötigt; und in dieser Funktion, und *wirklich* nur in dieser Funktion, handelt sie mit beispielhafter Hingebung von Anfang bis zum Ende des Buches. Sie ist als unmittelbare Gehilfin der Klarheit angeheuert; kurzum, sie ist, um ihr die Maske abzunehmen, die vollkommenste und schamloseste aller *ficelles*. Die halbe Kunst des Dramatikers besteht, wie wir wohl wissen – und sollten wir es nicht tun, dann liegt es nicht an den rings um uns her verstreut liegenden Beweisen – im Gebrauch von *ficelles*; das heißt, in seinem Vermögen, seine Abhängigkeit von ihnen gekonnt zu verschleiern. Waymarsh gehört bei der ganzen Sache nur in geringerem Maße zu meinem Thema als vielmehr dazu, wie ich es behandle; der interessante Beweis in dieser Hinsicht ist, dass man sein Thema nur als Stoff für ein Drama anzusehen braucht, um mit Begeisterung so viele Gostreys einzuweben wie eben nötig.

Das Material des Romans »Die Gesandten«, der in dieser Hinsicht genau dem kurz zuvor erschienenen Roman »Die Flügel der Taube« entspricht, wird absolut als dramatischer Stoff aufgefasst; indem ich also die Gelegenheit wahrnahm, die mir diese Ausgabe bietet, dem letzteren Werk einige einleitende Bemerkungen voranzustellen, brauchte ich eigentlich nur dessen szenische Folgerichtigkeit zu betonen. Es verbirgt diese Tugend auf höchst seltsame Weise, indem es sich, während wir die Seiten umblättern, möglichst wenig szenisch präsentiert; trotzdem teilt es sich, genauso wie das vor uns liegende Werk, deutlich in jene Teile, die der Vorbereitung dienen, ja sogar zu übertriebener Vorbereitung neigen, und in die Teile oder eben Szenen, welche die Vorbereitung rechtfertigen und krönen. Man darf, wie ich glaube, mit Bestimmtheit sagen, dass alles darin, was nicht Szene ist (ich meine hier natürlich keine komplette und funktionelle Szene, die den *ganzen* anfallenden Stoff nach dem Prinzip eines logischen Anfangs, einer logischen Wende und eines logischen Schlusses behandelt), differenzierte Vorbereitung, Verschmelzung und Synthese des Bildes ist. Diese alternierende Struktur gibt sich schon zu einem frühen Zeitpunkt, so glaube ich, als die eigentliche Form und Gestalt der »Gesandten« zu erkennen; so dass, um es zu wiederholen, eine vorher für ein hohes Gehalt verpflichtete Vermittlerin wie Miss Gostrey mit ihrem Schal und ihrem Riechsalz bereits in der zugigen Kulisse wartet. Ihre Funktion spricht sogleich für sich selbst, und nachdem sie mit Strether in London diniert und ein Theater besucht hat, ist ihr Eingreifen als *ficelle*, so behaupte ich, fachmännisch gerechtfertigt. Dank dieses Umstands haben wir jetzt das ganze klobige Problem von Strethers »Vergangenheit« szenisch und allein szenisch erledigt, was uns besser vorangebracht hat als alles andere; wir haben gewissen unerlässlichen Tatsachen zu großer Leuchtkraft und Lebendigkeit verholfen (zumindest hoffen wir dies); wir haben unsere zwei oder drei engeren Freunde ganz nebenbei und nutzbringend in »Aktion« gesehen; ganz davon zu schweigen, dass wir andere, etwas weniger eifrige wahrzunehmen beginnen, die sich, wenn vielleicht noch etwas undeutlich, in Bewegung setzen, um uns weiter zu bereichern. Ich möchte hier zunächst festhalten, dass die fragliche Szene – jene, in der sich die ganze Situation in Woollett und die komplizierten Kräfte enthüllen, die meinen Helden dorthin getrieben haben, wo ihn diese faszinierende Person erwartet, um seinen Wert zu extrahieren und sein Wesen zu destillieren, wirklich eine normale, komplette, hervorragende Standardszene ist; reich und umfassend und deshalb auch nicht kurz; ihre Funktion indessen ist so präzise wie die des Glockenhammers einer Uhr, sie hat die Funktion, *alles, was in der Stunde ist*, zum Ausdruck zu bringen.

Der Umstand, dass eine untergeordnete Figur die Eigenschaft einer *ficelle* hat, wird durchweg möglichst kunstvoll verschleiert, und zwar so weit, dass, wenn die Fugen und Nähte der vorgetäuschten Verbindung Miss Gostreys gewissenhaft verarbeitet, d. h. gut getarnt sind und man gründlich Sorge trägt, sie nicht »angestückelt« wirken zu lassen, diese Figur gewissermaßen die Würde einer Grundidee gewinnt: was uns nur einmal mehr zeigt, wie viele zwar unberechenbare, doch reine Brunnen der Freude dem betörten Künstler, wie viele reiche Quellen des nie zu unterschätzenden »Spaßes« für Leser und Kritiker, die sich davon anstecken lassen, munter zu plätschern beginnen, sobald sich der künstlerische Prozess frei entfalten kann. Wie köstlich und unterhaltsam – um dies einmal zu illustrieren – sind nicht allein so »schöpferische« und zugleich kritische Fragen wie etwa die, wie, wo und warum Miss Gostreys vorgetäuschte Verbindung, entsprechend aufpoliert, echt wirken sollte. Nirgends ist sie ein kunstvolleres Hilfsmittel zugunsten der bloß formalen Geschlossenheit, um ein Beispiel zu geben, als in der letzten »Szene« des Buches, wo sie nicht dem Zweck dient, irgendetwas zu bieten oder zu ergänzen, sondern gewisse andere Dinge möglichst lebendig auszudrücken, Dinge, die bereits feststehen und genau eingeplant sind. Da jedoch alle Kunst *Ausdruck* und daher Lebendigkeit ist, sollte man hier die Tür offen finden für jede Menge vergnüglicher Verstellungen. Das sind wahrlich die Feinheiten und Verzückungen des Verfahrens – und mitten unter ihnen, besonders aber unter dem lebhaften Einfluss ihrer erheiternden Darstellung, darf man nicht den Kopf verlieren und nicht den Weg verfehlen. Dafür das passende Verständnis zu entwickeln und fruchtbar zu machen, heißt eindeutig, jeder künstlich erzeugten Zweideutigkeit der Erscheinung ihren Reiz abzugewinnen, die nicht zugleich eine heillose Zweideutigkeit der Bedeutung ist. Für meinen Helden in der Phantasie eine Beziehung zu entwerfen, die nichts mit dem Stoff (dem Stoff meines Themas) zu tun hat, sondern ausschließlich mit der Art und Weise (der Art und Weise, wie ich ihn darstelle) und diese Beziehung dennoch in größter Nähe und im Dienst eines möglichst ökonomischen Ausdrucks derart auszureizen, als sei sie wichtig und wesentlich – so etwas zu leisten und doch nichts durcheinander zu bringen, das kann unterwegs leicht zu einem ungemein fesselnden Projekt werden, auch wenn dies alles nur ein Teil bleibt, wie ich mich zuzugeben beeile, des allgemeinen und verwandten Problems der Neugier und des Anstands in der Frage des künstlerischen Ausdrucks.

Nachdem ich so großen Wert auf die szenische Seite meiner Arbeit gelegt habe, drängt es mich zu der Ergänzung, dass mir bei der schrittweisen, erneuten Durchsicht des Romans ebenso sehr ein ganz anderes Stilbemühen auflauerte, das dem gleichen bemerkenswerten Ziel dient – mit anderen Worten, mir ist nicht entgangen, wie die feinsten Eigenschaften und Reize der nicht-szenischen Darstellung, auch wenn sie so nachgeordnet und benachteiligt erscheinen, bei richtiger Behandlung dennoch ihre Verständlichkeit behalten und ihre Funktion erfüllen können. Diese letzte Beobachtung ist, wo es um die Beschreibung geht, unendlich gehaltvoll für das gesamte herrliche Kapitel möglicher Vielfalt und des wirkungsvollen Wandels und Kontrastes im Ausdruck. In einer Stunde wie dieser würde man sich gern, der kritischen Freiheit wegen, der Frage widmen nach der bekannten, unvermeidlichen Abweichung (von einer allzu begeisterten ursprünglichen Vision), die auch der reifste Plan durch den exquisiten Verrat der Ausführung, sei sie noch so konsequent, erleidet – hier gerade könnten mir die »Gesandten«, obwohl ja immer das zuletzt durchgesehene Erzeugnis von solchen Belegen zu strotzen scheint, mit einer Fülle leuchtender Beispiele dienen. Ich muss hier meiner abschließenden Bemerkung einen anderen Sinn beigeben, indem ich, in dem gerade eben angetippten anderen Zusammenhang, erwähne, dass solche Passagen wie die erste Begegnung meines Helden mit Chad Newsome, obwohl eindeutige Zeugnisse der nicht-szenischen Form, trotzdem sehr entschieden – zumindest was die Absicht betrifft – eine darstellende Wirkung beanspruchen. Ein geschlossener und vollständiger Bericht darüber, was in einer bestimmten Situation »passiert«, muss unvermeidlich mehr oder weniger szenisch geraten; und doch werden in dem Beispiel, auf das ich anspiele, *im Zuge* der Mitteilung die Neugier und der Anstand in der Frage des künstlerischen Ausdrucks nach einer völlig anderen Regel beansprucht und erfüllt. Die wahre innere Bedeutung dessen ist letztlich vielleicht nur, dass eine dieser künstlerischen Verrätereien ausgerechnet darin bestand, dass die direkte Darstellungsmöglichkeit von Chads ganzer Gestalt und Gegenwart reduziert und beeinträchtigt wurde – das heißt, er wurde seiner »angemessenen« Proportion beraubt; so dass, mit einem Wort, die ganze Ökonomie der Beziehung des Autors zu ihm an entscheidenden Stellen neu bestimmt werden musste. Dem kritischen Blick bietet das Buch jedoch in geradezu rührender Weise eine

Fülle dieser verschleierten und ersetzten Verluste, dieser hinterlistigen Wiederherstellungen, dieser unendlich erlösenden Konsequenzen. Die Seiten, auf denen Mamie Pocock der ganzen Handlung ihren vorbestimmten und, wie ich denke, vom Leser durchaus empfundenen Auftrieb verleiht, durch den unerforschlichen Winkelzug oder die Abkürzung, dass wir ihr einfach, und zwar aus einem völlig neuen Blickwinkel, diese eine Stunde lang zuschauen, die sie voller Spannung im Salon des Hotels verbringt, indem wir teilhaben an ihrem angestrengten Nachdenken, den strahlenden, warmen Pariser Nachmittag lang, auf dem Balkon, von dem man die Gärten der Tuilerien überblickt, über den Ausgang, den die Sache für sie nehmen könnte – diese Seiten sind ebenso ein markantes Beispiel für jene Vorzüge der Darstellung, die manchmal, um des Gegensatzes und der Erneuerung willen, darauf besteht, anders zu sein als szenisch. Es fehlte nicht viel, und ich würde so weit gehen zu behaupten, dass das Buch durch das ausgewogene Wechselspiel dieser Gegensätze eine Intensität gewinnt, die dem Dramatischen durchaus etwas hinzufügt – obgleich letzteres als Inbegriff aller Intensität gilt oder zumindest das direkte Nebeneinander nicht zu scheuen braucht. Ich schrecke vor dieser Extravaganz tatsächlich bewusst nicht zurück – vielmehr wage ich sie um der ihr innewohnenden Lektion willen; diese lautet nicht, dass das vorliegende Werk die interessanten Fragen, die es aufwirft, restlos erschöpft. Sie lautet: der Roman als solcher, gewissenhaft behandelt, bleibt noch immer die unabhängigste, die geschmeidigste, die großartigste Form der Literatur.

Henry James

ANHANG

NACHWORT DES HERAUSGEBERS

The Ambassadors von Henry James sind etwas für Liebhaber der intensiven Lektüre. Für diesen Roman braucht man Muße und Aufmerksamkeit. Wer sich die Zeit nimmt, für eine geraume Weile und ohne Unterbrechung zu lesen, wird reich belohnt. James wusste, was er seinen Lesern zumutete. Wie ein Meisterkoch, der seiner Kreation noch eine Anleitung zum rechten Genuss beifügt, bat er im Dezember 1903 die Duchess of Sutherland, die selber Romane schrieb:

> Behandeln Sie die *Gesandten*, ich bitte Sie, sehr zart und vorsichtig: lesen Sie fünf Seiten am Tage – seien Sie ruhig so sorgfältig –, aber *zerreißen Sie nicht den Faden!* Der Faden ist wirklich mit fast wissenschaftlicher Präzision gesponnen. Gehen Sie, Schritt für Schritt, an ihm voran – dann wird sich der volle Zauber erschließen. […] Übrigens ist es, wie ich finde, die allerschwierigste Aufgabe in der Romankunst, den Eindruck und die Illusion des wirklichen *Zeit = Verlaufs,* der *messbaren Spanne* von Zeit zu vermitteln, nur durch unsere armseligen Sätze und Seiten, und all das In-die-Länge-Ziehen, zu dem der Leser beitragen kann, hilft vielleicht ein wenig dabei, diesen Zauber zu erzeugen.

Selbst für begüterte Leserinnen im spätviktorianischen Großbritannien oder Amerika war Lesezeit kostbar. Sie war so kostbar, dass man sie in die Länge zog, wenn die Qualität des Lesestoffs dieses luxuriöse Verhalten rechtfertigte und belohnte. Das trifft für Henry James' raffiniert erzähltes

Meisterwerk über einige Amerikaner im Paris der 1890er Jahre in ganz besonderer Weise zu.

*

Der »Keim« des Romans stammt aus dem Jahr 1895. In James' Notizbuch steht eine Art Gedächtnisprotokoll, das er am 31. Oktober, einen Tag nach seiner Unterhaltung mit seinem jüngeren Freund Jonathan Sturgis, dem Schriftsteller und Übersetzer Maupassants, im südenglischen Torquay angefertigt hatte. Es gewährt einen faszinierenden Einblick in James' Schreibwerkstatt – oder besser, in die Vorstufen der eigentlichen Kompositionsarbeit, die beim alten James ein beinah freies Diktieren war. Sein Notizbuch vom Oktober 1895 zeigt, wie schnell der »Keim« weniger Worte Wurzeln schlug, wie er in einer Art Selbstgespräch die noch namenlose Romanfigur aus der realen Gestalt seines Freundes William Dean Howells heraus- und von ihr fortentwickelt. Sturgis hatte ihn im August 1894 im Pariser Garten des amerikanischen Malers James MacNeill Whistler getroffen. Der damals 57jährige Howells, der Paris kaum kannte, habe auf Sturgis »traurig – oder besser verdüstert« gewirkt, ihm die Hand auf die Schulter gelegt und gesagt:

»Oh, Sie sind jung, Sie sind jung – freuen Sie sich dessen: freuen Sie sich dessen und *leben* Sie. Leben Sie, so intensiv Sie können; alles andere ist ein Fehler. *Was* Sie tun, spielt eigentlich keine große Rolle – aber leben Sie. Diese Umgebung hier macht mir alles klar. Ich erkenne es jetzt. Ich habe es nicht getan – und nun bin ich alt. Es ist zu spät. Es ist an mir vorbeigegangen – ich hab's verloren. Sie haben noch Zeit. Sie sind jung. Leben Sie!«

Diese zentralen Sätze baute James später noch mehrfach aus. Aber schon die erste Notiz zeigt, wie rasch die Phantasie des damals 53-jährigen Autors, der zunächst noch an eine kürzere Erzählung über das Alter dachte, Feuer fing:

Ich habe es etwas ausgeweitet und verbessert – aber das war der Ton der Bemerkung. Sie berührt mich – ich kann ihn sehen – ich kann ihn hören. Sofort ergibt sich daraus natürlich – wie gottlob immer – eine kleine Situation. [...] Sie gibt mir eine kleine Vorstellung von der Figur eines älteren Mannes, der nicht wirklich ›gelebt‹ hat – im Sinne von Gefühlen, Leidenschaften, Impulsen, Vergnügungen – und der sich dessen angesichts irgendeines großen menschlichen Spektakels, einer großen Arena für das Unmittelbare, das Angenehme, für Neugier und Experiment und Anschauung, kurz: für den Genuss, *sur la fin* oder doch auf dem Weg dahin wehmütig bewusst wird. Er hat nie wirklich etwas genossen – hat nur für die Pflicht gelebt und das Gewissen – was er dafür hielt; nur für das reine Tagewerk und sein Zubehör – für die Anstrengung, den Verzicht, die Entsagung, das Opfer und die Aufopferung. Ich glaube seine Geschichte vor mir zu sehen, sein Temperament, seine Lebensumstände, seine Gestalt, sein Dasein. Ich sehe nicht, dass er mit seinen Leidenschaften gerungen hätte oder in der Vergangenheit auch nur geahnt hätte, was er versäumt, was er unterlassen hat. Er ist sich einer Alternative nicht bewusst gewesen.

Das ist die Charakterskizze eines etwas holzschnittartigen Typus, der im kleinen Format einer Erzählung, etwa von Nathaniel Hawthorne, gut funktionieren würde. Indem James aber weiter über die Figur nachdenkt, bekommt sie Konturen, die für die größere Leinwand des Romans besser geeignet sind. Welche Nationalität, welchen Beruf soll der Mann haben? Wo soll seine plötzliche Erkenntnis sich ereignen? Indem er seine Optionen durchspielt, entfernt sich James von seinem realen Vorbild Howells und bewegt sich hin zur psychologischen und moralischen Komplexität eines Romans:

Er könnte Amerikaner sein – er könnte aber auch Engländer sein. Die *banale* Variante, dass er seine Offenbarung in Paris erfährt, passt mir gar nicht – das ist so naheliegend, so gewöhnlich, dass man Paris als Schauplatz wählt, der ihm die Augen öffnet, der ihn seinen großen Fehler fühlbar macht. Es könnte London sein – es könnte Italien sein – es könnte der allgemeine Eindruck eines Sommers in Europa sein – irgendwo im Ausland. Natürlich *kann* es auch Paris sein. Jedenfalls hat er sich abgearbeitet, an einem bestimmten Ort. Aber woran? Einen Romancier kann ich nicht aus ihm machen – das wäre zu dicht an W. D. H. und auch ganz allgemein allzu *invraisemblable*. Aber er soll ein ›Intellektueller‹ sein; ich will, dass er *gebildet* ist, gescheit, beinah literarisch tätig: das vertieft die Ironie, die Tragödie.

James erwägt mögliche Berufe. Ein Geistlicher? »Zu offensichtlich, *usé* und auch in anderer Hinsicht unmöglich.« Ein Journalist oder Jurist? Als solcher hätte der Mann aber zu viel Kontakt mit dem realen Leben, hätte also ›gelebt‹. Das gilt auch für einen Arzt oder einen Künstler. Ein Geschäftsmann? Möglich, aber dann wäre der Mann nicht intellektuell genug. Ein Universitätsprofessor? Zuviel Kontakt mit jungen Leuten – »obwohl es einen tragischen Effekt haben könnte, wenn er am Ende sieht, dass er eigentlich gar keine Ahnung hatte, wie ihr Leben wirklich aussieht.« Also der Herausgeber einer Zeitschrift, nicht einer Tageszeitung: »das käme der Sache am nächsten.«

Was ist seine Vorgeschichte? »Er hat sehr jung geheiratet – in aller Schlichtheit.« Die Ehe ist »hinreichend glücklich, aber ohne Reiz und, oh, so gewissenhaft: eine Frau, die die Gewissenhaftigkeit Neuenglands überreich verkörpert«. Aber all das dürfe nur ganz zart angedeutet werden. Die Grundidee der Geschichte ist »die Umwälzung, die sich in dem armen Mann ereignet«, der »Eindruck«, den diese ganz besondere Erfahrung in der Fremde auf ihn macht.

Die Voraussetzung dafür sind »gewisse Umstände«, und diese »erzeugen die Situation, und wie er sich aus ihr löst, macht das kleine Drama aus«.

Worin besteht der innere Konflikt? »Er hat jemanden geopfert, einen Freund, einen Sohn, einen jüngeren Bruder, hat ihn seiner Unfähigkeit zu fühlen, zu verstehen, geopfert, und all das kommt nun über ihn in einer Welle von Reue- und Schuldgefühlen.« Erst im Kontakt mit all den neuen Dingen, Einflüssen und Anreizen in der Fremde, auf die James' potentieller Held nicht vorbereitet ist, wird ihm klar, wie sein Opfer »gekämpft und gelitten« hat: »Er war wild – er war frei – er war leidenschaftlich, aber es hätte einen Weg gegeben, ihn so anzunehmen. Unser Freund hat das nie gesehen – niemals: es ist vorbei. War es ein Sohn? Ein Mündel? Ein jüngerer Bruder – oder ein älterer? Muss ich noch klären; ich glaube aber nicht, dass mir der *Sohn* zusagt.«

Was ist das Gerüst der Handlung? Nach seiner noch ziemlich »vagen Vorstellung« lässt James seinen älteren Helden »nach London, nach Paris ›herauskommen‹« (ich fürchte, es *muss* wohl Paris sein, wenn er Amerikaner ist), um eine Frage anhand seiner »alten Gefühle und Gewohnheiten« zu entscheiden, die einen anderen betrifft. »Und die neuen Einflüsse, sehr grob formuliert, bringen ihn dazu, dass er in genau entgegengesetzter Weise handelt – dass er auf der Stelle, mit einer *volte-face*, einer völlig anderen Inspiration folgt.«

Es ist deutlich: In dieser ersten Skizze ist noch das novellistische Prinzip des plötzlichen Wendepunkts strukturbildend. Im Roman wird stattdessen der langsame und auch am Ende nicht wirklich abgeschlossene Prozess von Strethers Sinneswandel (hier passt dieses schöne Wort besonders gut) zum eigentlichen Thema, ja zum formbildenden Gedanken. Dennoch entwickelt James trotz mancher abweichender Details die Grundzüge der Situation Strethers schon hier:

> Sagen wir, er ›geht aus‹ (wenigstens zum Teil), um sich um einen jungen Mann zu kümmern, ihn nach Hause zu bringen, dessen Familie um ihn Sorge trägt, der partout nicht nach Hause kommt usw. – und unter dem Einfluss des Wandels *se range du côté du jeune homme* sagt er zu ihm: ›Nein, bleib: komm nicht nach Hause.‹ Sagen wir, unser Freund ist Witwer, und der *jeune homme* ist der Sohn einer Witwe, mit der er verlobt ist. *Sie* gehört zur energischen, tüchtigen Sorte – sie ist ein Spiegelbild seines alten Ichs. Sie hat Geld – sie bewundert und schätzt ihn: 5 Jahre sind seit dem Tod seiner 1. Frau vergangen, 10 seit dem seines Sohnes. Er ist 55. Er hat mit 20 geheiratet! Seine tüchtige, energische Witwe zu verärgern ist für ihn ein Opfer – eine Bürde; sie zu ehelichen bedeutet Ruhe und Sicherheit *pour ses vieux jours*. Aber natürlich ist mein *dénouement*, dass genau das passiert – dass er dieses Opfer bringt. […] Es ist für *ihn* zu spät, *jetzt* zu spät, um zu ›leben‹ – aber was sich mit einer stummen, leidenschaftlichen Sehnsucht nach, ich weiß nicht was, in ihm regt, ist das Gefühl, er könne noch ein über-sinnliches Stündchen genießen, in der Freiheit eines anderen.

Worin diese von Strether nur von fern genossene »Freiheit« eines »Stellvertreters« genau besteht, weiß James im Herbst 1895 noch nicht. Von dem erotischen Subplot um den jungen Chad und die nominell verheiratete Pariserin Madame de Vionnet – und von den dahinter liegenden kulturellen Stereotypen ist in seiner ersten Notiz noch nicht die Rede. Fünf Jahre und fünf Bücher später aber steckt er mitten in seinem Romanprojekt über den gebildeten, gescheiten Witwer, der sein Leben verfehlt zu haben glaubt. Im September 1900 lässt James dem New Yorker Harper-Verlag über seinen Agenten ein 90-seitiges Typoskript zukommen. Mit über 20 000 Wörtern ist es viel mehr als eine Projektskizze. In dem Entwurf gibt der mittlerweile 57-jährige Autor, in jener manchmal seltsam selbstreflexiven Sprache, die noch sein Nachwort von 1909 kennzeichnet, detaillierte Einblicke in den geplanten Roman: eine (anonymisierte) Erläuterung des anekdotischen »Keims«, ausführliche Anmerkungen zu den Figuren, Zusammenfassungen der Szenen mit teilweise dramatischen Dialogpassagen (die im Roman etwas abgetönt werden) und eine Skizze des Handlungsverlaufs.

Das Typoskript markiert einen großen Fortschritt in der Verarbeitung des Stoffs. Der jetzt namentlich genannte Strether »ahnt bereits, was er verpasst hat«, bevor er nach Europa kommt, das er schon »ein oder zwei Mal« bereist hat. Er ist viel reflektierter und selbstkritischer als in der frühen Skizze. Die Unterschiede zum vollendeten Roman sind freilich gravierend und für James' Verfahren einer psychologisch ungleich subtileren Erzählweise und Figurendarstellung bezeichnend. Im Entwurf wirkt Strether viel entschlossener als im Buch. Er äußert sich höchst kritisch über die Geschäftspraktiken des verstorbenen Mr. Newsome und über den jungen Chad (»ein Egoist und ein Rüpel«), bevor er seine Mission antritt. Seine Rede in der Gartenszene entspricht in den Grundzügen der des Romans (s. Erl. zu S. 205), steht dort aber in deutlich ironischem Kontrast zum Verhalten von Madame de Vionnet und Bilham. Auch sonst zeichnet der Entwurf ein tendenziell anderes Bild von Strether. Nach Erhalt des Ultimatums aus Amerika verspricht er Chad zu unterstützen, ohne dass dieser ihn bitten muss, und er kabelt Mrs. Newsome, sie möge selbst nach Paris kommen. (Er würde sofort zurückkehren, sollte sie das verlangen.) Als er Chad und Madame de Vionnet in einem Vorort von Paris in einer Position von »höchster Intimität« ertappt, ist er entsetzt und beschämt, nicht aber traurig.

Mrs. Newsome wird mit klaren, kräftigen Strichen charakterisiert. Sie ist idealistisch und aktiv, aber auch nervös, »häuslich und herrschsüchtig«, »freigebig und engherzig«. Das Gespenst von Chads französischer Geliebter – einer »heißhungrigen Abenteuerin« – treibt sie um. Allerdings warnt James den Verlag, dass Mrs. Newsome ausschließlich durch Strethers Perspektive »reflektiert« wird. Diese erzähltechnische Weichenstellung ist also schon im Entwurf erkennbar. Woollett, das hier noch keinen Namen hat, gerät freilich nur zu einer Karikatur des kommerziellen Denkens. Auch »Waymark« trägt viel satirischere Züge. Er ist als »Kontrastfigur« zu Strether angelegt, »unzugänglich« für Europa und seine »Abenteuer«. Anstelle von Maria Gostrey empfängt er Strether zu Beginn und führt ihn in Chester herum. Er entwickelt sich nicht, und er liefert Mrs. Newsome auch keine Berichte über ihren säumigen Gesandten.

Miss Gostrey spielt – mit Verspätung – auch im Entwurf eine wichtige Rolle. Aber sie wird zunächst als eine Art transatlantische Gouvernante vorgestellt: »Sie kommt mit Mädchen herüber. Sie geht mit Mädchen wieder zurück. Sie trifft Mädchen in Liverpool, in Genua, in Bremen – man munkelt sogar, dass sie auch Jungen trifft.« Anders als im Roman drängt sie Strether, Mrs. Newsome nicht zu enttäuschen und ihren verlorenen Sohn einzufangen. Chad bleibt blass und unterentwickelt; er ist noch nicht der faszinierende »Heide« des Romans. Von dem Vexierspiel um seine »tugendhafte Neigung« zu Madame de Vionnet ist nicht die Rede. Sie hat noch keine fragwürdigen Seiten und sie wird nicht so beschrieben, dass Strether sich in sie verlieben könnte. Dafür plant James als Höhepunkt, »auf den die ganze Handlung zuläuft«, ein rührendes Abschiedsgespräch der beiden, bei dem sie ihm für alles dankt. (Diese Szene fehlt im Roman.) Sarah Pocock wirkt niederträchtiger als im Buch, und Jim hat als zynischer Kenner des korrupten

Elements der amerikanischen Geschäftswelt eine prominentere Rolle, im Gegensatz zu Mamie, die als »die kleine Pocock« nur eine lächerliche Nebenfunktion hat. Zu dieser deutlich antiamerikanischen Tendenz des Entwurfs passt, dass umgekehrt der Skandal der arrangierten Heirat von Jeanne de Vionnet abgemildert wird.

Paris ist im Typoskript noch nicht die glamouröse Großstadt des Romans, obwohl Burbage (der spätere Bilham) Strether sogar ins erotische Varieté der »Folies-Bergère« mitnimmt. Die später so wichtigen Szenen im Théâtre Français, in Notre Dame und auf Chads Party fehlen noch. Nur die Schlussszene entspricht schon weitgehend dem Roman, auch wenn sie, da sie im Entwurf nur *erzählt* und nicht, wie im Roman, mit Hilfe des Dialog *gezeigt* wird, ihren Reiz nicht entwickeln kann. Er muss Miss Gostreys Angebot ablehnen. Sie zu heiraten wäre, schreibt James kryptisch, »nach der alten Ordnung«: »Wir sehen ihn am Vorabend seiner Abreise, was immer ihn *là-bas* erwartet, und ihre zögernde, reife Trennungsszene ist die letzte Note.«

*

Der entscheidende Unterschied zwischen der ausführlichen Projektbeschreibung vom Herbst 1900 und dem ein Jahr später eingereichten Roman ist, dass jetzt die auktoriale, externe Erzählerstimme hinter der internen Sicht Strethers fast völlig verschwindet. Was der Gutachter des Harper-Verlags zu der revolutionären Erzählperspektive des Romans gesagt hätte, wissen wir nicht. Im Herbst 1900 kam er jedenfalls zu einem negativen Urteil, auf der Basis des ausführlichen Entwurfs. Es ist bezeichnend, dass er – wie einige amerikanische Rezensenten später – Chad und nicht Strether als die eigentliche Hauptfigur auffasst und den Ausgang der geplanten Geschichte, so wie er ihn versteht, als Affront empfindet: »Der Entwurf ist interessant, aber verspricht keinen populären Roman. Das Gewebe ist zu fein gesponnen für den allgemeinen Geschmack. Es ist ganz subjektiv, Falte auf Falte eines komplexen mentalen Gespinstes, in dem der Leser sich verliert, sobald seine stark angestrengte Aufmerksamkeit ermüdet.« Die Geschichte handele von einem amerikanischen Jüngling in Paris, den seine Freunde und Verwandten aus der Gefangenschaft einer zauberhaften (verheirateten) Französin »erretten« wollen. »Die Moral am Ende ist, dass er in dieser Gefangenschaft besser dran ist als in den Umständen, zu denen ihn seine Freunde zurückbringen wollen. Ich rate nicht zur Annahme. Für uns ist das nicht gut genug.«

Ob James Genaueres von dieser Ablehnung erfuhr, wissen wir nicht. Jedenfalls schickt er im Mai 1901 seinem Agenten neun der zwölf Abschnitte des Romans. Einige Wochen später unterzeichnet er den Vertrag mit dem Harper-Verlag, der auch die *North American Review* publizierte. Im August setzt James seinen Freund und Kollegen Howells darüber in Kenntnis, dass er ihm die entscheidende Anregung für seinen neuen Roman verdankt:

Unser junger Freund Jonathan Sturges hatte [...] für mich fünf Worte wiederholt, die Sie ihm gesagt hatten, als Sie sich eines Tages anlässlich eines Besuchs bei Whistler trafen. Ich fand diese Worte reizend – Sie haben sie wahrscheinlich längst vergessen – & den ganzen Vorfall, soweit es denn einer war, so vielsagend & mehr als das, dass sie mir bald wie der zarte Keim, der bloße Anfangspunkt eines Themas erschienen. Ich hatte mir deshalb eine Notiz gemacht, wie ich mir immer Notizen mache, & Jahre später (etwa drei oder vier) sprang mir dieses Thema, eines Tages, aus meinem Notizbuch entgegen. Ich weiß nicht, ob's etwas taugt; jedenfalls ist es nun so gut es geht ausgearbeitet, & was ich sagen will, ist dies: es war *Ihnen* schon lange vorher – eigentlich in dem Moment, als es mir als ein Keim erschien – entlaufen! War unpersönlich & unabhängig geworden.

Dennoch sei Howells, scherzt James, »für die ganze Sache verantwortlich«. Da er die baldige Publikation des Buchs erwartet, liegt es ihm »sehr auf der Seele, Ihnen das zu sagen. Mögen Sie diese Bürde tapfer tragen!«

Im September 1901 geht der vollendete Roman an den New Yorker Verlag. Aber dort bleibt das (heute verschollene) Typoskript zu James' großem Verdruss sehr lange liegen. Nach vielen verlagsbedingten Verzögerungen beginnt der monatliche Abdruck in der *North American Review* erst im Januar 1903. Noch vor seinem Abschluss im Dezember erscheint Ende September die gegenüber der Zeitschriftenfassung deutlich erweiterte Londoner Ausgabe des Methuen-Verlags. Die von James noch einmal ausführlich revidierte amerikanische Ausgabe bei Harper kommt Anfang November heraus. Aber erst sechs Jahre später findet die komplizierte Publikations- und Textgeschichte der *Ambassadors* mit James' letzter Überarbeitung im Rahmen der 24-bändigen New York Edition seines Oeuvres ihren Abschluss. Für die aufwendig gestaltete, zweibändige Ausgabe der *Ambassadors* schreibt James im Herbst 1908 sein berühmtes Vorwort. Es ist eine in dieser Form wohl einzigartige Kombination von Anekdote, Selbstbeurteilung und Erzähltheorie (und liegt in unserer Ausgabe zum ersten Mal vollständig auf Deutsch vor). Zusammen mit den anderen Vorworten der New York Edition, an denen James lange feilte, bietet es, wie er Howells mitteilte, ein »umfassendes Handbuch oder *vademecum* für Aspiranten unserer beschwerlichen Profession«.

*

The Ambassadors entsprach nicht dem, was viele Leser um 1900 – auch in der Alten Welt – wünschten und erwarteten: ein Sittengemälde aus dem sündigen Paris, einen sozialkritischen Zeitroman, eine romantische Komödie, eine moralisierende Liebesgeschichte, einen tragischen Ehebruchsroman. James spielt mit vielen dieser Erwartungen und Sujets, bricht und zersplittert sie aber in einer rigoros subjektivierten Erzählweise. Das Buch variiert das von James schon früh verarbeitete ›internationale Thema‹. Und es ist ein Roman über die Zeit als solche, über die Erfahrung des »Zeit=Verlaufs«. Beide Themen hängen miteinander zusammen. Denn der Kontakt der Amerikaner mit den Europäern, oder genauer, der Umgang der Vertreter eines kleinstädtischen Neuengland (Strether, Waymarsh, die Pococks) mit den (halb-)französischen Repräsentanten des alten Paris (v. a. Madame de Vionnet) und, noch wichtiger, den europäisierten Amerikanern der jüngeren Generation (Maria Gostrey, Chad, Bilham, Miss Barrace) ist kompliziert. Er braucht so viel Umsicht und Bedachtsamkeit, ist derart befrachtet mit vorsichtigen Vorstößen und behutsamen Frontbegradigungen, dass die Handlung – wenn man denn von einer sprechen kann – häufig zu stocken, die erzählte Zeit sich zu dehnen scheint. Und so breiten sich die fünf Monate eines Pariser Frühlings und Frühsommers in den späten 1890er Jahren (wann genau die Geschichte spielt, bleibt offen) auf über 600 Seiten vor dem Leser aus. Das liegt vor allem daran, wie diese Geschichte erzählt wird. Denn wir erleben die Geschehnisse nur durch das Kopftheater, durch die Wahrnehmungen und Gedanken der Hauptfigur Lewis Lambert Strether.

Der 55-jährige Witwer aus Massachusetts, ein Mann in den besten Jahren, wird von Mrs. Newsome, seiner ebenfalls verwitweten Gönnerin, nach Paris entsandt. Er soll ihren Sohn Chad aus einem möglicherweise unsittlichen Verhältnis mit einer Französin lösen und zurück nach Amerika bringen, damit er in das Familienunternehmen einsteige. Dem gewissenhaften Gesandten winkt bei Erfolg die Ehe mit der formidablen Mrs. Newsome. Aber sein Auftrag wird ihm immer fragwürdiger. Das liegt vor allem an dem überraschend gereiften Chad und seinem unklaren Verhältnis zu der überaus charmanten Madame de Vionnet und ihrer reizenden Tochter. Strether ist bezaubert von den beiden – und von ihrer Stadt. Zudem ist er verwirrt von der Lebensweise der dort ansässigen Amerikaner, und er glaubt, seine Zeit hinter sich zu haben. Aber nicht zuletzt durch die Beziehung zwischen Chad und Madame de Vionnet und durch seine eigene, entschieden tugendhafte Freundschaft mit der schon lange in Paris lebenden Maria Gostrey lernt Strether den Ernst und das Vergnügen freierer Lebensverhältnisse kennen. Ob er aber sein einsames Leben ändern wird, lässt der Roman offen.

Mehr noch als in James' früheren Werken sagt eine kurze Inhaltsskizze nichts aus über die raffiniert erzählte, psychologisch feinnervige und sprachlich komplexe Form dieses Buchs, das der alte Autor in seinem Vorwort von 1909 als sein bestes Werk bezeichnete. Strether ist das Bewusstseinszentrum des Romans. Seine Wahrnehmungen (das Wort »perceptions« taucht fast zwei dutzend Mal im Roman auf) prägen den »Zeit=Verlauf« der Erzählung. Immer wieder verliert er sich in Betrachtungen über das eben Wahrgenommene: die in der Kathedrale von Notre Dame sitzende Madame de Vionnet, das rätselhafte Mienenspiel seines vertrauten Freundes Waymarsh, die versonnen vom Hotelbalkon ins Pariser Leben blickende Mamie Pocock. Seine Beobachtungen und Überlegungen hemmen manchmal den Fortgang, den »Zeit=Verlauf« der äußeren Handlung derart, dass der distanzierte Erzähler extra darauf hinweist, dass so eine Gedankenpause Strethers »viel kürzer dauerte als unser Blick auf das in ihm aufgestiegene Bild«. Ganz besonders virtuos dehnt James die erzählte Zeit im elften Buch, wenn Strether, fern von Paris, plötzlich Chad und Madame de Vionnet in vertraulicher Intimität bei einer Ruderpartie erblickt. Das Kapitel bricht in diesem Augenblick ab. Und das folgende setzt, wie in Zeitlupe, gleichsam mit der Protokollierung seines Bewusstseinsprozesses ein.

Strethers Bewusstsein bestimmt jedoch nicht nur die Erzählzeit. Seine Gedanken kreisen überdies permanent um die vergangene und die vergehende Zeit. Für den Witwer aus Woollett ist seine Wiederbegegnung mit der französischen Metropole, die er dreißig Jahre zuvor, frisch verheiratet, zum ersten Mal besucht hat, daher auch eine Suche nach der verlorenen Zeit. Als Held eines klassischen Entwicklungsromans ist er zu alt. Er hat nicht mehr viel Zeit, und er weiß es. Und dennoch beschert seine zweite Europareise dem frühzeitig Resignierten zunächst eine unerwartete, gründliche Neuorientierung, die fast einer Verjüngung und jedenfalls einer gründlichen Belebung gleichkommt.

Dabei spielt das Paris der Belle Époque eine nicht unwichtige Rolle. Die französische Metropole ist, wieder einmal, der Hauptschauplatz, auf dem James das internationale Thema durchspielt, mit dem er als junger Autor bekannt geworden war. Es wäre zu einfach, wollte man dieses auch bei anderen Autoren beliebte Thema auf den kruden Gegensatz zwischen ›arglosen‹, unverbildeten Amerikanern und moralisch korrumpierten, aber ›erfahrenen‹ und kulturell verfeinerten Europäern (und europäisierten Exil-Amerikanern) reduzieren. James nutzte in seinem Frühwerk diesen stereotypen, auch heute noch nicht ausgestorbenen Mythos durchaus. Man muss dabei freilich bedenken, dass Europa in seinem Fall v. a. Großbritannien, Frankreich, die Schweiz und Italien meinte, während seine Amerikaner in der Regel aus dem ehemals puritanischen, reformfreudigen Neuengland, dem geschäftstüchtigen New York oder gelegentlich von der amerikanischen Westküste stammten. Meist konzentriert James sich auf Angehörige einer recht kleinen sozialen Gruppe: mehr oder weniger wohlhabende Amerikaner in Europa nebst ihren weniger betuchten, aber stets die Form wahrenden Trabanten (Gouvernanten, Hauslehrer, Reiseführerinnen).

Zu den frühen Erzählungen gehören »A Passionate Pilgrim« (1871) über einen anglophilen Amerikaner, der in Oxford stirbt, »The Madonna of the Future« (1873) über amerikanische Künstler und Kunstgewerbler in Florenz, die in Bad Homburg geschriebene Novelle »Madame de Mauves« (1874) über eine von ihrem französischen Ehemann betrogene Amerikanerin in Paris und schließlich die berühmte psychologische »Studie« mit dem Titel »Daisy Miller« (1878), in der die freimütige Titelheldin aus dem Industriestädtchen Schenectady, New York, geschnitten von der amerikanischen Gesellschaft in Rom, unbeirrt ihren eigenen Weg geht und einen tragischen Tod erleidet. Spätere Beispiele sind die in Venedig angesiedelte Geschichte von einem raffgierigen amerikanischen Literaturwissenschaftler in »The Aspern Papers« (1888) oder »The Pupil« (1891), wo ein amerikanischer Hauslehrer seinen elfjährigen Zögling und dessen Familie auf ihrer Irrfahrt durch Nizza, die Schweiz, Florenz und Paris begleitet.

Auch in vielen seiner Romane vor den *Ambassadors* gestaltet James das Mit- und Gegeneinander von Amerikanern und Europäern in der Alten Welt. *Roderick Hudson* von 1876, sein erster Versuch, spielt in der amerikanischen Künstlerkolonie Roms und der Kurgesellschaft von Baden-Baden. Paris ist der wichtigste Schauplatz von James' drittem Roman, *The American* (1877). Das frühe Meisterwerk *The Portrait of a Lady* (1881) spielt in England und Italien, *Princess Casamassima* (1886) in Londoner Anarchistenkreisen und der Dialogroman *The Awkward Age* (1899) in einem Londoner Salon. *The Wings of the Dove* (1902) situiert die Geschichte um eine todkranke, lebenshungrige amerikanische Erbin und ihre englischen Freunde im kleinbürgerlichen London und im malerischen Venedig.

Im Verlauf seiner jahrzehntelangen Auseinandersetzung mit den Gesellschaften, Kulturen und Literaturen der Alten Welt verfeinerte James das internationale Thema immer mehr. In seinem späteren Werk diente es nicht nur als Lackmustest für das uralte Motiv der Liebe, sondern auch ganz allgemein als Anstoß für die erzählerische Erkundung von Gefühlslagen und Bewusstseinsprozessen. Das zeigt ein Vergleich zwischen seinem dritten und seinem drittletzten Roman, die beide zum größten Teil in Paris spielen: *The American* und *The Ambassadors*.

*

The American war James' erster Roman über das internationale Thema, der ihn auch außerhalb der USA bekannt machte. Das Thema lag damals in der Luft. Der Vorabdruck in der bedeutenden amerikanischen Zeitschrift *The Atlantic Monthly* begann zeitgleich zur Hundertjahrfeier der USA im Sommer 1876, die junge Nation trat zehn Jahre nach dem Bürgerkrieg auch auf dem internationalen Parkett immer selbstbewusster auf, Millionen von Europäern wanderten in die USA aus, und immer mehr wohlhabende Amerikaner machten ihre *grand tour* durch Europa. James' Roman profitierte vom gesteigerten Interesse, auch in Deutschland, an diesen transatlantischen Kontakten. In nur zwei Jahren waren bereits eine autorisierte englische Ausgabe und, dank des fehlenden Copyrights, drei unautorisierte deutsche Übersetzungen in Leipzig, Berlin und Stuttgart erschienen. Die letzte schob dem Roman ein Happy End unter und trug den bezeichnend plumpen Titel *Der Amerikaner, oder Marquis und Yankee*.

So einfach, wie es der deutsche Untertitel ankündigt, ist der europäisch-amerikanische Gegensatz auch beim jüngeren James nicht. Sein Roman erzählt das gescheiterte Pariser Liebesabenteuer eines ehemaligen Generals aus dem Bürgerkrieg, der als Geschäftsmann in Kalifornien rasch reich geworden ist. Er trägt den sprechenden Namen Christopher Newman. Dem scharfsinnigen, aber gutmütigen Helden erscheint die Alte Welt als »großer Bazar, in dem man herumschlendert und hübsche Sachen kaufen kann«, und der noch unverheiratete Kalifornier will von allem nur das Beste haben. Amerikanische Freunde in Paris machen ihn im Sommer 1868 mit Claire de Cintré bekannt, der schönen, jung verwitweten Tochter des 800 Jahre alten, verarmten und ultramontanen Fürstenhauses der Bellegarde. Das lässt nichts Gutes ahnen. Aber immerhin spricht Claire gut Englisch, denn ihre Mutter ist die Tochter eines katholischen englischen Grafen. Obwohl die alte Matriarchin und der Marquis, ihr ältester Sohn, den reichen, gradlinigen Amerikaner innerlich als »barbarisch« ablehnen, gewinnt er Claires Zuneigung und die Sympathie ihres jüngeren, etwas haltlosen Bruders Valentin. Newmans Verlobung scheint durch einen Empfang im Hause Bellegarde offiziell besiegelt. Dieses liegt im noblen Faubourg St. Germain, dessen Häuser, wie es Newman scheint, »der Außenwelt ein Gesicht bieten, das so gleichmütig und vielsagend von äußerster Privatheit kündet wie die leeren Mauern eines orientalischen Serails«.

Trotz dieser ominösen Assoziation kann Newman das in seinen Augen »mickrige«, düstere Gebäude nicht ›lesen‹. Seine am Geschmack neureicher Geschäftsleute in den USA geschulte Vorstellung eines prächtigen Stadthauses fordert eine »grandiose Fassade, die den inneren Glanz auch nach außen zeigt und Gastfreundschaft ausstrahlt«. Kein Wunder, dass der nächste Schachzug der Bellegardes den offenherzigen Kalifornier völlig unvorbereitet trifft. Ganz plötzlich kündigt die Familie seine Verbindung mit Claire auf, denn man hat in dem englischen Lord Deepmore einen ebenfalls begüterten, jedoch standesgemäßen Bewerber gefunden. Claire verweigert sich diesem zwar, ist aber zu schwach, sich der Autorität ihrer Familie zu widersetzen und tritt in ein Karmelitinnenkloster ein. Newman kämpft vergeblich um sie. Durch den in einem Duell tödlich verwundeten Valentin erfährt er von einem schmutzigen Familiengeheimnis. Er findet heraus, dass die Marquise und ihr ältester Sohn am Tod des früheren Familienoberhaupts nicht unschuldig waren. Herausgefordert von so viel abgründiger Falschheit, schwört Newman Rache. Nach einem langen Besuch von Notre Dame verzichtet er jedoch im letzten Moment auf eine Anzeige – und auf Claire. Die Bellegardes haben gewonnen; sie haben erfolgreich, wie Newmans amerikanische Freundin meint, auf seine »Gutmütigkeit« spekuliert.

James' durchaus ironisches Porträt des ›neuen Menschen‹ aus dem Westen der USA steht in diesem frühen Roman einer etwas schablonenhaften Darstellung der französischen Adelsfamilie und ihrer undurchschaubaren Machenschaften gegenüber. Die streng katholischen, politisch reaktionären und sozial dünkelhaften Bellegardes entsprachen freilich nicht nur gängigen amerikanischen Vorurteilen. Auch das zeitgenössische französische Theater stellte jene ewig gestrigen Typen auf die Bühne – allen voran Alexandre Dumas d. J. in seinem Melodrama *L'Étrangère* (1876), das James in der *New York Tribune* verriss und das man neben Turgenjews Roman *Ein Adelsnest* (1859) als Motivspender zu seinem *American* gesehen hat.

Schon in James frühem Paris-Roman werden allzu einfache nationale Stereotypen gewogen und für zu leicht befunden. Der warmherzige, aber eben auch besitzergreifende und wenig einfühlsame Newman ist ein Neureicher aus Kalifornien, der alle unpatriotischen Amerikaner in Europa

»in Ketten legen und ins strenge Boston verbannen« will. Umgekehrt entsprechen die kühl kalkulierenden Bellegardes nicht dem Vorurteil einer dekadenten, impotenten Adelsfamilie. Die hinterhältige Marquise agiert zudem im Prinzip wie ihr verhasster Gegner, sitzt sie doch auf dem symbolischen Kapital ihrer aristokratischen Herkunft ähnlich breit und fest wie Newman auf seinem Haufen Dollars. Die klassischen Vorurteile werden hier also nur für sehr oberflächliche Leser bedient. Kein Wunder, dass *The American* in der Kritik nicht nur Zustimmung fand. Allerdings war und ist er auch dank seines Schauplatzes sehr lesenswert. Newman ist ein ausdauernder Tourist, und James lässt ihn viele Sehenswürdigkeiten von Paris besichtigen: den Louvre, den Triumphbogen, Notre Dame, die Oper und die großen Parks, aber auch die Cafés und Restaurants, den prächtigen Boulevard Haussmann oder die stillen Straßen des Faubourg St. Germain.

*

Ein Vierteljahrhundert später setzt James in den *Ambassadors* den Kontakt zwischen vermeintlich amerikanischen und europäischen Anschauungen, Sitten und Werten auf ungleich subtilere Weise in Szene. Das betrifft auch die französische Metropole. Sie dient nun viel stärker als atmosphärische Kulisse für die vielen verwirrenden »Impressionen« (das Wort kommt im englischen Original über 100 Mal vor), die auf Strether, mal bezaubernd, mal verwirrend, einwirken. Das bis zum Schluss starke Widerlager bilden seine Prägung durch das nüchterne Neuengland, seine durchaus gebildete Phantasie und seine argwöhnische Auftraggeberin. Für Mrs. Newsomes ersten Gesandten ist Paris zu Beginn all das, was Woollett nicht ist: die geschichtsträchtige Stadt der Klassengegensätze und der Revolutionen, die Stadt der Künste und des auch moralischen Raffinements – kurz: die Stadt amerikanischer Vorurteile und Illusionen.

Je mehr Strether an seinem Auftrag zweifelt, Chad nach Woollett zurückzuholen, desto mehr wird Paris zum objektiven Korrelat seines ambivalenten Gemütszustandes. Nicht als ein modernes Sodom oder Gomorrah erscheint ihm die Stadt, sondern wie »das gewaltige, gleißende Babylon, wie ein riesiges irisierendes Etwas, ein Kleinod, glitzernd und hart, an dem sich weder Einzelheiten ausmachen ließen noch Unterschiede«. Ähnlich wie Christopher Newman im *American* kann auch Lambert Strether die Stadt Paris nicht deuten. Aber anders als der 35-jährige Kalifornier auf Brautschau ist sich der 55-jährige Witwer aus Neuengland dieser Tatsache nur zu peinlich bewusst. Auch seine Pariser Bekannten kann Strether nicht einordnen: europäisierte Amerikanerinnen wie Miss Barrace oder Maria Gostrey, deren *entresol* im westlichen Quartier Marbeuf liegt, Chad, der seine frühere Bleibe im Bohème- und Studentenviertel des Quartier Latin, wo sein Freund Bilham noch lebt, mit einem eleganten Domizil am Boulevard Malherbes vertauscht hat, oder die bezaubernde Marie de Vionnet. Diese wohnt in der Rue de Bellechasse (auch das vielleicht ein sprechender Name). In ihrem alten Haus will der gebildete Strether »den Stil nobel-schlichter Vornehmheit vergangener Zeiten« entdecken – »jenes altehrwürdige Paris, das er ständig suchte – manchmal intensiv fühlte, manchmal noch heftiger vermisste«. Er glaubt, »etwas von dem zu erahnen, was im Hintergrund der Bewohnerin aufleuchtete, etwas von der Glorie, von der Blüte des Ersten Kaiserreiches, vom Nimbus Napoleons, vom matten Abglanz der großen Legende«.

Aber Madame de Vionnet, die (wie manche Kritiker meinen) Inkarnation des Geists von Paris, spielt ein doppeltes Spiel, wenn auch nicht mit der bösen Absicht der alten Marquise aus dem *American*. Lange belässt sie Strether in der

Ansicht, ihre Beziehung zu dem jüngeren, von ihr zu einem soignierten Herrn erzogenen Chad sei ganz und gar tugendhaft. Und als sie, die »schreckliche Person in Paris«, im achten Buch mit der sittenstrengen Sarah Pocock zusammentrifft, führt sie, charmant plaudernd, aber mit hintergründiger Ironie, den ihr ergebenen Strether als überzeugten Pariser vor: »besser als er hat nie jemand Paris kennen und lieben gelernt«. Durch die Jalousien der Hotelfenster sieht und hört man den Tuileriengarten, und Strether fühlt sich angesichts des Salonscharmützels zwischen den Vertreterinnen von Woollett und Paris an eine Zirkusvorstellung erinnert.

In dieser für den aufmerksamen Leser urkomischen Szene werden die Vertreter von Paris und Woollett zu Teilnehmern einer »Vorstellung« (performance), wie Strether betreten feststellt, »der Vorstellung ›Europa‹, aufgeführt von seiner Verbündeten und ihm selbst«. Bald häufen sich in der nur auf der Oberfläche pläsierlichen Unterhaltung zwischen Sarah Pocock und Madame de Vionnet die stereotypen Denk- und Sprachschablonen über die jeweilige Gegenwelt. Über das Objekt des angeblich naiven ›American girl‹ werden kulturelle Selbst- und Fremdbilder ausgetauscht. Diese Auseinandersetzung verläuft zwischen Europäern und Amerikanern, jedoch auch zwischen Männern und Frauen sowie Müttern und Töchtern. Dabei wirft Waymarsh die ahnungslose Mamie Pocock als symbolisches Kapital in die subkutane Debatte über die kulturelle (und wirtschaftliche?) Superiorität der USA oder Frankreichs, und Madame de Vionnet führt im Gegenzug Jeanne, ihr »kleines schüchternes Geschöpf«, gegen die ebenso machtlose Konkurrentin Mamie ins Feld.

Für junge Frauen, das weiß Strether, ist die Stadt ein gefährliches Pflaster. »Hier in Paris«, warnt er die junge, unbekümmerte Mamie Pocock, »passiert einem jungen Mädchen allerlei.« Für Männer gilt das, wie er glaubt, weniger. Als Chad die Annehmlichkeiten der Stadt vor seiner Schwester ausbreitet, bleibt auch sein Mentor nicht unberührt: »Strether glaubte, während der hier allein verbrachten Wochen Paris kennengelernt zu haben; aber durch das Sarah vermittelte Wissen sah er es jetzt frisch und mit frischen Gefühlen.« Chad will durch diese touristischen Exkursionen von seiner von ›Woollett‹ geargwöhnten, von Strether aber verdrängten Affäre ablenken. Er veranstaltet eine große Party, bei der die Gesandten aus Woollett mit den ›Parisern‹ zusammenkommen – der rätselhaften Madame de Vionnet, der kessen Miss Barrace, dem freundlich verschwiegenen Bilham. Es folgt eine weitere jener brillant glitzernden, irisierenden Dialogszenen, in denen kein englischsprachiger Autor James übertrifft. Strether äußert im Gespräch mit Miss Barrace sein dumpfes Gefühl, »dass in ebendiesem Moment alle hier Bescheid wissen und beobachten und warten, dieser Gedanke ist doch seltsam und recht komisch«. Und Miss Barrace antwortet: »So sind wir eben in Paris.« Paris – die Stadt der glitzernden Fassade, des falschen Spiels? Das ist eine Frage der Perspektive. Denn Miss Barrace meint nicht die französischen Bewohner der Stadt, sondern die amerikanischen ›Expatriates‹, die sich die Stadt zu Eigen gemacht haben: sie selbst, Miss Gostrey, Bilham und vor allem der verwandelte Chad.

Als am Anfang des elften Buchs Sarah Pocock, ergrimmt über Strethers Unterstützung für ihren Bruder, ihre Abreise nach Amerika angedroht hat, sucht er Chad in dessen nobler Wohnung am Boulevard Malherbes auf. Es ist Mitternacht. Chad ist noch außer Haus, und Strether erwartet ihn auf dem Balkon. Er muss befürchten, seine Zukunft mit Mrs. Newsome verspielt zu haben. Aber er spürt auch, wie er sich selbst, seit seinem ersten Besuch hier, verändert hat. Das »bedrückt« und »animiert« ihn zugleich. »Vorherrschend jedoch blieb an diesem Ort und in dieser Stunde die Freiheit; es war die Freiheit, was ihm am stärksten seine eigene, vor langer Zeit versäumte Jugend zurückbrachte.«

Das ist das zentrale Thema des Romans: die versäumte Jugend, die verpasste Zeit, das nicht gelebte Leben. Gut 200 Seiten zuvor, im »wundersamen alten Garten« des italienisch-amerikanischen Bildhauers Gloriani, war Strether jäh zur dieser Erkenntnis gekommen. Nun, Monate später, über den Dächern des nächtlichen Paris, das zum Katalysator seiner Selbsterforschung wird, erscheint ihm der Verlust seiner Jugend »zum Greifen nahe«. Er spürt sie als »eine seltsam konkrete Gegenwart, voller Geheimnisse, indes voller Realität, die er berühren, schmecken, riechen konnte, deren tiefe Atemzüge er buchstäblich hörte«. Sie liegt »in der langen Betrachtung – vom Balkon aus, in der Sommernacht – des reichen, späten Pariser Lebens, des rastlosen, leisen, raschen Rollens der kleinen, beleuchteten Kutschen unten, die ihn in dem Gewühl immer an die Spieler erinnerten, die er einst in Monte Carlo dabei beobachtet hatte, wie sie an die Tische drängten«.

Dann erscheint Chad, und die beiden Männer, der erste Gesandte aus Woollett und sein Schützling – denn das ist Chad mittlerweile für Strether geworden – umtänzeln einander sozusagen in der Erörterung, ob sie nach Amerika zurückkehren sollen. Chad will Madame de Vionnet nicht verstoßen, wie es ›Woollett‹ fordert. Aber Strether möge entscheiden. Der tut es nicht, denn er will noch immer an ein tugendhaftes Verhältnis der beiden glauben. Erst danach, es ist mittlerweile Juli und viele haben die heiße und staubige Stadt verlassen, folgt die großartige Szene seiner großen Enttäuschung. Sie spielt nicht in Paris, sondern irgendwo auf dem Land, an einem Fluss, auf dem Strether Chad und Madame de Vionnet in sehr vertraulicher Zweisamkeit überrascht. Nun muss er einsehen, dass ihn diese beiden, aber auch alle anderen ›Pariser‹ wie Miss Barrace, Bilham und sogar Maria Gostrey betrogen haben.

Am Ende des Romans erkennt Strether, dass für ihn ein Leben in Paris keine Option ist. Er scheint alles verloren zu haben, verzichtet auch auf die ihm scheu angebotene Hand seiner Seelenverwandten Maria Gostrey, vielleicht, weil er sich nicht in eine neue Abhängigkeit begeben will. Das fällt ihm offenbar nicht leicht. Aber er ist um eine entscheidende Erfahrung reicher. Er weiß nun, wo er hingehört. Anders als sein ungefähr gleichaltriger, ebenfalls zölibatär lebender Autor geht er zurück in die von Europa aus gesehen Neue Welt, obwohl er damit rechnen muss, dort ohne die Patronage der von ihm vermutlich enttäuschten Mrs. Newsome ganz neu anfangen zu müssen.

*

Man hat die *Ambassadors* als einen der ersten Romane gesehen, die die wenig später von Marcel Proust, James Joyce, Virginia Woolf oder William Faulkner ausgefeilte Technik des Bewusstseinsstroms konsequent anwendeten. Für James' Erzählverfahren passt dieser Begriff eigentlich besser. Denn bei den Modernisten steht der Strom der vorbewussten Sinneswahrnehmungen im Zentrum. Bei James lösen dagegen Strethers sinnliche Wahrnehmungen meist einen Prozess der Reflektion, der Gefühlsanalyse, der Erinnerungsarbeit aus. Diese Prozesse der Welterkundung und der Selbsterforschung werden in diesem Roman besonders eng verquickt mit den Dialogen, die seinen großen Reiz, aber auch große Deutungsprobleme bewirken. James hatte, wie er im Vorwort von 1909 schreibt, »sein Leben lang ›Tonfälle‹ notiert«. Seine Experimente mit dem Theater in den 1890er Jahren hatten ihn zusätzlich für die realistische und zugleich pointenreiche mündliche Rede sensibilisiert. In dem Dialogroman *The Awkward Age* (1899) hatte er die opake

Oberfläche und die abgründigen Implikationen gesellschaftlicher Konversationskunst besonders virtuos inszeniert. In den *Ambassadors* setzte er dagegen auf das nervöse Wechselspiel zwischen den Dialogen und Strethers Gedankengängen.

Die scheinbar freundlichen Konversationsscharmützel zwischen Strether und Maria Gostrey, Madame de Vionnet, Sarah Pocock, Chad, Bilham oder Waymarsh sind ungleich schillernder und vieldeutiger als die bei den großen deutschen Causeurs Theodor Fontane oder Thomas Mann. Aus diesen Dialogen speist sich auch die beträchtliche Komik der *Ambassadors*. Aber auf manche dieser in spätviktorianisch großbürgerlicher Delikatesse gleichsam marinierten Gespräche konnten sich schon die zeitgenössischen Leser keinen Reim machen. Man war und ist auf Spekulationen angewiesen. Denn es ist ja nur Strethers Blickwinkel, aus der die Personen wahrgenommen, ihre Gespräche aufgezeichnet und manchmal, zaghaft und meist höchst vorläufig, kommentiert werden. Der skrupulöse Gentleman aus Neuengland ist dauernd mit Gesprächspartnern konfrontiert, die nicht klar und deutlich sagen wollen oder können, was sie – nicht nur in der delikaten Frage nach Chad und seinen Neigungen – eigentlich meinen. Immer wieder ahnt Strether, dass hinter ihren »Anspielungen und Bekenntnissen« etwas stecken muss, aber meist weiß er nicht was. Natürlich verbietet es sich für ihn, brüsk nachzufragen. Selbst der Tonfall seiner Gesprächspartner bleibt ihm oft rätselhaft. Vor allem Madame de Vionnets Stimme scheint ihm manchmal »den Worten einen Sinn zu verleihen, den diese nicht offen aussprachen.« Sogar Jim Pocock ist ihm keine Hilfe. Strether, der förmlich »lechzt« nach dem »wahren Wort aus Woollett«, kann Jims ordinärer Witzelei nicht entnehmen, wie Mrs. Newsome zu der ganzen Sache und damit auch zu ihm steht.

Vor allem aber, weil der Autor uns die souverän kommentierende Erzählerstimme des konventionellen Romans jener Epoche verweigert, hängen wir als Leser oft noch mehr in der Luft als Strether. Hätte der gescheiterte Dramatiker James diese Figuren auf eine Bühne gestellt, wie er es 1890 in der Theaterfassung des *American* getan hatte, würde den Zuschauern immerhin das Mienenspiel, die Gestik oder die Tonlage der Stimmen weiterhelfen. Den Lesern dieses Romans aber bleiben nur die Worte auf dem Papier, opake Äußerungen, verschämte oder verspielte Andeutungen, abgebrochene Sätze, vielsagende Pausen, gelegentlich garniert von dürren erzählerischen Regieanweisungen über vieldeutige Blicke. Wie heimlich hinter einem Vorhang Lauschende, aber eben ohne deren Vorzug, wenigstens den Tonfall der Stimmen zu hören, werden wir, vom ersten Zusammentreffen Strethers mit Maria Gostrey bis zur letzten Seite des Romans, Zeugen von Unterhaltungen, deren Sinn oft undeutlich bleibt.

*

Das ist die Version des psychologischen Realismus, die der alte James perfektionierte und in seinem programmatischen Vorwort von 1909 erläuterte. Anstelle der Erzählung (telling), deren Grunddaten von einer verlässlichen Erzählerstimme verbürgt werden, steht die Vorführung oder Darstellung (showing) der Ereignisse und Figuren im Vordergrund. Die »Situation«, die äußere Handlung, besteht zum großen Teil aus höchst zweideutigen Unterhaltungen, deren Nachhall in Strethers verwirrten Gedanken – der inneren Handlung dieses Romans – nachgezeichnet wird. Dadurch kommt es immer wieder zu kleinen und großen ›Epiphanien‹, wie Joyce es wenig später nennen würde: plötzlichen, emotional aufgeladenen Augenblicken der Erkenntnis und Selbsterkenntnis der letztlich einsamen, auf sich geworfenen ›Reflektorfigur‹ Strether – und vielleicht auch des Lesers.

Hinzu kommt die ungewöhnlich reiche Metaphorik von James' Altersstil. Strethers Kopf ist voller Theatermetaphern, »Bildern« und Gemälden (der »kleine Lambinet« im siebten Buch ist nur das eklatanteste Beispiel). Auch der Bildbereich des Wassers, der Strömung, der Tiefe und des Abgrunds prägt seine Gedanken und damit die Erzählung. Sogar der komplizierte Satzbau mit seinen viel kritisierten Vorbehalten, Parenthesen, Abtönungspartikeln und Adverbialphrasen lässt sich als Illustration von Strethers Gedankenarbeit lesen. Ihm erscheint einmal die halb englische Madame de Vionnet mit ihrem »entzückenden, leicht verfremdeten Englisch« wie ein »Geschöpf mit ureigener Sprache, mit dem echten Monopol einer speziellen Sprachschattierung, herrlich mühelos, doch von einer Färbung und einem Tonfall, die zugleich unnachahmlich und rein zufällig waren«. Das charakterisiert auch James' komplexen Altersstil ziemlich gut. In den erzählenden und betrachtenden Passagen der *Ambassadors* ist dieses leicht verfremdete, mit zahlreichen französischen Wendungen und Satzstrukturen gewürzte Englisch freilich alles andere als »zufällig«. Dieser Stil ist Ausdruck von Strethers Kopftheater, seinen Erkundungen im Reich der Zweifelsucht, der Phantasie, der Erinnerung.

Ähnlich steht es mit James' beiden anderen Meisterwerken, *The Wings of the Dove* und *The Golden Bowl*. Viele Leser reagierten auf die Prosa des späten James mit Befremden, ja mit Widerwillen. Einer seiner schärfsten Kritiker war der große Bruder. Sein Urteil über *The Golden Bowl* steht stellvertretend für das Bedürfnis der meisten Leser nach einem zugkräftigen, unkomplizierten Plot, eindeutiger Figurensprache und einer verlässlichen Erzählerstimme:

Warum setzt Du Dich nicht, nur um dem Brüderchen

einen Gefallen zu tun, einfach hin und schreibst ein neues Buch, ohne Zwielicht oder Muffigkeit in der Struktur, mit großer Kraft und Entschlossenheit in der Handlung, ohne diese Finten und Scharmützel in den Dialogen, ohne psychologische Kommentare und in einem absolut klaren Stil?

Der jüngere Bruder antwortete, wie üblich, nur indirekt. William erscheine ihm wesensmäßig außerstande, seine Bücher zu genießen, und seine Vorliebe für die gängigen »Produkte dieser Zeit« könne und wolle er nicht bedienen. Zwei Jahre später, als Henry James in *The American Scene* (1907) seine Reiseerfahrungen in den USA publiziert hatte, präzisierte William seine Position in einem brüderlichen Vergleich. Sein Ziel als Autor sei es, »eine Sache in einem Satz so gerade heraus und explizit wie möglich auszudrücken«. Ganz anders Henry:

> Du vermeidest, sie geradewegs zu benennen, sondern raunst und seufzt von allen Seiten um sie herum, um im Leser, der schon eine ähnliche Wahrnehmung der Sache haben mag (und der Himmel steh ihm bei, wenn nicht!), die Illusion eines soliden Gegenstandes zu erzeugen, der ganz aus unfasslichen Materialien besteht, aus Luft und den prismatischen Interferenzen des Lichts, die mit Spiegeln genial in den leeren Raum projiziert werden.

William warnte ihn, er sei zu einer »Kuriosität der Literatur« geworden: »Keiner reicht an Dich heran, wenn es um Glimmerlicht und Andeutungen und geschickte Wortspielereien geht, aber der *Kern* der Literatur ist doch solide.« Daran solle sich Henry wieder halten. »Das bloße Parfüm der Dinge verleiht keine Substanz, und der Effekt des Soliden, den Du erreichst, ist bloß Parfüm und Simulacrum.« William bat den Bruder, diese »absurden Bemerkungen« *nicht* zu beantworten. Dieser Bitte kam Henry gern nach. Er bedankte sich für Williams »reichen und leuchtenden«

Brief und schickte ihm die großzügiger gedruckte englische Ausgabe des Reisebuchs, mit folgender Widmung: »Für William James von seinem konfusen, bewundernden, anhänglichen Bruder, Henry James.«

*

Williams Kritik an Henrys Spätwerk formuliert vieles, was in manchen Rezensionen zu den *Ambassadors* anklang. Schon anhand von *The Wings of the Dove* (1902), wo es viel weniger Dialoge gibt, hatten etliche Rezensenten, vor allem in den USA, den »obskuren« Stil des Autors bemängelt. Aber es gab auch andere Ansichten. Der Kritiker des angesehenen Londoner *Times Literary Supplement* lobte die Tatsache, dass James so viel »der Intelligenz des Lesers« überlasse, noch dazu ohne »irritierende Appelle an dessen Gefühle«. Die Besprechung der britischen Ausgabe der *Ambassadors*, ebenfalls im *TLS*, pries die »präzisen« Dialoge, die reale mündliche Rede in all ihrer Vieldeutigkeit wiedergäben. Überhaupt sei in diesem Roman »der Stil der eigentlich Stoff der Geschichte«. Der Konflikt, der aus dem »abrupten Kontakt zwischen den Gefühlen und Haltungen Neuenglands und denen von Paris« resultiere, sei so ergreifend dargestellt, weil er eben nicht aus dem Bereich der Psychologie ins Reich der Duelle und der durchbrennenden Liebespaare übersetzt worden sei.

Genau solche Handlungsmotive aber oder doch zumindest kräftig gezeichnete, »bezaubernde« Figuren, die einem bestimmten Typus entsprechen, wünschte sich so mancher Rezensent. Der des *Daily Telegraph* zeigte keine Sympathie für »die mentale Anstrengung eines ältlichen Amerikaners, sich selbst und die Leute, die ihn entsandten, zu verstehen«. Die *Saturday Review* nannte die Lektüre des Romans »ein absolut fesselndes intellektuelles Vergnügen«. Nur warum sie so fesselnd sei, könne man nicht sagen.

Die positiven Stimmen aber überwogen. Die *Pall Mall Gazette* lobte die subtile »Evokation« der Figuren in einem eindrucksvollen Stil, der sich von der zupackenden Manier der »realistischen Schule« deutlich abhebe: »Es ist, als belausche man einen sehr alten Mann, der vor sich hinmurmelt.« Unter dem Titel »Die Abgründe des Henry James« begrüßte der *Daily Chronicle* ausdrücklich, dass James auch am Ende seines Romans nichts »Definitives« über das Schicksal seiner Figuren verlautbare. Für den Manchester *Guardian* war die »verfeinerte Komödie« der Gespräche freilich »Kaviar für das Volk«. In seinem ausführlichen Essay für den *Speaker* bezeichnete der englische Autor und Lektor Edward Garnett die *Ambassadors* gar als »maliziöse menschliche Komödie«, die – grob gesprochen – die »Kollision zwischen der kruden Geisteshaltung Amerikas und der Finesse der europäischen Kultur« zum Thema habe. Dabei sei James das bedeutendste Bild »modernen kosmopolitischen Lebens« gelungen. Ob spätere Leser bereit wären, die »labyrinthische Kammer der Kunst« von James aufzuschließen, sei allerdings fraglich.

In den USA spielte das internationale Thema und James' Ruf als expatriierter Autor eine wichtige Rolle. Die Diskussion über die amerikanische Ausgabe begann mit einer langen Besprechung in der *New York Times*, die den Roman als gelungene »Konfrontation zweier Kulturen« pries. In Waymarsh und Sarah Pocock habe James zwei typische Vertreter Neuenglands geschaffen, die ihre moralische »Integrität« trotz jener »Verlockungen« bewahrt hätten, denen der verlorene Sohn Chad nur allzu gern erlegen sei. Allerdings habe der Autor ein »diabolisches Dilemma« konstruiert, das die Leser zweifeln ließe, ob die »überlegene Tugendhaftigkeit« von Waymarsh und Sarah Pocock nicht bloß »überlegene Dummheit« sei – »mit einem Schuss Heuchelei«. In seinen frühen Romanen habe James dem »patriotischen Stolz« der amerikanischen Leser geschmeichelt, indem »Europa« am Ende nicht den Sieg davontrug. Jetzt müssten sie argwöhnen, dass die Sache komplizierter sei. Niemand außer Sarah Pocock werde dem Autor freilich vorwerfen, mit Vorsatz die »Korrumpierung der Moral« betrieben zu haben.

Die Besprechung in der *Chicago Tribune* trug den Titel: »Vierhundert Seiten, auf denen kaum etwas passiert«. Der Rezensent fühlte sich provoziert durch die von James in »elaborierter Nebelhaftigkeit« vorgestellte »Aristokratie«, diese »privilegierte Klasse«. Am Ende entlasse das Buch den Leser mit dem Gefühl von »Weltekel und Misstrauen gegenüber allen Kreaturen«. Die Kritik schließt mit einer Spitze gegen den Autor: »Wir Provinzler sind verstört durch diesen Mann, der einmal einer von uns war und es nicht mehr ist.« Ihm reiche es wohl, »einer von den Cognoscenti zu sein, das Leben nur indirekt zu behandeln, und zwar mit einer ausweichenden Haltung, einem gönnerhaften Zynismus und einer irisierenden Eloquenz«.

Eine Woche später kam die Chicago *Evening Post* unter dem Titel »Eine Studie über zwei Moralkodexe« zu einem ganz anderen Urteil. James liebe Frankreich, aber er sei »ein loyaler Neuengländer«, und er wisse, »dass vieles für Woollett spricht«. Dank Strether, Mamie und vielleicht sogar Chad habe Woollett keinen Grund, vor dem bezaubernden Paris »beschämt den Kopf zu senken«. Im Übrigen: »Mr. James ist, um sein eigenes Lieblingswort zu gebrauchen, ›wundervoll‹, und jede menschliche Kreatur erscheint ihm voller Wunder.« Sogar in der Boston *Literary World* war man begeistert. Allein die Charakterdarstellung, vor allem von Strether und Maria Gostrey, sei mehr wert als hundert spannende Plots. Das Buch könne freilich nie populär werden. Junge Menschen oder »einfache Leute« würden es nicht verstehen, Ungebildete nicht genießen, »Patrioten«

nicht aushalten; wenige Frauen würden es mögen, kein Geschäftsmann Zeit finden es zu lesen, und jemand, der keinen Humor habe, könne ihm nicht folgen. Nur für die kleine Gruppe der Kenner sei es »ein Wunder, eine helle und dauerhafte Freude«.

*

Als Henry James am 28. Februar 1916 starb, wussten tatsächlich nur Kenner, darunter die innovativsten Aspiranten der beschwerlichen Profession der Versdichtung, dass sie einen der feinfühligsten Romankünstler der westlichen Welt und ihrer internationalen Zusammenhänge verloren hatten. Im August 1918, während der Endphase des Ersten Weltkriegs, erschien in einer kleinen New Yorker Literaturzeitschrift ein Heft, das nur James gewidmet war. Darin verteidigte Ezra Pound, der junge Impresario des angloamerikanischen Modernismus mit Sitz in London, den toten Meister gegen die »kleinlichen« Verächter seines Stils. James habe versucht, »drei Nationen einander verständlich zu machen«, und gezeigt, dass es immer Missverständnisse zwischen ihnen geben werde. James' Kunst sei ein »Kampf um Kommunikation« gewesen, und Kommunikation bedeute eine »Anerkennung von Unterschieden, ein Recht auf Unterschiede, auf das Interesse an Unterschieden.«

Neben seinem kompromisslosen Kunstsinn hatte James den meisten seiner Schriftstellerkollegen vor allem seine Lebenserfahrung auf beiden Kontinenten voraus. Diesen Gedanken hat wohl niemand so bündig formuliert wie der junge Dichter T. S. Eliot, der, in St. Louis geboren und in Neuengland erzogen, seit 1915 in England lebte und sich dennoch zeitlebens beiden Welten verbunden fühlte. Eliot bezweifelte, dass jemand, der nicht Amerikaner sei, James angemessen einschätzen könne. »Seine besten amerikanischen Romanfiguren besitzen, trotz ihrer properen, klaren, sparsam skizzierten Umrisse, eine existentielle Fülle und einen äußerlichen Reichtum an Bezügen, die ein europäischer Leser nicht leicht erahnen wird.«

James' Genie zeige sich am deutlichsten in seiner »verblüffenden Flucht vor bloßen Ideen. Diese meisterhafte Flucht ist vielleicht die ultimative Probe einer überlegenen Existenz. Sein Geist war so verfeinert, dass ihm keine Idee Gewalt antun konnte«. James ähnele in seinen Romanen »den besten französischen Kritikern darin, dass er einen bestimmten Blickpunkt durchhält, eine Perspektive, die von keiner parasitären Idee berührt wird. Er ist der intelligenteste Mensch seiner Generation. Die Tatsache, dass er überall ein Fremder war, förderte seinen angeborenen Scharfsinn wahrscheinlich in besonderer Weise«. Für den jungen modernistischen Dichter aus St. Louis hatten James' amerikanische Romanfiguren trotz ihrer gelegentlichen Naivität, mangelnden Bildung oder selbstbewussten Rechtschaffenheit ihren europäischen oder gründlich europäisierten Gegenspielern eines voraus: die unstillbare, aber nicht kritiklose Neugier auf die Alte Welt. Die entscheidende Pointe in Eliots Essay trifft daher nicht nur für sie zu, sondern auch für den alten Autor selbst:

Die letzte Vollendung, die höchste Erfüllung eines Amerikaners ist es nicht, ein Engländer zu werden, sondern ein Europäer – und das ist etwas, was kein geborener Europäer, kein Angehöriger einer europäischen Nation vermag.

Daniel Göske

EDITORISCHE NOTIZ

Style is the man – der Autor zeigt sich in seinem Stil. Für Henry James galt diese alte Vorstellung ganz besonders. Daher hielt er keine großen Stücke auf Übersetzungen. Seinem französischen Übersetzer Auguste Monod schrieb er im November 1905, er sei »nie versessen darauf gewesen, übersetzt zu werden; ich halte dafür, dass die Form und der Stil, die man pflegt, Teil des eigenen Werts und Wesens sind, und dieser Wert ist furchtbar bedroht davon, im Übersetzungsprozess zu verdunsten«. Er habe, fügte er hinzu, einige wenige »entmutigende Abenteuer im Französischen« erlebt, wo »alle meine armen kleinen, aber echten Abtönungen« (»notes«) durch die »schamlosesten Clichés und Fehlübersetzungen ersetzt wurden«. Allenfalls einige seiner kürzeren Erzählungen ließen sich wohl, dank des von ihm bewunderten »Genius« der französischen Sprache, »manipulieren«. Aber schon Monods Übersetzungsprobe eines vergleichsweise harmlosen Beispiels von Unübertragbarkeit (»the unparaphrasable«) aus der, wie der alte Autor fand, minderwertigen Erzählung »Paste« zeige, dass er selbst die Unhandlichkeit (»unmanageability«), die »Irreduzibilität« der stilistischen »Oberfläche« unterschätzt habe. Monod möge seine Zeit damit nicht vergeuden; er könne sich eventuell ja eine andere Erzählung vornehmen. Seine späten Romane aber, so James nicht ohne Stolz, seien unübersetzbar: »im goldenen Käfig des *intraduisible* fest verschlossen«.

James' Spätstil ist, wie der Rembrandts oder Beethovens, nicht jedermanns Sache. Bei kaum einem Wortkünstler kostet die Lektüre des Alterswerks so viel Zeit und Aufmerksamkeit. James' späte Prosa mit ihrem verschlungenen Satzbau, den oft abstrakten Nomina (auch in dem oben zitierten Brief erkennbar), den gehäuften Adverbialphrasen und Abtönungspartikeln, der eigenwilligen Metaphorik, vor allem aber den unendlich feinen Nuancen des Erzählerberichts und den opaken Schattierungen der Figurenrede stellte schon seine angloamerikanischen Zeitgenossen vor große Aufgaben. Kein Wunder, dass der vielleicht europäischste Romancier der amerikanischen Literatur außerhalb der englischsprachigen Welt lange ein großer Ungekannter blieb. Das betrifft vor allem sein Alterswerk. Auch die *Ambassadors* wurden erst mit großer Verspätung übersetzt, zunächst ins Französische (1950), dann ins Serbische (1955), Deutsche (1956) und Polnische (1960). Die erste deutsche Fassung von Helmut Braem und Elisabeth Kaiser erhielt 1973 Konkurrenz durch Ana Maria Brocks Übersetzung für den Ost-Berliner Aufbau-Verlag. Beide deutsche Versionen sind Pionierleistungen, die sich noch nicht auf die erst später breit einsetzende James-Forschung stützen konnten.

Diese Neuübersetzung bemüht sich, die wirkungsvollen und bedeutungstragenden Eigenheiten des Jamesschen Spätstils wo immer möglich im Deutschen nachzubilden. Die Grundlage bildet S. P. Rosenbaums textkritische Ausgabe (1996) der vierten Fassung des Romans, die James für die New York Edition von 1909 herstellte. Der programmatische Essay, den er 1909 dem Roman voranstellte, folgt hier als Nachwort.

Für die Übersetzung wurden nur historische Wörterbücher, Reiseführer und Nachschlagewerke genutzt. Eine anachronistische Wiedergabe des englischen Textes sollte ebenso vermieden werden wie eine unbedachte Glättung von Henry James' eigenwilligem Altersstil. Gelegentliche Seitenblicke auf deutsche und französische Fassungen waren hilfreich, auch um zu präzisieren oder prägnanteren Lösungen zu kommen. Die Anmerkungen zum Text erläutern neben Übersetzungsfragen und Hintergrunddetails auch wichtige Varianten aus den drei Textfassungen von 1903.

Der Übersetzer ist dem Deutschen Literaturfond zu besonderem Dank verpflichtet. Übersetzer und Herausgeber danken den transatlantischen James-Kennern für ihre Unterstützung, allen voran John Logan aus Princeton.

ZEITTAFEL ZUM LEBEN
VON HENRY JAMES

1843

Henry James wird am 15. April 1843 in New York geboren, 15 Monate nach seinem älteren Bruder William, dem später berühmten Psychologen und philosophischen Schriftsteller. Henrys Mutter Mary, geb. Walsh (1810–82), stammt ebenfalls aus New York. Der Vater, Henry sen. (1811–82), Erbe eines reichen Geschäftsmanns der USA, der 1789 als 18-jähriger Sohn eines armen protestantischen Iren eingewandert war, hat im Vorjahr ein nobles Haus unweit vom Washington Square im Süden Manhattans erworben. Im Oktober verkauft er es und segelt mit seiner Familie nach England. In London trifft er, vermittelt durch seinen Mentor Ralph Waldo Emerson, einige der wichtigsten Denker und Dichter Großbritanniens: Thomas Carlyle, John Stuart Mill, Alfred Tennyson.

1844–48

Im Januar reist Henry sen. mit seiner Familie nach Paris. Im April mietet er ein Haus in Windsor, westlich von London. Nach einer plötzlichen Krise erholt er sich durch die Lektüre des Mystikers Emanuel Swedenborg von seiner Depression. Die Familie reist im Januar 1845 wieder nach Paris und im Juli zurück nach New York City. Henrys Bruder Wilkinson wird geboren. Im September zieht die Familie nach Albany, der Hauptstadt des Bundesstaats. Im Januar 1846 erneuter Umzug nach New York City, wo Henrys Vater eine Wohnung am Nordrand des Washington Square erwirbt. Der jüngste Bruder Robertson wird geboren. In den folgenden Jahren pendelt die Familie zwischen Albany und New York City. William und Henry besuchen diverse Vor- und Grundschulen, wahre »Apotheken des Wissens, deren Zahl und Abfolge mich noch heute zum Staunen bringen«, erinnert sich Henry viel später. Sein Vater kauft ein Haus in Manhattans West Fourteenth Street. Im August 1848 wird Alice geboren, die einzige Tochter.

1849–54

Der Vater hält Vorträge in Boston und teilt Emerson mit, er wolle seine Familie nach Europa mitnehmen, damit seine Söhne dort »Französisch und Deutsch aufsaugen und eine bessere Erziehung ihrer Sinne erfahren, als sie es hier könnten«. Im November 1852 feiert Henry sen. in der *New York Daily Tribune* William Makepeace Thackeray als »den gedankenvollsten aller Sitten- und Gesellschaftskritiker und den feinsinnigsten aller Humoristen«; der englische Romancier bedankt sich mit einem Hausbesuch und legt dem neunjährigen Henry, wie der sich Jahrzehnte später erinnert, »die Hand seines Wohlgefallens« auf die Schulter. Der Junge begeistert sich fürs Theater, darunter die Aufführung von Harriet Beecher Stowes *Uncle Tom's Cabin* in Phineas T. Barnums berühmtem Raritätenmuseum am Broadway.

1855–58

Die Familie schifft sich im Juni 1855 nach Europa ein. Über Liverpool und London geht es nach Paris (Henry jun., fiebrig erkrankt, besichtigt zum ersten Mal den Louvre), dann nach Lyon und Genf. Die »mächtig überschätzten« Genfer Schulen behagen jedoch dem sprunghaften Vater nicht; Hausunterricht sei das Beste. Eine Gouvernante wird eingestellt und begleitet die Familie zurück nach London, wo man ein Haus am Berkeley Square bezieht: »ein Haus voller Geschichten, nebelhafter Wichtigkeiten, kühler Rücksichten und abgründiger Implikationen. Ein ganzes Lebenskapitel drängte sich, für unsere jungen, empfindsamen Gemüter, in jene wenigen Monate zusammen, in denen wir dort untergebracht waren.« Der Vater stellt einen englischen Hauslehrer ein, der die Knaben vormittags in Latein und »den zünftigen Fächern einer englischen Erziehung« unterrichtet. Am Nachmittag aber streunt er mit ihnen durch die Straßen. »Wir wanderten, trödelten und lungerten herum, und genau das speiste später den Zauber der Erinnerung.«

Im Juni 1856 zieht man nach Paris, in ein Haus an den Champs-Élysées. Henry lernt Französisch, übersetzt La Fontaine, besucht das Musée du Luxembourg und den Louvre. Es gibt weitere Umzüge innerhalb von Paris im Herbst und im Frühjahr 1857, im Sommer dann nach Boulogne-sur-Mer. Henry erkrankt schwer an Typhus. Man pendelt zwischen Boulogne und Paris hin und her. Der Vater berichtet der Großmutter in den USA, sein zweiter Sohn verschlinge »ganze Bibliotheken und produziert eine ungeheure Menge von Romanen und Dramen«. In den USA bricht eine große Finanzkrise aus. Im September 1858 kehrt die Familie zurück und zieht zu Verwandten in den noblen Küstenort Newport, Rhode Island. Henry findet Freunde fürs Leben: Thomas Sergeant Perry, der als Publizist und Professor in Harvard Karriere machen wird, und dessen späteren Schwager, den Künstler John La Farge, der Henry für die neuere französische Literatur begeistert und später auch seine Werke illustrieren wird.

1859–68

Henrys Vater befürchtet eine Prägung seiner Kinder durch jene »habituelle Extravaganz und Insubordination, die die amerikanische Jugend auszeichnen«, und plant die Rückkehr nach Europa. Henry ist begeistert, will aber seine Freunde nicht verlieren. Über New York und Le Havre geht es nach Genf, wo Henry im November die Institution Rochette besucht, auf der die Jungen auf eine Laufbahn als »Ingenieure, Architekten, Maschinisten« vorbereitet werden sollen; der Unterricht dauert von acht Uhr morgens bis fünf Uhr nachmittags. Henry ist unglücklich, flüchtet sich in Literaturstudien.

Im Sommer 1860 platziert der Vater seine drei ältesten Söhne bei Bonner Familien, damit sie Deutsch lernen. Im September geht es über Paris zurück nach Newport. William und Henry nehmen Unterricht bei dem Maler William Morris Hunt. Im November wird Abraham Lincoln zum Präsidenten gewählt; im April 1861 bricht der amerikanische Bürgerkrieg aus. Der 18-jährige Henry gibt das Zeichnen auf; sein Freund La Farge tröstet ihn: Malerei und Literatur seien im Wesen gleich. Also musste »ich mich nicht enterbt fühlen. Das war der Luxus eines älteren Freundes mit einer literarischen Ader.« Mit dem etwas jüngeren Perry wandert James durch New Hampshire. Ende Oktober 1861 zieht er sich bei der Bekämpfung eines Brandes in Newport eine bis heute unklare Verletzung am Rücken oder in der Leistengegend zu, die ihn zeitlebens plagt.

Im September 1862 beginnt er ein Jurastudium in Harvard. Sein jüngerer Bruder Wilkinson meldet sich freiwillig zum Dienst im Heer der Union; Robertson folgt im Juni 1863. Im Juli, kurz nach der Schlacht um Gettysburg, bricht Henry sein Studium ab und kehrt nach Newport zurück. Wenige Tage später wird Wilkinson schwer verwundet zuhause eingeliefert. In den folgenden Monaten schickt Henry Erzählungen an verschiedene Zeitschriften. Im Februar 1864 erscheint, anonym, seine erste: »A Tragedy of Error«, eine melodramatische, an George Sand geschulte Geschichte, in der eine junge Französin, die ihren verkrüppelten Ehemann loswerden will, versehentlich ihren jungen Liebhaber töten lässt. Jahre später erinnert James sich lebhaft an die zwölf Dollar Honorar: »mein erster, selbst verdienter Lohn.« Im Mai zieht die Familie nach Boston. James lernt Charles Eliot Norton kennen, den Herausgeber der angesehenen *North American Review*, die im Oktober seine erste, noch anonyme Rezension druckt.

Im März 1865, kurz vor Ende des Bürgerkriegs und der Ermordung Präsident Lincolns, erscheint James' erste namentlich gezeichnete Erzählung, »The Story of a Year«, in der *Atlantic Monthly*. In dieser wichtigen Zeitschrift, in der *North American Review* und in der New Yorker *Nation* publiziert er in den nächsten zehn Jahren zahlreiche Erzählungen, Reiseberichte und Kritiken. Viele seiner Artikel sind europäischen Themen und Autoren gewidmet. James rezensiert Bücher und Ausstellungen über französische und flämische Malerei, bespricht Hippolyte Taines englische Literaturgeschichte und Reiseskizzen von Théophile Gautier. Er schreibt über Charles Dickens, Anthony Trollope, George Eliot, William Morris und Thomas Hardy, über Victor Hugo, Alexandre Dumas d. J., George Sand, Honoré de Balzac, Gustave Flaubert oder Iwan Turgenjew. Einer seiner ersten längeren Essays ist *Wilhelm Meisters Lehrjahren* gewidmet (1865). Als erster englischsprachiger Autor erkennt der Zweiundzwanzigjährige in der oft kritisierten Handlungsarmut von Goethes Roman einen Vorzug. Sie betone nur die gleichsam organische Entwicklung des Titelhelden; dieser könne sein Lebensglück »nur in der vollkommenen Übereinstimmung mit sich selbst« erlangen.

Im November 1866 zieht die Familie von Boston nach Cambridge, in unmittelbare Nähe der Harvard University. Kurz darauf beginnt die lebenslange Freundschaft mit dem später einflussreichen Publizisten, Kritiker und Romancier William Dean Howells. Seinem Jugendfreund Perry, dem späteren Essayisten und Literaturwissenschaftler, schreibt James im September 1867 nach Paris: »Amerikaner zu sein ist eine exzellente Voraussetzung für wahre Bildung.« Amerikaner seien »den europäischen Völkern« insofern voraus, als »wir ganz frei mit Formen von Kultur umgehen können, die nicht die unsrigen sind, dass wir sie uns erwählen und anverwandeln und sie, kurzum, als ein ästhetisches Eigentum beanspruchen können, wo immer wir sie finden«. Der Nachteil, »kein nationales Gepräge« zu haben, sei daher für amerikanische Schriftsteller ein Vorzug. Wenn es etwas Spezifisches gäbe, was die Amerikaner eint, dann vermutet James es »in unserem moralischen Bewusstsein, unserer vorbildlosen geistigen Leichtigkeit und Kraft«.

1869–70

Im Februar 1869 reist James – diesmal allein – nach England, wo er zur Kur geht und einige wichtige Autoren und Künstler wie John Ruskin, William Morris, Dante Gabriel Rossetti, George Eliot und sogar Charles Darwin kennenlernt. Im Mai reist er über Paris nach Genf. Er unternimmt ausgedehnte Wanderungen in Tirol und kommt über Mailand, Brescia, Verona, Mantua und Vicenza nach Venedig, wo er sich für die Gemälde von Tintoretto, Veronese und Bellini begeistert. Anfang Oktober ist er in Florenz (»Nie hab ich eine Stadt gesehen, die mich so rasch und vollständig gefangen nahm«), vier Wochen später in Rom: »Von mittags bis nachts wandere ich durch die Straßen. Endlich – zum ersten Mal – lebe ich wirklich!« Nach Abstechern nach Neapel, Pompeji, Assisi und Perugia kehrt er über Genua, Nizza und Paris im Februar 1870 nach London und, nach einer weiteren Kur im westenglischen Badeort Malvern, im April 1870 in die USA zurück. Seine amerikanischen Freunde in Italien – »das liebliche Land meines Herzens« – halten ihn über die Befreiung Roms und die Einigung Italiens auf dem Laufenden.

1871–74

Watch and Ward, sein erster Kurzroman, erscheint ab August 1871 in monatlichen Folgen in der *Atlantic Monthly*. James reist an die Niagarafälle und nach Kanada. Im Februar 1872 – gerade hat er mehrere Ausstellungen französischer Maler in Boston rezensiert – schreibt er den Nortons nach Dresden: »Es ist ein komplexes Schicksal, Amerikaner zu sein, und eine unserer Aufgaben ist es, gegen eine abergläubische Hochschätzung Europas zu kämpfen.« Dies deutet schon auf seine spätere Behandlung des ›internationalen Themas‹ hin.

Im Mai 1872 nimmt James mit seiner gemütskranken Schwester Alice und einer Tante den Dampfer nach Liverpool. Er besichtigt Chester, Litchfield, Oxford, Wells und viele andere Städte Englands;

seine Reiseberichte, mit denen er sich finanziert, erscheinen in der New Yorker *Nation*. Den Sommer verbringt er in der Schweiz, in Tirol und Paris, wo er die Ruinen des von den Kommunarden in Brand gesetzten Schlosses in den Tuilerien besichtigt. Im Oktober ist er wieder in der Weltstadt an der Themse. »London ist wie immer: ein schrecklich großes düster unergründliches Babylon«, berichtet er den Eltern. »Das blutgetränkte Paris wirkte daneben wie ein glitzerndes Spielzeug.« Nachdem er Schwester und Tante nach Amerika expediert hat, geht er im November zurück nach Paris und Ende Dezember nach Rom, wo er sich fünf Monate inmitten der amerikanischen Künstlerkolonie aufhält.

Im Mai 1873 reist er über die Toskana, Montreux und Bern zur Kur nach Bad Homburg. Dort verbringt er den Sommer, bevor er mit seinem Bruder William nach Italien zurückkehrt. Den Freunden in den USA schreibt er: »Ich spüre, wie man sich Europa nur auf Armlänge nähern kann, so dass man zu einem armseligen Kratzen an seiner Oberfläche verdammt bleibt. Ich bin nun fast ein Jahr in Italien gewesen und habe außer Kellner und Waschfrauen kaum ein italienisches Geschöpf gesprochen.« Im Sommer 1874 reist er über Basel und Baden-Baden (»bezaubernd hübsch«) den Rhein hinab nach England und von Liverpool zurück nach Boston.

1875–76

In New York bereitet James drei Bücher für den Druck vor, die ihn einem breiteren Publikum bekannt machen: die gesammelten Reiseskizzen in *Transatlantic Sketches*, seinen ersten Band mit Erzählungen, *A Passionate Pilgrim* betitelt, und *Roderick Hudson*, seinen ersten Künstlerroman, der – wie viele seiner späteren Romane – zunächst als Vorabdruck in einer Zeitschrift erscheint. (Die beiden letzteren Bücher werden von Moritz Busch, dem Reiseschriftsteller und ehemaligen Privatsekretär Bismarcks, schon 1876 übersetzt.) Der 32-jährige James hat sich mittlerweile, wie er seinem Bruder Robertson schreibt, »vom Gefühl her ziemlich europäisiert, und ich gedenke, die alte Welt auf die eine oder andere Weise fest im Griff zu behalten«. Tatsächlich hat er sich in den USA als Europakenner einen Namen gemacht, und im Oktober 1875 reist er als Korrespondent der liberalen *New York Tribune* (zu deren Beiträgern auch Karl Marx gehörte) wieder nach Europa.

Aus London schreibt er der Familie: »Ich nehme die alte Welt in Besitz – ich atme sie ein – ich mache sie mir zu eigen!« Er geht nach Paris, der nach London, wie er dem Vater bekennt, interessantesten Stadt des alten Kontinents. Sofort beginnt er mit seinem neuen Roman, *The American*, der in Paris spielt, und er bietet die ersten Kapitel sogleich einer amerikanischen Zeitschrift zum Vorabdruck an.

Während der gut zwölf Monate in Paris versucht James, in der französischen Hauptstadt heimisch zu werden. An die im *American* geschilderte aristokratische Gesellschaft der alten Familien kommt er nicht heran; das war in London und in England einfacher. Aber er sucht und findet die Nähe der wichtigen Literaten von Paris. Sein entscheidender Kontakt ist der »unsterbliche« Turgenjew. Durch den zugänglichen Exilrussen lernt der junge Amerikaner Flaubert, Edmond de Goncourt, Alphonse Daudet, Guy de Maupassant und Émile Zola kennen. »Das ist eine seltsame Truppe«, berichtet er seiner Mutter, »und in intellektueller Hinsicht weit von meinen eigenen Sympathien entfernt.« Neben seinem Roman verfasst James regelmäßig seine »Parisian Sketches« für die *New York Tribune* und Besprechungen über die Ausstellungen im Pariser Salon, über George Sand und Baudelaires *Fleurs du Mal* (1876). Nicht alles gefällt ihm. Zolas neuen Fortsetzungsroman *Son Excellence Eugène Rougon* bezeichnet er im Brief an einen Freund als »merde au naturel. Einfach scheußlich.«

Im Juli 1876, nach einem halben Jahr in Paris, hat James das, was er »den französischen Geist« nennt, gründlich satt und er sehnt sich, wie er William mitteilt, »nach dem englischen Leben und dem Kontakt zu englischen Geistern«. Er gönnt sich noch einen kurzen Abstecher nach Bordeaux und San Sebastian, wo er einem Stierkampf beiwohnt. Dann wählt er London als sein »permanentes Hauptquartier«. »Ich mag die Stadt«, bekennt er seiner Mutter zu Weihnachten 1876: »Ich lebe gern – wie verloren auch immer – im Zentrum der englischsprachigen Welt; es interessiert, inspiriert, ja begeistert mich. Ich bin froh, meine Zeit nicht mehr in Paris zu vergeuden. Hier werde ich viel besser arbeiten und einfacher leben können.«

1877–82

Für die nächsten vier Jahrzehnte bis zu seinem Tod wird London tatsächlich seine Heimat, auch wenn er immer wieder – wie schon im Herbst 1877 – einige Monate in Paris, Florenz und Rom verbringt. Im Mai 1877 endet der Vorabdruck des *American* in Howells' *Atlantic Monthly* und die erste Buchausgabe kommt in Boston heraus. (Wenig später erscheinen ein Raubdruck in London, zwei unautorisierte deutsche Übersetzungen und eine englische Ausgabe bei Tauchnitz in Leipzig.) James fühlt sich in London »mehr zuhause als sonst irgendwo auf der Welt«. Hier empfindet er sich, wie er Grace Norton schreibt, viel mehr als »Kosmopolit (dank jener für mich schicksalhaften Kombination mit dem Kontinent und den USA) als der durchschnittlich gebildete Brite; und ein Kosmopolit zu sein, bedeutet notgedrungen, viel allein zu sein.«

Im Dezember 1877 wird er Mitglied des St. James's Club und lernt in der folgenden Zeit bekannte Personen wie den viermaligen liberalen Premierminister William Gladstone, die Dichter Tennyson und Robert Browning sowie den deutschen Archäologen Heinrich Schliemann kennen. Er freundet sich mit Robert Louis Stevenson, dem Literaturkritiker Edmund Gosse und dem amerikanischen Schriftsteller und Historiker Henry Adams an und beginnt auf den Landsitzen britischer Adeliger zu verkehren. Seiner Schwester erklärt er, dass sich die Engländer dort »am vorteilhaftesten« ausnähmen.

Britische und amerikanische Zeitschriften drucken neben zahlreichen Aufsätzen auch Erzählungen, in denen die Begegnung neugieriger Amerikaner mit Europäern, aber auch mit den mehr oder minder europäisierten Amerikanern in Europa und in den USA im Mittelpunkt stehen. Darunter sind die bald berühmte psychologische »Studie« mit dem Titel »Daisy Miller«, die in Rom und mit dem tragischen Tod der arglosen Titelheldin endet, die Erzählung »An International Episode« und der ebenfalls in Boston spielende Kurzroman *The Europeans*, der im Oktober 1878 auch als Buch erscheint. Zudem publiziert James eine Essaysammlung über *French Poets and Novelists* (1878), die zweibändige Sammlung von Erzählungen mit dem Titel *The Madonna of the Future* (1879) und eine Studie über den amerikanischen Romancier Nathaniel Hawthorne (1879), die in den USA durchaus feindselig besprochen wird.

Den Frühling des Jahres 1880 verbringt James in Italien, wo er einen »großen Roman« – *The Portrait of a Lady* – in Angriff nimmt. Er erscheint ab Herbst 1880, gleich nach dem reizvollen Kurzroman *Washington Square*, im Londoner *Cornhill Magazine* und zwei Wochen später im Bostoner *Atlantic Monthly*, so dass sich James das Copyright in beiden Ländern sichern kann. Seiner engen Freundin Grace Norton, die sich Sorgen um seine Zukunft macht, gesteht er: »Ich werde wohl nie heiraten. […] Ein liebenswerter Junggeselle hier und da scheint mir kein großes Unglück zu sein, und er wird wohl auch seinen Beitrag leisten für die Sache der Zivilisation.« Mitte Februar 1881 reist James über Paris, wo er Turgenjew besucht, an die Riviera und nach Venedig. Er schreibt an Grace Norton, er habe sich »leidenschaftlich und verzweifelt« in die Lagunenstadt »verliebt« und der »Zaubertrank« sei in seine Blutbahn gedrungen. Im Juli kehrt er nach London zurück; den September verbringt er in Schottland.

Am 1. November trifft er bei seiner Familie in Cambridge, Massachusetts, ein. Dort vergewissert er sich wenige Wochen später in seinem Notizbuch – *The Portrait of a Lady* ist gerade in London und Boston herausgekommen – seines »komplexen Schicksals« in einer für sein weiteres Leben kennzeichnenden Passage: »Ich bin 37 Jahre alt, ich habe meine Wahl getroffen, und Gott weiß, ich habe jetzt keine Zeit mehr zu verlieren. Meine Wahl ist die Alte Welt – meine Wahl, mein Bedürfnis, mein Leben. […] Dort liegt mein Arbeitsfeld – und mit dieser riesigen neuen Welt hier – *je n'ai que faire*. Man kann nicht beides machen – man muss wählen. Kein europäischer Schriftsteller ist aufgerufen, jene furchtbare Bürde auf sich zu nehmen, und es kommt mich hart an, dass ich es wohl tun muss. Diese

Bürde ist notwendigerweise schwerer für einen Amerikaner – denn er *muss* sich, auf die eine oder andere Weise, und sei es nur implizit, mit Europa auseinandersetzen, während kein Europäer dazu verpflichtet ist, sich auch nur im Mindesten mit Amerika auseinanderzusetzen. Tut er es nicht, wird niemand ihn auch nur im Traum für unzureichend gebildet halten. (Natürlich rede ich von Leuten, die das tun, was ich tue, ich rede nicht von Ökonomen oder Sozialwissenschaftlern.) Wer Sitten und Lebensarten schildert und Amerika missachtet, ist deshalb noch nicht unzureichend gebildet; in hundert – vielleicht fünfzig Jahren – wird man ihn aber zweifellos dafür halten. […] Gott verzeih mir! Ich komme mir vor, als verschwendete ich hier meine Zeit!«

Im Januar 1882 besucht James seinen Freund Henry Adams und dessen Frau in Washington. Die Stadt ist ihm angenehm: »keine Geschäftemacherei, kommerzfreie Straßen, die meisten ziemlich hübsch, da ist nichts los.« Allerdings, so vertraut er Grace Norton an, empfinde er »entsetzliche und sündige Langeweile! Ich habe grauenhaftes Heimweh nach der alten Welt«. Er trifft Senatoren, sogar Präsident Chester Arthur sowie den »ekelhaften und eitlen Oscar Wilde«, der gerade eine Tournee durch Amerika begonnen hat. Am 29. Januar erhält er ein Telegramm: Seine Mutter ist schwer an Asthma erkrankt. Am 1. Februar wird sie von ihrem Mann und ihren vier Söhnen zu Grabe getragen. Seit 15 Jahren sind sie alle zum ersten Mal wieder vereint, und es ist das letzte Mal. James bleibt zunächst beim Vater, teilt aber einer Freundin mit, er wolle den Rest seiner Tage in England leben. Am 30. April nimmt er noch an Emersons Beerdigung teil, dann reist er auf der »Gallia« über das irische Cork und Dublin nach London zurück. Im Herbst unternimmt er eine fast zweimonatige Reise durch das ländliche Frankreich: die Touraine, Anjou, Poitiers, die Gascogne, die Provence und Burgund. Der literarische Niederschlag, *A Little Tour in France*, wird im folgenden Jahr erscheinen.

Anfang Dezember erfährt er, dass sein Vater im Sterben liegt. Auf dem Dampfer »Werra« reist er von Liverpool nach New York. Als er dort am 21. Dezember eintrifft, hat die Beerdigung in Boston gerade stattgefunden. Sein Vater – »die großzügigste und lichtvollste

Kraft unserer kollektiven und individuellen Existenz«, wie James einer Freundin schreibt – war fröhlich gestorben. »Nichts von dem, was wir gefürchtet hatten«, berichtet der zweite Sohn dem in London gebliebenen ältesten, »keine Paralyse, keine Demenz, keine Ausbrüche.« Henry besucht die jüngeren Brüder in Wisconsin und inspiziert, als Nachlassverwalter, den väterlichen Grundbesitz; der Wert des Erbes beträgt 95 000 Dollar. Er verzichtet zugunsten seiner Schwester auf seinen Anteil und übergibt im März dem zurückgekehrten William die Verwaltung des Familienvermögens.

1883–89

Am 15. April 1883 feiert James in New York seinen vierzigsten Geburtstag. Begeistert nimmt er das Angebot seines britischen Verlegers Macmillan an, eine umfangreiche Werkausgabe herauszubringen. Man möge aber bitte in Zukunft das »jun.« hinter seinem Namen weglassen. Ende Juli schreibt er der schwer depressiven Freundin Grace Norton: »Ich weiß nicht, wozu wir leben [...], aber das Leben ist das Wertvollste, wovon wir irgendetwas wissen, und deshalb ist es vermutlich ein großer Fehler es aufzugeben, solange der Becher noch nicht leer ist.« Ende August 1883 ist James wieder in London. Dort erfährt er vom Tod seines Freundes Turgenjew. Am 13. November publiziert Macmillan seine 14-bändige Werkausgabe. Zwei Tage später stirbt sein jüngerer Bruder Wilkinson in Milwaukee.

Im Januar 1884 erscheinen seine Reiseessays aus Italien, Frankreich, England und Kanada unter dem Titel *Portraits of Places* in Boston. Den Februar verbringt James in Paris, auch um Daudet, Goncourt und Zola wiederzusehen. »Nichts interessiert mich mehr«, versichert er Howells, »als die Versuche und Anstrengungen dieser kleinen Gruppe mit ihrer wirklich infernalischen Intelligenz in der Kunst, Form, Manier – in der Intensität ihres künstlerischen Daseins. Sie sind heutzutage die einzigen, die ich für ihre Arbeit respektiere; und trotz ihres wütenden Pessimismus und ihres Umgangs mit schmutzigen Dingen sind sie wenigstens ernsthaft und aufrichtig.« In Paris lernt er auch den amerikanischen Maler John Singer Sargent kennen, den er bald in dessen Londoner Studio regelmäßig aufsucht. Den Sommer verbringt James in Dover, in Sichtweite der französischen Küste. Er schreibt an einem großen Roman, der diesmal nur in den USA spielt und sich kritisch mit dem Feminismus und anderen Reformern Neuenglands auseinandersetzt. Sein Titel ist Programm: *The Bostonians*. Im Winter macht sich James im berüchtigten Millbank-Gefängnis Notizen für einen Roman über anarchistische Kreise in London (*Princess Casamassima*); im Brief an Perry scherzt er: »Ich bin nämlich ein ziemlicher Naturalist.«

Zwischen Februar 1885 und Oktober 1886 erscheinen, zunächst wieder als Fortsetzungsromane, die *Bostonians* und *Princess Casamassima*, dazu zwei neue Bände mit Erzählungen und einige Essays. Den Sommer verbringt James mit seiner Schwester Alice und ihrer Lebensgefährtin im südenglischen Bournemouth, wo auch Stevenson lebt. In London bezieht er im März 1886 eine Wohnung in Kensington, »lichtgeflutet wie das Studio eines Photographen«, wie er William mitteilt. »Ich unterhalte mich ungehindert mit dem Himmel und genieße eine ungeheure Vogelperspektive über die Dächer und Straßen.« Alice zieht in seine Nähe. Nach der harten Arbeit an den beiden langen Romanen gönnt sich James ab Dezember einen fast achtmonatigen Aufenthalt bei amerikanischen Freunden in Florenz und Venedig; zunächst aber liegt er wochenlang mit Migräne und Gelbsucht im Bett.

Im Juli 1887 ist er zurück in London. *The Tragic Muse*, als Kurzroman über englische Politiker und Diplomaten, Künstler und Schauspielerinnen in London und Paris geplant, wächst sich bis zur Buchpublikation im Juni 1890 zum, wie er einer Freundin in Florenz gesteht, »längsten dreibändigen Roman aller Zeiten« aus. Er verkauft sich nicht; nach fünf Jahren hat James gerade 80 Pfund daran verdient. Ab jetzt, schreibt er Stevenson in die Südsee, wird er sich auf kürzere Formate konzentrieren: »Ich will eine Unmenge an Bildern aus meiner Zeit hinterlassen.« Tatsächlich hat James mit seinen gesammelten Erzählungen in *The Aspern Papers* (1888) und *A London Life* (1898) sowie seinen literaturkritischen *Partial Portraits* (1888) mehr Erfolg. Er empfindet, wie er William im Oktober 1888 aus Genua schreibt, die englische und die amerikanische Welt als »angelsächsische Gesamtheit« und genießt seine »Ambiguität« als Autor beider Welten.

1890–94

Aber er ist in Geldnöten. Für eine New Yorker Zeitschrift übersetzt James, für 350 Pfund, den Roman *Port Tarascon* seines mittlerweile syphilitischen Freundes Daudet, den er anlässlich der Pariser Weltausstellung im November 1889 besucht hat. Außerdem wendet er sich dem Theater zu, um seine »materielle Zukunft zu sichern«. Nicht ohne Selbstzweifel arbeitet er den *American* zu einer Komödie mit glücklichem Ausgang um. Von Italien aus besucht er im Juni 1890 die Passionsspiele in Oberammergau mit ihrem touristischen Kommerz. Er findet das Ganze »kurios, öde, rührend«. Im August erreicht ihn in dem mehr als 1000 m hoch gelegenen »Paradies« des Klosters Vallombrosa bei Florenz die Nachricht vom Zusammenbruch seiner Schwester. Sofort kehrt er nach London zurück.

Im Januar 1891 erlebt James die gelungene Premiere des *American* im nordenglischen Küstenort Southport. An Stevenson schreibt er: »Meine Bücher verkaufen sich nicht, vielleicht aber meine Stücke. Ich werde also dreist ein halbes Dutzend schreiben.« Im Juni erscheint sein Essay über *Hedda Gabler*, dem später weitere über Henrik Ibsen folgen. Bei Alice wird Brustkrebs diagnostiziert. William reist aus Amerika an, auch um die Premiere des *American* im Londoner Opéra Comique Theatre im September mitzuerleben. Sie bekommt nur lauwarme Kritiken; auch James ist skeptisch. Aber das Stück wird bis Dezember 70 Mal aufgeführt. James hat davon keine nennenswerten Einkünfte. Er beschließt, keine Romane mehr für die Bühne einzurichten: »Mein Thema und meine Form sollen zusammen auf die Welt kommen.«

Wegen der Beerdigung eines jungen Freundes reist er im Dezember nach Dresden. Einem schottischen Diplomaten schreibt er: »Alles Menschliche hier ist schäbig, außer Raffaels Madonna *und* den stiernackigen Militärs. Ich tue mich schwer mit den Deutschen –

irgendwie sind sie nicht mein Metier.« Ein neuer Band mit Erzählungen kommt heraus. Er trägt den Titel *The Lesson of the Master*. Am 6. März 1892 stirbt Alice James, in Anwesenheit ihrer Partnerin und ihres Bruders Henry. Dieser schreibt an seinem 49. Geburtstag seinem fernen Freund Stevenson nach Samoa: »In meinem hohen Alter fehlen mir die Gefährten«; in England widme sich kein anderer Schriftsteller so der Kunst, »wie ich es tue«. Den Sommer verbringt James bei Freunden in Siena, Venedig, Lausanne und Paris. Er bereitet drei neue Bände mit Erzählungen vor und verfasst mehrere Gesellschaftskomödien. Zwei Jahre versucht er vergeblich, sie auf eine Bühne zu bringen; schließlich lässt er sie als *Theatricals* in zwei Bänden drucken. Im März 1893 geht er für drei Monate nach Paris. Dort schreibt er *Guy Domville*, sein neues Stück, das im England der 1780er Jahre spielt. An seinem Ende verzichtet der Held, ein katholischer Hauslehrer und der letzte Spross seines Geschlechts, auf die ihm angebotene Ehe und wird Priesterkandidat. Der Produzent drängt auf ein Happy End, das James beharrlich verweigert. Im März 1894 reist er nach Italien, wo er sich um die Angehörigen einer Freundin kümmert, die sich das Leben genommen hat. Den Sommer verbringt er in Cornwall, wo er den Historiker Leslie Stephens und seine Tochter, die spätere Virginia Woolf, kennenlernt. Im Dezember nimmt James an allen Proben für *Guy Domville* teil.

1895–97

Nach der Londoner Premiere am 5. Januar 1895 im eleganten St. James's Theatre wird der Autor vom Parterre höflich beklatscht, aber von den Besuchern in den oberen Rängen wüst ausgepfiffen und ausgebuht. Nach wenigen Aufführungen wird sein Stück zugunsten von Oscar Wildes *The Importance of Being Earnest* abgesetzt. Verstört und beschämt wendet sich James vom Theater ab. Howells rät ihm, auch dem Druck des Zeitschriftenmarkts auszuweichen und nur noch Bücher zu publizieren. James antwortet: »Ich werde nie mehr einen *langen* Roman schreiben, aber hoffentlich sechs unsterbliche kürzere – und einige Erzählungen von gleicher Qualität.« Oscar Wilde wird im Mai 1895 wegen homosexueller Beziehungen (»Unzucht«) zu einer Gefängnisstrafe verurteilt. James äußert sich im Brief an Gosse entsetzt und angewidert über diese »erbärmliche Tragödie«, diesen »Abgrund an Obszönität« und die lüstern geifernde Öffentlichkeit.

Er beginnt sich einigen modernen Errungenschaften zu öffnen, lässt elektrisches Licht in seiner Wohnung installieren und erwirbt ein Fahrrad, mit dem er über Land radelt, wenn ihm London zu viel wird. Er erlebt eine der ersten Vorführungen des »Cinematographen – oder wie immer das heißt«; gezeigt wird ein Boxkampf aus Nevada, 13 Runden, dann der Knockout. »Wir waren begeistert«, schreibt James einer alten Bekannten. Am folgenreichsten ist der Kauf einer Remington-Schreibmaschine. James beginnt, angeregt durch seinen inzwischen berühmten Bruder, seine Briefe und Romane einem schweigsamen Schotten namens MacAlpine zu diktieren. Sein Stil verändert sich. Die Sätze füllen sich mit Vorbehalten, Parenthesen, überraschenden Wendepunkten und komplizierten Konstruktionen.

Den Sommer 1896 verbringt er in dem alten Städtchen Rye an der Südküste von East Sussex. »Mein Fahrrad ist mein einziger Gefährte«, berichtet er William, »und dieser Landstrich ist äußerst lieblich und liebenswert – meilenweit.« Im Frühjahr 1897 erscheinen zwei Kurzromane: *The Spoils of Poynton* und *What Maisie Knew*, die subtile Schilderung eines Ehebruchs aus dem Blickwinkel eines arglosen Mädchens. Im September unterzeichnet James einen Mietvertrag für das elegante, 1722 in rotem Backstein erbaute Lamb House im Zentrum von Rye, auf das er seit zwei Jahren ein Auge geworfen hat. Howells, der ihn in London besucht, verschafft ihm das Angebot einer New Yorker Zeitschrift, die für 3000 Dollar sein neues Buch, einen Dialogroman mit dem Titel *The Awkward Age*, in wöchentlichen Fortsetzungen drucken wird.

1898–1903

Ab Januar 1898 druckt die Londoner *Collier's Weekly* James' erzähltechnisch vielleicht brillanteste Erzählung, »The Turn of the Screw«, mit Illustrationen seines Jugendfreundes John La Farge. Im Juni 1898 zieht James mit seiner Haushälterin und ihrem trunksüchtigen Mann nach Rye. Zusätzlich stellt er einen Gärtner ein – und als »Lehrling« den 14-jährigen, kleinwüchsigen, eminent gewitzten Burgess Noakes, den er wie einen Sohn erzieht und der bald als eine Art Kammerdiener und Leibbursche seinen Mann steht. Seine Londoner Wohnung behält James zunächst; für die Bahnfahrt in die Metropole braucht man zweieinhalb Stunden. In dem geräumigen Gartenhaus von 1743, das zu Lamb House gehört (und 1940 einer deutschen Fliegerbombe zum Opfer fällt), diktiert der alte Autor während der warmen Jahreszeit seine letzten großen Werke. Zur Erholung macht er lange Radtouren, zusammen mit seinem »unverwüstlichen Schotten« MacAlpine.

Von März bis Juni 1899 ist James in Frankreich und Italien, wo er Material für eine Biographie des amerikanischen Bildhauers, Kunstkritikers und Dichters William Wetmore Story sammelt, die 1903 gedruckt wird. Als James im Juli 1899 nach Rye zurückkehrt, wird ihm Lamb House zum Kauf angeboten. Gegen Williams Bedenken geht er das Risiko ein: »Dieser Ort ist ein Hafen der Ruhe, den ich – der Himmel geb's – für den Rest meiner Tage nicht verlassen will. Mein ganzes Sein schreit nach etwas, das ich mein Eigen nennen kann.« James ist glücklich, und obwohl er die Abgeschiedenheit von Rye schätzt, beginnt er sich mit einigen jüngeren Autoren anzufreunden, die in der Nähe wohnen: Joseph Conrad, H. G. Wells, Ford Madox Ford. Wie sie vertraut sich James dem professionellen Literaturagenten James Pinker an, der für ihn Honorar- und Copyrightfragen regelt. Im Winter 1899–1900 produziert James durchschnittlich eine Erzählung pro Woche, die Pinker für 50 Pfund vermittelt – eine erkleckliche Summe.

Im Mai 1900 rasiert sich James seinen Vollbart ab, den er seit dem Bürgerkrieg trug und der, wie er William mitteilt, grau wurde: »Nun fühle ich mich wie *vierzig* und sauber und leicht.« Bald beginnt der 57-jährige seinen drittletzten Roman zu diktieren: die Geschichte des 55-jährigen Witwers Lambert Strether, der als »Gesandter« einer reichen Witwe aus Neuengland nach Paris kommt. Im Herbst gibt James seine Wohnung in Kensington auf und bezieht für seine Aufenthalte in der Metropole ein Zimmer im noblen Reform Club, mit Blick über die umliegenden Paläste und Botschaftsgebäude. Dort führt er im Winter die Arbeit an den *Ambassadors* fort. In seinem Raum ist genug Platz »für eine Schreibmaschine und ihren Priester – oder ihre Priesterin«.

Am 22. Januar 1901 stirbt Queen Victoria. »Ich trauere um die alte, ehrliche, gutbürgerliche Königin«, schreibt James dem amerikanischen Juristen Oliver Wendell Holmes. Sie war, im Gegensatz zu ihrem »pompösen« Sohn Edward, ein »verlässliches Symbol«, eine Regentin, die »die Nation warmhielt unter den Falten ihrer gräulichen schottischen Schals«. Das Typoskript zu den *Ambassadors* ist um Ostern fast fertig, aber Pinker hat noch keinen Vertrag abschließen können. James arbeitet wie besessen. Er beginnt mit der tragischen Liebesgeschichte von *The Wings of the Dove*, dem zweiten der drei späten Meisterwerke, verfasst Essays für die *North American Review* und Einleitungen für neue Übersetzungen von *Madame Bovary* und Balzacs *Mémoires de deux jeunes mariées*.

Nach der Ermordung von William McKinley im September wird Theodore Roosevelt amerikanischer Präsident – für James ein »gefährlicher, bedrohlicher Chauvinist«. Mary Weld, die Tochter eines Altphilologen aus Dublin, tippt als neue Schreibkraft die letzten Kapitel der *Ambassadors* in die Maschine, und James übersendet seinem Agenten das »sorgfältig korrigierte« Typoskript, damit er es an den New Yorker Verlag schicke. Dort bleibt es lange liegen.

Neben der Arbeit an so exquisiten Erzählungen wie »The Beast in the Jungle« beschäftigt James die Vollendung von *The Wings of the Dove*. Der Roman erscheint Ende August 1902 bei Constable in London und bei Scribner in New York. Pinker will ihm Rezensionen schicken, aber James winkt ab: »es ist meine exzentrische Praxis, möglichst wenig davon zu sehen. Das ist die Lektion eines langen Lebens.« Über das Lob der Romanschriftstellerin Humphrey

Ward freut er sich aber: »Das Ding ist eigentlich ein Drama, wie alles, was ich mache.«

Ab Januar 1903 druckt die *North American Review* die *Ambassadors* in zwölf monatlichen Folgen, im September erscheint die Londoner und im November die New Yorker Ausgabe. Alle drei Fassungen unterscheiden sich deutlich im Text. Im April beginnt der 60-jährige James mit seinem letzten großen Roman, *The Golden Bowl*. Und er plant eine Reise in die USA – die erste seit über 20 Jahren.

1904–11

Nachdem er im Londoner Reform Club und in Rye das Typoskript von *The Golden Bowl* fertiggestellt hat, reist James im August 1904 auf der »Kaiser Wilhelm II.« von Southampton nach New York. Er trifft sich mit Kollegen wie Mark Twain oder Edith Wharton und verbringt viel Zeit mit seinen beiden verbliebenen Brüdern und ihren Familien. Die New Yorker Ausgabe von *The Golden Bowl* erscheint im November, die Londoner vier Monate später.

Im Januar 1905 hält James einen Vortrag über Balzac in Philadelphia, trifft sich in Washington mit seinem Freund, dem Außenminister John Hay, und diniert mit Präsident Roosevelt: »Theodore Rex ist ein wirklich außergewöhnliches Exemplar einheimischer Intensität, Redlichkeit und Bonhomie.« James wird in die Academy of Arts and Letters aufgenommen. Er plant ein Buch über die USA, reist über Virginia in den Süden bis nach Florida. Von dort schreibt er Gosse, er könne für umgerechnet 30 Pfund pro Vortrag in den USA ein gutes Einkommen erzielen. »Aber lieber bin ich ein Bettler in Lamb House.« Von Boston aus reist er im Pullmanwagen über St. Louis, Chicago, Los Angeles bis nach San Francisco und Seattle. Meist spricht er über Balzac. Die Zeitungen nennen ihn einen »Autor der Aristokratie«. Er liest sie nicht. Im Mai ist er wieder in New York; am 5. Juli besteigt er den Dampfer nach Southampton.

Nach seiner Rückkehr verfasst er ein Memorandum für den Scribner-Verlag. Dieser möge eine 23-bändige, »endgültige Edition« des Großteils seiner 21 Romane und gut 60 Erzählungen herausbringen. Alle Texte will James sorgfältig überarbeiten und jeden Band mit einem »freimütig umgangssprachlichen, ja sogar vertraulichen Vorwort« versehen, das die Texte und ihre Entstehung erläutert. Die Ausgabe soll zu Ehren seiner Geburtsstadt »New York Edition« heißen. Der Verlag stimmt zu, und James wird die nächsten vier Jahre mit diesem monumentalen Projekt der Selbstkanonisierung verbringen.

Im Herbst 1905 beginnt er zunächst mit seinem Reisebuch, das ab Dezember in britischen und amerikanischen Zeitschriften abgedruckt wird und Anfang 1907 als *The American Scene* in London und – vom Verlag um einige allzu kritische Passagen gekürzt – in New York erscheint. Gleichzeitig nimmt James wieder Kontakt zu den jüngeren Kollegen auf. Er lobt H. G. Wells für seine »geniale Vielseitigkeit« in *A Modern Utopia* und dem sozialen Roman *Kipps*, und er komplimentiert Conrad für dessen *Mirror of the Sea*: »Ich lese Sie, wie ich einer seltsamen Musik lausche – völlig hingerissen.« In seiner freien Zeit rattert James mit seiner Freundin Edith Wharton in ihrem Automobil – noch so eine moderne Errungenschaft – begeistert durch Südengland.

Ab März 1907 macht Wharton mit James in ihrem »Feuerwagen« eine dreiwöchige Tour durch Südfrankreich. Dann reist er allein nach Italien weiter. In Rom sitzt er einem jungen Freund, dem norwegisch-amerikanischen Bildhauer Hendrik Andersen, Modell für eine Büste. Über Venedig, Mailand, Lausanne und Paris kehrt er im Juli nach Rye zurück, um die Arbeit an der New York Edition fortzusetzen, deren erste beide Bände im Oktober erscheinen.

Im Frühling 1908 ist James ein letztes Mal in Paris. Seine sonst so ausgiebige Korrespondenz leidet unter der »erschöpfenden« Arbeit an seiner Werkausgabe. Bald zeigt sich, dass sie nur wenige Käufer und Leser findet. Das trifft James schwer. Dennoch schreibt er zwei seiner besten Erzählungen: »The Jolly Corner« und »The Bench of Desolation«. Im Frühjahr 1909 berichtet er William, der selbst krank ist, von Herzproblemen: »zu wenig Bewegung, zu viel Fett.« Im Herbst erscheint *Italian Hours*, seine letzten Reiseskizzen aus Italien.

Um Platz zu schaffen und seinen Nachlassverwaltern keine intimen Details zu hinterlassen, verbrennt James die meisten Briefe, die er in den letzten Jahren erhalten hat. Er verfasst ein paar Komödien und arbeitet an seinem letzten Roman. Dieser trägt den Titel *The Outcry* und handelt von reichen Amerikanern, die die Kunstschätze Großbritanniens aufkaufen.

Im Frühjahr 1910 entwickelt James Depressionen; im Juni besucht er William, der in Bad Nauheim seine Herzschwäche zu kurieren versucht. Der jüngere Bruder Robertson stirbt in Concord, Mass., und da sich Williams Zustand verschlechtert, begleitet Henry ihn und seine Schwägerin Alice am 12. August in die Staaten. Kurz nach ihrer Ankunft stirbt William auf seinem Landsitz in den Bergen von New Hampshire. Henry ist, wie er Perry bekennt, am Boden zerstört: »Mein Bruder war mein Beschützer, mein Rückhalt, meine Autorität und mein ganzer Stolz.«

Langsam erholt er sich im Frühjahr 1911 bei Freunden in New York City. Die Harvard University verleiht ihm die Ehrendoktorwürde. Am 2. August verlässt er seine Geburtsstadt für immer. Im Herbst beginnt er seiner neuen Schreibkraft Theodora Bosanquet in London seine Memoiren in die Maschine zu diktieren.

1912–13

James bleibt im Reform Club wohnen und überlässt Lamb House für einige Monate seinem Neffen William und dessen Frau. Im Juni 1912 verleiht ihm die Oxford University den Ehrendoktor. Dem jungen Hugh Walpole, der ihm von Dostojewski und Tolstoi vorschwärmt, schreibt James: »Nur die Form erzeugt, hält und bewahrt Substanz – rettet sie vor dem Wirrwarr hilflosen Wortschwalls, in dem wir schwimmen wie in einem Meer von fadem, lauwarmem Pudding. Tolstoi und D. sind flüssiger Pudding, allerdings nicht ohne Geschmack, weil der Anteil ihres Geistes und ihrer Seele der ganzen Brühe Kraft und Saft gibt, dank der starken, üppigen Qualität ihres Genius und ihrer Erfahrung. Aber wie groß ist das Laster ihres Mangels an Kompositionskunst, ihrer Verhöhnung von Ökonomie und Architektur. Die *gefundene* (weil gesuchte) Form ist die letzte Zitadelle, das Tabernakel echten Interesses.«

Im Juli nimmt Edith Wharton ihn in ihrem »Feuervogel« noch einmal mit auf Tour, nach Windsor und Ascot. James bekommt eine schwere Gürtelrose, die ihn daran hindert, den ersten Band seiner Memoiren fertigzustellen. Im Januar 1913 zieht er von Lamb House, das ihm im Winter zu einsam wird, in eine Wohnung nach Chelsea. Er ist glücklich, dass er von seinem Fenster aus auf die Themse blicken kann. Seine Kindheitserinnerungen, *A Small Boy and Others*, erscheinen am 1. April 1913. Zwei Wochen später berichtet die *Times* von einer großen Feier zu seinem 70. Geburtstag. Fast 250 Freunde und Kollegen aus Großbritannien und vom Kontinent, darunter Paul Bourget, George Bernard Shaw und H. G. Wells, schenken ihm eine goldene Schale und wollen ihm ein Porträt durch John Singer Sargent finanzieren, das später in die Londoner National Gallery kommen soll. James verbringt den Sommer und den Herbst in Rye. Er arbeitet an seinen Erinnerungen.

1914–1916

Notes of a Son and Brother, der zweite Band seiner Memoiren, erscheint im März 1914 in London und New York. Auf einen verdüsterten Brief seines Freundes Henry Adams antwortet der Siebzigjährige: »*Natürlich* sind wir einsame Überlebende, natürlich liegt die Vergangenheit, die unser Leben war, am Boden eines Abgrunds.« Aber, so fährt James fort, »auf das gegenwärtige Leben (das Sie nicht mehr als Leben bezeichnen wollen) reagiere ich noch – so oft ich kann –, und das Buch, das ich Ihnen geschickt habe, ist ein Beweis. Das ist wohl so, weil ich dieses seltsame Monstrum bin: ein Künstler, hartnäckig bis zum Ende, eine unerschöpfliche Empfänglichkeit.«

Anfang August erklärt das Deutsche Reich Russland und Frankreich den Krieg und überfällt Belgien. Am 10. August schreibt James der walisischen Schriftstellerin Rhoda Broughton: »Schwarz und grauenhaft ist die Tragödie, die sich ankündigt, und es macht mich heillos krank, dass ich das noch erleben muss. Die Felder von Frankreich und Belgien werden unvorstellbare Massaker und Leiden erleben.«

Im Oktober erscheinen seine *Notes on Novelists*, Essays über Balzac, Browning, Flaubert, George Sand, Zola und einige jüngere Erzähler. In Rye treffen die ersten belgischen Verwundeten ein. James spendet Geld, besucht britische Verwundete in Londoner Krankenhäusern und schreibt über die amerikanischen Freiwilligen des Motor-Ambulance Corps in Frankreich, dessen Ehrenpräsident er wird. Mehrfach speist er mit Premierminister Asquith und Winston Churchill, dem Oberbefehlshaber der Flotte. Im Juni 1915 protestiert James in einem Brief an Freunde in den USA dagegen, dass die amerikanische Regierung über die »feige Barbarei« Deutschlands hinwegsehe – »während ich dies schreibe, sind überall Zeppeline zugange, mit ihrem seltsam untrüglichen Instinkt gegen Frauen und Kinder«. James plant, die britische Staatsbürgerschaft zu beantragen.

Anfang Juli publiziert Wells eine höhnische Satire auf ihn. In einem Roman von James beziehe niemand eine klare politische oder religiöse Position. Er sei wie eine Kirche ohne Gemeinde, in der jedes Licht auf den Hochaltar gerichtet sei: »Und auf dem Altar liegen, mit äußerster Andacht platziert, ein totes Kätzchen, eine Eierschale, ein Stück Bindfaden.« Der Autor solcher Werke erinnere an ein mächtiges, trauriges Nilpferd, das, sogar auf Kosten seiner Würde, eine Erbse aus der Ecke seines Käfigs aufzuklauben versuche.

James antwortet seinem jüngeren Freund in einem privaten Brief. Er habe vergeblich versucht, die Kritik eines »so brillanten Kopfes« zu verstehen. Wells entschuldigte sich: Er wolle lieber als »Journalist denn als Künstler« gelten, und da habe sich eben kein besserer »Gegenspieler« gefunden als James. Dieser antwortet am 10. Juli mit einem letzten Brief: »Ich lebe, lebe mit aller Intensität, vom Leben, und mein Wert, was immer es damit auf sich haben mag, liegt darin, wie ich das, auf meine Weise, zum Ausdruck bringe. Es ist die Kunst, die das Leben interessant und wichtig macht.« Einen anderen Zweck habe sie nicht.

Am 28. Juli 1915 um 16:30 legt James, in Gegenwart des Premiermisters und einiger befreundeter Bürgen, seinen Loyalitätseid auf King George V. ab. Frei nach Paulus sagt er stolz: »Civis Britannicus sum.« Und ergänzt: »Ich fühle mich kein bisschen anders.« Die *Times* berichtet von seinem Übertritt zur britischen Staatsangehörigkeit, der in den USA als anti-amerikanischer Akt übel vermerkt wird. Dabei war er, wie James Sargent erklärt, nur seine Reaktion auf die »wiederholte, sabbernde Schmeichelei« der amerikanischen Regierung gegenüber Deutschland. »Es wäre so leicht gewesen für die USA, mich zu ›halten‹ (wenn sie nur gewollt hätten!).«

Im August macht James Kassensturz. Seine jährlichen Einnahmen aus dem Verkauf der mit so viel Mühe veranstalteten New York Edition betragen 50 Pfund. »Ich bleibe«, klagt er Gosse, »in meinem Alter und nach meiner langen Karriere gänzlich, unrettbar unverkäuflich.« Hugh Walpole berichtet er im November von Herzkrämpfen. Die Medikamente helfen, aber »das letzte Jahr hat mich zwanzig Jahre altern lassen, und ehrlich gesagt fühle ich mich, als hätte mein Glöckchen geläutet. Aber ich kultiviere, jedenfalls versuchsweise, eine freche Fassade.«

Am 1. Dezember schreibt James seiner Nichte von neuen Herzattacken: »Die Feder fällt mir aus der Hand.« Am nächsten Tag erleidet er einen leichten Schlaganfall, kabelt aber seinem Neffen Henry: »keine ernsten Symptome.« Der dann folgende Schlaganfall ist schwer. James ist halbseitig gelähmt und wirkt verwirrt. Theodora Bosanquet übernimmt seine Pflege, bis die Verwandten aus Amerika eintreffen. James spricht, in Bruchstücken, vom Krieg, vom Louvre, von Napoleon Bonaparte (über den er in der letzten Zeit gelesen hat). Manchmal diktiert er, langsam und von langen Pausen unterbrochen, Sätze wie: »Ja, mein Zustand ist konfus, aber ich bin sicher, ich werde noch viele frische Welten entdecken, die ich erobern kann.« Und dann: »Auch wenn ich an ihrem Genuss gehindert sein sollte.«

Am 13. Dezember trifft seine Schwägerin Alice ein. Die treue Miss Bosanquet wird verdrängt. Aber Burgess Noakes, James' kleiner Kammerdiener aus Rye, ist wieder bei ihm. Obwohl er im Krieg durch Granatbeschuss einen bleibenden Hörschaden erlitten hat, versucht er, das bruchstückhafte Gemurmel des Kranken zu verstehen: »über die Grenze ... alle Stücke ... einzelne Seelen ... große Vollkommenheit ist, wenn man ... Sehr schäbige Probleme.« Manchmal hat James noch lichte Momente. »Auch diese letzten und welken Sätze«, diktiert er mühsam, »haben noch etwas Charakter und Wert – aber den sollte nur eine wirklich kompetente Person ermitteln – jemand, den ich nicht zu nennen wage, wird diesen letzten Dienst leisten.« Dann: »Besser zu viel übrig als zu viel getan. Nie hab ich geträumt, solche Pflichten ertragen zu müssen.«

Am Neujahrstag 1916 kommt die Nachricht, dass James vom König den Verdienstorden erhält. Der Sterbende liegt auf dem Bett, sieht den Kähnen auf der Themse und den Wolken zu; seine Hand macht Schreibbewegungen auf dem Laken. Seiner Nichte sagt er: »Ich hoffe, dein Vater kommt bald. Von allen Leuten in Rom ist er der Einzige, den ich sehen will.« Dann: »Ich hätte William so gern bei mir.« Sein Leiden zieht sich hin. Er gibt nicht auf. Aber immer öfter verliert er das Bewusstsein. Am Abend des 28. Februar ist Henry James tot.

Noakes rasiert seinen Herrn ein letztes Mal. Die Trauerfeier findet in der alten Kirche von Chelsea statt. Die Leiche wird verbrannt. James' Schwägerin schmuggelt die Asche heimlich nach Amerika und bestattet sie im Familiengrab.

ANMERKUNGEN

Die Gesandten: engl. »The Ambassadors«. Sechsmal kehrt das Wort im Original wieder; meist meint es den zunächst entsandten Lambert Strether. Nur im vorletzten Kapitel wählt James einmal den verwandten Begriff des Emissärs (engl. emissary), als wolle sich der ernüchterte Strether am Ende von seiner offiziösen Rolle distanzieren. James' Romantitel erinnert an Holbeins berühmtes Gemälde von 1533, das 1890 der National Gallery in London gestiftet worden und ab 1900 »The Ambassadors« betitelt war. Das Bild zeigt zwei junge französische Gesandte am Hof Heinrichs VIII. Vor ihnen schiebt sich, zur Unkenntlichkeit verzerrt und nur aus spitzem Winkel erkennbar, ein riesiger, fahlgrauer Totenschädel über den Marmorboden. Die prächtig gewandeten Gesandten repräsentieren die höchste Kultur im Angesicht des Todes, aber sie sehen ihn nicht.

7 *Erstes Buch:* Die Einteilung des Romans in zwölf »Bücher« geht zurück auf die Erstpublikation, in zwölf monatlichen Folgen vom Januar bis Dezember 1903, in der *North American Review*, dem Flaggschiff der amerikanischen Kulturzeitschriften (Z). Eine deutlich erweiterte Buchfassung erschien schon Ende September 1903 im Londoner Methuen-Verlag (E), die noch einmal veränderte amerikanische Erstausgabe (A) Anfang November bei Harper in New York. Beide Buchausgaben haben nur Kapitelzählung. Für die revidierte Endfassung (N), die 1909 im Rahmen der 24-bändigen, in New York und London publizierten Edition seiner wichtigsten Werke erschien, übernahm James wieder die ursprüngliche Einteilung in zwölf »Bücher«. Denn die serielle Erstpublikation bedeutete, wie er im Vorwort von 1909 schrieb, die »reizvolle Herausforderung«, aus den monatlichen Lieferungen »ein kleines Kompositionsgesetz zu gewinnen«, mit spannungsreichen »Unterbrechungen und Wiederaufnahmen«. Für die Leser (und Überset-

zer) dieses Romans ergeben sich daraus gerade am Ende eines jeden »Buchs« herrlich heikle Fragen.

– *Strether:* James' Meisterwerk beginnt und endet mit dem Namen seines Protagonisten. Dieser ist freilich kein aktiver Held, sondern das eher passive Bewusstseinszentrum des Romans. Das war, wie James ausführlich im Vorwort erklärt, seine »künstlerische Hauptforderung«: »nur einen Mittelpunkt zu verwenden und alles auf den Horizont meines Helden zu begrenzen. Die Geschichte sollte so sehr dessen ganz persönliches Abenteuer sein, dass trotz der Projektion seines Bewusstseins auf diese Vorgänge – vom Anfang bis zum Ende, ohne Unterbrechung und Abweichung – wahrscheinlich immer noch ein Teil für ihn, und *a fortiori* für uns, unausgesprochen bliebe«. In dieser Konstruktion liegen auch die oft eigentümlich abstrakte Wortwahl und der ungewöhnliche, gleichsam tastende Satzbau des Romans begründet. Strethers Kopftheater, der unmittelbare Ausdruck seiner rasch wechselnden, oft widersprüchlichen Gedanken und Empfindungen, prägt bis in die Dialogpassagen hinein den Duktus der Erzählung, die von einer distanzierten Erzählerstimme nur sehr selten und behutsam kommentiert wird.

– *besser in Chester:* Die im Kern mittelalterliche Stadt liegt ca. 25 km südlich von Liverpool, der an der Mündung des Mersey liegenden Hafenstadt, für viele Reisende aus Übersee der Ankunftsort im Nordwesten Englands. In einem Essay von 1872 schrieb James über Chester: »Der amerikanische Reisende, der in dieser ehrwürdigen Stadt eintrifft, fühlt sich, ohne spürbaren Übergang, vom Rand der Neuen Welt ins Herz der Alten versetzt. […] Es ist vielleicht fast ein Unglück, dass Chester so dicht an der Schwelle zu England liegt, denn es ist ein so kostbares und vollständiges Exemplar einer alten Stadt, dass die späteren Wunder seiner ähnlich berühmten Schwestern ein wenig dagegen abfallen und der Appetit des Touristen auf das Malerische ein wenig von seiner Geschmackslust einbüßt.«

– *Note:* engl. »note«. Über fünfzig Mal taucht diese für James so typische (aber nicht immer analog übersetzbare) Bezeichnung für ein sichtbares Anzeichen, einen hörbaren Ton oder Klang, auch eine Duftnote, im Roman auf. Damit ist das Motiv der Perzeption eingeführt: Strether nimmt ständig, auf allen Kanälen der sinnlichen Wahrnehmung, von dem, was ihn umgibt, Notiz.

– *geheime Beweggrund:* engl. »secret principle«, das geheime Prinzip der Saumseligkeit des mußevoll Reisenden. James hatte seine Ankunft auf seiner ersten Europareise ohne Begleitung im Frühjahr 1869 ebenfalls genießerisch hinausgezögert, wie er in *English Hours* (1905) bekannte: »Liverpool ist keine romantische Stadt, aber jener dunstige Samstag steigt mir als überaus gelungen wieder ins Gedächtnis. [...] Die anderen Passagiere hatten sich davongemacht, hatten als Kenner den nächsten Zug nach London genommen; ich hatte das Hotel ganz für mich und kam mir vor, als hätte ich ein exklusives Besitzrecht an diesem ersten Eindruck. Ich zog ihn in die Länge, ich opferte und huldigte ihm, und so ist er mir noch jetzt völlig gegenwärtig – der Geschmack des nationalen Gebäcks, das Quietschen der Schuhe des Kellners, wenn er kam und ging (gab es etwas Englischeres als seinen entschieden professionellen Rücken? Er offenbarte ein Land der Tradition) und das Rascheln der Zeitung, die ich zu lesen viel zu aufgeregt war. Ich opferte den ganzen Rest des Tages; es kam mir überhaupt nicht in den Sinn, mich nach der Weiterreise zu erkundigen.«

9 *seinen Blick:* Der erste von vielen vielsagenden, aber nicht erläuterten Augen-Blicken des Romans. James' Blickregie erzeugt, mehr als jede andere Art der Körpersprache, eine sozusagen stumme Tonspur, die sich über die ebenfalls oft opake Figurenrede legt.

– *auf glücklichem Fuße:* engl. »on happy terms with each other«: ein Beispiel für den verbalen Spielwitz des späten James. In den drei Fassungen von 1903 waren Maria Gostreys Züge nur ausdrucksvoll und angenehm gewesen (»expressive and agreeable«). Die späteren Varianten betonen oft die phantasievolle Ader des alles andere als tumben Strether. Übersetzer neigen bei derlei gewagten Sprachbildern meist zu glättenden Wiedergaben. In den beiden deutschen Fassungen von Helmut Braem und Elisabeth Kaiser (1956) und Ana Maria Brock (1973) sind Maria Gostreys Züge nur »harmonisch aufeinander abgestimmt«, ähnlich wie später die Übersetzung des französischen Schriftstellers und James-Kenners Jean Pavans von 2010: »en relation harmonieuse les uns avec les autres«.

– *Milrose*: eine fiktive Stadt.

10 *Sie schien keinerlei Zurückhaltung zu kennen:* Auch hier verstärkte James 1909 den Hinweis auf die Perspektive des Beobachters. In den drei früheren Fassungen hieß es nur: Sie war freimütig (»She was frank«).

– *Malvern:* Ein Kurort nahe Worcester im Westen Englands, den auch James seit 1869 wegen seiner chronischen Verstopfung mehrfach aufsuchte.

11 *unter diesem nicht erbetenen Geleit:* engl. »under this unsought protection«. James betonte in N damit das eigentümliche Verhältnis zwischen Strether und Maria Gostrey; die früheren Fassungen sprechen nur von seiner neuen Freundin (»with his new friend«).

12 *Meublement dieser Miene:* engl. »facial furniture«. Die witzige Zuspitzung dieser physiognomischen Skizze entschärfen Braem/Kaiser und Brock zur »Ausstattung« des Gesichts, anders als Pavans (»ce mobilier facial«).

14 *nachdem sich sein Bewusstsein kurz geschüttelt hatte:* engl. »after a short shake of his consciousness«. Eine expressive Metapher, die Braem/Kaiser (»nach einem kurzen Stutzen«) und Brock (»nach einem kurzen Zusammenzucken seines Bewusstseins«) eher abmildern.

18 *Lewis Lambert:* James schätzte Honoré de Balzac (1799–1850), nannte aber *Louis Lambert* (1832–33) in einem Essay von 1877 »heute ziemlich unlesbar«. Der Titelheld des Romans, ein Anhänger Swedenborgs, versucht sich an einer Abhandlung über den Willen, verliebt sich in eine reiche Jüdin und fällt, am Vorabend seiner Hochzeit, in einen tranceartigen Wahnzustand.

– *Woollett:* wie Waymarshs Milrose kein realer Ort. In seiner 90-seitigen, gut 20 000 Wörter umfassenden Projektskizze für den Roman, die James Anfang September 1900 an den New Yorker Harper-Verlag schickte, umschreibt er das spätere Woollett so: »Eine amerikanische Stadt aus der zweiten Reihe – nicht New York oder Boston oder Chicago, sondern ein ›wichtiges regionales Zentrum‹ in Neuengland wie Providence, R. I., Worcester, Mass., oder

Hartford, Conn.: eine alte, aufgeklärte, liberale Stadt im Osten, die noch keine der größeren Universitäten besitzt (aus bestimmten Gründen will ich das nicht).«

19 *Der gewundene Wall:* James liebte die Wallanlagen von Chester, die es den Bürgern ermöglichten, »ihre Stadt intimer kennenzulernen als ihre gürtellosen Nachbarinnen«. Das »Bürgerbewusstsein kann sich, wenn es sich dergestalt sonnt auf dem Rande der Stadt und auf das betürmte und begiebelte Städtchen und dann auf die blauen Bodenwellen des nahen walisischen Grenzlands blickt, leicht zu köstlicher Selbstzufriedenheit vertiefen.« (*English Hours*)

20 »*Da haben Sie's!*«: engl. »Ah there you are!« Eine gängige, dem frz. »voilà« ähnliche Formel, die im Roman häufig auftaucht, je nach Gesprächskontext und Sprecherabsicht Unterschiedliches bedeuten kann und im Deutschen nur schwer zu übersetzen oder besser zu ersetzen ist. Braem/Kaiser und Brock variieren sie je nach Kontext. Strethers vielsagend nichtssagende Formel ist aber so etwas wie ein charakterisierendes Leitmotiv, da er sich mit ihr immer wieder in heiklen Momenten aus der Affäre zu ziehen versucht, vor allem im Gespräch mit Maria Gostrey, z. B. am Ende von Buch IX, ii (S. 401) und im letzten Satz des Romans.

29 *seit Jahren:* Die früheren Ausgaben sprechen hier von gut fünf Jahren Trennung.

31 *Direkt krank wirken Sie nicht:* engl. »You don't appear sick to speak of.« Übersetzer aus dem Englischen in viele europäische Sprachen müssen sich entscheiden, wie sie das engl. Pronomen (»you«) deuten wollen. Wie vertraut sind Strether und Waymarsh wirklich? Bei Braem/Kaiser, Brock und Pavans duzen sie sich umstandslos. Sie haben freilich ein durchaus distanziertes Verhältnis, reden sich mit Nachnamen an. Überdies pflegen vergleichbare Figuren in zeitgenössischen deutschen Romanen ebenfalls das formelle »Sie«.

37 *Pendennis:* William Makepeace Thackerays (1811–63) zunächst seriell publizierter Roman *Pendennis* (1848–50) beginnt damit, dass der Titelheld beim Frühstück sitzt und einen Brief seiner Schwägerin öffnet, in dem sie ihn bittet, seinen Neffen vor der

Heirat mit einer zwölf Jahre älteren Schauspielerin zu »retten« – angesichts von Strethers ähnlichem Auftrag ist dies eine durchaus hintergründige Anspielung. James war Thackeray schon als Kind mehrfach begegnet und hatte alle seine großen Werke gelesen.

40 *Megatherium:* Der Name von Major Pendennis' Club in Thackerays Roman *The Newcomes* (1853–55).

– *Rows:* James beschrieb die »architektonische Eigentümlichkeit« der durch Galerien verbundenen Reihen alter Fachwerkhäuser mit Läden auf zwei Etagen in *English Hours*: »Es ist gleichsam eine gotische Ausgabe der herrlichen Arkaden und Porticos Italiens und besteht, grob gesagt, aus einer durch die zweiten Geschosse der Häuser getunnelten Passage.«

41 *Besucherinnen aus London:* In Oliver Goldsmiths (1728–74) Roman *The Vicar of Wakefield* (1766) umgarnen zwei Londoner Prostituierte, als Damen von Welt getarnt, die Familie des gutgläubigen Landpfarrers Dr. Primrose. Nur der ebenfalls verkleidete Mr. Burchell (eigentlich ein wohlhabender Baron) durchschaut das Treiben der beiden Huren und unterbricht regelmäßig ihre Konversationscamouflage mit dem Ausruf: »Quark!« Kurz bevor er mit den *Ambassadors* begann, hatte James eine Einleitung zu Goldsmiths Roman verfasst, in der er diese brillante Gesprächsszene besonders lobend hervorhebt. Manche sehen Dr. Primroses Versuch, seine leichtlebige Tochter Olivia vor der Verführung durch den schurkischen Thornhill zu bewahren, als motivische Parallele zu Strethers Bemühung um Chad.

43 *Burlington Arcade:* die 1819 eröffnete, vornehme Einkaufspassage in London.

51 *Königin Elisabeth:* Elizabeth I. (1533–1603), die Kusine und große Gegenspielerin der katholischen Königin der Schotten, Mary Stuart (1542–87), die den englischen Thron für sich beanspruchte. Die rotblonde Elizabeth ließ die dunkle Mary wegen Hochverrats hinrichten.

52 *Museum:* das 1870 gegründete Boston Museum of Fine Arts.

57 *eine amerikanische Invalide?:* In den früheren Fassungen nennt Miss Gostrey Mrs. Newsome nur eine schlimme (»bad«) Invalidin. Das folgende Geplänkel (»aber sie wäre wohl einverstanden [...]

umgekehrt«) ergänzte James ebenfalls erst in N und verstärkte damit die Distanz der europäisierten Amerikanerin zu ihrer früheren Heimat.

— *aufs Pedal zu treten:* gemeint ist vermutlich das linke Pedal am Klavier, mit dem die lauten (»überspannten«) Töne gedämpft werden.

59 *eine kleine Sache:* Was dieser banale, fast lächerliche Artikel des alltäglichen Hausgebrauchs ist, bleibt James' Geheimnis. Das hat die Fachleute im Dechiffriersyndikat nur umso heftiger grübeln lassen: Ist es ein Toilettenartikel wie die Manschetten- oder Sockenhalter, die auf den rostroten Umschlagblättern der *North American Review* des Jahres 1903, gleich nach der monatlichen Lieferung von James' Roman am Ende jedes Heftes, angepriesen wurden? Ist es ein Sicherheitszündhölzchen? Ein Knöpfer für Überrock oder Stiefel? Ein Wecker? Ein Nachttopf? Oder nur ein Zahnstocher? Als Strether es Miss Gostrey am Ende verraten will, ist sie nicht mehr interessiert. Und die Leser raten weiter.

64 *Eine Wucht aus Woollett – bon!:* engl. »A Woollett swell – bon!« In Miss Gostreys Spott prallt englischer Slang auf französische Eleganz. Bei Braem/Kaiser war Mrs. Newsome ein »Prachtkerl«, bei Brock eine »ziemliche Größe«; auch in der frz. Übersetzung verliert diese Stelle an Witz: »Être sélect à Woollett… *bon!*«

66 *das Innere des Kerkers:* Hier echot Strether Hamlets väterlichen Geist: »Wär' mir's nicht untersagt, / Das Innre meines Kerkers zu enthüllen, / So höb' ich eine Kunde an, von der / Das kleinste Wort die Seele dir zermalmte…« *Hamlet* I, 5, 13–16 (A. W. Schlegel)

70 *Sie klinkte sich ein:* engl. »her thought fitted with a click.« James suggeriert die Vorstellung vom Gespräch als einer komplizierten Maschine in Bewegung, in der sich im Idealfall alle Teile fast geräuschlos ineinanderfügen.

74 *»Bis in den Tod!«:* engl. »Till death!« Im Original spielt Maria Gostrey noch deutlicher auf das Hochzeitsgelöbnis im *Book of Common Prayer* an.

75 *an seinem zweiten Morgen:* In »Paris Revisited«, seinem ersten Artikel als Auslandskorrespondent für die *New York Tribune*, schrieb James am 22. November 1875: »Der Amerikaner, der zum ersten

Mal nach Paris kommt, erhält natürlich eine Menge angenehmer Eindrücke; wie eine Ente ins nächstgelegene Wasser, grob gesagt, wirft er sich in die französische Hauptstadt hinein, und rasch findet er immer neue Gelegenheiten für Unterhaltung und Zerstreuung. Aber ganz sicher ist kein Amerikaner, seit es Amerikaner gibt, nur einmal nach Paris gekommen, und erst wenn er zurückkehrt – hungrig, unvermeidlich, schicksalhaft –, wird sein Bewusstsein für das Spezifikum von Paris auf das Äußerste geschärft. In der Zwischenzeit ist es wohl verblasst und verblichen, hat ihn zu der Vorstellung verführt, dass die Distanz ihn verzauberte und die Erinnerung ihm einen Streich gespielt hat. War es damals wirklich so ungemein schön? [...] Unser Freund kommt zurück mit einem gewissen Maßstab, mit einem Ideal, und nun besteht sein Vergnügen darin zu sehen, ob die Stadt seiner Vorliebe ihr Versprechen halten wird. Man kann wohl behaupten, dass sie das im Allgemeinen tut und sich in ihren Vorzügen gut bewährt. Vielleicht mögen Sie Paris nicht, und wenn Sie die Stadt nicht lieben, werden Sie sie wahrscheinlich verachten und verabscheuen. Ich habe respektable Fälle beider Geisteshaltungen kennengelernt, und es ist mein höchster Ehrgeiz, beiden ganz unparteiisch Gerechtigkeit widerfahren zu lassen.«

– *Rue Scribe:* Die Straße liegt im Norden jenes Viertels in der Nähe der Oper am rechten Seineufer, das James 1875 als die »klassische Gegend« für amerikanische Touristen bezeichnet hatte: »Die Damen folgen, Woche für Woche, den verschlungenen Wegen zu den großen Geschäften – dem Bon Marché, dem Louvre, der Compagnie Lyonnaise; die Herren folgen anderen Wegen, die manchmal, ohne Zweifel, auch ein wenig verschlungen sind.«

76 *vom Gymnase zum Café Riche:* Im Théâtre du Gymnase wurden vor allem Komödien aufgeführt; das vornehme Café Riche war eines der besten Restaurants der Stadt.

78 *Schloss:* Das Schloss in den Tuilerien war im Mai 1871 von den Kommunarden niedergebrannt und 1883 abgetragen worden. James besichtigte im Sommer 1872 die ausgebrannten Ruinen und schrieb seinem Bruder William: »Es macht einen missmutig, dass man die gegenwärtige geistig-moralische Lage Frankreichs nicht

versteht. Unter dieser hübschen und koketten Oberfläche meint man die unterdrückte, aber noch immer kochende Commune förmlich zu riechen.« Zola schilderte die Zerstörung des Schlosses später in seinem Roman *Le Débâcle* (1892), den James in einem Essay von 1903 würdigte.

– *Rue de Seine:* Schon als Knabe war James mit seinem Bruder William diese Straße oft entlanggelaufen, »als bewahrte sie irgendwie das Geheimnis unserer Zukunft«. Sie führt von der Seine zum Jardin du Luxembourg, der, wie James in seiner Autobiographie (1913) schrieb, »die angemessen nüchterne gesellschaftliche Antithese zu den ›eleganten‹ Tuilerien bildete«. James wählte ein Photo des Jardin du Luxembourg als Frontispiz für den zweiten Band der *Ambassadors* in der New York Edition.

79 *Becher:* engl. »the cup of his impressions seemed truly to overflow«. James liebte diese Metapher, ein leises Echo von Psalm 23, 5 in der King James Version. Er benutzte sie schon in seinen frühen Reiseberichten. Im Roman taucht sie mehrfach auf (z. B. S. 49, 81, 212, 315, 417). Noch im Vorwort von 1909 nennt James die ursprüngliche Einstellung Strethers eine »klare grüne Flüssigkeit in einer zierlichen Glasphiole«, die, nachdem sie »in den offenen Becher der *Anwendung* ausgegossen und der Wirkung einer anderen Luft« (nämlich der von Paris) ausgesetzt worden war, angefangen hatte, »sich von Grün nach Rot oder sonst wie zu verfärben«.

82 *eine schreckliche heitere gesellige Einsamkeit:* an ausdrucksvollen Stellen, in denen sich Strethers gemischte Gefühle gewissermaßen atemlos hervordrängen, verzichtet James auf Kommata.

84 *nach dem Krieg:* der amerikanische Bürgerkrieg (1861–65). Wenn Strether kurz danach mit etwa zwanzig Jahren heiratete und jetzt 55 Jahre zählt, muss die Romanhandlung in den späten 1890er Jahren spielen. Strether nutzt bereits die seit 1897 blau gefärbten Kärtchen der Rohrpost; die Métro freilich, deren Bau 1898 begonnen und die 1900 eröffnet wurde, wird im Roman nicht erwähnt.

85 *zitronenfarbenen Bände:* Französische Romane erschienen damals meist in gelber Broschur.

87 *Dies warf die Frage auf:* In der Londoner Erstausgabe (E) ergänzte James diese Passage, die er später wieder tilgte: »Mit den

Briefen auf dem Schoß – Briefe, die er mit nervöser, unbewusster Heftigkeit umklammerte – kamen ihm, in seinem lauschigen Winkel des Luxembourg, allerlei Gedanken, die in seltsamen, riesigen Zusammenhängen mal hinausschwangen in den Weltraum, in die Vergangenheit und die Zukunft, dann wieder jäh und ziemlich atemlos, aber mit einem leisen, beruhigenden Bums, ins Gestern und Heute herabsanken. Und so geschah es, dass er wieder auf das Rätsel des vorigen Abends zurückkam.«

89 *Quartier Latin:* das von Studenten und Künstlern bewohnte (und für viktorianische Briten und Amerikaner daher herrlich anrüchige) alte Universitätsviertel am linken Seineufer.

– *Boulevard Malesherbes:* eine lange, elegante Straße auf der rechten Flussseite, nördlich der Champs-Élysées.

– *Murger:* Henri Murger (1822–61) wurde für seine zunächst in Zeitungen publizierten *Scènes de la vie de Bohème* (1851) berühmt; das Buch, schon 1851 auf Deutsch als *Pariser Zigeunerleben* erschienen, diente später als Vorlage für Puccinis *La bohème* (1896). Die schwindsüchtige Francine und die leichtlebige Musette, Modelle und Geliebte von Malern und Bildhauern, und der arme Dichter Rodolphe sind Figuren aus Murgers Geschichten über das freizügige Studenten- und Künstlerleben.

91 *Montagne Sainte-Geneviève:* eine Erhebung im Quartier Latin mit dem Pantheon an der Stelle einer im 18. Jhd. abgerissenen Kirche, in der die Schutzpatronin von Paris begraben war.

92 *Omnes vulnerant, ultima necat:* lat.: alle schlagen Wunden, die letzte tötet. Die Londoner Ausgabe, die die Anzahl von Chads Liebschaften deutlich vervielfacht (»gut möglich, dass sie die Zahlen des bescheidenen Ziffernblatts einer Uhr noch überstiegen«), identifiziert Strethers Lektüre als ein Werk von Théophile Gautier (1811–72). Tatsächlich zitiert dieser das lateinische Motto in seiner *Voyage en Espagne* (1845), die James 1873 als »vorbildhaftes Meisterwerk« rezensiert hatte.

– *gegen eine spezielle Variante des übelsten:* In der Londoner Ausgabe (E) tauscht Chad das beste Französisch »mit etwas, das, in gewisser Weise, ein Teil dieses zweifelhaften Ideals sein mochte, aber sicher nicht jener Teil, den man öffentlich eingestehen konnte, für Lob oder Tadel seiner qualitativen Varietäten. Alles, was Mrs. Newsome nun schon seit geraumer Zeit über ihren Sohn hatte in Erfahrung bringen können, war, dass er seine Laufbahn in dem kostspieligen Areal – damit hatte sie es, wie sie meinte, hinreichend bezeichnet – fortgesetzt hatte, und dies nicht ohne intime Unterstützung. Wie ein Pascha war er in diese furchtbare Richtung weitergereist, nur dass seine Sänfte keineswegs mit Vorhängen versehen und ihre Insassen durchaus nicht verschleiert gewesen wären; kurzum, er war in Begleitung von jenseits der Brücken unterwegs – eine skandalöse, berüchtigte Begleitung, die mit ihm, auf ihrer zynischen Reise, von Etappe zu Etappe und von Zeit zu Zeit, immer kühnere Ausflüge unternahm, sich immer größere Freiheiten gönnte: solche Spuren, Echos, ja fast Legenden ließ dieses Pärchen zurück.« Für die amerikanischen Ausgaben strich James diese Passage wieder.

– *Odéon:* Das neben dem Théâtre Français prominenteste Schauspielhaus, in dem vor allem die frz. Klassiker zur Aufführung kamen.

102 *Léoville:* ein roter Bordeaux.

108 *glänzende Stunden:* engl. »shining hours«. Zitat aus einem Kindergedicht mit dem Titel »Against Idleness and Mischief« (Wider Unfug und Müßiggang) von Isaac Watts (1674–1748): »Wie nutzet jede glänzend' Stund' / Die kleine fleiß'ge Biene....«

110 *als amerikanischer Gesandter an den Tuilerien:* wo noch Louis-Philippe (1830–48) und Napoleon III. (1852–70) Hof hielten.

114 *Quartier Marbeuf:* das in den 1890er Jahren neu erbaute, noble Viertel zwischen den Champs-Élysées und der Seine, in dem offenbar auch Miss Barrace wohnt.

116 *modus vivendi:* lat.: Lebensstil.

119 *Tizian:* das »Porträt eines Mannes mit Handschuh« von Tizian (ca. 1488–1576). James bekannte seinem großen Bruder im Mai 1869: »Ich bewundere Raffael, ich genieße Rubens, aber Tizian liebe ich leidenschaftlich.«

– *Musée du Luxembourg:* Dieses Museum war im Gegensatz zum Louvre damals vor allem der Gegenwartskunst gewidmet.

123 *Français:* James, der das tonangebende, auch Comédie Française genannte Theater in der Rue de Richelieu gut kannte, nannte

es schon 1872 »nicht nur die liebenswürdigste, sondern auch die charakteristischste Institution Frankreichs«, einen Ort, der einem »kunstsinnigen Amerikaner« allerlei »ästhetische Bildung« biete. Nach dem Brand am 8. März 1900 fanden die Vorstellungen einige Zeit im Odéon statt.

124 *kleine blaue Briefkarte:* eines jener zwischen 1897 und 1902 blau gefärbten Kärtchen, die mittels pneumatischer Rohrpost quer durch Paris geschickt wurden und damit rasche Kommunikation ermöglichten.

139 *dass du hier mit allem brichst:* engl. »to make you break with everything«. Wieder ist das Pronomen im Deutschen und Französischen deutungsbedürftig. Bei Braem/Kaiser und Brock siezen sich Strether und Chad gegenseitig. Ihr Verhältnis ist aber doch wohl asymmetrisch, denn Strether kennt Chad noch als kleinen Jungen in Knickerbockern, von Woollett her. Daher scheint für ihn das vertrauliche Du passender, während Chad den viel älteren Gesandten seiner Mutter wohl siezen würde. So hält es auch Pavans in seiner frz. Übersetzung.

178 *Ihre Nationalität interessiert mich nicht die Bohne:* engl. »I don't care the least little ›hang‹.« Strether spielt hier, im Dialog mit der spottlustigen Miss Gostrey, den auch sprachlich hemdsärmeligen Angehörigen einer Nation von Einwanderern. Viele Polen waren schon nach den gescheiterten Unabhängigkeitskämpfen von 1830, 1848 und 1863 ins westeuropäische und amerikanische Exil gegangen; die meisten wanderten zwischen 1870 und dem Ersten Weltkrieg in die USA ein.

181 *Gloriani:* Schon in *Roderick Hudson* (1875), James' zweitem Roman, kommt diese Figur vor. In dessen revidierter Fassung für die New York Edition (1907) bezeichnet der Erzähler Gloriani als »einen amerikanischen Bildhauer von französischer Herkunft, vielleicht auch mit italienischen Vorfahren«, dessen Werke »die meisten für höchst extravagant und viele für völlig verworfen hielten«. Gloriani sah keinen »wesensmäßigen Unterschied zwischen Schönem und Hässlichen«; für ihn kam es nur auf »das Expressive« an, dem man mit amoralischer »Genialität« beikommen müsse.

– *panem et circenses:* lat.: Brot und Spiele; nach Aussage des röm.

Satirikers Juvenal (ca. 55–140 n. Chr.) das Einzige, was das römische Volk von der Rebellion abhalten konnte.

183 *Faubourg Saint-Germain:* Nobles Viertel am linken Seineufer, in dem neben wohlhabenden und altehrwürdigen Familien auch zahlreiche ausländische Diplomaten lebten und arbeiteten. Hier lag der Garten von James McNeill Whistler (1834–1903), dem amerikanischen Maler und Freund von James, in dem sich die Begebenheit zutrug, die nach James' Vorwort von 1909 das »Samenkorn« für den ganzen Roman bildete.

193 *Moses:* Der Mose des Michelangelo Buonarroti (1475–1564), einmal auf dem Deckengemälde der Sixtinischen Kapelle des Vatikan, dann als Statue in St. Pietro in Vincoli. Diese suchte der junge James am 27. Dezember 1869, kurz vor seiner Abreise aus Rom, noch einmal auf: »Wiewohl weit entfernt, vollkommen zu sein«, schrieb er begeistert an William, überwältige der Mose durch seine kraftvolle »Beredsamkeit, mit der er die Geschichte von der leidenschaftlichen Absage seines Schöpfers an die Passivität von Phantasie und Betrachtung erzählt«.

202 *bedeutend kleinen Herrn:* engl. »importantly short«; in den drei früheren Fassungen ist der Herr bloß »nicht sehr groß«. Henry James, selbst eher klein (anders als Turgenjew oder Flaubert), wusste um die Wirkung wahrer Größe.

205 *Vergessen Sie trotzdem nicht, dass Sie jung sind – mit Jugend gesegnet:* In seiner Projektskizze vom Herbst 1900 hat James die ihm über seinen Freund William Dean Howells (1837–1920) berichtete Anekdote, die den Kern des Romans bildete, zum ersten Mal für seine Verleger ausgesponnen: »Denken Sie zuerst an den Schauplatz – den zauberhaften Juninachmittag in Paris, Teetische unter Bäumen, der ›lauschige‹ Winkel, dem Gespräch über ›Kunst und Literatur‹ geweiht, allerlei Typen, gewisse Freiheiten von einer (für den *désorienté*, den älteren Amerikaner) beispiellosen Sorte; denken Sie vor allem an die so wahrscheinliche Anwesenheit einer oder zweier zauberhafter Damen besonders ›europäischen‹ Zuschnitts, und zwar von der Art, der zu begegnen ihm bisher noch nie vergönnt war. Gut – dies ist es, was das Ganze in ihm auslöste, während ihn, mit träger Hast, seine volle Bedeutung überkam: – ›Oh, *Sie*

sind jung, mit Jugend gesegnet; freuen Sie sich dessen; freuen Sie sich dessen und *leben* Sie. Leben Sie, so intensiv Sie können; alles andere ist ein Fehler. *Was* Sie tun, spielt eigentlich keine große Rolle – aber leben Sie. Diese Umgebung hier mit ihren Eindrücken – und auch viele von denen, die ich, so lange schon, von Soundso und Soundso über ihr Leben bekommen habe, die ihre reiche Botschaft überbracht haben – , all das kommt nun über mich. Ich erkenne es jetzt. Das habe ich vorher nicht genügend getan – und nun bin ich alt; ich bin jedenfalls zu alt für meine Einsicht. Oh, immerhin *sehe* ich jetzt – ich sehe viel. Es ist zu spät. Es ist an mir vorbeigegangen. Ich hab's verloren. Es hätte für mich zweifellos nicht anders verlaufen können; denn das Leben gewinnt eine Form, in der es einen hält: man lebt, wie man kann. Aber der Punkt ist, dass *Sie* noch Zeit haben. Das ist das Schöne. Sie sind, wie gesagt, hol Sie der Teufel, so wunderbar, so phänomenal und abscheulich jung. Seien Sie nicht dumm. Ich halte Sie natürlich nicht im Traum für dumm, sonst würde ich Ihnen nicht diese rüpelhaften Dinge sagen. Machen Sie jedenfalls bloß nicht *meinen* Fehler. Leben Sie!«« Soweit James' Entwurf dieser zentralen Szene aus dem Herbst 1900. Im Vergleich zum auskomponierten Roman ist die Rede hier direkter, drängender und frei von den Metaphern vom verpassten Zug und vom Gelee des Bewusstseins in der Blechform des Lebens. Auch die Vorstellung von der »Illusion der Freiheit« legte James seinem aufgewühlten Protagonisten erst später in den Mund. Den anekdotischen Kern des Romans aber, so der Autor an seine Verleger, »stellte mir, mit der Macht der direkten Kommunikation, die reale Magie des *echten* Sachverhalts vor (den der Romancier, wenn er denn sein Handwerk versteht, erkennt und auf den er reagiert): eine interessante Situation, ein lebendiges und verwendbares Thema. Um seine Verwendbarkeit zu *beweisen*, musste ich es ausarbeiten.«

217 *rumelisch:* engl. »Roumelian«: eine Form des Griechischen, die im Norden des ottomanischen Reichs, im heutigen Griechenland und Bulgarien, gesprochen wurde.

227 *Bellechasse:* frz.: »schöne Jagd«. Madame de Vionnets Haus im Faubourg St. Germain könnte das stattliche Gebäude Nr. 31 sein, wo der Romancier Alphonse Daudet (1850–97) ab 1885 lebte.

James besuchte ihn dort im Jahr 1893, und Daudets Sohn glaubte sich später zu erinnern, er habe dort zusammen mit dem jungen Marcel Proust (1875–1922) diniert.

228 *des Ersten Kaiserreiches:* nämlich das von Napoleon Bonaparte I. (1804–15).

– *die Welt Chateaubriands, der Madame de Staël, sogar des jungen Lamartine:* François René de Chateaubriand (1768–1848), Madame de Staël (1776–1817) und der Dichter, Historiker und Staatsmann Alphonse Marie de Lamartine (1790–1869), führende Figuren der frz. Romantik.

230 *Revue:* die *Revue des deux mondes* (1829–1914) war die führende frz. Literaturzeitschrift des 19. Jahrhunderts, die auch anglo-amerikanische Autoren rezensierte und druckte. Die lachsfarbenen Umschläge standen, wie James sich später erinnerte, in der Bibliothek seines Elternhauses in Newport, »Reihe auf Reihe, wie ein Chor atmender Engel«. Zusammen mit seinem Freund Perry las er schon in den späten 1850er Jahren neben den britischen Zeitschriften auch die *Revue* »mit Entzücken«. Als er im November 1875 in Paris eintraf, fand er in der *Revue* eine (unautorisierte) Übersetzung seiner Erzählung »The Last of the Valerii«; im Januar 1876 folgte eine Übersetzung von »Eugene Pickering«. Derlei Raubdrucke ohne Honorar für den Autor waren in der Ära vor dem internationalen Copyright (1891) üblich.

251 *Sitting Bull:* Miss Barrace, die den stoischen Waymarsh schon früher als »Indianerhäuptling« empfindet (S. 194), vergleicht ihn hier mit dem legendären Anführer der Hunkpapa Lakota Sioux (ca. 1831–1890), der Ende Juni 1876 in der Schlacht am Little Bighorn in Montana das 7. Kavallerieregiment unter Oberstleutnant George Custer vernichtend geschlagen hatte.

– *Viktoria:* eine niedrige, vierrädrige Kutsche.

254 *die leibhaftige Gestalt:* engl. »in her habit as she lived.« James zitierte gern Hamlets Ausruf, als der Geist seines Vaters aus dem Gemach der Mutter weicht: »Ha, seht nur hin! Seht, wie es weg sich stiehlt! / Mein Vater in leibhaftiger Gestalt.« *Hamlet* III, iv, 136 f. (A. W. Schlegel).

255 *wie Kleopatra im Schauspiel:* wieder Shakespeare, diesmal

Antony and Cleopatra, II, ii, 234f: »Sie macht das Alter / Nicht welk, und täglicher Genuss nicht stumpf / Die immer neue Reizung.« (W. Baudissin)

271 *Notre Dame:* In seinen »Parisian Sketches«, einer Serie von 19 Korrespondenzberichten für die *New York Tribune* vom Dezember 1875 bis August 1876, erwähnt James die Kathedrale eher beiläufig. Aber gegen Ende seines Romans *The American* (1877) nutzt er sie als Schauplatz für einen unerwarteten, inneren Wendepunkt. Christopher Newman, der von der alten Adelsfamilie de Bellegarde um die Hand ihrer Tochter betrogene Titelheld, streunt, aufgewühlt und ratlos, durch die Innenstadt. Er steht eine Weile »auf dem leeren Platz vor der großen Kathedrale; dann ging er unter den Portalen mit ihren groben Bildnissen hinein. Er wanderte ein wenig durch das Schiff und setzte sich in dem herrlichen Dämmerlicht nieder. Da saß er eine lange Zeit; er hörte ferne Glocken, wie sie, mit langen Pausen, in den Rest der Welt hineinläuteten. Er war sehr müde; dies war jetzt der beste Ort für ihn. Ein Gebet sprach er nicht; er wusste nichts zu beten. Er hatte nichts, wofür er dankbar sein, nichts, wofür er bitten konnte. Denn nun musste er für sich selbst sorgen. Aber eine große Kathedrale ist gastfreundlich für sehr viele, und Newman blieb sitzen, weil er, solange er dort saß, der Welt entronnen war. Das Unangenehmste, was ihm je widerfahren war, hatte sozusagen seinen endgültigen Abschluss gefunden; er konnte das Buch zuklappen und weglegen. Lange Zeit stützte er seinen Kopf gegen die Banklehne vor ihm; als er ihn erhob, war er wieder er selbst.« Ihm erscheint nun seine geplante Rache an den hinterhältigen de Bellegardes unsinnig: »Er schämte sich, dass er ihnen hatte Leid zufügen wollen. Sie hatten ihm Leid zugefügt, aber derlei Dinge waren eigentlich nicht seine Sache. Schließlich stand er auf und verließ die immer finsterer werdende Kirche, nicht mit dem elastischen Schritt eines Mannes, der einen Sieg errungen oder einen Entschluss gefasst hatte, sondern ruhig schlendernd, wie ein gutmütiger Mann, der sich immer noch ein wenig schämt.« In den *Ambassadors*, ein Vierteljahrhundert später, wird Notre Dame zum Schauplatz eines ungleich subtileren Dramas.

– *Mentone:* der ital. Name des frz. Küstenorts an der ital.-frz. Grenze.

274 *Heldin:* vielleicht das schöne, unschuldige Zigeunermädchen Esméralda in Victor Hugos »großem Roman« (s. S. 278) über den buckligen Glöckner von *Notre-Dame de Paris* (1831).

275 *Victor Hugo:* Hugo (1802–85) war für seine von romantischem Furor befeuerten Verse, Dramen und Romane international berühmt, aber schon der junge James hatte mehrere seiner Werke eher amüsiert oder kritisch rezensiert. Die »offensichtliche Albernheit« von Hugos politischen Reden sah er im Februar 1876 als Beleg für den »nationalen Dünkel« der Franzosen, und im Mai 1886 mokierte er sich privat über Hugos Staatsbegräbnis »in der Heiligen Stadt, dem sanctum sanctorum des großen und absurden Victor höchstselbst. Ich finde es allerliebst, dass er eine halbe Million Pfund Sterling hinterlässt und dennoch auf dem ›corbillard des pauvres‹ bestattet werden will. Er ist der Beweis: ein großer Dichter kann auch ein großer Humbug sein.« (an Theodore Child) Eine 58-bändige Werkausgabe Hugos wurde 1902 vollendet; dass Strether sich zum Kauf von sogar »siebzig gebundenen Bänden« verführen lässt, stellt ihm also kein gutes Zeugnis aus.

279 *Wallfahrtsort:* vermutlich die 1582 gegründete Hostellerie de la Tour d'Argent am Quai de la Tournelle, in dem schon Henri IV. und später Louis XIV. zu speisen liebten; in den turbulenten Zeiten der Revolution wurde sie geplündert und zeitweilig geschlossen. Um 1900 wurde das Restaurant am Ufer der Seine im Baedeker und anderen Reiseführern empfohlen, weil es einen Eindruck vom regen Wasserverkehr vermittelte (ca. 20 000 Schleppkähne pro Jahr).

283 *als Schaf geschlachtet zu werden:* Der erregte Strether verdreht hier das engl. Sprichwort. Es lautet eigentlich »you might as well be hung for a sheep as for a lamb« und bedeutet: wenn die Strafe für zwei unterschiedlich schwere Vergehen gleich ist, kann man auch gleich das üblere Verbrechen begehen.

292 *am Eingang seines Zeltes:* Strether denkt wohl an Miss Barrace' spöttische Bemerkung über Waymarsh als Sitting Bull.

296 *Marchons, marchons!:* frz.: »Lasst uns marschieren!« oder

»Marsch, Marsch!« Chad zitiert ironisch die frz. Nationalhymne, die Marseillaise, mit ihrem blutrünstigen Text.

314 *tiefsinnig opferbereit zart feinfühlig vornehm:* Auch hier verzichtet James um des künstlerischen Ausdrucks willen auf regelkonforme Kommata.

321 *Umschränkten und Umpfählten:* ein ironisches Echo von Macbeths Selbstbeschreibung in *Macbeth* III, iv, 23f: »Doch jetzt bin ich umschränkt, gepfercht, umpfählt, / Geklemmt von niederträcht'ger Angst und Zweifeln.« (D. Tieck)

323 *Chartres:* Strether erlaubt sich mehr als nur kleine Fluchten. Chartres liegt ca. 80 km südwestlich, Fontainebleau mit seinem italienisch anmutenden Renaissancepalast ca. 55 km südöstlich und Rouen mit seiner berühmten Kathedrale ca. 130 km nordwestlich von Paris. In einem Artikel für die *New York Tribune* vom April 1876 beschrieb James Chartres als »ziemlich schäbige kleine *ville de province*«, war aber begeistert von der »unsagbar harmonischen« Fassade der Kathedrale. Er habe sie »wie eine Motte die Kerze« umkreist und, bei Sonnen- und Mondlicht, aus zwanzig verschiedenen Perspektiven betrachtet. Im August 1876 berichtete er kritisch vom Umbau der Altstadt von Rouen, pries aber die Kathedrale und andere Kirchen, den Justizpalast und die alten Häuser der Stadt. Diese und andere Reiseskizzen aus Italien, Frankreich und Großbritannien erschienen 1883 als Buch unter dem Titel *Portraits of Places*.

350 *Varieties:* Nach dem Baedeker von 1900 boten die Variétés, also das Theater am Boulevard Montmartre, »Vaudevilles, Possen, Operetten. Vortreffliche Vorstellungen im Pariser Genre.« In seinem Überblick über die Pariser Bühnen hatte der junge James im Winter 1876 die Variétés als »Festung« der Gattung der Revue bezeichnet, »jene öde, abgenutzte Burleske über die Ereignisse des Jahres, ein bloßer Vorwand für viele schlechte Witze und unbekleidete *figurantes*«.

356 *Skiff:* Im Engl. nicht nur eine flache Segeljolle, sondern auch ein leichtes Ruderboot. James hatte die Bootsmetapher früh und unauffällig eingeführt (S. 218). Nun sieht sich Strether sogar als Ruderer für Madame de Vionnet, und für Sarah Pocock gibt es

bald keinen Zweifel, dass er es ist, der für »die Bewegung des Fahrzeugs« sorgt (S. 371). Wenig später ist er sich freilich unsicher, ob er überhaupt noch in Madame de Vionnets »Boot« sitzt (S. 390). Wer den ebenso privilegierten wie prekären Platz an den Rudern eigentlich einnimmt, erfährt Strether dann – ganz real – in der Bootsszene des elften Buchs und am Ende noch einmal, metaphorisch, aus des Ruderers eigenem Mund (S. 565).

358 *Ormulu:* Goldbronze, Malergold.

359 *ihrer zudringlichen Gegnerin:* engl. »her invader«.

364 *ein Wörtchen:* eine von vielen Äußerungen, deren genauer Sinn auch im fein gesponnenen Textgewebe des Romans vieldeutig bleibt. Handelt es sich um eine befürchtete Retourkutsche auf Strethers sanften Spott, viele Seiten vorher, dass Mrs. Pocock die bewunderte Miss Barrace bei Waymarsh bald »ausgestochen« haben werde (S. 327)? Spielt sie auf Strethers enges Verhältnis zu Maria Gostrey an, das er im Gespräch mit Madame de Vionnet, die auch Waymarshs Neigung zu Miss Barrace kennt, durchaus zugibt, ohne sich freilich seine möglichen Folgen einzugestehen (S. 381)? Oder bezieht sie sich auf Madame de Vionnets Anziehungskraft auf Strether? Entscheidend ist, dass Waymarsh hier nicht wirklich spricht; es ist eine weitere Szene aus Strethers verwirrendem Kopftheater.

365 *nach einer Pause, die viel kürzer dauerte als unser Blick:* einer der raren Momente, wo die auktoriale Erzählerstimme die Distanz zwischen Erzählzeit und erzählter Zeit kommentiert.

367 *amerikanisches Mädchen:* Der Typus des scheinbar naiven, unverbildeten »American girl« kam auch bei amerikanischen Romanciers wie Howells vor, aber James bot auch hier die breiteste und subtilste Palette, von der unbekümmerten Titelheldin der frühen Erzählung »Daisy Miller« (1878) über die selbstbewusste Waise Isabel Archer in *The Portrait of a Lady* (1881) bis zur todkranken Milly Theale in *The Wings of the Dove* (1902).

368 *nur wer Nutzen daraus zu ziehen versteht:* engl. »only for those who know how to make good use of her«. Der Jurist Waymarsh, das deutet James' Wortwahl an, denkt vor allem an den Wert dieses Artikels auf dem internationalen Heiratsmarkt.

— *Ich jedenfalls werde das von Ihnen nicht einfach hinnehmen:* Diese für Strether ungewöhnlich kühne Galanterie fügte James erst 1909 für die New York Edition hinzu.

369 *den ... Ihr wunderbares Land hervorbringt:* engl. »that your wonderful country produces«. Madame de Vionnets ironische Wortwahl ist im Englischen noch deutlicher. Gegen den »herrlichen Typus« des arglosen amerikanischen Mädchens aus der Massenproduktion der jungen Nation habe Jeanne, »*mein* kleines schüchternes Geschöpf«, keine Chance.

384 *Armes Entchen:* engl. »Poor little duck!« Vielleicht eine Anspielung auf das Kunstmärchen *Das hässliche Entlein* (1843). Sein Autor Hans Christian Andersen (1805–75) war auch in den USA berühmt.

393 *Bignon:* Louis Bignon (1816–1906) leitete das berühmte Café Riche (s. S. 76), in dem führende Mitglieder der Pariser Gesellschaft speisten. Das Restaurant wurde 1916 abgerissen, um Platz für eine Bank zu machen.

394 *Brébant:* Der Baedeker listet die »Taverne Brébant« am Boulevard Poissonnière im Norden der Innenstadt unter die seit der Pariser Weltausstellung von 1867 populären Bierhäuser, in denen es nur einfache Speisen gab: Zwiebelsuppe, Sauerkraut mit Wurst, Ochsenmaulsalat.

402 *Fromentins ›Maîtres d'Autrefois‹:* Diese Studien über die holländischen und flämischen Meister von dem Maler, Kunstkritiker und Erzähler Eugène Fromentin (1820–76) waren 1876 erschienen und von James, der sie seiner Schwester schenkte, sehr positiv besprochen worden. Fromentins Hauptwerk, seinen einzigen Roman *Dominique* (1862), hätte ausgerechnet Chad als Präsent für Mamie nicht gut wählen können. In diesem frühen psychologischen Roman, wegen seiner analytischen Nüchternheit von James als »außergewöhnlich exquisit« gepriesen, erzählt der Titelheld von seiner unglücklichen Leidenschaft für eine ältere, verheiratete Dame.

415 *4. Juli:* der Nationalfeiertag der USA.

418 *mache den Kohl nicht fett:* engl. »treating her handsomely buttered no parsnips« (Pastinaken) – das Echo eines Sprichworts (etwa: schöne Worte machen den Kohl nicht fett). In Strethers »unaus-

gesprochenen Gedanken« spricht Sarah die klare, kernige Sprache von Woollett.

439 *Marché aux Fleurs:* Der »Hauptblumenmarkt von Paris« (Baedeker) fand mittwochs und samstags auf der Île de la Cité hinter dem Tribunal de Commerce statt.

463 *Er begab sich spät an jenem Abend:* In der ersten amerikanischen Buchausgabe des Romans vom November 1903, die James auch für die »New York Edition« von 1909 nutzte, wurden die beiden ersten Kapitel dieses elften »Buchs« offenbar vertauscht. Darauf deutet neben anderen Details im Text der Hinweis auf »jenen Abend« nach Sarah Pococks Besuch hin, dem die mitternächtliche Unterredung zwischen Strether und Chad folgt (die in der leicht gekürzten Zeitschriftenfassung vom November 1903 übrigens fehlt). In der Londoner Erstausgabe des Methuen-Verlags vom September 1903 freilich stimmt die Reihenfolge der beiden Kapitel mit der Chronologie der Handlung überein. Daher orientieren sich alle richtigen Ausgaben und die meisten Übersetzungen an der Kapitelfolge der englischen Erstausgabe.

– *der zitronengelbe und heikle Roman:* engl. »the novel, lemon-coloured and tender«. Eine von vielen vielsagenden Leerstellen, die James platziert. Was liest Chad? Strether kennt den »heiklen« (oder auch zarten) Roman offenbar. Ist es eine Neuausgabe von Fromentins *Dominique*? Ein später Roman von Zola? Oder ein Nachdruck (die Erstausgabe hatte einen zartblauen Umschlag) von Guy de Maupassants *Bel ami*? James' englischer Freund Theodore Child hatte den noch druckfrischen Roman im Mai 1885 aus Paris geschickt; James hatte ihn »verschlungen, dankbar und mit größtem Genuss«. Er fand ihn »ebenso abgefeimt und brillant wie viehisch, und obwohl er einige sehr schwache Seiten hat, zeigt er doch, dass der begabte und wollüstige Guy tatsächlich auch einen *Roman* schreiben kann! Aber was er für Gräuel enthält – z. B. die Beschreibung des Liebeswerbens der armen Madame Walter! Nur ein Franzose kann so eine Seite schreiben – und nur ein Franzose würde es auch tun. *En somme,* für mich ist *Bel Ami* die Geschichte eines Grobians – von einem grobianischen Genie!« Aber vielleicht handelt es sich bei Chads Lektüre auch nur um irgendeine mehr oder minder explizite Liebesgeschichte, deren es damals sehr viele gab. Das bemängelte James jedenfalls in seinem Essay über »The Present Literary Situation in France«, der im Oktober 1899 in der *North American Review* erschien. Dort bedauerte er das Fehlen großer Romanciers wie Balzac, Flaubert oder George Sand, äußerte vorsichtiges Lob über Anatole France oder Paul Bourget und kritisierte die zeitgenössische Romanproduktion, die »wieder und wieder« nur von Paris und amourösen Dreiecksgeschichten handele. Es gebe doch sicher auch andere Leidenschaften als »immer nur die sexuelle«. Leser sollten lieber zu Balzac zurückkehren.

– *Contadina:* ital. Bäuerin.

464 *der helle Schein der lichterflirrenden Stadt:* In seinem Artikel für die *New York Tribune* vom Juli 1876 hatte James geschrieben: »An einem Sommerabend zahlt man den Preis dafür, in der am hellsten erleuchteten Hauptstadt der Welt zu leben. Der übermäßige Anteil von Gas, der sich in allen großen Durchgangsstraßen sammelt, erhitzt und verdickt die Atmosphäre, und man fühlt sich, in einer Julinacht, wie in einer riesigen Konzerthalle. Sieht man dann von einem hoch gelegenen Fenster in einem weiter auswärts gelegenen Viertel auf die Innenstadt von Paris hinab, wirken die gespenstischen Dunstschwaden, in die sie gehüllt ist, wie ein Gebräu des Teufels.«

– *zur Spukzeit:* engl. »witching hour«. Ein Echo aus Hamlets Monolog in Akt III, 2, 379f: »Nun ist die wahre Spukzeit der Nacht, / Wo Grüfte gähnen …« (A. W. Schlegel)

488 *noch heißer und staubiger:* Aus dem kühlen Le Havre berichtete James im Juli 1876 nach New York: »Von allen Großstädten ist es in Paris bei Hitze noch am erträglichsten. Es stimmt zwar, dass der Asphalt dazu neigt, sich bis zur Konsistenz und Temperatur geschmolzener Lava zu verflüssigen. Auch stimmt es, dass der leuchtende Sandstein, aus dem die Stadt erbaut ist, die Sonne mit unangenehmer Gewalt reflektiert.« Aber in den Restaurants unter den Bäumen der Champs-Élysées könne man es aushalten, und notfalls nehme man ein Dampfboot flussabwärts bis Auteuil oder fahre abends mit der Kutsche durch den Bois de Boulogne.

490 *Bois:* Im Bois de Boulogne, dem großen, baumreichen Park

im Westen der Innenstadt, der »Lieblingspromenade der Pariser«, pflegte die »vornehme und elegante Welt«, so der Baedeker von 1900, »vor dem Dîner in feiner Toilette« eine Rundfahrt zu machen: »Die prächtigsten Equipagen und Pferde, einfache Mietwagen, Automobile und Fahrräder drängen sich dann in dichten Reihen neben und durcheinander.« Davon ist in James' nostalgischem Rückblick auf ein noch vormodernes Paris nicht die Rede.

498 *Lambinet:* James hatte, wie er sich in seiner Autobiographie erinnert, die Bilder von Émile Lambinet (1815-77) schon in jungen Jahren in Ausstellungen jener vor-impressionistischen Landschaftsmaler gesehen, die »für den amerikanischen Sammler und auf dem Kunstmarkt von New York und Boston als Vorbilder des Modernen in meisterlicher Manier galten«.

499 *heiligen Hallen:* James hatte 1872 eine Ausstellung der »ersten Namen der französischen Schule« in der Kunstgalerie von Doll and Richards in der Bostoner Tremont Street besprochen; Lambinet aber war nicht darunter.

– *Fitchburg Depot:* Der 1847 aus örtlichem Granit erbaute Bahnhof, wegen seiner Rundtürme auch das »Great Stone Castle« genannt, stand neben drei anderen Kopfbahnhöfen Bostons und wurde erst 1928 abgerissen.

– *die Vision dieses speziellen Grüns:* Ein 38 x 55 cm großes Ölbild Lambinets, das zur folgenden Bootsszene gut passt, zeigt eine breite Flussbiegung auf dem Land, im rechten Mittelgrund ein längliches Boot mit einem Ruderer im roten Hemd, die Sommerwolken im Wasser gespiegelt, am jenseitigen Ufer Wiesen, Weiden und Pappeln, im Hintergrund grüne waldige Hänge.

501 *Maupassant:* Viele der Erzählungen von Guy de Maupassant (1850-93) handeln von Bauern in der Normandie. James hatte im Winter 1875-76 den damals noch unbekannten Maupassant im Haus Flauberts kennengelernt und sich über seine Zoten gewundert. Als Maupassant im Sommer 1886 nach London kam, richtete James ihm ein Dinner zusammen mit anderen Autoren aus und nahm ihn einige Tage mit aufs Land. In einem fast 30-seitigen Essay für den Londoner *Fortnightly Review* vom März 1888 lobte er seinen knappen, kraftvoll »männlichen« Stil, die Verwendung des

Dialekts, die Originalität der Handlung. Allerdings betrachte Maupassant das Leben nur über die sinnliche Wahrnehmung, und viele seiner Figuren (vor allem die Frauen) seien allzu wollüstig, lügnerisch, verachtenswert. Man wünsche mehr über die Motive ihres Handelns zu erfahren, aber »der Sexualtrieb ist der Draht, der fast alle Marionetten Maupassants bewegt«. Dennoch müsse man sein großes Talent anerkennen. Der letzte Satz des Essays lautet: »Beunruhigen wir uns nicht über dieses wunderbare Ungeheuer des M. de Maupassant, der ebenso zügellos wie makellos ist, sondern gürten wir uns mit dieser Überzeugung: ein anderer Blickwinkel erbringt auch eine andere Form von Vollkommenheit.« Am 30. Oktober 1891 unterrichtete James seinen Freund Robert Louis Stevenson von Maupassants Siechtum – »die Frucht, wie man mir erzählt, sagenhafter Gewohnheiten. Ich werde ihn vermissen.« Was ihm blieb, waren 14 Werke Maupassants in seiner Bibliothek.

504 *Shakespeare und die Glasharmonika:* Eine weitere Anspielung auf die bereits genannte Szene (s. S. 41) in Goldsmiths *Vicar of Wakefield*, in der die Besucherinnen aus London »von nichts anderem reden als vom hohen Lebensstil und Gesellschaft mit Stil, dazu kommen andere modische Themata wie Gemälde, Geschmack, Shakespeare und die Glasharmonika.« Benjamin Franklin (1706-90), der schon zu Lebzeiten weltberühmte Publizist, Erfinder, Diplomat und *homo americanus*, hatte dieses Instrument 1761 erfunden, fünf Jahre vor Goldsmiths Roman. In der Londoner Erstausgabe (E) denkt Strether dagegen an Themen wie »den Unterschied zwischen Victor Hugo und den englischen Dichtern; Victor Hugo, der sich nur mit Dichtern im Plural vergleichen ließ, und die englischen Dichter, die seine Freundin, das war überraschend und seltsam, von früh her kannte«.

505 *Cheval Blanc:* (frz.) etwa: Zum weißen Ross.

517 *in Strethers Gesichtsfeld geschwommen:* engl. »swum into Strether's ken«. James liebte diese Wendung aus dem Sonett, in dem John Keats (1795-1821) seine Entdeckung von George Chapmans (ca. 1559-1634) Übersetzung des Homer (1616) feiert: »Da war mir wie dem Himmelskundler / Wenn ein Planet ihm ins Gesichtsfeld schwimmt.«

518 *Ausmaß der Verstellung:* engl. »the quantity of make-believe«. Nach über 500 Seiten Verstellung taucht der Begriff hier, im Moment von Strethers Erkenntnis und der Selbsterkenntnis, zum ersten Mal auf.

519 *Wahrlich, wahrlich:* James benutzt hier das feierliche »verily« der engl. King James Bible.

522 *Postes et Télégraphes:* Neben dem Hauptpostamt in der Rue du Louvre gab es über 100 abends an einer blauen Laterne kenntliche Post- und Telegraphenämter, die werktags von 7 bis 21 Uhr und Sonntags bis 16 Uhr geöffnet waren. Die Karten für die schnelle Rohrpost in der »riesigen Stadt« konnte man in spezielle Briefkästen einwerfen.

526 *Madame Roland:* Jeanne-Marie Roland de la Platière (1754–93), deren Vornamen James auf Mutter und Tochter de Vionnet verteilt, führte in Paris einen Salon, in dem auch Robespierre verkehrte. Ihr Mann war nach dem Sturz des Königs Innenminister, fiel aber wie andere Parteigänger der Girondisten bei Robespierre in Ungnade. Er floh, sie wurde verhaftet und am 8. November 1793 guillotiniert. In der besonders im englischen Sprachraum einflussreichen *History of the French Revolution* (1837) von Thomas Carlyle (1795–1881) gerät Madame Rolands Hinrichtung zum Fanal: »Sie wirft einen Blick auf die Freiheitsstatue, die dort steht, und spricht voll Bitterkeit: ›Oh Freiheit, welche Taten begeht man in deinem Namen!‹ [...] Edle weiße Erscheinung, mit königlichem Antlitz, sanft-stolzen Augen, langem schwarzen Haar, welches ihr bis zum Gürtel hinabfällt, und mit einem Herzen, das nie tapferer schlug im Busen einer Frau! Wie eine griechische Statue, heiter und vollkommen, leuchtet sie in diesem finsteren Wrack der Zeiten; – unvergesslich.« James, dessen Vater Carlyle persönlich kannte, kritisierte seine reaktionären Ansichten und seinen »lawinenhaften« Stil, setzte ihm aber in einem Brief ein kurioses Denkmal: »Carlyle war, wie mir scheint, kein größerer Denker als mein Löschpapier, aber er saugte (wie dieses) das Leben in ungeheurem Maße auf; ein enormer *Fühler* und Maler; und als ein Maler einer der allerersten.«

539 *Ah, aber das hatten Sie ja doch!:* engl. »Ah but you've *had* me!« Im Englischen klingt bei Strethers letzter, mit Emphase hervorge-

stoßener Replik auf Madame de Vionnet noch etwas anderes an. Denn »I have been had (by you)« kann auch bedeuten: »Sie haben mich betrogen!« Pavans frz. Version betont ausschließlich diese Deutung der Stelle: »Ah, mais vous m'avez eu!«

543 *Kindlein im Walde:* engl. »Babes in the Wood«. Eine anonyme Ballade aus dem 16. Jh. erzählt von zwei Waisenkindern, Bruder und Schwester, die im Wald Schutz suchen, dort sterben und von Rotkehlchen mit Blättern zugedeckt werden. Damit endete die Geschichte – bevor die Schönfärber und Moralisten sich ihrer annahmen.

– *Höhlen Kublai Khans:* Anspielung auf das berühmte Traumgedicht (1798) von Samuel Taylor Coleridge (1772–1834): »In Xanadu schuf Kubla Khan / Ein stattliches Vergnügungsschloss: / Wo Alph, der heil'ge Strom, auf seiner Bahn / Durch dunkle Höhlen sich ergoss / Hinab zum Ozean.«

563 *hätte Chads Worte beinahe maßlos erscheinen lassen können:* In der Londoner Erstausgabe (E) folgte dieser Satz: »Die Absicht, freundlich zu sein, war immerhin klar erkennbar; Chad zeigte sie auch weiter, als Protest und als Versprechen, und indem er im Vestibül seinen Hut ergriff […].«

568 *Hort des hehren Friedens:* engl. »a haunt of ancient peace«. Dies ist eine Zeile aus einem frühen Gedicht des viktorianischen poeta laureatus, Alfred Lord Tennyson (1809–92). In »The Palace of Art« (1842) baut ein Mann seiner Seele ein mit schönen Gegenständen gefülltes Schloss, das der Kunst jenseits jeder moralischen Verwertbarkeit gewidmet ist. Wiewohl sich die Seele zunächst begeistert darin einrichtet, erträgt sie nach vier Jahren ihre königliche Isolation nicht mehr und fleht um ein Hüttchen, um darin ihre Sünde zu büßen – und danach, vielleicht, in den Palast der Kunst zurückzukehren.

570 *Uhr in Bern:* Die monumentale Uhr am Zytglogge, dem Zeitglockenturm in Bern, zeigt jede Stunde einen Umzug bewaffneter Bärenfiguren, die aus dem Turm herauskommen und wieder darin verschwinden. Schon in seinen »Swiss Notes« vom September 1872 hatte James aus dem malerischen, aber etwas »prosaischen« Bern berichtet.

571 *Sie ist dieselbe geblieben:* engl. »She's the same.« Mrs. Newsome erinnerte Strether einmal an Königin Elizabeth I. (S. 51). Deren lat. Wahlspruch lautete: »semper eadem« – immer dieselbe.

572 *nicht zu ihr zu halten.:* In E ergänzte James hier: »Well, he could hold poor Maria with this too.« Dieser wohl allzu deutliche Hinweis auf Strethers Bestreben, Distanz zu Maria Gostrey und ihren drängenden Fragen zu halten, verschwand in den späteren Fassungen wieder.

574 *schrecklich im Recht sein?:* In E folgte hier der im unmittelbaren Kontext nicht unironische Satz: »He considered, but he kept it straight.« Also etwa: Er dachte darüber nach, aber dann sagte er es direkt.

575 *»Na, dann haben wir's ja!«:* engl. »Then there we are!« Das letzte Mal flüchtet sich Strether in diese vieldeutige Formel und lässt Leser (und Übersetzer) grübeln. Bei Braem/Kaiser (1956) beendete er das Gespräch mit einem entschiedenen »Nun, dann ist ja alles klar!« Brock (1973) wählte ein ratloses »Da stehen wir also nun!« Pavans (2010) konnte es in der Schwebe lassen: »Eh bien nous y voilà!« Am Ende ist nichts klar – nur dies: James lässt offen, wie es mit Strether (und Maria) weitergeht.

GLOSSAR

à quoi se fier?	Worauf kann man sich verlassen?
agrément	Anmut, Vergnügen
allez donc voir	na gehen Sie doch nachschauen
auberge	Wirtshaus
banlieue	Vorstadt
bateau-mouche	(kleinerer) Vergnügungsdampfer
bêtise	Dummheit
bien aimable	sehr sympathisch
bock	ein Glas Bier, ein kleines Bier
boiseries	Holztäfelung
bon	gut
c'est un monde	es ist unglaublich!
carriole	zweirädriger Karren, Halbkutsche
ces dames	diese (werten) Damen
ces gens-là	solche Leute
chambre d'ami	Gästezimmer
cher confrère	lieber Kollege
comme cela se trouve	wie sich das gefügt hat
comme tout	ganz und gar, über die Maßen
comment donc?	Wie bitte?! Was jetzt?
Comtesse	Gräfin
concierge	Pförtnerin
consommation	Getränk, Bestellung
corps de logis	Haupttrakt
côtelette de veau à l'oseille	Kalbskotelett in Sauerampfer
déjeuner	hier: Gabelfrühstück
difficile	schwierig, eigensinnig
en dessous	darunter, verdeckt
en exil	im Exil
en province	auf dem Land

entresol	Wohnung im Zwischengeschoss
fait accompli	vollendete Tatsache
femme du monde	eine Dame von Welt, aus der feinen Gesellschaft
ficelle	Kunstgriff, Trick, hier: eine Hilfsfigur im Drama
galère	Galeere (oder: eine verzwickte Lage)
gros bonnets	wichtige, einflussreiche Personen
hôtels	vornehme Stadthäuser
il faut en avoir	hier: die muss man haben
impayable	unbezahlbar, auch: köstlich, grandios
invraisemblance	Unwahrscheinlichkeit
je suis tranquille	Ich bin ruhig, auch: ich mach mir keine Sorgen
jeune fille	(junges) Mädchen
là-bas	dort drüben
lingère	Näherin
ma toute-belle	meine Schönste
merci	danke
notre jeune homme	unser junger Herr
nous autres	unsereins
omelette aux tomates	Tomatenomelett
ouvreuse	Platzanweiserin, Logenschließerin
parti	hier: eine gute Partie
parti pris	wohlüberlegter Beschluss, vorgefasste Meinung
patronne	Wirtin, Besitzerin (z. B. eines Restaurants)
petit bleu	Rohrpostbrief
petit salon	kleines Gesellschafts- oder Empfangszimmer
porte-cochère	Torweg, Einfahrt
quoi donc?	was denn?
raffinée	eine schlaue, durchtriebene Person
sabots	Holzschuhe, Pantinen
salle-à-manger	Esszimmer

salon de lecture	Lesekabinett
succès fou	Sensation, enormer Erfolg
tout bêtement	hier: ganz einfach, simpel
*troisième (*étage*)*	vierte Etage (die dritte nach dem Erdgeschoss)
vieille sagesse	alte Weisheit
voilà	meist etwa: na bitte!
vous allez voir	hier: ihr werdet sehen
voyons	hier: schauen Sie, hören Sie

INHALT

Erstes Buch	7
Zweites Buch	49
Drittes Buch	99
Viertes Buch	139
Fünftes Buch	181
Sechstes Buch	227
Siebtes Buch	271
Achtes Buch	321
Neuntes Buch	371
Zehntes Buch	415
Elftes Buch	463
Zwölftes Buch	521
Nachwort	577

ANHANG

Nachwort	605
Editorische Notiz	639
Zeittafel	641
Anmerkungen	667
Glossar	695